EDICE
SVĚTOVÝCH
AUTORŮ

James Joyce

Dubliňané
Portrét umělce
v jinošských letech

Dubliňané

SESTRY

Tentokrát je po něm veta: je to třetí mrtvice. Večer co večer jsem kolem toho domu chodil (měl jsem prázdniny) a pátral v ozářeném okenním čtverci: noc co noc okno svítilo stejně slabě a stejnoměrně. Kdyby umřel, napadlo mě, viděl bych na stažené roletě odlesk svíček, věděl jsem totiž, že v hlavách mrtvoly se postaví dvě svíce. Často mi říkal: Dlouho už na světě nepobudu, a mně připadalo, že mluví do větru. Teď jsem věděl, že je to pravda. Jak jsem tak každý večer pohlédl do okna, tiše jsem si řekl slovo paralýza. Zaznělo mi vždycky cize jako v Euklidovi slovo gnómon a v katechismu slovo simonie. Teď mi však znělo jako jméno nějaké zlovolné a hříšné bytosti. Naháněla mi strach, a přece jsem toužil být u ní a pozorovat její zhoubné dílo.

Když jsem po schodech sestoupil k večeři, u krbu seděl starý Cotter a pokuřoval. Zatímco mi teta nandávala na talíř ovesnou kaši, řekl, jako by navazoval na to, co říkal předtím:

„Ne že by byl přímo... to neříkám... ale měl v sobě něco divného... něco zlověstného. Tak si myslím...“

Bafal z dýmky a nejspíš si rovnal v hlavě myšlenky – Když jsem ho poznal, docela mě zajímal. Hovořival poutavě o láku a patokách; brzy mě však svými nekonečnými povídačkami o sladovně omrzel.

„Mám na to svůj názor, řekl. Byl to, myslím, takový zvláštní případ... Těžko říct...“

Znova zabafal a svůj názor nám nepověděl. Strýc si všiml, jak zvědavě koukám, a řekl mi:

„Tvůj starý přítel bohužel umřel.“

„Kdo?“

„Páter Flynn.“

„Je po smrti?“

„Právě nám to pan Cotter pověděl. Šel kolem.“

Věděl jsem, že mě pozorují, jedl jsem tedy dál, jako by se mě ta zpráva netýkala. Strýc vykládal starému Cotterovi.

„Kluk s ním kamarádil. Stařík ho totiž dost naučil. Moc si od něho sliboval.“

„Bůh se nad ním slituj, zbožně pronesla teta.“

Chvíli se na mě starý Cotter zadíval. Cítil jsem, jak mě černýma jiskrnýma očkama zpytuje, ale schválně jsem od talíře nevzhlédl. Zabafal a nakonec si neomaleně odplivl do ohniště.

„Své děti bych k takovému člověku nepouštěl.“

„Jak to myslíte, pane Cottere?“ zeptala se teta.

„Myslím, že to dětem nesvědčí. Podle mě ať si klouček běhá a hraje se svými vrstevníky a ne... Nemám, Jacku, pravdu?“

„Já si to taky myslím, řekl strýc. Ať si hledí svého. Pořád tomu rosikruciánovi říkám: pěstuj tělocvik. Když jsem byl škvrně jako on, v zimě v létě jsem se každé ráno koupal ve studené vodě. Tak to mám nastřádané. Vzdělání není k zahození... Snad by pan Cotter rád ochutnal tu skopovou kýtu,“ pronesl k tetě.

„Kdepak, kdepak, ani za nic, řekl starý Cotter.“

Teta přinesla ze špižírny mísu a postavila ji na stůl.

„Ale proč myslíte, pane Cottere, že to dětem nesvědčí?“ zeptala se.

„Dětem to nesvědčí, protože jsou tak vnímavé. Když se na takové věci děti dívají, působí to totiž na ně..."

Nacpal jsem si do úst kaši, abych zlostí nevybuchl. Protivný trouba s červeným nosem.

Usnul jsem pozdě. Měl jsem sice na starého Cottera zlost, že mi říká škvrně, ale přece jsem v duchu usilovně pátral, co znamenají jeho nedopověděné věty. V šeru pokoje jsem si znovu představoval vážnou popelavou tvář ochrnutého. Přetáhl jsem si přikrývku přes hlavu a snažil se myslit na Vánoce. Popelavá tvář mě však pořád sledovala. Cosi šeptala. Pochopil jsem, že se mi z něčeho vyznává. Ucítil jsem, jak má duše uniká do blahé a neřestné končiny; ale ta tvář tam už zase na mě čekala. Šeptem se mi zpovídala a já nechápal, proč se pořád usmívá a proč má tak uslintané rty. Ale tu jsem si vzpomněl, že umřela na paralýzu, a poznal jsem, že se sám pousmívám, jako bych tím tomu svatokupci uděloval rozhřešení.

Ráno jsem se po snídani šel podívat na domek v Great Britain Street. Byl to skromný krámek označený *Konfekce*, což byly hlavně dětské střevíčky a deštníky; ve všední den visela v okně cedulka: *Potahování deštníků*. Cedulku teď nebylo vidět, protože byly spuštěny rolety. Ke klepátku byla stužkou přivázána kytka. Dvě chudobné ženské a telegrafní poslíček si četli cedulku přišpendlenou na stužce. Přistoupil jsem blíž a četl:

července 1895
Důstojný pán Jakub Flynn
(dříve z kostela sv. Kateřiny, Meath Street)
ve věku pětašedesáti let.
R. I. P.

Písmo na cedulce mě přesvědčilo, že je mrtev, a mrzelo mě, že nevím, co dál. Kdyby byl neumřel, byl bych zašel do tmavého pokojíku za krámem a uviděl ho, jak zachumlaný do zimníku si hoví v lenošce u krbu. Teta by mi pro něho třeba dala balíček rapé a on by se nad tím dárkem probral z mrákotných dřímot. Balíček jsem mu vždycky sám vysypával do černé tabatěrky, ony se mu totiž třásly ruce a polovičku rapé by rozsypal na zem. Už když zvedl mohutnou třaslavou ruku k nosu, mezi prsty se mu na náprstku sypaly obláčky tabáku. Snad tyto ustavičné tabákové pršky zbarvovaly jeho letitý talár do zelena. Červeným kapesníkem si marně smetal zrnka za celý týden po taláru roztroušená.

Chtěl jsem se na něho jít podívat, ale zaklepat jsem si netroufl. Odloudal jsem se po sluncem ozářené straně ulice a cestou si ve výloze četl všechna divadelní oznámení. Bylo mi divné, že ani den, ani já nejsme naladěni na smutek, a trochu mě až mrzel ten pocit svobody, jako bych se byl jeho smrtı od něčeho osvobodil. Bylo mi to divné, vždyť jak včera večer strýc řekl, hodně jsem se od něho naučil. Vystudoval v Římě irskou střední školu a naučil mě správné latinské výslovnosti. Vyprávěl mi o katakombách a o Napoleonu Bonapartovi a vysvětloval mi, jaký smysl mají různé mešní obřady a různé kněžské ornáty. Někdy mi pro zábavu dával těžké otázky a ptal se mne, co má člověk za jistých okolností dělat a jsou-li jisté hříchy těžké nebo lehké nebo pouhé poklesky. Z jeho otázek vysvítalo, jak jsou některá církevní zřízení, ve kterých jsem dříve viděl prostinké úkony, složitá a tajemná. Čím je kněz povinen svátosti oltářní a zpovědnímu tajemství, připadalo mi tak závažné, že jsem nechápal, jak si vůbec někdo troufne vzít je na sebe. Nepřekvapilo mě, když jsem se dověděl, že na

12

objasnění těchto otázek církevní otcové napsali knihy tlusté jako telefonní seznam a hustě tištěné jako novinové vyhlášky. Když jsem nad tím přemýšlel, často jsem odpověď netrefil nebo zas tak bláhovou a koktavou, že se nad ní jen pousmál a pokýval hlavou. Často mě nechal odříkávat mešní odpovídky, které jsem se od něho naučil zpaměti. Jak jsem je drmolil, zamyšleně se usmíval, pokyvoval hlavou a chvílemi si do nosních dírek cpal ohromné štipce tabáku. Při úsměvu cenil mohutné zašlé zuby a jazyk vyplazoval na dolní ret; než jsem ho líp poznal, dost mě tím dráždil.

Jak jsem tak šel po sluníčku, vzpomněl jsem si na Cotterova slova a vybavoval si, co bylo ve snu dál. Vzpomněl jsem si, že jsem zahlédl dlouhé atlasové záclony a rozhoupanou staromódní lampu. Zdálo se mi, že jsem byl někde daleko v cizokrajné zemi – snad v Persii... Ale jak to v tom snu dopadlo, jsem si už nepamatoval.

Večer mě zavedla teta na návštěvu do domu smutku. Bylo po západu slunce, ale tabulky v domech obrácených k západu odrážely nahnědlé zlato nakupených mraků. V předsíni nás přivítala Nannie, a protože se neslušelo na ni hulákat, teta jí pouze za oba podala ruku. Stařena ukázala tázavě vzhůru, a když teta přikývla, trmácela se po nízkých schodech před námi, sklopená hlava jí jen tak tak čouhala nad zábradlí. Na prvním odpočívadle se zastavila a pobídla nás do otevřených dveří úmrtního pokoje. Teta vstoupila dovnitř, a protože jsem váhal jít dál, několikrát mi stařena pokynula rukou.

Vstoupil jsem po špičkách. Krajkovou obrubou záclony zalévalo pokoj nazlátlé světlo, v němž blikaly nízké plamínky voskovic. Už ho uložili do rakve. Nannie šla první a všichni tři jsme poklekli v nohách postele. Dělal jsem, že se modlím, ale rušilo mě stařenino breptání. Všiml jsem si, jak nešikovně má vzadu sešpendlenou sukni a jak jsou její plátěné střevíce po straně sešlapané. Napadlo mě, že se starý kněz nad tím, že leží v rakvi, usmívá.

Kdepak. Když jsme vstali a přistoupili k hlavám postele, uviděl jsem, že se neusmívá. Ležel vážný a statný, jakoby nastrojený k oltáři, a v tlapách volně držel kalich, vzdorný obličej šedý a trudovitý, s černými vpadlými nozdrami, ovroubený řídkým bílým chmýřím. Pokoj čpěl květinami.

Pokřižovali jsme se a vyšli ven. V přízemním pokojíku seděla strnule v jeho křesle Eliza. Dotápal jsem ke své židličce v koutě. Nannie šla zatím ke kredenci a vyndala láhev sherry a poháry. Postavila je na stůl a pozvala nás na skleničku. Na sestřin pokyn nalila sherry do skleniček a podala nám je. Pobídla mě, abych si vzal také máslové sušenky, ale já nechtěl, protože bych při jídle hlasitě chroupal. Zatvářila se zklamaně a tiše přešla k pohovce a usedla vedle sestry. Nikdo nemluvil. Hleděli jsme do prázdného krbu.

Teta čekala, až si Eliza vzdychne, a potom řekla:

„Tak nám odešel do lepšího světa.“

Znovu Eliza vzdychla a na souhlas přikývla. Než si teta usrkla, ohmatala stopku číše.

„A co tento – klidně?“ zeptala se.

„Ale docela klidně, milostivá, řekla Eliza. Nebylo znát, kdy vydechl naposled. Chvála Bohu, měl klidnou smrt.“

„A jinak...?“

„V úterý byl u něho páter O'Rourke, udělil mu poslední pomazání a tak.“

„On o tom věděl?“

„Byl se vším smířený."

„Smířeně vypadá," řekla teta.

„Zjednaná myčka to taky říkala. Vypadá prý, jako by spal, tak klidně a smířeně vypadá. Kdo by si pomyslel, že z něho bude tak krásný nebožtík."

„Jistě," řekla teta.

Znovu usrkla z číše a řekla:

„Jistě vás, slečno Flynnová, těší, že jste mu pomohly, jak to šlo. Byly jste na něho moc hodné."

Eliza si na kolenou uhladila šaty.

„Chudák Jakub. Bůhví, že jsme při vší chudobě udělaly, co jsme mohly – nic mu v tom stonání nesmělo chybět."

Nannie se opřela hlavou o polštář a jako by podřimovala.

„Chudák Nannie, koukla po ní Eliza, sebralo ji to. Té práce, co nám to oběma dalo, než jsme sehnaly myčku a vypravily ho, obstaraly rakev a objednaly v kostele mši. Nevím, co bychom si bez pátera O'Rourka počaly. On přinesl květiny, potom dva kostelní svícny a napsal oznámení do novin a vyplnil hřbitovní formuláře a pojistku za chudáka Jakuba."

„Ten je hodný," řekla teta.

Eliza přivřela oči a lehce potřásla hlavou.

„Není nad staré známé, řekla, když na to přijde, na nikoho se nedá spolehnout."

„Svatá pravda, řekla teta. Co odešel na věčnost, jistě na vás a na to, co jste pro něho udělaly, nezapomene."

„Chudák Jakub, řekla Eliza. Jak on byl tichý a nenápadný. Zrovna jako teď ho nebylo v domě ani slyšet. Ale když si pomyslím, že už je po něm..."

„Bude vám chybět teď, co je v pánu," řekla teta.

„To vím, řekla Eliza. Už mu nebudu nosit hovězí

polévku a vy, milostivá, mu nebudete posílat rapé. Chudák Jakub."

Odmlčela se, jako by nad něčím rozjímala, a potom řekla rozšafně:

„Víte, v poslední době jsem pozorovala, že se s ním něco děje. Když jsem mu přinesla polévku, breviář měl spadlý na zem, sám ležel zhroucený v křesle, ústa otevřená."

Zmáčkla si nos a zamračila se, potom dodala:

„Pořád říkal, že než bude po létě, jednoho krásného dne mě a Nannie zaveze do Irishtownu podívat se na starou chalupu, kde jsme se všichni narodili. Jen jestli na den lacino sženeme nějaké parádní auto, co nedrnčí, takové, o jakém mu vyprávěl páter O'Rourke – s revmatickými koly – od Johna Rushe odnaproti, a všichni tři si v neděli večer vyjedeme. Moc po tom toužil... Chudák Jakub."

„Bůh mu buď milostiv," řekla teta.

Eliza vytáhla kapesník a utřela si oči. Potom ho zas zastrčila do kapsy a chvíli mlčky civěla na prázdný rošt.

„On byl vždycky moc úzkostlivý, řekla. Zmáhaly ho kněžské povinnosti. Život se mu takříkajíc nepovedl."

„Ano," řekla teta. „Byl zklamaný. Bylo to na něm vidět."

V pokojíku se rozhostilo ticho a v tom tichu jsem přistoupil ke stolu, upil burgundského a nehlučně se vrátil do koutku na židličku. Eliza jako by se hluboce zadumala. Ohleduplně jsme čekali, až sama promluví: dlouho mlčela a potom zvolna řekla:

„To jak rozbil ten kalich... Tím to začalo. Prý to nic nebylo, byl totiž prázdný. A přece... Mohl prý za to ministrant. Jenže chudák Jakub z toho znervózněl. Bůh mu buď milostiv."

„Tak to bylo ono?" řekla teta. „Něco jsem slyšela..."

Eliza přikývla.

„To mu dodalo. Potom jen samotařil, s nikým nepromluvil a bloumal. Jednou v noci ho sháněli k nemocnému a nikde ho nenašli. Hledali, kde se dalo, a nikde po něm ani stopy. Kostelník navrhl, ať to zkusí v kostele. Sehnali tedy klíče, otevřeli kostel a páter O'Rourke a další kněz, který s nimi byl, přinesli lampu, že ho budou hledat... A on vám tam byl, potmě seděl ve zpovědnici, při plném vědomí, a pochechtával se."

Najednou zmlkla, jako by poslouchala. Já jsem taky poslouchal; v domě se však nic neozvalo. Věděl jsem, že starý kněz pořád leží v rakvi, jak jsme ho viděli, ve smrti vážný a vzdorný, a na prsou má zbytečný kalich.

Eliza znovu promluvila:

„Při plném vědomí a pochechtává se. Když to tedy uviděli, řekli si, že mu v hlavě přeskočilo."

STŘETNUTÍ

Divoký západ k nám zavedl Joe Dillon. Měl knihovničku ze samých čísel *Britské vlajky*, *Odvahy* a *Krejcarových divů*. Večer po škole jsme se scházeli u něho v zahrádce za domem a sváděli indiánské bitvy. Se svým líným bratříčkem Leonem, tím tlouštíkem, bráníval seník nad stájí a my jsme ho dobývali, nebo jsme sváděli urputnou bitku v trávě. Ale ať jsme se bili nevím jak, nikdy jsme bitvu nebo obléhání nevyhráli a šarvátky vždycky končily Dillonovým vítězným tancem. Ráno chodili jeho rodiče na mši v Gardiner Street a v předsíni čpěl pokojný pach paní Dillonové. Na nás mladší a bázlivější však hrál Joe moc divoce. Starý čajový poklop na hlavě, rejdil po zahradě, pěstí tloukl do plechovky a pokřikoval:

„Ja! Jaka, jaka, jaka!"

Nikdo tomu nechtěl věřit, když se rozneslo, že půjde na kněze. Ale byla to pravda.

Vzmáhala se v nás zbujnost a stírala rozdíly vzdělání a založení. Zhoufovali jsme se, někteří ze vzdoru, jiní pro povyražení, další zas tak trochu ze strachu. K těmto zdráhavým Indiánům, kteří nechtěli vypadat jako dříči nebo bábovky, jsem patřil i já. Dobrodružství, o jakých se vypráví v knihách z Divokého západu, mně byla cizí, ale poskytovala aspoň únik. Raději jsem měl americké detektivky, v nichž se to hemžilo střapatými a krásnými děvčaty. Nic špatného v těch detektivkách nebylo, leckdy měly i literární ambice, ve škole však kolovaly tajně. Když jednou páter Butler zkoušel čtyři stránky z Římských dějin, přistihl nešiku Leona Dillona se sešitkem *Krejcarového divu.*

„Tato nebo jiná stránka? Tato stránka? Spusť, Dillone! *Sotva se rozbřesklo...* Pokračuj! Neučil ses to? Copak to máš v kapse?"

Kdekomu zabušilo nad Dillonem srdce, jak podával časopis, a všichni se tvářili nevinně. Páter Butler zamračeně v časopise listoval.

„Co je to za škvár?" řekl. *„Apačský náčelník!* Tohle si čteš, místo abys studoval římské dějiny? Ať už tady v koleji takový škvár nenajdu. Napsal to nejspíš nějaký škrabák, aby měl na pití. Divím se, že vy, vzdělaní hoši, něco takového čtete. Nedivil bych se, kdybyste byli žáci státních škol. Důtklivě ti, Dillone, radím, aby ses dal do práce, nebo..."

Touto důtkou uprostřed střízlivého vyučování mi nádhera Divokého západu hodně pobledla a nad rozpačitou, otylou Dillonovou tvářičkou se ve mně probudilo svědomí. Ale sotva pominula tlumivá síla školy, znovu jsem zatoužil po silných vzrušeních, po úniku, jaký mi poskytovaly jenom tyto kroniky vzpoury. Hrané šarvátky mě nudily stejně jako běžné dopolední vyučování, protože jsem toužil po opravdovém dobrodružství. Jenže opravdové dobrodružství, napadlo mi, nepotká toho, kdo trčí doma. Musí je hledat venku.

Těsně před letními prázdninami jsem si umínil aspoň na den se vytrhnout ze školní nudy. Spolu s Leonem Dillonem a s mladičkým Mahonym jsme si někam chtěli vyšlápnout. Každý měl ušetřenou sixpenci. O desáté dopoledne jsme se hodlali sejít na Průplavním mostě. Mahonymu měla napsat omluvenku starší sestra a Leo Dillon měl vzkázat po bratrovi, že stůně. Řekli jsme si, že půjdeme po Wharf Road až k lodím, potom se svezeme přívozem a pěšky dojdeme k Holubníku. Leo Dillon měl strach, že třeba potkáme pátera Butlera nebo někoho z koleje. Mahony však moudře namítl, co by dělal páter Butler až u Holubníku. Uklidnili jsme se a já završil první část našeho plánu tím, že jsem od obou vybral sixpence; sám jsem jim ukázal svou. Při posledních předvečerních přípravách jsme byli všichni trochu rozčilení. Se smíchem jsme si podali ruku a Mahony řekl:

„Zítra na shledanou, kamarádi."

Špatně jsem se tu noc vyspal. Ráno jsem dorazil na most první, protože jsem bydlel nejblíž. Knihy jsem schoval do vysoké trávy vedle smetiště na tom konci zahrady, kam nikdo nechodil, a rozběhl se po břehu průplavu. Bylo vlahé slunné dopoledne v prvním červnovém týdnu. Seděl jsem na mostní obrubni a se zalíbením hleděl na chatrné plátěné střevíce, minulý večer pečlivě nabílené, a sledoval, jak krotcí koně táhnou do kopce tramvaje plné kupců. Větve vysokých stromů vroubících alej se vesele zelenaly lístečky a na vodu jimi proráželo slunce. Žulová mostní obruba se rozpalovala a v rytmu melodie, která mi zněla v hlavě, jsem na obrubu pleskal. Bylo mi blaze.

Pět až deset minut jsem tam poseděl a tu jsem uviděl, jak ke mně v šedém obleku jde Mahony. S úsměvem šlapal do kopce, až vylezl na obrubeň vedle mne. Jak jsme tam čekali, vytáhl z vyboulené kapsy prak a vysvětlil mi, jak ho zlepšil. Zeptal jsem se, nač ho přinesl, a on mi řekl, že si vezme na paškál ptáky. Mahony si liboval v hantýrce a páteru Butlerovi říkal Bunsenův hořák. Počkali jsme ještě čtvrt hodiny, ale po Dillonovi pořád ani slechu. Nakonec Mahony seskočil a řekl:

„Pojď. Že se tlouštík trhne, to jsem věděl."

„A co jeho půlšilink?" řekl jsem.

„Ten propadne. Tím líp pro nás – místo šilinku máme šilink a půl."

Pustili jsme se po North Strand Street, až jsme došli k továrně na vitriol, potom jsme zahnuli vpravo po Wharf Road. Jen jsme zmizeli lidem z očí, zahrál si Mahony na Indiána. Prohnal houf otrhaných děvčat, rozháněl se nenabitým prakem, a když po něm dva otrhánci ze samého kavalírství začali házet kamením, řekl, že se do nich pustíme. Bránil jsem je, že jsou ještě malí, a šli jsme dál. Ti otrhánci za námi pokřikovali *Luteráni! Luteráni!*, protože snědý Mahony měl na čepici stříbrný odznak kriketového klubu. Když jsme došli k Žehličce, uspořádali jsme obléhání. Jenže to nebylo k ničemu, musí na to být aspoň tři. Pomstili jsme se Leonu Dillonovi aspoň tím, že jsme mu vyspílali srabů, však si to ve tři od pana Ryana slízne.

Došli jsme až k řece. Dlouho jsme se procházeli po hlučných ulicích lemovaných vysokými kamennými zdmi a pozorovali práci jeřábů a strojů a od vozků rozvrzaných fůr jsme sklízeli nadávky, že trčíme v cestě. Když jsme se octli u přístavní hráze, bylo poledne, a protože všichni nádeníci obědvali, koupili jsme si dvě rozinkové buchty a usedli na kovové potrubí u řeky, že si je sníme. Kochali jsme se pohledem na dublinský ruch – na bárky zdaleka se ohlašující hustými kotouči dýmu, na hnědou rybářskou flotilu za Ringsendem, na velkou bílou plachetnici, z níž na protějším břehu vykládali zboží. Mahony řekl, jak by bylo prima ujet na takovém korábisku na moře, a zeměpis ve škole po špetkách uštědřovaný mi najednou nabýval podoby i tvaru. Škola a domov jako by od nás couvaly a jejich působení zmizelo.

Liffey jsme přepluli přívozní lodí a mýto jsme uhradili společně se dvěma dělníky a židáčkem, kterému visel na zádech ranec. Byli jsme škrobeně vážní, ale jednou jsme se za tu krátkou cestu střetli očima a dali se do smíchu. Po přistání jsme pozorovali vykládání jednoho trojstěžníku, který jsme už předtím zahlédli z protějšího nábřeží. Kdosi prohodil, že je to norská loď. Popošel jsem k přídi a zkoušel rozluštit její nápis, ale marně, vrátil jsem se tedy a koukal, jestli některý námořník nemá zelené oči, měl jsem o tom zmatené představy. Oči měli námořníci modré a šedé, ba i černé. Jediný námořník, jehož oči se daly nazvat zelené, byl čahoun, který diváky na nábřeží bavil tím, že po každém pádu prkna vesele křikl: *Hej rup! Hej rup!*

Když jsme se dost vynadívali, loudali jsme se do Ringsendu. Začalo být dusno a v hokynářských výlohách sklovatěly osuhlé zákusky. Koupili jsme si pár zákusků a čokoládu a opřekot se cpali, jak jsme procházeli špinavými uličkami, kde bydlí rybáři. Mlékárnu jsme neobjevili, zašli jsme tedy do hokynářství a koupili si každý láhev ostružinové limonády. Osvěžen limonádou pustil se Mahony v uličce za kočkou, ale kočka mu utekla na pole. Oba jsme byli dost utrmáceni a z pole jsme rovnou zamířili na svah, za jehož hřebenem bude vidět Dodder.

Bylo už pozdě a na prohlídku Holubníku jsme byli až moc utrmácení. Do čtyř jsme se museli vrátit, aby nám na to naše dobrodružství nepřišli. Mahony si lítostivě prohlížel prak, a teprve když jsem navrhl, že se vrátíme vlakem, trochu okřál. Slunce zašlo za mraky a nám zůstaly jen okoralé myšlenky a kůrky chleba.

Kromě nás tu nikdo nebyl. Chvíli jsme proleželi mlčky na stráni a pak jsme uviděli, jak k nám přes pole někdo jde. Netečně jsem ho pozoroval a kousal zelený stonek trávy, z jakých holky hádají, co je čeká. Loudal se po svahu k nám. Šel s rukou opřenou o bok, v druhé měl hůl a zlehka jí ťukal o trávník. Na sobě měl obnošený zelenošedý oblek a na hlavě takzvaný tralaláček. Vypadal postarší, vousy měl popelavé. Když nám procházel kolem nohou, zběžně po nás koukl a šel dál. Sledovali jsme ho očima; ušel nějakých padesát kroků, potom se otočil a vracel se zpět. Pomalu šel k nám, ťukal holí o zem tak zvolna, až se mi zdálo, že hledá v trávě něco, co ztratil.

Když k nám došel, zůstal stát a pozdravil. Pozdrav jsme opětovali a on si k nám na svahu pomalu a opatrně přisedl. Spustil o počasí, bude prý parné léto, od jeho chlapeckých let, je to už dávno, se roční doby hodně změnily. Nejšťastnější jinošské období jsou nesporně školní léta, být zas mlád, dal by za to neví co. Mlčeli jsme, když pronášel tyto názory, které nás trochu nudily. Potom se rozpovídal o škole a o knihách. Zeptal se nás, jestli jsme četli básně Thomase Moorea nebo dílo sira Waltera Scotta a lorda Byrona. Dělal jsem, že jsem každou zmíněnou knihu četl, a tak nakonec řekl:

„Inu, je vidět, že jsi stejný knihomol jako já. Ten je jiný, dodal a ukázal na Mahonyho, který na nás poulil oči, ten si rád hraje."

Má prý doma všechna díla sira Waltera Scotta a všechna díla lorda Lyttona, která ovšem nesmějí hoši číst. Mahony se zeptal, proč je hoši nesmějí číst – ta otázka mě pobouřila a zamrzela, bál jsem se, že mě ten člověk bude pokládat za tak hloupého, jako je Mahony. Ale on se jen usmál. Viděl jsem, že má v ústech mezi zlatými zuby velké mezery. Potom se nás zeptal, kdo z nás má nejvíc milenek. Mahony utrousil, že má tři cácorky. Zeptal se mě, kolik jich mám já. Odpověděl jsem, že žádnou. Prý mi nevěří, jistě nějakou mám. Já jsem mlčel.

„Povězte nám, řekl Mahony drze, kolik jich máte vy."

Jako dříve se usmál, v našem věku prý měl milenek hromadu.

„Každý hoch, řekl, má milenku."

Na tak starého člověka mi názor na tu věc připadal kupodivu shovívavý. V duchu jsem si řekl, že co řekl o hoších a dívkách, je rozumné. Ale v jeho ústech se mi ta slova nelíbila a bylo mi divné, proč se několikrát zachvěl, jako by ho něco polekalo nebo zamrazilo. Hovořil dál, a jak jsem si všiml, měl správnou výslovnost. Vykládal nám o dívkách, jaké mají hezké vlásky a hebké ruce a všechny dívky že nejsou tak hodné, jak se dělají. Nejraději prý se dívá na hodnou dívenku, na její bílé ručky a na její hebké vlásky. Měl jsem dojem, že opakuje něco zpaměti a že jeho mysl, zmagnetizovaná vlastními slovy, krouží pořád dokola. Chvílemi jako by narážel na něco, co každý ví, chvílemi zas tlumil hlas a mluvil záhadně, jako by nám prozrazoval tajemství, které nesmějí druzí zaslechnout. Opakoval věty stále dokola, obměňoval je a obestíral monotónním hlasem. Poslouchal jsem ho a upřeně zíral na úpatí svahu.

Po chvíli v samomluvě ustal. Zvolna se vztyčil, že prý musí na chvilku odejít, hleděl jsem stále za ním a viděl, jak se od nás zvolna šourá na kraj pole. Po jeho odchodu jsme mlčeli. Po několikaminutovém mlčení jsem zaslechl, jak Mahony vykřikl.

„Jářku! Podívej, co to dělá."

Neodpověděl jsem, ani nezvedl oči a Mahony znovu vykřikl!

„Jářku... To je mi divný pavouk!"

„Kdyby se nás zeptal na jméno, řekl jsem, ty budeš Murphy a já Smith."

Víc už jsme si neřekli. Přemýšlel jsem, jestli mám či nemám odejít, a tu se chlap vrátil a znovu si sedl vedle nás. Sotva usedl, zahlédl Mahony zaběhlou kočku, vyskočil a pustil se za ní. Spolu s tím chlapem jsme tu štvanici pozorovali. Kočka zase utekla a Mahony házel kamením na zídku, po které vylezla. Přestal s tím a nazdařbůh se pustil přes pole.

Po chvíli na mě chlap promluvil. Řekl, že můj kamarád je velký hrubián, jestlipak dostal ve škole nařezáno. Chtěl jsem rozhořčeně odpovědět, že nechodíme do státní školy, a že nás nebijí, ale mlčel jsem. Rozpovídal se o bití žáků, jakoby svou řečí zhypnotizován znovu a znovu kroužil kolem nového středu. Takoví hoši prý musí být mrskáni, a to vydatně mrskáni. Klepnutí přes prsty nebo pohlavek je málo; potřebují dostat důkladný výprask. Ten názor mě překvapil a bezděky jsem mu pohlédl do tváře. Střetl jsem se se zelenavýma očima, upřenýma na mne zpod cukajícího čela. Znovu jsem odvrátil zrak.

Chlap pokračoval v samomluvě. Jako by zapomněl na dosavadní shovívavost. Když zjistí, že hoch chodí s děvčaty nebo má děvče za milenku, nařeže mu, co se do něho vejde; však ona ho zajde chuť chodit s děvčaty. A když má hoch dívku za milenku a zalže to, seřeže ho, jak to žádný hoch jakživ neslízl. Nic by ho na celém světě tolik nepotěšilo. Líčil mi, jak by takového chlapce zmlátil, jako by odhaloval nějaké tajemství. Nic by ho prý na světě tak nepotěšilo, a jak mě do toho tajemství jednotvárně zasvěcoval, hlas mu zněžněl, jako by se u mne doprošoval pochopení.

Čekal jsem, až zas samomluvu přeruší. A tu jsem náhle vstal. Abych neprozradil své vzrušení, chvíli jsem otálel a naoko si zavazoval střevíc, potom jsem řekl, že už musím jít, a dal mu sbohem. Klidně jsem stoupal do svahu, ale srdce mi bušilo strachy, aby mě nepopadl za kotníky. Když jsem došel na vrchol svahu, otočil jsem se, nepohlédl na něho a křikl:

„Murphy!"

V hlase se mi ozvala chtěná kuráž a sám jsem se za ten ubohý úskok styděl. Musil jsem to jméno křiknout znovu, než mě Mahony uviděl a křikl v odpověď. Jak mi bušilo srdce, když ke mně běžel přes pole! Běžel, jako by mi šel na pomoc. Kál jsem se, v hloubi duše jsem jím vždycky trochu pohrdal.

ARÁBIE

Severorichmondská ulice byla slepá a byl v ní klid, když zrovna školští bratři nepouštěli žáky ze školy. Stranou od ostatních stál na čtvercovém pozemku neobývaný patrový dům. Ostatní domy v ulici, hrdé na své lepší nájemníky, zíraly na sebe nehybnými fasádami.

V zadním saloně umřel náš bývalý nájemník kněz. Ve všech dlouho nevětraných pokojích to čpělo a místnost na odpadky za kuchyní byla poházena nepotřebným papírem. Našel jsem v ní pár brožovaných knih s pomačkanými a zvlhlými listy: *Opata* od Waltera Scotta, *Nábožného komunikanta* a Vidocqovy *Paměti*. Ty se mi nejvíc líbily, protože měly žluté listy. V pusté zahradě za domem rostla uprostřed jabloň a pár roztroušených keřů, pod jedním jsem našel nájemníkovu rezavou pumpu na kolo. Byl to štědrý kněz; peníze odkázal dobročinným ústavům a zařízení sestře.

Když nastaly krátké zimní dny, setmělo se, ještě než jsme povečeřeli. Když jsme se pak na ulicích sešli, domy už dávno ztemněly. Širá obloha nad námi byla měňavě fialová a pouliční svítilny k ní slabě prokmitaly. Studený vzduch nás zábl a hrou jsme se rozehřáli. Tichou ulicí se rozléhalo naše pokřikování. Při hře jsme se proháněli tmavými blátivými uličkami za humny, kde jsme sváděli šarvátky s divošskými kmeny z chatrčí, k zadním vrátkám šeře mokvavých zahrádek, čpících kompostem, k šeře čpavým maštalím, kde vozka hřebelcoval a česal koně nebo brnkal na puklový chomout. Když jsme se vrátili na ulici, všude bylo světlo z kuchyňských oken. Když se pak za rohem vynořil strýček, schovávali jsme se ve stínu, dokud nezapadl domů. Nebo když vyšla na práh Manganova sestra a volala bratra k svačině, ze stínu jsme ji pozorovali, jak se rozhlíží po ulici. Čekali jsme, jestli tam zůstane nebo půjde dovnitř, a když zůstala, vyšli jsme ze stínu a volky nevolky šli k Manganovým schodům. Čekala na nás, ve světle pootevřených dveří se rýsovala její postava. Než ji bratr poslechl, vždycky si ji dobíral, a já jsem stál u zábradlí a díval se na ni. Jak se hnula, šaty jí vlály a na hlavě jí poletovala hebká kadeř.

Každé ráno jsem v předním pokoji ležel na zemi a hleděl na její dveře. Roleta byla stažena na coul od okenního rámu, takže mě nebylo vidět. Srdce mi poskočilo, když vyšla na práh. Běžel jsem do předsíně, popadl knihy a šel za ní. Nespouštěl jsem její hnědou postavu z očí, a když došla až tam, kde se naše cesty rozcházely, přidal jsem do kroku a předešel ji; a tak to bylo každé dopoledne. Kromě několika běžných slov jsem na ni nepromluvil, a přece její jméno vzrušovalo mou bláhovou krev.

Její podoba mě provázela i na místa vzdálená vší romantice. V sobotu večer chodila teta nakupovat a já jsem jí nosil balíčky. Procházeli jsme rozzářenými ulicemi za postrkování opilců a hudrmanic, ryčných litanií příručí, hlídajících soudky s ovarem, huhňání jarmarečních zpěváků, prozpěvujících písničku o O'Donovanu Rossovi nebo baladu o strastech naší otčiny. Tyto zvuky mi splývaly v jediný životní pocit: představoval jsem si, jak svůj kalich šťastně pronáším houfem nepřátel. Chvílemi se mi její jméno dralo na rty podivnými modlitbami a chvalozpěvy, jimž jsem sám nerozuměl. Oči se mi zalévaly slzami, sám jsem nevěděl proč, a občas jako by mi srdce překypovalo do prsou. Na budoucnost jsem nemyslil. Nevěděl jsem, jestli s ní promluvím nebo ne, a jestli promluvím, jak jí vysvětlím své rozpačité zbožňování. Ale tělo jsem měl jako harfu a ona svými slovy a posunky hrála na její struny.

Jednou navečer jsem zašel do zadního salonu, v němž kněz umřel. Byl pošmourný deštivý večer a v domě se nic neozývalo. Rozbitou okenní tabulkou jsem slyšel, jak repetí déšť na zem a jak na zmoklé záhony neustále crčí dešťové stružky. V dálce pode mnou svítila pouliční svítilna nebo osvětlené okno. Byl jsem rád, že tak málo vidím. Všechny smysly jako by se toužily zastřít závojem, a jak se ze mne smekaly, svíral jsem dlaně, až se mi třásly, a pořád šeptal: *Ach lásko! Ach lásko!*

Nakonec na mě promluvila. Když mi řekla první slova, byl jsem tak zmaten, že jsem nevěděl, co odpovědět. Zeptala se mě, jestli nepůjdu do Arábie. Nevzpomínám si, jestli jsem řekl ano nebo ne. Bude to prý nádherný bazar; taky by tam ráda šla.

„A proč ne?" zeptal jsem se.

Při řeči stále otáčela na zápěstí stříbrný náramek. Nemůže tam prý jít, u nich v klášteře budou ten týden exercicie. Její bratr a ještě dva chlapci se rvali o čapky, stál jsem u zábradlí sám. Držela se za opěru zábradlí a naklánělа ke mně hlavu. Světlo svítilny naproti dveřím jí padlo na bílou křivku šíje, ozářilo na ní kadeř, a jak se z ní smeklo, dopadlo na ruku opřenou o zábradlí. Smekalo se jí po šatech a zachytilo bílý lem spodničky, prosvítající v tom uvolněném postoji.

„Ty se máš," řekla.

„Jestli tam půjdu, něco ti přinesu."

Těch nesčetných bláhovostí, které mi od toho večera v bdění i spaní pustošily mysl. Zbývající dny bych byl nejraději vyškrtl. Reptal jsem na učení. Večer v ložnici a přes den ve třídě se mi na rozečtenou stránku vtírala její podoba. Slabiky slova *Arábie* ke mně prorážely tichem, jímž jsem se kochal, a oblévaly mě orientálním kouzlem. Poprosil jsem, abych směl jít večer do bazaru. Tetu to překvapilo, doufá prý, že to není nějaká zednářština. Ve škole jsem na otázky moc neodpovídal. Viděl jsem, jak učitelova vlídná tvář zpřísňuje, snad prý nelajdačím. Nemohl jsem se soustředit. Mrzela mě vážná životní práce, protože mě oddalovala od mé vytoužené, jevila se mi jako hračka, fádní hračka.

V sobotu dopoledne jsem strýci připomněl, že si chci večer zajít na bazar. Kramařil u věšáku, sháněl kartáč na klobouk, a tak mi odsekl:

„Ano, chlapče, já vím."

Protože byl v předsíni, nemohl jsem zajít do předního salonu a lehnout si k oknu. Rozladěn jsem odešel z domova a loudal se do školy. Bylo citelně sychravo a v hloubi duše jsem měl neblahé tušení.

Když jsem přišel domů, strýc tam ještě nebyl. Bylo ještě dost času. Chvíli jsem seděl a koukal na hodiny, a když mě jejich tikot omrzel, vyšel jsem z pokoje. Vystoupil jsem po schodech do prvního patra. Vysoké chladné prázdné chmurné pokoje mi zaplašily tíseň a se zpěvem jsem chodil z pokoje do pokoje. Z průčelního okna jsem viděl, jak si kamarádi dole na ulici hrají. Jejich pokřik ke mně doléhal slabě a nezřetelně, hlavou opřen o chladné sklo vyhlížel jsem na tmavý dům, kde ona bydlí. Snad hodinu jsem prostál a viděl hnědě oblečenou postavu, vykouzlenou fantazií, jak jí lampa lehounce ozařuje nachýlenou šíji, ruku opřenou o zábradlí a dolní lem šatů.

Když jsem sešel dolů, paní Mercerová seděla u krbu. Byla to stará drbna, vdova po majiteli zastavárny, která na nějaký zbožný účel sbírala orazítkované známky.

Musel jsem přetrpět svačinové klepy. Svačina se protáhla přes hodinu a strýček pořád nešel. Paní Mercerová vstala k odchodu, prý už nemůže čekat, je po osmé a nechce být dlouho venku, noční vzduch jí nesvědčí. Když odešla, chodil jsem po pokoji a zatínal pěsti. Teta řekla:

„Myslím, že bys měl dnešní boží večer ten svůj bazar odložit na jindy."

V devět jsem zaslechl strýčka, jak odmyká domovní dveře. Zaslechl jsem, jak si něco povídá, a jak se věšák houpe pod tíhou jeho zimníku. Uměl jsem si to vysvětlit. Když napůl povečeřel, požádal jsem ho o vstupné na bazar. Už na něj zapomněl.

„Lidé jsou už v posteli napolo vyspaní."

Neusmál jsem se. Teta na něho rázně spustila:

„To mu nemůžeš dát peníze a pustit ho? Dost dlouho jsi ho už zdržel."

Strýc se omlouval, že zapomněl. Drží prý se pořekadla: *Kdo pozdě chodí, sám sobě škodí.* Zeptal se mě, kam jdu, a když jsem mu to podruhé pověděl, zeptal se mě, jestli znám *Arab se loučí se svým ořem.* Jak jsem odcházel z kuchyně, zrovna se chystal odříkat tetě úvodní verše.

Uháněl jsem po Buckingham Street k nádraží a v hrsti svíral dvoušilink. Při pohledu na ulici hemžící se kupujícími a křiklavě ozářenou plynovými lampami vzpomněl jsem si, kam mám namířeno. Sedl jsem si do pustého vlaku třetí třídy. Po nesnesitelném otálení vyjel vlak zvolna z nádraží. Kodrcal mezi zchátralými domy přes třpytivou řeku. Na stanici Westland Row se ke dveřím vozu přihnal dav; průvodčí je zahnal, prý je to zvláštní vlak na bazar. Zůstal jsem v prázdném voze sám. Za několik minut dojel vlak k zatímnímu nástupišti. Vyšel jsem na ulici a na rozsvíceném ciferníku jsem viděl, že je za deset minut deset. Přede mnou bylo stavení s tím kouzelným názvem.

Půlšilinkový vchod jsem nenašel, a tak aby mi bazar nezavřeli, honem jsem prošel turniketem a podal utrmácenému zřízenci šilink. Ocitl jsem se ve velké dvoraně do poloviční výšky vroubené galerií. Stánky už byly většinou pozavírány a dvorana byla z větší části ponořena do tmy. Zaznamenal jsem ticho, jaké bývá v kostele po mši. Bázlivě jsem popošel doprostřed bazaru. Dosud otevřené stánky obklopovalo pár lidí. Před oponou, na níž byl nápis barevnými lampami *Café Chantant*, dva muži přepočítávali na podnosu peníze. Poslouchal jsem cinkot mincí.

Jakžtakž vědomý, proč jsem tam přišel, přistoupil jsem k jednomu stánku a prohlížel si porcelánové vázy a květované čajové soupravy. U dveří stánku se nějaká slečna bavila a smála s dvěma mladými pány. Všiml jsem si, že zadrhují po anglicku, a ledabyle jsem poslouchal jejich hovor.

„Kdepak, to jsem neříkala."

„Ale ano, říkala."

„Ba ne, neříkala."

„Říkala to?"

„Ano, sám jsem ji slyšel."

„Ale ano, teď jste se chytla."

Slečna si mě všimla, přistoupila ke mně a zeptala se mě, co si chci koupit. Moc povzbudivým tónem to neřekla; vypadalo to, že na mě promluvila jen z povinnosti. Pokorně jsem si prohlédl velké džbány, jako nějaké orientální strážce hlídající tmavý vchod stánku, a zašeptal:

„Ne, děkuji."

Slečna přemístila jednu vázu a vrátila se k oběma

mladíkům. Rozpovídali se o tomtéž. Párkrát na mě
koukla přes rameno.

Otálel jsem před jejím stánkem, třebaže jsem věděl,
že se zbytečně zdržuji, abych vzbudil dojem, že se o její
zboží opravdu zajímám. Potom jsem se zvolna obrátil
a zvolna odcházel prostředkem bazaru. Obě penny
jsem v kapse upustil na sixpenci. Z jednoho konce gale-
rie jsem uslyšel něčí hlas, že se zháší. Hořejšek galerie
byl už úplně ve tmě.

Civěl jsem do tmy a pozoroval, že jsem tvor špinavý
a sžíraný marností; a oči mě pálily lítostí a vztekem.

EVELINA

Seděla u okna a pozorovala, jak do ulice vniká večer.
Hlavou se opírala o záclony na oknech a v nozdrách cí-
tila zaprášený kreton. Byla unavená.

Ulicí procházelo jen málo lidí. Muž z posledního
domu prošel tudy k domovu; slyšela, jak jeho kroky kla-
pou po betonovém chodníku a skřípou potom na škvá-
rové cestě před novými červenými domy. Kdysi tu bý-
valo volné prostranství, kde si každý večer hrávali
s dětmi jiných rodin. Pak jakýsi muž z Belfastu koupil
ty pozemky a postavil na nich domy – ne takové hnědé
domečky jako jejich, ale světlé cihlové domy se zářivými
střechami. Na prostranství si hrávaly děti z ulice – Devi-
novi, Waterovi, Dunnovi, mrzáček Keogh, ona a její
bratři a sestry. Ale Ernest si nikdy nehrál: byl už příliš
velký. Otec je často zaháněl z prostranství trnkovým
klackem; ale malý Keogh obyčejně *dával bacha* a zavo-
lal, když spatřil otce, jak přichází. Ale bývali tenkrát do-
cela šťastni. Otec nebyl tak zlý; a mimo to byla na živu

matka. To bylo dávno; ona i bratři a sestry vyrostli; matka zemřela. I Tizzie Dunnová zemřela a Waterovi se vrátili do Anglie. Všechno se mění. A ona nyní odejde jako ostatní, opustí domov.

Domov! Rozhlédla se pokojem a podívala se na všechny důvěrně známé předměty, s nichž tolik let vždy jednou týdně utírala prach a divila se, kde se ten prach, propána, bere. Možná, že už nikdy neuvidí tyto důvěrně známé věci, o nichž ji nikdy ani ve snu nenapadlo, že se s nimi jednou rozloučí. A přece za všechna ta léta nikdy nezjistila jméno kněze, jehož žloutnoucí fotografie visela na stěně nad rozlámaným harmoniem vedle barevně vytištěných slibů daných blahoslavené Margaretě Mary Alacoqueové. Býval za školních let otcovým přítelem. Kdykoli otec ukazoval fotografii některému hostu, odbýval ji zběžnými slovy:

„Je teď v Melbourne."

Svolila, že odejde, opustí domov. Je to moudré? Snažila se rozvážit otázku po všech stránkách. Ať je tomu jakkoli, má doma přístřeší a jídlo; je obklopena lidmi, které zná, co je na světě. Musí samozřejmě pilně pracovat jak doma, tak v zaměstnání. Co o ní řeknou v obchodním domě, až se dovědí, že utekla s chlapcem? Řeknou patrně, že je blázen; a inzerátem najdou za ni náhradu. Slečna Gavanová bude ráda. Má na ni stále spadeno a projevuje se to zvlášť tenkrát, když jsou blízko lidé a poslouchají.

„Slečno Hillová, nevidíte, že dámy čekají?"

„Prosím vás, hezky čile, slečno Hillová."

Nad odchodem z obchodního domu mnoho slz neuroní.

Ale v novém domově, v daleké neznámé zemi, to už nebude takovéhle. Bude provdána – ona, Evelina, bude provdána. Lidé s ní budou jednat uctivě. Nebudou s ní zacházet, jako zacházeli s matkou. I nyní, třebaže je jí už přes devatenáct, cítí se někdy ohrožena otcovou hrubostí. Jistě právě z toho jí občas tak buší srdce. Dokud rostli, nikdy se do ní nepustil, jako se pouštíval do Harryho a Ernesta, protože byla děvče; ale v poslední době jí vyhrožuje a říká, co by jí udělal, kdyby mu v tom nebránilo pomyšlení na její nebožku matku. A ona teď nemá nikoho, kdo by ji bránil. Ernest zemřel a Harry, který prodává kostelní ozdoby, je skoro stále někde na venkově. Mimo to ji začaly nevýslovně trápit hádky kvůli penězům, opakující se bez výjimky každou sobotu večer. Sama dávala celý svůj výdělek – sedm šilinků – a Harry vždycky posílal, co mohl, ale stálo námahu získat vůbec nějaké peníze od otce. Říkal jí, že zbytečně utrácí, že nemá rozum a že on jí nebude dávat svoje těžce vydělané peníze na to, aby je rozházela po ulicích, a říkal jí toho ještě víc, protože v sobotu večer býval hodně mrzutý. Nakonec jí peníze dal a zeptal se, jestli hodlá něco koupit na nedělní večeři. Musela pak co nejrychleji spěchat na nákupy, a když si razila cestu davem a pozdě se vracela domů obtížena zásobami, pevně svírala v ruce černou koženou peněženku. Dalo jí hodně práce zachovat v domácnosti pořádek a postarat se, aby dvě malé děti, které byly svěřeny do její péče, chodily pravidelně do školy a dostávaly pravidelně jíst. Byla to těžká práce – těžký život –, ale když nyní měla tento život opustit, nezdál se jí tak docela nežádoucí.

Má nyní s Frankem propátrat jiný život. Frank je velmi vlídný, zmužilý, upřímný. Má s ním odplout noční lodí, stát se jeho ženou a žít s ním v Buenos Aires, kde pro ni připravil domov. Tak dobře se pamatuje na chvíli, kdy ho po prvé spatřila. Bydlíval v domě na hlavní ulici, kam chodívala na návštěvu. Připadalo jí to jako před několika málo týdny. Stál ve vratech, čepici se štítkem měl postrčenu do týla a vlasy se mu hrnuly dopředu nad bronzový obličej. Pak se poznali. Čekával na ni každý večer před obchodním domem a doprovázel ji domů. Vzal ji s sebou na *Cikánku*, a když s ním seděla v divadle na místě, jemuž nebyla zvyklá, cítila se povznesená. Hrozně miloval hudbu a trochu zpíval. Lidé věděli, že s ní chodí, a když zpíval o děvčeti, které miluje námořníka, vždy pociťovala příjemný zmatek. Žertem jí říkával zlatíčko. Napřed ji vzrušovalo, že má chlapce, a pak ho začala mít ráda. Uměl vyprávět o dalekých zemích. Začal jako plavčík, za libru měsíčně na lodi Allanovy lodní společnosti plující do Kanady. Říkal jí jména lodí, na nichž sloužil, a názvy různých služeb. Plul Magalhaesovým průlivem a vyprávěl jí o strašných Patagoncích. Prý se mu podařilo uchytit se v Buenos Aires a vrátil se do rodné země jen na dovolenou. Otec samozřejmě schůzky vyslídil a zakázal jí mít s ním cokoli společného.

„Znám tu námořnickou chásku," řekl.

Jednoho dne se s Frankem pohádal, a pak se musela setkávat s milencem potají.

Večer tma v ulicích zhoustla. Nebylo už možno rozeznat bílou barvu dvou dopisů, které měla na klíně. Jeden napsala Harrymu; druhý otci. Ernesta měla nejraději, ale i Harryho měla ráda. Všimla si, jak otec v poslední době zestárl; bude ji postrádat. Uměl být někdy moc hodný. Před nedávnem, když na den ulehla, četl jí strašidelnou povídku a v krbu jí opekl topinku. Kdysi, ještě za matčina života, vyšli si na výlet na Howthské návrší. Pamatovala se, jak si otec posadil na hlavu matčin klobouk, aby děti rozesmál.

Připozdívalo se, ale seděla dál u okna, opírala se hlavou o záclonu na okně a vdechovala vůni zaprášeného kretonu. Někde daleko v ulici slyšela kolovrátek. Znala tu písničku. Bylo podivné, že jí právě dnes tato písnička připomíná, jak tenkrát slíbila matce, že se bude starat o domácnosti, dokud jen bude moci. Vzpomněla si na poslední noc matčiny nemoci; octla se opět v dusném, tmavém pokoji na protější straně předsíně a zvenčí slyšela italskou melancholickou písničku. Poslali kolovrátkáře pryč a dali mu šest pencí. Vzpomněla si na otce, jak se pyšným krokem vrátil k nemocné do pokoje a řekl:

„Zatracení Italové! Proč sem k nám lezou!"

Žalostný obraz matčina života, který v zamyšlení spatřila, pronikl až k dřeni její bytosti – obraz života plného všedních obětí a ukončeného šílenstvím. Chvěla se, když v duchu slyšela matčin hlas, který s pošetilou naléhavostí stále opakoval:

„Derevaun Seraun! Derevaun Seraun!"

Náhle ji přepadla hrůza, a tak vstala. Uprchnout! Musí uprchnout! Frank ji zachrání. Dá jí život a snad i lásku. Ale ona chce žít. Proč má být nešťastná? Má právo na štěstí. Frank ji vezme do náruče, obejme ji. Zachrání ji.

Stála ve vlnícím se davu na nádraží u North Wall. Držel ji za ruku a uvědomovala si, že k ní mluví, že jí znovu a znovu něco říká o cestě za moře. Nádraží bylo plné vojáků s hnědými zavazadly. Širokými dveřmi krytých nástupišť zahlédla černou hmotu lodi stojící s rozsvícenými kulatými okénky u přístaviště. Neodpovídala. Cítila, jak je ve tváři bledá a studená, a v zoufalém zmatku se modlila k Bohu, aby ji vedl a ukázal jí, co je její povinnost. Loď dlouze a truchlivě zahoukala do mlhy. Rozhodne-li se odejít, zítra bude s Frankem na moři a popluje do Buenos Aires. Mají plavbu zaplacenu. Může ještě couvnout po všem, co pro ni vykonal? Ze samého zoufalství se jí udělalo i tělesně zle a její rty se stále pohybovaly v tiché horlivé modlitbě.

Až do srdce jí zazněl zvon. Ucítila, jak ji Frank vzal za ruku:

„Pojď!"

Kolem srdce jí bouřila všechna moře světa. Vlekl ji k nim: utopí ji v nich. Oběma rukama se chytla železného zábradlí.

„Pojď!"

Ne! Ne! Ne! Je to nemožné. Šíleně svírala rukama zábradlí. Uprostřed moří úzkostně vykřikla.

„Evelino! Evo!"

Protlačil se za přepážku a volal na ni, aby šla za ním. Lidé na něj křičeli, aby nepřekážel, ale stále na ni volal. Trpně, jeko bezmocný živočich k němu obrátila bílou tvář. V jejích očích nebylo znamení lásky, neloučila se s ním, ani ho snad nepoznávala.

PO ZÁVODĚ

Auta se hnala k Dublinu, jako kuličky stejnoměrně ujížděla brázdou Nassau Street k Dublinu. Na hřebenu Inchicorského kopce se houfem kupili diváci a pozorovali, jak uhánějí auta domů a jak si hojnost a píle pevniny razí cestu napříč touto průrvou chudoby a nečinnosti. Tu a tam hloučky vděčně porobených zajásaly. Stranili však modrým autům – autům přátel, Francouzů.

Francouzi byli ostatně skutečnými vítězi. Jejich mužstvo dojelo v celku; umístili se na druhém a třetím místě, vítězné německé auto prý řídil Belgičan. Každé modré auto, které přejelo hřeben kopce, bylo tedy dvojnásob nadšeně přivítáno a za každé přivítání děkovali jezdci úsměvy a kynutím. V jednom takovém elegantním autě byla čtveřice mladíků, jejichž nálada ještě překonávala pověstné galské rozjaření: čtveřice mladíků byla radostí bez sebe. Byl to majitel auta Charles Ségouin, André Rivière, mladý elektrikář původem z Kanady, statný Maďar jménem Villona a vyfintěný mladík jménem Doyle. Ségouin byl dobře naladěn, protože nečekaně dostal objednávky (zařizoval si v Paříži automobilovou dílnu), a Rivière byl dobře naladěn, protože měl být jmenován ředitelem podniku. Oba mladíky (byli to bratranci) navíc blažil úspěch francouzských aut. Villona byl dobře naladěn, protože znamenitě poobědval, a kromě toho byl už svou povahou optimista. Čtvrtý z nich však byl tak rozčilen, že opravdu šťasten být ani nemohl.

Bylo mu asi šestadvacet, měl hebký světle hnědý knír a napohled nesmělé oči. Otec začínal jako radikální nacionalista, ale záhy se názorově přizpůsobil. Dost vydělal jako řezník v Kingstownu a prodejnami, které otevřel v Dublině a na předměstí, zisk ještě znásobil. Šťastně si zajistil státní dodávky a nakonec tak zbohatl, že se o něm v dublinských novinách mluvilo jako o obchodním knížeti. Na studie poslal syna do Anglie na velkou katolickou kolej a potom ho dal na dublinské univerzitě studovat práva. Moc vážně Jimmy nestudoval a dost lajdačil. Měl dost peněz a těšil se oblibě. Hudební záliby dost nečekaně střídal se zájmem o automobily. Na jeden semestr ho pak poslali do Cambridge, aby trochu poznal život. Nakvašený, v duchu však na synovu marnotratnost pyšný otec za něho zaplatil účty a odvolal ho domů. V Cambridgi narazil Jimmy na Ségouina. Zatím se jen tak znali, ale Jimmymu lahodila společnost člověka, který zhlédl kus světa a je prý majitelem několika největších francouzských hotelů. Znát se s takovým člověkem (jak i otec uznal) stojí za to, i kdyby nebyl tak roztomilým společníkem. Villona byl též zábavný – skvělý pianista – bohužel velmi chudobný.

Auto naložené rozjařenou omladinou uhánělo vesele vpřed. Bratranci seděli na předním sedadle, vzadu seděl se svým přítelem Maďarem Jimmy. Villona měl skvělou náladu, dlouhé míle si broukal basem nějakou melodii. Přes rameno trousili Francouzi smích a vtipy a Jimmy se nakláněl dopředu, aby jejich drmolení zaslechl. Moc příjemné to nebylo, protože se pořád musel dohadovat smyslu a proti větru odpovídat. Villonovo broukání bylo už tak k zlosti, což teprve hukot auta.

Rychlý pohyb prostorem člověka povznáší, stejně tak věhlas, stejně tak peníze. To trojí bylo příčinou Jimmyho vzrušení. Mnozí známí ho ten den viděli ve společnosti těchto Evropanů. Na kontrolní stanici ho Ségouin představil jednomu závodníkovi a v odpověď na zmatenou lichotku vycenil trudovitý řidič bělostný chrup. Po této poctě bylo příjemné vrátit se do všedního světa diváků, kteří se pošťuchovali a významně pokukovali. Co se peněz týče, těch má hromadu. Ségouinovi se třeba tak velká zdát nebude, zato Jimmy, přes občasné poklesky, má v srdci zdravé sklony a ví, co práce dá je nastřádat. Toto vědomí dosud udržovalo jeho účty v mezích přijatelné lehkomyslnosti, a jestliže si byl dřív vědom, co práce vězí v penězích, když to záviselo na rozmaru vyšší rozvahy, tím spíše teď, kdy dává v sázku většinu jmění. Jde o vážnou věc.

Je to samozřejmě dobrá investice a Ségouin ho ještě utvrdil v přesvědčení, že podnikovému kapitálu přispívá irským grošem z pouhého přátelství. Jimmy si otcovy prozíravosti v obchodních věcech vážil a tentokrát navrhl tu investici sám otec; na autech se dají vydělat peníze, hromada peněz. Krom toho dělal Ségouin neomylný dojem boháče, Jimmy si v duchu přepočítával, co denní práce obnáší velkopanský vůz, v němž jede. Jak hladce jede. Jak elegantně se vezou po venkovských silnicích. Kouzlem vyhmátla ta cesta pravý tep života a soustrojí lidských nervů čacky zapadalo do vzpínání tak hbitého modrého stvoření.

Ujížděli po Dame Street. Ulice se hemžila nezvyklým provozem, hlučela automobilovými houkačkami a vyzváněním netrpělivých tramvajových řidičů. Ségouin dojel k bance a Jimmy s přítelem vystoupili. Na chodníku se nakupil hlouček a obdivoval funící auto. Měli ten den povečeřet v Ségouinově hotelu a Jimmy s přítelem u něho ubytovaným se šli převléci. Zvolna se auto rozjelo po Grafton Street a oba mladíci se prodírali hloučkem diváků. Podivně tou chůzí znechuceni kráčeli k severu a v oparu letního večera jim město nad hlavou rozvěšovalo bledé světelné báně.

U Jimmyho si dali na večeři záležet. Do rozechvění rodičů se však mísila jistá dravost, jisté fanfárónství; tak už na člověka jména cizích velkoměst působí. Nastrojenému Jimmymu to navíc velmi slušelo, když si v předpokoji uvazoval kravatu, a jako obchodník mohl být otec spokojen, že poskytl synovi vlastnosti, jaké nejsou na prodej. I k Villonovi se otec choval neobyčejně přátelsky, svým chováním vyjadřoval upřímnou úctu k cizokrajným způsobům. Maďarovi, který se už nemohl večeře dočkat, hostitelova rafinovanost nejspíš unikla.

Večeře byla znamenitá, skvělá. Ségouin, jak Jimmy usoudil, má vybraný vkus. Do kroužku ještě přibyl mladý Angličan, jménem Routh, kterého Jimmy poznal v Cambridgi u Ségouina. Mladíci večeřeli v útulné místnosti osvětlené elektrickými svíčkami. Bavili se vydatně a nenuceně. Ve své procítlé fantazii si Jimmy představoval, jak se bujné francouzské mládí ladně vine k Angličanovým solidním způsobům. Jak libá představa, řekl si, a jak přesná. Obdivoval se, jak obratně řídí hostitel hovor. Pět mladíků mělo různý vkus a jazyk se jim rozvázal. S nesmírným obdivem odhaloval Villona užaslému Angličanovi krásy anglického madrigalu a želel zániku starých nástrojů. Ne dost nezáludně vysvětloval Rivière Jimmymu, proč to francouzští mechanici vyhráli. Ryčným hlasem už Maďar málem ztrhal pochybné loutny romantických malířů a tu odvedl Ségouin společnost do politiky. Všem se tím tématem zavděčil. A v Jimmym se pod vlivem ušlechtilého vína probudilo otcovo skryté zanícení: nakonec vyburcoval i lhostejného Routha. Vedro v pokoji houstlo a Ségouin měl stále těžší úkol; hrozilo to urážkami. Čiperný hostitel připil v pravou chvíli lidstvu, a když všichni připili, významně otevřel dokořán okno.

Tu noc si nasadilo město masku velkoměsta. V obláčku vonného kouře se všech pět mladíků procházelo po Stephen's Green. Ryčně a bujně se bavili a na ramenou jim vlály pláště. Lidé jim uhýbali z cesty. Na rohu Grafton Street pomáhal malý tlouštík dvěma hezkým dámám do auta řízeného jiným tlouštíkem. Auto odjelo a tu uviděl malý tlouštík naši společnost.

„André!"

„Vida, Farley!"

Opřekot se rozpovídali. Farley byl Američan. Nikdo

kloudně nevěděl, o čem je řeč. Nejhlučněji hovořili Villona a Rivière, ale vzrušeni byli všichni. Nastoupili do auta a s řehotem se tam namačkali. Za cinkotu rolniček projížděli davem splývajícím v tlumených barvách. Na Westland Row nasedli do vlaku, a jak se Jimmymu zdálo, za pár vteřin už vycházeli z kingstownského nádraží. Výběrčí lístků se s Jimmym pozdravil; byl to stařík.

„Pěkný večer, pane!"

Byla jasná letní noc; jako tmavé zrcadlo jim u nohou leželo moře. Zavěšeni do sebe blížili se k němu, sborem prozpěvovali *Cadet Roussel* a při každém *Ho! Ho! Hohé vraiment!* dupli.

Na hrázi vsedli do člunu a zamířili k Američanově jachtě. Čekala je večeře, hudba, karty. Villona vřele zvolal: „To je krása!"

V kajutě jachty byl klavír. Villona zahrál Farleymu a Rivièrovi valčík, tanečníka dělal Farley a Rivière dámu. Potom zaimprovizoval čtverylku a muži vymýšleli zvláštní figury. Toho veselí! Jimmy tančil s vervou: teď aspoň vidí, co je život. Udýchaný Farley křikl: *Stát!* Nějaký člověk jim přinesl lehkou večeři a mladíci, aby se neřeklo, k ní zasedli. Zato popíjeli: bylo to bohémské. Připili Irsku, Anglii, Francii, Maďarsku, Spojeným státům americkým. Jimmy řečnil, dlouze řečnil, při každé odmlce řekl Villona: *Slyšte! Slyšte!* Když usedl, strhl se potlesk. Byla to jistě pěkná řeč. Farley mu poplácal po zádech a zachechtal se na celé kolo. Takoví bodří kumpáni! Takoví skvělí společníci!

Karty! Karty! Sklidili ze stolu. Villona se klidně vrátil ke klavíru a přehrával jim improvizace. Ostatní hráli jednu partii za druhou a směle hazardovali. Připíjeli na zdraví srdcové královně a kárové královně. Jimmymu se zastesklo po posluchačích: vtip jiskřil. Hrálo se vysoko a bankovky jen lítaly. Kdo vyhrává, to Jimmy s jistotou nevěděl, věděl jenom, že on prohrává. Sám za to mohl, často si karty spletl a prohru mu museli spočítat druzí. Jsou to čerchmanti, ale měli by už přestat: už se připozdívá. Někdo připil na zdraví jachtě *Newportská krasavice* a někdo pak navrhl, aby si naposled dali pořádnou partii.

Klavír umlkl; Villona asi odešel na palubu. Byla to strašlivá partie. Ještě než ji dohráli, udělali přestávku a připili si na zdraví. Jimmy pochopil, že se rozhoduje mezi Routhem a Ségouinem. Jak je to vzrušující! I Jimmy byl vzrušen: samozřejmě na tom prodělá. Kolik už vlastně prohrál? Mladíci vstali a při posledních štyších pokřikovali a šermovali rukama. Vyhrál Routh. Kajuta se otřásala jásotem mladíků. Karty pokládali na hromádku. Shrábli výhry. Nejvíce prohráli Farley a Jimmy.

Věděl, že mu bude ráno všeho líto, ale zatím se z toho těšil, těšil se z nejisté otupělosti, která zakrývá jeho bláhovost. Lokty se opřel o stůl a s hlavou složenou do dlaní počítal tep na spáncích. Dveře kajuty se otevřely a v záblesku šírání uviděl stát Maďara:

„Rozednívá se, pánové!"

DVA KUMPÁNI

Šedý teplý srpnový večer se snesl na město a ulicemi proudil vlahý vzduch, vzpomínka na léto. Ulice, zabedněné okenicemi pro nedělní klid, se hemžily pestře oděným davem. Z vysokých stožárů pouličních svítilen jako barevné perly zářily lampy na hemživý dav, stále měnící tvar i barvu, a zalévaly vlahý večerní vzduch neustálým šumem.

Z vršku Rutland Square se ubírali dva mladíci. Jeden právě končil dlouhou samomluvu. Druhý, kráčející na kraji chodníku a před společníkovou bezohledností volky nevolky uhýbající do vozovky, se tvářil zaujatě a pozorně. Byl zavalitý a brunátný. Na hlavě měl dozadu pošoupnutou námořnickou čapku, a jak poslouchal, co se mu povídá, od koutku nosu a očí a úst se mu výrazně rozbíhaly vrásky. V rozesmání vyrážel drobné hvízdavé úsměšky. Očima, blýskajícíma šibalskou radostí, každou chvíli pokukoval po kamarádovi. Lehký pršák, po toreadorsku přehozený přes rameno, si občas urovnal. Kalhoty po kolena, bílé gumové střevíce a frajersky přehozený pršák prozrazovaly mládí. V pase se však zakulacoval, vlasy mu řídly a šedivěly, a jakmile jeho obličej opustil výraz oživení, vypadal přepadle.

Když se přesvědčil, že vyprávění skončilo, dobré půl minuty se potichu smál. Potom řekl:

„No ne... To je psina!"

Hlas jako by mu ochabl; na zdůraznění svých slov rozmarně dodal:

„To je psina, abych tak řekl, nad všechny psiny."

Po těch slovech zvážněl a umlkl. Byl umluvený, celé odpoledne povídal v hostinci na Dorset Street. Lidé pokládali Lenehana za vyžírku, ale vzdor špatné pověsti a dík jeho upřímnosti a řečnosti na něho známí nikdy nezanevřeli. Troufale se mísil do jejich hloučku u pultu a chytře zůstával na kraji, až ho pozvali mezi sebe. Byl to šprýmovný tulák, vyzbrojený historkami, veršovánkami a hádankami. Z grobiánství si nic nedělal. Z čeho je vlastně živ, to nikdo nevěděl, neurčitě se však o něm říkalo, že má co dělat s dostihovými tikety.

„A kdepak jsi ji, Corley, sbalil?" zeptal se.

Corley si olízl horní ret.

„Jednou jsem, člověče, chodil po Dame Street a pod vodárenskými hodinami zmerčil pěknou fuchtli a popřál jí dobrý večer. Prošli jsme se kolem průplavu. Prý slouží v jednom domě v Baggot Street. Objal jsem ji a trochu ji ten večer pomuchlal. Příští neděli jsem si s ní, člověče, dal rande. Šli jsme do Donnybrooku a zavedl jsem ji tam na louku. Prý dřív chodila s nějakým mlíkařem. Bylo to, člověče, prima! Každý večer mi nosila cigarety a platila za tramvaj tam a zpátky. A jednou večer mi přinesla dvě sakramentsky nóbl cigára – extra tabák, to víš, jaký kouřil starý... Měl jsem, člověče, strach, aby nepřišla do jiného stavu. Jenže ona se vyzná.“

„Třeba si myslí, že si ji vezmeš,“ řekl Lenehan.

„Řekl jsem jí, že jsem bez místa. Řekl jsem jí, že jsem byl u Pima! Ani neví, jak se jmenuju. Povědět jí to, na to jsem dost mazaný. Myslí si, že jsem něco lepšího.“

Lenehan se zas tlumeně zasmál.

„To je historka,“ řekl. „Za všechny prachy.“

Corley uznale vykročil. Tak při své zavalitosti rázoval, že mu přítel uhýbal z chodníku do vozovky a zas zpátky. Corley byl syn policejního inspektora a postavu i chůzi měl po otci. Chodil s rukama připaženýma, držel se zpříma a vpravo vlevo pohyboval hlavou. Měl velkou kulatou a napomádovanou hlavu; šikmo nasazený tvrďák vypadal jako bambule vyrostlá z jiné bambule. Jako na přehlídce upíral zrak stále vpřed, a když se za někým na ulici ohlédl, musel se v bocích celý otočit. Teď se jen procházel po městě. Když se někde uprázdnilo místo, vždycky mu to nějaký známý za tepla pověděl. Často ho viděli, jak chodí s tajnými a vážně s nimi rozmlouvá. Znal pozadí všech událostí a rád o nich pronášel úsudek. Mluvil sám a druhé neposlouchal. Hovořil hlavně o sobě: co mu ten a onen řekl a co on řekl jemu, a jak to skoncoval. Když rozhovory opakoval, první písmeno svého jména pronášel s přídechem (jako Florenťan).

Lenehan nabídl příteli cigaretu. Oba mladíci se prodírali davem a Corley se občas s úsměvem ohlédl po nějakém děvčeti. Lenehan však upřeně zíral na veliký bledý měsíc, vroubený dvojitým kolem. Vážně pozoroval, jak mu tvář zastírá šedá tkáň soumraku. Nakonec řekl:

„Inu... pověz mi, Corley. Myslíš, že se ti to povede?"

Místo odpovědi přimhouřil Corley významně jedno oko.

„Nalítne ti na to? zapochyboval Lenehan. V ženských se člověk nevyzná."

„Je správná, řekl Corley. Já to s ní umím. Trochu se do mě zakoukala."

„Ty jsi úplný Lothario," řekl Lenehan. „A to pořádný Lothario."

Posměšným nádechem zmírnil svou podlézavost. Zachraňoval se tím, že se jeho lichotky daly chápat jako škádlení. Jenže Corley nebyl tak rafinovaný.

„Není nad dobrou služtičku," prohlásil. „Dej si říct!"

„Od někoho, kdo je všechny vyzkoušel, řekl Lenehan."

„Zpočátku jsem taky chodil se slečinkami, řekl sdílně Corley; s děvčaty z Jižní okružní třídy. Vždycky jsem je, člověče, někam vyvezl tramvají a platil za ně jízdenku, nebo jsem je vodil na koncerty nebo do divadla, kupoval jim čokoládu a bonbony a tak. Utrácel jsem za ně ažaž, řekl přesvědčivým tónem, jako by si myslil, že mu Lenehan nevěří."

Jenže Lenehan tomu rád věřil, vážně přikývl hlavou.

„Znám to, řekl, a je to pro kočku."

„A houby jsem z toho měl," řekl Corley.

„Já jakbysmet," řekl Lenehan.

„Kromě jediné," řekl Corley.

Olízl si horní ret. Oči mu nad tou vzpomínkou zazářily. I on se podíval na bledý kotouč měsíce, téměř už zastřený, jako by se zamyslil.

„Byla... tak akorát, řekl lítostivě."

Znovu se odmlčel. Potom dodal:

„Je teď na holandě. Jednou večer jsem ji viděl, jak se veze s dvěma mladíky v autě."

„Však ty sám za to můžeš," řekl Lenehan.

„Nebyl jsem ani první, ani poslední," pronesl Corley stoicky.

Tentokrát tomu Lenehan neměl chuť uvěřit. S úsměvem zavrtěl hlavou.

„Na mě si, Corley, nepřijdeš," řekl.

„Přisámbůh! Sama mi to řekla."

Lenehan udělal tragické gesto.

„Bídná zrádkyně," řekl.

Procházeli kolem zábradlí Trinity College a tu Lenehan vběhl do ulice a koukl po hodinách.

„Čtvrt na pět," řekl.

„Dost času, řekl Corley, však ona tam bude. Pokaždé ji nechám čekat."

Lenehan se zasmál pod vousy.

„Namoutě! Ty to s ní umíš," řekl.

„Já je mám prokouknuté," přiznal Corley.

„Pověz mi, ozval se znovu Lenehan, myslíš, že to nějak sfoukneš? Jak víš, je to vakrlaté. Jsou na to háklivé... Tak co?"

Bystrýma očkama zapátral v kamarádově tváři, jestli má pravdu. Corley zavrtěl hlavou, jako by odháněl dotěrný hmyz, a svraštil čelo.

„Zvládnu to, řekl. Nech to, prosím, na mně."

Lenehan zmlkl. Nechtěl přítele podráždit, ještě ho pošle k čertu, že o jeho rozumy nestojí. Musí na to jít šetrně. Ale Corleymu se čelo zas vyjasnilo. Myslel už na něco jiného.

„Je to rajda jak se patří, řekl uznale, to je."

Kráčeli po Nassau Street, potom zahnuli do Kildare Street. Poblíž klubovního portálu stál harfeník a hrál hloučku posluchačů. Ledabyle brnkal na struny, chvílemi koukl po příchozím a chvílemi zas stejně omrzele po obloze. I jeho harfu, lhostejnou k tomu, že se z ní smekl povlak, jako by omrzely pohledy cizích lidí i pánovy ruce. Jednou rukou hrál basem *Tiše, ó Moyle*, druhou zas po několika notách diskantem. Hluboce a sytě zněly tóny písničky.

Oba mladíci prošli mlčky ulicí sledováni tesknou melodií. Když došli k Stephen's Green, přešli přes ulici. Hřmot tramvají, světlo a dav je vytrhl z mlčení.

„Tamhle je!" řekl Corley.

Na rohu Hume Street stála nějaká mladice. Měla na sobě modré šaty a bílý námořnický klobouk. Stála na kraji chodníku a v jedné ruce točila slunečníkem. Lenehan ožil.

„Pojďme si ji omrknout, Corley," řekl.

Úkosem koukl Corley na kamaráda a v obličeji mu naskočil nepříjemný úšklebek.

„To mě chceš vyhodit ze sedla?" zeptal se.

„Ksakru," řekl Lenehan. „Nepotřebuji, abys mě představoval. Potřebuju se na ni jen kouknout. Však ji nesním."

„Ach tak... Kouknout?" řekl vlídněji Corley. „Dobrá... Něco ti povím. Půjdu za ní a dám se s ní do řeči a ty projdeš kolem nás."

„Dobrá," řekl Lenehan.

Corley jednou nohou překročil řetěz a tu Lenehan křikl:

„A co potom? Kde se sejdeme?"

„V půl jedenácté, odpověděl Corley a přehodil druhou nohu."

„Kde?"

„Roh Merrion Street. Budeme se tamtudy vracet."

„Dobré pořízení, řekl na rozloučenou Lenehan."

Corley neodpověděl. Vykročil přes ulici a ze strany na stranu přitom kymácel hlavou. Jeho zavalitý trup, rozvážný krok i cvakot holínek měl v sobě cosi dobyvatelského. Přistoupil k mladici, nepozdravil a rovnou se s ní dal do řeči. Hned točila slunečníkem rázněji a obracela se na podpatcích. Párkrát na ni zblízka promluvil a ona se zasmála a sklopila hlavu.

Chvíli je Lenehan pozoroval. Pak se rázně vydal podél řetězů a o kus dál se pustil šikmo přes ulici. Na rohu Hume Street ucítil silnou vůni voňavky a zvědavě zapátral, jak mladice vypadá. Byla svátečně vyparáděná. Modrou šerkovou sukni jí v pase obepínal černý kožený pás. Velká stříbrná přezka jako by ji utahovala v pase a přichycovala světlou látku blůzy. Měla na sobě krátký černý kabátek s perleťovými knoflíky a vypelichanou černou kožešinou. Cípy tylového límečku si pečlivě nařasila a na ňadra si připjala stonky vzhůru velikánskou kytici červených květin. Lenehan si zálibně prohlížel její nevysokou, ale zavalitou a statnou postavu. Z obličeje, z buclatých červených tváří a z nebojácných modrých očí jí hledělo drzé zdraví. Rysy měla hrubé, široké chřípí, rozchlípené rty spokojeně rozšklebené a dva vyčnělé řezáky. Jak šel kolem nich, smekl Lenehan čapku a asi za deset vteřin mu Corley nedbale vrátil pozdrav, a to tak, že neurčitě zvedl ruku a zamyšleně si pošoupl klobouk.

Lenehan došel až k Shelbournovu hotelu, tam se zastavil a čekal. Po chvilce čekání uviděl, jak jdou k němu, když pak odbočili vpravo, šel za nimi po jedné straně Merrion Square a zlehka našlapoval v bílých střevících. Jak tak kráčel v rytmu s jejich chůzí, pozoroval Corleyho hlavu, jak se k ní jako nějaká na čepu nasazená koule co chvíli otáčí. Měl je pořád na očích, až uviděl, jak nastupují do donnybrookské tramvaje; potom se otočil a vracel, odkud přišel.

Když zůstal sám, jako by v obličeji zestárl. Nálada ho přešla, a jak šel kolem zábradlí v Duke Lane, přejížděl po něm dlaní. Do kroků mu vjela melodie, kterou předtím hrál harfeník. Měkce obutá chodidla vyhrávala melodii a po každé pasáži prsty měkce na zábradlí vyťukával její variace.

Lhostejně šel kolem Stephen's Green a dále po Grafton Street. Leccos v zástupu sledoval očima, ale bez zájmu a nevrle. Co ho mělo okouzlovat, připadalo mu fádní a na pohledy vyzývající ho k smělosti nereagoval. Věděl, že by musel začít povídat, vymýšlet si a bavit, ale mozek a hrdlo měl vyprahlé. Znovu ho znepokojovalo, co má dělat těch pár hodin, než se zase sejde s Corleym. Nic lepšího ho nenapadlo, než že je prochodí. Došel na roh Rutland Square, zabočil vlevo a hned mu bylo líp v šerých tichých ulicích, svou pochmurností hovějících jeho náladě. Nakonec zůstal stát před výlohou nuzného krámu, na němž bílými písmeny stálo *Občerstvení*. Na zasklené výloze byly načmárány dva nápisy: *Zázvorové pivo* a *Zázvorová limonáda*. Na modré míse byla vyložena nakrájená šunka a vedle na misce ležela porce švestkového pudinku. Chvíli si jídlo prohlížel, potom se rozhlédl po ulici a odhodlaně vstoupil do krámu.

Měl hlad, kromě dvou sucharů, které si u nevrlých

číšníků poručil, od snídaně nejedl. Usedl k neprostřenému dřevěnému stolu proti dvěma mladým dělnicím a řemeslníkovi. Obsluhovala ho nějaká cuchta.

„Kolik stojí porce hrachu?" zeptal se.

„Jeden a půl penny, prosím," řekla číšnice.

„Dejte mi talíř hrachu a láhev zázvorového piva."

Mluvil drsně, aby nevypadal na něco lepšího, protože jak vstoupil dovnitř, přestali mluvit. Měl rozpálený obličej. Nenuceně si pošoupl čapku do týla a lokty se opřel o stůl. Řemeslník a obě dělnice si ho bedlivě prohlédli a zase se tlumeně rozpovídali. Číšnice mu přinesla talíř horkého hrachu s pepřem a octem, vidličku a zázvorové pivo. Hltal jídlo a tak mu chutnalo, že si lokál zapamatoval. Když hrách dojedl, upíjel zázvorové pivo a chvíli seděl a přemýšlel o Corleyho dobrodružství. V duchu si představoval, jak se milenci procházejí po tmavé silnici, a slyšel Corleyho, jak k ní důvěrně promlouvá hlubokým hlasem, a znovu uviděl, jak vilně po něm mladice kroutí očima. Při té představě znovu pocítil svou chudobu měšce i ducha. Dost už toho potloukání, toho tahání čerta za ocas, těch podfuků a lumpáren. V listopadu mu bude jedenatřicet. Copak už nikdy nesežene dobré zaměstnání? Bylo by příjemné, napadlo ho, usednout k teplému ohni a k dobré večeři. Dost dlouho už courá s kamarády a s děvčaty po ulicích. Ví, co jsou kamarádi zač, a děvčata zná taky. Po svých zkušenostech zanevřel na svět. Nepozbyl však naděje. Po jídle mu hned bylo líp, nebyl už tak omrzelý, tak zdeptaný. Třeba se ještě někdy usadí v útulném koutku a bude mu blaze, jestli kápne na nějaké hodné, prosté děvče s menšími úsporami.

Zaplatil číšnici dvě a půl penny a vyšel z hospody na další potulky. Zašel do Capel Street a šel po ní až k radnici. Potom zabočil do Dame Street. Na rohu George's Street potkal dva známé a dal se s nimi do řeči. Rád si po tom procházení odpočinul. Známí se ho zeptali, jestli neviděl Corleyho a co je nového. Řekl jim, že byl s Corleym celý den. Moc toho známí nenapovídali. Roztržitě koukali v zástupu po známých a občas utrousili kritickou poznámku. Jeden řekl, že před hodinou viděl Maca na Westmoreland Street. Na to řekl Lenehan, že byl včera večer s Macem u Egana. Mladík, který viděl Maca na Westmoreland Street, vyzvídal, jestli Mac opravdu tolik vyhrál v kulečníkové partii. Lenehan nevěděl, u Egana prý za ně platil útratu Holohan.

Ve tři čtvrtě na deset Lenehan od známých odešel a pustil se po George's Street. U městského tržiště zahnul vlevo a zašel do Grafton Street. Zástup mladíků a děvčat prořídl a cestou po ulici slyšel, jak si hloučky a dvojice dávají dobrou noc. Došel až k hodinám chirurgické fakulty: co chvíli měla odbíjet desátá. Rázoval po severní straně parku, spěchal, kdyby se snad Corley vrátil předčasně. Když došel na roh Merrion Street, stoupl si do stínu svítilny, vytáhl ušetřenou cigaretu a zapálil si. Opřen o svítilnu upíral zrak tam, odkud se snad bude Corley s dívkou vracet.

Znovu zbystřel. Říkal si, jestli Corley dobře pořídil. Říkal si, jestli jí o to řekl, nebo zda to nechá na poslední chvíli. Prožíval všechna muka a vzrušení, v nichž jeho přítel tone, i muka a vzrušení vlastní. Při vzpomínce na Corleyho, jak pomalu kroutí hlavou, se trochu uklidnil. Corley to jistě dobře narafičí. Náhle ho napadlo, že ji Corley třeba vyprovodí domů jinudy, a tak mu foukne. Pátral po ulici: nikde po nich ani památky. Je to jistě půl hodiny, co se díval na hodiny na chirurgické koleji. Že by mu Corley něco takového provedl? Zapálil si poslední cigaretu a nervózně zabafal. Pokaždé když na rohu náměstí zastavila tramvaj, napínal zrak. Jistě zamířili domů jinudy. Cigaretový papírek se mu roztrhl a se zaklením cigaretu zahodil.

Najednou je uviděl, jak se k němu blíží. Samou radostí sebou trhl, nehýbal se od stožáru a snažil se z jejich chůze vyčíst, jak to dopadlo. Šli rychle, mladice drobila kroky. Corley jí dlouhými kroky zrovna stačil. Zřejmě spolu nemluvili. Náznak toho, jak to dopadlo, ho hlodal jako hrot ostrého nástroje. Věděl, že Corley nepořídí; věděl, že to není k ničemu.

Zahnuli na Baggot Street a on se po druhém chodníku hned pustil za nimi. Když zůstali stát, zůstal stát i on. Chvíli spolu hovořili a mladice po schůdkách sestoupila do suterénu domu. Corley zůstal stát na kraji chodníku, opodál domovních schůdků. Uběhlo několik minut. Zvolna a obezřetně se pak rozvíraly domovní dveře. Po předních schůdkách seběhla nějaká žena, zakašlala, Corley se otočil a šel jí naproti. Pár vteřin ji svou tělnatostí zakrýval, potom zas bylo vidět, jak žena běží po schodech nahoru. Zapadly za ní dveře a Corley vykročil směrem ke Stephen's Green.

Lenehan se hnal stejným směrem. Spadlo pár kapek deštíku. Popohnaly ho, ohlédl se po domě, kam mladice vešla, jestli ho někdo nepozoruje, a svižně přeběhl ulici. Strachem a během se celý zadýchal. Křikl:

„Hej, Corley!"

Corley otočil hlavu, kdo ho to volá, ale pokračoval v chůzi. Lenehan běžel za ním, rukou si na ramenou přidržoval pršák.

„Hej, Corley!" křikl znovu.

Dohonil kamaráda a zapátral v jeho obličeji. Nic tam neviděl.

„Tak co? řekl. Podařilo se to?"

Došli na roh Ely Place. Corley neodpovídal. Zabočil vlevo a pustil se postranní uličkou. Rysy mu strnuly v urputný klid. Lenehan držel s druhem krok a těžce oddychoval. Zrozpačitěl a ozval se výhružným hlasem.

„Co nic neříkáš? řekl. Zkusil jsi to s ní?"

U první svítilny zůstal Corley stát a hleděl zarytě před sebe. Vážným posunkem napřáhl ruku ke světlu a s úsměvem ji k druhovi napřáhl, ať se podívá. Na dlani se mu zableskl zlaťák.

PENSION

Paní Mooneyová byla řezníkova dcera. Byla to žena, která si svoje záměry uměla vzít k srdci; rozhodná žena. Vdala se za otcova dílovedoucího a otevřela si řeznictví blízko Spring Gardens. Ale s panem Mooneym, jakmile mu zemřel tchán, začalo to jít z kopce. Pil, rozhazoval, střemhlav upadal do dluhů. Bylo marné nutit ho, aby slíbil, že už nebude pít; určitě slib za několik málo dní porušil. Zničil obchod tím, že se před zákazníky hádal se ženou a nakupoval špatné maso. Jednou večer se hnal na ženu s řeznickým sekáčkem a ona musela přespat u sousedů.

Pak bydleli každý zvlášť. Navštívila kněze a získala u něho povolení rozvodu s tím, že sama bude pečovat o děti. Nemínila mužovi poskytnout peníze, jídlo ani bydliště; a tak musel nastoupit službu jako soudní sluha. Byl to ošuntělý, shrbený malý opilec s bílým obličejem, bílým knírem a bílým obočím načrtnutým nad červeně žilkovanými a bolavými očky; celé dny seděl v kanceláři soudních vykonavatelů a čekal, až ho pošlou na nějakou práci. Paní Mooneyová, která nechala řeznického obchodu a za peníze, jež jí zbyly, zařídila si pension na Hardwicke Street, byla mohutná, imposantní žena. Přechodnými obyvateli jejího domu byli turisté z Liverpoolu a z ostrova Manu, občas také zpěváci z music-hallů. Stálými obyvateli byli městští úředníci. Spravovala dům zkušeně a rázně, věděla, kdy může poskytnout úvěr, kdy má být přísná a kdy poshovět. Všichni mladí muži, kteří měli u ní stálé bydliště, říkali jí *madam*.

Mladí muži paní Mooneyové platili týdně za byt a stravu (mimo světlé nebo černé pivo k večeři) patnáct šilinků. Měli společné záliby i povolání, a proto se mezi sebou chovali kamarádsky. Rozmlouvali spolu o vyhlídkách favoritů a outsiderů. Jack Mooney, syn madam, byl úředníkem u komisionáře na Fleet Street a měl pověst těžkého případu. Rád užíval vojácky hrubých slov; obyčejně se vracel domů po půlnoci. Když se setkal s přáteli, vždycky jim uměl povědět pěknou historku, a stále k něčemu pěknému lnul – to znamená ke koni, s kterým to vyjde, nebo ke zpěvačce, s kterou to vyjde. Také měl pohotové pěsti a zpíval veselé písničky. V neděli večer bývalo v předním salónu paní Mooneyové shromáždění. Přišli zazpívat zpěváci z music-hallu; Sheridan hrál valčíky, polky a improvisované doprovody. Zpívala i Polly Mooneyová, dcera madam. Zpívala:

„Jsem děvče bez morálky,
proč se stydíte?
Dávno to přece víte.“

Polly byla štíhlé devatenáctileté devče; měla světlé, jemné vlasy a malá, plná ústa. Ať mluvila s kýmkoli, její šedivé oči s odstínem zeleně se obvykle dívaly vzhůru, takže vypadala jako trochu zvrácená madona. Paní Mooneyová napřed dceru poslala dělat písařku k obilnímu komisionáři, ale hanebný soudní sluha chodil obden do této kanceláře a žádal, aby si směl promluvit s dcerou, a tak vzala dceru zase domů a pověřila jí domácí prací. Protože Polly byla velmi čilá, matka jí chtěla dopřát společnost mladých mužů. Mimo to mladým mužům vyhovuje pocit, že je někde nablízku mladá žena. Polly samozřejmě s mladými muži flirtovala, ale paní Mooneyová to uměla znalecky posoudit a věděla, že si mladí muži jen krátí dlouhou chvíli a nikdo to nemyslí vážně. Tak tomu bylo dlouhý čas a paní Mooneyová začala pomýšlet na to, že zase pošle Polly psát na stroji, když tu si všimla, že se mezi Polly a jedním mladým mužem něco děje. Pozorovala dvojici a držela jazyk za zuby.

Polly věděla, že je pozorována, a přece nemohla nepochopit, co vězí za matčiným vytrvalým mlčením. Mezi matkou a dcerou nedošlo k otevřené dohodě, k žádnému otevřenému dorozumění, ale třebaže lidé v domě začali o tom poměru mluvit, paní Mooneyová nazasáhla. Polly se začala chovat trochu divně a mladý muž byl zřejmě zneklidněn. Když nakonec paní Mooneyová usoudila, že nastal pravý okamžik, zasáhla. Roztínala morální otázky, jako sekáček roztíná maso: a v tomto případě věděla, co chce.

Bylo jasné nedělní ráno na počátku léta, slibovalo horký den, ale vanul svěží vítr. Všechna okna pensionu byla otevřena a krajkové záclony se jemně vydouvaly pod vytaženými půlkami oken do ulice. Ze zvonice kostela sv. Jiří se vytrvale ozývalo vyzvánění a věřící kráčeli jednotlivě i ve skupinách přes malé náměstí před kostelem a zamlklostí právě tak jako knížečkami, které drželi v rukou oblečených do rukavic, prozrazovali, jaký je jejich cíl. V pensionu bylo po snídani a stůl v ranní jídelně pokrývaly talíře se žlutými skvrnami po vejcích a s kousky tučné slaniny a její kůrky. Paní Mooneyová seděla v proutěném křesle a přihlížela, jak služka Mary sbírá příbory od snídaně. Poručila Mary posbírat kůrky a zbytky nalámaného chleby na úterní chlebový nákyp. Když byl stůl uklizen, nalámaný chléb posbírán, cukr a máslo bezpečně uloženy pod zámek, začala se rozpomínat na rozhovor, který včera večer měla s Polly. Bylo tomu tak, jak se dohadovala; ptala se otevřeně a Polly otevřeně odpovídala. Oběma bylo samozřejmě trochu trapně. Jí bylo trapně, protože si přála, aby se nezdálo, že zprávu přijímá příliš velkomyslně nebo že přihlížela s přimhouřenými očima, a Polly bylo trapně nejen proto, že jí při zmínce o takových věcech vždycky bylo trapně, ale také proto, že si nepřála, aby si matka myslela, že s chytrou nevinností uhodla, jaký se za matčinou snášenlivostí skrývá záměr.

Jakmile si paní Mooneyová ve svém zamyšlení uvědomila, že zvony na kostele sv. Jiří umlkly, instinktivně se podívala na malé pozlacené hodiny na krbové římse. Bylo sedmnáct minut po jedenácté: bude mít dost a dost času vyřídit si to s panem Doranem a stihnout pobožnost o dvanácté v Marlborough Street. Byla si jista, že vyhraje. Především má na své straně celé veřejné mínění: je zneuctěná matka. Dovolila mu, aby bydlel pod její střechou, protože předpokládala, že je čestný muž, a on prostě jejich pohostinství zneužil. Je mu čtyřiatřicet nebo pětatřicet let, takže ho nelze omlouvat mládím; nelze ho omlouvat ani nevědomostí, protože už poznal kus světa. Využil prostě Pollyina mládí a nezkušenosti: to je jasné. Otázka zní: jak učiní nápravu?

V takovémto případě k nějaké nápravě dojít musí. Pro muže je to jednoduché: když si užil okamžiku potěšení, může si jít po svých, jako by se nic nestalo, ale tíhu věci musí nést děvče. Některé matky by se spokojily tím, že by takovou záležitost zahladily sumou peněz; ví o takových případech. Ale tak si ona počínat nebude. Ztrátu dceřiny cti může pro ni napravit jen jedno: sňatek.

Ještě jednou si spočítala svoje karty, než poslala Mary nahoru do pokoje k panu Doranovi vyřídit, že si s ním přeje mluvit. Měla pocit jistoty, že vyhraje. Je to mladý muž, ne zhýralý ani hlučný jako ostatní. Být to pan Sheridan, pan Meade nebo Bantam Lyons, její úkol by byl mnohem těžší. Podle jejího soudu si nebude přát, aby se o tom lidé dověděli. Všichni nocležníci v domě něco o tom poměru vědí; někteří si vymysleli podrobnosti. Mimo to je třináct let zaměstnán v kanceláři velké katolické vinařské firmy, a kdyby se o tom lidé dověděli, patrně by ztratil místo. Kdežto kdyby souhlasil, všechno by možná dobře dopadlo. Věděla, že především dost bere, a dohadovala se, že má i něco uloženo.

Už skoro půl! Vstala a podívala se na sebe do zrcadla. Rozhodný výraz ve velikém kvetoucím obličeji ji uspokojil a pomyslela na některé matky, o nichž věděla, že se svých dcer nemohou zbavit.

Pan Doran byl tohoto nedělního rána skutečně velmi ustaraný. Dvakrát se pokusil oholit, ale měl ruce tak neklidné, že musel přestat. Bradu mu lemovaly třídenní narudlé vousy a každé dvě tři minuty se mu zamlžily brýle, takže si je musel sejmout a vyčistit kapesníkem. Vzpomínka na včerejší večerní zpověď mu působila opravdovou bolest; kněz na něm vyzvěděl všechny směšné podrobnosti celé záležitosti a nakonec jeho hřích tak zveličil, že byl vděčen, když mu zůstala pootevřena zadní vrátka, aby mohl vykonat nápravu. Už se stalo. Co nyní může udělat jiného než se oženit nebo uprchnout? Nedokázal tomu nastavit drzé čelo. O záležitosti by se jistě mluvilo a zaměstnavatel by se o ní určitě doslechl. Dublin je tak malé město: každý ví o všem, co jiní dělají. Cítil, jak mu srdce horce vyskakuje až do hrdla, když ve vzrušené představě uslyšel starého pana Leonarda volat skřípavým hlasem: „Prosím vás, ať ke mně přijde pan Doran."

Všechna dlouhá léta služby proměněna v nic! Všechna píle a přičinlivost promarněny! Jako mladík se samozřejmě vybouřil; chlubil se před kamarády v hostincích svou svobodomyslností a popíral jsoucnost boží. Ale to minulo a skoncoval s tím... skoro. Stále ještě si každý týden kupuje *Reynolds's Newspaper*, ale vykonává náboženské povinnosti a devět desetin roku žije spořádaným životem. Má dost peněz, aby se mohl usadit; v tom to nevězí. Ale jeho rodina by se na ni dívala s patra. Především je tu špatná pověst jejího otce, a pak, pension její matky začíná být v určitém smyslu proslulý. Uvědomil si, že je v pasti. Uměl si představit, jak o té záležitosti mluví jeho přátelé a smějí se. Polly je skutečně trochu vulgární; někdy říká: „Dyť vím," a: „Dybysem věděla." Ale co by záleželo na gramatice, kdyby ji opravdu miloval? Nedokázal rozhodnout, zda ji za to, co udělala, má mít rád, nebo jí pohrdat. Udělal to ovšem i on. Instinkt ho naléhavě vybízel, aby zůstal svobodný a neženil se. Říkal mu: jakmile se oženíš, je s tebou konec.

Když takto bezmocně seděl v košili a v kalhotech na pelesti postele, zlehka zaklepala na dveře a vstoupila. Řekla mu všecko – že se se vším svěřila matce a že s ním chce matka dnes ráno mluvit. Plakala, vrhla se mu kolem krku a řekla:

„Ach Bobe! Bobe! Co si počnu? Co si vůbec počnu?"
Řekla, že si vezme život.

Chabě ji utěšoval, domlouval jí, aby neplakala, všechno prý dobře dopadne, jen ať se nebojí. Cítil skrze svou košili vzrušení jejích prsou.

To, co se stalo, nebyla tak úplně jeho chyba. S onou podivně trpělivou pamětí svobodného mládence si dobře pamatoval na první zběžné lichotivé doteky jejích šatů, jejího dechu a prstů. Pak jednou pozdě večer, když se svlékal a chtěl ulehnout, bázlivě zaklepala na dveře. Potřebovala si zapálit svíčku od jeho svíčky, protože ji závan větru uhasil. Byl to den, kdy se koupávala. Měla na sobě lehký otevřený župan z vzorkovaného flanelu. Bílé nárty jí zářily z rozevřených kožešinových domácích střevíců a pod navoněnou pletí jí vřele žhnula krev. I z rukou a zápěstí, když zapalovala a upevňovala svíčku, bylo lehce cítit voňavku.

Když se někdy večer hodně opozdil, ohřívala mu večeři. Ani skoro nevěděl, co jí, když ji tak cítil samotnou vedle sebe, za noci ve spícím domě. A její pozornost! Byla-li někdy noc studená, vlhká nebo větrná, určitě měla pro něj připravenu skleničku punče. Snad by spolu mohli být šťastni ...

Chodívali spolu po špičkách nahoru, každý si nesl svíčku a na třetím odpočivadle si neradi dávali dobrou noc. Líbávali se. Pamatuje se dobře na její oči, na dotek její ruky a na svoje delirium ...

Ale delirium pomíjí. Opakoval její větu a užil jí sám o sobě: *„Co si počnu?"* Mládenecký instinkt ho varoval, aby neustupoval. Ale byl tu hřích; i smysl pro čest mu říkal, že takový hřích musí být napraven.

Když tak s ní seděl na pelesti postele, přišla Mary ke

dveřím vyřídit, že si paní přeje s ním mluvit v salóně. Vstal, oblékl si vestu i sako a cítil se bezmocnější než kdy jindy. Jakmile byl oblečen, přistoupil k ní, aby ji utěšil. Všechno dobře dopadne, žádný strach. Odešel a ona plakala na posteli a tiše naříkala: „Ach můj Bože!"

Když sestupoval po schodech, brýle se mu tak zamlžily, že je musel sejmout a očistit. Toužil vznést se skrze střechu a odlétnout do jiné země, kde by už nikdy neslyšel o svých nesnázích, a přece ho nějaká síla strkala krok za krokem po schodech dolů. Nesmiřitelné tváře jeho zaměstnavatele a madam hleděly na jeho porážku. Na posledním křídle schodiště potkal Jacka Mooneyho, který šel nahoru ze špižírny se dvěma lahvemi piva v náručí. Chladně se pozdravili; a snoubencův zrak na několik vteřin spočinul na tlusté buldočí tváři a tlustých krátkých pažích. Když sestoupil z posledního schodu, vzhlédl a spatřil Jacka, jak na něj hledí od dveří odpočívadla.

Náhle si vzpomněl na večer, kdy se jeden zpěvák z music- hallu, malý světlovlasý Londýňan, dost neomaleně zmínil o Polly. Večírek div rázem neskončil, jak začal Jack řádit. Všichni se ho snažili utišit. Zpěvák, trochu bledší než obvykle, se pořád usmíval a říkal, že nemyslel nic zlého; ale Jack na něj křičel dál, že každému chlapovi, který by si něco takového dovolil na jeho sestru, vyrazí všechny zuby naráz; a udělal by to.

Polly chvilku seděla na pelesti postele a plakala. Pak si osušila oči a šla k zrcadlu. Namočila konec ručníku ve džbánu a studenou vodou si oči osvěžila. Podívala se na sebe z profilu a upravila si vlásenku nad uchem. Potom se vrátila k posteli a posadila se do nohou. Dlouho se dívala na polštáře a pohled na ně probudil v její my-

61

sži tajné, milé vzpomínky. Spočinula zátylkem na chladném kovu konstrukce a zasnila se. Na její tváři už nebylo po zmatku ani stopy.

Čekala trpělivě, skoro vesele a beze strachu dál a vzpomínky postupně ustoupily nadějím a vidinám budoucnosti. Její naděje a vidiny byly tak složité, že už neviděla bílé polštáře, na něž upírala zrak, ani se nepamatovala, že na něco čeká.

Konečně uslyšela matčino zavolání. Vyskočila a běžela k zábradlí.

„Polly! Polly!"

„Ano, maminko?"

„Pojď dolů, miláčku. Pan Doran s tebou chce mluvit."

V té chvíli si vzpomněla, na co čekala.

OBLÁČEK

Před osmi lety se rozloučil s přítelem na North Wall a popřál mu šťastnou cestu. Gallaherovi se vedlo dobře. To bylo možno okamžitě uhodnout podle jeho zcestovalého vzezření, dobře ušitých tweedových šatů a nebojácné výslovnosti. Jen málo lidí má takové nadání a ještě méně jich dokáže zůstat nezkaženo úspěchem. Gallaher má srdce na pravém místě a výhru si zasloužil. To už něco znamená, mít takového přítele.

Od oběda nemyslel malý Chandler na nic jiného než na setkání s Gallaherem, na Gallaherovo pozvání a na velké město Londýn, kde Gallaher žije. Říkali mu malý Chandler, protože sice měřil jen o maličko pod průměr, ale budil dojem malého člověka. Měl bílé a drobné ruce, kostru křehkou, hlas tichý a chování zjemnělé. S velikou péčí ošetřoval svoje světlé hedvábné vlasy a knír a obezřetně si voněl kapesník. Půlměsíce jeho nehtů byly dokonalé, a usmál-li se, bylo možno postřehnout blýsknutí řádky dětsky bílých zubů.

Jak seděl za svým stolem King's Inns, myslel na změny, k nimž došlo v uplynulých osmi letech. Přítel, kterého poznal jako člověka ošuntělého a nuzného, stal se vynikající postavou londýnského tisku. Často se odvracel od únavného psaní a hleděl oknem kanceláře ven. Trávníky i pěšiny pokrývala záře pozdně podzimního zapadajícího slunce. Vrhala spršku vlídného zlatého prachu na neúhledně ustrojené chůvy a sešlé starce dřímající na lavičkách; mihotala se na pohybujících se postavách – na dětech, které s křikem běhaly po štěrkových cestičkách, a na všech, kdo procházeli sadem. Díval se na ten výjev a přemýšlel o životě; a zesmutněl (jako vždy, když přemýšlel o životě). Zmocnila se ho jemná melancholie. Uvědomoval si, jak zbytečné je bojovat proti osudu, a v tom vězelo jádro moudrosti, kterou mu odkázaly věky.

Vzpomněl si na knihy poesie doma v přihrádkách. Koupil je za mládeneckých časů a mnohdy večer, když seděl v pokojíku vedle předsíně, byl v pokušení vzít některou z knihovny a přečíst něco ženě. Ale vždycky ho zadržel ostych; a tak knihy zůstaly na přihrádkách. Občas si opakoval verše sám pro sebe a to ho utěšovalo.

Když mu skončila pracovní doba, vstal a obřadně se rozloučil se svým stolem a kolegy. Vyšel zpod feudálního oblouku King's Inns jako úhledná, skromná postava a rychle šel po Henrietta Street. Zlatý západ slunce pohasínal a začalo být pronikavé chladno. Ulici zalidňoval houf špinavých dětí. Postávaly na ulici nebo běhaly, lezly vzhůru po schodech před rozevřenými dveřmi nebo seděly v podřepu na prahu jako myši. Malý Chandler na ně nemyslel. Obratně si klestil cestu vším drobným, jakoby hmyzím životem a stínem spustlých, přízračných domů, kde kdysi pyšně žila dublinská šlechta. Vzpomínky na minulost se ho nedotýkaly, protože celou jeho mysl zaujala přítomná radost.

Nikdy nebyl v Corlessově restauraci, ale věděl, co za tím jménem vězí. Věděl, že tam lidé chodí po divadle jíst ústřice a pít likéry; a číšníci tam prý umí francouzsky a německy. Když tamtudy někdy večer rychle procházel, viděl, jak ke vchodu přijíždějí drožky, z nich sestupují bohatě oblečené dámy a provázeny kavalíry spěšně kráčejí dovnitř. Mívaly na sobě křiklavé šaty a byly zahaleny mnoha pokrývkami. Tváře měly napudrované, a když došláply na zem, pozdvihovaly si šaty jako polekané Atalanty. Vždy tamtudy procházel, aniž zvedl hlavu a podíval se. I za dne byl zvyklý chodit ulicemi rychle, a octl-li se ve městě pozdě večer, spěchal svou cestou bázlivě a vzrušeně. Ale někdy si o příčiny strachu sám říkal. Vybíral si nejtemnější a nejužší ulice, a když tudy odvážně kráčel, znepokojovalo ho ticho šířící se kolem jeho kročejů; znepokojovaly ho bloudící, mlčenlivé postavy; a někdy když zaslechl prchavý zvuk tichého smíchu, zachvěl se jako list.

Zahnul vpravo směrem ke Capel Street. Ignatius Gallaher v londýnském tisku! Kdo by si byl před osmi lety pomyslil, že je to možné? Ale když nyní malý Chandler prohlížel minulost, rozpomenul se na mnoho znaků přítelovy příští velikosti. Lidé říkávali, že je Ignatius Gallaher divoch. Nu ovšem, stýkal se tenkrát s tlupou zhýralců; hodně pil a půjčoval si na všech stranách. Nakonec se zapletl do nějaké podezřelé záležitosti, do nějaké finanční transakce; tak aspoň jedna verse vysvětlovala jeho úděl. Ale nikdo mu neupíral nadání. V Ignatiu Gallaherovi vždycky bylo něco ... něco, čím na vás proti vaší vůli udělal dojem. I když mu lezli lokty z kabátu a nevěděl si rady, jak sehnat trochu peněz, zachovával si troufalou tvář. Malý Chandler si vzpomněl (a při této vzpomínce se lehce začervenal pýchou), jak Ignatius Gallaher říkával, když byl zahnán do úzkých:

„Poločas, hoši," pronesl s lehkým srdcem. „Kam jsem dal rozvahu?"

To byl celý Ignatius Gallaher; a vem to čert, člověk nemohl jinak, než ho za to obdivovat.

Malý Chandler zrychlil krok. Po prvé v životě měl pocit, že je něco víc než lidé, které potkává. Po prvé se jeho duše bouřila nad tím, jak je Capel Street nudná a jak jí chybí elegance. Nelze o tom pochybovat: chce-li člověk dosáhnout úspěchu, musí odejít. V Dublinu nelze nic dělat. Když šel přes Grattanský most, díval se dolů na nižší nábřeží a jala ho lítost nad nuznými zakrnělými domky. Připadaly mu jako tlupa tuláků schoulených podél břehů řeky, se starými kabáty pokrytými prachem a sazemi, omráčených panoramatem zapadajícího slunce a čekajících na příchod nočního chladu, který je probudí, takže vstanou, otřesou se a odejdou. Ptal se v duchu sám sebe, zda by dokázal napsat báseň, která by tuto myšlenku vyjádřila. Snad by ji Gallaher mohl uplatnit v některých londýnských novinách. Dokázal by napsat něco originálního? Nevěděl určitě, jakou myšlenku chce vyjádřit, ale pomyšlení, že na něj sestoupil poetický okamžik, ožil v něm jako novorozená naděje. Odvážně kráčel vpřed.

Každým krokem se přibližoval Londýnu a vzdaloval od vlastního střízlivého, neuměleckého života. Na obzoru jeho mysli se zachvělo světlo. Není tak starý – dvaatřicet. O jeho povaze lze říci, že je na prahu zralosti. Tolik různých nálad a dojmů by rád vyjádřil veršem. Cítí je v sobě. Snažil se zvážit svou duši, aby poznal, zda je to duše básníka. Usoudil, že hlavním rysem jeho povahy je melancholie, ale melancholie mírněná návraty víry, usmíření a prosté radosti. Kdyby to dokázal vyjádřit v knize básní, snad by lidé naslouchali. Nikdy nedosáhne všeobecné obliby, to ví. Nedokáže strhnout davy, ale mohl by se zalíbit malému okruhu spřízněných duší. Snad by ho angličtí kritici pro melancholický tón jeho veršů uznali jako příslušníka keltské školy; mimo to by tam vložil narážky. Začal si vymýšlet výroky a věty z referátů, jež budou o jeho knize napsány. *„Pan Chandler má dar psát plynulé a půvabné verše"* ... *„Tyto básně proniká zamyšlený smutek"* ... *„Keltská nota."* Je škoda, že jeho jméno nevypadá irštěji. Snad udělá dobře, vloží-li před příjmení matčino jméno: Thomas Malone Chandler; nebo ještě lépe: T. Malone Chandler. Promluví si o tom s Gallaherem.

Zamyslel se tak horlivě, že minul ulici, kde měl zahnout, a musel se vrátit. Když se přibližoval ke Corlessově restauraci, začalo ho překonávat dřívější vzrušení a nerozhodně se zastavil před vchodem. Nakonec otevřel dveře a vstoupil.

Světlo a hluk výčepu ho na okamžik zadržely u dveří. Rozhlížel se kolem sebe, ale třpyt mnoha červených a zelených vinných sklenic mu mátl zrak. Připadalo mu, že je výčep plný lidí, a měl pocit, že si ho lidé zvědavě prohlížejí. Rychle se podíval vpravo a vlevo (trochu se mračil, aby se zdálo, že je tu za vážnou záležitostí), ale když se mu před očima trochu vyjasnilo, poznal, že se nikdo po něm neohlíží a nedívá se na něj: a tamhle, skutečně, tamhle se s nohama široce rozkročenýma opírá zády o pult Ignatius Gallaher.

„Haló, Tommy, stará vojno, že tě vidím! Co to bude? Co si dáš? Já piju whisky; je tady lepší než tam za vodou. Sodovku? Minerálku? Nic takového? Já taky ne. Kazí to chuť ... *Garçon,* dvakrát půlku sladové whisky, buďte tak hodný ... No a jak si žiješ od té doby, co jsem tě viděl naposled? Božínku, jak to stárneme! Zdá se ti, že stárnu – co, zdá? Trochu mi to na hlavě šediví a řidne – co?"

Ignatius Gallaher sundal klobouk a předvedl velikou, krátce ostříhanou hlavu. Tvář měl spalou, bledou a hladce oholenou. Namodrale šedé oči zjasňovaly jeho nezdravou bledost a otevřeně svítily nad živou oranžovou barvou vázanky. Mezi těmito soupeřícími rysy vypadaly jeho rty velmi široké, beztvaré a bezbarvé. Sklonil hlavu a dvěma prsty si útrpně nahmatal řídké vlasy na temeni. Malý Chandler zavrtěl hlavou na znamení, že nesouhlasí. Ignatius Gallaher si zase posadil klobouk na hlavu.

„Život u novin člověka strhá," řekl. „Pořád jen samý hon a spěch, abys měl co napsat, a někdy to ani nenajdeš; přitom musíš mít v tom, co píšeš, vždycky něco nového. K čertu s korekturami a sazeči, aspoň na několik dní. Řeknu ti, že jsem zase hrozně rád zpátky ve starém domově. Pár dní dovolené jde člověku k duhu. Od chvilky, kdy jsem zase přistál v tom drahém špinavém Dublinu, je mi zas tisíckrát líp ... Už nám to přinesli, Tommy. Vodu? Řekni, kdy mám přestat."

Malý Chandler si nechal whisky hodně zředit.

„Nevíš, co ti prospívá, hochu," řekl Ignatius Gallaher. „Já ji piju nezředěnou."

„Piju obyčejně velmi málo," odpověděl skromně malý Chandler. „Tu a tam půl skleničky, když potkám někoho ze staré party, jinak nic."

„No dobrá," řekl povzbudivě Ignatius Gallaher, „připijme si na zdraví, na staré časy a dávnou známost."

Ťukli si a vypili.

„Potkal jsem jich dneska několik ze staré tlupy," pokračoval Ignatius Gallaher. „S O'Harou to zřejmě jde z kopce. Co dělá?"

„Nic," odpověděl malý Chandler. „Je na mizině."

„Ale Hogan má asi teplé místečko, co?"

„Ano, je u pozemkové správy."

„Potkal jsem ho jednou večer v Londýně a vypadal, že je při penězích ... Chudák O'Hara! Asi že chlastá?"

„I jiné věci," odpověděl krátce malý Chandler.

Ignatius Gallaher se zasmál.

„Tommy," řekl, „vidím, že ses ani za mák nezměnil. Jsi pořád stejně vážný muž jako tenkrát, když mě vždycky v neděli ráno hlava bolela jak střep, jazyk jsem měl povlečený a tys mi dával kázání. Potřeboval by ses trochu otrkat ve světě. Nebyl jsi nikdy nikde ani na výletě?"

„Byl jsem na ostrově Manu," odpověděl malý Chandler.

Ignatius Gallaher se zasmál.

„Na ostrově Manu!" řekl. „Jeď do Londýna nebo do Paříže; nejlíp do Paříže. To ti prospěje."

„Ty znáš Paříž?"

„To bych řekl! Trochu jsem se tam potloukal."

„A je opravdu tak krásná, jak říkají?" zeptal se malý Chandler.

Usrkl ze svého nápoje, kdežto Ignatius Gallaher svůj rázně dopil.

„Krásná?" řekl Ignatius Gallaher a odmlčel se, aby vychutnal to slovo i nápoj. „Abys věděl, tak krásná není. Samozřejmě, je krásná ... Ale hlavní je pařížský život. Ach, v žádném městě nenajdeš tolik veselí, pohybu a vzrušení jako v Paříži ..."

Malý Chandler dopil whisky a po chvilce námahy se mu podařilo zachytit výčepníkův pohled. Objednal ještě jednou totéž.

„Byl jsem v Moulin Rouge," pokračoval Ignatius Gallaher, když výčepník odnesl jejich skleničky, „a byl jsem ve všech bohémských kavárnách. Tam jde do tuhého! To není pro pobožného chlapíka, jako jsi ty, Tommy!"

Malý Chandler neřekl nic, dokud se výčepník nevrátil s dvěma skleničkami; dotkl se pak lehce přítelovy skleničky a opětoval přípitek. Začal mít pocit, že trochu ztrácí iluse. Gallaherův přízvuk a způsob, jímž se vyjadřoval, se mu nelíbily. V jeho příteli bylo něco vulgárního, čeho si předtím nevšiml. Ale snad je to jenom vinou života v Londýně uprostřed shonu a soutěžení kolem novin. Pod novým křiklavým chováním je stále ještě skryto bývalé kouzlo osobnosti. A Gallaher konec konců žil, poznal svět. Malý Chandler se díval na přítele se závistí.

„V Paříži je všechno veselé," řekl Ignatius Gallaher. „Podle jejich názoru se má užívat života – a nemyslíš snad, že mají pravdu? Jestli se chceš doopravdy poradovat, musíš do Paříže. A abys věděl, Iry tam mají moc rádi. Když se dověděli, že jsem z Irska, div mě nesnědli, člověče."

Malý Chandler si čtyřikrát nebo pětkrát usrkl ze skleničky.

„Pověz mi," zeptal se, „je pravda, že je Paříž tak ... nemorální, jak říkají?"

Ignatius Gallaher opsal pravicí všeobsáhlé gesto.

„Všechna města jsou nemorální," odpověděl. „V Paříži samozřejmě uvidíš pikantností dost. Jen se jdi na příklad podívat na některý studentský bál. Tam je živo, jestli tomu chceš tak říkat, když se lehčí děvčata začnou spouštět. Víš přece, o kom to mluvím?"

„Slyšel jsem o nich," řekl malý Chandler.

Ignatius Gallaher dopil whisky a zavrtěl hlavou.

„Ach," vzdychl, „říkej si co chceš. Pařížance se žádná ženská nevyrovná – elegancí ani švihem."

„Pak je to tedy nemorální město," namítl malý Chandler s bázlivou naléhavostí – „chci říci ve srovnání s Londýnem nebo Dublinem?"

„S Londýnem!" řekl Ignatius Gallaher. „Jedno je za osmnáct a druhé za dvacet bez dvou. Zeptej se Hogana, člověče. Když byl v Londýně, trochu jsem ho po něm provedl. Ten otvíral oči ... Povídám, Tommy, nesrkej tu whisky jako punč; přihni si."

„Ne, opravdu ..."

„Ale jdi, ještě jedna navrch ti neuškodí. Co si dáš? Ještě jednou totéž, ne?"

„Nu ... dobrá."

„*François*, ještě jednou totéž ... Zakouříš si, Tommy?"

Ignatius Gallaher vytáhl pouzdro na doutníky. Oba přátelé si zapálili po doutníku a mlčky bafali, než dostali zase nápoje.

„Jestli chceš slyšet moje mínění," řekl Ignatius Gallaher, když se po chvíli vynořil z oblaků kouře, do nichž se uchýlil, „svět je divná věc. Mluvíš tu o nemorálnosti! Já slyšel případy – co říkám? – já je zažil; to byly případy... nemorálnosti..."

Ignatius Gallaher zamyšleně bafal z doutníku a pak začal klidným hlasem historika kreslit před přítelem několik obrázků zkaženosti, které je plno v cizích zemích. Shrnul neřesti mnoha velkoměst a zřejmě se mu chtělo přiřknout první místo Berlínu. Za některé věci nemohl ručit (říkali mu o nich přátelé), ale jiné zažil na vlastní kůži. Neohlížel se na hodnosti ani společenské vrstvy. Odhaloval mnohé tajemství klášterů na evropské pevnině, líčil, co je v módě ve vyšší společnosti, a skončil pobrobným vyprávěním o jedné anglické vévodkyni – prý určitě ví, že je to pravda. Malý Chandler žasl.

„Nu co," dodal Ignatius Gallaher, „tady jsme ve starém loudavém Dublině, kde o takových věcech nikdo nic neví."

„Jistě ti připadá nudný," řekl malý Chandler, „po všech těch městech, která jsi poznal!"

„Abych ti řekl," odpověděl Ignatius Gallaher, „je úleva sem přijet. A konec konců, je to přece jen stará vlast, jak se říká, nemyslíš? Člověk se neubrání něco k ní cítit. Taková už je lidská povaha... Ale pověz ty mně něco o sobě. Hogan mi říkal, že už jsi... ochutnál radosti manželského nebe. Jsou tomu už dva roky, ne?"

Malý Chandler se začervenal a usmál.

„Ano," řekl, „v květnu tomu byl rok, co jsem se oženil."

„Doufám, že jsem se příliš neomeškal, abych ti mohl přát všechno nejlepší," prohlásil Ignatius Gallaher. „Neměl jsem tvou adresu, jinak bych ti byl blahopřál už tenkrát."

Napřáhl ruku a malý Chandler mu ji stiskl.

„Nu, Tommy," řekl, „přeju tobě i tvé rodině v životě všechno nejlepší, kamaráde, i spousty peněz a abys tu byl věčně, leda bych tě zastřelil. Přijmi to jako přání upřímného přítele, dávného přítele. Jsem takový přítel, to přece víš, ne?"

„Vím to," odpověděl malý Chandler.

„A máš maličké?" zeptal se Ignatius Gallaher.

Malý Chandler se opět začervenal.

„Máme jedno dítě," odpověděl.

„Syna nebo dceru?"

„Chlapečka."

Ignatius Gallaher plácl přítele zvučně po zádech.

„Výborně," řekl, „nikdy jsem o tobě nepochyboval, Tommy."

Malý Chandler se usmál, zmateně se podíval na svou skleničku a kousl se třemi dětsky bílými předními zuby do spodního rtu.

„Doufám, že k nám jednou večer přijdeš," řekl, „než zase odjedeš. Moji ženu bude těšit, že se s tebou seznámí. Můžeme se pobavit trochou hudby a…"

„Jsi hrozně hodný, kamaráde," odpověděl Ignatius Gallaher, „je mi líto, že jsme se nepotkali dřív. Ale musím odjet zítra večer."

„Snad tedy dnes večer…?"

„Je mi hrozně líto, člověče. Rozuměj mi, jsem tady ještě s jedním kamarádem, je to taky čiperný chlapec, a máme dojednáno, že si zahrajeme karty. Jen proto…"

„V tom případě…"

„Ale kdo ví?" řekl Ignatius Gallaher ohleduplně. „Když jsem teď prorazil ledy, možná, že si sem příští rok odskočím. Jen tím oddaluji svoje potěšení."

„Výborně," odpověděl malý Chandler, „až příště přijedeš, musíme spolu strávit večer. Platí?"

„Ano, platí," řekl Ignatius Gallaher. „Jestli příští rok přijedu, dávám ti na to čestné slovo."

„A na to, že jsme se dohodli," pokračoval malý Chandler, „dáme si teď ještě jednu."

Ignatius Gallaher vytáhl zlaté hodinky a podíval se na ně.

„Bude to poslední?" zeptal se. „Protože, rozuměj mi, mám schůzku."

„Ale ano, určitě," odpověděl malý Chandler.

„Tak tedy dobrá," řekl Ignatius Gallaher, „dejme si ještě jednou deoc an doruis – doufám, že se tak v domácím nářečí správně říká malé whisky."

Malý Chandler objednal nápoje. Červeň, jež mu před několika okamžiky stoupla do tváře, začala se tam usidlovat. Červenal se kdykoli pro pouhou maličkost; a teď mu bylo horko a byl vzrušen. Tři malé whisky mu stouply do hlavy a Gallaherův silný doutník mu ji zmátl, neboť byl člověk jemný a zdržoval se alkoholu. Dobrodružství vězící v tom, že se po osmi letech setkal s Gallaherem, že se s Gallaherem octl v Corlessově restauraci obklopen světly a hlukem, že naslouchal Gallaherovu vyprávění a na krátko se dělil s Gallaherem o jeho potulný a vítězný život, porušilo rovnováhu jeho citlivé povahy. Prudce si uvědomil rozdíl mezi svým a přítelovým životem a připadal mu nespravedlivý. Původem i vzděláním byl Gallaher níž než on. Kdyby se mu jen naskytla příležitost, určitě věděl, že by dokázal něco lepšího, než jeho přítel umí nebo kdy bude umět, něco vznešenějšího než laciné novinaření. Co mu stojí v cestě? Jeho nešťastná bázlivost! Přál si nějak se prosadit, ujistit se o své mužnosti. Věděl, co vězí za tím, že Gallaher odmítl jeho pozvání. Svým přátelským chováním mu Gallaher jenom projevuje blahosklonnost, jako svou návštěvou projevil blahosklonnost Irsku.

Výčepník jim přinesl nápoje. Malý Chandler postrčil jendu skleničku k příteli a odvážně zvedl druhou.

„Kdo ví?" řekl, když pozdvihli skleničky. „Až příští rok přijedeš, budu možná mít to potěšení přát dlouhá, šťastná léta panu Ignatiu Gallaherovi a jeho choti."

Ignatius Gallaher při pití nápadně přivřel nad okrajem skleničky jedno oko. Když dopil, rozhodně mlaskl, postavil skleničku a řekl:

„Hochu, z toho tedy vůbec neměj strach. Ještě si napřed pořádně zadovádím a užiju si trochu života a světa, než strčím hlavu do chomoutu – jestli ji tam vůbec strčím."

„Jednou ji tam strčíš," klidně pronesl malý Chandler.

Ignatius Gallaher obrátil oranžovou vázanku a šedomodré oči přímo na přítele.

„Myslíš?" řekl.

„Strčíš hlavu do chomoutu," opakoval nepoddajně malý Chandler, „jako ji tam strčí každý jiný, jen co si najdeš tu pravou."

Mluvil trochu důraznějším hlasem a věděl, že se prozradil; ale třebaže ve tvářích ještě víc zrudl, nepřestal se dívat příteli do očí. Ignatius Gallaher ho několik okamžiků pozoroval a pak řekl:

„Jestli se to kdy stane, můžeš vsadit hlavu, že se při tom nebude nýt a vzdychat. Chci vyhnat prachy. Buď bude mít pěkně tučný účet v bance, nebo se mi nebude hodit."

Malý Chandler zavrtěl hlavou.

„Víš ty vůbec, člověče," pokračoval útočně Ignatius Gallaher, „jak se to dělá? Stačí říct slovo a zítra mohu mít ženskou i hotovost. Nevěříš? Nu, vím o čem mluvím. Jsou stovky – co říkám – tisíce bohatých Němek a židovek, penězi div nepuknou a hrozně by je potěšilo... Jen počkej, hochu, uvidíš, jak to sehraju. Když se do něčeho pustím, beru to vždycky vážně, to ti povídám. Jen počkej."

Prudce přiložil skleničku k ústům, dopil nápoj a hlučně se zasmál. Pak se zamyšleně zadíval před sebe a klidnějším hlasem řekl:

„Ale nemám naspěch. Mohu počkat. Abys rozuměl, vůbec mě nebaví pomyšlení, že bych se měl uvázat na jednu ženskou."

Pohnul ústy, jako by ochutnával, a zatvářil se kysele.

„To asi musím ještě trochu okorat," řekl.

Malý Chandler seděl v pokoji vedle předsíně a držel v náručí děťátko. Aby ušetřili, neměli služebnou, ale Annie měla sestru Monicu a ta přicházela pomáhat asi tak na hodinu ráno a asi tak na hodinu večer. Ale Monica šla už dávno domů. Bylo tři čtvrtě na devět. Malý Chandler se opozdil k čaji a nadto zapomněl přinést pro Annii od Bewleyho balíček kávy. Samozřejmě měla špatnou náladu a odpovídala mu úsečně. Řekla, že se obejde bez čaje, ale když se přiblížila hodina, kdy zavírají krám na rohu, rozhodla se sama zajít pro čtvrt libry čaje a dvě libry cukru. Opatrně mu položila spící dítě do náruče a řekla:

„Drž. A neprobuď ho."

Na stole stála lampa s bílým porcelánovým stínidlem a její světlo dopadalo na fotografii vloženou do rámečku z prolamované rohoviny. Na fotografii byla Annie. Malý Chandler si ji prohlížel a zastavil se u úzkých, sevřených rtů. Annie byla oblečena do bledě modré letní blůzy, kterou jí přinesl jednou v sobotu jako dárek. Stála ho deset šilinků a jedenáct pencí; ale co ho stála trapné nervosity! Co onoho dne vytrpěl, když čekal u dveří obchodu, až se obchod vyprázdní, když stál u pultu, snažil se vypadat nenuceně a děvče zatím před ním hromadilo dámské blůzy, když platil u pokladny a zapomněl si vzít zpátky jeden penny, když ho pokladní zavolal nazpět a když se konečně při odchodu z krámu snažil zatajit ruměnec ve tváři tím, že si prohlížel balíček, zda je bezpečně převázán. Přinesl blůzu domů, Annie ho políbila a řekla, že je velmi hezká a podle módy; ale jakmile uslyšela, co stála, hodila blůzu na stůl a řekla, že je to docela obyčejný podvod žádat za ni deset šilinků a jedenáct pencí. Napřed ji chtěla odnést zpátky, ale když si ji vyzkoušela, měla z ní radost, zvláště z toho, jak jsou ušity rukávy, políbila ho a řekla, že je moc hodný, když na ni tak pamatuje.

Hm!...

Díval se do očí na fotografii chladně a oči mu chladně odpovídaly. Jistěže byly hezké a sama tvář byla hezká. Ale viděl v ní něco nízkého. Proč je tak nevědomá a povznesená? Klid jejích očí ho dráždil. Odpuzovaly ho a vyzývaly: nebyla v nich žádná vášeň, žádné nadšení. Pomyslel na to, co Gallaher říkal o bohatých židovkách. Myslel si, jak jsou asi ty tmavé orientální oči plné vášně a smyslné touhy! ... Proč se jen oženil s očima na fotografii.

Přistihl se při této otázce a nervosně se rozhlédl pokojem. Viděl něco nízkého v hezkém nábytku, který koupil pro svůj dům na splátky. Vybrala jej sama Annie, a připomínal mu ji. I ten je pedantský a hezký. Probudil se v něm tlumený odpor proti vlastnímu životu. Nemohl by uniknout ze svého maličkého domova? Je příliš pozdě, aby zkusil žít tak velkolepě jako Gallaher? Mohl by odjet do Londýna? Ještě je třeba zaplatit nábytek! Kdyby jen dokázal napsat knihu a vydat ji, tím by se mu mohla otevřít cesta.

Před ním na stole ležel svazek Byronových básní. Opatrně jej levou rukou otevřel, aby nevzbudil dítě, a začal číst první báseň v knize.

„Umlkl vítr, všude tiché šero,
už ani šelest nezní v listí háje,
a já jdu zpátky k Markétě, své lásce,
rozhodit květy tam, kde pohřbena je."

Zarazil se. Cítil rytmus veršů kolem sebe v pokoji. Jak melancholický rytmus! Dokázal by i on takhle psát, vyjádřit verši melancholii své duše? Tolik by toho chtěl vypsat, na příklad svůj pocit před několika hodinami na Grattonském mostě. Kdyby se jen dokázal vrátit do oné nálady...

Dítě se probudilo a začalo plakat. Odvrátil se od stránky a snažil se je utišit; ale nedalo se utišit. Začal je v náručí houpat sem a tam, ale kvílivý pláč zněl čím dál pronikavěji. Houpal rychleji a jeho oči začaly číst druhou sloku:

„Tam v těsné hrobce leží její prach,
ten prach, v němž kdysi...“

Je to marné. Nedokáže číst. Nic nedokáže. Dětské kvílení mu probodávalo ušní bubínky. Je to marné, marné! Je nadosmrti uvězněn. Paže se mu chvěly hněvem a náhle se sklonil k dětské tváři a vykřikl:

„Tiše!“

Dítě na okamžik ztichlo, křečovitě se zachvělo strachem a začalo ječet. Vyskočil z křesla a rychle chodil sem a tam pokojem s dítětem v náručí. Začalo žalostně vzlykat, vždy na čtyři pět vteřin ztratilo dech a pak spustilo znovu. Ozvěna nářku se odrážela od tenkých stěn pokoje. Snažil se dítě ukonejšit, ale vzlykalo ještě křečovitěji. Díval se na sevřenou a chvějící se dětskou tvářičku a probudil se v něm strach. Napočítal sedm vzlyknutí bez přerušení a zděšeně si přitiskl dítě na prsa. Co kdyby zemřelo!...

Dveře se prudce otevřely a dovnitř vběhla udýchaná mladá žena.

„Co se děje? Co se děje?“ volala.

Jakmile dítě uslyšelo matčin hlas, propuklo v prudký záchvat vzlykotu.

„Ale nic, Annie... nic to není ... Začal plakat..."

Hodila balíčky na podlahu a vytrhla mu dítě.

„Co jsi mu udělal?" volala a upřeně mu hleděla do obličeje.

Malý Chandler na okamžik snesl pohled jejích očí a srdce se mu sevřelo, když se setkal s nenávistí, která se z nich dívala. Začal koktat:

„Nic to není ... jen začal plakat... Nemohl jsem... nic jsem neudělal ... Cože?"

Ani si ho už nevšimla, začala chodit sem a tam pokojem, svírala dítě pevně v náručí a šeptala:

„Ty můj chlapečku! Ty můj hošíčku! Poděsili tě, drahoušku? ... No tak, drahoušku! No tak!"

Malý Chandler cítil, jak mu tváře rudnou studem, a ustoupil ze světla lampy. Naslouchal, jak záchvaty dětského vzlykání tichnou a tichnou; a do očí mu vstoupily slzy pokání.

SOUPEŘI

Vztekle zazvonilo, a když slečna Parkerová přistoupila k domovnímu telefonu, někdo řezavým severoirským hlasem vztekle zařval:

„Pošlete mi sem Farringtona."

Slečna Parkerová se vrátila k psacímu stroji a písaři vedle u stolku řekla:

„Máte jít nahoru k panu Alleynovi."

Písař hlesl *Čert aby ho!* a odstrčil židli, aby mohl vstát. Když vstal, byl vysoký a zavalitý. Měl schlíplý krevnatý obličej, tmavé obočí a vousy, oči vypoulené a na nich špinavé bělmo. Nadzdvihl přepážku, minul zákazníky a hřmotným krokem vyšel z kanceláře.

Hřmotně stoupal nahoru, až došel na druhé odpočívadlo, kde byla na dveřích mosazná tabulka s nápisem *Pan Alleyne*. Námahou i zlostí celý zadýchaný tam zůstal stát a zaklepal. Ostrý hlas křikl:

„Dále!"

Písař vstoupil do páně Alleynovy kanceláře. V tu chvíli pan Alleyne, hladce vyholený človíček v brejlích se zlatými obroučkami, vykoukl nad kupou lejster. I hlavu měl růžovou a lysou, že vypadala jako velké vejce usazené na lejstrech. Ani chvilku pan Alleyne neztrácel:

„Farringtone? Co to má znamenat? Pořád si mám na vás stěžovat? Smím se zeptat, proč jste nepořídil opis té smlouvy Bodleyho a Kirwana? Ve čtyři měl být hotov."

„Jenže pan Shelley prosím řekl..."

„Pan Shelley prosím řekl... Dělejte, co já říkám, a ne co pan Shelley prosím řekl. Vždycky si najdete nějakou výmluvu, když se ulejete. Říkám vám, že když nebude smlouva do večera opsána, ohlásím to panu Crosbiemu... Slyšíte? A ještě něco. Mluvit s vámi je jako mluvit do dubu. Zapamatujte si už jednou, že máte na oběd půl hodiny, a ne půl druhé. Kolikpak chodů potřebujete, to bych rád věděl? Slyšíte mě?"

„Ano, prosím."

Znovu sklonil pan Alleyne hlavu nad hromadou listin. Písař se upřeně zahleděl na lesklou lebku, spravující podnik Crosbie & Alleyne, a hádal, jak je asi křehká. Chvíli mu svíral hrdlo křečovitý vztek, když pak přešel, zbyla mu po něm palčivá žízeň. Ta žízeň mu byla povědomá a řekl si, že se musí před spaním pořádně napít. Je už přes půl měsíce, a když smlouvu včas opíše, třeba mu dá pan Alleyne zálohu. Stál a upřeně se zahleděl na hlavu nad kupou listin. Najednou začal Alleyne listiny přehrabovat, něco hledal. A jako by si ho do té chvíle neuvědomoval, znovu vystrčil hlavu a řekl:

„Tak co? To tu prostojíte celý den? Na mou duši, Farringtone, nějak to berete na lehkou váhu!"

„Čekal jsem, jestli..."

„Dobrá, nemusíte čekat, jestli. Jděte a hleďte si práce."

Písař se trmácel ke dveřím a ještě venku zaslechl křičet pana Alleyna, nebude-li smlouva do večera opsána, bude o tom informován pan Crosbie.

Vrátil se ke svému stolu v dolní kanceláři a počítal, kolik listů ještě zbývá opsat. Vzal pero a namočil je do inkoustu, ale pořád tupě civěl na poslední napsaná slova: *V žádném případě nesmí být Bernard Bodley*... Stmívalo se a za chvilku se rozsvítí plynové svítilny; potom to dopíše. Musí si svlažit hrdlo. Vstal od stolu, jako předtím nadzvedl přepážku a vyšel z kanceláře. Na odchodu si ho přednosta tázavě změřil.

„To nic, pane Shelley, řekl písař a prstem ukázal, kam má namířeno."

Přednosta koukl po věšáku, a když viděl, že je plný, nic neřekl. Jakmile se písař octl na odpočívadle, vytáhl z kapsy placatou čapku, nasadil si ji na hlavu a po rozviklaných schodech se rozběhl dolů. Od domovních dveří se pak po vnitřní straně chodníku přikradl na nároží a vpadl dovnitř. Šťastně se octl v tmavé, útulné O'Neillově hospůdce, rozpálenou tvář, rudou jako tmavé víno nebo tmavé maso, strčil do výčepního okénka a křikl:

„Hej, Pate, buď tak hodný a nalej nám ležák."

Číšník mu přinesl sklenici obyčejného ležáku. Písař ji vyzunkl a poprosil o kmín. Položil na pult penny, ať si ji tam číšník potmě nahmatá, a odkradl se tak tajně, jak přišel.

Šero spolu s hustou mlhou se snášelo na únorový soumrak a v Eustace Street se rozsvítily svítilny. Písař se ubíral podél domů, až došel ke dveřím své kanceláře. Přemýšlel, jestli bude s opisováním včas hotov. Na schodech mu zavanula do nosu vlhká čpavá voňavka; zatímco byl u O'Neilla, zřejmě přišla slečna Delacourová. Vmáčkl zas čepici do kapsy a s roztržitým výrazem se vrátil do kanceláře.

„Sháněl vás pan Alleyne, spustil na něho přednosta. Kdepak jste byl?"

Písař zavadil pohledem o dva zákazníky, stojící u okénka, jako by naznačoval, že před nimi nemůže odpovědět. Protože oba zákazníci byli mužští, přednosta si troufl se zasmát.

„Takové vytáčky já znám, řekl. Pětkrát za den je trochu moc... Hoďte sebou a opište panu Alleynovi naše spisy o Delacourově procesu."

Tím, jak dostal před lidmi vyhubováno, jak běžel do schodů a jak spolykal ležák, byl písař zmaten, a když usedl k pultu a dal se do požadované práce, uvědomil si, jak je marné chtít smlouvu opsat před půl šestou. Snášel se tmavý vlhký večer a on ho toužil spolu s přáteli prožít v hospůdkách, v prudkém plynovém světle a cinkotu sklenic. Vzal Delacourovu korespondenci a vyšel z kanceláře. Těšil se, že pan Alleyne na to nepřijde, že v ní poslední dva dopisy chybějí.

Čpavá vůně se táhla až do kanceláře pana Alleyna. Slečna Delacourová byla snědá židovička v nejlepších letech. O panu Alleynovi se říkalo, že se uchází o ni nebo o její peníze. Často chodila do kanceláře, a když přišla, hezkou chvíli tam pobyla. Seděla teď vedle jeho pultu ve vůni voňavek, hladila si držadlo deštníku a pokyvovala velkým perem na klobouku. Pan Alleyne si přitáhl židli proti ní a pravou nohu frajersky přehodil přes levé koleno. Písař položil korespondenci na pult a uctivě se uklonil, ale pan Alleyne ani slečna Delacourová si jeho poklony nevšimli. Pan Alleyne ťukl na korespondenci a pošoupl ji k němu, jako by říkal: Dobře, jen si jdi.

Písař se vrátil dolů do kanceláře a usedl ke stolu. Zahleděl se na nedopsanou větu: *V žádném případě nesmí být Bernard Bodley...* připadlo mu divné, že poslední tři slova začínají stejnou písmenou. Přednosta zahartusil na slečnu Parkerovou, takhle že nebude s dopisy do pošty hotova.

Chvíli se písař zaposlouchal od taktu psacího stroje a pak začal spis dopisovat. Neměl však v hlavě jasno a v duchu se zatoulal do křiklavě osvětleného a řinčivého výčepu. Večer jako stvořený pro horký punč. Hmoždil se s opisováním, ale když uhodila pátá, zbývalo mu dopsat ještě čtrnáct stránek. Hrom aby do toho! Včas to nedopíše. Měl chuť nahlas zaklnout, pěstí do něčeho praštit. Tak se rozzuřil, že místo *Bernard Bodley* napsal *Bernard Bernard* a musel začít nový list.

Má dost síly, aby sám vymlátil celou kancelář. Celý prahnul něco provést, vyběhnout ven a řádit jako divý. Všechna životní příkoří ho dohánějí k vzteku... Má si pokladníkovi soukromě říci o zálohu? Ne, s pokladníkem nic nepořídí, čert ví, že ne: zálohu mu nedá... Ví, kde najde kamarády: Leonarda a O'Hallorana a Čmuchala Flynna. Jeho citlivý barometr ukazoval na randál.

Tak se v duchu roztěkal, že ho dvakrát volali, než se ozval. Za přepážkou stál pan Alleyne a slečna Delacourová a všechno úřednictvo trnulo očekáváním. Písař vstal od pultu. Pan Alleyne na něho chrlil nadávky, že chybějí dva dopisy. Písař že o nich nic neví, opis že je věrný. Pan Alleyne chrlil nadávky dál, tak štiplavé a hrubé, že měl písař co dělat, aby mužíčka nepraštil po hlavě.

„O žádných dvou dopisech nic nevím, řekl hloupě."

„Vy – že – nic nevíte. Bodejť byste věděl, řekl pan Alleyne. Povězte mi, dodal a pohledem hledal souhlas dámy, stojící vedle, pokládáte mě za hlupáka? Pokládáte mě za úplného hlupáka?"

Písař zatěkal od ženiny tváře k vejčité hlavě a zas zpátky, a než si to uvědomil, vtipně odsekl:

„Na to byste se mě, prosím, neměl ptát."

Úředníci zatajili dech. Kdekdo zkoprněl (ten, který na to odseknutí kápl, stejně jako ti okolo) a slečna Delacourová, ta baculatá vlídná osoba, se přívětivě usmála. Pan Alleyne se zarděl, až byl jako planá růže, a ústa mu zacukala trpasličím vztekem. Pěstí mu hrozil do obličeje, až mu kmitala jako hlavice nějakého elektrického přístroje.

„Vy lumpe nestydatý! Vy lumpe nestydatý! Udělám s vámi krátký proces. Uvidíte. Za tu nestoudnost se omluvíte, nebo z kanceláře vypadnete! Vypadnete, to vám říkám, jestli se neomluvíte!"

Stál u vchodu naproti kanceláři a pozoroval, jestli vyjde pokladník sám. Úředníci už všichni odešli, nakonec vyšel pokladník s přednostou. Marné mu říkat, když je s přednostou. Uvědomil si, jak je na tom špatně. Přinutí ho, aby se za svou neomalenost panu Alleynovi pokorně omluvil, ale věděl, v jaké sršní hnízdo se mu kancelář promění. Ještě si pamatuje, jak pan Alleyne vyštval z kanceláře malého Peaka a posadil tam svého synovce. Zuřil, žíznil, vztekal se, měl zlost na sebe a na všechny. Chvilku mu pan Alleyne nedá pokoj, bude to peklo. Pěkně si to nadrobil. Proč nedržel hubu. Od počátku to mezi nimi nehrálo, už od toho dne, co ho pan Alleyne zaslechl, jak Higginse a slečnu Parkerovou baví tím, že po něm huhňá severoirsky, tím to začalo. Škoda že nepumpl Higginse, jenže Higgins je na tom taky špatně. Člověk, který se stará o dvojí domácnost, kdepak by ten mohl...

Pocítil, jak při své tělnatosti prahne po hospodě. Zastudila ho mlha. Jestlipak zastihne u O'Neilla Pata. O víc než o šilink ho nepumpne – a šilink, to nic není. Někde však peníze sehnat musí: poslední peník utratil za ten ležák a něco shánět už bude brzy pozdě. Náhle sáhl na řetízek od hodinek a vzpomněl si na zastavárnu Terryho Kellyho na Fleet Street. To je nápad! Že si na to dřív nevzpomněl!

Rychle prošel úzkou uličkou Temple Bar a broukal si, ať jdou všichni k čertu, on si ten večer užije. Pokladník u Terryho Kellyho řekl: *Korunu!*, ale zákazník se domáhal šesti šilinků: nakonec si šest šilinků vykoledoval. Rozjařeně vyšel ze zastavárny a mezi palcem a prsty držel sloupek mincí. Na Westmoreland Street se to na chodnících hemžilo mladíky a děvčaty, vracejícími se z práce, a mezi nimi běhali otrhánci a jeden přes druhého vykřikovali zprávy večerníků. Prošel davem, počínal si velkopansky, frajersky si měřil písařky. V hlavě mu zněl řinkot tramvajových zvonků a svištivých trolejbusů a předem už čenichal dýmové páry punče. Cestou už předem promýšlel, jakými slovy ten příběh kamarádům poví.

„A tak jsem si ho změřil – toť se ví, chladně – a taky ji jsem si změřil. A pak jsem si zas změřil jeho, toť se ví, důkladně. Na to byste se mě neměl ptát," povídám.

Čmuchal Flynn seděl u Davyho Byrna ve svém koutku, a když tu historku uslyšel, poručil Farringtonovi půlčík, že něco tak parádního dávno neslyšel. Farrington mu ho na oplátku taky poručil. Za chvíli přišli O'Halloran a Paddy Leonard a zas jim historku opakoval. O'Halloran jim objednal rundu sladové a vyprávěl, jak odsekl přednostovi, když byl ještě u Callana na Fownes's Street. Ale protože ta odpověď byla ve stylu osvícených pastýřů z eklog, musel uznat, že tak vtipná jako Farringtonovo odseknutí nebyla. Farrington pak hochům řekl, aby si navrch dali ještě.

Zrovna když objednávali nápoje, najednou tam přijde Higgins! Toť se ví, že to musel táhnout s nimi. Chlapci ho požádali, aby jim to pověděl po svém, a on jim to rozjařeně vyprávěl, zaradoval se totiž při pohledu na pět ostrých půlčíků. Kdekdo se válel smíchy, když jim ukázal, jak pan Alleyne zahrozil Farringtonovi pěstí. Potom vypodobnil Farringtona slovy: *A on stojí, ani brvou nehne.* Farrington se při tom na shromážděné usmíval těžkýma špinavýma očima a chvílemi si dolním rtem olízl z kníru kapku whisky.

Když tu rundu dopili, bylo ticho. O'Halloran byl při penězích, druzí dva však ne. A tak s lítostí všichni z hospůdky odešli. Na rohu Duke Street zahnul Higgins a Čmuchal Flynn vlevo, ostatní tři si to však namířili do města. Na studené ulici mrholilo, a když došli k celnici, Farrington navrhl Scotch House. Výčep byl plný mužských a hlaholil řečmi a sklenkami. Všichni tři se prodrali ufňukanými sirkaři u dveří a na rohu pultu zas utvořili hlouček. Vyprávěli si historky, Leonard jim představil mladíka jménem Weathers, který vystupoval v Tivoli jako akrobat a klaun. Farrington jim poručil rundu. Weathers že si dá malou irskou s minerálkou. Farrington, který věděl, co se sluší a patří, se mládenců zeptal, jestli chtějí taky minerálku, ale oni řekli Timovi, aby jim dal neředěnou. Hovor se stočil na divadlo, O'Halloran objednal rundu a další rundu objednal Farrington. Weathers se bránil, že jsou až moc irsky pohostinní. Slíbil, že je pozve za kulisy a seznámí je s hezkými děvčátky. O'Halloran řekl, že on s Leonardem přijdou, ale Farrington ne, protože je ženatý. Farrington na ně zamžoural podlitýma kalnýma očima, jen ať si ho nedobírají. Weathers je vyčastoval ještě štamprličkou a slíbil, že se s nimi později shledá na Poolbeg Street u Mulligana.

Když jim v Scotch House zavřeli, odešli k Mulliganovi. Zašli do zadního salonu a O'Halloran objednal rundu ostrých. Všichni už měli trochu v hlavě. Zrovna objednával Farrington další rundu a tu se vrátil Weathers. K Farringtonově úlevě tentokrát vypil hořkou. Kapitál jim docházel, ale naštěstí zatím stačil. Najednou tam přišly dvě slečny ve velkých širácích a mladík v károvaném obleku a usedli k vedlejšímu stolu. Weathers se s nimi pozdravil, prý jsou z divadla Tivoli. Co chvíli zatěkal Farrington pohledem k jedné té slečně. Byla nápadně hezká. Na hlavě měla klobouk s velikánskou šerpou z pávově modrého mušelínu, pod bradou zavázanou na velký uzel; na rukou měla světle žluté rukavice sahající po loket. Farrington hleděl s obdivem na buclatou paži, kterou půvabně šermovala, a když pak za chvilku zareagovala na jeho pohled, ještě víc se obdivoval jejím hnědým očím. Okouzlily ho upřeným pohledem. Párkrát na něho pohlédla, a když hlouček odcházel, zavadila o jeho židli a s londýnskou výslovností řekla: *Promiňte*. Na odchodu ji sledoval očima a doufal, že se po něm ohlídne, ale zklamal se. Klnul si, že je bez peněz: klnul všem rundám, za které platil, zvláště pak whisky a minerálkám, které platil za Weatherse. Ze všeho nejvíc se mu protivili vyžírkové. Tak se rozčilil, že mu ušlo, o čem je řeč.

Když na něho Paddy Leonard zavolal, zjistil, že je řeč o siláckých kouscích. Všem dokola ukazoval Weathers své bicepsy a tak se chvástal, že druzí Farringtona ponoukali, ať obhájí národní čest. Farrington si tedy vyhrnul rukávy a ukázal shromážděným svaly. Obě paže přezkoušeli a porovnali a nakonec se o soutěži síly dohodli. Poklidili stůl, oba se o něj opřeli loktem a stiskli ruce. Až řekne Paddy Leonard *Teď!*, každý se měl snažit přitlačit protivníkovu ruku na stůl. Farrington se zatvářil velmi rázně a odhodlaně.

Zkouška začala. Za nějakých třicet vteřin přitlačil Weathers protivníkovu dlaň zvolna na stůl. Temně vínová Farringtonova tvář zrudla ještě temněji vztekem a hanbou nad tím, že ho porazil takový cucák.

„Neopírej se plnou vahou těla. Hrej poctivě," řekl.

„Kdo nehraje poctivě, řekl druhý."

„Pojď znova. Kdo ze tří zápasů dva vyhraje."

Znovu začala zkouška. Farringtonovi naběhly na čele žíly a bledá Weathersova pleť zrůžověla. Napětím se jim třásly ruce i paže. Po dlouhém zápase přitiskl zas Weathers protivníkovu ruku zvolna ke stolu. Mezi diváky to zašumělo. U stolu stál číšník, zrzavou hlavou kývl na vítěze a s neomalenou důvěrností řekl:

„To je vono!"

„Čerta tomu rozumíš, vztekle se na něho utrhl Farrington. Co do toho kecáš?"

„Pst, pst, řekl O'Halloran, když zpozoroval, že Farrington zuří. Tak dost, hoši! Dáme si ještě jednu a vypadnem."

Na rohu O'Connellova mostu stál nějaký zachmuřený člověk a čekal, až ho sandymountská tramvajka odveze domů. Doutnala v něm zlost a pomstychtivost. Byl celý zdrcený a omrzelý; ani se pořádně neopil, a v kapse měl všeho všudy dvě penny. Nadával na všechno. Pěkně si to v kanceláři nadrobil, hodinky dal do zastavárny, všechno utratil a ani se neopil. Dostal už zase žízeň a zatoužil po parné, začpělé hospůdce. Ztratil pověst siláka, když ho dvakrát porazil ten kluk. Vztekem mu kypělo srdce a při vzpomínce na dámu v širokém klobouku, která o něho zavadila a řekla *Promiňte!*, vztekem se div nezadusil.

Tramvaj ho vysadila na Shelbourne Road a ve stínu kasárenské zdi se valil dál. Vrátit se domů neměl chuť. Když vešel postranními dveřmi, kuchyň byla prázdná a v kamnech dohasínalo. Houkl nahoru:

„Ado! Ado!"

Za ženu měl osůbku ostrých rysů, která muže sekýrovala, když byl střízlivý, a dala se od něho sekýrovat, když byl opilý. Měli pět dětí. Po schodech přiběhl chlapeček.

„Kdo je to?" zamžoural muž do tmy.

„Já, tati."

„Kdo já? Charlie?"

„Ne, tati, Tom."

„Kde je máma?"

„Šla do kostela."

„Dobrá... Nechala mi tady večeři?"

„Ano, tati, hned…"

„Rozsviť lampu. Proč tu máš takovou tmu? Ostatní děti už leží?"

Muž těžce dosedl na židli a chlapec zatím rozsvěcel lampu. Muž karikoval chlapcovu nevýraznou výslovnost a říkal si: *Do kostela! Do kostela, prosím.* Když pak byla lampa rozsvícena, praštil pěstí do stolu a zařval:

„Co mám k večeři?"

„Hned ti ji – uvařím, tati," řekl chlapeček.

„Na tomhle ohni? Nechal jsi vyhasnout. Přisámbůh, já tě naučím, abys to už neudělal!" Přiskočil ke dveřím a popadl vycházkovou hůl, která stála za nimi.

„Já tě naučím, abys už nenechal vyhasnout," řekl a vyhrnul si rukáv, aby měl volnou ruku.

Chlapeček zakňoural *Ach, tatínku* a s fňukáním oběhl stůl, muž se však pustil za ním a popadl ho za kabát. Chlapeček se ustrašeně rozhlédl, když však viděl, že neuteče, klekl na kolena.

„Ještě jednou mi nech vyhasnout!" řekl muž a holí ho surově mlátil. Tumáš, ty spratku!

Chlapec bolestí zakvílel, jak ho hůl uhodila do stehna. Sepjal ruce a hlas se mu třásl strachy.

„Ach tatínku!" naříkal. „Nebij mě, tatínku. Já... Já se za tebe, tatínku, pomodlím *Zdrávas Maria.* Já se za tebe tatínku pomodlím *Zdrávas Maria,* když mě přestaneš bít... Já se za tebe pomodlím *Zdrávas Maria...*"

HLÍNA

Paní jí dovolila odejít, jakmile ženské budou mít po čaji, a Marie se na volný večer těšila. Kuchyně byla jako křišťál: kuchařka řekla, že se člověk ve velkých měděných hrncích může zhlížet. Oheň jasně hořel a na jednom servírovacím stolku ležely čtyři velikánské koláče. Zdálo se, že nejsou rozřezány; ale když člověk přišel blíž, viděl, že jsou rozřezány k čaji. Nakrájela je sama Marie.

Marie byla osůbka hodně, hodně malá, ale měla velmi dlouhý nos a velmi dlouhou bradu. Mluvila trochu nosem a vždycky se jí podařilo sjednat mír. Jednoho dne jí paní řekla:

„Marie, vy jste pravý smiřovatel!"

A vyslovila tu poklonu před svou zástupkyní a dvěma dámami z kanceláře. I Ginger Mooneyová stále opakovala, co by udělala té hlupačce, která má na starosti žehličky, nebýt Marie. Všichni měli Marii rádi.

Ženské si vezmou čaj o šesté a ona bude moci před sedmou odejít. Od Ballsbridge k Pilíři dvacet minut; od Pilíře do Drumcondry dvacet minut; a dvacet minut na nákup věcí. Bude tam před osmou. Vytáhla peněženku se stříbrným kováním a opět si přečetla slova Dárek z Belfastu. Měla tuto peněženku velmi ráda, protože ji před pěti lety pro ni přivezl Joe, když byl s Alphym o svatodušním pondělí na výletě v Belfastu. V peněžence byly dvě dvouapůlšilinkové mince a několik měďáků. Až zaplatí za tramvaj, zůstane jí rovných pět šilinků. Bude to tak hezký večer, až budou všechny děti zpívat! Jen doufá, že Joe nepřijde opilý. Je hned tak jiný, když se napije.

Často ji žádal, aby bydlela u nich; ale připadalo by jí, že překáží (i když je na ni Joeova žena tak milá), a zvykla si už na život v prádelně. Joe je hodný člověk. Byla jeho i Alphyho chůvou; a Joe často říkává:

„Maminka je maminka, ale má pravá matka je Marie."

Když se domácnost rozpadla, chlapci jí opatřili místo v prádelně Svítící Dublin a jí se tam líbí. Mívala o protestantech špatné mínění, ale teď si myslí, že jsou to moc hodní lidé, trochu tiší a vážní, ale přece jen moc hodní a dá se s nimi žít. A pak, má ve skleníku svoje květiny a ráda o ně pečuje. Má tam hezké kapradiny a voskovky, a kdykoli ji někdo přijde navštívit, vždycky hostu dá ze skleníku několik odnoží. Jedna věc se jí nelíbí, a to traktáty na stěnách; ale s paní se dá tak pěkně vyjít, umí se chovat tak jemně.

Jakmile jí kuchařka řekla, že je všechno připraveno, odešla do místnosti, kde ženské jedly, a začala tahat za velký zvon. Za několik minut se ženské začaly po dvou, po třech scházet, ruce, z nichž se kouřilo, si utíraly do spodniček a stahovaly si rukávy blůz na zarudlé paže, z kterých se také kouřilo. Posadily se k velikým hrnkům, které jim kuchařka a její děvečka pro všechno naplnily horkým čajem, už napřed smíchaným s mlékem a cukrem ve velikých plechových nádobách. Marie dohlížela na rozdílení koláče a starala se, aby každá žena dostala čtyři kusy. Při jídle bylo mnoho smíchu a vtipkování. Lizzie Flemingová prohlásila, že se Marie jistě prokouše první k prstenu, a třebaže to Flemingová opakovala vždy v předvečer Všech svatých už tolikrát, Marie se musela zasmát a říci, že nechce prsten ani muže; a když se smála, šedozelené oči jí jiskřily zklamanou plachostí a špička nosu se jí skoro dotýkala špičky brady. Pak Ginger Mooneyová zvedla hrnek s čajem, pronesla přípitek na Mariinu počest, ostatní ženské zarachotily hrnky o stůl a Ginger dodala, jak je jí líto, že do sebe nemůže hodit hlt piva. A Marie se znovu smála, až se jí špička nosu skoro dotýkala špičky brady a drobné tělo se jí otřásalo, div se nerozpadlo, protože věděla, že to Mooneyová myslí dobře, i když samozřejmě ná nápady jako obyčejná ženská.

Ale jak byla Marie ráda, když ženské dopily čaj a kuchařka s děvčetem začaly sklízet čajové nádobí! Odešla do své maličké ložnice, a když si vzpomněla, že je zítra ráno mše, pounula ručičku na budíku ze sedmi hodin na šest. Pak si svlékla pracovní sukni, zula domácí boty, rozložila sváteční sukni na postel a drobné parádní botky postavila k nohám postele. Převlékla si i blůzu, a když stála před zrcadlem, myslela na to, jak se v neděli ráno oblékávala na mši, když ještě byla děvče; a s podivným zalíbením se zadívala na drobounké tělo, jež tak často zdobívala. Třebaže mu bylo tolik let, připadalo ji jako pěkné, úhledné tělíčko.

Když vyšla ven, ulice se třpytily deštěm a byla ráda, že má starý hnědý nepromokavý kabát. Tramvaj byla plná a Marie musela sedět na sedátku na konci vozu čelem ke všem lidem a špičkami nohou se sotva dotýkala podlahy. Pořádala si v mysli, co všechno udělá, a myslela si, oč lepší je být nezávislá a mít v kapse vlastní peníze. Doufala, že to bude hezký večer. Určitě věděla, že bude, ale neubránila se pomyšlení, jaká je škoda, že Alphy a Joe spolu nemluví. Pořád se teď spolu hádají, ale jako chlapci to bývali nejlepší přátelé; takový je život.

Vystoupila z tramvaje u Pilíře a rychle se propletla davem. Vešla do Downesovy cukrárny, ale v krámě bylo tak plno, že trvalo dlouho, než ji obsloužili. Koupila tucet míchaných koláčů po jednom penny a nakonec vyšla z obchodu obtížena velikým pytlíkem. Pak přemýšlela, co koupí dalšího; chtěla koupit něco opravdu pěkného. Jablek a ořechů tam jistě budou mít spousty. Bylo těžké rozhodnout, co koupit, a dokázala vymyslet jen koláč. Dospěla k závěru, že koupí rozinkový koláč, ale rozinkové koláče od Downesů byly navrchu málo posypány mandlemi, a tak odešla do obchodu na Henry Street. Trvalo jí tady dlouho, než se rozkoukala, a elegantní mladá dáma za pultem, které zřejmě byla trochu proti mysli, obrátila se na ni s otázkou, zda chce koupit svatební dort. Marie se po té otázce začervenala a usmála na mladou dámu; ale mladá dáma se ke všemu stavěla velmi vážně a nakonec uřízla velký kus rozinkového koláče, rozřezala jej na porce a řekla:

„Dva šilinky čtyři pence, prosím."

Myslela, že v tramvaji do Drumcondry bude muset stát, protože si jí zřejmě žádný z mladých mužů nevšiml, ale jakýsi starší pán jí uvolnil místo. Byl to obtloustlý pán v hnědém tvrdém klobouku; měl hranatou zarudlou tvář a prošedivělý knír. Marii napadlo, že vypadá na plukovníka, a uvažovala o tom, jak je mnohem zdvořilejší než mladí muži, kteří se prostě dívají jen přímo před sebe. Pán s ní začal hovořit o svátku Všech svatých a deštivém počasí. Vyslovil doměnku, že její balíček je plný dobrých věcí pro maličké, a je prý jen správné, aby se mládež radovala, dokud je mladá. Marie s ním souhlasila a odpovídala mu pokyvováním a pokašláváním. Byl k ní velmi milý, a když u Průplavního mostu vystupovala, poděkovala mu a uklonila se a on se uklonil jí, pozvedl klobouk a přívětivě se usmál; a když pak kráčela podél domů na svahu a skláněla maličkou hlavu před deštěm, myslela si, jak snadné je rozpoznat dobře vychovaného pána, třebaže si trochu přihnul.

Jakmile vstoupila do Joeova domu, všichni říkali: „Marie přišla!" Joe už byl z práce doma a všechny děti se oblékly do nedělních šatů. Byla tu dvě velká děvčata od sousedů a hrály se hry. Marie odevzdala balíček nejstaršímu chlapci, Alphymu, aby dobroty rozdělil, a paní Donnellyová řekla, že je moc a moc hodná, když přinesla tak velký pytlík koláčů, a vybídla všechny děti, aby řekly:

„Děkuju, Marie."

Ale Marie odpověděla, že přinesla něco zvlášť určeného pro tatínka a maminku, něco, co jim jistě bude chutnat, a začala hledat rozinkový koláč. Hledala v pytlíku z Downesovy cukrárny, po kapsách nepromokavého pláště, u věšáku v předsíni, ale nikde jej nemohla nalézt. Pak se zeptala všech dětí, zda jej některé nesnědlo – ovšemže omylem –, ale děti odpověděly, že ne, a tvářily se jako by jim koláče nechutnaly, mají-li být obviňovány z krádeže. Všichni měli nějaké vysvětlení záhady a paní Donnellyová řekla, že Marie zřejmě balíček zapomněla v tramvaji. Marie si vzpomněla, jak ji pán s šedivým knírem zmátl, a zčervenala studem, rozmrzelostí i zklamáním. Skoro se rovnou rozplakala při pomyšlení na to, jak se jí nepovedlo malé překvapení a jak pro nic za nic vyhodila dva šilinky a čtyři pence.

Ale Joe řekl, že na tom nesejde, a vybídl ji, aby se posadila ke krbu. Byl na ni moc milý. Vyprávěl jí, co se děje v kanceláři, a opakoval jí, jak řízně odpověděl řediteli. Marie nechápala, proč se Joe té své odpovědi tolik směje, ale řekla, že ředitel je jistě hodně pánovitý. Joe ji ujistil, že není tak zlý, umí-li ho člověk pochopit, že je docela slušný, dokud někdo neprovede něco, co je mu proti srsti. Paní Donnellyová zahrála dětem na piano a děti tančily a zpívaly. Pak děvčata od sousedů rozdala oříšky. Nemohli najít louskáček a Joe se kvůli tomu skoro rozhněval a řekl, jak prý si kdo myslí, že Marie rozlouskne ořechy bez loupáčku. Ale Marie odpověděla, že oříšky nerada a že si s ní nemají dělat těžkou hlavu. Joe se jí potom zeptal, chce-li láhev ležáku, a paní Donnellyová řekla, že mají doma také portské, chutná-li jí lépe. Marie odpověděla, že by byla raději, kdyby na ní nechtěli, aby si něco přála; ale Joe trval na svém.

A tak mu Marie dovolila, aby bylo po jeho, usedli ke krbu, hovořili o starých časech a Marii napadlo zastat se Alphyho. Ale Joe zvolal, ať prý ho pánbůh rázem změní v kámen, jestli kdy jen slovíčko promluví s bratrem, a Marie odpověděla, jak prý lituje, že se o tom zmínila. Paní Donnellyová vytkla manželovi, jaká je hanba, mluví-li takhle o vlastních příbuzných, ale Joe namítl, že Alphy není žádný bratr, a div se kvůli tomu nestrhla hádka. Joe však řekl, že si v předvečer svátku nebude kazit náladu, a požádal ženu, aby otevřela ještě jednu láhev ležáku. Dvě děvčata od sousedů připravila hry, jaké se hrávají v předvečer Všech svatých, a všechno se brzy zase rozveselilo. Marii těšilo, že jsou děti tak veselé a že Joe i jeho žena jsou v tak dobré míře. Děvčata od sousedů položila na stůl několik misek; vodili pak k němu děti, jimž zavázaly oči. Jedno sáhlo na modlitební knížku a ostatní tři do vody; a když děvče od sousedů sáhlo na prsten, paní Donnellyová zahrozila na zčervenalé děvče, jako by říkala: Však já vím, co to znamená! Travaly na tom, že zaváží oči Marii a povedou ji ke stolu, aby se přesvědčily, na co ona sáhne; a když Marii zavazovaly oči, smála se a smála, až se jí zase špička nosu skoro dotýkala špičky brady.

Se smíchem a žerty ji vedli ke stolu a ona napřáhla ruku před sebe, jak ji k tomu vybídli. Pohybovala rukou sem a tam a pak ji sklonila k jedné misce. Nahmatala prsty měkkou vlhkou hmotu a překvapilo ji, že na ni nikdo nemluví a že jí nesnímají šátek s očí. Několik vteřin trvalo mlčení; pak nastala veliká tahanice a bylo slyšet šepot. Někdo řekl něco o zahradě a paní Donnellyová nakonec pronesla několik velmi rozmrzelých slov k děvčeti od sousedů a poručila jí okamžitě to vyhodit; to prý není žádná hra. Marie pochopila, že to tentokrát dopadlo špatně a že musí hledat znovu; a sáhla pak na modlitební knížku.

Paní Donnellyová potom dětem zahrála Rejdováček slečny McCloudové a Joe vybídl Marii, aby vypila skleničku vína. Všichni byli zase brzy docela veselí a paní Donnellyová řekla Marii, že vstoupí do kláštera, než se rok setká s rokem, protože sáhla na modlitební knížku. Marie nikdy nezažila, aby k ní Joe byl tak milý jako ten večer, aby tak příjemně hovořil a vzpomínal. Řekla jim, že jsou k ní všichni moc hodní.

Nakonec se děti unavily a začaly být ospalé a Joe vyzval Marii, aby jim před odchodem zazpívala nějakou písničku, některou ze starých písní. Paní Donnellyová řekla: „Prosím vás; zazpívejte, Marie!" a tak Marie musela vstát a postavit se k pianu. Paní Donnellyová napomenula děti, aby byly tiše a poslouchaly Mariinu píseň. Zahrála pak předehru, řekla: „Teď, Marie!" a Marie celá červená začala zpívat tenkým chvějícím hláskem. Zpívala *Snil jsem,* a když dospěla k druhému verši, zpívala znovu:

„Snil jsem, že sedím v mramorovém sále;
kolem stál zástup poddaných.
Kdokoli vešel, vzdával hold k mé chvále,
že jsem je všechny k slávě zdvih.

V mých pokladnicích plno zlata bylo,
můj rod byl pýchou celé země.
Nejvíc mě ale v tom snu potěšilo,
že trvá tvoje láska ke mně."

Nikdo se jí však nepokusil říci, jak se zmýlila; a když dozpívala, Joe byl velmi dojat. Řekl, že není nad dávné časy, a ať si prý jiní myslí, co chtějí, nezná lepší hudbu, než kterou skládal chudák starý Balfe; v očích se mu nahromadilo tolik slz, že nemohl najít, co hledal, a musel se nakonec zeptat ženy, neví-li, kde je vývrtka.

TRAPNÝ PŘÍPAD

Pan James Duffy bydlel v Chapelizodu, protože chtěl bydlet co nejdál od města, jehož byl občanem, a protože mu všechna ostatní předměstí Dublinu připadala vulgární, moderní a strojená. Bydlel v starém šerém domě a z oken viděl do vysloužilé vinopalny nebo vzhůru podél mělké řeky, nad níž Dublin stojí. Na vysokých stěnách jeho pokoje bez koberců nevisel ani jediný obraz. Všechny kusy nábytku, jež stály v pokoji, koupil si sám: černou železnou postel, železný stojan na umyvadlo, čtyři proutěná křesla, věšák, uhlák, mřížku před krbem i želízka a čtvercový stůl se sklápěcí deskou. Knihovnu si vytvořil z výklenku tím, že tam vložil přihrádky z bílého dřeva. Postel měl povlečenu bílým ložním prádlem a v nohách pokrytu černočervenou pokrývkou. Nad umyvadlem viselo příruční zrcátko a za dne byla lampa s bílým stínidlem jedinou ozdobou římsy nad krbem. Knihy byly na bílých dřevěných přihrádkách uspořádány zdola nahoru podle velikosti. Celé Wordsworthovo dílo stálo na jednom konci nejnižší přihrádky a výtisk Maynoothského katechismu, svázaný do sešitových plátěných desek, stál na konci horní přihrádky. Psací náčiní vždy leželo na stole. Ve stole měl zastrčen rukopis překladu Hauptmannova Michaela Kramera, v němž byly jevištní pokyny vepsány červeným inkoustem, a hromádku papírů spojených mosazným

97

spínátkem. Na tyto listy občas napsal nějakou větu a jednou si v okamžiku ironie nalepil na první list nadpis inzerátu na Žlučové pilulky. Zvedla-li se vrchní deska stolu, unikla lehká vůně – vůně nových tužek z cedrového dřeva, lahvičky lepidla nebo přezrálého jablka, které tam zapomenuto zůstalo ležet.

Panu Duffymu se ošklivilo všechno, co ukazovalo na hmotný nebo duševní nepořádek. Středověký lékař by byl řekl, že ho stihla saturnská zádumčivost. Jeho obličej, hotový záznam všech jeho let, měl hnědý nádech dublinských ulic. Na protáhlé a hodně veliké hlavě mu rostly suché černé vlasy a hnědožlutý knír zcela nezastíral nevlídná ústa. I lícní kosti vtiskovaly jeho obličeji zatrpklý výraz; ale nic zatrpklého se nedívalo z očí, jež hleděly na svět zpod žlutohnědých obočí a budily dojem, že jde o člověka, který dovede vždy pohotově uvítat u jiných lidí instinkt, jímž by se v jeho očích zachránili, ale bývá často zklamán. Žil poněkud vdálen od svého těla a na vlastní jednání pohlížel pochybovačně a úkosem. Měl podivný autobiografický zvyk, který ho vedl k tomu, aby si občas v duchu utvářel krátkou větu týkající se jeho samého a obsahující podmět v třetí osobě a přísudek v minulém čase. Nikdy nedával žebrákům almužnu, chodil rázně a nosil mohutnou hůl.

Byl již mnoho let pokladníkem soukromé banky v Baggot Street. Dojížděl každé ráno z Chapelizodu tramvají. O polednách chodil pojíst do hostince Dana Burka – vypil láhev ležáku a snědl misku marantových sucharů. O čtvrté hodině byl volný. Povečeřel v jídelně na George's Street, kde se cítil v bezpečí před společností dublinské zlaté mládeže a kde jídelní lístek měl jakousi prostou poctivost. Večery trávil buď u piana své domácí paní nebo na potulkách po okraji města. Záliba v Mozartově hudbě ho občas přivedla na operu nebo na koncert; to byla jediná rozptýlení jeho života.

Neměl druhy ani přátele, nepatřil k církvi ani nevěřil. Žil duchovně bez jakýchkoli styků s jinými lidmi, navštěvoval příbuzné jen o vánocích a provázel je na hřbitov, když zemřeli. Tyto dvě společenské povinnosti vykonával jen pro zachování staré důstojnosti, ale v ničem jiném neustupoval konvencím, jimiž se řídí občanský život. V duchu připouštěl, že by za určitých okolností vyloupil svou banku, ale protože tyto okolnosti nenastávaly, šel jeho život klidně dál – jako příběh bez dobrodružství.

Jednoho večera v Rotundě zjistil, že sedí vedle dvou dam. Řídce obsazené a tiché hlediště divadla věstilo žalostný neúspěch. Dáma vedle něho se několikrát rozhlédla po pustém divadle a pak řekla:

„Škoda, že je tu dnes tak málo lidí! Je to pro ně kruté, když musí zpívat prázdným židlým."

Přijal poznámku jako výzvu k hovoru. Překvapilo ho, jak mu skoro vůbec nepřipadá rozpačitá. Za hovoru se snažil vtisknout si ji trvale do paměti. Když se dověděl, že mladé děvče vedle ní je její dcera, usoudil, že je asi o rok mladší než on. Její obličej, kdysi jistě hezký, zůstal inteligentní. Byl to oválný obličej s velmi výraznými rysy. Oči měla velmi tmavě modré a klidné. V prvním okamžiku byl její pohled vyzývavý, ale brzy zrozpačitěl jakýmsi úmyslným ústupem panenky do duhovky a tím na chvilku prozradil velmi citlivou povahu. Panenka opět rychle zaujala svoje místo, zpola odhalená přirozenost se znovu vrátila pod vládu obezřetnosti a kožešinový kabátek zvedající se na hodně plných ňadrech ještě rozhodněji podtrhl vyzývavý výraz.

Setkal se s ní znovu o několik týdnů později na koncertě na Earlsfort Terrace a využil okamžiků, kdy dceřina pozornost byla obrácena jinam, aby se s ní seznámil důvěrněji. Několikrát se zmínila o manželovi, ale její hlas nezněl tak, aby se zmínka musela chápat jako varování. Jmenovala se paní Sinicová. Manželův prapradědeček pocházel z Livorna. Její manžel byl kapitánem obchodní lodi plavící se mezi Dublinem a Holandskem; a měli jedno dítě.

Když se s ní náhodně setkal po třetí, našel odvahu sjednat si s ní schůzku. Přišla. To byla první z mnoha schůzek; setkávali se vždycky večer a vybírali si pro společné procházky nejtišší čtvrti. Ale panu Duffymu se podvádění ošklivilo, a když viděl, že jsou nuceni scházet se potají, přiměl ji, aby ho zvala k sobě domů. Kapitán Sinico byl jeho návštěvám příznivě nakloněn, protože si myslel, že jde o ruku jeho dcery. Upřímně vyloučil manželku z galerie svých potěšení, a tak ho ani nenapadlo podezřívat, že by se o ni mohl zajímat někdo jiný. Protože byl manžel často pryč a dcera odcházela učit hudbě, pan Duffy měl často příležitost setrvat ve společnosti paní domu. On ani ona ještě takové dobrodružství nezažili a nikdo z nich v tom neviděl nesrovnalost. Krok za krokem se jeho myšlenky proplétaly s jejími myšlenkami. Půjčoval jí knihy, zásoboval ji podněty k úvahám, dělil se s ní o svůj duševní život. Všemu naslouchala.

Někdy mu oplátkou za jeho teorie prozradila některá fakta ze svého života. Naléhala na něj se starostlivostí téměř mateřskou, aby zcela otevřel své srdce: stala se jeho zpovědnicí. Pověděl jí, jak se nějaký čas účastnil schůzí irské socialistické strany, kde si mezi mnoha rozvážnými dělníky, v podkroví osvětleném slabě svítící petrolejkou připadal podivně ojedinělý. Když se strana rozdělila na tři části a každá část měla svého vůdce a schůzovala ve svém podkroví, přestal tam docházet. Rozpravy dělníků byly prý příliš bojácné; až přehnaně se zajímali o otázku mezd. Podle jeho mínění to jsou hrubí realisté a protiví se jim přesnost, která je plodem volných hodin, pro ně nedosažitelných. Řekl jí, že ještě několik století patrně nezabouří Dublinem žádná sociální revoluce.

Zeptala se ho, proč své myšlenky nezapisuje. K čemu, zeptal se s obezřetnou pohrdavostí, Aby soutěžil s frázisty neschopnými šedesát vteřin myslet důsledně? Aby se vydal na milost kritice tupé střední vrstvy, která svou mravnost dala na starost policii a krásná umění impresáriům?

Často dojížděl do její letní vilky za Dublinem; často trávili večery spolu sami. Jak se jejich myšlenky vzájemně proplétaly, mluvívali o věcech méně odlehlých. Její přátelství bylo jako teplá půda kolem cizokrajné rostliny. Mnohokrát dopustila, aby je obklopila tma, a nechávala lampu nerozsvícenu. Spojovala je mlčenlivá tma pokoje, odloučená od světa, hudba chvějící se jim ještě v uších. Toto spojení ho povznášelo, uhlazovalo drsné hrany jeho povahy, vnášelo do jeho duševního života citový vzruch. Někdy se přistihoval, jak naslouchá zvuku vlastního hlasu. Napadalo ho, že se snad v jejích očích pozvedne až do andělské podoby; a jak k sobě ohnivou povahu své družky čím dál víc připoutával, slyšel podivný neosobní hlas, v němž rozpoznával hlas svůj vlastní, a ten mu tvrdil, že duše je nevyléčitelně osamělá. Nemůžeme sami sebe dát, říkal mu tento hlas; patříme sami sobě. Tyto rozpravy skončily jednoho večera, kdy paní Sinicová projevila neobyčejné vzrušení, vášnivě pak uchopila jeho ruku a přitiskla si ji k tváři.

Pan Duffy byl velmi překvapen. To, jak si vysvětlila jeho slova, bylo pro něj rozčarováním. Týden ji nenavštívil; pak ji dopisem požádal o schůzku. Protože nechtěl, aby zpovědnice, kde se jejich vztah zhroutil, nepříznivě ovlivnila poslední rozhovor, setkali se v malé cukrárně poblíž Parkate. Bylo studené podzimní počasí, ale třebaže bylo chladno, chodili sem a tam po cestách v sadu téměř tři hodiny. Dohodli se, že svoje styky skoncují; každé pouto, řekl jí, je poutem zármutku. Když vyšli ze sadu, kráčli mlčky k tramvaji; ale zde se začala tak prudce chvět, až se bál, že se znovu zhroutí, a tak se s ní rychle rozloučil a odešel. O několik dní později dostal balík obsahující jeho knihy a noty.

Uplynula čtyři léta. Pan Duffy se vrátil k vyrovnanému životu. Jeho pokoj stále ještě svědčil o spořádanosti jeho mysli. Několik nových partitur zabíralo poličku na noty v dolním pokoji a na přihrádce stály dva svazky Nietzscheho: Tak pravil Zárathuštra a Radostná věda. Do svazku papírů ležícího na stole psal zřídka. Jedna z vět, zapsaná dva měsíce po posledním rozhovoru s paní Sinicovou, zněla: Láska mezi mužem a mužem je nemožná, protože nesmí dojít k pohlavnímu styku, a přátelství mezi mužem a ženou je nemožné, protože musí dojít k pohlavnímu styku. Na koncerty nechodil, aby se tam s ní nesetkal. Zemřel mu otec; mladší společník banky odešel na odpočinek. A přece dojížděl každý den ráno tramvají do města a každý večer se pěšky vracel domů, když skromně povečeřel v George's Street a jako zákusek si přečetl večerní noviny.

Když se jednou večer chystal vložit do úst kus nakládaného hovězího masa a kapusty, ruka se mu zarazila.

Upřel zrak na článek ve večerních novinách, jež si opřel o stolní láhev s vodou. Vrátil kus jídla na talíř a pozorně článek přečetl. Vypil pak sklenici vody, odstrčil talíř stranou, položil si složené noviny přímo před sebe mezi lokty a četl článek znovu a znovu. Pod kapustou se začal na talíři usazovat studený bílý tuk. Přišla k němu číšnice a zeptala se, není-li večeře správně uvařena. Odpověděl, že je výborná, a s námahou snědl sousto. Pak zaplatil a odešel.

Kráčel rychle listopadovým soumrakem, jeho mohutná hůl pravidelně bila do půdy a z postranní kapsy krátkého námořnického převlečníku mu čouhal okraj tmavožluté Pošty. Na opuštěné silnici vedoucí od Parkgate do Chapelizodu zvolnil krok. Hůl bila do země méně důrazně a dech, vyrážející nepravidelně a provázený zvukem skoro podobným vzdychání, srážel se mu v páru. Když došel domů, okamžitě vystoupil nahoru do své ložnice, vytáhl noviny z kapsy a v ubývajícím světle u okna si přečetl článek znovu. Nečetl nahlas, ale pohyboval rty jako kněz, když čte modlitby secreto. Článek zněl takto:

SMRT ŽENY NA STANICI SYDNEY PARADE
TRAPNÝ PŘÍPAD

Ohledačův zástupce (v nepřítomnosti pana Leveretta) provedl dnes v dublinské městské nemocnici ohledání tělesných pozůstatků třiačtyřicetileté paní Emily Sinicové, která byla včera večer zabita na stanici Sydney Parade. Svědectví prokázala, že zemřelá dáma chtěla přejít přes koleje, byla sražena lokomotivou osobního vlaku přijíždějícího v deset hodin z Kingstownu, utrpěla tím zranění na hlavě a na pravé straně těla a tato zranění způsobila smrt.

Strojvůdce lokomotivy James Lennon prohlásil, že je u železniční společnosti zaměstnán patnáct let. Jakmile uslyšel píšťalu průvodčího, uvedl vlak do pohybu a po několika vteřinách, když uslyšel hlasité výkřiky, jej opět zastavil. Vlak jel pomalu. Nádražní nosič P. Dunne prohlásil, že ve chvíli, kdy se vlak měl rozjet, chtěla jakási žena přejít koleje. Běžel k ní a vykřikl, ale než na ni mohl dosáhnout, zachytil ji nárazník lokomotivy a ona upadla.

Jeden z porotců: „Viděl jste, jak ta dáma upadla?"

Svědek: „Ano."

Policejní seržant Croly přísežně vypověděl, že při jeho příchodu ležela zemřelá na nástupišti, zřejmě již mrtvá. Dal tělo přenést do čekárny, než pro ně přijede sanitní vůz.

Policejní strážník 57 výpověď potvrdil.

Sekundář chirurgického oddělení dublinské městské nemocnice dr. Halpin prohlásil, že zemřelá měla zlomena dvě dolní žebra a utrpěla těžké pohmožděniny pravého ramene. Při pádu si poranila pravou stranu hlavy. Zranění nebyla takového rázu, aby u normálního člověka způsobila smrt. Podle jeho mínění patrně zavinil její smrt otřes a náhlé porušení srdeční činnosti.

Pan H. B. Patterson Finlay vyslovil jménem železniční společnosti hluboké politování nad nehodou. Společnost vykonala všechna bezpečnostní opatření, aby obecenstvo nepřecházelo koleje jinudy než po zvýšených přechodech, a to tím, že na všech nádražích umístila výstražné tabulky a na přechodech v úrovni tratě zavedla zvedací závory. Zemřelá ráda přecházela koleje pozdě večer z nástupiště na nástupiště, a vzhledem k určitým dalším okolnostem případu se pan Finlay nedomnívá, že by železniční zaměstnance bylo možno z něčeho vinit.

Svědecky vypovídal též manžel zesnulé, kapitán Sinico ze Sydney Parade v Leoville. Prohlásil, že zemřelá je jeho manželka. V době nehody nebyl v Dublině, neboť připlul teprve dnes ráno z Rotterdamu. Žili v manželství dvaadvacet let a byli šťastni až do doby asi před dvěma lety, kdy jeho manželka propadla dosti výstředním návykům.

Slečna Mary Sinicová vypověděla, že její matka měla v poslední době ve zvyku vycházet večer z domu a kupovat si lihoviny. Snažila se matce domlouvat a vybízela ji k vstupu do některého sdružení katolických žen. Domů se vrátila teprve hodinu po nehodě.

Porota vynesla dobrozdání ve shodě s lékařskou zprávou a Lennonovi nepřisoudila žádnou vinu.

Zástupce ohledače prohlásil, že jde o velmi trapný případ, a vyjádřil účast kapitánu Sinicovi i jeho dceři. Důrazně vyzval železniční společnost, aby vykonala rázná opatření, jež napříště zabrání možnosti podobných nehod. Nikdo nebyl z ničeho obviněn.

Pan Duffy zvedl oči od novin a zahleděl se oknem na zachmuřenou večerní krajinu. Řeka pokojně ležela vedle prázdné vinopalny a občas se objevilo světlo v některém domě na silnici do Lucanu. Takový konec! Celé vyprávění o její smrti v něm budilo odpor a budilo v něm odpor i pomyšlení, že s ní kdy mluvil o tom, co je mu svaté. Zvedal se mu žaludek nad omšelými frázemi, nad bezduchými výrazy účasti, nad opatrnými slovy reportéra, který se dal získat k tomu, aby zatajil podrobnosti obyčejné, vulgární smrti. Nejen sama sebe ponížila; ponížila i jej. Viděl špinavé, ubohé a páchnoucí končiny její neřesti. Družka jeho duše! Pomyslel na belhavé ubožáky, které vídal, jak si nesou bandasky a láhve, aby jim je hospodský naplnil. Spravedlivý Bože, takový konec! Zřejmě byla neschopna žít, chyběla jí pevná cílevědomost, stala se snadnou kořistí zvyků, jednou z trosek, na jejichž účet se povznesla civilisace. Ale jak mohla padnout tak hluboko? Je možné, že se v ní tolik mýlil? Vzpomněl si na její výlev onoho večera a vykládal si jej příkřeji než kdy dříve. Nic mu nyní nebránilo pochválit si, že tenkrát jednal tak, jak jednal.

Ubývalo světla, paměť mu začala roztržitě bloudit a náhle měl dojem, že se její ruka dotkla jeho ruky. Otřes, z něhož se mu předtím zvedl žaludek, zaútočil nyní na jeho nervy. Rychle si oblékl převlečník, nasadil klobouk a vyšel ven. Na prahu domu ho uvítal studený vzduch; vnikl mu do rukávů. Když došel k hostinci u Chapelizodského mostu, vešel dovnitř a objednal si horký punč.

Hostinský byl úslužný, ale nepromluvil. V hostinci bylo pět nebo šest dělníků, kteří rozmlouvali o hodnotě pozemků jakéhosi pána v hrabství Kildare. Občas upíjeli z velikých sklenic, kouřili, často plivali na podlahu a chvílemi těžkýma botama zahrabávali plivance pilinami. Pan Duffy seděl na vysoké židli a upíral na ně zrak, aniž je viděl a slyšel. Po chvilce vyšli a pan Duffy si objednal další punč. Seděl nad ním dlouho. Hostinec byl velmi tichý. Hostinský se rozvaloval po pultě, četl Posla a zíval. Tu a tam bylo zvenčí slyšet tramvaj, jak sviští po opuštěné silnici.

Jak tam seděl a znovu prožíval svůj život s ní, jak si střídavě vyvolával dva obrazy, jež si teď o ní vytvořil, uvědomil si, že je mrtva, že přestala existovat a stala se z ní vzpomínka. Začal se cítit nesvůj. Tázal se sám sebe, jak jinak by se byl mohl zachovat. Nebyl by s ní mohl hrát dál podvodnou komedii; nebyl by s ní mohl žít veřejně. Jednal tak, jak mu připadalo nejlepší. Což může být z něčeho vinen? Nyní po její smrti chápal, jak osaměle jistě žila, když večer co večer sama sedávala v onom pokoji. I jeho život bude osamělý, až i on zemře, přestane existovat, promění se ve vzpomínku – pokud si na něj někdo vzpomene.

Když odešel z hostince, bylo už devět pryč. Večer byl studený a chmurný. Nejbližší brankou vstoupil do parku a kráčel pod pustými stromy. Chodil ztemnělými alejemi, kudy před čtyřmi lety šel s ní. Připadalo mu, že se k němu ve tmě přiblížila. V některých okamžicích se mu zdálo, že cítí, jak se její hlas dotýká jeho ucha, jak se rukou dotýká jeho ruky. Zastavil se, naslouchal. Proč jí odepřel život? Proč ji odsoudil k smrti? Měl pocit, jako by se jeho mravní povaha hroutila.

Došel na hřeben návrší Magazine Hill, zastavil se a pohlédl podél řeky k Dublinu, jehož světla červeně a pohostinně hořela do studené noci. Pohlédl po svahu dolů a na úpatí, ve stínu zdi kolem parku, spatřil ležící lidské postavy. Tyto úplné a pokradmé lásky v něm budily zoufalství. Zapochyboval o správnosti svého života; uvědomoval si, že byl vyvržen od slavnostních stolů života. Jedna lidská bytost ho zřejmě milovala a on jí odepřel život a štěstí; odsoudil ji k hanbě, k potupné smrti. Věděl, že ho ležící postavy dole u zdi pozorují a přejí si, aby odešel. Nikdo ho nechce; je vyvržen od slavnostních stolů života. Obrátil zraky k šedivé třpytící se řece vinoucí se směrem k Dublinu. Za řekou viděl nákladní vlak, jak vyjíždí z Kingsbridgeského nádraží a vine se jako červ s ohnivou hlavou tvrdošíjně a namáhavě tmou. Zvolna zmizel z dohledu; ale stále ještě mu zněl v uších namáhavý sykot lokomotivy opakující slabiky jejího jména.

Vracel se kudy přišel, a v uších mu zněl rytmus lokomotivy. Začal pochybovat o skutečnosti toho, co mu předestřely vzpomínky. Zastavil se pod stromem a vyčkal, až rytmus umlkne. Už necítil, že je ve tmě blízko něho, ani neměl dojem, že se její hlas dotýká jeho ucha. Několik minut čekal a naslouchal. Neslyšel nic; noc byla naprosto tichá. Znovu naslouchal: naprosto tichá. Uvědomil si, že je sám.

BŘEČŤANOVÝ DEN VE SPOLKOVÉ KLUBOVNĚ

Kusem lepenky shrábl starý Jack uhlíky a pečlivě je rozsypal na bělavou kupu uhlí. Když kupu slabě posypal, tvář mu zapadla do tmy, jakmile však oheň rozdmýchal, jeho shrbený stín se promítl na protější stěnu a tvář se vynořovala ve světle. Byla to stařecká tvář, kostnatá a zarostlá. Vlhké modré oči mžouraly do světla a vlhká ústa se rozevírala a při každém sklapnutí zažmoulala. Když uhlíky chytly, opřel lepenku o zeď a řekl:

„Už je to dobré," pane O'Connore.

Pan O'Connor, šedovlasý mladík s tváří zhyzděnou pupínky a vřídky, zrovna vinul cigaretový tabák do úhledného sloupku, ale po tom oslovení sloupek zas zamyšleně rozmotal. Nyvě pak cigaretu zase svinul a po chvilce mlčení se odhodlal papírek olíznout.

„Neřekl pan Tierney, kdy se vrátí?" zeptal se chraplavým falzetem.

„Neřekl."

Pan O'Connor si dal cigaretu do úst a prohledával kapsy. Vytáhl balíček tenkých kartonů.

„Podám vám sirku," řekl stařec.

„Nemusíte, tohle stačí," řekl pan O'Connor.

Vytáhl jeden karton a přečetl si, co na něm stálo natištěno:

OBECNÍ VOLBY
Obvod Královské burzy.
Pan Richard Tierny, sociální inspektor, uctivě
žádá o Váš hlas i přímluvu v nastávajících
volbách v obvodu Královské burzy.

Pana O'Connora si agent pana Tierneyho zjednal, aby za něho zkortešoval část obvodu, ale ten, protože bylo nepříznivé počasí a teklo mu do bot, většinu dne proseděl se starým domovníkem Jackem u krbu ve spolkové místnosti na Wicklow Street. Seděli tam už, co se ten krátký den setmělo. Bylo šestého října, venku nevlídně a zima.

Pan O'Connor utrhl kousek kartonu, přistrčil k ohni a zapálil si cigaretu. Na klopě kabátu mu přitom plamínek ozářil snítku tmavě lesklého břečťanu. Stařec se na něho pozorně zahleděl, vzal kartonek a za společníkova pokuřování oheň rozdmýchával.

„Inu," hovořil dále, „těžko říci, jak děti vychovávat. Koho by napadlo, že se tak zvrtne. Posílal jsem ho ke křesťanským bratřím, dělal jsem pro něho, co bylo možné, a on se dal na chlast. Chtěl jsem z něho udělat něco lepšího."

Malátně lepenku odložil.

„Nebýt tak starý, já bych s ním zatočil. Holí bych ho řezal a tloukl až do úpadku – jak jsem to dělával dřív. Matka mu, to se ví, všelico podstrkuje."

„Dětem to jen škodí," řekl pan O'Connor.

„Bodejť," řekl stařec. „Vděku se tady nedočkáš. Leda drzosti. Vytahuje se na mne vždycky, když přebere. Kam to spěje, když takhle mluví syn s otcem."

„Proč ho k něčemu nepřidržíte?"

„Bodejť, to jsem dělal, jen co ten ochmelka vychodil školu. *Já tě živit nebudu*, říkám. *Musíš si sehnat zaměstnání.* Jenže když si pak zaměstnání sežene, je to ještě horší, všechno propije."

Pan O'Connor kývl soucitně hlavou a stařec se odmlčel a civěl do ohně. Někdo otevřel dveře do místnosti a křikl:

„Hej! Má to být zednářská schůzka?"

„Kdo je?" zeptal se stařec.

„Cože jste potmě?" ozval se někdo.

„Jsi to ty, Hynesi?" zeptal se pan O'Connor.

„Ano. Cože jste potmě?" řekl pan Hynes a postoupil do světla od krbu.

Byl to vytáhlý štíhlý mladík se světle hnědými vousy. Ze střechy klobouku mu málem crčely dešťové kapky a límec u kazajky měl vyhrnutý.

„Tak co, Mate," řekl O'Connorovi, „jak se daří?"

Pan O'Connor zavrtěl hlavou. Stařec odešel od krbu, zavrávoral po místnosti a vrátil se se dvěma svícny, jeden po druhém přistrčil k ohni a přinesl je na stůl. Objevil se obnažený pokoj a oheň hned pozbyl radostného zabarvení. Stěny byly holé, visel na nich jen volební plakát. Uprostřed místnosti stál stolek s hromadou letáků.

Pan Hynes se opřel o krb a řekl:

„Zaplatil ti?"

„Ještě ne," řekl pan O'Connor. „Pánbůh dej, aby nás dnes večer nenechal ve štychu."

Pan Hynes se zasmál.

„Však on ti zaplatí. Jen se neboj," řekl.

„Doufám, že si pospíší, jestli to myslí vážně," řekl pan O'Connor.

„Co ty si o tom myslíš, Jacku?" zeptal se pan Hynes uštěpačně starce.

Stařec se vrátil na židli u krbu a řekl:

„Však on prachy má. Ne jako ten druhý cikán."

„Jaký druhý cikán?" řekl pan Hynes.

„Colgan," řekl opovržlivě stařec.

„Říkáš to proto, že je Colgan dělník? Čímpak se liší dobrý poctivý zedník od hospodského? Copak nemá poctivý dělník stejné právo zasedat v obecní radě jako každý jiný – ba ještě větší, než ti darmošlapové, co se hrbí před každým nóbl pánem. Je to tak, Mate?" obrátil se pan Hynes na pana O'Connora.

„Myslím, že máš pravdu," řekl pan O'Connor.

„Je to poctivý chlap, nikam se nedere. Uchází se o to, aby tam zastupoval dělnickou třídu. Ten, co pro něho ty děláš, shání jen výnosné místo."

„Někdo přece dělnickou třídu zastupovat musí," řekl stařec.

„Do dělníka jen kopnou," řekl pan Hynes, „a groš mu nedají. Ale právě dělnictvo všechno vyrábí. Dělník pro své syny a synovce a bratrance výnosné místo neshání. Kvůli německému panovníkovi nestrhne dělník čest Dublinu do bláta."

„Jak to?" řekl stařec.

„To nevíš, že chtějí krále Eduarda slavnostně pozdravit, až sem napřesrok přijede? Potřebujem my se plazit před cizím králem?"

„Pro pozdravný projev náš kandidát hlasovat nebude," řekl pan O'Connor. „On jde s nacionalisty."

„Že nebude?" řekl pan Hynes. „Jen jestli. Já ho znám. Copak se mu neříká Křivák Tierney?"

„Bůhví. Snad máš pravdu, Joe," řekl pan O'Connor. „Ale už by tu měl být a navalit prachy."

Všichni tři se odmlčeli. Stařec už zase shraboval uhlíky. Pan Hynes smekl klobouk, otřepal jej a ohrnul si límec na kabátě, až mu bylo na klopě vidět břečťanový list.

„Být on na živu, ukázal na list, o nějakém pozdravném projevu by nebylo řeči."

„Svatá pravda," řekl pan O'Connor.

„To býval pašák, Pánbůh ty časy požehnej, řekl stařec. Tehdy se něco dělo."

V místnosti pak bylo ticho. A tu vrazil do dveří nějaký čiperný člověček, posmrkával a uši měl namrzlé. Hnal se ke krbu a mnul si přitom ruce, jako by z nich chtěl jiskru vykřesat.

„Prachy nejsou, hoši," řekl.

„Posaďte se, pane Henchy," řekl stařec a nabídl mu svou židli.

„Jen nevstávej, Jacku, jen nevstávej," řekl pan Henchy. Letmým pokývnutím pozdravil pana Hynese a posadil se na židli, ze které stařec vstal.

„Aungier Street jsi prošel?" zeptal se pana O'Connora.

„Ano," řekl pan O'Connor a vyhrabával z kapes letáky.

„Byl jsi u Grimese?"

„Byl."

„Tak co? Jak to s ním vypadá?"

„Nic neslíbil. Řekl: *Nikomu nepovím, jak budu volit.* Ale myslím, že to s ním bude dobré."

„Proč myslíš?"

„Ptal se na navrhovatele; řekl jsem mu je. Uvedl jsem pátera Burka. Myslím, že to s ním půjde."

Pan Henchy začal frkat a o překot si mnul ruce nad ohněm. Řekl:

„Propánakrále, přines, Jacku, uhlí. Snad ho trochu zbylo."

Stařec vyšel z místnosti.

Marná sláva, řekl pan Henchy a zavrtěl hlavou. Zeptal jsem se toho cikána, ale on řekl: *Až, pane Henchy, uvidím, že vám to jde od ruky, však já na vás nezapomenu.* Cikán mizerný. Ten už jiný nebude.

„Neříkal jsem vám to, Mate?" řekl pan Hynes. „Křivák Tierney! Co jiného se dá čekat?"

„Křivák to je, jak se patří," řekl pan Henchy. „Nadarmo nemá prasečí očka. Čert aby ho. Nezaplatí jako chlap a místo toho: *Ach, pane Henchy, musím promluvit s panem Fanningem... Utratil jsem hromadu peněz.* Ničemné čertovské švícko. Asi zapomněl, že měl jeho starý tatík na Mary Lane vetešnictví."

„Vážně?" zeptal se pan O'Connor.

„Bůhví že měl," řekl pan Henchy. „Vy jste to neslyšel? V neděli dopoledne, než se otevřely hospody, tam chodili lidi a že prý koupit si vestu nebo kalhoty – bodejť! Tatík Křiváka tam měl vždycky v koutku na černo propašovanou láhev. Vadí? Tak je to. Tam on spatřil světlo světa."

Stařec se vrátil s pár kousky uhlí a rozložil je na oheň.

„Pěkné nadělení," řekl pan O'Connor. „To máme na něho dělat, když nepustí chlup?"

„Co já můžu," řekl pan Henchy. „Čekám, že budou v předsíni exekutoři, až přijdu domů."

Pan Hynes se zasmál, zády se odrazil od krbové římsy a chystal se odejít.

„Všechno se napraví, až přijede král Eda, řekl. Pá, hoši, zatím odcházíme. Na shledanou. Pá, pá."

Pomalu vycházel z místnosti. Ani pan Henchy, ani stařec nic neřekli, až když se dveře zavíraly, pan O'Connor, který civěl zamyšleně do ohně, najednou křikl:

„Sbohem, Joe!"

Pan Henchy chvíli čekal a pak kývl ke dveřím hlavou.

„Pověz mi," řekl přes oheň, „co sem našeho přítele přivádí? Co tady chce?"

„Namoutě, chudák Joe," řekl pan O'Connor a odhodil nedopalek cigarety do ohně, „je na tom špatně jako my."

Pan Henchy si odchrchlal a vydatně plivl, div neuhasil oheň, který na protest zasyčel.

„Mám-li vám říci, co si doopravdy myslím, je to člověk z jiného tábora. Podle mého je to Colganův zvěd. *Zajdi si tam a vyzkoumej, jak jim to jde. Podezírat tě nebudou. Chápeš?"*

„Kdepak, chudák Joe je poctivec," řekl O'Connor.

„Jeho otec byl poctivý, vážený člověk," přiznal pan Henchy. „Chudák starý Lary Hynes. Leccos dobrého v životě vykonal. Ale moc se bojím, že náš přítel devatenáct karátů nemá. Čert aby ho! Že se někdo octne v úzkých, to ještě chápu, ale nechápu, že se někdo promění v krysu. Copak v sobě nemá špetku chlapskosti?"

„Až zas přijde, vřele ho nepřivítám," řekl stařec. „Ať si pracuje pro své lidi a nechodí sem špehovat."

„Nevím," zapochyboval pan O'Connor, jak si vyndával papírky a tabák. „Joe Hynes je podle mne správný chlap. Taky perem chytře vládne. Vzpomínáš si, co tehdy napsal?..."

„Abych pravdu řekl, někteří ti horáci a feniáni jsou až moc chytří. Víte, co si o těch kumpánech v hloubi srdce opravdu myslím? Jsem přesvědčený, že z poloviny si je vydržuje hrad."

„Kdožpak ví," řekl stařec.

„Já to vím jistě," řekl pan Henchy. „Jsou to hradní zaprodanci... Neříkám, že Hynes... Ne, k ďasu, myslím, že je nad to povznesen... Ale jeden malý šilhavý aristokrat – víte, kterého vlastence myslím."

Pan O'Connor přisvědčil.

„Prosím, přímý potomek majora Sirra! Každým coulem vlastenec! Za čtyrák by prodal vlast – ano – a ještě na kolena klekne a poděkuje Kristu Všemohoucímu, že ji může prodat."

Někdo zaklepal na dveře.

„Dále," řekl pan Henchy.

Ve dveřích se objevil někdo jako chudý duchovní nebo chudý herec. Zavalité tělo měl upjaté v černém hábitu a nebylo jisté, má-li páterský nebo laický límec, protože límec obnošeného pláště, jehož rozepjaté knoflíky odrážely světlo svíc, měl u krku shrnutý. Na hlavě mu seděl klobouk z tvrdé černé plsti. Obličej, lesknoucí se kapkami deště, vypadal jako vlhký žlutý syreček, jen dvě růžové skvrny vyznačovaly lícní kosti. Najednou otevřel náramně velká ústa na důkaz zklamání a zároveň dokořán otevřel náramné oči na důkaz milého překvapení.

„Vida, páter Keon," řekl pan Henchy a vyskočil ze židle. „Jste to vy? Pojďte dál."

„Kdepak, kdepak," vyhrkl páter Keon a sešpulil rty, jako by mluvil s dítětem.

„Pojďte dál a posaďte se."

„Kdepak, kdepak," promluvil páter Keon tlumeným, shovívavým, sametovým hlasem. „Nedejte se vyrušovat! Hledám pana Fanninga..."

„Ten je u *Černého orla*," řekl pan Henchy. „Nepůjdete dál a neposedíte chvilku?"

„Kdepak, kdepak, děkuji. Je to jen menší obchodní záležitost," řekl páter Keon. „Mockrát děkuju."

Vycouval ze dveří a pan Henchy popadl svícen a ode dveří mu posvítil na schody.

„Ach, neobtěžujte se, prosím."

„Na schodech je tma."

„Ne, ne, já vidím... Mockrát děkuji."

„Už vidíte?"

„Vidím, děkuji... Děkuji."

Pan Henchy se se svícnem vrátil a postavil jej na stůl. Znovu usedl k ohni. Chvíli bylo ticho.

„Něco mi, Johne, pověz," řekl pan O'Connor, a dalším kartonem si zapálil cigaretu.

„Hm?"

„Co on je vlastně zač?"

„To se mě moc ptáš," řekl pan Henchy.

„S Fanningem je, zdá se mi, jedna ruka. Často se scházejí u Kavanagha. Je on vůbec kněz?"

„Mno, ano... Je, jak se říká, černá ovce. Moc jich, chválabohu, nemáme, ale pár přece... Je to nějaký nešťastník..."

„A jak se protlouká?" zeptal se pan O'Connor.

„To je další záhada."

„Patří k nějaké kapli, kostelu nebo sboru nebo..."

„Ne," řekl pan Henchy, „myslím, že se udělal na vlastní pěst... Bůh mi odpusť, dodal, myslel jsem, že to vezou bečku piva."

„Dostaneme něco k pití?" zeptal se O'Connor.

„Mně taky vyschlo," řekl stařec.

„Třikrát jsem se toho švícka ptal," řekl pan Henchy, „jestli nedá k lepšímu tucet ležáků. Teď jsem se ho zeptal znovu, ale on se jen tak bez kabátu opíral o nálevní pult, zabraný do řeči s radním Cowleym."

„Proč jsi mu to nepřipomněl?" zeptal se O'Connor.

„Dokud mluvil s radním Cowleym, nemohl jsem za

ním jít. Čekal jsem, až si mě všimne, a povídám: *Co ta maličkost, jak jsem o ní s vámi mluvil... Přijde to, pane Henchy,* řekl. O co, že na to ten pidvajzlík zapomněl."

„Něco spolu kujou," řekl zamyšleně pan O'Connor. „Včera jsem ty tři viděl na rohu Suffolk Street, jak spolu něco pečou."

„Já vím, co mají za lubem," řekl pan Henchy. „Kdo chce být starostou, musí pantatíky podmazat. Potom tě udělají starostou. Bůhví! Sám vážně pomýšlím na místo radního. Co myslíš? Hodil bych se na to?"

Pan O'Connor se zasmál.

„Zadlužený bys byl na to dost...'"

„V hermelínu bych si vyjížděl z radnice, za mnou by stál Jack s napudrovanou vlásenkou – co?"

„A mě bys, Johne, jmenoval soukromým tajemníkem."

„Ano. A pátera Keona soukromým kaplanem. Bude to náš soukromý podnik."

„Namoutě, pane Henchy," řekl stařec, „proti jiným byste vypadal nóbl. Jednou jsem se dal do řeči s vrátným, starým Keeganem. *Jakpak se vám líbí nový šéf?* povídám. *Moc si toho s ním neužijete!* povídám. *Užiju!* on na to. *Ten je živ ze zápachu hadru od petroleje.* A víte, co mi řekl? Bůhví, sám jsem tomu nevěřil."

„Copak?" řekl pan Henchy.

„Řekl mi: *Co tomu řeknete, že si dublinský starosta dá přinést k obědu libru řízků? To je mi nějaký přepych?* povídá. *Safra, safra,* já na to. *Libru řízků objednat na radnici,* povídá on. *Safra,* já na to, *co je to tam dnes za lidi?*"

Vtom někdo zaklepal na dveře a dovnitř nakoukl nějaký kluk.

„Copak je?" řekl stařec.

„Od *Černého orla,*" řekl kluk, všoupl se dovnitř a postavil na zem košík, až láhve zařinčely.

Stařec pomohl chlapci vybrat láhve z košíku na stůl a pro jistotu je spočítal. Když láhve vyndali, kluk si pověsil košík na ruku a zeptal se:

„Máte ještě láhve?"

„Jaké láhve?" řekl stařec.

„Nenecháš nás je napřed vypít?" řekl pan Henchy.

„Prý si mám říct o láhve."

„Přijď zítra," řekl stařec.

„Jářku, chlapče," řekl pan Henchy, „běž naproti k O'Farrellovi a popros ho o vývrtku – pro pana Henchyho, řekni. Řekni, že jen na okamžik. Košík tady nech."

Kluk odešel a pan Henchy si radostně zamnul ruce a potom řekl:

„Přece to s ním není tak zlé. Co řekne, to splní."

„Nemáme sklenice," řekl stařec.

„Z toho si, Jacku, nic nedělej," řekl pan Henchy. „Co poctivých chlapů se už napilo z láhve."

„Lepší něco než nic," řekl pan O'Connor.

„Zlý není," řekl pan Henchy, „ale Fanning z něho tyje. Myslí to dobře ten žabař."

Kluk se vrátil s vývrtkou. Tři láhve stařec otevřel a už by byl vývrtku vracel, když pan Henchy klukovi řekl:

„Nenapil by ses, chlapče?"

„Prosím ano," řekl kluk.

Volky nevolky otevřel stařec další láhev a podal ji chlapci.

„Kolik je ti?" zeptal se.

„Sedmnáct," řekl chlapec.

Víc už stařec neřekl, chlapec tedy popadl láhev, řekl panu Henchymu: *Na zdraví, pane,* vypil do dna, postavil zas láhev na stůl a rukávem si utřel ústa. Vzal pak vývrtku, vycouval ze dveří a cosi na pozdrav zamručel.

„Tak to začíná," řekl stařec.

„Z malé jiskry velký oheň," řekl pan Henchy.

118

Tři odzátkované láhve stařec rozdal a všichni se naráz napili. Když se napili, postavili láhve na římsu, každý tak, aby na svou dosáhl, a spokojeně se nadechli.

„No, pěkný kus práce jsem dnes stihl," řekl po chvíli mlčení pan Henchy.

„Vážně, Johne?"

„Ano, pár jsme mu jich na Dawson Street spolu s Croftonem zagitovali. Mezi námi, to se ví, Crofton (jinak samozřejmě slušný chlap) stojí za starou belu. Slovo ze sebe nevypraví. Stojí a kouká a mluvit nechá mě."

Vtom vešli dovnitř dva mužští. Jeden byl tlusťoch, modré šerkové šaty jako by se měly každou chvíli z jeho kulaťoučké postavy smeknout, v mohutném obličeji měl telecí výraz, vytřeštěné modré oči a prošedivělé vousy. Druhý, mnohem mladší a útlejší, měl hubený vyholený obličej, vysoký přeložený límec a širokánský tvrďák.

„Nazdar, Croftone," oslovil tlouštíka pan Henchy. My o vlku...

„Odkud je ten chlast?" zeptal se mladík. „To se kráva otelila?"

„To se ví, první, co Lyons vyslídí, je pití," zasmál se O'Connor.

„Takhle vy, hoši, kortešujete," řekl pan Lyons, „zatímco já s Croftonem venku v dešti a zimě sháníme hlasy."

„Čert aby tě," řekl pan Henchy, „za pět minut seženu víc hlasů než ty za týden."

„Otevři, Jacku, dvě láhve ležáku," řekl pan O'Connor.

„Jak je mám otevřít," řekl stařec, „když nemáme vývrtku."

„Počkej, počkej," řekl pan Henchy a rychle vstal. „Znáš tenhle trik?"

Vzal ze stolu dvě láhve, odnesl je ke krbu a postavil je na výstupek nad ohništěm. Pak se zas posadil u krbu a napil se ze své láhve. Pan Lyons seděl na krajíčku stolu, klobouk si pošoupl do týla a komíhal nohama.

„Která láhev je moje?" zeptal se.

„Tahle, chlapče," řekl pan Henchy.

Pan Crofton usedl na bednu a zahleděl se na druhou láhev na krbové patce. K mlčení měl dvojí důvod. První, který by sám stačil, byl ten, že neměl co říci, druhý byl ten, že svými druhy opovrhoval. Předtím kortešoval pro konzervativce Wilkinse, ale když konzervativci svého kandidáta odvolali a rozhodnuti pro menší zlo postavili se za nacionalistického kandidáta, dal se do služeb pana Tierneyho.

Za chvíli se ozvalo omluvné *Puk!*, jak vylítla z Lyonsovy láhve zátka. Pan Lyons odskočil od stolu, přistoupil ke krbu, popadl svou láhev a odnesl si ji na stůl.

„Zrovna jsem jim, Croftone, povídal, že jsme dnes dostali dobrých pár hlasů," řekl pan Henchy.

„Koho jste dostali?" zeptal se pan Lyons.

„Tak předně jsem získal Parkese a za druhé jsem získal Atkinsona a Warda z Dawson Street. Správný chlap – hotový sekáč, starý konzervativec! *Copak není váš kandidát nacionalista?* povídá. *Je to řádný člověk,* já na to. *Přeje všemu, co naší zemi prospěje. Platí velké daně,* povídám. *V našem hlavním městě má velký domovní majetek a tři podniky. Copak není v jeho zájmu, aby se nezvyšovaly daně? Je významný a vážený občan,* povídám, *a chudinský poručník a nepatří k žádné straně, ať dobré, špatné či nijaké.* Tak se s nimi musí mluvit."

„A co slavnostní přivítání krále?" řekl pan Lyons, když se předtím napil a mlaskl.

„Podívejte," řekl pan Henchy. „V naší zemi, jak jsem řekl panu Wardovi, potřebujeme kapitál. Králův příchod bude znamenat, že v naší zemi přibude peněz. Prospěch z toho budou mít dublinští občané. Jen se podívejte na továrny tamhle na nábřeží, jak zahálejí! Jen se podívejte, co by bylo v naší zemi peněz, kdyby byly v provozu staré průmyslové obory, mlýny, loděnice a továrny. Potřebujeme kapitál."

„Ale poslyš, Johne," řekl pan O'Connor. „Pročpak máme vítat anglického krále? Copak sám Parnell..."

„Parnell," řekl pan Henchy, „je nebožtík. Takhle se já na to dívám. Chlapík se dostane na trůn, léta ho na něj stará matka nepouštěla, až zešedivěl. Je to světák, myslí to s námi dobře. Je to veselý kumpán a slušný chlap, když chcete něco vědět, žádné nesmysly kolem toho. *Stará si za těmi divokými Iry nikdy nezajela, řekl si, Kristepane, sám se tam zajedu podívat, co jsou zač.* Máme snad člověka urážet, když k nám přijede na přátelskou návštěvu? Je to tak, Croftone?"

Pan Crofton přikývl.

„Ale když na to přijde, zaprotestoval pan Lyons, král Eduard nežil zrovna..."

„Co bylo, to bylo," řekl pan Henchy. „Co mne se týče, já se mu obdivuji. Je to jen obyčejný kumpán jako vy a já. Potrpí si na grog, snad občas zahne a holduje sportu. Ksakru, copak si my Irové nepotrpíme na slušnou hru?"

„No budiž," řekl pan Lyons. „Ale podívejte se, jak to bylo s Parnellem."

„Propána, co mají ty dva případy společného?" řekl pan Henchy.

„Myslím," řekl pan Lyons, „že snad máme své ideály. Nač takového člověka vítat? Myslíte, že po tom, co udělal, se Parnell hodil za našeho vůdce? Proč tedy vítat Eduarda Sedmého?"

„Máme dnes Parnellovo výročí," řekl pan O'Connor, „a tak se nehašteřme. Je dávno mrtev a všichni si ho vážíme – i konzervativci, dodal ke Croftonovi."

Puk! Loudavá zátka vylítla z páně Croftonovy láhve. Pan Crofton vstal z bedýnky a přistoupil ke krbu. Jak se s kořistí vracel, řekl hlubokým hlasem:

„Naše strana si ho váží, protože to byl slušný člověk."

„To se ví, Croftone!" vybuchl pan Henchy. „On jediný dokázal tu čeládku zkrotit. *K nohám, psi! Lehnout, pancharti!* Tak je on krotil. Pojď dál, Joe! Pojď dál! Křikl, když zahlédl ve dveřích pana Hynese."

Pan Hynes se všoural dovnitř.

„Otevři ještě láhev ležáku, Jacku," řekl pan Henchy. „Ach, zapomněl jsem, že nemáme vývrtku! Honem mi podej láhev, postavím ji k ohni."

Stařec mu podal další láhev a on ji postavil na patku.

„Posaď se, Joe," řekl pan O'Connor, „zrovna mluvíme o vůdci."

„Tak, tak," řekl pan Henchy.

Pan Hynes se posadil bokem ke stolu vedle pana Lyonse a nic neříkal.

„Jeden z nich se ho přece jen nezřekl. Bůh ví, to ti, Joe, přiznám. Bůh ví, stál jsi při něm jako chlap!"

„Ach, Joe," vyhrkl pan O'Connor. „Ukaž nám, co jsi napsal – vzpomeň si! Máš to u sebe?"

„Ano," řekl pan Henchy. „Ukaž nám to. Už jsi to, Croftone, slyšel? Poslechni si: nádherná věc."

„Do toho," řekl pan O'Connor. „Spusť, Joe."

Pan Hynes jako by se chvíli rozpomínal, o jaké básni je řeč, zapřemýšlel a řekl:

„Jó, ta básnička... Ta už je stará."

„Sem s ní, člověče," řekl pan O'Connor.

Pan Hynes se ještě chvíli rozmýšlel. V nastalém tichu pak smekl klobouk, položil si jej na stůl a vstal. Jako by si báseň v duchu zkoušel. Po delším odmlčení pak ohlásil:

PARNELLOVA SMRT
6. října 1891
Párkrát si odkašlal a spustil:

Erine, truchlivý nářek spusť!
Houf farizejů navždy sklál
Parnella, mrtev je
náš nekorunovaný král.

Uštván zbabělou smečkou psů,
jež zvedal k metě zářící,
Erine, hle, jak hynou tvoje sny
na jeho hranici.

Ať v paláci či v chatrči
všem plamen lásky v srdci vřel
k mrtvému, byl by milerád
jim lepší život utvářel.

Svůj Erin byl by proslavil,
rozvinul vlajku zelenou
před vojáky, bardy, básníky –
jen věhlas byl mu odměnou.

Snil o Svobodě, pouhý sen!
proradná cháska nekalá
tu, po níž celou duši prahl,
z náruče mu zas vyrvala.

Hanba buď zrádným rukám těch,
kdo Pána udeřili, kněžourům,
co zrádným jidášským polibkem
v plen vydali otcovský dům.

Nechť věčnou hanbou užírá
se Irska bídný nepřítel,
nechť jeho jméno špiní ti,
pro něž jen pohrdání měl.

Jak mocní padají, tak padl,
až do úpadu hájil otčinu
a po smrti se shledal on
s dávnými reky Erinu.

Hlučný spor ať mu do spánku
nezalehne, ať ho neruší
ctižádost, nechť mu nikdy už
neleží těžce na duši.

Stalo se, jak si přáli, skolili ho.
Slyš, Erine, jak fénix z plamene se vznese,
tak svitne také Irsku jitřenka,
však jednou dočkáme se.

Svoboda u nás ten den zavládne
a tehdy Erin připije si znovu
na zdraví všem, pomine dlouhý žal
v tom přípitku na paměť Parnellovu.

Pan Hynes se zase posadil za stůl. Po recitaci bylo ticho a potom zabouřil potlesk: tleskal i pan Lyons. Chvíli tleskali. Když dozněl potlesk, všichni si mlčky zavdali z lahví.

Puk! Panu Hynesovi vylítla z láhve zátka, ale pan Hynes, zardělý a prostovlasý, dál seděl u stolu. Jako by tu výzvu neslyšel.

„Umíš to, Joe!" řekl pan O'Connor, „a aby líp zakryl pohnutí, vytáhl cigaretové papírky a pytlík."

„Co tomu říkáš, Croftone?" křikl pan Henchy. „Pěkné, co?"

Pan Crofton řekl, že je to moc pěkná básnička.

MATKA

Pan Holohan, podtajemník Společnosti *Eire Abu*, chodil skoro měsíc po Dublině, v rukou a po kapsách plno špinavých papírků, a zařizoval cyklus koncertů. Napadal na jednu nohu, známí mu říkali Pajda Holohan. Chodil sem a tam, hodinu postál na rohu, agitoval a něco zapisoval, nakonec to však všechno vyřídila paní Kearneyová.

Jen z trucu se stala slečna Devlinová paní Kearneyovou. Školu vychodila v nóbl klášteře, kde se naučila hudbě a francouzštině. Od přírody byla bledá a uzavřená, a tak se ve škole s málokterou spřátelila. Když pak byla na vdávání, posílali ji do mnoha domácností, kde pro svou hru a uzavřenost sklízela obdiv. Sedávala v chladném kruhu svých předností a čekala, až si nějaký nápadník troufne nabídnout jí skvělý život. Jenže mladíci, s nimiž se stýkala, byli obhroublí a ona je nijak nelákala, a tak své romantické tužby ukájela tím, že potají vydatně mlsala turecký med. Když však dospěla do let a známí ji pomlouvali, umlčela je sňatkem s panem Kearneym, obuvníkem z Ormond Quay.

Byl proti ní o moc starší. Občas k ní vážně promlouval dírou uprostřed důkladných hnědých vousů. Po prvním roce manželství paní Kearneyová zjistila, že takový muž obstojí spíš než nějaký romantik, ale sama se romantických představ nevzdala. Byl střízlivý, šetrný a nábožný, ke stolu Páně přistupoval každý první pátek, někdy s ní, častěji sám. Sama však v nábožnosti neochabla a byla mu dobrou manželkou. Když někdy na večírku u cizích maloučko vyhrnula obočí, hned vstal k odchodu, a když trpěl kašlem, kladla mu na nohy prachový polštář a vařila silný punč. Sám byl vzorný otec. Každý týden ukládal menší částku a tak oběma dcerám zajišťoval stolibrové věno, splatné, až jim bude čtyřiadvacet. Starší dceru Kathleen posílal do lepšího kláštera, kde se učila francouzštině a hudbě, a potom za ni platil školné na akademii. Každý rok v červenci paní Kearneyová některé známé říkala:

„Můj hodný muž nás na několik týdnů vypravuje do Skerries."

Když to nebyly Skerries, byl to Howth nebo Greystones.

Když přišlo do módy irské obrození, rozhodla se paní Kearneyová využít dceřina jména a přivedla do domu učitele irštiny. Kathleen se sestrou posílaly známým irské pohlednice a známé jim to zase jinými irskými pohlednicemi oplácely. Ve vybranou neděli, když chodil pan Kearney do prozatímní katedrály, shromáždil se jich po mši na rohu Cathedral Street hlouček. Byli to samí známí Kearneyových – hudebníci a vlastenci; a když přehráli kdejaký klevetnický rejstřík, šmahem si podali ruce, až jim přišlo takové zkřížení rukou k smíchu a po irsku se rozloučili. Brzy se o slečně Kathleen Kearneyové hodně mluvilo. Je prý nadaná hudebnice a velmi slušná dívka a nadto jazyková vlastenka. Paní Kearneyové to lahodilo. Nijak ji tedy nepřekvapilo, když za ní jednoho dne přišel pan Holohan a navrhl jí, aby její dcera doprovázela cyklus čtyř gala koncertů, které jeho společnost uspořádá v Starobylé koncertní síni. Zavedla ho do salonu, pobídla ho, aby usedl, a vyndala karafu a stříbrnou misku se zákusky. Tělem duší probírala podrobnosti podniku, radila a varovala; nakonec sestavili smlouvu, podle níž měla Kathleen za klavírní doprovod na všech čtyřech gala koncertech obdržel osm guinejí.

Protože v takových choulostivých věcech, jako je stylizace plakátů a rozvržení programových čísel, byl pan Holohan nováček, paní Kearneyová mu při tom byla nápomocna. Měla pro to jemnocit. Věděla, kteří kumštýři se mají tisknout velkými literami a kteří petitem. Věděla, že by první tenor nerad vystupoval po komickém výstupu pana Meada. Aby se obecenstvo nepřestávalo bavit, vsunula sporná čísla mezi dávno oblíbená. Každý den se s ní pan Holohan chodil o něčem radit. Byla pokaždé vlídná, nápomocná – ba přímo srdečná. Přistrkovala mu karafu se slovy:

„Jen si dejte, pane Holohane!"

A zatímco si dával, říkala:

„Nebojte se! Jen se toho nebojte."

Všechno šlo hladce. Do výstřihu Kathleeniných šatů koupila paní Kearneyová u firmy Thomas Brown bledě růžový mušelín. Stál fůru peněz; ale někdy je menší útrata namístě. Na závěrečný koncert koupila tucet lístků po dvou šilincích a rozeslala je známým, kteří by jinak na koncert nepřišli. Na nic nezapomněla a její zásluhou se učinilo, co se jen učinit dalo.

Koncerty se měly konat ve středu, ve čtvrtek, v pátek a v sobotu. Když přijela ve středu večer paní Kearneyová s dcerou do Starobylé koncertní síně, moc se jí to tam nezamlouvalo. Ve vestibulu okounělo pár mladíků s modrými stužkami na klopě kabátu, smokink neměl na sobě žádný. S dcerou prošla kolem nich a při letmém pohledu otevřenými dveřmi dvorany pochopila, proč nemá uvaděč co dělat. Nejprve přemýšlela, jestli si nespletla hodinu. Ne, bylo za dvacet minut osm.

V šatně za jevištěm jí představili tajemníka Společnosti pana Fitzpatricka. Usmála se a podala mu ruku. Byl to človíček bílé nevýrazné tváře. Všimla si, že má měkký hnědý klobouk ledabyle pošoupnutý a mluví monotónně. V ruce držel program, a jak s ní mluvil, rozžvýkal cíp programu na kaši. Ze zklamání si zřejmě nic nedělal. Co chvíli přišel do šatny pan Holohan se zprávami z pokladny. Účinkující se spolu nervózně bavili, pokukovali po zrcadle a sbalovali a rozbalovali své noty. Když bylo skoro půl deváté, hrstka posluchačů si žádala zábavu. Přišel pan Fitzpatrick, roztržitě se na sál usmál a řekl:

„Tak tedy, dámy a pánové, snad bychom měli zahájit bál."

Velmi tlumenou poslední slabiku odměnila paní Kearneyová letmým opovržlivým pohledem a pak řekla dceři povzbudivě:

„Jsi připravena, má milá?"

Při nejbližší příležitosti si zavolala pana Holohana stranou a zeptala se ho, co to má znamenat. Pan Holohan řekl, že neví, co to znamená. Je chyba, že výbor zorganizoval čtyři koncerty: čtyři koncerty jsou moc.

„A co ti umělci?" řekla paní Kearneyová. „Dělají ovšem, co mohou, ale za moc nestojí."

Pan Holohan uznal, že umělci za moc nestojí, ale výbor ponechal třem koncertům volnou ruku a to nejlepší soustředil na sobotní večer. Paní Kearneyová nic neříkala, ale jak se na jevišti střídaly průměrné produkce a těch pár lidí v dvoraně ubývalo, bylo jí líto, že za koncert vůbec něco utratila. Něco se jí na tom celém nelíbilo a tupý úsměv pana Fitzpatricka ji velmi dráždil.

Přesto nic neříkala a čekala, jak to skončí. Koncert dohasl krátce před desátou a kdekdo pospíchal domů.

Koncert ve čtvrtek večer měl lepší návštěvu, ale paní Kearneová si hned všimla, že je v sále pouze vata. Obecenstvo se chovalo nevázaně, jako by byl koncert pouhá generálka. Pan Fitzpatrick se zjevně dobře bavil, zřejmě si neuvědomoval, že svým chováním paní Kearneyovou pohoršuje. Stál těsně za oponou a občas vykoukl a zasmál se na dva známé na rohu balkonu. Během představení se paní Kearneyová dověděla, že se páteční koncert má vynechat a že výbor napne všechny síly, aby bylo v sobotu na koncertě naříznuto. Když to uslyšela, vyhledala pana Holohana. Drapla ho, když rychle pajdal s limonádou pro nějakou slečinku, a zeptala se ho, jestli je tomu tak. Ano, bylo to tak.

„Na smlouvě se tím ovšem nic nemění," řekla. „Smlouva zní na čtyři koncerty."

Pan Holohan měl nějak naspěch; ať prý si promluví s panem Fitzpatrickem. Paní Kearneyovou přepadly obavy. Odvolala pana Fitzpatricka od opony a řekla mu, že dcera podepsala smlouvu na čtyři koncerty a podle znění smlouvy má ovšem dostat původně stanovenou částku, ať společnost čtyři koncerty uspořádá nebo ne. Pan Fitzpatrick, který tomu zřejmě nemohl hned přijít na kloub, nevěda kudy kam, slíbil, že celou záležitost předloží výboru. Paní Kearneyové se mihl na tváři hněv a málem se zeptala:

„A kdo je ten váš výbor?"

Ale to se, jak věděla, na dámu nesluší, tak byla zticha.

V pátek brzy ráno poslali do dublinských ulic kluky s balíky letáků. Ve večernících se objevily trháky upozorňující hudbymilovné obecenstvo, jaká pochoutka je příští večer čeká. Paní Kearneyová se trochu uklidnila, ale pro jistotu se manželovi svěřila se svými obavami. Pozorně ji vyslechl a řekl, že pro jistotu s ní v sobotu večer půjde. Svolila. Před manželem měla stejnou úctu jako před hlavní poštou, vnukal jí stejný pocit velikosti, jistoty, trvalosti; věděla sice, že moc filipa nemá, ale vážila si jeho abstraktního chlapství. Byla ráda, že s ní sám od sebe půjde. Znovu si své záměry promyslila.

Nastal večer gala koncertu. Paní Kearneyová s manželem a dcerou přijeli do koncertní síně tři čtvrtě hodiny před začátkem koncertu. Naneštěstí ten večer pršelo. Paní Kearneyová svěřila dceřiny šaty a noty do opatrování manželovi a po celé budově hledala pana Holohana a pana Fitzpatricka. Žádného nenašla. Zeptala se uvaděčů, není-li v dvoraně některý člen výboru, a po velkém shánění se uvaděč vytasil s ženičkou jménem slečna Beirnová a té paní Kearneyová vyložila, že chce mluvit s některým tajemníkem. Slečna Beirnová řekla, že mají každou chvíli přijít, a jestli jí může něčím posloužit. Paní Kearneyová zapátrala v postarším obličeji, pokřiveném samou důvěřivostí a nadšením, a řekla:

„Ne, děkuji."

Ženička na to, že doufá, že bude divadlo plné. Hleděla na déšť, až jí ze zkřiveného obličeje smutek mokré ulice smazal všechnu důvěřivost a nadšení. Vzdychla si a řekla:

„Bůh ví, dělali jsme, co bylo v našich silách."

Paní Kearneyová se musila vrátit do šatny.

Umělci už přijížděli. Basista a druhý tenor už tam byli. Basista pan Duggan byl štíhlý mladík s černými prořídlými vousy. Byl to syn vrátného z jedné dublinské kanceláře a v chlapeckých letech zpíval v ozvučné dvoraně protáhlé basové tóny. Z tohoto skromného postavení se vypracoval na prvotřídního zpěváka. Vystupoval už ve velké opeře. Když se jednou večer rozstonal operní zpěvák, odzpíval za něho v královnině divadle králův part z opery *Maritana*. Zpíval procítěně a sytě a galerie ho vřele přivítala – pěkný dojem však pokazil tím, že se z roztržitosti dvakrát vysmrkal do rukavice. Byl skromný a málomluvný. Sykavky vyslovoval tak, že je nikdo nepostřehl, a kvůli hlasu nepil nic ostřejšího než mléko. Druhý tenor, pan Bell, byl plavovlasý mužík, který rok co rok soutěžil o cenu *Feis Ceoil*. Při čtvrtém pokusu vyhrál bronzovou medaili. Byl náramně nervózní a na jiné tenory náramně žárlivý a nervózní žárlivost maskoval překypující vlídností. S oblibou kdekomu vykládal, jaké utrpení mu takový koncert působí. Jakmile tedy pana Duggana zahlédl, přistoupil k němu a řekl:

„Taky účinkujete?"

„Ano," řekl pan Duggan.

Pan Bell se zasmál, podal spolutrpiteli ruku a řekl:

„Podejte mi ruku!"

Paní Kearneyová prošla kolem obou mladíků a přistoupila do rohu opony, aby si prohlídla divadlo. Místa se rychle zaplňovala a v hledišti to příjemně šumělo. Vrátila se a mezi čtyřma očima promluvila s manželem. Zřejmě hovořili o Kathleen, pořád po ní totiž pokukovali, jak tam stála a povídala si se svou vlasteneckou přítelkyní, altistkou slečnou Healyovou. Místností prošla neznámá bledolící samotářka. Ostrým pohledem sledovaly ženy vybledlé modré šaty, obepínající hubenou postavu. Někdo řekl, že je to sopranistka madam Glynnová.

„Kdepak ji asi vyhrabali?" řekla Kathleen slečně Healyové, „jakživa jsem o ní neslyšela."

Slečně Healyové to bylo k smíchu. Vtom se do šatny

dobelhal pan Holohan a obě slečny se na neznámou zeptaly. Pan Holohan řekl, že je to madam Glynnová z Londýna. Madam Glynnová stanula v rohu místnosti, před sebou strnule držela svitek not a chvílemi poplašeně zatěkala zrakem. Stín jí sice bral v ochranu vybledlé šaty, ale mstivě padal do jamky za klíční kostí. Šum v hledišti zesílil. Spolu přišli první tenor a baryton. Oba byli naparádění, obtloustlí a samolibí a na shromážděné z nich zavanul blahobyt.

Paní Kearneyová k nim zavedla dceru a vlídně s nimi pohovořila. Chtěla s nimi být zadobře, ale při vší snaze o zdvořilost pořád sledovala páně Holohanovo pajdání a těkání z místa na místo. Při první příležitosti se omluvila a šla za ním.

„Pane Holohane, chtěla bych si s vámi pohovořit," řekla.

Odešel po chodbě do odlehlého koutku. Paní Kearneyová se ho zeptala, kdy dostane dcera zaplaceno. Pan Holohan řekl, že to má na starosti pan Fitzpatrick. Paní Kearneyová řekla, že jí po panu Fitzpatrickovi nic není. Dcera podepsala smlouvu na osm guinejí a musí dostat zaplaceno. Pan Holohan řekl, že to není jeho věc.

„Jak to, že to není vaše věc?" zeptala se paní Kearneyová. „Copak jste jí sám nepřinesl smlouvu? Jestli to není vaše věc, je to moje věc a já si to vyřídím."

„Měla byste promluvit s panem Fitzpatrickem," řekl roztržitě pan Holohan.

„Po panu Fitzpatrickovi mi nic není," opakovala paní Kearneyová. „Mám smlouvu a o její dodržení se postarám."

Do šatny se vrátila s uzardělými lícemi. V místnosti bylo živo. Dva muži ve vycházkových šatech se usadili u krbu a živě se bavili se slečnou Healyovou a s barytonem. Byl to redaktor *Freemana* a pan O'Madden Burke. Redaktor *Freemana* prý nemůže čekat na koncert, protože musí referovat o přednášce, kterou má v *Mansion House* jeden americký kněz. Referát ať mu nechají v redakci *Freemana* a on se o jeho zařazení postará. Byl to šedivec, měl přesvědčivý hlas a vybrané způsoby. V ruce držel vyhaslý doutník a ovívala ho doutníková vůně. Původně neměl v úmyslu zůstat tam ani chvilku, protože ho koncertní a operní zpěváci notně nudili, ale přece tam opřen o krbovou římsu zůstal. Slečna Healyová stála před ním, smála se a hovořila. Byl dost starý a tušil, proč je k němu tak zdvořilá, a zase duchem dost mladý, aby toho nevyužil. Její teplo, vůně a barva pleti lahodily jeho smyslům. Libě si uvědomoval, že ňadra, která se teď před ním zvolna dmou a klesají, dmou se a klesají kvůli němu, že smíchem, vůní a záměrnými pohledy mu vzdává hold. Když už se nemohl déle zdržet, lítostivě se s ní rozloučil.

Referát napíše pan O'Madden Burke, vysvětlil panu Holohanovi, a já už to zařídím.

„Mockrát děkuji, pane Hendricku," řekl pan Holohan. „Že se postaráte, aby vyšel, to vím. Nedáte si něco menšího, než půjdete?"

„Třeba," řekl pan Hendrick.

Oba se pustili klikatými chodbami nahoru po tmavých schodech, až došli do zastrčeného pokoje, kde jeden uvaděč vytahoval pro několik pánů zátky z lahví. Jeden z těch pánů byl pan O'Madden Burke, který trefil do pokoje pudově. Byl to uhlazený starý pán, který udržoval svou impozantní postavu v rovnováze opřen o velký hedvábný deštník. Honosné západoirské jméno mu sloužilo za mravní deštník, jímž udržoval v rovnováze své choulostivé finance. Těšil se všeobecné úctě.

Zatímco pan Holohan si povídal s lokálkářem z *Freemana*, paní Kearneyová se do manžela tak pustila, že ji musel poprosit, aby mluvila tišeji. Hovor ostatních v šatně byl napjatý. První v pořadí, pan Bell, stál připraven s notami, ale pianistka mu nedávala znamení. Zřejmě něco vázlo. Pan Kearney zíral upřeně a hladil si vousy a paní Kearneyová zatím důrazně něco šeptala Kathleen. Ze sálu se ozývalo pobízení, tleskání a dupot. První tenor a baryton a slečna Healyová stáli pohromadě a klidně čekali, zato pan Bell byl celý znervóznělý strachy, aby si obecenstvo nemyslelo, že se opozdil.

Do místnosti přišel pan Holohan a pan O'Madden Burke. Rázem si pan Holohan všiml zamlklého ticha. Přistoupil k paní Kearneyové a rázně promluvil. Za jejich rozhovoru hluk ve dvoraně ještě zesílil. Pan Holohan zrudl a rozčilil se. Mluvil o překot, ale paní Kearneyová jen chvílemi utrousila:

„Ona hrát nebude. Musí dostat svých osm guinejí."

Pan Holohan jí zoufale ukazoval na dvoranu, jak tam obecenstvo tleská a dupe. Domlouval panu Kearneymu a Kathleen. Pan Kearney si však dál hladil vousy a Kathleen s očima k zemi jen šoupala špičkou nového střevíčku: ona za nic nemůže. Paní Kearneyová opakovala:

„Bez peněz nehraje."

Po prudké slovní šarvátce se pan Holohan rázně odbelhal. Místnost ztichla. Když bylo napjaté ticho už moc trapné, řekla slečna Healyová barytonovi:

„Neviděl jste tento týden paní Pat Cambellovou?"

Baryton že ji neviděl, ale prý se má dobře. Dál hovor nepokračoval. První tenor sklopil hlavu a počítal očka na řetízku, který mu obmykal pás, usmíval se a nazdařbůh si broukal tóny a sledoval, jak se odrážejí v čelní dutině. Chvílemi všichni zatěkali pohledem po paní Kearneyové.

134

Šum v obecenstvu zesílil v řev a tu vrazil do místnosti pan Fitzpatrick a hned za ním celý udýchaný pan Holohan. Potlesk a dupot v dvoraně přerušovalo hvízdání. V ruce držel pan Fitzpatrick pár bankovek. Čtyři odpočítal paní Kearneyové na dlaň, druhou polovinu prý dostane po přestávce.

Paní Kearneyová řekla:

„Tady čtyři šilinky chybějí."

Kethleen si však zřasila šaty a prvnímu účinkujícímu, roztřesenému jak osika, řekla: *Prosím, pane Belle.* Zpěvák s pianistkou vykročili spolu. Šum ve dvoraně ztichl. Nastala krátká přestávka: a tu se ozval klavír.

První část koncertu se vydařila, až na číslo paní Glynnové. Chudinka zazpívala *Killarney* netělesným udýchaným hlasem, se všemi staromódními manýrami intonace i výslovnosti, které podle ní propůjčovaly jejímu zpěvu ladnost. Vypadala, jako by v nějaké staré divadelní šatně vstala z mrtvých a na levnějších místech dvorany si z jejích vysokých kvílivých tónů dělali legraci. Obecenstvo však strhl první tenor a altistka. Kathleen zahrála výběr irských písní a strhla hojný potlesk. První část skončila jímavým vlasteneckým přednesem jedné slečny, pořadatelky ochotnických představení. Strhla zasloužený potlesk; v přestávce po něm si muži spokojeně vyšli ven.

V šatně to rozčilením vřelo jako v úlu. V jednom koutě stál pan Holohan, pan Fitzpatrick, slečna Beirnová, dvě uvaděčky, baryton, bas a pan O'Madden Burke. Pan O'Madden Burke řekl, že tak ostudný výstup ještě nezažil. Po hudební dráze slečny Kathleen Kearneyové je v Dublině veta, řekl. Zeptali se barytona, co soudí o chování paní Kearneyové. Nechtěl nic říci. Náležitě mu zaplatili a chtěl být s každým zadobře. Řekl však, že paní Kearneyová měla myslit na sólisty. Uvaděči a tajemníci se až do přestávky zuřivě hádali, co se má dělat.

„Souhlasím se slečnou Beirnovou," řekl pan O'Madden Burke. „Nic jí neplaťte."

V jiném koutě šatny byli paní Kearneyová s manželem, pan Bell, slečna Healyová a slečna, která předtím zarecitovala vlasteneckou básničku. Paní Kearneyová řekla, že se k ní výbor zachoval ostudně. Nešetřila námahou ani penězi a takhle se jí odměnili.

Oni si myslí, že mají před sebou dívenku a že si po ní mohou šlapat. Však ona je vyvede z omylu. Kdyby byla muž, netroufali by si na ni. Ale ona se postará, aby dcera dostala, co jí právem patří: ošidit se nenechá. Když jí do posledního groše nezaplatí, vzbouří celý Dublin. Kvůli sólistům ji to mrzí. Ale co má dělat? Obrátila se na druhého tenora a ten řekl, že podle něho se k ní dobře nezachovali. Potom se obrátila na slečnu Healyovou. Slečna Healyová chtěla táhnout s druhou skupinou, ale neměla odvahu, protože s Kathleen kamarádila a Kearneyovi ji často k sobě zvali.

Jakmile skončila první část, pan Fitzpatrick s panem Holohanem zašli za paní Kearneyovou a řekli jí, že zbývající čtyři guineje jí budou zaplaceny příští úterý po schůzi výboru, a když dcera v druhé části hrát nebude, výbor bude pokládat smlouvu za zrušenou a nezaplatí nic.

S žádným výborem jsem nejednala, utrhla se paní Kearneyová. Má dcera má smlouvu. Buď dostane na ruku čtyři libry osm šilinků, nebo na jeviště nevkročí.

„Divím se vám," paní Kearneyová, „že se k nám takhle chováte, to jsem si nemyslel."

„A jak se chováte vy ke mně?" odsekla paní Kearneyová.

Zlostí měla obličej celý rudý, vypadala, že se do někoho pustí rukama.

„Žádám jen, co mi patří."

„Měla byste se chovat trochu slušně," řekl pan Holohan.

„Já že bych se měla chovat, no tohle, a když se ptám, kdy mé dceři zaplatíte, slušně mi neodpovíte."

Pohodila hlavou a spustila povýšenecky:

„Musíte si promluvit s tajemníkem. Já s tím nemám nic společného. Mám tady vyšší postavení, o prkotiny se nestarám."

„Pokládal jsem vás za dámu," řekl pan Holohan, sebral se a odešel.

Kdekdo pak chování paní Kearneyové odsuzoval: počínání výboru všichni schvalovali. Vzteky celá bez sebe stála ve dveřích, hádala se s manželem a dcerou a šermovala rukama. Čekala až do počátku druhé části a doufala, že za ní tajemníci přijdou. Slečna Healyová se však vlídně uvolila zahrát pár doprovodů. Paní Kearneyová musela ustoupit stranou, aby mohl vyjít na jeviště baryton se svou pianistkou. Chvíli strnula jako zkamenělá podoba hněvu, a když jí první tóny dolehly k sluchu, popadla dceřin plášť a manželovi řekla:

„Sežeň drožku!"

Okamžitě odešel. Paní Kearneyová zabalila dceru do pláště a šla za ním. Jak procházela dveřmi, zůstala stát a očima si pana Holohana změřila.

„S vámi nejsem ještě hotova," řekla.

„Zato já s vámi ano," řekl pan Holohan.

Kathleen šla schlíple za matkou. Pan Holohan se jal rázně procházet po pokoji, aby zchladl, cítil totiž, jak mu hoří tváře.

„Pěkná dáma!" řekl. „Moc pěkná dáma!"

„Správně jsi, Holohane, udělal," řekl O'Madden Burke a uznale se zakomíhal na deštníku.

MILOST

Dva páni, kteří byli tehdy na toaletě, se ho pokoušeli postavit na nohy: byl však úplně bez vlády. Schouleně ležel pod schody, z nichž spadl. Šťastně ho obrátili na záda. Klobouk se mu několik yardů odkutálel a šaty měl umazány od slizu a kalu, v němž tváří na podlaze ležel. Oči měl zavřeny a chroptěl. Z koutku úst mu crčel pramínek krve.

Oba pánové ho s jedním číšníkem vynesli po schodech a ve výčepu znovu položili na podlahu. Za chvíli se kolem něho shlukli mužští. Hospodský se kdekoho vyptával, kdo to je a kdo s ním byl. Kdo je, nikdo nevěděl, ale jeden číšník řekl, že pánovi nalil malý rum.

„To byl sám?" zeptal se hostinský.

„Prosím ne. Byli s ním dva pánové."

„A kde jsou?"

Nikdo to nevěděl. Někdo se ozval:

„Potřebuje vzduch. Omdlel."

Hlouček zevlounů se roztáhl a pružně zas sevřel. Na mozaikové podlaze se u mužovy hlavy utvořila tmavá medaile krve. Hostinský, polekaný šedou sinalostí jeho obličeje, poslal pro strážníka.

Rozepjali mu límec a sundali kravatu. Na chvilku otevřel oči, vzdychl a zas je zavřel. Jeden z pánů, kteří ho vynesli nahoru, držel v ruce cylindr. Hostinský se znovu zeptal, jestli někdo raněného nezná a kam se poděli jeho známí. Otevřely se dveře výčepu a dovnitř vkročil mohutný strážník. Dav, který se k němu v ulici přidal, shlukl se za dveřmi a skleněnými tabulkami nakukoval dovnitř.

Hostinský hned spustil, co o tom ví. Strážník, mladý člověk tupých, nehybných rysů, ho poslouchal. Zvolna kýval hlavou vpravo vlevo a od hostinského k ležícímu, jako by se bál nějakého mámení. Stáhl si rukavici, vylovil z kazajky notýsek a naslinil tužku, že napíše hlášení. Nedůvěřivým venkovanským tónem se zeptal:

„Kdo je ten člověk? Jak se jmenuje a kde bydlí?"

Zástupem diváků se prodral nějaký mladík v cyklistickém obleku. Hbitě vedle raněného poklekl a požádal o vodu. Také strážník si klekl, že pomůže. Mladík smyl raněnému krev z úst a požádal o pálenku. Strážník jeho žádost rázně opakoval, až tam přiběhl číšník se sklenicí. Pálenku vpravili tomu člověku do hrdla. Za chvíli otevřel oči a rozhlédl se kolem. Hleděl na okolní tváře, pochopil a pokoušel se vstát.

„Už je vám dobře?" zeptal se mladík v cyklistickém obleku.

„Ahe, to nih není," řekl raněný a zkoušel se zvednout.

Pomohli mu vstát. Hostinský se zmínil o nemocnici a někteří okolostojící všelico radili. Zmačkaný cylindr mu nasadili na hlavu. Strážmistr se zeptal:

„Kde bydlíte?"

Muž neodpovídal a nakrucoval si kníry. Úraz odbyl mávnutím. Nic prý to není: jen menší úraz, zahuhňal.

„Kde bydlíte?" opakoval strážník.

Muž se sháněl po drožce. Rozhovořili se o tom a tu k nim z druhého konce výčepu přistoupil nějaký čiperný světlovlasý čahoun v dlouhém žlutém hubertusu. Když uviděl, co se děje, řekl:

„Hej, Tome, kamaráde! Co se ti stalo?"

„Ahe nih to není," řekl ten člověk.

Příchozí si prohlédl zbědovaného a řekl strážníkovi:

„Nic to není, pane strážníku. Odvezu ho domů."

Strážník se dotkl helmy a řekl:

„Prosím, pane Powere.“

„Tak pojď, Tome,“ řekl pan Power a vzal známého pod paždí. „Kosti sis nezlámal? Co? Chodit můžeš?“

Mladík v cyklistickém obleku ho uchopil za druhou paži a hlouček se rozestoupil.

„Cože ses tak zřídil?“ zeptal se pan Power.

„Ten pán spadl ze schodů,“ řekl mladík.

„Mohrát vám, pane, děkuhi,“ huhňal zraněný.

„Není za co.“

„Co hdybyhme si havdali?“

„Až jindy. Až jindy.“

Všichni tři vyšli z výčepu a dav se za nimi vytrousil do postranní ulice. Hostinský odvedl strážníka ke schodům, aby zhlédl místo nehody. Shodli se na tom, že ten pán asi špatně šlápl. Zákazníci se vrátili do výčepu a číšník odstraňoval z podlahy stopy krve.

Když vyšli na Grafton Street, pan Power hvízdl na drožku. Raněný ze sebe vypravil:

„Mohrát vám děkuhu. Doufám, že se někdy shledáme, hmenuhi se Kernan.“

Po tom úrazu a počínající bolesti trochu vystřízlivěl.

„Není za co,“ řekl mladík.

Podali si ruce. Pana Kernana vysadili do drožky. Zatímco pan Power dával drožkáři příkaz, kam má jet, děkoval pan Kernan mladíkovi a litoval, že si spolu nemohou zavdat.

„Až jindy,“ řekl mladík.

Drožka se rozjela k Westmoreland Street. Když míjela celnici, na hodinách bylo půl desáté. Od ústí řeky je ofoukl ostrý východní vítr. Pan Kernan se choulil zimou. Známý ho požádal, aby mu nehodu vylíčil.

„Nehde to, odpověděl, mám pohaněný hahyk.“

„Ukaž.“

Pan Power se nahnul přes uličku a zahleděl se panu Kernanovi do úst, ale nic neviděl. Rozškrtl sirku, mušlí z obou dlaní si ji zaclonil a znovu pohlédl panu Kernanovi do poslušně otevřených úst. Kymácením drožky se sirka před otevřenými ústy komíhala sem a tam. Dolní zuby a dásně byly slepeny sraženou krví a špičičku jazyka jako by měl ukousnutou. Sirka větrem zhasla.

„Je to škaredé."

„Nih to není," řekl pan Kernan, zavřel ústa a límec špinavého zimníku si vyhrnul ke krku.

Pan Kernan byl obchodní cestující ze staré školy, která si ještě potrpěla na důstojnost řemesla. V Dublině se jakživ neukázal bez obstojného cylindru a kamaší. V těch dvou součástech oblečení člověk vždycky obstojí. Pokračoval v tradici svého Napoleona, velkého Blackwhita, jehož památku občas vyvolával vyprávěním i posunky. Moderní obchodní metody mu skoupě dopřávaly kancelářičku v Crowe Street, na jejíž roletě bylo jméno firmy a adresa – Londýn, E. C. Na krbové římse v kancelářičce měl seřazenu četu džbánků a na stole před oknem mival stát několik porcelánových šálků, obyčejně zpola plných černé tekutiny. Z těchto šálků upíjel pan Kernan čaj. Nabral si ho do úst, vtáhl, zavlažil podnebí a vyplivl čaj do krbu. Potom se nad ním zamyslil.

Mnohem mladší pan Power sloužil v úřadě královského irského četnictva na dublinském hradě. Křivka jeho společenského vzestupu se protínala s křivkou přítelova úpadku, zmírňovaného tím, že si ho někteří známí z doby vrcholného úspěchu stále vážili pro jeho povahu. K přátelům patřil i pan Power. Jeho nepochopitelné dluhy byly v jeho kroužku příslovečné; byl to rozmařilý švihák.

Drožka zastavila před domkem na Glasnevin Road a panu Kernanovi pomohli dovnitř. Žena ho odvedla do postele, pan Power zatím poseděl v kuchyni a vyptával se dětí, kam chodí do školy a co zrovna probírají. Děti – dvě děvčata a chlapec – využily otcovy bezvládnosti a matčiny nepřítomnosti a hned s ním vyváděly. Zachmuřil se překvapen jejich chováním i jejich hrubou řečí. Za chvíli přišla do kuchyně paní Kernanová a lamentovala:

„To je mi nadělení. Jednou se oddělá a šmytec. Už od pátku pije."

Pan Power náležitě vyložil, že on za nic nemůže, že se k tomu nachomýtl čirou náhodou. Paní Kernanová, pamětliva páně Powerových úsluh při domácích hádkách, jakož i menších, leč potřebných půjček, řekla:

„Ani mi to, pane Powere, neříkejte. Vím, že jste jeho přítel, a ne jako ti druzí, s kterými se sčuchl. Dokud má groš v kapse, všichni ho od ženy a dětí odvádějí. Pěkní přátelé! To bych ráda věděla, s kým to zas dnes večer táhl."

Pan Power zavrtěl hlavou, ale nic neříkal.

„Bohužel, nic doma nemám, pokračovala, čím bych vás uctila. Chvilku počkejte, hned pošlu na roh k Fogartymu."

Pan Power vstal.

„Čekali jsme, že přijde s penězi domů. Jako by ani neměl domov."

„Však já to, paní Kernanová, zařídím, aby obrátil nový list. Promluvím si s Martinem. Ten to umí. Jednou večer k vám přijdeme a povíme si o tom."

Vyprovodila ho ke dveřím. Pro zahřátí dupal drožkář do chodníku a pohazoval rukama.

„Jste hodný, že jste ho přivezl domů," řekla.

„Rádo se stalo," řekl pan Power.

Nasedl do drožky. Před odjezdem vesele smekl.

„Však my z něho uděláme jiného člověka, řekl. Dobrou noc, paní Kernanová."

Vyjevenýma očima sledovala paní Kernanová drožku, dokud jí nezmizela z očí. Potom oči odvrátila, odešla dovnitř a vybrala manželovi kapsy.

Byla to čiperná praktická žena ve středních letech. Nedávno oslavila stříbrnou svatbu a za páně Powerova doprovodu si s mužem zatančila valčík a tak obnovila intimní vztahy. Při námluvách jí pan Kernan připadal dost švihácký: a dodnes, když měla být něčí svatba, rozběhla se ke kostelu a při pohledu na novomanžele s libostí vzpomínala, jak sama vycházela ze sandymountského kostela Hvězdy mořské zavěšena do bodrého břichopáska, který si vykračoval v elegantním fraku a levandulových kalhotách a druhou paží půvabně komíhal cylindr. Za tři neděle ji už manželství otravovalo, a když se jí nadobro zprotivilo, otěhotněla. Mateřské potíže zdárně zdolala a pětadvacet let byla svému muži zdatnou hospodyní. Dva nejstarší synové stáli na vlastních nohou. Jeden pracoval v glasgowském soukenictví a druhý úřadničil v belfastském obchodě s čajem. Synové to byli hodní, pravidelně psali a občas posílali domů peníze. Ostatní děti ještě chodily do školy.

Druhý den napsal pan Kernan do své kanceláře a zůstal ležet. Žena mu uvařila hovězí vývar a důkladně mu vyhubovala. Jeho časté flámování podle ní patřilo k podnebí, v nemoci ho pečlivě ošetřovala a nutila ho snídat. Jsou horší manželé. Co chlapci odrostli, nikdy je nevyplatil a pro sebemenší zakázku by byl šel na konec Thomas Street a zpátky, to věděla.

Dva dny nato ho přišli navečer navštívit známí. Zavedla je k němu do ložnice, celé od něho načpělé, a ke krbu jim přistavila židle. Páně Kernanův jazyk přes den břitký od palčivé bolesti, byl teď vlídnější. Podepřen polštáři seděl na posteli a uzardělé buclaté líce se podobaly žhavým uhlíkům. Omlouval se hostům za nepořádek v pokoji a přitom pyšně zíral s vysloužileckou pýchou.

Netušil, že je vydán na pospas spiknutí, které předtím jeho přátelé, pan Cunningham, pan M'Coy a pan Power, paní Kernanové v saloně prozradili. Nápad to byl páně Powerův, ale provést jej měl pan Cunningham. Pan Kernan byl původně protestant, a třebaže po sňatku se obrátil na katolickou víru, dvacet let do kostela nepáchl. Ba co víc, do katolíků si občas zaryl.

Pan Cunningham byl na to jak stvořený. Byl páně Powerův starší kolega. Doma nebyl zrovna šťastný. Všichni ho litovali, věděli, že si vzal málo nóbl ženskou, ke všemu notorickou pijanku. Třikrát jí zařídil domácnost, a ona mu pokaždé zařízení zašantročila.

Chudáka Martina Cunninghama si kdekdo vážil. Byl to člověk venkoncem rozumný, vlivný a chytrý. Svou břitkou znalost lidí, vrozenou mazanost, zbystřenou dlouhým stykem s procesy před policejními soudy, zakalil brouzdáním v obecné filozofii. Ve všem se vyznal. Přátelé dali na jeho názory a soudili, že má tvář jako Shakespeare.

Když svůj plán paní Kernanové odhalili, řekla:

„Nechávám to, pane Cunninghame, na vás."

Po čtvrtstoletém manželství moc iluzí neměla. Náboženství se jí proměnilo ve zvyk a byla přesvědčena, že takový starý člověk jako její muž se už do smrti moc nezmění. Měla chuť pokládat ten úraz za zvlášť případný a jen proto, že nechtěla vypadat krvelačná, pánům neřekla, že zkrácení jazyka panu Kernanovi nijak neublíží. Však se v tom pan Cunningham vyzná a náboženství je náboženství. Třeba mu ten plán prospěje, rozhodně mu neublíží. Ve víře nebyla nijak přepjatá. Pevně věřila v Božské Srdce, ze všech katolických pobožností nejmilejší, a schvalovala svátosti. Její víra se omezovala na kuchyni, věřila však taky na irskou Moranu a na Ducha Svatého.

Pánové se rozpovídali o úrazu. Pan Cunningham řekl, že znal kdysi podobný případ. Nějaký sedmdesátník si v epileptickém záchvatu ukousl kus jazyka a jazyk mu zas dorostl, takže po kousnutí nezůstala ani stopa.

„Jenže mně není sedmdesát," řekl pacient.

„Chraňbůh," řekl pan Cunningham.

„Už vás to nebolí?" zeptal se pan M'Coy.

Pan M'Coy býval dost známý tenor. Jeho žena, bývalá sopranistka, dosud levně učila děti hrát na klavír. Jeho životní dráha nebyla vždy přímočará a občas se jen tak protloukal. Úřednočil u železnice, sháněl inzeráty do *The Irish Times* a *The Freeman Journal*, byl komisionářem, cestujícím jedné uhelné firmy, soukromým detektivem, písařem v úřadě podšerifa a poslední dobou tajemníkem městského ohledače mrtvol. V této poslední funkci se o páně Kernanův případ odborně zajímal.

„Bolí? Moc ne," odpověděl pan Kernan. „Ale je mi nanic. Chce se mi zvracet."

„To ten chlast," řekl rázně pan Cunningham.

„Ba ne, myslím, že jsem v drožce nastydl. Pořád mi něco stoupá do hrdla, snad hlen nebo…"

„Sliz," řekl pan M'Coy.

„Pořád to stoupá až zdola z hrdla, úplný hnus."

„Bodejť," řekl pan M'Coy, „je to hrudník."

Troufale si změřil pana Cunninghama i pana Powera. Pan Cunningham honem přikývl a pan Power řekl:

„Inu, konec vše napraví."

„Moc ti, starouši, děkuju," řekl nemocný.

Pan Power mávnul rukou.

„Ti druzí dva, co jsem s nimi byl…"

„S kým jsi byl?" zeptal se pan Cunningham.

„Nějaký člověk. Nevím, jak se jmenuje. Ďas aby to, jakpak se on jmenuje? Takový zrzek."

„A kdo ještě?"

„Harford."

„Aha," řekl pan Cunningham.

Po tom slově pana Cunninghama všichni zmlkli. Vědělo se o něm, že má tajné informační zdroje. Ta stručnost byla záměrná. Občas zbuntoval pan Harford menší četu, která v neděli brzy po poledni vyjížděla z města, aby co nejdříve dojela do některého předměstského hostince, kde jim jako řádným pocestným bez problémů nalejou. Jeho původ však ti spolupocestní nikdy nepřehlíželi. Jako pokoutný finančník nejprve půjčoval dělníkům menší částky na lichvářský úrok. Potom byl společníkem tlouštíka, pana Goldberga z Liffeyské úvěrové banky. Sice se jen řídil židovským mravním zákoníkem, ale jeho katoličtí souvěrci, když sami nebo jejich pověření zástupci trpěli jeho vydíráním, nadávali mu ten irský žid a negramota a boží trest za lichvu spatřovali v tom, že má slabomyslného syna. Jindy si zas připomínali jeho dobré stránky.

„Rád bych věděl, kam zmizel," řekl pan Kernan.

Chtěl, aby podrobnosti úrazu zůstaly nejasné. Chtěl, aby to jeho přátelé pokládali za nedopatření, že se s panem Harfordem minul. Přátelé, kteří věděli, jaký je pan Harford ochmelka, mlčeli. Znovu se pan M'Coy ozval:

„Konec vše napraví."

Pan Kernan pak hned mluvil o něčem jiném.

„Byl to slušný mladík, řekl, ten medik. Nebýt jeho…"

„Nebýt jeho," řekl pan Power, „mohlo ti to vynést sedm dní arestu bez možnosti se vyplatit."

„Ano, ano," rozpomínal se pan Kernan. „Nějaký strážník tam byl, to si vzpomínám. Na pohled slušný mladík. Jak k tomu došlo?"

„Došlo k tomu tak, že jsi měl v hlavě, Tome," řekl pan Cunningham vážně.

„Svatá pravda," stejně vážně řekl pan Kernan.

„To jsi, Jacku, strážníka podmazal?" řekl pan M'Coy.

Panu Powerovi nebylo po chuti, když mu někdo říkal křestním jménem. Upjatý nebyl, ale nezapomínal, jak pan M'Coy nedávno pořádal křížovou sháňku po vacích a kufrech, jen aby se paní M'Coyová mohla vypravit za pomyslnými úkoly na venkov. Nechutnost té hry mu byla ještě víc proti mysli než to, že na něho vyzráli. Odpověděl tedy, jako by se na to byl zeptal Kernan.

Pan Kernan se nad tím příběhem rozhořčil. Na své občanské právo byl hrdý, se svým městem se snažil vycházet se vzájemnou úctou a nesnášel urážky těch křupanů, jak jim říkal.

„Na tohle platím daně? Na živení a šacení těch pitomých křupanů… však taky nic jiného nejsou."

Pan Cunningham se dal do smíchu. Hradním úředníkem byl jen v úřední době.

„Však taky, Tome, nic jiného nejsou," řekl.

Nasadil huhňavý horácký tón a zavelel:

„Číslo šedesát pět, chňapni kapustu!"

Všichni se zasmáli. Pan M'Coy se chtěl taky zapojit do debaty a tak dělal, že tu historku jakživ neslyšel. Pan Cunningham řekl:

„Bylo to prý – jak se aspoň říká – v jedněch kasárnách, kam ty venkovské hromotluky – říkají jim *hnojaři* – posílají na výcvik. Na seržantův povel se sešikují u zdi a napřáhnou talíře."

Groteskními posunky své vyprávění ilustroval.

„Totiž při obědě. Seržant má před sebou na stole velikánskou mísu kapusty a velikánskou lžíci jako lopata. Naběračkou vykrojí flák kapusty, mrští jím přes celou místnost a ti chudáci se ho snaží chytit na talíř: *číslo šedesát pět, chňapni kapustu!*"

Všichni se zas dali do smíchu: pan Kernan byl však dosud rozhořčen. Napíše prý do novin.

„Ti jahuové přivandrovalí si myslí, že budou náš lid sekýrovat. Co jsou to za lidi, to ti nemusím, Martine, říkat."

Pan Cunningham že s ním celkem souhlasí.

„Je to jako všechno na světě," řekl. „Najdou se špatní a najdou se dobří."

„Ano, i dobří se najdou, to uznávám," řekl spokojeně pan Kernan.

„Raději si s nimi nezačínej," řekl pan M'Coy. „To je má zásada."

Do pokoje vkročila paní Kernanová, postavila podnos na stůl a řekla:

„Poslužte si, pánové."

Pan Power vstal, že bude dělat hostitele, a nabídl jí svou židli. Ona ji nepřijala, prý dole žehlí, a když za páně Powerovými zády na pana Cunninghama kývla, chystala se z pokoje odejít. Manžel za ní křikl:

„A pro mě nemáš nic, milánku?"

„Ach, pro tebe? Leda pohlavek," řekla paní Kernanová kousavě.

Manžel za ní křikl:

„Pro chudinku manžílka nic?"

Tak směšně se zatvářil a zakňoural, že se láhve ležáku rozdávaly za všeobecného veselí. Pánové upili ze sklenic, sklenice zas postavili na stůl a chvíli mlčeli. Pan Cunningham se otočil k panu Powerovi a prohodil:

„Říkal jsi, Jacku, ve čtvrtek večer?"

„Ano, ve čtvrtek," řekl pan Power.

„Výborně!" vyhrkl pan Cunningham.

„Sejdeme se u M'Auleyho," řekl pan M'Coy. „To bude nejpříhodnější."

„Ale nesmíme se opozdit," řekl pan Power, „bude tam jistě nabito až ke vchodu."

„Můžete se sejít v půl sedmé."

„Výborně!" řekl pan Cunningham.

„Tedy v půl sedmé u M'Auleyho."

Chvíli mlčeli. Pan Kernan čekal, že se mu přátelé s něčím svěří. Zeptal se:

„Co se to peče?"

„Ale nic," řekl pan Cunningham, „smlouváme si na čtvrtek jen takovou maličkost."

„Operu?"

„Kdepak, kdepak," řekl vyhýbavě pan Cunningham, „jen takovou menší... duchovní věc."

„Ach tak," řekl pan Kernan.

Znovu nastalo ticho. Pan Power pak řekl naplno:

„Po pravdě řečeno, chystáme se, Tome, na exercicie."

„Ano, tak jest," řekl pan Cunningham, „Jack a já a tady M'Coy si chceme vygruntovat hrnec."

Razil tu metaforu s jistou neomalenou řízností a rozkurážen vlastním hlasem mluvil dále.

„Víš, klidně přiznejme, že jsme jeden vedle druhého pěkná čeládka ničemů. Říkám jeden vedle druhého," řekl s dobromyslnou drsností a obrátil se na pana Powera:

„Jen se přiznej!"

„Přiznávám se," řekl pan Power.

„Já se taky přiznávám, řekl pan Cunningham.

Něco jako by ho napadlo. Ohlédl se po nemocném a řekl:

„Víš, co mi, Tome, zrovna napadlo? Kdyby ses k nám přidal, měli bychom čtverylku."

„Dobrý nápad, řekl pan Power. Všichni čtyři společně."

Pan Kernan mlčel. Nevěděl si s tím návrhem rady, ale pochopil, že se o něho zajímají duchovní instance, a že dluží své důstojnosti, aby se jen tak nedal. Dál se chvíli hovoru nezúčastnil, ale s klidnou nevraživostí poslouchal, co si přátelé povídají o jezuitech.

„Nic špatného si o jezuitech nemyslím," vmísil se posléze do jejich hovoru. „Je to vzdělaný řád. Jsem přesvědčen, že to myslí dobře."

„Je to, Tome, řád v celé církvi nejslavnější," řekl nadšeně pan Cunningham. „Jezuitský generál je první po papeži."

„Marná sláva," řekl pan M'Coy, „když chceš udělat něco kloudného a zbytečně se s tím nepárat, zajdi si k jezuitům. Ti chlapíci mají vliv. Povím ti o jednom případě..."

„Jezuiti jsou prima mužstvo," řekl pan Power.

„S jezuitským řádem je to divné," řekl pan Cunningham. „Všechny ostatní církevní řády se musely dříve či později reformovat, jezuitský řád se však nereformoval nikdy. Nikdy se nezvrhl."

„Vážně?" zeptal se pan M'Coy.

„Je to tak," řekl pan Cunningham. „Takové jsou dějiny."

„Podívej se na jejich kostely," řekl pan Power. „Podívej se na jejich věřící."

„Jezuiti pečují o vyšší třídy," řekl pan M'Coy.

„To se ví," řekl pan Power.

„Ano," řekl pan Kernan. „Proto jsem jim nakloněn. Ale někteří ti světští kněží, nevzdělaní, neomalení…"

„Všichni jsou dobří," řekl pan Cunningham, „každý svým způsobem. Irského kněžstva si váží celý svět."

„Jistě," řekl pan Power.

„Ne jako nějaké kněžstvo na pevnině," řekl pan M'Coy, „které si to jméno ani nezaslouží."

„Třeba máte pravdu," slevoval pan Kernan.

„Bodejť bych neměl pravdu," řekl pan Cunningham. „Zbrousil jsem celý svět a důkladně si ho prohlídl, a tak umím lidi posoudit."

Jeden po druhém se zas pánové napili. Pan Kernan zřejmě o něčem přemítal. Udělalo to na něho dojem. Pana Cunninghama si vážil, protože se vyzná v lidech a už podle tváře je odhadne. Požádal o vysvětlení.

„Jsou to zkrátka exercicie," řekl pan Cunningham. „Dává je páter Purdon. Totiž pro obchodníky."

„Moc přísný na nás, Tome, nebude," přesvědčoval ho pan Power.

„Páter Purdon? Páter Purdon?" řekl nemocný.

„Vždyť ho, Tome, znáš," řekl rázně pan Cunningham. „Správný chlap! Světem protřelý jako my."

„Bodejť… Myslím, že ho znám. V obličeji zarudlý; velký."

„To je on."

„Pověz, Martine… Kazatel je dobrý?"

„No… Kázání to vlastně není. Je to zkrátka sousedská promluva, docela střídmá."

Pan Kernan se zamyslil. Pan M'Coy řekl:

„Páter Tom Burke, to byl kabrňák."

„No jo, páter Burke," řekl pan Cunningham, „to byl rozený řečník. Jestlipak jsi ho, Tome, někdy slyšel?"

151

„Jak by ne! řekl nemocný podrážděně. Bodejť! Slyšel…"

„Ale valný teolog to prý zase nebyl," řekl pan Cunningham.

„Vážně?" řekl pan M'Coy.

„Žádné bludy, to se ví. Ale v kázání prý nebýval dost pravověrný."

„Ale!… byl to skvělý člověk," řekl pan M'Coy.

„Jednou jsem ho slyšel," řekl pan Kernan. „Nevzpomínám si, o čem to bylo. Stáli jsme s Croftonem až vzadu – v parteru, víte – no v tomhletom…"

„V lodi," řekl pan Cunningham.

„Ano, vzadu u dveří. Nevzpomínám si už, o čem… Aha, o papeži, o nebožtíku papeži. Dobře si to pamatuju. Na mou duši skvělý, ten řečnický sloh. A ten hlas: Božínku, ten vám měl hlas! Říkal mu *Vatikánský vězeň*. Na odchodu z kostela mi Crofton, vzpomínám si, řekl…"

„Vždyť Crofton je presbyterián, ne?" řekl pan Power.

„Bodejť ne," řekl pan Kernan, „a sakramentsky slušný presbyterián. Zašli jsme k Butlerovi na Moore Street – na mou duši, byl jsem, Bůh to ví, dojat – dodnes si na jeho slova vzpomínám. *Kernane*, řekl mi, *modlíme se u rozdílných oltářů, ale víru máme stejnou*. Připadalo mi to moc trefné."

„Něco na tom je. Na kázání pátera Toma chodila do našeho kostela spousta protestantů," řekl pan Power.

„Moc se od sebe nelišíme," řekl pan M'Coy. „My i oni věříme v…"

Chvíli zaváhal.

„…ve Vykupitele. Jenže oni nevěří v papeže a v Bohorodičku."

„Ale naše náboženství," řekl klidně a důrazně pan Cunningham, „je pravé, je to staré, původní víra."

„Nesporně," vyhrkl pan Kernan.

Ke dveřím ložnice přišla paní Kernanová a oznámila:

„Máš tady hosta!"

„Kdo je to?"

„Pan Fogarty."

„Jen dál! Jen dál!"

Ve světle se vynořil bledý podlouhlý obličej. Oblouk plavých převislých knírů se u něho opakoval v plavém obočí, klenoucím se nad mile užaslýma očima. Pan Fogarty byl obyčejný hokynář. V dublinském obchodě se smíšeným zbožím přišel na mizinu, protože se z nedostatku peněz spřáhl s nevalnými lihovarníky a sládky. Otevřel si krámek na Glasnevin Road, tam, jak se domníval, získá přízeň hospodyní celého okresu. Vystupoval s jistou elegancí, lichotil dětem a mluvil spisovně. Vybroušenost mu nechyběla.

Pan Fogarty jim přinesl dárek, půl pinty výběrové whisky. Zdvořile se zeptal, jak se má pan Kernan, dárek položil na stůl a družně se k nim posadil. Pan Kernan si dárku vážil už proto, že si byl vědom, že panu Fogartymu něco dluží za zboží. Řekl:

„Na vás je, příteli, spolehnutí. Odzátkoval bys to, Jacku?"

Pan Power byl zas ve svém živlu. Vypláchly se skleničky a nalilo se pět malých dávek whisky. Jejím působením hovor oživl. Pan Fogarty, sedící na krajíčku židle, zvlášť zpozorněl.

„Papež Lev XIII.," řekl pan Cunningham, „patřil k majákům své doby. Zaměřil se na sjednocení latinské a řecké církve. To byl jeho životní cíl."

„Kolikrát jsem slyšel," řekl pan Power, „že patřil k největším evropským intelektuálům. Totiž krom toho, že byl papež."

„To patřil, jestli nebyl vůbec největší duch," řekl pan

Cunningham. „Jako papež, jak víte, měl heslo *Lux na Lux – Světlo na Světlo.*“

„Ne,“ vyhrkl pan Fogarty. „Snad se mýlíte. Bylo to, myslím, *Lux in Tenebris – Světlo ve Tmě.*“

„Ano,“ řekl pan M'Coy. „*Tenebrae.*“

„Dovolte,“ ozval se rázně pan Cunningham. „Bylo to *Lux na Lux.* Jeho předchůdce Pius IX. měl heslo *Crux na Crux* – to je *Kříž na Kříž,* ukazuje to, čím se jejich pontifikáty liší.“

Tu souvislost mu uznali. Pan Cunningham pak mluvil dále:

„Jak víte, papež Lev byl velký učenec a básník.“

„Měl výrazný obličej,“ řekl pan Kernan.

„Ano,“ řekl pan Cunningham. „Psal latinské básně.“

„Vážně?“ řekl pan Fogarty.

Pan M'Coy si spokojeně srkl whisky, pochybovačně zavrtěl hlavou a řekl:

„To vám řeknu, to není žádný špás.“

„To jsme se, Tome, neučili,“ řekl pan Power, „následuje příklad pana M'Coye, když jsme chodili do krejcárkové školy.“

„Leckterý velikán vychodil krejcárkovou školu a pod kazajkou s sebou nosil kus rašeliny,“ řekl hlubokomyslně pan Kernan. „Nejlepší byl starý systém: prosté, poctivé učení. Jaképak moderní hloupůstky…“

„Svatá pravda,“ řekl pan Power.

„Žádné zbytečnosti,“ řekl pan Fogarty.

Vyřkl ta slova a vážně se napil.

„Jak si vzpomínám,“ řekl pan Cunningham, „někde jsem se dočetl, že jednu báseň napsal papež Lev o vynálezu fotografie – samozřejmě latinsky.“

„Fotografie!“ křikl pan Kernan.

„Ano,“ řekl pan Cunningham.

Taky on upil ze sklenice.

„Když to uvážíte," řekl pan M'Coy, „fotografie je úžasná."

„Bodejť," řekl pan Power, „velcí duchové přijdou na všelico."

„Jak říká básník: *Velcí duchové mají blízko k šílenství*," řekl pan Fogarty.

Pan Kernan jako by zrozpačitěl. Usilovně vzpomínal, co soudí protestantská teologie o některých choulostivých věcech, a nakonec na pana Cunninghama spustil:

„Pověz, Martine," řekl. „Že nebyli někteří papeži – arci ne ten nynější, ani jeho předchůdce, ale někteří dřívější – ve všem jaksepatří?"

Všichni mlčeli. Pan Cunningham řekl:

„Ovšemže někteří za moc nestáli. Ale úžasné je tohle. Žádný z nich, ani ten největší opilec, ani ten největší... úplný halama, žádný *ex cathedra* nekázal falešnou nauku. To je přece úžasné."

„To je," řekl pan Kernan.

„Ano," vysvětloval pan Fogarty, „protože když mluví papež *ex cathedra*, je neomylný."

„Ano," řekl pan Cunningham.

„Bodejť, co je papežská neomylnost, to vím... Byl jsem tenkrát mladší... Nebo to snad bylo něco jiného –?"

Pan Fogarty mu skočil do řeči. Popadl láhev a doléval ostatním. Když pan M'Coy zjistil, že to pro všechny nepostačí, bránil se, že ještě nedopil. Ostatní se s tím zdráhavě smířili. Lehká hudba whisky stékající do sklenic jim vytvářela příjemnou mezihru.

„Co jsi to říkal, Tome," zeptal se M'Coy.

„Papežská neomylnost," řekl pan Cunningham, „to byla v církevních dějinách největší scéna."

„Jak to, Martine?" zeptal se pan Power.

Pan Cuningham vztyčil dva tlusté prsty.

„V posvátném kolegiu kardinálů, arcibiskupů a biskupů totiž dva hlasovali proti, ostatní byli pro. Krom těch dvou bylo celé konkláve jednomyslné. Kdepak. Ti dva s tím nechtěli nic mít."

„Aha!" řekl pan M'Coy.

„Byl to německý kardinál, jmenoval se Dolling... nebo Dowling... nebo..."

„Dowling žádný Němec nebyl, krk na to," zasmál se pan Power.

„Ať se ten slavný kardinál jmenoval jak chtěl, to byl jeden: druhý byl John MacHale."

„Cože?" křikl pan Kernan. „Tuamský John?"

„Víš to jistě?" zapochyboval pan Fogarty. „Myslel jsem, že to byl Talián nebo Američan."

„Tuamský John to byl," opakoval pan Cunningham.

Napil se a po něm se napili druzí. Potom se zas ujal slova:

„Tak o tom rokovali, všichni ti kardinálové a arcibiskupové a biskupové ze všech končin světa a ti dva zarputilci, až nakonec sám papež vstal a *ex cathedra* prohlásil neomylnost za církevní dogma. John MacHale, který do té chvíle proti tomu brojil, v tu chvíli vstal a jako lev zařval: *Credo!"*

„*Věřím!"* řekl Fogarty.

„*Credo!"* řekl pan Cunningham. „Takovou měl víru. Jen papež promluvil, hned se podrobil."

„A co Dowling?" zeptal se M'Coy.

„Německý kardinál se nechtěl podrobit. Vystoupil z církve."

Svými slovy vykouzlil pan Cunningham před posluchači mohutnou podobu církve. Při zmínce o víře a podrobení je svým hlubokým chraplavým hlasem dojal. Když pak vklouzla dovnitř paní Kernanová a utírala si ruce, vkročila do slavnostního shromáždění.

Mlčení nepřerušila, jen se naklonila přes příčku v nohách postele.

„Jednou jsem Johna MacHala viděl," řekl pan Kernan, „a do smrti na to nezapomenu."

Ohlédl se po své paní, aby mu to dosvědčila.

„Kolikrát jsem ti to říkal?"

Paní Kernanová přikývla.

„Při odhalování pomníku siru Johnu Grayovi. Řečnil Edmund Dwyer Gray, huba mu jela a ten stařík, ten zakaboněnec, po něm jen zpod huňatého obočí vejral."

Pan Kernan se zakabonil, jako vzteklý býk sklopil hlavu a ostře na svou ženu vejral.

„Bože! křikl a zatvářil se zas normálně. U nikoho jsem takové oko neviděl. Jako by říkal: *Však já vím, chlapečku, co jsi zač.* Měl oko jako ostříž."

„Z Grayů nebyl žádný k ničemu," řekl pan Power.

Znovu se odmlčeli. Pan Power se otočil po paní Kernanové a z čista jasna bodře spustil:

„My vám, paní Kernanová, uděláme z muže zbožného a bohabojného katolíka."

Rozmáchl se rukou po shromážděných.

„Chystáme se řádně vykonat exercicie a vyzpovídat se z hříchů – bůh ví, že jsme to měli dávno udělat."

„Mně je to jedno," poněkud nervózně se usmál pan Kernan.

Paní Kernanová raději svou spokojenost zatajila. Řekla:

„Je mi líto kněze, který si bude muset tvé povídání poslechnout."

Pan Kernan se hned zatvářil jinak.

„Když mu to nebude po chuti," řekl nevybíravě, „ať mi – nechci říct co. Zkrátka mu na sebe požaluji. Tak špatný zase nejsem…"

Pan Cunningham se do toho rázně vložil.

„Společně se odřekneme ďábla a jeho skutků a nádhery."

„Odejdi od mne, satane," zasmál se pan Fogarty „a pohlédl na ně."

Pan Power nic neříkal. Cítil se odstrčen. Ale obličejem mu bleskla spokojenost.

„Musíme jen," řekl pan Cunningham, „s rozžatou svíčkou v ruce obnovit křestní sliby, to je všechno."

„Ať je to jak chce, svíčku, Tome, nezapomeň," řekl pan M'Coy.

„Cože? To mám mít svíčku?"

„Jistěže," řekl pan Cunningham.

„Tak to zas ne, k čertu," vystřízlivěl pan Kernan, „dál nejdu. Všechno řádně provedu, exercicie, zpověď a... to ostatní si odbudu. Ale... žádnou svíci. K čertu, svíci neberu!"

S fraškovitou vážností zavrtěl hlavou.

„To se podívejte!" řekla jeho žena.

„Svíce k tomu nepatří," řekl pan Kernan; pochopil, že udělal na posluchače dojem, a nepřestával vrtět hlavou. „Kejkle s kouzelnou lampou k tomu nepatří!"

Všichni se zařehtali.

„To jsi mi pěkný katolík," řekla jeho žena.

„Žádné svíce!" opakoval zarytě pan Kernan. „A šrum!"

Příčná loď jezuitského kostela v Gardiner Street se skoro zaplnila. A přece ještě pod vedením bratra laika postranním vchodem vcházeli další pánové a po špičkách kráčeli uličkou, až našli místo k sezení. Pánové byli ve svátečním a střízliví. Kostelní lampy ozařovaly shromážděné černé šaty a bílé límce, místy vystřídané tvídem, a temně kropenaté sloupy ze zeleného mramoru a chmurně začernalé obrazy. Pánové seděli v lavicích, napřed si však na kolenou povytáhli kalhoty a dobře uložili klobouky. Seděli opřeni dozadu a netečně zírali na dalekou skvrnu černého světla, visícího před hlavním oltářem.

V jedné lavici blízko kazatelny seděli pan Cunningham a pan Kernan. Za nimi seděl sám v lavici pan M'Coy: v lavici za ním pak seděli pan Power a pan Fogarty. Marně se pan M'Coy snažil stěsnat s ostatními do lavice, a když se všichni sesedli jako pětka na hrací kostce, marně to odbýval vtipkováním. Přestal s tím, protože nepochodil. I on vnímal sváteční prostředí, i on reagoval na nábožný podnět. Šeptem pan Cunningham upozornil pana Kernana na lichváře pana Harforda, sedícího opodál, a na pana Fanninga, úředníka městského volebního rejstříku a činitele při volbách starosty, sedícího přímo pod kazatelnou vedle nedávno zvoleného okresního radního. Napravo seděl starý Michael Grimes, majitel tří zastaváren, a synovec Dana Hogana, který se ucházel o místo obecního tajemníka. Dále vpředu seděl pan Hendrick, hlavní reportér *Freemana*, a chudák O'Carroll, páně Kernanův dávný známý, který kdysi v obchodním světě moc znamenal. Pomalu rozeznával pan Kernan známé tváře a připadal si jako doma. Klobouk, od ženy zatím vyspravený, měl ležet na kolenou. Párkrát si jednou rukou povytáhl manžety, druhou zlehka, leč pevně přidržoval střechu klobouku.

Bylo vidět, jak se nějaký statný člověk zahalený do bílé rochety plahočí na kazatelnu. Zároveň se shromáždění rozhýbali, vytáhli kapesníky a opatrně na ně klekli. Pan Kernan to udělal po nich. Kněz stanul zpříma na kazatelně, nad obrubou bylo vidět jeho postavu, zakončenou mohutným červeným obličejem.

Páter Purdon poklekl, obrátil se k rudé světelné skvrně, rukama si zakryl obličej a pomodlil se. Po chvíli sundal ruce z obličeje a vstal. Všichni taky vstali a znovu usedli do lavic. Pan Kernan si zas položil klobouk na kolena a pozorně se na kazatele zahleděl. Rozmáchlým posunkem si kazatel rozhrnul široké rukávy rochety a zvolna si šik tváří prohlédl. Potom řekl:

Neboť synové tohoto světa jsou mezi sebou prozíravější než synové světla. Učiňte si tedy přátele z mamonu nepravostí, aby vás přijali do věčných příbytků, až zemřete.

Páter Purdon rozvinul text s ryčnou svrchovaností. Podle něho je to z celého Písma text, který je zvlášť těžko vyložit. Je to text, který se povrchnímu pozorovateli zdánlivě příčí vznešené mravnosti, jakou Ježíš Kristus jinde hlásal. Ale jemu, řekl posluchačům, se jevil zvlášť vhodný pro ty, jimž připadá za úkol vést světský život, a přitom ho touží vést nesvětácky. Je to text pro obchodníky a úředníky. Při svém božském chápání kdejakého koutu lidské povahy Ježíš Kristus pochopil, že všichni nejsou povoláni k náboženskému životu, z valné části že musí žít ve světě a do jisté míry pro svět: a v této větě jim chtěl poradit a za příklad nábožného života uvést právě ty ctitele mamonu, kteří náboženských věcí pramálo dbají.

Ujistil posluchače, že je ten večer nepřichází strašit, nic nesmyslného nemá za lubem. Mluví k svým bližním jako praktik a bude s nimi mluvit prakticky. Smí-li to vyjádřit metafyzicky, je jejich duchovním účetním, rád by, aby každičký posluchač rozevřel své knihy, knihy duchovního života, a zjistil, zdali jsou v přesném souladu se svědomím.

Ježíš Kristus není přísný dozorce. Má porozumění pro naše drobné poklesky, má porozumění pro naši padlou přirozenost, má porozumění pro vedlejší pokušení. Všichni jsme možná, ba jistě zažili pokušení, všichni jsme možná, ba jistě spáchali přestupky. O jedno však své posluchače žádá, ať s Bohem jednají poctivě a chlapsky. Jestli jejich účty do puntíku souhlasí, ať řeknou:

„Účty jsem ověřil. Všechno klape."

Jestli však, což je možné, v něčem nesouhlasí, ať se přiznají, ať jsou upřímní a chlapsky řeknou:

„Zkontroloval jsem své účty. V tom a v tom je chyba. S boží pomocí však to a to napravím. Dám své účty do pořádku."

NEBOŽTÍCI

Domovníkovic Lily si div nohy neuběhala. Sotva zavedla jednoho pána do spižírničky za přízemní kanceláří a pomohla mu ze zimníku, už zas sípavě zacinkal zvonek u předsíně a ona musela proběhnout předsíní a vpustit dalšího hosta. Ještě že neměla na starosti taky dámy. Slečna Kate a slečna Julie na to pamatovaly předem a z horní koupelny udělaly dámskou šatnu. Slečna Kate a slečna Julie byly stále nablízku, bavily se a smály a hartusily, jedna po druhé chodily po schodech až nahoru, nakukovaly přes zábradlí a vyzvídaly na Lily, kdo to zas přišel.

Výroční ples slečen Morkanových byla vždy parádní záležitost. Chodil na ni kdejaký známý, rodinní příslušníci, staří rodinní známí, členky Juliina sboru, odrostlejší Katiny žákyně, ba už i pár Mary Janiných žákyň. Nikdy se nestalo, aby se ples nepovedl. Co si lidé pamatovali, vždycky se povedl nádherně, už od té doby, co Kate a Julie po smrti bratra Pata odešly z domu na Stoney Batter. Jedinou neteř nastěhovaly k sobě do tmavého oprýskaného domu na Usher's Islandu, jehož horní poschodí měly pronajato od obilního komisionáře pana Fulhama z přízemí. Bylo to dobrých třicet let. Mary Jane, tenkrát holčička v krátkých šatech, nyní hlavní opora domácnosti, měla totiž na Haddingtonn Road harmonium. Vystudovala akademii a v horním sále Starobylé koncertní síně pořádala každý rok žákovský koncert. Mnohé její žákyně pocházely z lepších rodin na trati do Kingstownu a Dalkey, a tety ani ve stáří nezahálely. Julie, ač celá šedivá, byla v kostele Adama a Evy pořád první sopranistkou a Kate, která se taktak držela na nohou, dávala v zadním pokoji na čtverhranném klavíru hodiny začátečnicím. Poklízela jim domovníkova dcera Lily. Šetrné byly, ale na jídle nešetřily; jen všechno nejlepší. Svíčková od ledviny, tříšilinkový čaj a nejlepší lahvový ležák. Lily málokdy objednávku popletla, a tak se svými třemi velitelkami vycházela v dobrém. Jsou možná zbytečně úzkostlivé, to je vše. Jenom odmlouvat se jim nesmí.

Bodejť by ale v takový večer neměly starosti. Je už dávno po desáté a Gabriel se ženou pořád nikde. Kromě toho mají hrozný strach, aby nepřišel Freddy Malins opilý. Ani za nic ho nesmějí žákyně Mary Jane uvidět opilého; když má v hlavě, je s ním těžké vyjít. Freddy Malins se vždy opozdí, ale cože nejde Gabriel; proto co chvíli chodily k zábradlí a vyzvídaly na Lily, jestli už přijel Gabriel nebo Freddy.

„Ach, pane Gabrieli," řekla Gabrielovi Lily, když ho pouštěla dovnitř, „slečna Kate a slečna Julie si už myslely, že vůbec nepřijdete. Dobrý večer, paní Conroyová."

„To bych řekl, že si to myslely," odpověděl Gabriel, „ale zapomínají, že tady mé ženě trvá oblékání dobré tři hodiny."

Stál na rohožce, střásal z galoší sníh a Lily zatím odváděla jeho ženu ke schodům a zavolala:

„Slečno Kate, už je tady paní Conroyová."

Hned se po tmavých schodech přikolébaly Kate a Julie. Obě Gabrielovu ženu zulíbaly, řekly, že je asi polomrtvá, a ptaly se na Gabriela.

„Už jsem tady jako na koni, teto Kate! Jděte, prosím, nahoru, hned přijdu za vámi," ozval se z šera Gabriel.

Rázně si oškrabával boty a zatím šly všechny tři se smíchem nahoru do dámské šatny. Jako nějaká kapuce mu na hřbetě zimníku ležel sněhový poprašek a na špičkách galoší měl zas bílé čepičky; a jak se knoflíky skřípavě prodíraly silnou látkou zimníku, ztuhlou od sněhu, rýhy a záhyby zavoněly studeným venkovním chladem.

„Už zas, pane Conroyi, sněží?" zeptala se Lily.

Šla do špíže před ním, že mu pomůže ze zimníku. Gabriel se tomu usmál, jak přidává k jeho jménu ještě slabiku, a koukl po ní. Štíhlé dorůstající děvče bledé v obličeji, s vlasy jako suchá tráva. V plynovém osvětlení špíže ještě víc zbledla. Gabriel ji znal, když byla ještě maličká a na nejnižším schůdku si hrála s hadrovou panenkou.

„Ano, Lily, bude se asi sypat celou noc."

Koukl na strop špíže, roztřesený shora dupáním a šoupáním nohou, zaposlouchal se do klavíru a zas koukl po dívce, jak mu opatrně ukládá zimník do regálu.

„Pověz, Lily," ozval se přátelsky, „chodíš ještě do školy?"

„Kdepak," řekla, „už před rokem jsem školu vychodila."

„Tak to ti asi," spustil rozjařeně Gabriel, „co nevidět půjdem na svatbu s tvým mládencem."

Dívka po něm úkosem koukla a trpce řekla:

„Dnešní mužští toho moc namluví, děvče hledí jen ošidit."

Gabriel se samými rozpaky začervenal, už se na ni nepodíval, odkopl galoše a šálkou si rázně přetřel lakýrky.

Byl to zavalitý vytáhlý mladík. Ruměnec se mu rozlil až na čelo a tam přecházel do rozplizlých růžových skvrn. V bezvousém obličeji mu neustále jiskřily broušené čočky a zlacené obroučky brýlí, chránící neklidné těkavé oči. Lesklé černé vlasy měl vprostřed rozčísnuté a dlouhou vlnovkou sčesané za uši, a tam se v rýze od klobouku trošku kroutily.

Když se po otření střevíce zas zaleskly, narovnal se a na vypaseném těle si přitáhl vestu. Honem vytáhl z kapsy peníz.

„Tumáš, Lily," řekl a vtiskl jí ho do ruky, „jsou Vánoce, viď. Tumáš... maličkost."

Rázně vykročil ke dveřím.

„To prosím ne," rozběhlo se za ním děvče. „Kdepak, to si nevezmu."

„Vánoce, Vánoce," řekl Gabriel a div ne tryskem se hnal po schodech a odmítavě zamával rukou.

Dívka viděla, že jí po schodech utekl, a křikla za ním:

„Moc vám děkuju."

Počkal za dveřmi, až dohrají valčík, poslouchal, jak za nimi šustí sukně a šoupají nohy. Stále byl dívčiným trpkým a nenadálým odseknutím roztrpčen. Zavalil ho smutek a marně ho zaháněl potahováním manžet a křídel motýlka. Vytáhl z vesty papírek a prohlédl si hesla, která si pro svůj proslov zapsal. S verši Roberta Browninga si nevěděl rady, bál se, že jim posluchači nepřijdou na chuť. Lepší bude nějaký citát ze Shakespeara nebo z Mooreových *Melodií*. Nelibý cvakot mužských podpatků a šustot podešví mu připomněl, že proti němu mají jinou kulturní úroveň. Citováním básní, kterým nerozumějí, se před nimi jen zesměšní. Řeknou si, že se před nimi holedbá, jak je vzdělaný. Nepochodí u nich právě tak, jako nepochodil u děvčete ve špižírně. Nasadil falešný tón. Celá jeho řeč je špatná, nadobro špatná.

Vtom vyšly obě tety s jeho ženou z dámské šatny. Tety byly prostě ustrojené stařenky. Teta Julie byla o nějaký coul větší. Vlasy sčesané přes hořejšek uší měla šedivé, a šedivou, jenže s tmavšími odstíny, měla i širokou zvadlou tvář. Ač statné postavy držící se zpříma, se svýma těkavýma očima a rozchlípnutými rty vypadala, že neví, kde je a kam jde. Čipernější byla teta Kate. Obličej zdravější než sestřin měla plný rýh a vrásek a vlasy, stejně staromódně sčesané dozadu, dosud nepozbyly zralé ořechové barvy.

Obě Gabriela nenuceně zlíbaly. Byl to jejich nejmilejší synovec, syn zesnulé starší sestry Ellen, která měla za muže T. J. Conroye z přístavního úřadu.

„Gretta mi, Gabrieli, tvrdí, že se večer do Monkstownu vracet nebudeš," řekla teta Kate.

„Ne," koukl Gabriel po své ženě, „dost jsme si toho loni užili. Copak si, teto Kate, nepamatuješ, jak se při tom Gretta nastydla? Okna v drožce jen drnčela, a když jsme přejeli Merrion, začal nám foukat dovnitř východní vítr. Byl to požitek. Gretta se krásně nastydla."

Teta Kate se přísně zamračila a při každém slově kývla hlavou.

„Máš pravdu, Gabrieli," řekla. „Opatrnosti nezbývá."

„Zato tahleta Gretta," řekl Gabriel, „kdybych ji nechal, rozběhla by se sněhem až domů."

Paní Conroyová se zasmála.

„Nic na jeho slova, teto Kate, nedejte. Pořád někoho otravuje, večer musí Tom cvičit s činkami a Eva zas jíst ovesnou kaši. Chudinka malá! Ani podívat se na ni nemůže... A co musím nosit já, to byste neuhodly!"

Zasmála se na celé kolo a pohlédla na manžela, který unášen samým obdivem a blahem, hleděl hned na její šaty, hned na její obličej a hned zas na její účes. Srdečně se zasmály; obě tety si ho pro jeho starostlivost dávno dobíraly.

„Galoše!" řekla paní Conroyová, „ty jsou teď v módě. Jak je mokro, hned si musím obout galoše. I dnes večer chtěl, abych si je oblékla, ale já jsem nepovolila. Nakonec mi ještě koupí skafandr."

Gabriel se nervózně zasmál a rozpačitě si utáhl motýlka, teta Kate se prohýbala smíchy, jak se jí ten žert líbil. Tetě Julii však brzy z obličeje smích vyprchal a upřela neveselé oči na synovce. Po chvíli se zeptala:

„A co jsou, Gabrieli, galoše?"

„Galoše, Julie," okřikla ji sestra, „ty nevíš, co jsou galoše? Nosí se na... přes boty, viď, Gretto."

„Ano," řekla paní Conroyová. „Jsou z gumy, taky je máme. Podle Gabriela je na pevnině nosí kdekdo."

„Copak na pevnině," zabručela teta Julie a zvolna kývla hlavou.

Gabriel se zamračil a trochu rozzlobeně řekl:

„Nic úžasného, ale Grettě je to k smíchu, prý jí to připomíná koledníčky."

„Pověz, Gabrieli," rázně se do toho vložila teta Kate. „Pokoj jsi samozřejmě zamluvil. Gretta říkala..."

„Pokoj je zamluven," odpověděl Gabriel. „Zamluvil jsem ho v Greshamu."

„Nic lepšího jsi nemohl udělat. A co děti, Gretto, nemáš o ně starost?"

„No, pro jeden večer," řekla paní Conroyová. „Však ona je Bessie ohlídá."

„Jistě," znovu řekla teta Kate. „Mít spolehlivé děvče je velká úleva. Třeba taková Lily, nevím, co se s ní poslední dobou děje. Není už taková, jaká bývala."

Už by se jí byl na to Gabriel pozeptal, ale ona se náhle odmlčela a hleděla za sestrou, která šla po schodech dolů a natahovala krk přes zábradlí.

„To mi pověz," zeptala se skoro popuzeně, „kam zas ta Julie jde? Julie! Julie! Kam jdeš?"

Julie už zatím došla do poloviny schodů, vrátila se a mírně řekla:

„Už je tady Freddy."

Potlesk a závěrečné klavírní kudrlinky jim naznačily, že skončil valčík. Zevnitř se otevřely dveře a vycházeli tanečníci. Honem odtáhla teta Kate Gabriela stranou a zašeptala mu do ucha:

„Buď tak hodný, Gabrieli, běž dolů, jestli je všechno v pořádku, a když má v hlavě, nahoru ho nepouštěj. Že má v hlavě, je jisté."

Gabriel popošel ke schodům a nahnut přes zábradlí se zaposlouchal. Slyšel, jak si dva ve špíži povídají. Po smíchu poznal Freddyho Malinse. Hřmotně se hrnul po schodech.

„Hned je mi líp," řekla teta Kate paní Conroyové, „že je tady Gabriel. Mít ho tady je velká úleva... Julie, slečna Dalyová a slečna Powerová by chtěly občerstvení. Děkuji vám, slečno Dalyová, za krásný valčík. Vyzněl moc pěkně."

Vráščitý čahoun s ježatými prošedivělými kníry, obličej samá bradavice, vycházel zrovna se svou tanečnicí; řekl:

„Můžeme, slečno Morkanová, taky něco zakousnout?"

„Julie," zahartusila teta Kate, „tady je pan Browne a slečna Furlongová. Zaveď je dovnitř se slečnou Dalyovou a slečnou Powerovou."

„Já se k těm dámám zrovna hodím," řekl pan Browne a našpulil pysky, až se kníry zježily a vrásky rozesmály. „Ony mě totiž, slečno Morkanová, mají proto tak rády, že…"

Nedopověděl, ale když viděl, že je teta Kate v doslechu, odvedl honem všechny tři slečny do zadního pokoje. Uprostřed pokoje byly k sobě sraženy dva čtvercové stoly a teta Julie spolu s domovnicí na ně prostíraly obrovský ubrus. Na kredenci byly narovnány talíře a mísy a sklenice a hromádky nožů, vidliček a lžiček. Víko zavřeného klavíru posloužilo za bufet s obloženými chlebíčky a cukrovinkami. U menšího bufetu v jednom rohu stáli dva mladíci a popíjeli hořkou.

Tam zavedl své svěřenky pan Browne a žertem jim všem nabízel punč, horký, silný a sladký. Ony že nic silného nepijí, odzátkoval jim tedy tři láhve limonády. Požádal pak jednoho mladíka, aby mu uhnul, popadl karafu a důkladně si nalil whisky. S úctou ho mladíci pozorovali, jak zkusmo upíjí.

„Pomoz Pánbůh, usmál se, mám to předepsáno od lékaře."

Zvadlým obličejem se ještě více rozesmál a všechny tři slečny se ladnou ozvěnou jeho žertu zasmály, pohupovaly se v tempu a nervózně poškubávaly rameny. Ta nejtroufalejší řekla:

„Pane Browne, lékař vám jistě nic takového nepředepsal."

Pan Browne si ještě nalil whisky a se strojenou zkroušeností řekl: Já jsem totiž jako pověstná paní Cassidyová, ta prý říkala: *Mary Grimesová, když se sama nenapiju, přinuťte mě, ať se napiju, cítím, že to potřebuju.*

Rozpálenou tváří se až moc důvěrně nahnul dopředu a spustil obhroublou dublinštinou, takže se slečny jako na povel odmlčely. Slečna Furlongová, žačka Mary Jane, se slečny Dalyové zeptala, co je to za hezký valčík, který jim hrála; pan Browne postřehl, že si ho nevšímají, a hned se dal do řeči s oběma mladíky.

Do pokoje vstoupila červenolící slečinka v maceškových šatech, rozčileně zatleskala a křikla:

„Čtverylka! Čtverylka!"

Vzápětí přišla za ní teta Kate a volala:

„Dva páni a tři dámy, Mary Jane!"

„Vždyť je tu pan Bergins a pan Kerrigan," řekla Mary Jane. „Pane Kerrigane, ujmete se laskavě slečny Powerové? Slečno Furlongová, mohou vám přivést za partnera pana Berginse? To stačí."

„Tři dámy, Mary Jane," řekla teta Kate.

Oba mladíci se dam zeptali, smějí-li mít to potěšení, a Mary Jane oslovila slečnu Dalyovou.

„Ach, slečno Dalyová, jste úžasně hodná, už jste hrála ke dvěma posledním tancům, ale když máme dnes večer tak málo dam."

„Mně to, slečno Morkanová, vůbec nevadí."

„Však mám pro vás skvělého tanečníka, tenora Bartella D'Arcyho. Potom nám zazpívá. Celý Dublin je nad ním u vytržení."

„Krásný hlas, krásný hlas," řekla teta Kate.

Dvakrát už spustil klavír předehru k první figuře

a Mary Jane honem odvedla své páry z pokoje. Sotva odešly, všourala se do pokoje teta Julie a po něčem se ohlížela.

„Co je, Julie?" starala se teta Kate. „Kdo zas?"

Julie přinášela sloupek ubrousků, ohlédla se po sestře a jakoby tou otázkou překvapena řekla jen:

„Jenom Freddy a s ním Gabriel."

A taky se hned za ní objevil Gabriel, jak s Freddym Malinsem kormidluje přes odpočívadlo. Freddy Malins, asi čtyřicetiletý mladík, měl Gabrielovu výšku i postavu a shrbená záda. Obličej měl otylý a sinalý, začervenalý jenom na tlustých převislých boltcích a širokých nozdrách. Měl hrubé rysy, tupý nos, vypouklé nízké čelo, zduřelé a vyčnělé pysky. Na očích měl těžká víčka a řídké vlasy se mu ježily, vypadal ospale. Pisklavě se na celé kolo smál příhodě, kterou Gabrielovi na schodech vyprávěl, a přitom si kotníky levé ruky sem tam přetíral levé oko.

„Dobrý večer, Freddy," řekla teta Julie.

S vrozeným zajíkáním, které znělo nenuceně, popřál Freddy Malins slečnám Morkanovým dobrý večer, a když uviděl, jak se na něho pan Browne od kredence štíří, vrávoravě přešel pokoj a tlumeně začal vyprávět historku, kterou právě vyprávěl Gabrielovi.

„Snad moc nepřebral?" řekla Gabrielovi teta Kate.

Gabriel se mračil, ale hned přestal a odpověděl:

„Ani znát to není."

„Strašný člověk!" řekla. „A to se na Silvestra zapřísáhl chudince mamince, že nebude pít. Ale pojď, Gabrieli, do salonu."

Než vyšla s Gabrielem z pokoje, výhružně se na pana Browna zamračila a pohrozila mu ukazovákem. Pan Browne jen kývl hlavou, že rozumí, a po jejím odchodu řekl Freddymu Malinsovi.

„Tak já ti, Freddy, naliju hodně limonády, abys vystřízlivěl."

Freddy Malins se svou historkou blížil vyvrcholení, nedůtklivě tedy jeho nabídku odmítl, ale pan Browne nejprve Freddyho upozornil na nepatřičnost v oblečení a pak mu nalil a podal plnou sklenici limonády. Bezmyšlenkovitě vzal Freddy Malins sklenici do levé ruky a pravou si oblek upravil. Pan Browne, jemuž se samým veselím zase svrašťovaly tváře, si sám nalil sklenici whisky, zatímco Freddy Malins ještě před vyvrcholením historky fistulí vypískl v řehot, nenačatou a přetékající sklenici postavil na stůl a hřbetem levé ruky si zas sem tam mnul levé oko, a pokud na to v záchvatu smíchu stačil, opakoval slova poslední věty.

Když Mary Jane před ztichlým salonem spustila svou absolventskou skladbu z akademie, plnou pasáží a variací, nevydržel ji Gabriel poslouchat. Hudbu měl rád, ale hraná skladba mu zněla nemelodicky a dost pochyboval, že zní melodicky druhým, třebaže si ji na ní vyprosili. Čtyři mladíci, kteří sotva zazněl klavír, přišli z bufetu a u dveří zůstali stát, se za chvíli dva a dva zas klidně vytratili. Hudbu zřejmě sledovaly jen dvě osoby, totiž sama Mary Jane, která proháněla ruce po klávesnici nebo je v pauzách jako nějaká zaklínačka zdvíhala, a teta Kate, která stála vedle ní a obracela jí noty.

Zrakem, podrážděným leskem navoskované podlahy pod těžkým lustrem, zabloudil Gabriel na stěnu nad klavírem. Visel tam obraz balkonového výjevu z *Romea a Julie* a vedle něho obraz dvou zavražděných princů z Toweru, který teta Julie vyšila v dívčích letech červenou, modrou a hnědou vlnou. Nejspíš se takové věci učily ve škole, kam v mládí chodily, protože jeden rok

171

i jemu matka ušila k narozeninám vestu z nachového moaré s liščími knoflíčky. Matce kupodivu chybělo hudební nadání, třebaže jí teta Kate říkala Morkanů mudrc. Spolu s Julií si na své vážné a mateřské sestře dost zakládaly. Její fotografii měly postavenou před zavěšeným zrcadlem. Na kolenou držela rozevřenou knihu a něco v ní ukazovala Constantinovi, v matrózových šatech ležícímu před ní. To ona vybrala svým synům jména, potrpěla si na důstojnost rodinného života. Její zásluhou se stal Constantin vrchním pastorem v Balbrigamu a její zásluhou vystudoval Gabriel královskou univerzitu. Zachmuřil se, když si vzpomněl, jak urputně mu bránila v ženitbě. Její pohrdlivé věty ho dosud ve vzpomínce hnětly; o Grettě kdysi řekla, že je venkovská husička, a přitom to vůbec nebyla pravda. Právě Gretta ji ošetřovala za její dlouhé poslední nemoci doma v Monkstownu.

Věděl, že Mary Jane už skladbu dohrává, protože opakovala úvodní melodii, a to tak, že po každém taktu přejela prstem po klávesnici, a jak tak čekal na konec, rozmrzelost mu vyprchala ze srdce. Skladba končila tremolem v diskantu a závěrečnou hlubokou oktávou v basu. Mary Jane sklidila velký potlesk, načež si celá zardělá nervózně sbalila noty a prchla ze sálu. Nejzuřivěji tleskali čtyři mladíci u dveří: na začátku skladby odešli do bufetu, ale vrátili se, když klavír dozněl.

Dali dohromady hulána. Za partnerku dostal Gabriel slečnu Ivorsovou. Byla to nenucená, sdílná slečinka s vypouklýma hnědýma očima. Neměla velký výstřih a na velké broži vpředu na límečku měla irské heslo.

Když se seřadili, vyhrkla:

„O něčem si s vámi musím promluvit."

„Se mnou?" řekl Gabriel.

Vážně přikývla hlavou.

„O čempak?" usmál se Gabriel její upjatosti.

„Kdo je G. C.?" pozdvihla k němu slečna Ivorsová oči.

Gabriel se zarděl, málem svraštil čelo, jako že nerozumí, a tu na něho spustila:

„Ach, vy neviňátko! Jak jsem zjistila, píšete do *Daily Expressu*. To se nestydíte?"

„Za co se mám stydět?" zamžikal a nuceně se usmál.

„Tak se za vás stydím já," vyhrkla slečna Ivorsová. „Psát do takového plátku. Že jste *Západní Brit*, to jsem si nemyslila."

Gabriel zrozpačitěl. Že za patnáct šilinků každou středu píše do *Daily Expressu* literární sloupek, je pravda. Ale proto ještě se z něho nestal Západní Brit. Recenzní výtisky jsou mu vítanější než ubohoučký šek. Rád ohmatával vazby novinek a obracel stránky. Skoro den co den, když mu v koleji skončilo učení, chodíval po nábřežích k antikvářům, k Hickeymu na Bachelor's Walk, k Webbovi nebo k Masseymu na Aston's Quay nebo k O'Clohisseymu v postranní uličce. Nevěděl, jak se jí bránit. Měl chuť povědět jí, že literatura je povznesena nad politiku. Ale znají se dlouhá léta, setkali se nejprve na univerzitě a potom v učitelském povolání: mluvit s ní nabubřele si netroufal. Pořád mžikal a nuceně se usmíval a chabě namítal, že v psaní knižních recenzí nic politického nevidí.

Při střídání partnerů byl stále zmatený a roztěkaný. Slečna Ivorsová ho rázně uchopila za ruku, srdečně ji stiskla a mile přátelským tónem mu řekla:

„Vždyť to bylo žertem. Pojďte střídat."

Když se zase octli pospolu, hovořila o univerzitě a Gabrielovi bylo hned líp. Od jednoho známého dostala jeho recenzi Browningových básní. Tak tu záhadu rozluštila: ale recenze se jí náramně líbí. Najednou řekla:

„Ach, pane Conroyi, neudělal byste si v létě výlet na Aranské ostrovy? Pobudeme tam celý měsíc. Na Atlantském oceáně to bude nádherné. Musíte jet s námi. Pojede pan Clancy a pan Kilkelly a Kathleen Kearneyová. Kdyby jela Gretta taky, pěkně by si užila. Vždyť pochází z Connachtu, ne?"

„Jen její rodina," odsekl Gabriel.

„Ale vy pojedete, že?" řekla slečna Ivorsová a horkou dlaní mu dychtivě tiskla rameno.

„Já mám už totiž domluveno, že pojedu…"

„Kampak," zeptala se slečna Ivorsová.

„Rok co rok jezdím totiž s kamarády na kole a tak…"

„A kam?"

„Obyčejně jezdíme do Francie nebo Belgie, třeba i do Německa," řekl Gabriel rozpačitě.

„A proč jezdíte do Francie a Belgie," řekla slečna Ivorsová, „a ne raději po své vlasti?"

„Trochu proto, abych zůstal ve spojení s cizími jazyky, a trochu kvůli změně."

„Neměl byste raději zůstat ve spojení s vlastním jazykem – irštinou?" zeptala se slečna Ivorsová.

„Když na to přijde, irština není můj jazyk."

Při tom křížovém výslechu se po nich jejich spolutanečníci otočili. Gabriel vrhal rozpačité pohledy vpravo vlevo a v té trpké zkoušce, která mu až do čela vháněla ruměnec, neztrácel rovnováhu.

„A neměl byste raději poznávat svou zemi," hovořila slečna Ivorsová, „kterou pořádně neznáte, svůj lid a svou vlast?"

„Po pravdě vám řeknu," odsekl Gabriel, „má vlast se mi hnusí, hnusí!"

„Proč?" zeptala se slečna Ivorsová.

Gabriel neodpověděl, tím odseknutím se ještě víc rozpálil.

„A proč?" opakovala slečna Ivorsová.

Společně měli projít mezi páry, a když jí pořád neodpovídal, slečna Ivorsová se rozhorlila.

„Bodejť, co odpovědět, nevíte."

Gabriel maskoval své rozčilení tím, že se s vervou roztancoval. Uhýbal jejím pohledům. Všiml si, jak je rozladěna. Když se však v dlouhém řetězu sešli, překvapilo ho, jak pevně mu tiskne ruku. Tak dlouho po něm tázavě mžourala, až se usmál. Než se pak řetěz zas roztočil, stoupla si na špičky a zašeptala mu do ucha:

„Západní Brite!"

Po přetančení čtverylky odešel Gabriel až do kouta pokoje, kde seděla matka Freddyho Malinse. Byla to obtloustlá vetchá stařenka, celá šedivá. Stejně jako syn zadrhovala a trochu koktala. Dověděla se, že přijel Freddy a že je celkem v pořádku. Gabriel se jí zeptal, jaká byla plavba. Bydlela v Glasgowě u vdané dcery a jednou za rok přijela na návštěvu do Dublinu. Odpověděla vlídně, že měla krásnou plavbu a kapitán k ní byl velmi pozorný. Povídala taky o tom, jaký má dcera v Glasgowě pěkný dům a těch milých známých, co tam mají. Mlela v jednom kuse a Gabriel zaháněl z hlavy vzpomínku na nepříjemnost se slečnou Ivorsovou. Ta dívka či žena, ať je co chce, plane ovšem nadšením, ale všeho s mírou. Takhle odpovídat jí snad neměl. Ale Západní Brit mu přesto před lidmi říkat neměla. Před lidmi ho zesměšňovala, vyslýchala a králičíma očima si ho měřila.

Všiml si, jak se k němu tančícími páry prodírá jeho žena. Když k nim došla, pošeptala mu:

„Gabrieli, teta Kate by ráda, abys jako jindy rozdranžíroval husu. Šunku nakrájí slečna Dalyová a já připravím pudink.“

„Dobře,“ řekl Gabriel.

„Po valčíku usadí nejprve mládež a tak budeme mít stůl pro sebe.“

„Zatančila sis?“ zeptal se Gabriel.

„Jistěže. Copak jsi mě neviděl? To jste se s Molly Ivorsovou pohádali?“

„Nepohádali. Pročpak? Ona něco říkala?“

„Tak nějak.“ Přemlouvám pana D'Arcyho, aby zazpíval. „Jak se mi zdá, moc si o sobě myslí.“

„Nepohádali,“ utrhl se Gabriel, „jen po mně chtěla, abych jel na výlet do západního Irska, a já že nepojedu.“

Samým vzrušením jeho žena zatleskala a poskočila:

„Pojeďme, Gabrieli,“ křikla. „Ráda bych viděla Galway.“

„Jestli chceš, tak jeď,“ řekl chladně Gabriel.

Chvilku se na něho zahleděla, potom se ohlédla po paní Malinsové a řekla:

„Pěkný manžel, paní Malinsová.“

Přes celý pokoj se propletla zpátky a paní Malinsová se tím nedala vyrušit a dál vykládala Gabrielovi, jak je ve Skotsku krásně a jaká je tam krásná krajina. Každý rok prý je zeť vozí k jezerům a oni chodí na ryby. Zeť prý je skvělý rybář. Jednou chytil rybu, krásnou velikánskou rybu, a hoteliér jim ji uvařil k večeři.

Gabriel skoro neslyšel, co mu povídá. Jak se blížila večeře, zamyslel se nad svým proslovem i nad citátem. Když uviděl, jak jde přes pokoj za svou matkou Freddy Malins, uvolnil mu židli a couvl do okenního výklenku. Pokoj se už vyprázdnil a ze zadního pokoje k nim doléhal řinkot talířů a nožů. Zbylí v saloně se už utancovali

176

a teď se klidně v hloučcích bavili. Horkými rozechvělými prsty zaťukal Gabriel na chladnou okenní tabulku. Venku je asi zima! Pěkné by bylo procházet se sám, nejdříve podél řeky a potom parkem! Sníh bude ležet na haluzích a nahoře na Wellingtonově pomníku utvoří třpytivou čepičku. Oč příjemněji je asi tam než u večeře!

Prohlédl si hesla svého proslovu: irská pohostinnost, smutné vzpomínky, tři grácie, Paříž, citát z Browninga. Opakoval si větu ze své recenze: *Člověk má pocit, že poslouchá hudbu ztrýzněnou myšlením.* Slečna Ivorsová mu recenzi pochválila. Myslí to upřímně? Má za svým agitátorstvím taky nějaký vlastní život? Až do tohoto večera se nepoškorpili. Znervózněl z představy, že bude taky u večeře a svým kriticky uštěpačným pohledem k němu bude vzhlížet. Ani ho nepolituje, až mu bude řeč váznout. Něco ho napadlo a vrátilo mu odvahu. S narážkou na tetu Kate a tetu Julii řekne: *Dámy a pánové, naše dožívající generace měla své chyby, ale tak si myslím, že jí nechyběla jistá dávka pohostinnosti, dobromyslnosti, lidskosti, která nynější dorůstající přemoudřelé a převzdělané generaci chybí.* Dobré, na slečnu Ivorsovou jak ušito. Že jsou tety nevzdělané báby, co na tom.

Z pokoje k němu dolehl tlumený hovor. Ode dveří přicházel pan Browne, dvorně provázel tetu Julii, která se o něho s úsměvem, s hlavou svěšenou opírala. Až ke klavíru ji provázela přerývaná salva potlesku. Když pak Mary Jane usedla na stoličku a teta Julie už bez úsměvu se pootočila, aby jí hlas do pokoje správně zněl, potlesk utuchal. Byla to Juliina dávná *Píseň svatební.* Silnými a čistými tóny svého hlasu směle zdolávala flažolety, kráslící melodii, a třebaže zpívala velmi rychle, nevynechala žádnou kudrlinku. Sledovat hlas a přitom se na zpěvačku nedívat znamenalo vnímat a sdílet vzrušení z prudkého a bezpečného letu. Na konci písně Gabriel spolu s ostatními silně zatleskal a silný potlesk k nim dolehl i od stolu večeřících, které nebylo vidět. Zněl tak upřímně, že teta celá zrůžověla, jak se nahýbala nad stojánek a ukládala tam starý, v kůži vázaný zpěvník se svými iniciálami na desce. Freddy Malins, který aby lépe slyšel, naklánĕl při produkci hlavu na stranu, tleskal dál, když už všichni dotleskali, a horlivě vyprávĕl nĕco matce. Ta vážnĕ a zvolna kývala hlavou, že s ním souhlasí. Když už nemohl dál tleskat, prudce vstal a přes celý pokoj se rozbĕhl k tetĕ Julii, popadl ji z ruku a obĕma rukama stiskl a tak dlouho držel, až mu došla řeč nebo ho přemohlo koktání.

„Právĕ jsem matce povídal," řekl, „že jsem vás tak pĕknĕ zpívat nikdy neslyšel, nikdy. Nikdy váš hlas neznĕl tak pĕknĕ jako dnes večer. No tak. Copak mi nevĕříte? Je to pravda. Čestné slovo, že je to pravda. Nikdy vám hlas neznĕl tak svĕže a tak... tak čistĕ a svĕže, nikdy."

Teta Julie se jen usmála, že si takové lichotky nezaslouží, a ruku mu vyškubla. Pan Browne k ní vztáhl rozevřenou dlaň, a jako když principál předvádí obecenstvu zázračné stvoření, řekl:

„Slečna Julie Morkanová, můj nejnovĕjší objev."

Upřímnĕ se tomu smál a tu na nĕho Freddy Malins spustil:

„Ten tvůj objev stojí za to. Co sem chodím, řeknu ti, tak dobře jsem ji ještĕ zpívat neslyšel. Je to pravda pravdoucí."

„Já taky ne," řekl pan Browne. „Hlas se jí, myslím, hodnĕ zlepšil."

Teta Julie pokrčila rameny a se skromnou hrdostí řekla:

„Zrovna špatný hlas jsem před třiceti lety neměla."

„Co jsem se Julii naříkala," horlila teta Kate, „že se v tom chóru zahazuje. Ale ona na mě nic nedala."

Rozhlédla se, jako by se před svým nezdárným dítětem dovolávala jejich rozšafnosti. Teta Julie jen civěla a na obličeji jí pohrával mdlý úsměv vzpomínky.

„Ano, od nikoho si nedala říci, na nikoho nic nedala, ve dne v noci v tom chóru dřela. V šest hodin ráno na roráty! A co za to všechno měla?"

„Copak to nebylo, teto Kate, ke cti boží?" s úsměvem se na klavírní stoličce otočila Mary Jane.

Teta Kate se do neteře zlostně pustila:

„Co je boží čest, Mary Jane, to vím, ale papeži ke cti nijak neslouží, že vyhazuje z chórů ženy, které se tam celý život dřely, a nahrazuje je usmrkánky. Když to činí papež, snad je to církvi ku prospěchu. Ale není to, Mary Jane, spravedlivé, ani správné."

Celá se rozhorlila a byla by sestru hájila ještě déle, protože ji to hnětlo, ale když Mary Jane uviděla, jak se tanečníci vracejí, smířlivě zakročila:

„Vždyť, teto Kate, pohoršujete pana Browna, který je jiného vyznání."

Teta Kate se ohlédla po panu Brownovi, ten se narážce, jakého je náboženství, ušklíbl, a honem řekla:

„Že jedná papež správně, to mu neupírám. Jsem jen hloupá stařena, na něco takového si netroufám. Ale snad je tady na světě ještě nějaká slušnost a vděčnost. Být Julií, pověděla bych to páteru Healeymu přímo po lopatě."

„Ostatně už máme, teto Kate, všichni hlad, řekla Mary Jane, a když máme hlad, vždycky se hádáme."

„A taky se hádáme, když máme žízeň," podotkl pan Browne.

„Raděj teď pojďme k večeři," řekla Mary Jane, „potom si to dopovězme."

Na odpočívadle před salonem zastihl Gabriel svou ženu a Mary Jane, jak slečnu Ivorsovou přemlouvají, aby zůstala na večeři. Slečna Ivorsová měla na hlavě klobouk a zapínala si plášť, že už půjde. Hlad vůbec nemá a moc dlouho se tu už zdržela.

„Jenom deset minut, Molly," řekla paní Conroyová. „To už nestojí za řeč."

„Vytancovala ses, a teď si něco slupneš."

„Opravdu nemohu," řekla slečna Ivorsová.

„Tak se mi zdá, že se ti u nás vůbec nelíbilo," řekla zklamaně Mary Jane.

„Ba ne, až moc," řekla slečna Ivorsová, „ale nechte mě už běžet."

„Ale jak se dostaneš domů?" zeptala se paní Conroyová.

„Vždyť je to po nábřeží pár kroků."

Gabriel zaváhal a pak řekl:

„Když dovolíte, slečno Ivorsová, jestli opravdu musíte odejít, doprovodím vás domů."

Slečna Ivorsová se jim však vytrhla.

„Ani nápad," křikla. „Jděte proboha k večeři a o mě se nestarejte. Však já si poradím sama."

„Vy jste ale, Molly, legrační," řekla upřímně paní Conroyová.

„*Bennacht Libh*," zasmála se slečna Ivorsová a rozběhla se po schodech.

Mary Jane se za ní s rozmrzelými rozpaky dívala a paní Conroyová se nahýbala přes zábradlí u schodů a poslouchala, kdy za ní zapadnou dveře. Gabriel si říkal, jestli nemá její náhlý odchod na svědomí. Rozmrzelá nevypadala: odešla se smíchem. Tupě civěl na schody.

Vtom se z jídelny přibatolila teta Kate, div nelomila rukama.

„Kde je Gabriel?" hořekovala. „Pro pána krále, kde je Gabriel? Kdekdo už čeká, opona jde nahoru, a kdo má rozdranžírovat husu, tam není."

„Už jsem tady, teto Kate!" ozval se náhle ožilý Gabriel, „když bude třeba, rozdranžíruju třeba celé husí hejno."

Na jednom konci stolu ležela tučná hnědá husa a na druhém konci na voskovém papíře, posypaném snítkami petrželky, ležela veliká šunka, stažená z vrchní kůže, posypaná strouhankou, v hezké papírové manžetě kolem kosti, vroubená kousky kořeněného hovězího. Mezi těmito soupeřícími konci se táhly v rovnoběžných řadách příkrmy: dva menší dómy červeného a žlutého rosolu; mělká mísa plná krychliček želé a červeného džemu, velká zelená mísa ve tvaru listu se stopkou jako držadlo, na které byly hromádky červených hrozinek a loupaných mandlí, a na stejné míse ležela důkladná krychle smyrenských fíků, mísa vaječné huspeniny posypaná muškátovým oříškem, menší miska s čokoládou a bonbony, zabalenými do zlatého a stříbrného staniolu, a skleněná váza se stvoly celeru. Ovocnou mísu s pyramidou pomerančů a kalifornských jablek uprostřed střežily dvě bachraté staromódní broušené karafy, jedna s portským a druhá s tmavým sherry. V mohutné žluté míse na zavřeném klavíru na ně číhal pudink a za ním se podle svých stejnokrojů šikovaly tři řady ležáků a světlého piva a minerálek, první dvě řady černé s hnědými a červenými vinětami, třetí nejmenší řada bílá se šikmou zelenou šerpou.

Gabriel usedl směle v čele stolu, prohlédl si dranžírovací nůž, jestli je dost ostrý, a pevně ho zařízl do husy.

Byl už zas ve své kůži, v dranžírování se vyznal a ze všeho nejraději sedal v čele bohatě prostřeného stolu.

„Co vám mám dát, slečno Furlongová," zeptal se, „křídlo nebo prsíčka?"

„Malý kousek prsíček."

„A co vám, slečno Higginsová?"

„Mně je to jedno, pane Conroyi."

Gabriel a slečna Dalyová podávali dokola talíře s husou a talíře se šunkou a kořeněným hovězím a Lily zatím chodila od hosta k hostu s miskou horkých moučných brambor, zabalenou do bílého ubrousku. S tím nápadem přišla Mary Jane a ona si taky vymyslela k huse jablečnou omáčku. Ale teta Kate rovnou řekla, že odjakživa měla ráda pečenou husu samotnou bez omáčky, nad to není. Mary Jane obsluhovala své žačky a vybírala jim nejlepší porce a teta Kate a teta Julie otvíraly a od klavíru pánům nosily láhve ležáku a piva a dámám zase láhve minerálky. Panoval samý zmatek a smích a hluk, hluk objednávek a přiobjednávek, nožů a vidliček a zátek a uzávěrů. Po prvním obsloužení dranžíroval už Gabriel hostům druhé porce, ale sám si nebral. Kdekdo mu to hlučně vytýkal a on ustoupil a pořádně si zavdal ležáku, dranžírováním se totiž uhřál. Mary Jane si klidně sedla k večeři, teta Kate a teta Julie se pořád šotolily kolem stolu, šlapaly si na paty, jedna druhé se pletla do cesty a zbůhdarma se sekýrovaly. Pan Browne je snažně žádal, ať si sednou a povečeří, a snažně je žádal taky Gabriel, ale ony že mají dost času, až nakonec vstal Freddy Malins, popadl tetu Kate a za řehotu všech jí plácl na židli.

Když se na všechny náležitě dostalo, řekl s úsměvem Gabriel:

„Jestli chce někdo ještě, jak se po sprostu říká, nášup, ať si řekne."

Sborem ho ponoukali, ať se dá sám do večeře, a Lily mu přinesla tři brambory, které pro něho schovala.

„Tak dobrá," řekl vlídně Gabriel a přitom si zas vyzunkl doušek, „a teď na mě, dámy a pánové, chvíli zapomeňte."

Usedl k večeři a nemísil se do hovoru, který stejně Lily přehlušovala sklízením ze stolu. Mluvilo se o operní společnosti, vystupující v Královském divadle. Tenor, pan Bartell D'Arcy, snědý mladík s elegantním knírem, do nebe velebil první altistku společnosti, slečna Furlongová však tvrdila, že má poněkud hrubý přednes. Freddy Malins řekl, že v druhé části pantomimy v divadle Gaiety zpívá černošský náčelník a že tak krásný tenor jakživ neslyšel.

„Vy jste ho slyšel?" zeptal se Freddy Bartella D'Arcyho přes stůl.

„Ne," utrousil pan Bartell D'Arcy.

„Rád bych totiž slyšel," vysvětloval Freddy Malins, „co o něm soudíte. Podle mě má skvělý hlas."

„Freddy vždycky kápne na to pravé," řekl kamarádsky na celý stůl pan Browne.

„Pročpak by nemohl mít pěkný hlas?" zeptal se ostře Freddy Malins. „Snad proto, že je černoch?"

Nikdo mu na to neodpověděl a Mary Jane zavedla řeč zpátky na normální operu. Jedna žačka jí dala lístek na *Mignon*. Toť se ví, bylo to hezké. Ale ona si při ní vzpomněla na nešťastnou Georginu Burnsovou. Pan Browne zašel ve vzpomínkách ještě dále, až k starým italským společnostem, které kdysi do Dublinu přijížděly – na Tietjensovou, Ilmu de Murzkaovou, Campaniniovou, slavného Trebelliho, Giugliniho, Ravelliho, Arambura.

Byly to časy, kdy bylo v Dublině slyšet pořádný zpěv. Vyprávěl, že poslední galerie starého Královského divadla bývala každý večer nabitá, že jednou večer jistý italský tenor na přídavek pětkrát po sobě zazpíval *Nechť jako voják padnu* a pokaždé to vytáhl na vysoké C, a jak hoši z galerie ze samého nadšení nějaké primadoně vypřáhli od kočáru koně a sami ji ulicemi vezli do hotelu. Pročpak se už nehrají slavné staré opery, *Dinorah, Lucrezia Borgia?* Protože na ně nejsou hlasy, to je ono.

„Inu," řekl pan Bartell D'Arcy, „podle mě je dnes dobrých zpěváků tolik jako tehdy."

„A kde jsou?" ozval se vzdorně pan Browne.

„V Londýně, v Paříži, v Miláně," rozohnil se pan Bartell D'Arcy. „Například Caruso je, myslím, tak dobrý, jako ti, co jste jmenoval, ne-li lepší."

„Možná," řekl pan Browne. „Ale moc pochybuju, to vám povídám."

„Co bych za to dala, kdybych uslyšela zpívat Carusa," řekla Mary Jane.

„Já jsem uznávala," řekla teta Kate, „jak zrovna obírala kost, jen jediného tenora. Totiž tenora, který se mi líbil. Jenže nikdo z vás o něm ani neslyšel."

„A kdo to byl?" zeptal se zdvořile pan Bartell D'Arcy.

„Jmenoval se Parkinson," řekla teta Kate. „Slyšela jsem ho, když byl na vrcholu, tak čistým hlasem snad nebylo žádné lidské hrdlo obdařeno."

„Divná věc," řekl pan Bartell D'Arcy. „Jakživ jsem o něm neslyšel."

„Ano, ano, slečna Morkanová má pravdu," řekl pan Browne. „Pokud si vzpomínám, o starém Parkinsonovi jsem slyšel, ale už moc dávno."

„Krásný, čistý, sladký, lahodný anglický tenor," nadšeně řekla teta Kate.

Když Gabriel dojedl, přinesli na stůl ohromný pudink. Znovu zařinčely vidličky a lžičky. Gabrielova žena jim nabírala lžící pudink a posílala talíře kolem stolu. Cestou je Mary Jane zadržela a přidala na ně malinový nebo pomerančový rosol nebo krém a džem. Pudink vyrobila teta Julie a všichni ji za něj zahrnuli chválou. Jí samé se nezdál dost braunový.

„Doufám, slečno Morkanová," řekl pan Browne, „že já jsem pro vás braunový dost."

Všichni pánové až na Gabriela pojedli pudinku, aby tetu Julii neurazili. Protože Gabriel sladkosti nejedl, zbyl pro něho jen celer. Freddy Malins si taky vzal stonek a přikusoval ho k pudinku. Slyšel někde, že působí blahodárně na krev, a on chodil zrovna k lékaři. Paní Malinsová, která po celou večeři nepromluvila, řekla, že její syn pojede za nějaký týden na Mount Melleray. Celý stůl se pak rozhovořil o Mount Melleray, jaký je tam svěží vzduch, jací jsou tamější mniši pohostinní a od hostů prý ani krejcar nevezmou.

„To tedy znamená, zeptal se nedůvěřivě pan Browne, že člověk může přijít a jako v hotelu se ubytovat a týt z darů země a zas odejít a krejcar nezaplatit?"

„Při odchodu lidé obyčejně něco klášteru darují," řekla Mary Jane.

„Škoda že to v naší církvi nemáme taky tak zařízeno," řekl pan Browne otevřeně.

Žasne prý nad tím, že mniši vůbec nemluví, o druhé ráno vstávají a spí v rakvích. Nač prý to dělají.

„Řehole jim to ukládá," řekla rázně teta Kate.

„Ale proč?" zeptal se pan Browne.

Teta Kate opakovala, že jim to zkrátka ukládá řehole. Pan Browne pořád jako by nechápal. Freddy Malins mu všemožně vysvětloval, že tím mniši pykají za to, co spáchali hříšníci venku po světě. Vysvětlení mu jasné nebylo, pan Browne se totiž ušklíbl a řekl:

„Moc se mi ta myšlenka líbí, ale neměli by místo rakve mít raději pérovou postel?"

„Rakev," řekla Mary Jane, „jim má připomínat poslední hodinku."

Téma nějak zpochmurnělo, a tak je utopili v mlčení, do něhož paní Malinsová své sousedce tlumeně šeptla:

„Oni jsou moc hodní, ti mniši, moc zbožní."

Potom přišly na stůl rozinky a fíky a jablka a pomeranče a bonbony a cukroví a teta Julie vybídla hosty, aby se napili portského nebo sherry. Zprvu nechtěl pan Bartell D'Arcy ani to ani ono, ale jeden soused ho rýpl a něco mu pošeptal a on hned svolil, aby mu nalili. Když nalívali posledním, hovor umlkl. Rozhostilo se ticho, rušené jen crkotem vína a šoupáním židlí. Trojice slečen Morkanových civěla na ubrus. Někdo si párkrát odkašlal a kdosi zlehka zaklepal na stůl, ať je ticho, ticho nastalo a Gabriel si odšoupl židli a vstal.

Rázem klepání povzbudivě zesílilo a hned zas utichlo. Rozechvělými prsty se Gabriel opřel o ubrus a rozpačitě se na shromáždění usmál. Přelétl řadu zdvižených tváří a zahleděl se na lustr. Klavír hrál nějaký valčík a Gabriel slyšel, jak sukně šustí o dveře salonu. Venku na nábřeží stojí možná lidé ve sněhu, hledí na ozářená okna a poslouchají valčíkovou hudbu. Opodál se táhne park s posněženými stromy, Wellingtonův pomník má třpytnou sněhovou čapku svítící přes bílé pole Fifteen Acres.

Spustil:

„Dámy a pánové."

Jako v minulých letech i dnes večer mi připadl úkol sice lichotivý, leč přesahující mé skrovné řečnické vlohy.

„Kdepak, kdepak!" řekl pan Browne.

„Ať už tak či onak, žádám vás dnes večer, abyste namísto činu vzali zavděk dobrou vůlí a chvíli mi věnovali pozornost, až se své pocity vynasnažím vyjádřit slovy."

Dámy a pánové. Neshromáždili jsme se dnes poprvé pod tímto pohostinným krovem, u této pohostinné tabule. Nejsme dnes poprvé příjemci – nebo spíše oběťmi – pohostinnosti jistých hodných paní.

Zakroužil paží ve vzduchu a odmlčel se. Každý se rozesmál nebo se usmíval na tetu Kate, tetu Julii a Mary Jane, a ty se radostí začervenaly. Troufaleji pak Gabriel hovořil dále:

„S každým novým rokem vždy silněji pociťuji, že žádnou tradici by naše vlast neměla tak žárlivě opatrovat a střežit jako pohostinnost. Pokud má zkušenost sahá, je to v novějších národech (a dost jsem se po cizině nacestoval) tradice jedinečná. Někdo snad řekne, že je to u nás spíše slabost a ne něco, čím bychom se měli pyšnit. Budiž, ale je to podle mne slabost knížecí, která se, jak doufám, bude u nás ještě dlouho pěstovat. Jedno vím aspoň jistě. Pokud bude tento krov zmíněné hodné dámy střežit – a kéž je střeží ještě mnohá léta –, tradice vřelé zdvořilé irské pohostinnosti, kterou nám předkové postoupili a kterou my zas postoupíme potomkům, nepomine."

Kolem stolu proběhl tlumený souhlas. Gabrielovi blesklo hlavou, že tam slečna Ivorsová není a že nezdvořile odešla; sebedůvěřivě řekl:

„Dámy a pánové. Vyrůstá u nás nová generace, která se řídí novými myšlenkami a novými zásadami. Bere tyto myšlenky vážně a nadšeně, a její nadšení, třeba někdy podle mě scestné, je v jádře upřímné. Žijeme však ve věku skeptickém a – smím-li tak říci – upřemýšleném: mám někdy strach, že této nové vzdělané, nebo

187

spíš převzdělané generaci budou chybět dávné rysy lidskosti, pohostinnosti a vlídného humoru. Jak jsem tak dnes večer poslouchal jména těch velkých pěvců minulosti, napadlo mě, přiznávám, že žijeme v době ne tak velkolepé. Bez přehánění lze ony doby nazvat velkolepými: a jestli minuly navždy, doufejme, že na takových shromážděních jako toto budeme o nich pořád mluvit s pýchou a láskou, pořád v srdci chovat velikány, jejichž slávě nedá svět zahynout."

„Bravo, bravo!" zvolal pan Browne.

„Jenže," pokračoval Gabriel a změkčil hlas, „na takovýchto shromážděních nás vždycky napadají smutnější myšlenky, myšlenky na minulost, na mladost, na změny, na nepřítomné tváře, které nám tady dnes večer chybějí. Naše životní dráha je takovými vzpomínkami celá poseta; kdybychom se do nich pořád nořili, netroufali bychom si dál směle pracovat mezi živoucími. Máme živoucí povinnosti a živoucí lásky, které se domáhají našeho bedlivého úsilí."

Nebudu se už tedy zabývat minulostí. Nespustím dnes večer chmurné skuhrání. Na chvilku jsme se sešli opodál všedního ruchu a shonu. Jako přátelé jsme se v družném duchu sešli, tak trochu jako kolegové v pravém duchu *camaraderie*, a jako hosté – jak bych to řekl? tří Grácií dublinského světa.

U stolu nad touto narážkou propukl potlesk a smích. Jenom teta Julie se sousedek marně doptávala, co to Gabriel říkal.

„Říká nám, teto Julie, tři Grácie," řekla Mary Jane.

Teta Julie jí nerozuměla, ale s úsměvem vzhlédla ke Gabrielovi. Ten mluvil dál pořád stejným tónem:

„Dámy a pánové."

Nepokusím se dnes večer hrát úlohu, jakou kdysi

sehrál Paris. Nepokusím se mezi nimi volit. Byl by to úkol troufalý, na který mé chabé síly nestačí. Když si je jednu po druhé prohlížím, třeba hned naši hlavní hostitelku, která je svým srdcem, svým dobrým srdcem u všech, kdo ji znají, příslovečná, nebo její sestru, jakoby obdařenou věčným mládím, jejíž zpěv byl pro nás dnes večer překvapením i zjevením, a v neposlední řadě naši nejmladší hostitelku, nadanou, veselou, pilnou a vzornou neteř, přiznávám se, dámy a pánové, že nevím, které mám dát přednost.

Gabriel zavadil pohledem o tety a všiml si Juliiny úsměvné rozjařenosti, uslzenosti tety Kate a hleděl honem skončit. Dvorně pozvedl číši portského, a když pak ostatní netrpělivě sáhli po číši portského, silným hlasem řekl:

„Všem třem jim připijme společně. Na jejich zdraví, pohodu, dlouhý život, štěstí a blahobyt, nechť se ještě dlouho těší hrdému a těžce vydobytému věhlasu ve svém povolání a věhlasu úcty a lásky, trvajícímu v našich srdcích."

S číší v ruce hosté vstali a obráceni ke třem sedícím dámám, dirigováni panem Brownem jedním hlasem zazpívali:

To jsou veselí braši,
to jsou veselí braši,
to jsou veselí braši,
to přec každý ví.

Teta Kate vydatně popotahovala i teta Julie byla zřejmě dojata. Freddy Malins dával takt dezertní vidličkou a zpěváci stojící proti sobě jako při nějaké melodické poradě důrazně zpívali:

Ale nepoví.
Ale nepoví.

Pak se obrátili ke svým hostitelkám a zazpívali:

To jsou veselí braši,
to jsou veselí braši,
to jsou veselí braši,
to přec každý ví.

Do potlesku, který se pak ozval, se za dveřmi jídelny přidali další hosté a každou chvíli tleskali další a Freddy Malins je dirigoval zdviženou vidličkou.

Do předsíně, kde stáli, zavál tak štiplavý zimní vzduch, že teta Kate řekla:

„Ať někdo zavře dveře. Paní Malinsová si užene smrt."

„Teto Kate, on je tam venku Browne," řekla Mary Jane.

„Browne musí být všude," ztlumila teta Kate hlas. Tomu, jak to řekla, se Mary Jane zasmála.

„Je moc účinlivý," řekla pichlavě.

„Je ho tu plno," řekla teta Kate stejným tónem, „celé Vánoce."

Zasmála se teď už dobrosrdečně a rychle dodala:

„Ale řekni mu, Mary Jane, ať jde dovnitř a zavře za sebou dveře. Božínku, snad mě neslyšel!"

Vtom se rozlétly dveře a dovnitř vešel pan Browne rozesmátý na celé kolo. Na sobě měl dlouhý zelený zimník s manžetami a límcem z umělého astrachánu a na hlavě oválnou beranici. Prstem ukázal na zasněžené nábřeží, odkud zaléhalo pronikavé pískání.

„Freddy přižene všechny dublinské drožky," řekl.

Ze špíže za kanceláří k němu přicházel Gabriel, vpravoval se do zimníku, rozhlížel se po předsíni a ptal se:

„Gretta tu ještě není?"

„Ona se, Gabrieli, obléká," řekla teta Kate.

„Kdo to tam hraje?" zeptal se Gabriel.

„Nikdo, všichni odešli."

„Ba ne, teto Kate," řekla Mary Jane, „Bartell D'Arcy a slečna O'Callaghanová ještě neodešli."

„Někdo brnká na klavír," řekl Gabriel.

Mary Jane zavadila o Gabriela a pana Browna pohledem, otřásla se a řekla:

„Když se na vás dva takhle zachumlané dívám, hned je mi zima. Jet domů v tuhle hodinu by se mi tedy vůbec nechtělo."

„Tuto chvíli," řekl pan Browne, „bych nejraději na venkově rázoval pěšky nebo ujížděl v bryčce tažené křepkým klusákem."

„Doma jsme mívali pěkný kočár," smutně řekla teta Julie.

„Nezapomenutelný Johnny," zasmála se Mary Jane.

Teta Kate a Gabriel se taky zasmáli.

„A co bylo na Johnnym tak báječného," zeptal se pan Browne.

„Nebožtík Patrick Morkan, náš dědeček totiž," vysvětloval Gabriel, „v pozdním věku zvaný jen starý pán, vařil klih."

„Ale, Gabrieli," zasmála se teta Kate, „vždyť měl škrobárnu."

„Ať už dělal klih nebo škrob, starý pán měl koně jménem Johnny. A Johnny pracoval v dědečkově mlýně, chodil pořád dokola, dokola a tak mlýn poháněl. No dobrá, ale teď přijde v Johnnyho příběhu ta tragédie. Jednoho krásného dne si starý pán usmyslil, že si pansky vyjede do parku na vojenskou přehlídku."

„Pánbůh mu odpusť," politovala ho teta Kate.

„Amen," řekl Gabriel. „Tak starý pán, jak jsem řekl, Johnnyho okšíroval, nasadil si svůj nejlepší cylindr, oblékl si nejlepší škrobený límec a v celé nádheře vyjel ze svého rodinného sídla, tuším někde u Black Lane."

Všichni, dokonce i paní Malinsová, se Gabrielovu líčení zasmáli a teta Kate řekla:

„Gabrieli, vždyť on v Black Lane vůbec nebydlil. Měl tam jen mlýn."

„A tak," hovořil dál Gabriel, „vyjel s Johnnym ze sídla svých předků. Šlo to pěkně, až spatřili sochu krále Vilíka. Johnny se buď do koně, na němž král Vilík sedí, zamiloval, nebo si pomyslel, že je zpátky ve mlýně, tolik je jisté, že začal chodit dokola kolem sochy."

V galoších obešel Gabriel kolem předsíně, až se všichni rozesmáli.

„Chodil pořád dokola," řekl Gabriel, „a starý pán, a byl to pán, který si potrpěl na pompu, se rozlítil. *No tak, panáčku! Co si to, panáčku, myslíš? Johnny! Johnny! Pěkně se mi chováš! Já toho koně nechápu!"*

Do řehotu, který se po Gabrielově líčení příběhu strhl, vpadlo ryčné zabušení na dveře předsíně. Mary Jane se rozběhla otevřít a vpustila dovnitř Freddy Malinse, s kloboukem posunutým do týla a s rameny schoulenými zimou; po té námaze funěl, až se z něho kouřilo.

„Sehnal jsem jedinou drožku," řekl.

„Však my na nábřeží ještě nějakou seženeme," řekl Gabriel.

„Ano," řekla teta Kate. „Ale nenechávejte stát paní Malinsovou v průvanu."

Spolu s panem Brownem pomohl syn paní Malinsové z domovních schodů a po delším manévrování ji vysadili do drožky. Za ní se tam vmáčkl Freddy Malins a dlouho ji tam usazoval, přičemž mu pan Browne radil. Nakonec se pohodlně uvelebila a Freddy Malins pozval pana Browna do drožky. Mluvili jeden přes druhého, až se nakonec pan Browne přece do drožky dostal. Drožkář si přikryl kolena dekou a nahnul se, aby mu řekli, kam má jet. Zmatek rostl, Freddy Malins a pan Browne, hlavy vystrčené z okýnka, posílali drožkáře každý jinam. Šlo o to, kde na cestě vysadit pana Browna. A teta Kate, teta Julie a Mary Jane od domovního prahu přispívaly k tomu dohadování svými návrhy a protinávrhy za bujného smíchu. Freddy Malins pro smích nebyl s to promluvit. Co chvíli vystrčil z okénka hlavu, nemálo tím ohrožuje cylindr, a zas ji vtáhl dovnitř a hlásil matce, jak spor pokračuje, až nakonec pan Browne za všeobecného řehotu na rozpačitého drožkáře křikl:

„Víte, kde je Trojická kolej?"

„Ano, prosím," řekl drožkář.

„Zajeďte tedy před bránu Trojické koleje," řekl pan Browne, „a my vám potom řekneme, kam dál. Rozumíte?"

„Prosím," řekl drožkář.

„Jeďte rovnou k Trojické koleji."

„K službám, prosím," řekl drožkář.

Švihl koně do běhu a za sborového smíchu a loučení drožka po nábřeží odkodrcala.

Gabriel nešel s ostatními ke dveřím. Zůstal stát v ztemnělé předsíni a civěl na schody. Nahoře u prvního poschodí stála tam ve stínu nějaká žena. Do tváře jí neviděl, viděl však terakotové a lososově růžové vzorce na její sukni, v šeru byly černé a bílé. Byla to jeho žena. Opřena o zábradlí něco poslouchala. Gabriela překvapilo, jak nehybně stojí, a taky napínal sluch a poslouchal. Zaslechl však jen hlučný smích a spor od domovních schůdků, pár akordů na klavír a pár not mužského zpěvu.

Tiše stál v šeru předsíně a vybavoval si, jakou melodii ten hlas zpívá, a civěl na svou ženu. Ve svém postoji měla půvab i tajemství, jako by něco symbolizovala. Přemýšlel, co žena stojící na schodech a poslouchající vzdálenou hudbu vlastně symbolizuje. Být malířem, v tom postoji by ji namaloval. Klobouk z modré plsti by dal v šeru vyniknout jejím bronzovým vlasům a tmavé vzorce na sukni by se odrážely od bílých. Být malířem, nazval by obraz *Daleká hudba.*

Zapadly domovní dveře; předsíní přicházely celé rozesmáté teta Kate, teta Julie a Mary Jane.

„Není ten Freddy strašný?" řekla Mary Jane. „Je opravdu strašný."

Gabriel nic neříkal, prstem ukázal na schody, že tam stojí jeho žena. Co zapadly domovní dveře, hlas a klavír bylo slyšet lépe. Podle všeho byla píseň složena v staroirské tónině a zpěvák si nebyl slovy ani hlasem jist. Hlas teskný vzdáleností i zpěvákovou ochraptělostí slabě osvětloval melodickou kadenci slovy vyjadřujícími žal:

Ach, déšť mi skrápí husté kadeře,
jsem celá promoklá,
mé robě chladne

„Vida," ozvala se Mary Jane, „to zpívá Bartell D'Arcy, a celý večer nechtěl zazpívat. Já ho ještě přemluvím, aby nám něco zazpíval, než odejde."

„Ano, Mary Jane, jen ho přemluv," řekla teta Kate.

Mary Jane všechny předběhla a utíkala ke schodům,

ale než k nim doběhla, zpěv přestal a někdo klavír rázně zaklapl.

„Škoda! vzdychla. Jde dolů, Gretto?"

Gabriel zaslechl svou ženu, jak přisvědčuje, a viděl ji přicházet. Pár kroků za ní šel pan Bartell D'Arcy a slečna O'Callaghanová.

„Ach, pane D'Arcy, není to od vás hezké," ozvala se Mary Jane, „že přestanete, zrovna když jsme vás celí unesení poslouchali."

„Celý večer jsem do něho mluvila," řekla slečna O'Callaghanová, „mluvila do něho taky paní Conroyová, a on že prý je nastydlý a zpívat nemůže."

„Ach, pane D'Arcy, že můžete tak prášit," řekla teta Kate.

„Copak neslyšíte, že krákorám jak vrána?" hrubě ji odbyl pan D'Arcy.

Odběhl do špíže a oblékl si plášť. Ostatní zaraženi jeho neomaleností nezmohli se už ani na slovo. Teta Kate se zamračila a ostatním naznačila, aby už o tom nemluvili. Pan D'Arcy tam stál, důkladně si obaloval krk a mračil se.

„To tím počasím," řekla po chvíli teta Julie.

„Ano, kdekdo je nastydlý," vpadla pohotově teta Kate, „kdekdo."

„Takhle prý u nás už třicet let nesněžilo," řekla Mary Jane, „a v dnešních novinách stojí, že sněží po celém Irsku."

„Mně se sníh líbí," řekla smutně teta Julie.

„Mně taky," řekla slečna O'Callaghanová. „Podle mne Vánoce nejsou vlastně žádné Vánoce, když nemáme na zemi sníh."

„Jenže chudák pan D'Arcy nemá sníh rád," usmála se teta Kate.

Ze špíže přišel pan D'Arcy celý zachumlaný a pozapínaný a kajícně jim vyprávěl, jak se nastydl. Kdekdo ho litoval a radil mu, ať je v tom nočním vzduchu na krk opatrný. Gabriel pozoroval, že se jeho žena s nikým nepouští do řeči. Stála přímo pod zaprášeným okénkem nad dveřmi a plynový hořák jí ozařoval sytě bronzové vlasy; vzpomněl si, jak si je před několika dny u krbu sušila. Stála ve stejném postoji a zřejmě nevěděla, co se kolem povídá. Nakonec se k nim otočila a Gabriel viděl, že jí tváře hoří a oči září. Radostí mu srdce poskočilo.

„Pane D'Arcy," řekla, „jak se jmenuje ta píseň, kterou jste zpíval?"

„Jmenuje se *Děvče z Aughrimu*, „řekl pan D'Arcy, „ale už si ji dobře nepamatuju. Proč? Vy ji znáte?"

„*Děvče z Aughrimu*, opakovala po něm. Ne a ne si na ten název vzpomenout."

„Je to moc hezká píseň," řekla Mary Jane. „Škoda že jste dnes večer nebyl při hlase."

„No tak, Mary Jane," řekla teta Kate, „nezlob pana D'Arcyho. Nikdo ho dnes večer nesmí zlobit."

Když viděla, že jsou všichni hosté na odchodu, vyprovodila je až ke dveřím a tam si ještě popřáli dobrou noc.

„Tak dobrou noc, teto Kate, díky za pěkný večer."

„Dobrou noc, Gabrieli. Dobrou noc, Gretto."

„Dobrou noc, teto Kate, mockrát děkuju. Dobrou noc, teto Julie."

„Ach, dobrou noc, Gretto, málem jsem vás přehlédl."

„Dobrou noc, pane D'Arcy. Dobrou noc, slečno Callaghanová."

„Dobrou noc, slečno Morkanová."

„Ještě jednou, dobrou noc."

„Dobrou noc všem. Šťastně dojeďte."

„Dobrou noc. Dobrou noc."

Bylo ještě šeré jitro. Nad domy a nad řekou tkvělo nažloutlé světlo, obloha byla jako na spadnutí. Na zemi byla čvachtanice a jen proužky a šmouhy sněhu ležely na střechách, na pobřežní zídce a na plotech dvorků. V tom šírání dosud rudě svítily lampy a za řekou proti kalné obloze výhružně čněl palác Four Courts.

Šla před ním s panem Bartellem D'Arcy, střevíčky v hnědém obalu nesla v podpaží a sukni si přidržovala rukama, aby se nezarousala. Postoj už ladný neměla, ale Gabrielovi dosud zářily oči štěstím. V žilách mu tepala krev a mozkem mu vířily myšlenky, hrdé, radostné, něžné, bujaré.

Kráčela před ním tak zlehka a zpříma, že dostal chuť tichounce se za ní rozběhnout, popadnout ji za ramena a něco bláhového a něžného jí pošeptat do ucha. Na pohled byla tak křehká, že ji zatoužil před něčím ubránit a pak ji mít jen pro sebe. Jako hvězdy mu v paměti probleskovaly chvilky jejich soukromého společného života. Vedle šálků od snídaně má ležet slunečnicově žlutou obálku a rukou ji hladí. V břečťanu švitoří ptáci a na podlaze probleskuje slunné tkanivo záclony; samou radostí se mu ani jíst nechce. Stojí spolu na přecpaném nástupišti a on jí do proteplené rukavičky strká jízdenku. Stojí s ní v zimě a zamřížovaným oknem spolu pozorují, jak nějaký člověk v hárající peci vyfukuje láhve. Je zlá zima. Svou tvář, vonící mrazivým vzduchem, mu tiskne k líci a najednou na toho člověka u pece křikne:

„Je tam u ohně horko, pane?"

Jenže on ji v tom praskotu pece neslyší. Ještě štěstí. Třeba by jí odpověděl hrubě.

Ze srdce se mu vzedmula vlna ještě vroucnější radosti a horce mu proběhla tepnami. Jako něžný třpyt hvězd mu v paměti blesky a zazářily chvilky společného života, o kterých nikdo neví a nikdy se nedoví. Zatoužil jí ty chvilky připomenout a dát jí zapomenout na léta společného nudného živobytí, aby si vzpomínala jen na chvilky vytržení. Měl totiž pocit, že za ta léta jemu ani jí duše nevyhasla. Děti, jeho spisování, její starosti o domácnost, jim v duši neuhasily něžný žár. V dopise, který jí tehdy napsal, stálo: *Čím to, že mi tahle slova znějí tak všedně a chladně? Snad je to tím, že žádné slovo není dost něžné, aby se vyrovnalo tvému jménu.*

Jako vzdálená hudba k němu z minulosti zaléhala tato slova, která kdysi napsal. Zatoužil být s ní sám. Až ostatní odejdou, až se pak octnou v hotelovém pokoji, teprve potom budou sami. Řekne jí něžně:

„Gretto!"

Třeba ho hned nezaslechne: bude se svlékat. Teprve potom se nad něčím v jeho hlase zarazí. Otočí se po něm...

Na rohu Winetavern Street teprve zastihli drožku. Byl rád, že tak drnčí, ušetřila mu povídání. Hleděla z okna, vypadala unaveně. Ostatní utrousili jen pár slov, prstem si ukazovali nějaký dům nebo ulici. Pod šerou ranní oblohou cválal kůň, za sebou táhl starou rachotinu, a Gabriel se najednou zas octl v drožce s ní, cválal na loď, cválal na líbánky.

Když drožka přejela O'Connellův most, slečna O'Callaghanová řekla:

„Když člověk přejede O'Connellův most, pokaždé prý uvidí bílého koně."

„Tentokrát vidím bílého muže," řekl Gabriel.

„A kde?" zeptal se pan Bartell D'Arcy.

Gabriel ukázal na sochu zapadanou sněhem. Důvěrně na ni kývl a zamával rukou.

„Dobrou noc, Dane," řekl rozjařeně.

Když dojela drožka k hotelu, Gabriel vyskočil a přes protesty pana Bartella D'Arcyho drožkáři zaplatil. Šilink mu ještě přidal. Drožkář zasalutoval a řekl:

„Šťastný nový rok, vám, pane, přeju."

„Já vám taky," řekl srdečně Gabriel. Když slezla z drožky na chodník a přála ostatním dobrou noc, chvilku se o něho lehce opírala. Opírala se o jeho paži, jako když s ním před několika hodinami tančila. Byl tehdy pyšný a šťastný, že mu patří, pyšný, že je tak půvabná a že se tak ladně nese. Po novém procitnutí tolika vzpomínek při doteku jejího těla, múzického a zvláštního a voňavého, projela jím prudká žádostivost. Zaštítěn jejím mlčením pevně si přitiskl její paži k boku, jak stáli u dveří hotelu, bylo mu, jako by unikli svým životům a povinnostem, unikli domovu i známým a společně se s bujným a zářivým srdcem hnali za novým dobrodružstvím.

Ve vestibulu hotelu klímal nějaký stařec ve velkém ušáku. V kanceláři rozsvítil svíci a šel před nimi ke schodům. Mlčky šli za ním, tlumeně šlapali po schodech pokrytých kobercem. Kráčela hned za vrátným, hlavu sklopenou, křehká ramena jakoby pod tíhou prohnutá, sukni těsně obemykající pas. Zatoužil obejmout ji v bocích a chvíli podržet, paže se mu třásly, jak ji toužil popadnout, a tu vilnost potlačil jen tím, že si zatínal nehty do dlaní. Vrátný se zastavil na schodech a narovnal okapávající svíci. I oni zůstali za ním na schodech stát. Gabriel v tom tichu slyšel, jak rozpuštěný vosk kape na talíř a jak mu srdce buší do žeber.

Vrátný je vedl po chodbě a otevřel jedny dveře. Viklavou svíci postavil na toaletní stolek a zeptal se, kdy je mají ráno vzbudit.

„V osm," řekl Gabriel.

Vrátný ukázal prstem na vypínač a mumlavě se omlouval, ale Gabriel mu skočil do řeči.

„Světlo nepotřebujeme. Je dost vidět z ulice. A jářku, dodal a prstem ukázal na svíci, tu nádheru si zas odneste, buďte tak hodný."

Vrátný si zas svíci vzal, ale chvíli mu to trvalo, nezvyklý nápad ho překvapil. Zamumlal pak dobrou noc a odešel. Gabriel za ním zamkl.

Dlouhým pruhem se od okna táhlo příznačné světlo pouliční lampy. Gabriel odhodil zimník a klobouk na lehátko a přistoupil k oknu. Zahleděl se na ulici, než se v něm vzrušení utiší. Potom se obrátil a zády ke světlu se opřel o prádelník. Klobouk a plášť už měla sundaný a před velkým zavěšeným zrcadlem si rozepínala živůtek.

Gabriel chvíli čekal a pozoroval ji a pak se ozval:

„Gretto!"

Zvolna se od zrcadla odvrátila a v světelném pruhu šla k němu. Vypadala tak vážně a utrmáceně, že to Gabriel ze sebe nevypravil. Ne, není na to vhodná chvíle.

„Jsi utrmácená," řekl.

„Trochu, odpověděla."

„Není ti špatně, nebo slabo?"

„Ne, jsem unavená, to je všechno."

Poodešla k oknu, zůstala tam a hleděla ven. Gabriel zase čekal, a aby neztratil sebedůvěru, vyhrkl:

„Mimochodem, Gretto."

„Copak?"

„Znáš toho chudáka Malinse," řekl spěšně.

„Ano, co je s ním?"

„Chudák, přece jen je to slušný chlap," mluvil dál Gabriel strojeně. „Ten půjčený sovereign mi vrátil, ani jsem s tím nepočítal. Škoda že se nepřestává stýkat s tím Brownem, není v jádře špatný."

Zlostí se celý třásl. Proč se Gretta tváří tak roztržitě? Nevěděl, jak začít. Taky se pro něco zlobí? Kdyby se k němu aspoň otočila nebo sama od sebe za ním přišla. Takhle si ji vzít by bylo surové. Ne, nejprve musí v jejích očích zahlédnout jakýsi žár. Zatoužil zdolat u ní tu podivnou náladu.

„Kdy jsi mu tu libru půjčil?" zeptala se po chvíli.

Gabriel se ze všech sil přemáhal, aby o tom pitomém Malinsovi a jeho libře něco sprostého neřekl. Z hloubi duše k ní toužil zaúpět, přitisknout ji k sobě, zmocnit se jí. Řekl jen:

„No, o Vánocích, když si v Henrietta Street otvíral ten krámek s vánočními pohlednicemi."

Planul horečnou zlostí a touhou, a tak neslyšel, jak k němu od okna jde. Postála před ním a divně si ho měřila. Pojednou si stoupla na špičky, ruce mu zlehka položila na ramena a políbila ho.

„Gabrieli, jsi velmi šlechetný," řekla.

Gabriel blahem nad jejím polibkem i roztodivnými slovy celý rozechvělý ji pohladil po vlasech a prsty se jich sotva dotýkaje je sčesával. Po umytí je měla jasné a lesklé. Štěstím mu překypovalo srdce. Zrovna když si to přál, sama za ním přišla. Snad měla stejné myšlenky jako on. Snad u něho vytušila tu nezdolnou touhu a sama se mu ochotně vzdává. Po tom ochotném podrobení mu bylo divné, proč se tak zdráhal.

Stál a v dlaních jí držel hlavu. Paží ji pak celou objal, přitáhl k sobě a něžně řekl:

„Grettičko, na copak jsi myslela?"

Neodpověděla, ani se jeho objetí nepoddala. Znovu něžně řekl:

„Pověz mi, Gretto, na co jsi myslela. Myslím, že vím, jak ti je. Vím?"

Chvíli neodpovídala. Potom propukla v pláč:

„Ach, myslím na tu píseň *Děvče z Aughrimu*."

Vyškubla se mu, přiběhla k posteli, paže svěsila přes pelest a zakryla si obličej. Úžasem zůstal Gabriel chvíli nehnutě stát a potom šel k ní. Jak šel kolem otáčivého zrcadla, zahlédl se v celé velikosti, širokou, rozložitou náprsenku, obličej, při zahlédnutí v zrcadle vždycky zrozpačitělý, a třpytivé brejle se slabou obroučkou. Pár kroků před ní zůstal stát a řekl:

„To ta píseň? Proč nad ní pláčeš?"

Zdvihla z paží hlavu a po dětsku si hřbetem ruky utřela oči. Promluvil už vlídnějším hlasem:

„Proč, Gretto?"

„Myslím na někoho, kdo tu píseň kdysi zpíval."

„A kdo byl ten, kdo ji kdysi zpíval?"

„Znala jsem ho ještě v Galway, když jsem tam bydlela u babičky," řekla.

Gabrielovi vyprchal z obličeje úsměv. V hloubi duše mu zas rostl hněv a v žilách mu hněvivě řeřavěly plamínky chtíče.

„Byla jsi do něho zamilovaná?" zeptal se ironicky.

„Byl to mladík, se kterým jsem se znala, jmenoval se Michael Furey. Tu píseň *Děvče z Aughrimu* rád zpíval. Měl křehké zdraví."

Gabriel mlčel. Nechtěl, aby si myslela, že ho ten křehký mladík zajímá.

„Vidím ho před sebou," řekla po chvíli. „Jaké měl oči: velké černé oči! A ten výraz v nich – ten výraz!"

„Ty jsi do něho byla zamilovaná?" řekl Gabriel.

„Chodila jsem s ním, když jsem ještě byla v Galway."

Něco blesklo Gabrielovi hlavou.

„Snad proto jsi chtěla s tou Ivorsovou jet do Galway?" řekl chladně.

Pohlédla na něho a překvapeně se zeptala:

„Pročpak?"

Gabriel nad jejím pohledem zrozpačitěl. Pokrčil rameny a řekl:

„Copak vím? Třeba za ním."

Odvrácenýma očima se mlčky zahleděla světelným pruhem k oknu.

„Je mrtev," řekla nakonec. „Zemřel, když mu bylo pouhých sedmnáct. Není to strašné, zemřít tak mladý?"

„Čím byl?" zeptal se pořád ironicky Gabriel.

„Pracoval v plynárně," řekla.

Gabriela hnětlo, že se svou ironií nepochodil, a že tamtoho chlapce z plynárny vyvolal z mrtvých. Zatímco on se v duchu kochal vzpomínkami na jejich společné soukromí, plné něhy a radosti a touhy, ona ho v duchu srovnávala s jiným. Pojednou mu bylo hanba. Uviděl se, jaká je směšná postava, jak dělá tetám levného poslíčka, jaký je silně přecitlivělý dobrák, jak řeční prosťáčkům a idealizuje své tatrmanské choutky, jaký je trapný, pošetilý panák, jak ho v zrcadle zahlédl. Bezděky se otočil zády ke světlu, aby mu na čele neviděla, jak se rdí hanbou.

Snažil se ji dál chladně vyslýchat, jenže už pokorným a lhostejným hlasem.

„Byla jsi asi, Gretto, tehdy do Michaela zamilovaná," řekl.

„Byli jsme spolu tehdy moc zadobře."

Mluvila zastřeným a smutným hlasem. Gabriel si uvědomil, že ji nepřiměje k tomu, co chtěl, pohladil jí ruce a stejně smutně řekl:

„A proč tak mladý umřel, Gretto? Souchotě?"

„Umřel snad kvůli mně," odpověděla.

Po té odpovědi padla na Gabriela jakási hrůza, bylo mu, jako by ve chvíli, když už měl málem vyhráno, čelilo mu cosi nehmatatelného a mstivého a v matném světě se šikovalo proti němu. Rozumovým úsilím to ze sebe střásl a dál jí hladil ruku. Už se dál nevyptával, tušil, že bude o sobě sama vyprávět. Ruku měla teplou a vlhkou: na jeho dotek nereagovala, ale on ji pořád hladil, jako kdysi z jara dopoledne hladil první dopis, který mu napsala.

„Bylo to tu zimu," řekla, „někdy začátkem té zimy, kdy jsem měla od babičky odejít sem do kláštera. On zatím ve svém galwayském pokojíku stonal, ven nesměl, a tak napsali do Oughterardu jeho rodině. Prý to s ním jde z kopce, psali, nebo tak nějak. Přesně jsem se to nedověděla."

Odmlčela se a vzdychla.

„Chudáček," řekla. „Moc mě měl rád a byl takový něžný. My jsme se totiž, Gabrieli, jak je u nás zvykem, spolu toulali po kraji. Být zdravý, byl by studoval zpěv. Chudák Michael Furey měl totiž krásný hlas."

„A co potom?" zeptal se Gabriel.

„Když jsem potom měla z Galway odjet a jít do kláštera, moc se mu přitížilo, takže mě k němu nepustili, a tak jsem mu napsala, že jedu do Dublinu a v létě se vrátím, a že doufám, že mu pak bude líp."

Odmlčela se, aby ovládla hlas, a hovořila dále:

„Večer před odjezdem jsem u babičky na Nun's Islandu balila a tu jsem zaslechla, jak někdo hodil do okna kamínek. Okno bylo tak zamžené, že nebylo nic vidět, rozběhla jsem se tedy, jak jsem byla, dolů, vyklouzla do zahrady a on tam chudák vzadu na zahradě stál a celý se třásl."

„To jsi mu neřekla, ať jde domů?"

„Úpěnlivě jsem ho prosila, ať jde hned domů, že si v tom dešti užene smrt. Ale on, že nechce žít. Ještě teď vidím jeho oči tak živě, tak živě. Stál na konci zídky, kde rostl strom."

„A šel domů?" zeptal se Gabriel.

„Ano, šel. Byla jsem teprve týden v klášteře, když umřel a pochovali ho v Oughterardu, odkud je jeho rodina. Ach, ten den, kdy jsem se dověděla, že je mrtev!"

Zmlkla, zalykala se vzlykáním a celá rozrušená se vrhla na lůžko a štkala do přikrývky. Chvíli jí ještě Gabriel nejistě podržel ruku, až nakonec, nechtěje se do jejího žalu vtírat, ruku zlehka pustil a poodešel k oknu.

Tvrdě spala. Gabriel chvíli bez rozmrzelosti hleděl na její zcuchané vlasy a pootevřená ústa a poslouchal, jak zhluboka dýchá. Má tedy za sebou ten románek: někdo kvůli ní zemřel. Skoro ho už nebolelo pomyšlení, jak ubohou úlohu on v jejím životě sehrál. Díval se, jak spí, jako by spolu nikdy nežili jako muž a žena. Zvědavě utkvíval pohledem na jejím obličeji a vlasech; a když si pomyslil, jaká asi byla tehdy v rozpuku dívčí krásy, zmocnil se ho zvláštní přátelský soucit. Přiznat si, že už v obličeji není tak krásná, neměl chuť, věděl však, že to už není obličej, pro který šel Michael Furey na smrt.

Možná že mu celý příběh nevypověděla. Zavadil pohledem o židli, přes kterou přehodila něco ze svého oblečení. Nad podlahou se klimbala tkanice od spodničky. Stála tam jedna holínka, měkký hořejšek schlíplý, její družka se svalila na bok. Žasl nad tím, jak v něm před hodinou vzkypěly city. Čím to bylo? Způsobila to tetina večeře, jeho hloupý proslov, zpěv a tanec, rozpustilé loučení v předsíni, požitek z procházky sněhem podle řeky? Chudera teta Julie! I ona se promění v stejný přízrak jako Patrick Morkan se svým koněm. Letmo si všiml, jaká je přepadlá, když zpívala *Svatební pochod*. Sám bude možná brzo sedět v jejich saloně v smutečním obleku, cylindr na kolenou. Rolety budou staženy, vedle něho bude s pláčem a posmrkáváním sedět teta Kate a vyprávět mu, jak Julie umřela. V duchu bude tápat po slovech útěchy a napadnou ho samá jalová a marná. Ano, ano, bude to už brzo.

Vzduch v pokoji ho na zádech zastudil. Opatrně se vsunul pod přikrývku a ulehl vedle ženy. Jeden po druhém všichni se mění v přízraky. Raději směle odejít na onen svět, v plné slávě vášnivé lásky, než vadnout a bídně chátrat stářím. Myslel na to, jak si ta ležící vedle něho po léta do srdce uzamkla, jaké měl milenec oči, když jí řekl, že nechce žít.

Gabrielovi vhrkly do očí hojné slzy. K žádné nikdy nic takového necítil, to však věděl, že takový cit je jistě láska. Do očí se mu stále silněji hrnuly slzy a v tom pološeru se mu zdálo, že vidí, jak nějaký mladík stojí pod krápajícím stromem. Vedle stály ještě jiné postavy. V duchu zalétl do končiny, kde přebývají valné davy nebožtíků. Jejich nejisté a kolísavé existence si byl vědom, ale přitom ji nechápal. On sám se vytrácel do šedého, nepostižitelného světa; rozpouštěl se a mizel i pevný svět, který tito nebožtíci kdysi vypěstovali a obývali.

Párkrát něco lehce zaťukalo na okenní tabulku, a tak se ohlédl. Už zase sněžilo. Ospale pozoroval, jak stříbrné i tmavé vločky šikmo protínají světlo pouliční lampy. Je načase, aby se vydal na západ. Ano, noviny mají pravdu: po celém Irsku sněží. Sníh padá všude na tmavou střední planinu, na nezalesněné kopce, hebce padá na Allenský močál a ještě dál na západ, hebce padá na tmavé vzpurné vlny Shannonu. Padá také na celičký opuštěný hřbitov na kopci, kde je pochován Michael Furey. Hustě navátý leží na nahnutých křížích a náhrobcích, na příčkách branky, na uschlém trní. Duše mu umdlévala nad tím, jak sníh lehce padá po celém světě a jak s blížícím se zánikem lehce padá na všechny živé i mrtvé.

Portrét umělce
v jinošských letech

Et ignotas animum dimittit in artes.
Ovidius, *Proměny*, VIII, 188

Za oněch časů, a byly to znamenité časy, šla si po cestě kravka bučilka, a jak ta kravka bučilka šla po cestě, potkala nastrojeného hošíka jménem panáček.

Táta mu ten příběh vyprávěl: táta se na něho díval monoklem: v obličeji byl chlupatý.

Byl to panáček. Kravka bučilka šla po cestě, kde bydlela Betty Byrnová: ta prodávala citronové želé.

Rozkvětá planá růže
na zelené travce

Zazpíval si tu píseň. Byla to jeho píseň.

Tlavička lavička.

Když si pomočíš postel, zpočátku to studí. Matka mu podestýlala voskové plátno. To divně čpělo.

Matka čpěla líp než otec. Matka mu na klavír přehrávala námořnickou písničku. On tancoval:

Tralala lala,
tralala tralaladydá,
tralala lala,
tralala lala.

211

Strýc Charles a Dante mu do taktu tleskali. Proti otci a matce byli starší, strýc Charles však byl starší než Dante.

Dante měla v prádelníku dva kartáče. Kartáč s kaštanovým hřbetem byl za Michaela Davitta a kartáč se zeleným hřbetem byl za Parnella. Když přinesl Dante hedvábný papírek, pokaždé mu dala pokroutku.

Vanceovi bydleli v sedmičce. Otce a matku měli jinačí. Byli to Eileenini otec a matka. Ožení se s ní, až oba dospějí. Schoval se pod stůl. Matka řekla:

„Však on Štěpán odprosí."

Dante řekla:

„Jen ať Štěpán počká. Jinak přiletí orli a vyklubou mu očka."

Vyklubou mu očka,
jen ať počká,
jen ať počká,
vyklubou mu očka.

Jen ať počká,
vyklubou mu očka,
vyklubou mu očka,
jen ať počká.

Rozlehlé hřiště se hemžilo chlapci. Hulákali o překot a prefekti je pokřikem ještě pobádali. Večerní vzduch byl bledý a chladný, a jak hráči mastným míčem zaútočili a řachli, prolétl pokaždé šedým světlem jako těžký pták. Držel se na pokraji své třídy z prefektova dohledu, z dosahu surových nohou, a chvílemi dělal, že běhá. V chumlu hráčů si připadal tělesně malý a slabý a oči měl slabé a slzavé. Rody Kickham není takový: všichni hoši tvrdí, že bude kapitánem své třídy.

Rody Kickham je slušný, zato Nasty Roche je lump. Rody Kickham má ve svém pokoji holínky a v refektáři proutěný koš. Lump Roche má velké tlapy. Pátečnímu pudinku říká pes v dece. A jednou se zeptal:

„Jakpak se jmenuješ?"

Štěpán odpověděl: Štěpán Dedalus.

Roche pak řekl:

„Co je to za jméno?"

A když se Štěpán nezmohl na odpověď, zeptal se Lump Roche:

„Co je tvůj otec?"

Štěpán odpověděl:

„Lepší člověk."

Lump Roche se pak zeptal:

„Je úředník?"

Přískoky se motal kolem svého oddílu. Měl ruce zkřehlé chladem. Schovával je v postranních kapsách šedého obleku, přepásaného řemenem. Řemen mu stahoval kapsu. Dát řemenem znamenalo taky spolužákovi nařezat. Jednou řekl jeden spolužák Cantwellovi:

„Ani se nenaděješ a dám ti řemenem."

Cantwell mu odpověděl:

„Jdi se prát s někým stejně silným. Nařež Cecilu Thunderovi. To bych tě rád viděl. Ten ti nakopne zadek."

Hezký výraz to nebyl. Maminka mu řekla, aby s klacky v koleji nemluvil. Hodná maminka! Když se s ním ten první den v zámecké dvoraně loučila, při políbení si vyhrnula závoj až k nosu: nos a oči jí zčervenaly. Ale on dělal, že nevidí, že pláče. Maminka je milá, ale když pláče, už tak milá není. Tatínek mu dal dva pětišilinky kapesného. A ještě mu tatínek řekl, když bude něco potřebovat, ať mu napíše domů a zanic ať na kamaráda nežaluje. U zámeckých dveří pak podal rektor tatínkovi a mamince ruku, klerika mu přitom poletovala a drožka s tatínkem a s maminkou odjela. Ještě z drožky na něho zavolali a zamávali:

„Sbohem, Štěpáne, sbohem!"

„Sbohem, Štěpáne, sbohem!"

Ocitl se v chumlu skrumáže a ze strachu před blýskavýma očima a zablácenými botami se shýbl a vykoukl přes nohy. Kamarádi se rvali a supěli a nohama na sebe doráželi, kopali a dupali. Jack Lawton hnědými botami vykličkoval a ostatní boty a nohy se rozběhly za ním. Chvilku běžel za nimi a pak se zastavil. Běžet dál je zbytečné. Brzy už pojede na svátky. Po večeři si ve studovně sedmasedmdesátku přilepenou ve stolku vymění za šestasedmdesátku.

Lépe mu bude ve studovně než tady v chladnu. Obloha byla bledá a chladná, ale v zámku se svítilo. Z kteréhopak okna vyhodil Hamilton Rowan klobouk do strouhy a jestlipak byly tehdy pod okny květinové záhony. Jednou, když ho zavolali na zámek, stolník mu tam na dřevěných vratech ukázal stopy po vojenských kulkách a dal mu kousek marcipánu, jaký jedí na zámku. Vidět teď světlo v zámku bylo milé a hřejivé. Bylo to jako v nějaké knize. Takové bylo asi Leicesterské opatství. A v *Slabikáři doktora Cornwella* jsou pěkné věty. Znějí jako básně a zatím jsou to jen věty, na kterých se učí hláskování:

Wolsey umřel v Leicesterském opatství,
kde ho pochovali opati.

Rakovina napadá rostliny,
rak zase živočichy.

Hezké by bylo ležet na rohožce před krbem, hlavu opřenou o dlaně, a přemýšlet o těchto větách. Otřásl se, jako by ucítil na kůži slizkou vodu. Wells ho sprostě shodil do hradního příkopu, protože si s Wellsem nechtěl vyhandlovat tabatěrku za jeho letitý sázecí kaštan, který vyhrál ve čtyřiceti partiích. Voda byla tak studená a slizká! Jeden kamarád jednou viděl do té žumpy skočit velkého potkana. Matka sedí s Dante u krbu a čeká, až jim přinese Brigid čaj. Nohama se opírá o mřížku a její skvostné bačkorky jsou horké a teplounce voní. Dante toho ví tolik! Naučila ho, kde je Mozambický průliv, která je nejdelší americká řeka, a jak se jmenuje nejvyšší hora na měsíci. Páter Arnall toho zná víc než Dante, protože je kněz, a podle strýce Charlese je Dante chytrá a sčetlá ženská. A když si Dante po obědě říhla a dala si ruku na ústa, to je žáha.

Z hřiště se v dálce někdo ozval:

„Končit!"

A hned se ozvalo z nižšího a třetího oddílu:

„Končit! Končit!"

Hráči, celí rozpálení, zablácení, se shlukli a on z radosti, že je konec, šel s nimi. Rody Kickham držel míč za mastný řemínek. Nějaký spolužák po něm chtěl, aby do něho ještě naposled kopl; ale on kamarádovi ani neodpověděl a šel dál. Simon Moonan ho od toho odradil, protože se na ně dívá prefekt. Spolužák se ohlédl po Simonu Moonanovi a řekl:

„My víme, proč to říkáš. Jsi McGladův cucák."

Cucák znělo divně. Spolužák tak Simonu Moonanovi říkal, protože Simon Moonan svazoval prefektovi za zády volné rukávce a prefekt dělal, že se zlobí. Znělo to však ošklivě. Jednou si na záchodě wicklowského hotelu umyl ruce, otec pak řetízkem vytáhl uzávěr a špína vytékala otvorem v umyvadle. Když pak zvolna vytekla, otvor se takhle ozval: cuc. Jenže silněji.

Jak si vzpomněl na tohle a jak byl záchod bílý, obešel ho chlad a po něm horko. Otočily se tam dva kohoutky a tekla voda: chladná a horká. Bylo mu chladno a potom trochu horko: ještě teď viděl, jak to bylo na kohoutcích napsáno. Bylo to prapodivné.

Zastudil ho také vzduch na chodbě. Byl zvláštní a zavlhlý. Však se za chvíli rozsvítí plyn a při rozžehnutí bzikne. Pořád stejně: když spolužáci v herně ztichnou, je to slyšet.

Byly počty. Páter Arnall napsal na tabuli těžký příklad a řekl:

„Tak co, kdopak to vyhraje? Kupředu, Yorku! Kupředu, Lancastere!"

Štěpán dělal co mohl, jenže na příklad nestačil a všecek zrozpačitěl. Hedvábná stužka s bílou růží, připjatá na kabátku, se zatřepetala. Počítat neumí, ale snažil se, aby York neprohrál. Páter Arnall se chmuřil, ale nehněval: on se smál. Jack Lawton luskl prsty, páter Arnall se mu podíval do sešitu a řekl:

„Správně. Výborně, Lancastere! Vyhrává rudá růže. Teď zas ty, Yorku! Hurá!"

Jack Lawton po něm koukl. Hedvábná stužka s rudou růží se na jeho modrém matrózku pěkně vyjímala. Také Štěpán se začervenal nad sázkami, kdo vyhraje v počtech, Jack Lawton, nebo on. Pár týdnů je první Jack Lawton, pár týdnů zase on. Jak počítal další příklad a poslouchal pátera Arnalla, pořád se před ním třepotala bílá stužka. A tu ho horlivost přešla a obličej mu nadobro zchladl. Napadlo ho, jak asi z toho chladu pobledl. Odpověď na ten příklad ze sebe nevypravil, ale bylo mu to jedno. Bílé růže a rudé růže: na přemýšlení jsou to krásné barvy. První místo a druhé a třetí jsou také krásné barvy: růžová a krémová a levandulová. Krásné je myslit na levandulovou a krémovou a růžovou růži. Snad má ty barvy planá růže a vzpomněl si na píseň o plané růži v zelené stráni. Ale zelená růže se nesežene. Třeba někde ve světě ano.

Zazvonilo a třídy se hrnuly z učeben po chodbě k refektáři. Seděl a hleděl na dva ždibce másla na talíři, ale zvlhlý chleba nepozřel. Ubrus byl vlhký a zplihlý. Upil však horkého slabého čaje, který mu do šálku nalil nemotorný kuchtík, opásaný bílou zástěrou. Napadlo ho, má-li kuchtík taky vlhkou zástěru, a co je bílé, jestli je taky chladné a vlhké. Lump Roche a Saurin pili kakao, které jim rodina posílá. Oni prý čaj pít nemohou, je to šlichta. Spolužáci říkali, že jejich tátové jsou smírčí soudci.

Všichni hoši mu připadali velmi zvláštní. Mají vesměs otce a matku a různé šaty a hlasy. Zatoužil domů, položit si hlavu mamince do klína. To však nemůže: zatoužil tedy, aby už den a studium a modlení skončilo a on ležel v posteli.

Vypil ještě šálek horkého čaje a Fleming mu řekl:

„Co je ti? Máš bolení nebo co je ti?"

„Já nevím," řekl Štěpán.

„Bolí tě chlebárna," řekl Fleming, „protože jsi v obličeji bledý. To přejde."

„Jistě," řekl Štěpán.

Ale to ho nebolelo. Napadlo ho, že ho bolí srdce, jestli to může někoho bolet. Je to od Fleminga hezké, že se ho ptá. Bylo mu do pláče. Opřel se lokty o stůl a přikrýval a odkrýval ušní boltce. Když je rozevřel, vždycky uslyšel hlas v refektáři. Hučelo tam jako v lese za noci. Když pak boltce přivřel, rachot potuchl, jako když vjíždí vlak do tunelu. Takhle rachotil vlak tu noc v Dalkey, a když pak vjel do tunelu, rachot potuchl. Zavřel oči a vlak stále vjížděl, rachotil a pak potuchl; znovu zarachotil, potuchl. Hezké bylo poslouchat, jak rachotí a tuchne a pak zase zarachotí z tunelu a potuchne.

Žáci z vyšší třídy vykročili po rohožce uprostřed refektáře, Paddy Rath a Jimmy Magee a Španěl, co směl kouřit doutníky, a Portugalčík, co nosí vlněnou čapku. A potom stoly nižší třídy a stoly třetí třídy. A každičký žák kráčel jinak.

Seděl v koutku herny a dělal, že pozoruje partii domina, a párkrát zaslechl, jak plyn bziká. U dveří byl prefekt s několika žáky a Simon Moonan mu svazoval rukávce. Něco jim vyprávěl o Tullabegu.

Odešel pak od dveří a Wells přistoupil k Štěpánovi a řekl:

„Pověz nám, Dedale, jestlipak před spaním políbíš matku?"

Štěpán odpověděl:

„Ano."

Wells se otočil k ostatním žákům a řekl:

„Hele, tenhle kluk prý pokaždé, než jde spát, políbí matku."

Ostatní žáci přestali hrát a se smíchem se otočili. Štěpán se před jejich pohledem zarděl a řekl:

„Nepolíbím."

Wells řekl:

„Hele, tenhle kluk prý před spaním matku nelíbá."

Znovu se zasmáli. Štěpán zkusil zasmát se s nimi. Rázem byl jako v ohni a všecek zmaten. Jaká je na to správná odpověď? Odpověděl dvakrát a Wells se pořád směje. Však on Wells správnou odpověď zná, vždyť je ve třetí. Přemýšlel o Wellsově matce, ale zvednout k jeho obličeji zrak si netroufl. Jeho obličej se mu nelíbil. Zrovna včera ho Wells shodil do žumpy, protože si nechtěl vyhandlovat tabatěrku za jeho vyschlý kaštan, s nímž čtyřicetkrát vyhrál. Bylo to od něho sprosté, to tvrdili všichni spolužáci. A jak studená a slizká byla ta voda. Jeden spolužák kdysi viděl, jak do žumpy hupla velká krysa.

Po celém těle měl studený sliz žumpy; a když zazvonilo k vyučování a třídy se vyhrnuly z heren, ucítil, jak mu z chodby a ze schodů studeně fouká pod šaty. Pořád ještě přemýšlel, jaká je správná odpověď. Je správné líbat matku, nebo je špatné líbat matku? Co znamená líbat? Zvedne takhle obličej na dobrou noc a matka obličej skloní. To znamená políbit. Matka mu položí rty na tvář; rty má hebké a tvář mu jimi zavlhčí; trochu mlasknou: polibek. Proč se to s těmi lícemi dělá?

Usedl ve studovně, odklopil víko pultu a číslo přilepené uvnitř změnil ze sedmasedmdesáti na šestasedmdesát. Vánoční prázdniny jsou ještě daleko: však ono na ně dojde, protože se Země pořád otáčí.

Na první stránce zeměpisu byla vyobrazena Země: velká koule uprostřed mraků. Fleming má krabičku pastelek, a když měl jednou večer volno, nabarvil zemi zeleně a mraky kaštanově. Jako ty kartáče v Dantině prádelníku, kartáč se zeleným hřbetem za Parnella a kartáč s kaštanovým hřbetem za Michaela Davitta. Jenže on Flemingovi neřekl, jak je má nabarvit. Fleming je nabarvil sám.

Rozevřel zeměpis, že se naučí lekci, ale místní jména v Americe mu nešla do hlavy. Samá různá města s různými jmény. A ta jsou v různých zemích a země jsou na pevninách a pevniny jsou na světě a svět je ve vesmíru.

Obrátil předsádku v zeměpise a přečetl si, co tam napsal: sebe, jak se jmenuje a kde je.

Štěpán Dedalus
Základní škola
Kolej Clongowes Wood
Sallins
Kildarské hrabství
Irsko
Evropa
Svět
Vesmír

To bylo jeho písmo: a na protější stránku napsal jednou večer z legrace Fleming:

Štěpán Dedalus je jméno mé,
Irsko je moje otčina.
Mé bydliště je Clongowes,
Můj cíl nebeská končina.

Přečetl si verše pozpátku, jenže pak už to verše nebyly. Potom si přečetl předsádku zdola až nahoru, až došel k svému jménu. Je to on: a potom zas četl až dolů. Co je za vesmírem? Nic. Ale je kolem vesmíru něco, podle čeho se pozná, kde přestává a začíná to nic? Zeď to být nemůže, ale třeba je tam za vším tenounká čára. Myslet na všechno a na všude je náramné. Dokáže to jen Bůh. Zamyslil se nad tím, jaká to asi je náramná myšlenka, ale dokázal myslit jen na Boha. Bůh se tak jmenuje, jako se on jmenuje Štěpán. Francouzsky je Bůh Dieu a tak se taky Bůh jmenuje; a když se někdo k Bohu modlí a řekne Dieu, Bůh hned ví, že se to modlí nějaký Francouz. V různých jazycích má Bůh různá jména a Bůh rozumí, co mu modlící v různých jazycích říkají, ale Bůh je pořád týž Bůh a pravé Boží jméno je Bůh.

Velmi ho to přemýšlení unavilo. Hlava mu jakoby zbytněla. Obrátil předsádku a malátně hleděl na zeleň kolem Země uprostřed kaštanových mraků. Přemýšlel, co je správné, být se zelenou nebo s kaštanovou, jednoho dne totiž Dante odstřihla zelený samet z kartáče zasvěceného Parnellovi a řekla mu, že je Parnell ničema. Přemýšlel, jestli se o tom doma hádají. Stojí proti sobě dvě strany: na jedné straně stojí Dante a na druhé otec a pan Casey, matka a strýc Charles však nejsou na žádné. Každý den je o tom něco v novinách.

Mrzelo ho, že neví, co je politika, a že neví, kde končí vesmír. Připadal si malý a slabý. Kdy bude jako spolužáci z poezie a rétoriky? Mají mohutné hlasy a mohutné boty a učí se trigonometrii. Ještě si počká. Nejprve budou prázdniny a potom další školní rok, potom zas prázdniny a další školní rok a zase prázdniny. Jako když vlak vjíždí do tunelů a z tunelů a tak taky hlučeli spolužáci při jídle v refektáři, když si přikryl a zas odkryl boltce na uších. Semestr, prázdniny; do tunelu, z tunelu; hluk, konec. Jak je to daleko! Raděj se vyspat. Jenom se v kapli pomodlí a potom ulehne. Otřásl se a zívl. V posteli bude pěkně, až se pokrývky trochu zahřejí. Jsou studené, když do nich vleze. Otřásl se při pomyšlení, jak jsou zprvu studené. Potom se však zahřejí a on usne. Být unaven je pěkné. Znovu zívl. Večerní modlitby a pak do postele: otřásl se a přišlo mu zívnout. Za chvilku mu bude pěkně. Cítil, jak ze studených roztřesených pokrývek stoupá sálavé horko, stále teplejší a teplejší, až je mu teplo, teplounko, a přece se trochu třásl a chtělo se mu zívnout.

Zazvonilo na večerní modlení a v houfu s ostatními se ze studovny ubíral po schodech a po chodbách do kaple. Chodby byly šeře osvětleny, i kaple byla šeře osvětlena. Za chvíli všechno zešeří a usne. V kapli byl chladný noční vzduch a dlaždice měly barvu nočního moře. Moře je ve dne v noci studené: v noci je však studenější. Pod mořskou hrází vedle otcova domu je ve dne v noci studené. Ale na patce už stojí kotlík na punč.

Nad hlavou se mu modlil prefekt a on znal odpovídky zpaměti:

Pane, rty naše rozevři
a ústa naše budou zvěstovat Tvou chválu.
Nakloň se, ó Bože, k naší pomoci!
Pane, na pomoc nám pospěš.

V kapli byl chladný noční pach. Byl to však posvátný pach. Ne jako pach starých sedláků, kteří při nedělní mši klekali vzadu v kapli. Byl to pach vzduchu a deště a rašeliny a juchtoviny. Sedláci to byli nábožní. Dýchali mu odzadu na šíji a při modlení vzdychali. Spolužák mu řekl, že jsou z Clane: jsou tam malé domky, a jak tamtudy projížděli ze Salinsu, uviděl stát za vrátky domku ženu s děckem v náručí. Hezké by bylo přespat v tom domku, před ohněm z dýmající rašeliny, ve tmě ozářené ohněm, v teplé tmě, dýchat pach sedláků, vzduchu a deště a rašeliny a juchtoviny. Jenže cesta je tam pod stromy tak tmavá! Člověk by potmě zabloudil. Bál se na to pomyslit.

Uslyšel, jak prefekt kaple odříkává poslední modlitbu. Také se ji pomodlil proti tmě venku pod stromy.

Zavítej, prosíme tě, Pane, do tohoto příbytku
a zaplaš od něho všecky nepřítelovy nástrahy.
Nechť v něm tvoji svatí andělé přebývají
a v míru nás uchovají a Tvá požehnání
nechť na nás vždycky spočívají skrze
Krista Pána našeho. Amen.

Při svlékání v ložnici se mu třásly prsty. Pobízel prsty,
ať si pospíší. Musí se svléknout a potom pokleknout
a odříkat modlitby a ulehnout, než zhasnou plynový
hořák. Šeptal a cítil, jak se mu třesou ramena.

Bože, žehnej otci a matce a zachovej mi je!
Bože, žehnej bratříčkům a sestřičkám a zachovej mi je!
Bože, žehnej Dante a strýci Charlesovi a zachovej mi je!

Pokřižoval se a honem vyšplhal do postele, okraj
noční košile si shrnul pod chodidla a všecek rozklepaný
a roztřesený se schoulil pod chladnými přikrývkami.
Ale až umře, nepůjde do pekla; a třesení přejde. Něčí
hlas popřál hochům v ložnici dobrou noc. Vykoukl
zpod přikrývky a kolem postele a před ní uviděl, jak ho
ze všech stran obklopují žluté záclony. Světlo potichu
zhaslo.

Prefektovy střevíce se vzdálily. Kam? Po schodech
a po chodbách nebo do jeho pokoje až na konci? Uvi-
děl tmu. Je to pravda, že tu v noci obchází černý pes
s očima velkýma jako lampy u kočáru? Prý je to duch
vraha. Proběhl jím dlouhý záchvěv strachu. Uviděl tma-
vou zámeckou vstupní dvoranu. V žehlírně nad schody
jsou dávní sluhové v dávném kroji. Je to dávno. Staří
sluhové jsou zticha. Hoří tam oheň, dvorana je však
pořád tmavá. Po schodech nahoru jde nějaká postava.

Na sobě má bílý maršálský plášť; obličej má bledý a divný; dlaň si tiskne k boku. Divýma očima hledí na sluhy. Oni hledí na něho a vidí pánův obličej a plášť a vědí, že utrpěl smrtelnou ránu. Ale kam hledí, je tma: jenom temný zamlklý vzduch. Jejich pán utržil smrtelnou ránu daleko za mořem na pražském bojišti; dlaň tiskne k boku; obličej má bledý a divný a na sobě má bílý maršálský plášť.

Jak chladné a divné je na to myslet! Celá tma je chladná a divná. Jsou tu velké bledé obličeje, velké oči jako kočárové lampy. Jsou to přízraky vrahů, postavy maršálů, kteří utržili smrtelnou ránu na bojištích daleko za mořem. Co mu to chtějí říci, že mají tak divné tváře?

Zavítej, prosíme tě, Pane, v tento
příbytek a zapuď od něho všechny...

Odjede na svátky! To bude hezké; kamarádi mu to řekli. Před zámeckým vchodem nastoupí za časného zimního rána do kočárů. Kočáry se s hrkotem rozjedou po štěrku. Ať žije rektor!

Hurá! Hurá! Hurá!

Kočáry ujíždějí kolem kaple a kdekdo smeká. Vesele ujíždějí po venkovských cestách. Kočí ukazují bičem k Bodenstownu. Hoši výskají. Jedou kolem statku Veselého statkáře. Výskot a výskot a výskot. Jedou přes Clane, výskají a výskot jim odpovídá. Selky stojí u vrátek, tu a tam postávají mužští. V zimním vzduchu tkví hezká vůně: vůně kraje Clane: déšť a zimní vzduch a doutnající rašelina a juchtovina.

Ve vlaku je plno spolužáků: v dlouhatánském čokoládovém vlaku s krémovou obrubou. Průvodčí jím procházejí, otvírají, zavírají, zamykají, odemykají dveře. Mužští v tmavomodré a stříbrné; mají stříbrné píšťalky a hbitě cinkají klíči: cink, cink, cink, cink.

Vlak uhání přes planiny a míjí Allenský kopec. Telegrafní sloupy ubíhají, ubíhají. Vlak ujíždí a ujíždí. Však on ví. U otce v předsíni visí barevné lampiony a zelené girlandy. Kolem nástěnného zrcadla je cesmína a jmelí a cesmína a jmelí, zelené a červené ovíjí lustry. Červená cesmína a zelené jmelí ovíjejí staré podobizny na stěně. Cesmína a jmelí na počest jemu a Vánocům.

Hezké...

Všichni pohromadě. Pěkně vítáme. Štěpáne! Zvuky přivítání. Matka ho políbí. Je to správné? Z otce je už soudní tajemník: něco vyššího než smírčí soudce. Pěkně vítáme, Štěpáne!

Zvuky...

Zvučí záclonové kroužky, jak se shrnují po tyčích, voda, jak šplíchá v umyvadlech. Zvučí ložnice při vstávání, oblékání a mytí; zvučí prefektovo tleskání, jak tudy prochází a pobízí spolužáky, ať si pospíší. Při bledém světle je vidět roztažené žluté záclony, rozházené postele. Postel má horkou a v obličeji a po těle je všecek rozpálen.

Vstal a usedl na pelest. Všecek mdlý. Zkoušel si navléci punčochu. Strašně ho škrabala. Světlo bylo divné a studené.

Fleming mu řekl:

„Není ti dobře?“

Že neví; a Fleming řekl:

„Jdi si zas lehnout. McGladovi řeknu, že ti není dobře.“

„On stůně.“

„Kdo?“

„Řekni to McGladovi."

„Jdi si zas lehnout."

„On stůně?"

Jeden spolužák mu podržel paže, jak si stahoval punčochu, přilípnutou k noze, a lezl zpátky do postele.

Schoulil se do přikrývek a liboval si jejich vlahé teplo. Slyšel spolužáky, jak si o něm při oblékání na mši povídají. Shazovat ho do žumpy, říkali, bylo sprosté.

Pak jejich hlasy zmlkly; odešli. Někdo se u jeho postele ozval:

„Dedale, nebudeš na nás žalovat, že ne?"

Byl to Wellsův obličej. Podíval se a viděl, že má Wells strach.

„Já jsem nechtěl. Že nebudeš žalovat?"

Táta mu řekl, zanic ať na spolužáka nenasazuje. Zavrtěl hlavou, že ne, a byl rád.

Wells řekl:

„Já nechtěl. Čestné slovo. Já jen z legrace. Nezlob se."

Obličej i hlas se vzdálily. Lituje, protože má strach. Má strach, že je to nějaká choroba. Rakovina je choroba rostlin, rak zas živočichů: nebo tak nějak. Bylo to dávno, tenkrát na hřišti za soumraku, šoural se na pokraji své čáry a v šerém světle nízko přelétl těžký pták. Rozsvítili v Leicesterském opatství. Umřel tam i Wolsey. Opati ho tam sami pochovali.

Nebyl to Wellsův obličej, ale prefektův. Nesimuluje. Ne, ne: opravdu stůně. Nesimuluje. Ucítil na čele prefektovu ruku; a ucítil, jak má proti prefektově chladné vlhké ruce čelo horké a vlhké. Taková je krysa, slizká a vlhká a chladná. Každá krysa má na dívání dvě oči. Hladkou a slizkou srst, nožky nastražené ke skoku, černá slizká očka pohotová k dívání. Skákat umějí. Ale na trigonometrii krysí rozum nestačí.

226

Když chcípnou, leží na boku. Srst jim pak uschne. Jsou to pak chcíplotiny.

Už tady byl zase prefekt a jeho hlas říkal, že má vstát, páter správce že mu vzkazuje, ať vstane a oblékne se a jde na marodku. A zatímco se honem oblékal, prefekt řekl:

„Musíme si pospíšit za fráterem Michaelem, protože máme hourání! Hourání je strašná věc. Jak to v nás hourá, když máme hourání!"

Je milé, že to říká. Chce ho tím jen rozesmát. Jenže jemu není do smíchu, protože má roztřesené líce a rty: a tak se prefekt zasmál sám.

Prefekt křikl:

„Poklusem. Seno! Sláma!"

Šli spolu po schodech a kolem koupelny. Jak míjeli dveře, vzpomněl si trochu bázlivě na teplou rašelinovou bahnitou vodu, na teplý vlhký vzduch, na žbluňkání, na pach ručníků, načpělých léky.

Fráter Michael stál u dveří marodky a ze dveří tmavé komůrky po jeho pravici to čpělo léky, to od lahví na policích. Prefekt promluvil s fráterem Michaelem a fráter Michael mu odpovídal a říkal mu pane prefekte. Měl ryšavé vlasy prokvetlé šedinami a vypadal divně. Divné bylo, že bude vždycky fráterem. A divné taky to, že se mu nemůže říkat pane, protože je fráter a vypadá jinak než druzí. Není snad dost svatý nebo proč zaostává za ostatními?

V pokoji byla dvě lůžka a na jednom lůžku byl spolužák; když tam vešli, zvolal:

„Vida! Mladý Dedalus! Co se stalo?"

„Prase kozu potrkalo," řekl fráter Michael.

Byl to tercián, a když se Štěpán svlékal, poprosil frátera Michaela, aby mu přinesl toasty s máslem.

„Prosím tě, přines," řekl.

„Povídali, že mu hráli," řekl fráter Michael. „Až přijde ráno lékař, dostaneš propouštěcí list."

„Vážně?" řekl spolužák. „Nejsem ještě zdráv."

Fráter Michael opakoval:

„Dostaneš propouštěcí list. To ti povídám."

Shýbl se a rozhrábl oheň. Měl dlouhý hřbet jako tramvajový tahoun. Vážně pokýval pohrabáčem a potřásl na terciána hlavou.

Fráter Michael pak odešel a za chvíli se tercián otočil ke zdi a usnul.

Je to marodka. To tedy stůně. Jestlipak to napsali tatínkovi a mamince? Rychlejší bude, když jim to nějaký kněz sám půjde říci. Nebo on to knězi napíše a ten to zanese.

Milá maminko,

Stůňu. Chci domů. Přijeď prosím a odvez mě domů. Jsem na marodce.

Tvůj milující syn Štěpán

Jsou tak daleko! Za oknem je studené slunko. Přemýšlel, jestli umře. Člověk umře i za slunného dne. Třeba umře, než za ním maminka přijede. Odslouží za něho v kapli zádušní mši jako, podle toho, co mu spolužáci řekli, za nebožtíka Littla. Na mši budou spolužáci v černém, všichni zasmušilí. Bude tam i Wells, ale žádný kamarád na něho nepohlédne. Bude tam i rektor v černozlatém ornátě a na oltáři a kolem katafalku budou vysoké žluté voskovice. Zvolna vynesou rakev z kaple a pochovají ho na školním hřbitůvku mimo hlavní lipovou alej. A Wells bude litovat, co to provedl. A umíráček bude zvolna vyzvánět. Slyšel vyzvánění. Opakoval si píseň, kterou ho naučila Brigid.

Vyzvání bimbam ze zámku,
buď sbohem, máti!
Dej na hřbitově
mě k bratru pochovati.
Mé tělo navždy ztuhlé
uložte v černé truhle.
Dva andělé ať se pomodlí, dva zazpívají,
dva ať mou duši zkolébají v ráji.

Jak krásné a smutné! Jak krásně zní *Dej na hřbitově mě pochovati.* Celý se otřásl. Jak smutné a krásné! Chtělo se mu tiše plakat, ale ne nad sebou: nad slovy krásnými a mohutnými jako hudba. Vyzvání! Vyzvání! Sbohem. Ach, sbohem!

Studené slunko zesláblo a u postele stál fráter Michael s šálkem hovězí polévky. Byl rád, v ústech měl horko a vyprahlo. Slyšel, jak na hřišti hrají. A den v koleji ubíhá, jako by tam pořád byl.

Fráter Michael se měl k odchodu a tercián mu domlouval, ať se vrátí a poví mu, co je v novinách. Řekl Štěpánovi, že se jmenuje Athy a otec že má hromadu závodních koní, ti skáčou jedna radost a na požádání dá otec fráteru Michaelovi dobrý tip, protože fráter Michael je moc slušný a vždycky mu řekne, co je nového v novinách, co dostávají na zámku. V novinách jsou všelijaké zprávy: neštěstí, ztroskotání, sport a politika.

„Teď je v novinách samá politika. Taky se u vás doma o ní mluví?"

„Ano," řekl Štěpán.

„U nás taky."

Zamyslil se a řekl:

„Máš, Dedale, divné jméno a já mám taky divné jméno Athy. Je to jméno města. Tvoje zní latinsky."

Potom se zeptal:

„Umíš luštit hádanky?"

Štěpán odpověděl:

„Moc ne."

Potom řekl:

„Uměl bys vyluštit tuhle? Jaké dvojí požehnání se skrývá v našem hrabství?"

Štěpán přemítal, co by to asi mohlo být, a pak řekl: „Poddám se."

„No přece dar a lék. Rozumíš? Naše hrabství se jmenuje Kildare, a v tom je dar i lék."

„Aha," řekl Štěpán.

„Je to stará hádanka," řekl.

Po chvíli ho znovu oslovil:

„Poslyš!"

„Co je?" zeptal se Štěpán.

„Hele, víš, že se ta hádanka může říkat ještě jinak?"

„Vážně?" pravil Štěpán.

„Ta samá hádanka. Víš, jak by se mohla říct jinak?"

„Ne," pravil Štěpán.

„Nepřišel bys na to?"

Vykukoval přitom na Štěpána zpod přikrývky. Potom si znovu lehl a prohlásil:

„Dá se to říct jinak, ale já ti to nepovím."

Pročpak mu to nepoví? Jeho otec, majitel závodních koní, je jistě hrabský úředník jako otec Saurinův a otec Lumpa Roche. Vzpomněl si na svého otce, jak za matčina klavírního doprovodu zpívá písničky, a když mu řekne o pěťák, vždycky mu dá šilink, a přišlo mu líto, že není hrabský úředník jako otcové druhých.

Proč ho sem tedy posílají do školy? Od otce se dověděl, že tu nebude cizí, protože tady před padesáti lety jeho prastrýc uvítal Osvoboditele holdovacím proslovem. Lidé tehdejší doby se poznají podle starodávného obleku. Připadala mu ta doba sváteční: přemýšlel, jestli tehdy clongoweští žáci nosili modré kabáty s mosaznými knoflíky, žluté vesty a králičí opasky a pili pivo jako dospělí a pro hony na zajíce pěstovali vlastní chrty.

Pohlédl na okno a zjistil, že světlo zesláblo. Nad hřišti je asi pod mrakem šero. Na hřištích se nic neozývá. Třída asi píše úkoly, nebo jim páter Arnall předčítá z knih.

Divné, že mu nedali lék. Však on mu ho fráter Michael přinese, jen co se vrátí. Když je člověk na marodce, dostává prý nějaký smradlavý nápoj. Teď už je mu líp než předtím. Bude to hezké zvolna se zotavovat. Dostane pak nějakou knížku. V knihovně je knížka o Holandsku. Jsou v ní pěkná cizí jména a obrázky cizokrajných měst a lodí. Člověka to tak blaží.

Světlo u okna je celé bledé! Ale je to milé. Na zdi stoupá a klesá oheň. Jako vlny. Někdo přiloží uhlí a je slyšet hlasy. Hovoří. Je to šum vln. Nebo snad spolu hovoří stoupající a klesající vlny.

Vidí moře vln, dlouhé tmavé vlny, ztmavělé pod bezměsíčnou nocí, stoupající a klesající. Na špici mola, kam vjíždí loď, bliká světýlko: vidí u břehu houf shromážděných, jak pozorují vjezd lodi do přístavu. Na palubě stojí nějaký čahoun a zírá na plochou tmavou pevninu: ve světle mola vidí jeho obličej, truchlivý obličej frátera Michaela.

Vidí ho, jak zvedá k lidu ruku, a slyší, jak silným smutným hlasem přes moře volá:

„Je mrtev. Viděli jsme ho ležet na katafalku."

Lid vyráží truchlivé zaúpění:

„Parnell! Parnell! Je mrtev!"

Padají na kolena a truchlivě naříkají.

A vidí, jak Dante v kaštanových sametových šatech, na ramenou zelený sametový přehoz, hrdě a mlčky kráčí vedle lidu, klečícího u břehu.

Na ohništi rudě plápolala nakupená hranice a pod břečťanem ovinutými rameny lustru bylo prostřeno k štědrovečerní tabuli. Vrátili se domů trochu pozdě, a přece ještě nebyla večeře: bude za chvilinku, řekla maminka. Čekali, až se otevřou dveře a vejdou služky, v rukou mohutné mísy přikryté těžkými kovovými víky.

Všichni čekali: strýc Charles, který si odsedl do okenního stínu, Dante a pan Casey, uvelebení v křeslech vedle krbu, mezi nimi na židli Štěpán, nohy opřené o očazenou podložku. Pan Dedalus se prohlédl v zrcadle nad krbem, navoskoval si špičky knírů, potom stál s rozhrnutými šosy zády k sálajícímu ohni: jen chvílemi vytáhl ruku zpod šosu a nakroutil si špičky knírů. Pan Casey nakláněl hlavu a s úsměvem si ťukal prsty na ohryzek. I Štěpán se usmíval: že by měl pan Casey v hrdle stříbro, není pravda, teď to ví. Usmál se nad tím, jak se dal ošálit stříbrným cinkotem, jaký pan Casey vyluzuje. Když panu Caseymu zkoušel rozevřít dlaň a přesvědčit se, má-li v ní schovanou peněženku se stříbrem, zjistil, že se mu prsty nedají roztáhnout: od pana Caseyho se dověděl, že mu ty tři prsty ochrnuly, když chystal dárek k narozeninám královně Viktorii.

Pan Casey si ťukl na ohryzek a ospalýma očima se na Štěpána usmál: a pan Dedalus mu řekl:

„Ano. Bodejť, už je dobře. Pořádně jsme se, Johne, prošli, viď. Ano... Jestlipak se dnes vůbec navečeříme. Ano... Bodejť, kolem předhoří jsme se dnes pořádně nadýchali ozonu. Namoutě."

Otočil se k Dante a řekl:

„Vy jste se, paní Riordanová, nehnula z domu?"

Dante se zamračila a odsekla:

„Ne."

Pan Dedalus spustil šosy a přistoupil ke kredenci. Vytáhl ze skříňky velký kamenný džbán whisky, pomalu naléval do karafy a přitom se shýbal a koukal, kolik odlil. Džbán pak postavil zpátky do skříňky, ukápl whisky do dvou sklínek, dolil trošku vody a vrátil se ke krbu.

„Jenom náprstek, Johne," řekl, „na zostření chuti."

Pan Casey uchopil sklenici, vypil ji a postavil vedle sebe na krbovou římsu. Pak řekl:

„Inu, pořád myslím na našeho přítele Christophera, jak vyráběl..."

Rozesmál se, zakuckal a dodal:

„...jak ten těm lidem vyráběl šampaňské!"

Pan Dedalus se zachechtal.

„To ten Christy?" řekl. „Ten má v bradavici na pleši víc mazanosti než celá smečka lišáků."

Sklonil hlavu, přimhouřil oči, olízl si rty a spustil hoteliérovým hlasem:

„Celý se rozplývá, když s tebou mluví. Podbradek se mu čerchmantsky potí a mokvá."

Pan Casey se nepřestával kuckat a řehtat. Když v otcově tváři a hlase Štěpán uviděl a uslyšel hoteliéra, dal se do smíchu.

Pan Dedalus si nasadil monokl, změřil si ho a klidně řekl:

„Co se směješ, ty škvrně?"

Do pokoje vešly služky a na stůl postavily mísy. Za nimi přišla paní Dedalová a všichni se rozsadili.

„Posaď se tamhle," řekla.

Pan Dedalus přešel na konec stolu a řekl:

„Posaďte se, paní Riordanová, naproti. Posaď se, kamarádíčku Johne."

Ohlédl se po strýci Charlesovi a řekl:

„Už na vás, vašnosti, to ptáče čeká."

Když se všichni rozsadili, sáhl na poklici, rázem zas ucukl a řekl:

„Spusť, Štěpáne."

Štěpán vstal a pomodlil se před jídlem.

Požehnej nás, Pane, a těchto tvých darů, které z tvé štědrosti požívati budeme skrze Krista Pána našeho. Amen.

Všichni se pokřižovali a s blahým povzdechem sundal pan Dedalus z mísy těžké víko na kraji orosené lesklými krůpějemi.

Štěpán už viděl tučného krocana, jak leží s přivázanými křídly, propíchaný špejlemi, na kuchyňském stole. Věděl, že za něj táta u Danna v D'Olierově ulici zaplatil guineu a kupec několikrát rýpl krocana do klíční kosti a ukazoval, jaký je dobrý: vzpomněl si, jakým hlasem řekl:

„Toho si, prosím, vezměte. Ten je prima."

Pročpak říká pan Barrett z Clongowes rákosce krocan? Clongowes je však daleko. Z mis a talířů to horce, těžce voní krocanem, šunkou a celerem, na roštu se kupí a žhne mohutný oheň a zelený břečťan a rudé jmelí tak blaží a po večeři přinesou veliký švestkový pudink, posázený loupanými mandlemi a snítkami jmelí, kolem něho plápolá modrý oheň a nahoře vlaje zelený praporek.

Je to jeho první vánoční večeře a on myslí na bratříčky a sestřičky, čekají v dětském pokoji, jak sám čekával, až jim přinesou pudink. Ve vykrojeném límci a etonském kabátku si připadá nezvykle a přestárle; když ho ráno přivedla maminka do salonu přistrojeného na mši, otec se rozplakal. To že si vzpomněl na svého otce. Tvrdil to i strýc Charles.

Pan Dedalus přikryl mísu a hladově se pustil do jídla. Potom řekl:

„Chudák starý Christy, zlumpačil, že neví, čí je."

„Simone," řekla paní Dedalová, „nedal jsi paní Riordanové omáčku."

Pan Dedalus popadl omáčník.

„Že ne?" křikl. „Politujte, paní Riordanová, ubohého slepce."

Dante si zakryla talíř rukama a řekla:

„Děkuji, nechci."

Pan Dedalus oslovil strýčka Charlese:

„Jak vám, prosím, chutná?"

„Prima, Simone."

„A vám, Johne?"

„Dobře. Nedej se vyrušovat."

„A ty, Mary? Tumáš Štěpáne, to si pochutnáš."

Dolil Štěpánovi hojně omáčky a postavil zas omáčník na tác. Potom se strýce Charlese zeptal, jestli je krocan měkký. Strýc Charles však nemohl mluvit, protože měl plná ústa, přikývl však, že ano.

„Ten náš známý, ten kanovníkovi trefně odpověděl, že!" řekl pan Dedalus.

„Ani bych to do něho neřekl," řekl pan Casey.

„*Zaplatím vám, otče, desátek, až přestanete dělat z domu božího volební boudu.*"

„Takhle odpovídá knězi člověk, který si říká katolík," řekla Dante.

„Sami si za to mohou," chlácholil ji pan Dedalus. „Kdyby si dali poradit, hleděli by si náboženství."

„To je právě náboženství. Konají svou povinnost, když ostříhají lid."

„Chodíme do domu božího," řekl pan Casey, „modlit se pokorně k Stvořiteli, a ne poslouchat volební projevy."

„To je náboženství," řekla znovu Dante. „Jednají správně. Musí své stádo vést."

„A od oltáře kázat politiku, co?" zeptal se pan Dedalus.

„Zajisté," řekla Dante. „Jde o veřejnou mravnost. Kněz by nebyl knězem, kdyby svému stádu neříkal, co je správné a co špatné."

Paní Dedalová položila nůž a vidličku a řekla:

„Propánakrále, zrovna dnes nezačínejme politickou hádku."

„Svatá pravda, milostivá," řekl strýc Charles. „Simone, to stačí. Už ani slovo."

„Ano, ano," vyhrkl pan Dedalus.

Rázně odklopil mísu a řekl:

„Kdo si dá ještě krocana?"

Nikdo neodpověděl. Dante řekla:

„Takhle mluví katolík?"

„Paní Riordanová, snažně vás prosím," řekla paní Dedalová, „přestaňte s tím už."

Dante se do ní pustila a řekla:

„To tady mám sedět a poslouchat, jak se tupí pastýři mé církve?"

„Pokud se nepletou do politiky, nikdo proti nim necekne."

„Promluvili irští biskupové a kněží a ty je třeba poslouchat."

„Ať se vykašlou na politiku," řekl pan Casey, „nebo se lidé vykašlou na jejich církev."

„Slyšíte?" spustila Dante na paní Dedalovou.

„Pane Casey! Simone!" řekla paní Dedalová. „Přestaňte s tím."

„Chyba! Chyba!" řekl Charles.

„Cože?" křikl pan Dedalus. „Měli jsme ho opustit na povel Angličanů?"

„Nezasloužil si už, aby nás vedl," řekla Dante. „Byl to veřejný hříšník."

„Všichni jsme hříšníci, ohavní hříšníci," řekl chladně pan Casey.

„Běda člověku tomu, skrze něhož pohoršení přichází," řekla paní Riordanová. *„Lépe by jemu bylo, aby zavěšen byl žernov osličí na hrdlo jeho a on pohřížen byl do hlubokosti mořské, než aby pohoršil jedno z maličkých těchto.* Tak hovoří Duch Svatý."

„A podle mě tuze neomaleně," řekl chladně pan Dedalus.

„Simone! Simone!" řekl strýc Charles. „Je tady chlapec."

„Ano, ano," řekl pan Dedalus. „Mínil jsem tím... Myslel jsem na to, jak neomaleně mluvil ten nádražní nosič. No, nic se nestalo. Jářku, Štěpáne, ukaž svůj talíř, kamaráde. Jen si dej. Tumáš."

Naložil Štěpánovi jídla na talíř a strýci Charlesovi a panu Caseymu důkladné porce krocana a záplavu omáčky. Paní Dedalová jedla málo a Dante seděla s rukama v klíně. Celá zrudla. Pan Dedalus zašťoural vidličkou na konci mísy a řekl:

„Je tady šťavnatý kousek, zvaný biskup. Kdyby si některá dáma nebo pán přáli..."

Napíchl kousek krocana na vidličku. Nikdo nepromluvil. Položil si ho na talíř a řekl:

„Dobrá, nemůžete říci, že jsem vám nenabídl. Sním ho tedy radši sám, nějak mi poslední dobou zdraví neslouží."

Mrkl na Štěpána, nasadil zas víko a dal se znovu do jídla.

Bylo ticho, jak jedl. Potom řekl:

„No, přece se vyčasilo. Přijelo dost cizích lidí."

Nikdo se neozval. Znovu řekl:

„Je tu, myslím, víc cizích lidí než minulé Vánoce."

Ohlédl se po ostatních skloněných nad talířem, a když nikdo neodpovídal, chvilku počkal a pak trpce řekl:

„Inu, vánoční večeři mám zkaženou."

„V domě, kde chybí úcta k církevním pastýřům, není štěstí ani milost," řekla Dante.

Pan Dedalus hodil hlučně nůž a vidličku na talíř.

„Úcta! K držkatému Vilíkovi nebo k armaghskému břicháči? Úcta!"

„Církevní knížata," řekl pohrdlivě pan Casey.

„Ke kočímu lorda Leitrima, bodejť," řekl pan Dedalus.

„Jsou to pomazaní Páně," řekla Dante. „Své vlasti jsou ke cti."

„Břicháč," řekl neomaleně pan Dedalus. „Když si hoví, vypadá věru hezky. Ale měli byste ho, chlapa, vidět, jak se za chladného zimního dne cpe slaninou a zelím. Jémine!"

Hovadsky se zpitvořil a zamlaskal.

„Vážně, Simone," řekla paní Dedalová, „před Štěpánem bys tak mluvit neměl. Není to správné."

„Však on si na to vzpomene," rozhorlila se Dante, „jak se u nich doma mluvilo proti Bohu a náboženství a kněžím."

„Ať si taky vzpomene," křikl na ni přes stůl pan Casey, „jakými řečmi kněží a jejich nohsledi zlomili Parnellovi srdce a uštvali ho do hrobu. Taky na to ať si vzpomene, až vyroste."

„Zkurvysyni!" křikl pan Dedalus. „Když padl, zrádně se na něho vrhli a rozsápali ho jako krysy v kanále.

Podlí psi! Však na to vypadají! Kristepane, ti na to vypadají."

„Jednali správně," řekla Dante. „Poslouchali své biskupy a kněze. Je jim to ke cti."

„Je přímo hrozné, že se ani jeden den v roce neobejdeme bez těchto hrozných hádek," řekla paní Dedalová.

Strýc Charles zvedl mírně ruce a řekl:

„Tak dost, tak dost, tak dost! Copak nemůžeme projevit svůj názor, ať už takový nebo onaký, bez zloby a spílání? Věčná škoda!"

Paní Dedalová tiše promlouvala k Dante, ale Dante se rozkřikla:

„Co bych nemluvila? Nepřestanu svou církev a víru hájit, když na ni útočí a plivají odpadlí katolíci."

Pan Casey odstrčil hrubě talíř doprostřed stolu a opřen o lokty řekl drsně hostiteli:

„Jářku, pověděl jsem vám tu historku o pověstném plivnutí?"

„Ne, Johne, nepověděl," řekl pan Dedalus.

„Je to," řekl pan Casey, „historka velmi poučná. Odehrála se nedávno ve wicklowském hrabství, kde právě jsme."

Odmlčel se a s chladným rozhořčením promluvil na Dante:

„Když dovolíte, milostivá, jestli myslíte mě, já odpadlý katolík nejsem. Jsem katolík, jako byl katolík můj otec a před ním zas jeho otec a před ním zas jeho otec, a spíše jsme obětovali život, než bychom zaprodali svou víru."

„Tím hanebnější od vás je, že takhle mluvíte," řekla Dante.

„Tu historku, Johne," usmál se pan Dedalus. „Sem s tou historkou."

„Pěkný katolík!" opakovala uštěpačně Dante, „nejzarytější protestant u nás by nemluvil tak zlolajně, jak jsem to dnes večer slyšela."

Pan Dedalus kýval hlavou sem a tam a broukal si jako lidový zpěvák.

„Já nejsem žádný protestant, znovu vám to říkám," zrudl pan Casey.

Pan Dedalus si pořád notoval, pokyvoval hlavou a chrochtavě zahuhňal:

Sem ke mně, římští katolíci,
co nechodíte na mši.

A zas popadl nůž a vidličku, dal se do jídla a řekl bodře panu Caseymu:

„Sem s tou historkou. Bude nám líp trávit."

Se zalíbením utkvěl Štěpán pohledem na panu Caseym, se sepjatýma rukama civějícím přes stůl. Rád s ním sedával u krbu a pozoroval jeho chmurně sveřepou tvář. Tmavý zrak však pan Casey nikdy nechmuřil a jeho pomalý hlas bylo milo poslouchat. Co má tedy proti kněžím? Dante má přece jistě pravdu. Ale podle otce je to vyklouzlá jeptiška, odešla prý z alleghanského kláštera, když její bratr nahrabal od divochů jmění za cetky a řetízky. Snad proto má na Parnella spadeno. A jemu nedovoluje hrát si s Eileen, protože Eileen je protestantka, a sama, když byla malá, znala děti, které kamarádily s protestanty, a protestanti se posmívali litanii k Blahoslavené Panně. *Věži ze slonoviny,* říkávali, *Dome zlatý!* Jak může být žena věž ze slonoviny nebo zlatý dům? Kdo má tedy pravdu? A vzpomněl si na ten večer na clongowské marodce, na temné vodstvo, na světlo na molu a žalostné zaúpění lidu, když se to dověděl.

Eileen měla dlouhé bílé ruce. Když jednou večer hráli na honěnou, položila mu ruce na oči: dlouhé a bílé a tenké a chladné a hebké. To je slonovina: něco chladného, bílého. To znamená *Věž ze slonoviny.*

„Je to stručná a roztomilá historka," řekl pan Casey. „Bylo to jednoho dne v Arklow, krutě mrzlo, krátce předtím, než vůdce umřel. Bůh mu buď milostiv!"

Malátně zavřel oči a odmlčel se. Pan Dedalus vzal z talíře kost, zuby z ní utrhl kus masa a řekl:

„Než ho totiž zabili."

Pan Casey otevřel oči, vzdychl a mluvil dál:

„Bylo to jednoho dne v Arklow. Zajeli jsme si tam na schůzi a po schůzi jsme se museli prodrat zástupem na nádraží. Takové vřískání a hulákání jsi, člověče, neslyšel. Spílali nám všelijak. Byla tam nějaká stará paní, nějaká ožralá ochechule, a ta si na mě umanula. Rejdila vedle mě v blátě a hulákala a vřeštěla mi do obličeje. *Protikněžský štváč! Pařížské fondy! Pan Fox! Kitty O'Sheaová.*"

„A co vy na to, Johne?"

„Nechal jsem ji povykovat," řekl pan Casey. „Bylo chladno, a abych nezochabil, měl jsem v hubě (promiňte, milostivá,) žvanec skrutlíku a nemohl jsem ani ceknout, protože jsem měl hubu plnou močky."

„No a, Johne?"

„No, nechal jsem ji hulákat *Kitty O'Sheaová* atakdále, až nakonec pojmenovala tu dámu slovem, které nebudu opakovat, abych nepotřísnil tuto štědrovečerní tabuli, vaše uši, milostivá, ani své rty."

Odmlčel se. Pan Dedalus zvedl hlavu od kosti a zeptal se:

„A co jste, Johne, udělal?"

„Udělal?" řekl pan Casey. „Po těch slovech nastrčila

ke mně svůj ohyzdný ksicht a já měl v ústech plno močky. Nahnul jsem se k ní a *pší* povídám jí."

Otočil se a jakoby plivl.

„*Pší* pověděl jsem jí rovnou do oka."

Plácl se dlaní na oko a zaskučel bolestí.

„*Ježíši, Maria, Josefe!* vykřikla. *Já oslepla. Já oslepla a utonula!*"

Nemohl dál, jak se rozkašlal a rozesmál, jen opakoval:

„*Já nadobro oslepla!*"

Pan Dedalus, uvelebený v křesle, se rozchechtal, strýc Charles jen pokyvoval hlavou.

Dante se tvářila náramně vztekle, a jak se smáli, opakovala:

„Moc hezké! Cha! Moc hezké!"

To plivnutí ženě do oka hezké nebylo.

Ale jak to nazvala ta ženská Kitty O'Sheaovou, že to pan Casey po ní neopakoval? Představil si pana Caseyho, jak prochází davy lidí a řeční z bryčky. Za to ho pak zavřeli a vzpomněl si, že jednou večer přišel k nim domů seržant O'Neill, zůstal stát v předsíni, tiše hovořil s otcem a nervózně kousal do řemínku na čapce. Ten večer neodjel pan Casey do Dublina vlakem, až ke dveřím pro něj přijel vůz a zaslechl otce, jak mluví o Cabinteelské silnici.

Stál za Irskem a Parnellem a jeho otec také: i Dante za nimi stála, jednou večer na esplanádním koncertě praštila nějakého pána deštníkem po hlavě, protože když nakonec kapela hrála *Bože, chraň královnu*, smekl.

Pan Dedalus opovržlivě zafuněl.

„Ach, Johne," řekl. „Patří jim to. Jsme nešťastný kněžourský národ, vždycky jsme byli a budeme až navěky."

Strýc Charles zavrtěl hlavou a řekl:

„Ostuda! Ostuda!"

Pan Dedalus opakoval:

„Kněžourský bohapustý národ!"

Ukázal na dědovu podobiznu vpravo na stěně.

„Vidíš, Johne, tamhletoho dědu?" řekl. „Byl to dobrý Ir, kdy z toho ještě nic nekoukalo. Odsoudili ho na smrt jako bělokošiláče. O našich milých klericích však říkával, že by mu k jídelnímu stolu žádný nesměl zasednout."

Dante zlostně vyhrkla:

„Jestli jsme kněžourský národ, měli bychom se tím pyšnit. Jsme zřítelnicí božího oka. *Nedotýkejte se jich,* praví Kristus, *neboť jsou zřítelnicí mého oka.*"

„Copak nemáme milovat svou vlast?" zeptal se pan Casey. „Copak nemáme poslouchat muže, zrozeného k tomu, aby nás vedl?"

„Vlastizrádce!" odsekla Dante. „Zrádce, cizoložníka. Právem ho kněží opustili. Kněží byli vždycky opravdoví přátelé Irska."

„Že by?" řekl pan Casey.

Praštil pěstí do stolu a zlostně zamračen vztyčoval jeden prst po druhém.

„Copak nás irští biskupi v době unie nezradili tím, že biskup Lanigan předložil markýzu Cornwallisovi prohlášení věrnosti? Copak v r. 1829 nezaprodali biskupi a kněží tužby vlasti za katolickou emancipaci? Nezatracovali z kazatelny a ve zpovědnicích feniánské hnutí? A nezneuctili popel Terence Bellewa MacMagnuse?"

Obličej mu žhnul hněvem a Štěpán cítil, jak i jemu se rozlévá nach po líci, tak ho ta pronesená slova vzrušila.

Pan Dedalus se neomaleně uchechtl.

„Ach Bože," křikl, „na starouška Paula Cullena jsem zapomněl. Taky zřítelnice božího oka!"

Dante se nahnula přes stůl a křikla na pana Caseyho:

„Právem! Právem! Byli vždycky v právu! Nejprve Bůh a mravnost a náboženství."

Paní Dedalová si všimla jejího rozčilení a řekla jí:

„Paní Riordanová, nerozčilujte se a neodpovídejte jim."

„Bůh a náboženství nade vše!" křikla Dante. „Bůh a náboženství nad celý svět."

Pan Casey zdvihl zaťatou pěst a praštil jí do stolu.

„No dobrá," zařval, „když na to přijde, Irsko se obejde bez Boha!"

„Johne! Johne!" křikl pan Dedalus a popadl hosta za rukáv.

Dante hleděla vytřeštěně přes stůl a líce se jí třásly. Pan Casey šermoval rukou před očima, jako by si stíral pavučinu.

„Pryč s Bohem v Irsku!" křikl. „Užili jsme v Irsku Boha až moc. Pryč s Bohem!"

„Rouhači! Ďáble!" zavřískla Dante, vztyčila se a div mu neplivla do očí.

Strýc Charles a pan Dedalus stáhli pana Caseyho zpátky do křesla a z obou stran mu rozšafně domlouvali. Civěl před sebe tmavýma planoucíma očima a opakoval:

„Jářku, pryč s Bohem!"

Dante odstrčila prudce židli a odešla od stolu, shodila přitom kroužek na ubrousek, až se skutálel na koberec a zachytil se u nohy pohovky. Pan Dedalus rychle vstal a šel za ní ke dveřím. U dveří se Dante prudce otočila a zahulákala přes celý pokoj, líce vztekem zardělé a rozechvělé:

„Pekelník! Vyhráli jsme nad ním. Zdeptali jsme ho až k smrti! Ďábel!"

Dveře za ní bouchly.

Pan Casey vyprostil paže od těch, co ho drželi, a s bolestným zaúpěním složil hlavu do dlaní.

„Chudák Parnell!" zavzlykal. „Můj mrtvý král!"

Štkal hlasitě a hořce.

Štěpán zvedl vyděšený obličej a uviděl, že otec má oči plné slz.

Žáci hovořili v hloučcích.

Jeden žák řekl:

„Chytli je u Lyonského kopce."

„Kdo je chytil?"

„Pan Gleeson a sluha. Jeli vozem."

Týž žák řekl:

„Pověděl mi to žák z vyšší třídy."

Fleming se zeptal:

„Ale proč utekli? Pověz."

„Já vím," řekl Cecil Thunder. „Protože štípli z rektorova pokoje peníze."

„Kdo je štípl?"

„Kickhamův bratr. A všichni se o ně podělili."

„Vždyť to byla krádež. Jak to mohli udělat?"

„Houby o tom, Thundere, víš!" řekl Wells. „Vím, proč vzali do zaječích."

„Tak nám pověz, proč."

„To nesmím," řekl Wells.

„Jenom pověz, Wellsi," řekli všichni. „Nám to můžeš říci. My to neprozradíme."

Štěpán sklonil hlavu, aby líp slyšel. Wells se rozhlédl, jestli k nim někdo nejde. Potom řekl tajemně:

„Víte, že mají mešní víno v almárce v sakristii?"

„Ano."

„Tak oni je vypili a po čichu se na to přišlo. Proto utekli, když to chcete vědět."

Žák, který se prve ozval, řekl:

„Ano, taky jsem to slyšel od žáka z vyššího ročníku."

Žáci zmlkli. Štěpán stál mezi nimi, bál se promluvit, napínal sluch. Trnul mdlou nevolností posvátné bázně. Jak to mohli udělat? Pomyslil na tmavou zamlklou sakristii. Jsou tam tmavé almary a v nich klidně leží úhledně poskládané rochety. Kaple to není, ale musí se tam mluvit tlumeně. Je to místo posvátné. Vzpomněl si na letní večer, kdy ho tam nastrojili za kadidlonoše, ten večer, kdy se šlo procesím k lesnímu oltáříku. Zvláštní a posvátné místo. Chlapec s kadidelnicí jí houpal tak, že povytáhl prostřední řetízek, aby uhlí žhnulo. Říkalo se mu dřevěné uhlí: jak je žák zlehka rozhoupal, klidně se rozhořelo a kysele začpělo. Když se všichni ustrojili, stál a podával rektorovi lodičku a rektor do ní vhodil lžičku kadidla a to na žhavém uhlí zasyčelo.

Na hřišti hovořili tu a tam v hloučcích spolužáci. Spolužáci jako by se mu zmenšili: to proto, že ho včera srazil jeden závodník, gymnazista z druhé třídy. Kolo ho odstrčilo na škvárovou dráhu a brejle se rozlítly na tři kusy a zrníčko škváry mu vlítlo do úst.

Proto se mu zdáli spolužáci menší a vzdálenější a brankové tyče tak tenké a vzdálené, a hebce šedá obloha tak vysoká. Na fotbalovém hřišti se nehrálo, začínal kriket: podle některých bude rozhodčím Barnes, podle jiných zas Flowers. A po všech hřištích se začínalo hrát míčem, lítaly falše a padáčky. Z jedné i z druhé strany doléhaly hebkým šedým povětřím zvuky kriketových pálek. Zněly: pik, pak, pok, puk: kapičky vodotrysku zvolna padající do přetékající nádrže.

Athy předtím mlčel, až teď klidně řekl:

„Jste všichni na omylu."

Všichni se po něm dychtivě otočili.

„Proč?"

„Ty to víš?"

„Kdo ti to řekl?"

„Pověz nám to, Athy."

Athy ukázal prstem přes hřiště. Simon Moonan se tam sám procházel a kopal do kamínku.

„Jeho se zeptejte."

Žáci se podívali a řekli:

„Proč jeho?"

„Víte, proč vzali ti kluci roha? Povím vám to, ale nesmíte o tom ceknout."

„Pověz nám to, Athy. Ven s tím. Měl bys, jestli to víš."

Chvíli mlčel a potom tajuplně řekl:

„Jednou v noci je drapli se Simonem Moonanem a Kelcem Boylem na aha."

Žáci na něho pohlédli a zeptali se:

„Drapli?"

„A co dělali?"

Athy řekl:

„Buzerovali."

Všichni žáci zmlkli; a Athy řekl:

„Tak proto."

Štěpán pohlédl na tváře spolužáků, ale všichni se dívali přes hřiště. Chtěl se na to někoho zeptat. Co znamená, že buzerovali na aha? Proč těch pět z vyššího ročníku proto uteklo? Snad pronic zanic. Simon má pěkné šaty a jednou večer mu ukázal kouli s krémovými bonbony, kterou mu po koberci uprostřed refektáře přikutáleli hoši z fotbalové patnáctky, jak stál u dveří. Bylo to po večeři po utkání s Bectivskými Lesníky a koule vypadala jako červenozelené jablko, jenže rozevírací a plné krémových bonbonů. A Boyle jednou řekl, že slon má místo klů kelce, a proto mu říkají Kelec

Boyle, ale někteří žáci mu říkají paní Boylová, protože si ustavičně šlechtí nehty.

Eileen má taky dlouhé, tenké, chladné ruce, protože je děvče. Jsou jak ze slonoviny; jenže hebké. To je smysl *Věže ze slonoviny*, protestanti to však nechápou a je jim to k smíchu. Jednou stál vedle ní, jak nakukovala do hotelové zahrádky. Číšník vytahoval na stožár praporky a na slunném trávníku rejdil foxteriér. Strčila mu ruku do kapsy, kde už sám měl ruku, a ucítil, jak ji má chladnou, hubenou a hebkou. Kapsy jsou k smíchu, řekla: a najednou se utrhla a se smíchem uháněla dolů z kopce. Na slunci jí plavé vlasy vlály jako zlato. *Věž ze slonoviny*. *Dům zlatý*. Všechno se pochopí, když se o tom přemýšlí.

Ale proč na aha? Chodí se tam na potřebu. Jsou tam silné břidlicové desky a celý den tam z dírek crčí voda a divně, zatuchle to tam čpí. Za dveřmi jednoho záchodu je červenou tužkou nakreslen římsky oděný vousáč, v každé ruce cihlu, a pod tím nápis:
Balbus stavěl zeď.

Z legrace to tam nakreslili nějací žáci. Obličej má směšný, ale vypadá jako vousáč. A na zdi dalšího záchodu je šikmým krasopisem napsáno:
Julius Caesar napsal Bello Kaliko.

Snad tam byli proto, že tam někteří žáci napsali takové legrační věci. Ale co Athy říkal, je směšné, a taky to, jak to říkal. Legrace to není, protože utekli. Díval se s ostatními přes hřiště a dostával strach.

Nakonec se Fleming ozval:

„A to máme být všichni potrestáni za to, co provedli druzí?"

„Já se tam nevrátím, kdepak," řekl Cecil Thunder. „Tři dni v refektáři mlčet a každou chvíli se dát sekýrovat."

„Ano," řekl Wells. „A starý Barrett umí cenzuru tak
svinout, že když ji otevřeš, abys věděl, kolik máš rákos-
kou dostat, už ji nesvineš. Já se taky nevrátím."

„Ano," řekl Cecil Thunder, „a dnes ráno byl v druhé
třídě gymnázia studijní prefekt."

„Zahajme vzpouru," řekl Fleming. „Ano?"

Všichni žáci ztichli a ztichlo i povětří, jenom krike-
tové pálky se ozývaly, jenže pomaleji než dříve: pik, pok.

Wells se zeptal:

„Co s nimi udělají?"

„Simon Moonan a Kelec dostanou výprask," řekl
Athy, „a žáci z vyšších tříd si mohou vybrat výprask nebo
vyhazov."

„A co si vyberou?" řekl ten, co se prve ozval.

„Všichni volí vyhazov až na Corrigana," odpověděl
Athy. „Tomu nařeže pan Gleeson."

„Já vím proč," řekl Cecil Thunder. „Má pravdu
a ostatní dělají chybu, protože výprask za chvilku otrne,
zato vyhazov z koleje ulpí na žácích celý život. Gleeson
ho ostatně moc nezbije."

„To by radši neměl," řekl Fleming.

„Nechtěl bych teď být Simon Moonan ani Kelec,"
řekl Cecil Thunder. „Ale nevěřím, že dostanou výprask.
Snad dostanou jen přes prsty."

„Ba ne," řekl Athy, „dostanou oba na panimandu."

Wells se podrbal a řekl plačtivě:

„Pusťte mě, prosím, pane profesore!"

Athy se ušklíbl, vyhrnul si rukávy a řekl:

Marně bys odmlouval,
musí být pořádek.
Jen stáhni kalhoty,
dostaneš na zadek.

Žáci se zasmáli, měl však dojem, že se trochu bojí. V tichu hebce šedého ovzduší slyšel z různých stran kriketové pálky: pok. Takový je slyšet zvuk, ale když ho udeří, ucítí bolest. Také rákoska vydává zvuk, ale jiný. Podle žáků je rákoska z velrybí kosti a kůže a uvnitř má olovo: přemýšlel, jaká je to asi bolest. Dlouhá tenká rákoska ostře hvízdne: jakápak to je asi bolest. Až ho při tom pomyšlení zamrazilo a také nad tím, co řekl Athy. Ale co je na tom k smíchu? Zamrazilo ho, ale jen proto, že když spustí kalhoty, vždycky ho zamrazí. Zrovna tak, když se při koupání svlékne. Kdopak je asi spustí, učitel nebo sám žák? Co je jim na tom k smíchu?

Pohlédl na Athyovy vyhrnuté rukávy a kostnaté pokaňkané ruce. Athy si vyhrnul rukávy a ukazoval, jak si je vyhrne pan Gleeson. Jenže pan Gleeson má kulaté lesklé manžety, čisťounké zápěstí a bělostně buclaté ruce a na nich dlouhé a špičaté nehty. Snad si je pěstuje jako paní Boylová. Ale byly strašlivě dlouhé a špičaté. Dlouhé a surové, třebaže bílé buclaté ruce nejsou surové, spíše něžné. A třebaže se osykl zimou a strachem při pomyšlení na dlouhé surové nehty a hvizd rákosky a mravenčivý pocit na kraji košile, když se svléká, přece si ty bílé buclaté ruce, čisté, silné a něžné, v duchu podivně liboval. Vzpomněl si, co říkal Cecil Thunder: že pan Gleeson Corrigana moc nezbije. I Fleming to tvrdil, protože on to jinak neumí.

Daleko na hřišti někdo křikl:

„Skončit!"

Po něm křikli jiní:

„Skončit! Skončit!"

Při hodině psaní seděl ruce založeny a poslouchal skřípění per. Pan Harford chodil a tu a tam červenou tužkou něco načrtl a občas usedl vedle žáka a ukázal

mu, jak se drží pero. Hláskoval si v duchu nadpis, třeba-
že ho už dávno znal, protože byl v čítance poslední. *Píle
bez rozšafnosti je jako loď bez kormidla.* Čáry písmen byly
však jako neviditelná vlákna, a teprve když pevně zavřel
pravé oko a zíral levým, viděl křivky velkých písmen.

Ale pan Harford je velmi slušný a nikdy se nerozzu-
ří. Ostatní učitelé zuří hrozně. Ale pročpak mají pykat
za to, co provedli žáci z vyššího ročníku? Podle Wellse
upili z mešního vína v sakristijní almaře a pachatele zji-
stili podle pachu. Ukradli možná monstranci, že s ní
utečou a někde ji prodají. Byl to jistě strašný hřích, že
tam v noci potichu zašli, otevřeli tmavou almaru a ukra-
dli tu blyštivou zlatou věc, do níž se Bůh mezi květina-
mi a voskovicemi vkládá na oltář, zatímco z obou stran
stoupají oblaka kadidla a ministrant houpá kadidelnicí
a Dominic Kelly na kůru sám zanotuje počáteční verš.
Při té krádeži v ní ovšem Bůh nebyl. Ale už dotknout se
jí je podivný a těžký hřích: vzrušeně na to myslel v tom
tichu, jak pera slabě skřípala. Vypít mešní víno z almary
a prozradit se vinným pachem je taky hřích, třebaže ne
tak strašný a nezvyklý. Jenom z vinného pachu je už člo-
věku trochu nanic. Když tenkrát přistoupil v kapli
k prvnímu přijímání, zavřel oči a pootevřel ústa
a maloučko vystrčil jazyk: když se rektor k němu sklonil
a podával mu svaté přijímání, z rektorova dechu na
něho lehce začpělo mešní víno. Krásné slovo: víno. Při-
pomíná tmavě rudou barvu, protože tmavě rudé jsou
hrozny, které rostou v Řecku před domy, podobnými
bílým chrámům. Z lehce začpělého rektorova dechu
mu bylo to ráno prvního přijímání trochu nanic. Den
prvního přijímání je nejšťastnější den v životě člověka.
Jednou se generálové zeptali Napoleona na nejšťastněj-
ší den v jeho životě. Mysleli si, že řekne den, kdy vyhrál

nějakou velkou bitvu, nebo den, kdy se stal císařem. On však řekl:

„Pánové, nejšťastnější den v mém životě byl den, kdy jsem byl poprvé u svatého přijímání."

Vstoupil páter Arnall a začala latina a on se založenýma rukama se pořád opíral o lavici. Páter Arnall rozdal sešity, jsou prý ostudné a musí se s opravami ihned přepsat. Nejhorší byl Flemingův sešit, protože měl stránky slepené kaňkou: páter Arnall ho zdvihl za růžek, prý to učitele uráží, poslat mu takový sešit. Vyzval potom žáka Jacka Lawtona, ať skloňuje podstatné jméno *mare*. Jack Lawton uvízl na ablativu jednotného čísla a s plurálem dál nemohl.

„Styď se," řekl přísně páter Arnall. „Ty, primus třídy."

Vyvolal pak dalšího žáka a dalšího a dalšího. Žádný to nevěděl. Páter Arnall se uklidnil, a jak se jeden žák po druhém snažil otázku zodpovědět, byl stále klidnější. Hlas měl více klidný, ale přitom se chmuřil a upřeně zíral před sebe. Zeptal se pak Fleminga a Fleming řekl, že to slovo nemá množné číslo. Rázem sklapl páter Arnall knihu a zařval na něho:

„Klekni tamhle uprostřed třídy. Takového lenocha jsem ještě neviděl. Vy ostatní opište úkol."

Fleming nemotorně vstal a poklekl mezi dvěma posledními lavicemi. Ostatní žáci se sklonili nad sešity a začali psát. Třída ztichla, a jak Štěpán pohledem bázlivě zavadil o pátera Arnalla, viděl, že je v obličeji zlostí zarudlý.

Dopouští se páter Arnall hříchu, když propadá zlosti, nebo smí mít na líné žáky zlost, protože se pak líp učí, nebo tu zlost jenom hraje? To on smí, kněz přece ví, co je hřích, a sám se ho nedopustí. Jestli se ho však omylem někdy dopustí, jak to zařídí se zpovědí? Třeba se vyzpovídá představenému. A když se ho dopustí představený, vyzpovídá se rektorovi: a rektor provinciálovi a provinciál generálovi jezuitů. Tomu se říká řád: však o nich táta říká, jací jsou chytří. Nebýt jezuity, mohli to ve světě daleko přivést. Přemýšlel, čím se mohl stát páter Arnall a Paddy Barrett a čím mohl být pan McGlade a pan Gleeson, kdyby nebyli jezuiti. Těžko si je vymyslet, protože by si je musel představit různě, v různobarevných kabátech a kalhotách a s bradkami a vousy a v jinačích kloboucích.

Dveře se potichu otevřely a zavřely. Třídou proběhl letmý šepot. Chvilku bylo naprosté ticho a potom práskla do poslední lavice rákoska. Strachem poskočilo Štěpánovi srdce.

„Zaslouží tady, otče Arnalle, nějací hoši výprask?" křikl studijní prefekt. „Zaslouží v této třídě nějací líní darmošlapi výprask?"

Došel doprostřed třídy a uviděl Fleminga na kolenou.

„Haha!" křikl. „Kdo je ten žák? Pročpak klečí? Jak se, chlapče, jmenuješ?"

„Fleming, prosím."

„Aha! Fleming! Lenoch, toť se ví. Vidím ti to na očích. Pročpak klečí, otče Arnalle?"

„Napsal špatně latinský úkol a neuměl ani jednu otázku z mluvnice."

„Bodejť!" rozkřikl se studijní prefekt, „bodejť by uměl. Rozený lajdák! Vidím mu to na očích."

Praštil rákoskou o lavici a křikl:

„Vstaň, Flemingu. Vstaň, chlapče!"

Fleming se pomalu vztyčil.

„Natáhni ruku!" křikl studijní prefekt.

Fleming napřáhl ruku. Rákoska na ni mlaskavě dopadla: raz, dva, tři, čtyři, pět, šest.

„Druhou ruku!"

A zas na ni šestkrát dopadla rákoska.

„Klekni si!" křikl studijní prefekt.

Bolestí sešklebený Fleming poklekl, dlaně si vmáčkl v podpaždí, ale Štěpán viděl, jak je má tvrdé, protože si do nich stále vtíral pryskyřici. Ale asi ho to moc bolí, rákoska strašlivě svištěla. Srdce se v Štěpánovi rozbušilo a zatetelilo.

„Všichni do práce!" houkl studijní prefekt. „Nepotřebujeme tady líné darmošlapy, líné pleticháře. Jářku do práce. Páter Dolan za vámi přijde každý den. Už zítra přijde páter Dolan."

Rákoskou rýpl jednoho žáka do boku a řekl:

„Ty, chlapče! Kdy zas přijde páter Dolan?"

„Zítra, prosím," ozval se Tom Furlong.

„Zítra a zítra a zítra," řekl studijní prefekt. „Připravte se na to. Každý den páter Dolan. Pište dál. Kdopak jsi ty, chlapče?"

Rázem poskočilo Štěpánovi srdce.

„Dedalus, prosím."

„Pročpak nepíšeš jako druzí?"

„Mně... Mně se..."

Hrůzou nemohl promluvit.

„Pročpak, otče Arnalle, nepíše jako druzí?"

„Rozbily se mu brejle," řekl páter Arnall, „a já jsem mu dal úlevu od práce."

„Rozbily? Co to slyším? Jak že se jmenuješ?" řekl studijní prefekt.

„Dedalus, prosím."

„Vystup sem, Dedale. Ty líný švingulante. Vidím ti švingulantství na očích. Kdepak se ti rozbily brejle?"

Štěpán dovrávoral doprostřed třídy, oslepen strachem a spěchem.

„Na škvárovém chodníku, prosím."

„Haha! Na škvárovém chodníku," řekl studijní prefekt. „To znám."

Zvědavě zdvihl Štěpán zrak a zahlédl šedavý nemladý obličej pátera Dolana, jeho prořídlou šedavou hlavu vroubenou chmýřím, ocelové obroučky brejlí a brejlemi hledící bezbarvé oči. Pročpak řekl, že to zná?

„Líný bláhový švingulante!" křikl studijní prefekt. „Rozbily se mi brejle. Starý školácký trik! Hned nastav ruku!"

Štěpán zavřel oči a roztřesenou ruku nastavil dlaní vzhůru. Ucítil, jak mu ji prefekt prsty narovnává a jak šustí rukáv kleriky o rákosku zdviženou k úderu. Od horké, sálavé, palčivé, štiplavé rány, jako když zapráská zlámaná hůl, se mu roztřesená ruka sevřela jako list v ohni: a z toho zvuku i z bolesti mu vhrkly do očí horké slzy. Hrůzou se třásl po celém těle, paže se mu třásla a skrčená, palčivá, sinalá dlaň se mu chvěla jako poletující list. Na rty se mu tlačil nářek, prosba, ať ho pustí. V očích mu sice žhnuly slzy a údy se tetelily bolestí a hrůzou, přece však potlačil horké slzy a pláč, který mu spaloval hrdlo.

„Druhou ruku!" houkl studijní prefekt.

Štěpán stáhl zmrzačenou pravou paži a vystrčil levou ruku.

Znovu zašustil rukáv kleriky, jak se zdvihla rákoska, hlučně to prásklo a prudce, nepříčetně, tetelivě, palčivě zabolelo, až ruka s dlaní i prsty splynula v sinalý rosol. Z očí mu vyhrkly žhavé slzy, a jak planul hanbou a mukou a bázní, s hrůzou uškubl roztřesenou paži a bolestně zakvílel. Zalomcovala jím křeč strachu a s hanbou a zlostí cítil, jak se mu z hrdla dere palčivý pláč a z očí se mu po rozpálených lících řinou palčivé slzy.

„Klekni si," křikl studijní prefekt.

Štěpán honem poklekl a k bokům si přitiskl zbité ruce. Že jsou tak zbité a od bolesti napuchlé, bylo mu jich najednou líto, jako by patřily ne jemu, ale někomu jinému, koho mu přišlo líto. A jak poklekl a tišil v hrdle poslední vzlyky a tiskl k bokům palčivou, štiplavou bolest, představil si, jak nastavil ruce dlaněmi vzhůru a jak pevně ho za ně uchopil studijní prefekt, když mu rovnal roztřesené prsty, a jaká je teď z dlaní i prstů opuchlá zarudlá změť, celá rozklektaná.

„Dejte se do práce, všichni," houkl ode dveří studijní prefekt. „Páter Dolan sem přijde každý den podívat se, jestli nějaký žák, nějaký líný, hloupý lajdáček nezaslouží výprask. Každý den. Každý den."

Dveře za ním zapadly.

Ztichlá třída dál opisovala úkoly. Páter Arnall povstal z křesla, vmísil se mezi ně, vlídnými slovy žákům pomáhal a upozorňoval je na chyby. Mluvil mírným a vlídným hlasem. Pak se vrátil na své křeslo a řekl Flemingovi a Štěpánovi:

„Vraťte se na své místo."

Fleming a Štěpán vstali, odešli na své místo a Štěpán, celý zrudlý hanbou, chabou rukou honem rozevřel knihu a zavrtal se do stránky.

Je to nespravedlivé a surové, vždyť mu lékař řekl, že bez brejlí nesmí číst, a on ráno otci napsal o nové. A páter Arnall řekl, že dokud mu brejle nedojdou, nemusí studovat. A pak být před celou třídou označen za šibala a zřezán, vždyť je uznáván jako první nebo druhý a je vůdce yorkovců! Jak to studijní prefekt ví, že je to trik? Dosud cítí dotek prefektových prstů, jak mu rovnal ruku, a nejprve si pomyslel, že mu stiskne ruku, protože prefekt měl prsty měkké a pevné, ale vzápětí uslyšel šustot rukávů a třesknutí. Je to surové a nespravedlivé, že pak musel uprostřed třídy klečet: a páter Arnall řekl, že se mohou vrátit na své místo, a vůbec mezi nimi nedělal rozdíl. Poslouchal, jak tiše a mírně mluví páter Arnall při opravování úkolů. Teď ho to třeba mrzí a chce být slušný. Jenže to bylo nespravedlivé a surové. Studijní prefekt je kněz, ale surové a nespravedlivé je to přece. A jeho šedavá tvář a bezbarvé oči za brejlemi a ocelovými obroučkami hledí surově, protože mu nejprve měkkými pevnými prsty dlaň narovnal, aby ji líp a hlasitěji udeřil.

„Taková sprostárna, to se ví," řekl Fleming na chodbě, jak se třídy hrnuly do refektáře, „zbít kamaráda, když za nic nemůže."

„To se ti brejle vážně rozbily náhodou?" zeptal se Lump Roche.

„Toť se ví!" řekl Fleming. „Já bych si to nedal líbit. Já bych si na něho stěžoval rektorovi."

„Ano," vyhrkl Cecil Thunder, „a viděl jsem ho, jak zvedl rákosku přes rameno a to nesmí."

„Moc to bolelo?" zeptal se Lump Roche.

„Moc," řekl Štěpán.

„Já bych si to nenechal líbit," opakoval Fleming. „Od toho Plešatce a žádného jiného Plešatce. Je to ničemná sprosťárna, bodejť. Já bych šel po obědě rovnou za rektorem a pověděl mu to."

„Ano, jen jdi. Ano, jen jdi," řekl Cecil Thunder.

„Ano, jen jdi. Ano, jen jdi, Dedale, a požaluj na něj rektorovi," řekl Lump Roche, „protože jak říkal, přijde zítra zas a seřeže tě."

„Ano, ano. Požaluj rektorovi," řekli všichni.

Poslouchali je sekundáni a jeden řekl:

„Senát a římský lid prohlásili, že byl Dedalus potrestán neprávem."

Je to nesprávné; je to surové a nespravedlivé: seděl v refektáři a ve vzpomínce pořád zakoušel to ponížení, až ho napadlo, jestli to snad přece není tím, že má v obličeji šibalský rys, a zatoužil přesvědčit se o tom v zrcátku. Ale jistě takový rys nemá; a stejně je to nespravedlivé, surové a nesprávné.

Černavé rybí lupínky, jaké mají na postní středu, mu nejdou do krku a na jednom bramboru zůstala skvrna po lopatě. Ano, udělá, co mu řekli kamarádi. Půjde za rektorem a řekne mu, že byl neprávem potrestán. Něco takového už v dějinách někdo udělal, nějaký velikán, jeho podobizna je v učebnici dějepisu. A rektor prohlásí, že byl nespravedlivě potrestán, protože senát a římský lid o takových lidech vždycky prohlašují, že byli nespravedlivě potrestáni. Jméno těch velikánů stojí v *Otázkách* Richmala Magnalla. Dějepis pojednává o těchto mužích a jejich činech a zabývají se jimi *Příběhy z Řecka a Říma* od Petera Parleyho. Peter Parley je zobrazen na první stránce. Je tam cesta přes vřesoviště, vroubená travou a křovím: a Peter Parley má širák a sukovici jako nějaký protestantský pastor a pospíchá po silnici do Řecka a Říma.

Co musí udělat, je snadné. Až bude po obědě a on vyjde z jídelny, místo aby šel po chodbě dále, zahne napravo na schodiště vedoucí do zámku. Nic víc: zahne doprava, vyběhne po schodech a za půl minuty bude v nízké tmavé chodbičce, která vede zámkem k rektorovi. Kdekterý žák řekl, že je to nespravedlivé, dokonce i ten sekundán, co mluvil o senátu a římském lidu.

Co se stane? Zaslechl, jak na konci refektáře vstávají žáci z vyššího ročníku a odcházejí po rohoži: Paddy Rath a Jimmy Magee a Španěl a Portugalec a pátý je statný Corrigan, kterému má pan Gleeson nařezat. Proto mu studijní prefekt řekl švingulant a pronic zanic ho zbil: napínal slabé, od pláče unavené oči a pozoroval, jak v zástupu kolem něho jde statný Corrigan s širokými rameny a střapatou tmavou čupřinou. Ale ten něco provedl a krom toho pan Gleeson mu moc nenařeže: vzpomněl si, jak vypadá statný Corrigan v lázni. Pleť má stejné barvy jako zkalená rašelina na mělkém konci bazénu, a jak jde vedle něj, na velkých dlaždicích mu pleskají chodidla a stehna se mu natřásají, jak je tlustý.

Refektář už je poloprázdný a žáci pořád ještě vycházejí jeden po druhém. Mohl by se pustit po schodech nahoru, protože za dveřmi refektáře se kněz ani prefekt nikdy neobjeví. Ale nemůže tam jít. Rektor se postaví na prefektovu stranu a uvidí v tom školácký úskok a studijní prefekt pak stejně každý den přijde, jenže to bude horší, protože se na něho rozlítí, že na něho žaloval rektorovi. Jen ať jde, řekli mu spolužáci, ale sami by nešli. Nadobro to pustili z hlavy. Raděj to taky pustí z hlavy, třeba to studijní prefekt řekl jen tak. Ne, raděj mu půjde z cesty, když je člověk malý a mladý, spíš se tak ochrání.

Spolužáci u jeho stolu vstali. Vstal také a šel v zástupu s nimi. Musí se rozhodnout. Když půjde dál se spolužáky, k rektorovi se už nedostane, z hřiště kvůli tomu odejít nemůže. A jestli tam půjde a stejně dostane výprask, všichni spolužáci o něm budou vtipkovat a líčit, jak jde mladý Dedalus za rektorem žalovat na studijního prefekta.

Kráčel po rohoži a uviděl před sebou dveře. Nejde to. Nemůže. Viděl před sebou plešatou hlavu studijního prefekta, jak si ho měří bezbarvýma očima, a slyšel studijního prefekta, jak se ho dvakrát ptá na jméno. Proč si to jméno nezapamatoval, když mu je jednou řekl? Copak poprvé neslyšel, nebo chtěl to jméno zesměšnit? Taková jména měli v dějinách velikáni a nikdo je nezesměšňuje. Když už chce zesměšňovat, ať zesměšňuje své jméno. Dolan. Zní to jako jméno nějaké pradleny.

Došel ke dveřím, a než si to mohl rozmyslet, zahnul vpravo a po schodech nahoru a vešel do nízké tmavé chodbičky vedoucí do zámku. Jak překročil práh u dveří do chodby, aniž otočil hlavu, viděl, jak se všichni žáci, hrnoucí se dál, za ním ohlížejí.

Šel úzkou tmavou chodbou kolem dvířek od řeholnických pokojů. Zíral v šeru před sebe a napravo a nalevo a hádal, že to jsou asi podobizny světců a řádových velikánů; svatý Ignác Loyola drží rozevřenou knihu a ukazuje v ní na slova *Ad maiorem Dei gloriam*, svatý František Xaverský, ukazující si na prsa, Lorenzo Ricci, s biretem na hlavě jako nějaký prefekt, tři patroni svatého jinošství, svatý Stanislav Kostka, svatý Aloysius Gonzaga a blahoslavený Jan Berchmans, vesměs mladolící, protože umřeli mladí, a páter Peter Kenny v křesle, zahalený do velkého pláště.

Došel na odpočivadlo nad vstupní dvoranou a rozhlédl se. Tudy projel Hamilton Rowan a dosud jsou tam stopy po kulkách vojáků. Tam zahlédli staří sluhové maršálova ducha v bílém plášti.

Na konci odpočivadla zametal starý sluha. Zeptal se ho na rektorův pokoj a starý sluha mu ukázal na dveře až na konci a hleděl za ním, jak k nim jde a klepá na ně.

Nic se neozvalo. Zaklepal silněji a srdce mu poskočilo, když zaslechl, jak někdo tlumeně říká:

„Dále!"

Stiskl kliku a otevřel dveře a uvnitř zatápal po klice zelených soukenných dveří. Nahmatal ji, stiskl a vstoupil dovnitř.

Uviděl rektora, jak sedí u stolu a píše. Na stole byla lebka a v pokoji to divně svátečně čpělo jako staré kožené křeslo.

Srdce se mu rozbušilo nad tím, jak je tam svátečně a jaké ticho: pohlédl na lebku a na rektorovu vlídnou tvář.

„Tak copak, mládenečku," řekl rektor.

Štěpán polkl a řekl:

„Mně se, prosím, rozbily brejle."

Rektor otevřel ústa a řekl:

„Ajaj!"

Pak se usmál a řekl:

„Inu, když se nám rozbily brejle, musíme si napsat domů o nové."

„Já už jsem, prosím, psal," řekl Štěpán, „a páter Arnall řekl, že dokud nepřijdou, nemám se učit."

„Správně," řekl rektor.

Štěpán znovu polkl a přemáhal třesení nohou a hlasu.

„Ale, prosím..."

„Copak?"

„Dnes k nám přišel páter Dolan a nařezal mi, protože jsem nepsal úkol."

Rektor ho mlčky pozoroval; cítil, jak červená a do očí mu stoupají slzy.

Rektor řekl:

„Jmenuješ se Dedalus, že?"

„Ano, prosím."

„A kdepak se ti brejle rozbily?"

„Na škvárovém chodníku, prosím. Nějaký žák vyjížděl z úschovny kol a já jsem upadl a brejle se mi rozbily. Jak se ten žák jmenuje, nevím."

Rektor ho zas mlčky pozoroval. Potom se usmál a řekl:

„No, to byl omyl, páter Dolan to jistě nevěděl."

„Ale já jsem mu to, prosím, řekl a on mi nařezal."

„Řekl jsi mu, že sis napsal domů o nové?" zeptal se rektor.

„Prosím ne."

„Tak to ti páter Dolan nerozuměl," řekl rektor. „Řekni, že máš ode mne na pár dní od úkolů úlevu."

Aby se zas neroztřásl, Štěpán vyhrkl:

„Ano, prosím, jenže páter Dolan řekl, že zítra přijde a zas mi nařeže."

„Dobrá," řekl rektor, „je to omyl, sám s páterem Dolanem promluvím. Stačí?"

Štěpán ucítil, jak mu oči vlhnou slzami, a zašeptal:

„Prosím ano, děkuji."

Přes hranu stolu, kde stála lebka, napřáhl k němu rektor ruku, Štěpán mu do ní na chvilku vložil svou a ucítil chladnou vlhkou dlaň.

„Tak na shledanou," řekl rektor, odtáhl ruku a uklonil se.

„Na shledanou, prosím," řekl Štěpán.

Uklonil se, klidně vyšel z pokoje a opatrně, zvolna za sebou zavřel.

Když však minul na odpočivadle starého sluhu a znovu se octl v nízké tmavé úzké chodbě, kráčel stále rychleji. Stále rychleji se v tom vzrušení hnal šerem. Na konci loktem rozrazil dveře, sběhl po schodech a proběhl oběma chodbami ven.

Uslyšel křik spolužáků z hřišť. Rozběhl se, běžel stále rychleji, přeběhl škvárový chodník a bez dechu se octl na terciánském hřišti.

Spolužáci ho viděli běžet. Kruhem ho obstoupili a strkali se, aby ho líp slyšeli.

„Pověz! Pověz!"

„Co říkal?"

„Šel jsi až za ním?"

„Co říkal?"

„Pověz! Pověz!"

Pověděl jim, co řekl a co řekl rektor, a když jim to řekl, všichni žáci vyhodili čapky vzhůru a křikli:

„Hurá!"

Ze zaklesnutých loktů udělali kolíbku a pohazovali ho a nosili, až se jim silou vyprostil. Když jim unikl, rozutekli se na všechny strany, znovu vyhazovali čapky do výše a za kroužení čapek hvízdali a pokřikovali:

„Hurá!"

A třikrát provolali hanbu plešatci Dolanovi a třikrát slávu Conmeemu, tak slušný rektor prý jakživ v Clongowes nebyl.

Pokřik v hebkém šedém vzduchu tuhne. Je sám. Je šťastný a volný: před páterem Dolanem se rozhodně nebude naparovat. Bude mírný a poslušný: zatoužil prokázat mu nějakou laskavost, aby viděli, že se nenaparuje.

Vzduch je hebký a šedý a mírný a snáší se večer. Ve vzduchu večerně čpí venkovská pole, kde si vyrýpnou tuřín, až zabrousí za majorem Bartonem, čpí to v lesíku za pavilonem, kde rostou duběnky.

Žáci cvičí baseballové podání, falšované míče

a padáčky. V hebkém šedém tichu je slyšet buchot míčů: a v tichém vzduchu zvuk kriketových pálek: pik, pek, pok: jako kapky vodotrysku, hebce crčící do přetékající nádrže.

II

Strýc Charles kouřil takový černý skrutlík, že mu synovec nakonec poradil, aby si ráno chodil zakouřit do kůlničky na kraji zahrady.

„Dobrá, Simone. Nic se nestane, Simone," řekl klidně stařec. „Kde chceš. Kůlnička mi vyhovuje. Bude to zdravější."

„Čert mě vem," řekl upřímně pan Dedalus, „jak můžeš kouřit takové příšerné svinstvo? Bůhví, hotový střelný prach."

„Tabák je to skvělý," řekl stařec. „Chladí a uklidňuje."

Každé ráno se tedy strýc Charles uchyloval do své kůlničky, nejprve si však pečlivě vzadu namazal a sčesal vlasy a nasadil cylindr. Při kouření bylo vidět za zárubní kůlny jenom střechu cylindru a hlavičku dýmky. Besídka, jak říkal začpělé kůlně, o kterou se dělil s kočkou a zahradnickým nářadím, mu zároveň sloužila za ozvučnou mušli: každé ráno si spokojeně broukal nějakou oblíbenou píseň: *Ach, besídku mi upleť* nebo *Modré oči a zlaté vlasy* nebo *Blarneyské hájky* a z dýmky mu zvolna stoupaly šedé a modré kotouče dýmu a mizely v čirém vzduchu.

Počátkem léta byl strýc Charles stálým Štěpánovým společníkem. Strýc Charles byl bodrý stařík s osmahlou pletí, ostrými rysy a šedivými licousy. Ve všední den vyřizoval pochůzky mezi domem v Carysfortské ulici a krámy na hlavní třídě, kde rodina nakupovala. Na takové pochůzky chodil Štěpán rád, strýc Charles mu totiž štědře nabíral přehršle všeho, co bylo před regály vystaveno v bednách a v sudech. Chňapl hrst hroznů i s pilinami a pár kalifornských jablek a štědře je vtiskl synovci do dlaně a kupec se přitom jen rozpačitě usmál. Když se Štěpán naoko zdráhal, zamračeně mu řekl:

„Jen si je, prosím, vezmi. Slyšíš? Pomáhají zažívání."

Po vyúčtování objednávek šli oba do parku a tam našli starého známého Štěpánova otce, seděl na lavičce a čekal na ně. A tu začal Štěpánův běh kolem parku. S hodinkami v ruce stál Mike Flynn u brány vedle nádraží a Štěpán zatím obíhal trať Mikovým oblíbeným stylem, hlavu vztyčenou, kolena vysoko zdvižená a paže přitisknuté k bokům. Po ranním cvičení pronesl cvičitel připomínky a pro větší názornost občas v starých modrých plátěných střevících pár yardů komicky přešoural. Obklopil ho hlouček zkoprnělých dětí a chův a ty se odtud nehnuly ani potom, když zas se strýcem Charlesem usedli a hovořili o atletice a politice. Od otce sice Štěpán věděl, že Mike Flynn vycepoval nejlepší novodobé běžce, přece však nedůvěřivě pokukoval po trenérově zplihlé, neholené tváři, skloněné nad dlouhé potřísněné prsty, v nichž si kroutil cigaretu, a zas s lítostí pozoroval vlídné matné oči, jak se pojednou vytrhnou z práce a nejistě zabloudí do modré dálky a dlouhé opuchlé prsty přestanou kroutit a zrnka a vlákna tabáku padají zpátky do pytlíku.

Cestou domů se strýc Charles stavoval v kostele, a protože Štěpán do kropenky nedosáhl, stařec si namočil dlaň a vychrstl ji Štěpánovi na šaty a na podlahu portálu. Při modlitbě klečel na červeném kapesníku a polohlasně si četl z ohmataného kancionálu s reklamanty vytištěnými dole na stránce. Štěpán klečel vedle něho, cítil jeho zbožnost, ale sám ji nesdílel. Často si říkal, za co se strýc tak usilovně modlí. Snad se modlí za duše v očistci nebo za milost blažené smrti nebo snad za to, aby mu Bůh vrátil kus velkého jmění, které v Corku utratil.

V neděli chodil Štěpán s otcem a prastrýcem na zdravotní procházku. Vzdor kuřím okům byl stařec rázný chodec a často urazili deset až dvacet mil. Ve vesničce Stillorgan bylo rozcestí. Buď se pustili vlevo k dublinským kopcům nebo po goatstownské silnici do Dundrumu a přes Sundyfork pak došli domů. Při tom trmácení po silnici nebo postávání v nějaké začouzené zájezdní hospodě oba starší stále hovořili o tom, co jim bylo nejbližší, o irské politice, o Munsteru a o rodinných zkazkách a Štěpán dychtivě poslouchal. Nesrozumitelná slova si opakoval, až je uměl zpaměti: a jimi mu probleskoval skutečný okolní svět. Zřejmě se blíží hodina, kdy se i on v tom světě uplatní, a v skrytu se chystal sehrát v něm přisouzenou úlohu, jejíž ráz jen nejasně tušil.

Večery měl celé pro sebe; hroužil se do potrhaného překladu *Hraběte Monte Christa*. Postava chmurného mstitele mu ztělesňovala všechno neobvyklé a strašné, co v dětství zaslechl nebo vytušil. Večer si na stole v obývacím pokoji stavěl z obtisků a papírových květin a zlatého a stříbrného staniolu od čokolády nádherné ostrovní jeskyně. Když ho ty cetky omrzely a výpravu zbural, v duchu se mu vynořil jasný obraz Marseille, slunných špalírů a Mercedes.

Za Blackrockem na silnici do kopců stál obílený domek a v jeho zahradě rostlo plno růžových keřů: v tom domku, říkal si, bydlí taky nějaká Mercedes. Tímto milníkem měřil vzdálenost cestou tam a zpátky domů: v duchu prožíval dlouhý řetěz dobrodružství stejně úžasných jako ta v knize a na jejich konci se objevoval sám, zestárlý a posmutnělý, jak stojí v měsícem ozářené zahradě s Mercedes, která před lety pohrdla jeho láskou, a se smutně odmítavým posuňkem jí říká:

„Milostivá, muškátové hrozny nejím."

Skamarádil se s chlapcem jménem Aubrey Mills a spolu s ním založil v aleji bandu dobrodruhů. Aubreymu se v knoflíkové dírce komíhala píšťalka, k řemenu měl připevněnou bicyklovou lampičku a druzí si za řemen zastrčili klacek jako dýku. Štěpán, který četl o tom, jak prostě oblečen chodil Napoleon, se tedy nepárádil a před rozkazem se náležitě radil s pobočníkem. Banda přepadala zahrady starých panen nebo vtrhovala do zámku a na rozeklaných zaplevelených skalách sváděla bitvu, domů se pak utrmácení tuláci vraceli, v nozdrách čpavý pach pobřeží a na rukou a ve vlasech zatuchlý olej chaluh.

Aubrey a Štěpán měli společného mlékaře a často si v mlékařském voze zajeli do Carrickmines, kde se krávy pásly. Zatímco mlékaři dojili, hoši se střídavě projížděli na klisně po poli. S podzimem se však krávy zaháněly z pastvy domů; při pohledu na zaneřáděný stradbroocký kravín s hnusně zelenými loužemi a koláči řídkých kravinců a zapařenými koryty otrub bylo Štěpánovi špatně. Krávy, které za slunných dnů vypadaly venku tak krásně, se mu zprotivily a na nadojené mléko se ani podívat nemohl.

S nadcházejícím zářím si tento rok nedělal starosti. Do Clongowes se totiž už neměl vrátit. Trénování v parku skončilo, když odešel Mike Flynn do nemocnice. Aubrey chodil do školy a navečer měl jen nějakou hodinu volno. Tlupa se rozpadla a veta bylo po nočních loupežích a bitvách na skalách. Někdy se Štěpán svezl vozem, rozvážejícím večerní mléko. Tyto chladné projížďky mu zaplašily vzpomínky na špinavý kravín a nehnusil si už kravské chlupy a senná semínka na mlékařově kabátě. Když vůz před některým domem zastavil, pokaždé číhal, jestli zahlédne vydrhnutou kuchyň nebo matně osvětlenou předsíň, jak tam služka nastavuje džbán a jak potom zavírá dveře. Napadlo ho, jaký by to byl příjemný život, jezdit navečer po silnicích a rozvážet mléko, na rukou teplé rukavice, a v kapse pořádný pytlík zázvorek k snědku. Ale stejná předtucha, která ho zbavovala odvahy a při běhu kolem parku mu naráz podlamovala kolena, stejná instinktivní obava, se kterou pohlížel na štětinatého ochablého trenéra, schýleného nad dlouhými potřísněnými prsty, mu odplavovala každou představu budoucnosti. Nejasně chápal, že je otec v úzkých, proto ho taky neposlali zpátky do Clongowes. Dávno si už všiml, že doma dochází k nějaké změně; a každá taková změna něčeho, co pokládal za neměnitelné, otřásla jeho chlapeckou představou světa. Ctižádost, která se mu občas v hloubi duše ozvala, hledala uplatnění. Mysl mu zatemňovalo stejné šero, jaké ho obklopovalo, když naslouchal dusotu kobyliných kopyt na trati po Rock Road a kymácení a drnčení velké konve za sebou.

Vrátil se k Mercedes, a jak dumal nad jejím obrazem, do krve se mu vloudil divný neklid. Někdy v něm vzkypěla taková horečka, že večer sám bloumal po tiché ulici. Klid zahrad a vlídná světla v oknech mu vlévala něhu do nepokojného srdce. Dráždil ho křik hrajících si dětí a nad jejich pošetilými hlasy si zřetelněji než dříve v Clongowes uvědomoval, že je jinačí než druzí. Hrát si nechtěl. Chtěl se v skutečném světě setkat s nehmotnou představou, jakou v duchu ustavičně před sebou viděl. Kde a jak ji hledat, nevěděl: ale veden předtuchou věděl, že se s ním tato představa bez jeho přičinění shledá. Klidně se setkají, jako by se dávno znali a dali si schůzku, možná u některé brány nebo na nějakém skrytém místě. Budou sami, zahaleni tmou a tichem: a on se v té chvíli svrchované něhy promění. Před jejíma očima se rozplyne v něco nehmatatelného a vzápětí se promění. V tom kouzelném okamžiku spadne z něho slabost, bojácnost a nezkušenost.

Jednou zrána zastavily přede dveřmi dva velké žluté stěhovací vozy a s dupotem přišli chlapi byt rozebrat. Horempádem vynesli nábytek k bráně přední zahrady, posetou chomáči slámy a kousky provazu, do mohutných nákladních vozů. Když všechno pečlivě naložili, nákladní vozy se s rachotem rozjely ulicí: a z okna železničního vozu, v němž Štěpán s uslzenou matkou seděl, viděl, jak rachotí po Merrion Road.

Oheň v salóně neměl ten večer tah a pan Dedalus, aby oheň rozdmýchal, podepřel rošt pohrabáčem. V koutě polozařízeného pokoje bez koberce klímal strýc Charles a vedle něho se opíraly o zeď rodinné podobizny. Stolní lampa chabě osvětlovala prkennou podlahu, zablácenou stěhováky. Štěpán seděl vedle otce na stoličce a poslouchal jeho dlouhou nesouvislou samomluvu. Zpočátku jí pramálo rozuměl, ale ponenáhlu mu došlo, že má otec nepřátele a že se schyluje k boji. Pochopil také, že je verbován do boje a že na něho doléhá povinnost. Rozesmutnil ho ten náhlý úprk z blackrockého pohodlí a snění, jízda chmurným zamlženým městem, představa holého nevábného domu, v němž mají bydlet: a znovu ho přepadla intuice či předtucha budoucnosti. Pochopil také, proč si služky tolikrát v hale šuškaly a proč otec zády k ohni postával na krbové rohožce a hlaholil na strýce Charlese, který ho pobízel, ať se posadí a povečeří.

„Mám v sobě, Štěpáne, kamaráde, dost elánu," řekl pan Dedalus a vztekle rozhrábl chabý oheň. „Ještě není po všem veta, synku. Kdepak, Kristapána (Pánbůh mi odpusť), zdaleka ne veta."

Dublin byl nový a složitý zážitek. Strýc Charles tak zdětinštěl, že ho nepouštěli na posílky, a za nepořádku při zařizování v novém bytě měl Štěpán víc volného času než v Blackrocku. Zprvu se omezil na to, že bázlivě oběhl sousední náměstí, nejvýš zašel kousek do postranní ulice: když si však v duchu město zmapoval, troufale se pouštěl po některé z hlavních tříd, až došel k celnici. Nikým nezastavován chodil mezi doky a po hrázích a žasl nad spoustou zátek plovoucích po hladině v hustém žlutém kalu, nad davy přístavních nosičů a drkotajících vozíků a neustrojených vousatých strážníků. Při představě nesmírného a zvláštního života, jakou v něm vyvolávaly žoky zboží, složené u zdí nebo vyhazované z lodních komor, ho znovu přepadl neklid, který ho za večerů pudil k toulkám od zahrady k zahradě, kde pátral po Mercedes. Uprostřed tohoto nového rušného života si málem připadal jako v nové Marseilli, chyběla mu jen jasná obloha a sluncem vyhřáté špalíry vináren. Při pohledu na hráze a řeku naň doléhalo jisté zklamání, a přece se tam den co den potuloval, jako by opravdu hledal někoho, kdo mu uniká.

Několikrát si s matkou zašel na návštěvu k příbuzným: prošli sice rozmarnou řadou krámů, vánočně osvětlených a ozdobených, leč tichá zahořklost ho neopouštěla. Zahořklost měla různé příčiny, vzdálené i blízké. Zlobil se na sebe, že je tak mladý a vydaný napospas zbrklým hloupým nápadům, zlobil se taky na změnu osudu, který mu přetvářel okolní svět na obraz špíny a záludnosti. Hněvem však ten obraz nebyl nijak zabarven. Trpělivě zaznamenával, co vidí, přitom se s tím neztotožňoval a vskrytu zkoušel tu umrtvující příchuť.

Seděl v tetině kuchyni na židli bez opěradla. Na čalouněné stěně u krbu visela lampa se zrcátkem a při ní četla teta večerník, který měla rozložený na kolenou. Dlouho hleděla na usměvavý obrázek v něm otištěný a řekla unyle:

„Krásná Mabel Hunterová!"

Kudrnatá dívka si stoupla na špičky, aby viděla na obrázek, a řekla tiše:

„V čem je to, mami?"

„V pantomimě, miláčku."

Dívka si opřela kudrnatou hlavu o matčin rukáv, zadívala se na obrázek a celá unesená zašeptala:

„Krásná Mabel Hunterová!"

Celá unesená dlouho zírala na ty plaše uštěpačné oči a nábožně zašeptala:

„Jaké nádherné stvoření!"

A chlapec, který vešel z ulice a prohýbal se pod nákladem uhlí, zaslechl její slova. Rázem shodil náklad na zem a šel se podívat. Ona však klidně hlavu nezvedla, aby se mohl podívat. Zarudlýma ukoptěnýma rukama zmačkal okraj novin, odstrčil ji a huboval, že nevidí.

Seděl v úzké ranní jídelně až nahoře ve starém domě s tmavými okny. Na stěně se míhal oheň a za oknem se na řeku snášel přízračný soumrak. Před krbem chystala stařena svačinu a při tom kutění tiše vyprávěla, co říkal kněz a co lékař. Také povídala, že se, jak pozoruje, poslední dobou divně chová a divně mluví. Seděl a poslouchal její slova a sledoval, jaká dobrodružství se před ním v uhlí rozevírají, oblouky a klenby, točitá schodiště a rozeklané sluje.

A tu ve dveřích něco zahlédl. V šeru dveří trčela lebka. Jakousi opičí zrůdu tam přilákaly hlasy u krbu. Od dveří se někdo kňouravě zeptal:

„Jsi to ty, Josefino?"

Při kutění u krbu jí stařena bodře odpovídala:

„Ne, Ellen, je to Štěpán."

„Ach tak... Ach tak, dobrý večer, Štěpáne."

Odpověděl na pozdrav a uviděl, jak se na obličeji ve dveřích rozprostírá pošetilý úsměv.

„Chceš něco, Ellen?" zeptala se stařena u krbu.

Ellen na otázku neodpověděla a řekla:

„Myslela jsem, že je to Josefina. Myslela jsem, Štěpáne, že jsi Josefina."

Několikrát to opakovala a pošetile se rozesmála.

Seděl na dětském večírku v Harold's Cross. Zmocnila se ho zamlklá číhavost a málo si hrával. Děti nastrojené do toho, co ukořistily v sáčcích, rejdily a dováděly, ale když se pokoušel přidat k jejich veselí, připadal si mezi bujně chocholatými kloboučky a slunečníky zachmuřeně.

Teprve když si odzpíval písničku a uchýlil se do koutku pokoje, vychutnával radost osamění. Veselí, zvečera zdánlivě falešné a plytké, ho teď konejšivě ovívalo, vesele mu pronikalo smysly, skrývalo před očima druhých horečné kypění jeho krve a víření tanečníků, za hudby a smíchu zalétal k němu její pohled, lichotivý, škádlivý, zkoumavý, do hloubi srdce vzrušující.

V předsíni se už oblékaly poslední děti: večírek skončil. Přehodila si šálu, a jak šli spolu k tramvaji, bujně jí kolem zakuklené hlavy poletoval svěží teplý dech a střevíčky rozmarně cupitaly po umrzlé cestě.

Byla to poslední tramvaj. Hubené hnědky to věděly a vyzváněním to jasné noci připomínaly. Průvodčí rozprávěl s řidičem, při zeleném světle lampičky pokyvovali oba hlavou. Na prázdných sedadlech se povalovalo pár barevných jízdenek. Po cestě nahoru i dolů nebylo slyšet kroky. Žádný zvuk nerušil noční klid, jen občas si hubené hnědky o sebe otřely nozdry a zacinkaly.

Oba jako by naslouchali, on na horním, ona na dolním schůdku. Mockrát za ním na jeho schůdek vystoupila a mezi řečí zas sestoupila, párkrát na horním schůdku chvíli postála těsně vedle něho a neměla se k tomu sestoupit, a potom přece sestoupila. Srdce mu při jejích pohybech rejdilo jak korek na příboji. Slyšel, co mu očima zpod kapuce říká, a věděl, že kdysi dávno, snad ve skutečnosti, snad ve snění, jejich příběh už slyšel. Viděl, jak mu na odiv staví svou parádu, své pěkné šaty a šerpu a dlouhé černé punčochy, a věděl, že si ho jimi už tisíckrát podmanila. Vnitřní hlas mu však překřikoval rejdící srdce a pobízel ho, ať si vezme ten dar, stačí po něm vztáhnout ruku. A vzpomněl si, jak jednou stáli s Eileen a dívali se do hotelové zahrady, jak tam číšníci vytahují na stožár šňůru praporků, a na foxteriéra, jak rejdí na slunném trávníku, a jak se ona najednou rozesmála a rozběhla se z kopce dolů. Jako tehdy i teď stál jako přibitý, napohled klidný pozorovatel toho, co se před ním odehrává.

Ona taky chce, aby ji objal. Proto se mnou šla k tramvaji. Snadno ji obejmu, až vystoupí na můj schůdek: nikdo se nedívá. Obejmu ji a políbím.

Ale nic takového neudělal: a když pak seděl sám v prázdné tramvaji, roztrhal lístek na cucky a chmurně civěl na rezavé stupátko.

Druhý den proseděl hodiny u stolu v holém horním

pokoji. Před sebou měl ležet nové pero, novou lahvičku inkoustu a nový smaragdový sešit. Ze zvyku nadepsal první stránku počátečními písmeny jezuitského hesla: A.M.D.G. Na první řádce stránky se objevil nadpis skládaných veršů: E – C –. Takový začátek se mu zdál správný, podobné nadpisy totiž viděl v sebraných básních lorda Byrona. Když ten nadpis napsal a podtrhl ozdobnou linkou, zasnil se a čmáral na knižní obal diagramy. Viděl se, jak sedí v Bray u stolu to ráno po štědrovečerní hádce a na obal otcovy knihy akcií zkouší napsat báseň o Parnellovi. Ale mozek mu ten námět nezvládl, a tak toho nechal a popsal stránku jmény a adresami spolužáků:

> Frederick Kickham
> John Lawton
> Anthony MacSwiney
> Simon Moonan

Užuž to vypadalo, že se mu to zase nepovede, ale jak se nad tou příhodou zamyslel, vrátila se mu sebedůvěra. Přitom se vytratily prvky, které mu připadaly hrubé a nicotné. Veta bylo po tramvaji a tramvájácích i koních. Nejasně se jevil i on a ona. Ve verších bylo jen o noci a vonném vánku a nádheře novoluní. Neurčitý bod tkvěl v srdci obou účastníků, jak mlčky stáli pod bezlistými stromy, a ve chvíli rozloučení, polibek, kterému se jeden bránil, dali si oba. Dole na stránce napsal L.D.S., zašel pak do matčiny ložnice a v zrcadle jejího toaletního stolku si dlouho prohlížel svůj obličej.

Dlouhá zahálka a volnost se však chýlila ke konci. Jednou večer se otec vrátil plný novinek a mlel o nich celou večeři. Štěpán už na otce dávno čekal, měli ten den skopovou sekanou a věděl, že ho otec nechá namáčet chleba do omáčky. Jenže si na skopové nepochutnal, při zmínce o Clongowes se mu ponebí potáhlo mázdrou nechuti.

„Div jsem do něho nevrazil," řekl počtvrté pan Dedalus, „přímo na rohu náměstí."

„Tak to tedy zařídí," řekla paní Dedalová. „Totiž s Belvederem."

„Bodejť ne," řekl pan Dedalus. „Copak ti neříkám, že je teď řádovým provinciálem?"

„Mně se nikdy nechtělo posílat ho ke křesťanským bratřím," řekla paní Dedalová.

„Čert vem křesťanské bratry!" řekl pan Dedalus. „K Paddymu Smrádkovi a Mickymu Špinkovi? Propána, jen ať zůstane u jezuitů, když už u nich začal. Po letech mu budou prospěšní. Ti mu dopomohou k postavení."

„A řád je to bohatý, viď, Simone!"

„Dost. Dobře se jim žije, to ti řeknu. Viděla jsi jejich tabuli v Clongowes. Bůhví, vypasení jak kokrháči."

Pan Dedalus přistrčil mísu Štěpánovi a kázal mu ji vyjíst.

„No tak, Štěpáne," řekl, „musíš se do toho, kamaráde, opřít. Užil jsi dlouhých prázdnin."

„Ach, on teď bude jistě velmi pilný," řekla paní Dedalová, „zvlášť když s ním bude Maurice."

„Propánajána, na Maurice jsem zapomněl," řekl pan Dedalus. „Hej, Maurici! Pojď sem, ty rošťácké ťululum! Jestlipak víš, že tě pošlu do koleje, kde tě naučí abecedu. A za penny ti koupím hezký kapesníček, aby ti neteklo z nosu. To bude legrace!"

Maurice se zaštířil na otce a potom na bratra.

Pan Dedalus si vmáčkl monokl do oka a ostře si své syny změřil. Štěpán žmoulal chleba a na otcův upřený pohled nereagoval.

„Mimochodem," ozval se posléze pan Dedalus, „rektor, nebo vlastně provinciál mi vyprávěl, co bylo s tebou a páterem Dolanem. Jsi prý nestydatý rošťák."

„To snad neřekl, Simone!"

„Ne. Ale podrobně mi o celé záležitosti vyprávěl. Povídali jsme, to víš, a slovo dalo slovo. Mimochodem, kdo myslíš, že dostane ve sdružení to místo? Povím ti to potom. No, jak jsem řekl, přátelsky jsme si povídali a on se mě zeptal, jestli náš přítel pořád nosí brejle, a potom mi to všechno vyprávěl."

„A zlobil se, Simone?"

„Kdepak! Vůbec ne. *Čacký pacholík,* řekl."

Pan Dedalus napodobil provinciálovo huhňání.

„Páter Dolan a já, když jsme o tom při večeři hovořili, páter Dolan a já jsme se tomu moc zasmáli. *Pozor, otče Dolane,* řekl jsem, *nebo vám dá mladý Dedalus ještě nařezat.* Tuze jsme se tomu nasmáli. Cha! Cha! Cha!"

Pan Dedalus se otočil k své ženě a normálním hlasem prohodil:

„Z toho vidíš, v jakém duchu tam hochy vedou. Ach, není nad jezuity, nad jejich diplomacii!"

A zase nasadil provinciálův hlas a opakoval:

„Při večeři jsem jim o tom vyprávěl a páter Dolan a já a my všichni jsme se tomu srdečně zasmáli. Cha! Cha! Cha!"

Nadešel večer letnicové hry a z okna šatny hleděl Štěpán na trávník, přes který byly nataženy šňůry s lampiony. Díval se, jak jdou hosté po schodech z domu a vcházejí do divadla. Pořadatelé ve fraku, staří belvederští žáci, postávali u vchodu do divadla a obřadně vodili hosty dovnitř. V zákmitu lampionu rozeznal usměvavý kněžský obličej.

Ze svatostánku odnesli Nejsvětější Svátost a přední

lavice odtlačili, aby byl oltářní stupínek a prostor před ním volný. U stěn ležely soupravy vzpěračských činek a kuželek; v koutě se kupily malé činky: a mezi nesčetnými hromádkami cviček, svetrů a triček, halabala zabalených v hnědých balících, stál mohutný koží potažený kůň: ten měli na konci cvičení odnést na jeviště a postavit doprostřed vítězného družstva.

Vzhledem k zběhlosti v psaní zvolili sice Štěpána za sekretáře tělocvičné akademie, v první části programu však neúčinkoval, měl vystoupit až ve hře v druhé části, hrál v ní hlavní úlohu fraškovitého pedagoga. Dostal tu úlohu díky svému vzrůstu i slušnému chování, končil totiž druhý rok v Belvederu a byl v sekundě.

Nějakých dvacet mladších žáků v bílých šponovkách a tričkách odcupitalo z jeviště sakristií do kaple. Sakristie i kaple se hemžila nedočkavými učiteli a žáky. Obtloustlý plešatý kaprál zkoušel nohou odrazový můstek před koněm. Vedle něho stál a zvědavě ho pozoroval vychrtlík v dlouhém plášti, přichystaný k složitému komíhání kužely: postříbřené kužele mu čouhaly z hlubokých postranních kapes. Ozval se dutý rachot dřevěných činek, jak další mužstvo nastupovalo na jeviště: vzápětí pak rozezlený prefekt hnal žáky přes sakristii jako husí hejno, mával nervózně rukávy kleriky a okřikoval loudavce, ať si pospíší. Na konci kaple cvičil krok hlouček neapolských venkovanů, jedni mávali rukama nad hlavou, druzí zas pohupovali košíky s papírovými fialkami a dělali pukrlata. V tmavém koutě kaple na evangelní straně oltáře klečela uprostřed hojných černých sukní nějaká obtloustlá starší paní. Když vstala, objevila se za ní růžově oděná postava s kudrnatou zlatou parukou a starosvětským slaměným kloboukem, s načerněným obočím a jemně začervenělými napudrovanými lícemi. Kaplí proběhl zvědavý šepot, kde se tam ta dívčí postava vzala. S úsměvem a pokyvováním hlavy přistoupil jeden prefekt do tmavého kouta, uklonil se obtloustlé paní a řekl:

„Je to tu s vámi, paní Tallonová, nějaká mladá krasavice, nebo loutka?"

Shýbl se, nakoukl pod klobouček na usměvavý nalíčený obličej a zvolal:

„No ne! Namouduši, vždyť je to Bertík Tallon!"

Štěpán ze svého místa u okna slyšel, jak se stará paní a kněz smějí, a za sebou zaslechl obdivný šepot žáků, hrnoucích se k chlapečkovi, který měl sám zatančit šerpový tanec. Nedočkavě sebou škubl. Seskočil z lavice, na níž stál, a vyšel do kaple.

Odešel ze školy a zastavil se pod kůlnou vedle zahrady. Z protějšího divadla k němu doléhal tlumený šum diváků a náhlý břinkot vojenské kapely. Ze skleněné střechy se linulo světlo, až divadlo vypadalo jako sváteční archa, zakotvená mezi korály domů, tenkými šňůrami lampionů připoutaná k přístavišti. Pojednou se v divadle otevřely postranní dveře a trávník přelétl světelný paprsek. Z archy naráz dolehla hudba, valčíková předehra: když se pak postranní dveře zavřely, ještě bylo slabě slyšet hudební rytmus. Ráz úvodních taktů, jejich malátnost a vláčnost, vyvolal v něm nesdělitelný vzruch, který ho po celý den zneklidňoval a před chvílí způsobil jeho nedočkavé škubnutí. Ten vzruch z něho vycházel jako zvuková vlna: a na hladině plynoucí hudby archa odplouvala a za sebou táhla šňůry lampionů. A tu přetrhl hudební věty hřmot jakoby trpasličí dělostřelby. To vítali potleskem příchod činek na jeviště.

Na druhém konci kůlny zablesklo ve tmě světlo, a jak se k němu blížil, ucítil slabou vůni. Ve dveřích

278

stáli a kouřili dva hoši, ještě než k nim došel, poznal po hlase Herona.

„Přichází šlechetný Dedalus!“ ozval se hrdelný hlas. „Vítáme věrného přítele!“

Přivítání vyústilo v neveselý chechtot a Heron se obřadně klaněl a tloukl holí do země.

„Tu mě máte,“ řekl Štěpán, zůstal stát a z Herona zalétl pohledem k jeho známému.

Byl mu cizí, ale dík žhoucím nedopalkům rozeznal v šeru bledou hejskovskou tvář, po níž se zvolna šinul úsměv, štíhlou postavu ve svrchníku, s tvrďákem na hlavě. Heron se neměl k představování, místo toho řekl:

„Právě jsem kamarádu Wallisovi říkal, jaká by to byla švanda, kdybys zahrál rektora v roli učitele. Bylo by to k popukání.“

Heron chabě zkusil napodobit kamarádu Wallisovi rektorův pedantský bas, zasmál se, jak to nedovede, a požádal o to Štěpána.

„Do toho, Dedale,“ vybídl ho, „ty ho báječně paroduje; *Kdož by neposlechl církev, budiž vám jako pohan a publikán.*“

Parodii přetrhla Wallisova nadurděnost, že se mu nedopalek ve špičce zadrhl.

„K čertu s tou zatracenou špičkou,“ řekl, vyndal ji z úst a útrpně se na ni usmál a zamračil. „Pořád se mi takhle zadrhuje. Taky si bereš špičku?“

„Já nekouřím,“ řekl Štěpán.

„Kdepak,“ řekl Haron. „Dedalus je vzorný jinoch. Nekouří, v kotcích se neometá, na zálety nechodí a vůbec nic neodsuzuje.“

Štěpán zavrtěl hlavou a usmál se do sokovy zardělé a nepokojné tváře se zobancem jako pták. Často mu připadalo divné, že má Vincent Heron ptačí tvář i ptačí jméno. Jako pocuchaná chocholka mu do čela splývala plavá kadeř: čelo měl nízké a kostnaté a mezi blízko zasazenýma očima, vystouplýma, světlýma a bezvýraznýma, mu trčel tenký zahnutý nos. Sokové byli spolužáci. Společně sedali ve třídě, společně klekali v kapli, společně hovořili po růženci u oběda. Žáci v primě byli průměrní tupci, a tak se ten rok Štěpán a Heron stali vlastně primusy. Společně chodili k rektorovi žádat o volný den nebo vytáhnout nějakého spolužáka z bryndy.

„Mimochodem," ozval se náhle Heron, „viděl jsem dnes tvého otce, jak sem šel."

Na Štěpánově obličeji potuchl úsměv. Při každé spolužákově nebo profesorově zmínce o otci měl po klidu. S obavou mlčky čekal, co ještě Heron řekne. Heron ho však významně šťouchl loktem a řekl:

„Jsi ty ale poťouchlík, Dedale."

„Proč?" řekl Štěpán.

„Děláš, jako bys neuměl do pěti počítat," řekl Heron. „Jenže jsi poťouchlík."

„Smím se tě zeptat, o čem to mluvíš?" řekl uhlazeně Štěpán.

„To smíš," odpověděl Heron. „Však jsme ji viděli, viď, Wallisi. A je po čertech hezká. A zvědavá! *Jakou má Štěpán úlohu, pane Dedale? A to nám Štěpán nezazpívá, pane Dedale?* Tvůj otec na ni koukal monoklem jak vyjevený, a tak se mi zdá, že tě taky prokouk. Taky bych si dal říct, hrome. Je senzační, viď, Wallisi."

„Ujde," řekl klidně Wallis a zase si strčil špičku do koutku úst.

Nad těmi nešetrnými narážkami se Štěpán nadurdil. Že se o něho nějaká dívka zajímá a stará, to není žádná legrace. Celý den myslel jen na to, jak se na stupních tramvaje v Harold Cross rozloučili, jaké teskné pocity jím tehdy probíhaly a jakou o tom napsal báseň. Celý den si představoval, jak se s ním zase sejde, vždyť ví, že přijde na představení. Znovu mu zaplavil hruď starý teskný neklid jako tenkrát na večírku, ale veršem nevytryskl. Mezi tenkrát a nyní byla dvě léta dospívání a poznávání, takže vytrysknout nemohl: proud teskné rozněžnělosti se v něm vzmáhal, kroužil temnými prameny a víry a nakonec ho omrzel, až při žertování prefekta s nalíčeným chlapečkem ztratil trpělivost.

„Uznáš tedy," mluvil dál Heron, „že jsme tě tentokrát prokoukli. Na svatouška si už hrát nebudeš."

Neveselý smích mu lehce splynul ze rtů, a on se jako předtím shýbl a udeřil Štěpána zlehka holí po lýtku, jako by ho žertem káral.

Zlost už Štěpána přešla. Nebyl polichocen ani zmaten, chtěl jen, aby už to dobírání skončilo. Pošetilá neomalenost ho mrzela, věděl totiž, že to dobrodružství v jeho nitru jejich slova nemohou ohrozit: na jeho tváři se zrcadlil soků falešný úsměv.

„Přiznej se!" opakoval Heron a znovu ho přetáhl holí po lýtku.

Úhoz byl jen tak v žertu, ale už ne tak mírný jako dříve. Štěpán cítil, jak se mu kůže tetelí a skoro bezbolestně trochu žhne; poníženě se sklonil, jako by se vpravoval do spolužákova šprýmování, a odříkával *Confiteor*. Epizoda skončila dobře, Heron i Wallis se jeho rouhání shovívavě zasmáli.

Zpověď vycházela Štěpánovi jenom ze rtů, a jak ji pronášely, jakoby kouzlem zalétl ve vzpomínce k tomu okamžiku, kdy si na Heronových usměvavých rtech všiml drobných krutých důlků a na lýtkách ucítil hůl a zaslechl známou pobídku:

„Uznej."

Bylo to na sklonku prvního kolejního semestru, když byl v sextě. Jeho rozcitlivělost dosud pálily šlehy netušeného mrzkého života. V duši ho stále znepokojovala a skličoval dublinská otupělost. Probral se z dvouletého snění a ocitl se na novém dějišti, které se ho každou příhodou i postavou přímo dotýkalo, skličovalo nebo vábilo a při všem skličování a vábení ho stále znepokojovalo a roztrpčovalo. Všechen volný čas, pokud mu ve škole zbýval, trávil ve společnosti podvratných autorů, jejichž šprýmy i neomalenosti mu rozkvasily mozek a potom přešly do jeho neumělých výtvorů.

Slohový úkol mu byl hlavní týdenní snahou, a jak se v úterý ubíral z domu do školy, z příhod po cestě hádal svůj osud, doháněl chodce před sebou a zrychloval krok, až je před určitým bodem předhonil, nebo zas pečlivě našlapoval mezi dlaždice chodníku a říkal si, že bude či nebude v týdenním slohovém úkolu první.

Jednou v úterý se však jeho vítězná dráha přerušila. Angličtinář pan Tate na něho ukázal prstem a surově řekl:

„Tento žák má ve svém úkolu blud.“

Ve třídě zavládlo ticho. Pan Tate je nerušil, jenom se rukou dloubal mezi stehny, až mu silně naškrobené plátno na krku a na zápěstí vrzalo. Štěpán nezdvihl hlavu. Bylo mrazivé jarní jitro a oči měl pořád bolavé a slabé. Věděl, že je poražen a odhalen, že má mrzkou mysl i rodinu, a znovu ucítil na krku škrábání ohrnutého zubatého límce.

Po Tatově úsměšku se třída utišila.

„Ty jsi to třeba nevěděl,“ řekl.

„Kde?“ otázal se Štěpán.

Pan Tate vytáhl dloubající dlaň a rozevřel slohový úkol.

„Tady. Mluví se o Stvořiteli a o duši. Ehm... ehm... ehm... Aha! *aniž má možnost někdy k němu dosáhnout blíže.* To je blud."

Štěpán zašeptal:

„Chtěl jsem říci *aniž má možnost k němu dosáhnout.*"

Byla to kapitulace a usmířený pan Tate zavřel slohový úkol a podal mu ho se slovy:

„To jo... Aha! *někdy k němu dosáhnout.* To je něco jiného."

Jenže třída se s tím jen tak nespokojila. Po vyučování s ním sice nikdo nemluvil, ale přesto cítil kolem sebe jakousi škodolibou radost.

Několik dní po této veřejné důtce kráčel večer po Drumcondra Road a tu zaslechl nějaké volání:

„Stát!"

Otočil se a uviděl, jak k němu v šeru jdou tři spolužáci. Byl to Heron, který na něho volal, a jak mezi dvěma pobočníky kráčel vpřed, do kroku švihal před sebou tenkou rákoskou. Vedle něho kráčel na celé kolo rozjívený jeho kamarád Boland, pár kroků za ním supěl a ryšavou makovicí pokyvoval Nash.

Když pak hoši zabočili do Clonliffe Road, rozpovídali se o knihách a spisovatelích, které knihy čtou a kolik knih mají doma v otcovských policích. Udiveně je Štěpán poslouchal; Boland byl totiž ve škole hlupák a Nash zase lenoch. Však také když chvíli hovořili o oblíbených spisovatelích, Nash se vyslovil pro kapitána Marryata, to je prý největší spisovatel.

„Blbost," řekl Heron. „Zeptej se Dedala. Kdo je, Dedale, největší spisovatel?"

Štěpán postřehl v otázce uštěpačnost a řekl:

„To myslíš prózy?"

„Ano."

„Myslím Newman."

„To jako kardinál Newman?" zeptal se Boland.

„Ano," odpověděl Štěpán.

Pihovatý Nash se na celé kolo zaštířil, pustil se do Štěpána a řekl:

„Ty máš, Dedale, kardinála Newmana rád?"

„Inu, mnozí tvrdí, že má Newman nejlepší prozaický styl," vysvětloval druhému Heron, „básník ovšem není."

„A kdo je, Herone, nejlepší básník?" zeptal se Boland.

„Samozřejmě lord Tennyson," odpověděl Heron.

„Ano, lord Tennyson, všechny jeho verše máme doma v knize."

Štěpán nad tím zapomněl, k čemu se mlčky zařekl, a vyhrkl:

„Tennyson, a básník! Vždyť je to pouhý veršotepec."

„Jdi pryč!" řekl Heron. „Že je Tennyson největší básník, to ví každý."

„A kdo je podle tebe největší básník?" řekl Boland a šťouchl souseda.

„Samozřejmě Byron," odpověděl Štěpán.

Heron se pohrdlivě zasmál a ostatní dva se k němu přidali.

„Čemu se smějete?" zeptal se Štěpán.

„Tobě," řekl Heron. „Byron že je největší básník! Je to básník jenom pro nevzdělance."

„Musí to být rafinovaný básník!" řekl Boland.

„Drž hubu!" osopil se na něho Štěpán. „O poezii víš jenom to, čím jsi na dvoře popsal dlaždice, a za to tě poslali do lapáku."

Boland totiž napsal na dvoře na dlaždice dvojverší o spolužákovi, který jezdíval z koleje na poníku:

Jeruzalémem jednou Tyson projížděl.
Co se mu přihodilo? Spadl na prdel.

Tímto výpadem oba pobočníky umlčel, ale Heron se nedal:

„Aťsi, ale Byron byl kacíř a nemrava."

„Mně je to jedno," vyhrkl Štěpán.

„Tobě je jedno, jestli byl kacíř?" řekl Nash.

„Co ty o tom víš?" rozkřikl se Štěpán. „Kromě taháka jsi jakživ nic nečetl a Boland jak by smet."

„Vím, že byl Byron ničema," řekl Boland.

„Hr na kacíře," křikl Heron.

Rázem Štěpána zajali.

„Onehdy tě Tate prohnal," hovořil Heron, „za kacířství v slohové úloze."

„Zítra mu to povím," řekl Boland.

„Že povíš?" řekl Štěpán. „Bál by ses ceknout."

„Bál?"

„Bodejť. Jako čert kříže."

„Dej si pozor!" křikl Heron a rákoskou ho sekl po nohách.

Byl to povel k útoku. Nash mu vzadu svázal ruce a Boland popadl z příkopu dlouhý zelný košťál. Štěpán se švihancům rákosky a úderům strupatého košťálu bránil a kopal, až se zády octl u drátěného plotu.

„Uznej, že byl Byron ničema."

„Ne."

„Uznej."

„Ne."

„Uznej."

„Ne a ne."

Po vzteklém škubání se jim vyrval. Mučitelé zamířili na Jones's Road, smáli se mu a pošklebovali a on zatínal vzteky pěsti a vzlykal.

Jak si za shovívavého smíchu posluchačů opakoval *Confiteor* a myslí mu přitom ostře a rázně táhly výjevy té zlovolné epizody, přemýšlel, proč nežehrá na své mučitele. Na jejich podlost i surovost nezapomínal, ale při vzpomínce na ně se nerozlítil. Všechna líčení vášnivé nenávisti i lásky, jak je nacházel v knihách, mu tedy připadala neskutečná. Už ten večer, kdy se po Jones's Road trmácel domů, měl pocit, že ho jakási moc zbavuje náhle vzkypělého hněvu, jako se zralý plod zbavuje měkké zralé slupky.

Zůstal s oběma společníky stát na konci kůlny a lhostejně poslouchal jejich rozhovor i burácení potlesku z divadla. Ona tam mezi ostatními sedí a třeba na něho čeká, kdy se objeví. Vybavoval si ji, jak vypadá, ale nešlo mu to. Vzpomněl si jen, že měla na hlavě šálu jako kapuci a tmavýma očima že ho vábila a vysilovala. Dumal, jestli na něho myslela tak jako on na ni. Ostatními dvěma neviděn špičkami prstů jedné ruky potmě spočinul v druhé dlani, až se jí zlehounka dotýkal. Dotek jejích prstů však byl lehčí a pevnější: vzpomínka na ten dotyk mu náhle neviditelnou vlnou proběhla do mozku i do těla.

Podél kůlny za ním běžel nějaký chlapec. Rozčilením popadal dech.

„Ach, Dedale," volal, „Doyle je na tebe načuřený. Hned máš přijít a ustrojit se do hry. Pospěš, dobře ti radím."

„On už jde," povýšeně procedil Heron, „když se mu zráčí."

Chlapec se pustil do Herona a opakoval:

„Ale Doyle je strašně načuřený."

„Pověz laskavě Doylovi, že se poroučím, a ať si trhne nohou," odpověděl Heron.

„No, tak já půjdu," řekl Štěpán, kterému na etiketě nesešlo.

„Já bych nešel," řekl Heron, „čert ví, že ne. Takhle se pro staršího studenta nevzkazuje. Načuřený, bodejť. Myslím, že už to je dost, že v té jeho slátanině hraješ."

Hašteřivou družností, jakou nedávno u soka postřehl, se Štěpán nedal odvrátit od klidné poslušnosti. Křiklounství nedůvěřoval a družnost, tak chatrně předjímající mužnost, mu připadala neupřímná. Otázka cti, o niž tady šlo, mu jako všechny takové otázky připadala bezvýznamná. Zatímco se v duchu honil za nepolapitelnými přeludy a od těchto zas malomyslně upouštěl, ustavičně kolem sebe slyšel hlas otcův a hlasy učitelů, jak ho nabádají, aby byl především čestným člověkem a aby byl především dobrým katolíkem. Teď mu však v uších zněly tyto hlasy hluše. Když otevřeli tělocvičnu, slyšel pak jiný hlas, jak ho nabádá, aby byl silný a mužný a zdravý, a když se pak v koleji prosadilo národně osvobozenecké hnutí, další hlas ho nabádal, aby byl věrný vlasti a obrodě jazyka i tradice. V civilním světě ho pak, jak předvídal, civilní hlas pobídne, aby svým úsilím napravil otcův úpadek, a zatímco ho hlasy spolužáků nabádají, aby byl správný kamarád, zachraňoval je od hanby i trestu a vyžebrával jim školní úlevu. Tak mu tyto hluché hlasy zaléhaly v uších, že se malomyslně přestal honit za přeludy. Jenom chvíli jim dopřál sluchu, ale šťastný byl, jen když byl od nich daleko z doslechu sám nebo ve společnosti přeludných druhů.

V sakristii se mladičký buclatý jezuita a staroch oblečený v obnošených modrácích babrali v skříňce s barvami a křídami. Našminkovaní hoši se procházeli nebo nejapně postávali a kradmo si špičkami prstů ohmatávali obličej. Uprostřed sakristie se nějaký mladý jezuita, který přijel do koleje na návštěvu, rytmicky pohupoval ze špiček na paty a zas zpátky, ruce zabořené do postranních kapes. Drobná hlava s lesklými kučerami i čerstvě oholená tvář se dobře hodila k neposkvrněné parádní klerice a k neposkvrněným střevícům.

Jak pozoroval komíhavou postavu a na jezuitově obličeji luštil legendu uštěpačného úsměvu, vzpomněl si, co slyšel od otce před nástupem do Clongowes, že se jezuita pozná podle oblečení. Zároveň jako by postřehl podobnost otcovy mysli a mysli usměvavého naparáděného kněze: měl pocit, jako by se tím znesvěcoval kněžský úřad, ba i sakristie, jejíž ticho plašily teď hlučné řeči i šprýmy a ovzduší zamořoval pach hořáků a šminky.

Zatímco mu staroch vrásnil čelo a černě a modře barvil čelisti, roztržitě poslouchal mladého jezuitu, který mu kázal mluvit hlasitě a jasně. Slyšel, jak kapela hraje *Kilarneyskou lilii*, a věděl, že se za chvíli zvedne opona. Divadelní trému neměl, ale krušilo ho, jakou má hrát roli. Jen si na některé verše vzpomněl, hned mu nalíčené líce zčervenaly. Viděl ji, jak ho vábnýma očima z hlediště pozoruje, a při jejich představě rázem zmizely rozpaky a vůle se zocelila. Jako by byl obdařen jinou povahou: nakazilo ho okolní vzrušení i mládí a rozptýlilo jeho chmurnou nedůvěru. Na chvilinku jako by byl oděn v opravdovém chlapeckém rouchu: stál s ostatními herci v zákulisí a spolu s nimi jásal nad tím, jak dva statní kněží prudkým trhnutím šikmo vytahují oponu.

Vzápětí se v oslepujícím plynovém světle a matné výpravě octl na jevišti a hrál před nesčetnými tvářemi prázdného prostoru. Žasl nad tím, jak najednou ožila hra, kterou znal ze zkoušek jako neforemný zmetek. Jako by se hrála sama a on s kamarády jí v tom svými úlohami pomáhali. Když po posledním výstupu spadla opona, slyšel, jak prázdný prostor burácí potleskem, a škvírou v kulise viděl, jak se celistvá hmota, před níž hrál, kouzlem rozpadá, prázdnota tváří se bortí a rozchází v hovořící hloučky.

Honem odešel ze sakristie, odmaskoval se a kaplí prošel do kolejní zahrady. Po představení dychtil všemi nervy po dalším dobrodružství. Spěchal, jako by je chtěl dohonit. Dveře divadla zely dokořán a obecenstvo už odešlo. Na šňůrách, které mu předtím byly lany archy, komíhalo se v nočním vánku pár nevesele blikajících lampionů. Hnal se po schodech ze zahrady, aby mu neunikla kořist, prodral se davem ve dvoraně kolem obou jezuitů, hlídajících rozchod, uklánějících se hostům a tisknoucích jim ruce. Netrpělivě se dral vpřed, jako by měl bůhvíjak naspěch, a skorem nevnímal úsměvy a pohledy a šťouchání, které budil svou napudrovanou hlavou.

Když vyšel na schody, uviděl, že na něho pod první lampou čeká rodina. Rázem si všiml, že jsou v tom hloučku samí příbuzní, a zlostně seběhl po schodech.

„Musím v George Street něco vyřídit," vyhrkl na otce. „Potom přijdu za vámi domů."

Nečekal na otcovo vyptávání, přeběhl na cestu a horempádem chvátal z kopce. Ani pořádně nevěděl, kam jde. Jako z rozdrcených bylin v srdci stoupaly před ním s výpary dráždivého kadidla pýcha, naděje a touha. Kráčel z kopce v chumlu vytrysklých výparů raněné pýchy, zklamané naděje a zmařené touhy. Hustými, šílenými výpary stoupaly před jeho úzkostnýma očima a ubíhaly vzhůru, až se nakonec vzduch vyjasnil a ochladil.

Oči měl dosud zastřeny mázdrou, ale už ho nepálily. Silou, podobnou té, s jakou často zaháněl hněv nebo zlost, zarazil kroky. Jako přibitý stál a zíral na chmurný vchod do márnice a na sousední dlážděnou uličku. Na zdi uličky uviděl písmena Lotts a zvolna vdechl těžký zatuchlý vzduch.

Koňská moč a shnilá sláma, napadlo ho. Pěkně se ten pach dýchá. Uklidní mi srdce. Už se docela uklidnilo. Vrátím se.

Zas už seděl Štěpán v Kingsbridge vedle otce v koutku vagonu. Nočním rychlíkem odjížděl s otcem do Corku. Jak vlak supěl z nádraží, vzpomínal na dávný dětský úžas a na kdejakou příhodu prvního dne v Clongowes. Jenže už nežasl. Viděl, jak venku táhnou potemnělá pole, jak se vždy po čtyřech vteřinách za oknem mihnou telegrafní sloupy a jak rychlík míjí blikavá nádražíčka, hlídaná několika zamlklými strážnými, a na chvilku se zablýsknou ve tmě, jako když za sebou běžec rozhazuje ohnivá zrnka.

Neúčastně poslouchal, jak mu otec líčí Cork a výjevy z mládí, jak to své vyprávění pokaždé pokládá vzdechy a doušky z kapesní láhve, když se v něm objeví nějaký známý nebožtík nebo když si vypravěč náhodou vzpomene, kvůli čemu tam jede. Štěpán poslouchal, ale soustrast necítil. Kromě strýce Charlese, a i ten se mu vytrácel z paměti, byli mu ti nebožtíci cizí. Věděl však, že má být otcův majetek prodán v dražbě, a z toho, že i on tím bude ožebračen, poznal, jak surově svět vyvrací jeho představy.

V Maryborough usnul. Když procitl, vlak už projel Mallow a na druhé lavici ležel otec a spal. Studené světlo svítání tkvělo nad krajinou, nad vylidněnými poli a zavřenými chalupami. Přemáhal ho děs ze spánku, jak pozoroval zamlklou krajinu nebo chvílemi poslouchal otcův hluboký dech nebo náhlý posunek. Blízkost neviděných spáčů mu naháněla podivnou hrůzu, jako by mu mohli ublížit, a modlil se, aby se užuž rozednilo. Modlitbu, nezaměřenou k Bohu ani k světci, začal chvěním, jak mu studený jitřní vánek štěrbinou ve dveřích vagonu zafoukal na nohy, a skončil bláhovým drmolením, shodným s vtíravým rytmem vlaku; a v čtyřvteřinových intervalech vpravovaly cválající tyče noty do taktových čar. Strach se v něm touto zuřivou hudbou utišil, opřel se o okenní lištu a znovu zavřel víčka.

Brzy zrána projeli v bryčce Corkem a Štěpán pak dospával v pokoji hotelu Victoria. Oknem se linulo jarní teplé světlo a bylo slyšet řinčení povozů. Otec stál před toaletním stolkem, pečlivě si prohlížel vlasy a obličej a kníry, natahoval se přes džbán s vodou a zase ho odstrkoval, aby líp viděl. Přitom si s podivným přízvukem a frázováním tiše prozpěvoval:

Jen z nerozumu
se mladí žení,
má milá, dlouho
tu nebudu.
Nemám tu stání,
nic mi nebrání
jít do Ameriky
vstříc osudu.
Má milá hezká
a opojná je,
jako když whisky
se vypálí.
Když ochladne
a uvadne,
jak rosa na horách
půvab má nestálý.

Pocit teplého slunného města za oknem a křehká tremola, jimiž otec pentlil ten podivně nyvý popěvek, zaplašil Štěpánovi z hlavy opar noční rozladěnosti. Honem vstal, že se oblékne, a když píseň dozněla, řekl:

„Tohle je mnohem hezčí než ty tvé rejdováky."

„Myslíš?" zeptal se pan Dedalus.

„Líbí se mi," řekl Štěpán.

„Je to hezká stará písnička," řekl pan Dedalus a nakroutil si kníry. „Měl jsi slyšet, jak ji zpíval Mick Lacy! Chudák Mick Lacy. Uměl ji pentlit, vkládat do ní kudrlinky, jaké mi chybí. Ten ti zpíval rejdováka jedna radost."

Pan Dedalus objednal k snídani mřenky a při jídle se číšníka důkladně vyptal, co je tam nového. Jak padlo nějaké jméno, hovořili každý o někom jiném, číšník myslel nynějšího majitele, kdežto pan Dedalus jeho otce nebo dědečka.

„No, Queen's College snad nepřestěhovali," řekl pan Dedalus, „rád bych ji ukázal tady svému pacholíkovi."

Podle Mardyku kvetly stromy. Vkročili na kolejní půdu a přes nádvoří je vedl tlachavý vrátný. Ale cestou po štěrkovaném chodníku se skoro po každém tuctu kroků zastavili, jak vrátný na něco odpovídal.

„Co neříkáte? Chudák Břicháč že je nebožtík?"

„Ano, prosím. Nebožtík, prosím."

Při těchto zastávkách Štěpán za oběma rozpačitě postával, nudil se a netrpělivě čekal, kdy se zas pohnou. Když pak přešli po nádvoří, netrpělivostí přímo hořel. Nechápal, že se otec, jindy tak chytrý a nedůvěřivý, dá podlízavým vrátným tak balamutit, a živá jihoirská mluva, která ho ráno tak bavila, mu teď dráždila sluch.

Vešli do anatomického sálu a s pomocí vrátného tam pan Dedalus pátral po svých iniciálách. Štěpán zůstával vzadu, nadmíru sklíčený šerem a tichem učebny i jejím ovzduším úmorného, přísného studia. Na lavici přečetl slovo *Foetus*, několikrát vyřezané do tmavého zašlého dřeva. Ten nenadálý nápis mu rozbouřil krev: jako by kolem sebe cítil nepřítomné studenty a štítil se jich. Ze slova vyřezaného do lavice se před ním vynořil obraz jejich života, který mu otec svými slovy neuměl vyvolat. Širokoplecí vousatý student kapesním nožem ta slova vážně vyrývá. Vedle něho stojí nebo sedí jiní studenti a smějí se jeho dílu. Jeden ho rýpne do lokte. Velký student se po něm otočí a zamračí se. Má na sobě plandavé šedé šaty a chatrné boty z nevydělané kůže.

Ozvalo se Štěpánovo jméno. Honem seběhl po schodech učebny, aby byl od té představy co nejdále, a otcovy iniciály si prohlédl zblízka, a tak skryl zrumě-něnou tvář.

Ale ta slova i ta představa mu vířily před očima, jak kráčel přes nádvoří ke kolejní bráně. Děsilo ho, že vyslí-dil ve vnějším světě to, co doposud pokládal za sobě vlastní zvířeckou duševní chorobu. Do paměti se mu hrnuly obludné sny. I ony se náhle a neurvale vynořily z pouhých slov. Vzápětí jim podlehl, takže mu zaplavily a zhyzdily rozum, přemýšlel, kde se tam berou, z jaké peleše obludných představ, a když ho tak zaplavily, býval před jinými slabošský a ponížený a nad sebou sklí-čený a zhnusený.

„Kýho šlaka. To je přece Putyka!" křikl pan Dedalus. „O Putyce jsem ti už vyprávěl, viď, Štěpáne. Co jsme se tam nachodili, celý houf, když jsme se octli mezi znamenanými, Harry Peard a malý Jack Mountain a Bob Dyas a Maurice Moriarty, Francouz, Tom O'Grady a Mick Lacy, co jsem ti o něm dnes ráno vyprávěl, a Joey Corbet a chudák dobráček Johnny Keevers z Tantiles."

Listí na stromech podél Mardyke se na slunci třpytilo a šelestilo. Přešlo kolem nich kriketové mužstvo, čiperní mladíci ve flanelových kalhotách a větrovkách, jeden nesl dlouhý zelený vak s brankovými kolíky. Pětičlenná šumařská kapela s vyrudlými stejnokroji a potlučenými plechovými nástroji vyhrávala povalečům a lenivým poslíčkům. Služka v bílém čepci a zástěře zalévala sadu květináčů na římse, která v teplé záři svítila jako vápenec. Z druhého otevřeného okna se ozýval klavír, stupnice po stupnici stoupala až k nejvyšší oktávě.

Štěpán kráčel vedle otce, poslouchal historky, které už dříve slyšel, znovu poslouchal jména zapadlých a mrtvých kumpánů, společníků otcova mládí. V srdci se osykal mírnou nevolí. Vzpomínal, jak měl v Belvederu nejisté postavení, byl neplatící žák, vůdce, bojící se vlastní autority, pyšný, vnímavý a nedůvěřivý, rvoucí se s neřestností života a vzpurností ducha. Slovo vyryté do zašlého dřeva lavice civělo na něho, posmívalo se jeho zmalátnělosti a bláhovým záchvatům nadšení a zošklivovalo mu jeho šílené a mrzké orgie. Sliny mu v hrdle zhořkly a zkysly, že se ani nedaly polknout, a ošklivost mu stoupla až do mozku, takže na chvíli zavřel oči a kráčel potmě.

Slyšel, jak mu otec říká:

„Až se, Štěpáne, postavíš na vlastní nohy – a brzo už to bude – ať děláš co děláš, hleď se stýkat s lepšími lidmi. Řeknu ti, že jsem si zamlada užil. Stýkal jsem se se slušnými lepšími kamarády. Každý v něčem vynikal. Jeden spolužák měl dobrý hlas, druhý byl dobrý herec, třetí uměl zazpívat dobrou veselou píseň, jiný byl dobrý veslař nebo dobrý tenista, jiný zas uměl vyprávět atakdále. Rozhodně jsme to uměli roztočit, užívali jsme života a nebylo nám to na škodu. Ale byli jsme, Štěpáne, samí slušní lidi – aspoň doufám – a sakramentsky správní poctiví Irové. S takovými kamarády se, Štěpáne, stýkej, s kamarády správného kalibru. Mluvím s tebou, Štěpáne, jako s přítelem. Nemyslím, že by se měl syn otce bát. Ne, jednám s tebou, jak se mnou jednal zamlada tvůj děd. Spíš než otec a syn jsme si byli jako bratři. Na ten den, kdy mě přistihl, jak kouřím, nikdy nezapomenu. Jednou jsem stál se stejnými výrostky jako já na konci Jižní Terasy a hráli jsme si na dospělé, protože jsme měli každý v koutku úst vraženou dýmku. Najednou jde kolem táta. Slovo neřekl, ani se nezastavil. Ale druhý den, v neděli, jsme si vyšli na procházku, a když jsme se pak vraceli domů, vytáhl pouzdro na doutníky a řekl: ,*Mimochodem, Simone, ani jsem nevěděl, že kouříš,*' nebo tak nějak. Hleděl jsem to ovšem zamluvit. ,*Jestli si chceš pořádně zakouřit, zkus tenhle doutník. Včera večer mi je v Queenstownu věnoval jeden americký kapitán.*'"

Štěpán zaslechl, jak se otec rozřehtal, div nezavzlykal.

„Bůhví, byl to tehdy v Corku největší krasavec. Ženy se na ulici zastavovaly a ohlížely se po něm.“

Zaslechl, jak se otci vydral z hrdla vzlyk, a bezděky otevřel oči. Světlo, které mu náhle padlo do očí, proměnilo nebe i oblaka ve fantastický svět chmurných chumlů s jezírky temně růžového světla. Sám mozek mu ochořel a zmalátněl. Sotva rozeznával písmena na obchodních štítech. Obludným životem jako by se vypudil za meze skutečnosti. Ze skutečného světa se ho nic nedotýkalo ani k němu nehovořilo, leda ozvěnou zářivých niterných vzlyků. Zmalátnělý a sklíčený otcovým hlasem nereagoval na žádné pozemské nebo lidské podněty, tupý a necitelný k vábení léta i k pohodě a družnosti. Stěží v tom poznával vlastní myšlenky a pomalu si opakoval:

„Jsem Štěpán Dedalus. Kráčím vedle otce jménem Simon Dedalus. Jsme v Corku, v Irsku. Cork je město. Bydlíme v hotelu Victoria. Victoria a Štěpán a Simon. Simon a Štěpán a Victoria. Jména."

Vzpomínka na dětství mu pojednou zeslábla. Vyvolával si některé živé chvíle, ale marně. Jen jména si pamatoval: Dante, Parnell, Clane, Clongowes. Zeměpisu učila hošíka stařena, která měla v prádelníku dva kartáče. Potom ho poslali z domu do koleje. V koleji přistoupil k prvnímu svatému přijímání a z kriketové čapky jedl želé a hleděl na světlo krbu, jak poskakuje po zdi nemocniční ložničky, a snil o tom, jak umřel a rektor v černém a zlatém ornátě za něho slouží mši, jak ho na klášterním hřbitově pochovávají opodál hlavní lipové aleje. Jenže on tehdy neumřel. Umřel Parnell. Zádušní mši za něho v kapli nesloužili a nešli průvodem. Neumřel, jenom vybledl jako blána na slunci. Vytratil se nebo pozbyl bytí, protože není. Divné pomyslit, že by takhle odešel ze života, ne smrtí, nýbrž tím, že by na slunci vymizel nebo se někde ve vesmíru ztratil a zabloudil. Divné vidět, jak se před ním na chvíli vynořuje jeho drobné tělo: chlapeček v šedém oblečku, přepásaném řemenem. Ruce má v kapsách a kalhoty pod koleny podchyceny gumou.

Navečer toho dne, kdy jim prodali majetek, chodil Štěpán pokorně za otcem po městě z hospody do hospody. Prodavačům na trhu, hostinským, číšníkům, žebrákům loudícím o almužnu vyprávěl pan Dedalus stejnou historii, že je corský rodák, třicet let že se tady v Dublině snaží zbavit corské výslovnosti a ten zagroškudla vedle něho že je jeho nejstarší syn, ale každým coulem Dubliňan.

Záhy zrána vyrazili z Newcombovy kavárny, kde páně Dedalův šálek silně drnčel o misku a Štěpán všemožně zastíral stopy otcova včerejšího flámu tím, že šoupal židlí a pokašlával. Po jedné ostudě přišla další: falešné úsměvy trhovců, rejdění a pomrkávání číšnic, s nimiž otec koketoval, lichotky a povzbuzování otcových známých. Řekli mu, že je nápadně podobný dědovi, a pan Dedalus s nimi souhlasil, že je stejně ošklivý. V jeho řeči vystopovali corkskou výslovnost a přesvědčovali ho, že Lee je hezčí řeka než Liffey. Jeden ho chtěl vyzkoušet z latiny a dal mu překládat úryvky z *Dilecta*, pak se ho zeptal, co je správné: *Tempora mutantur nos et mutamur in illis* nebo *Tempora mutantur et nos mutamur in illis*. Jiný starý filuta, pan Dedalus mu říkal Johnny Cashman, ho přivedl do rozpaků otázkou, která děvčata jsou hezčí, dublinská, nebo corkská.

„Na to on není," řekl pan Dedalus. „Dej mu pokoj, je to rozvážný, přemýšlivý chlapec a s tamtěmi hloupostmi si hlavu neláme."

„Tak to není po otci," řekl staroch.

„To ti nevím," usmál se samolibě pan Dedalus.

„Tvůj táta," řekl staroch Štěpánovi, „byl nejkurážnější frajer v tehdejším Corku. Víš o tom?"

Štěpán sklopil zrak a zpytoval dlaždice hospody, do které zapadli.

„Nenasazuj mu brouky do hlavy," řekl pan Dedalus. „Přenech to jeho Stvořiteli."

„Bodejť, co bych mu nasazoval brouky do hlavy. Vždyť jsem dost starý, abych byl jeho dědeček. Však taky už jsem dědeček," řekl staroch Štěpánovi. „Víš o tom?"

„Opravdu?" zeptal se Štěpán.

„To se ví," řekl staroch. „Mám v Sunday's Well dvě

čiperná vnoučata. Bodejť. Kolik myslíš, že mi je? Pamatuju tvého děda, jak v červeném kabátě jezdil na hon. Ty jsi tenkrát ještě nebyl na světě."

„Kdepak, ani ho to nenapadlo," řekl pan Dedalus.

„To se ví, že ne," opakoval staroch. „A co víc, pamatuju dokonce tvého praděda, Johna Štěpána Dedala, byl to prchlivý rváč. Bodejť. Takovou mám paměť!"

„Jsou to tři pokolení – čtyři pokolení," ozval se někdo z hloučku. „To vám bude, Johnny Cashmane, hnedle sto let."

„Po pravdě řečeno," řekl staroch, „je mi zrovna sedmadvacet."

„Člověk je, Johnny, tak starý, jak se cítí," řekl pan Dedalus. „Dopij a dáme si ještě. Hej, Time, nebo Tome, nebo jak se jmenuješ, to co dřív. Bůhví, já se taky necítím na víc než osmnáct. Tamhle můj synek je zpola tak starý jak já, a přece jsem pořád větší pašák než on."

„Ne tak zhurta, Dedale. Měl by ses mírnit," ozval se pán, který mluvil předtím.

„Chraňbůh!" mlel svou pan Dedalus. „Změřím se s ním v tenorovém partu nebo ve skoku přes pětipříčkovou překážku nebo ve štvanici za ohaři jako před třiceti lety se závodníkem z Kerry, a nad toho nebylo."

„Jenže on tě porazí tady," řekl staroch, ťukl si na čelo a vyzunkl sklenici.

„Inu, doufám, že se tátovi vyrovná, víc neřeknu," řekl pan Dedalus.

„Jestli ano, tak to postačí," řekl staroch.

„Chvála Bohu, Johnny, že jsme tak dlouho žili a udělali tak málo zlého."

„Zato udělali tolik dobrého, Simone," řekl vážně staroch. „Chvála Bohu, že jsme tak dlouho žili a udělali tolik dobrého."

Štěpán se díval, jak se tři sklenice v zvedly z pultu, jak otec se dvěma kumpány připíjejí na památku minulosti. Dělila ho od nich propast osudu i temperamentu. Jeho duch mu připadal starší: jeho měsíc na mladší zemi chladně svítil na jejich půtky a blaženství a výčitky. Neháral v něm život a mladost jako v nich. Nepoznal libost družnosti ani chlapskou bujarost ani synovskou oddanost. V duši se mu ozýval jen chladný, krutý a láskyprostý chtíč. Mrtvo nebo ztraceno je dětství a s ním duše schopná prostých radostí a on se potácí životem jako zprahlá měsíční slupka.

Toužíš si někomu postesknouti,
jak stoupáš oblohou a zíráš na zem
bez druha na své pouti...?

Opakoval si úryvek Shelleyových veršů. Zamrazil ho protiklad smutné lidské neúčinnosti s obrovskými nelidskými cykly činnosti, a tak zapomněl na své lidské a neúčinné žehrání.

Štěpánova matka a bratr a jeden bratranec čekali na rohu klidného Foster Place a on šel zatím s otcem po schodech nahoru a sloupořadím, kde se na stráži promenoval horal. Když vešli do dvorany a stanuli u přepážky, vytasil se Štěpán s příkazem guvernérovi Irské banky na třiatřicet liber; tuto částku, stipendium a cenu za slohovou práci, mu pokladník hbitě vyplatil v bankovkách a mincích. Se strojeným klidem je strčil do kapes a nechal si od vlídného pokladníka, s nímž se otec zapovídal, přes přepážku stisknout ruku a popřát v dalším životě skvělou dráhu. Nesnášel jejich hlas a přešlapoval. Pokladník však pořád neobsluhoval další a vykládal, že žijeme v jiné době, že se má chlapci dopřát nejlepší vzdělání, jaké se dá koupit. Pan Dedalus se nehýbal z dvorany, rozhlížel se kolem sebe a po stropě a vykládal Štěpánovi, který ho pobízel k odchodu, že stojí v poslanecké sněmovně starého irského parlamentu.

„Pánbůh s námi," řekl zbožně, „když si, Štěpáne, pomyslím na tehdejší muže, Helyho Hutchisona a Flooda, Henryho Grattana a Charlese Kendala Bushe, a na aristokraty, jaké teď máme, vůdce irského národa doma i v cizině. Bůhví, nesahají jim ani po kolena. Kdepak, kamarádíčku Štěpáne, jen jako v té písničce *Vyšel jsem si za májového rána v krásném měsíci červenci.*"

Kolem banky foukal ostrý říjnový vítr. Všichni tři, jak tam stáli na okraji blátivého chodníku, měli zmodralé tváře a uslzené oči. Štěpán pohlédl na lehce oblečenou matku a vzpomněl si, že viděl před několika dny v Bernardových výkladních skříních plášť za dvacet guinejí.

„Tak už je to odbyto," řekl pan Dedalus.

„Snad abychom šli na oběd," řekl Štěpán. „Kam?"

„Na oběd?" řekl pan Dedalus. „No, to bychom měli."

„Někam, kde není moc draho," řekla paní Dedalová. „Do Minutek?"

„Ano. Někam, kde je klid."

„Pojďte," vyhrkl Štěpán. „Ať to stojí co chce."

Krátkými i nervózními kroky kráčel s úsměvem před nimi.

„Ne tak zhurta, mladíče," řekl otec. „Neběžíme závod na půl míle, co?"

Celé hbité období radovánek utíkaly stipendijní peníze Štěpánovi mezi prsty. Z města docházely balíky potravin, lahůdek a sušeného ovoce. Každý den sestavoval rodině jídelní lístek a každý večer jich tři až čtyři vodil do divadla na *Ingomar* nebo *Lyonskou dámu*. V kapsách kabátu nosil hostům tabulky vídeňské čokolády, kapsy u kalhot měl zas nadity hromadou stříbrňáků a měďáků. Kdekomu koupil dárky, předělal si pokoj, rozepsal plány, přerovnal knihy na policích, prostudoval všemožné ceníky, sestavil z domácnosti jakýsi stát, v němž měl každý člen nějakou funkci, pro rodinu otevřel úvěrovou banku a ochotným zájemcům vnucoval půjčky a bavil se tím, že jim vystavoval stvrzenky a počítal půjčovné úroky. Když už neměl co dělat, jezdil po městě v tramvaji. Pak doba radovánek skončila. Růžová emailová barva v plechovce došla a přepážka v jeho ložnici zůstala nedokončená a špatně natřená.

Domácnost se vrátila do obvyklých kolejí. Matka už mu neměla proč vyčítat rozmařilost. Také ve škole se vrátil k dřívějšímu životu a všecky novoty se mu rozpadly. Stát zkrachoval, úvěrová banka uzavřela pokladny a knihy s citelnou ztrátou, životní pravidla, která si načrtl, upadla v zapomnění.

Jaký to měl bláhový cíl! Proti špinavému příboji vnějšího života chtěl vztyčit hráz řádu a půvabu a mohutným opakovaným vnitřním příbojům čelit řádným chováním, činnými zájmy a novými synovskými vztahy. Marně. Zvenčí i zevnitř přehrada přetekla: nad zborcenou hrází znovu vzkypěl příboj.

Zjistil také, jak marná je jeho odloučenost. Ani o krok nepokročil k životu, k němuž se chtěl přiblížit, a nijak nepřeklenul neustálou hanbu a hořkost, která ho oddalovala od matky, bratra a sestry. Měl dojem, že s nimi není stejné krve, že k nim má spíše mystický vztah nevlastního příbuzenství, nevlastního dítěte a nevlastního bratra.

Jal se ukájet neurvalé tužby srdce, vedle nichž mu

připadalo všechno marné a cizí. Bylo mu jedno, že žije v smrtelném hříchu, že se mu život proměnil v tkáň výčitek a lží. Nic mu nebylo svaté proti neodbytnému vnitřnímu nutkání uskutečnit zvrácenosti, jimiž se kochal. Cynicky se obíral hanebnými podrobnostmi svých tajných orgií a liboval si v tom, že pečlivě třísnil každou podobu, o kterou zrakem zavadil. Ve dne v noci se pohyboval mezi zpitvořenými podobami vnějšího světa. Žena ve dne na pohled plachá a nevinná procházela k němu skrze klikaté šero spánku, obličej proměněný chlípnou prohnaností, oči rozzářené zvířecí radostí. Ráno se pak soužil v nejasné vzpomínce na chmurné orgiastické výstřelky a na pokořující pocit provinění.

Znovu se vydal na toulky. Zamžené podzimní večery ho vedly z jedné ulice do druhé, jako ho kdysi vodily po klidných blackrockých alejích. Z podívané na přední zahrádky a na vlídné světlo v oknech se už nelinula něha. Jenom občas, když v něm ochabla touha a vysilující chlípnost ustoupila nyvější zmalátnělosti, mihla se mu ve vzpomínce představa Mercedes. Na silnici vedoucí do hor znovu uviděl bílý domek a zahradu s růžovými keři a vzpomněl, jaký tam měl po letech odcizení a dobrodružství učinit smutně pyšný odmítavý posunek. V takových chvílích se mu draly na rty něžné řeči Clauda Menotta a mírnily jeho neklid. Hlavou se mu mihla nyvá předtucha schůzky, na kterou se tolik těšil, a navzdory strašné skutečnosti, ležící mezi tehdejší a nynější nadějí, na to vysněné posvátné setkání, až z něho spadne bázeň a slabost a nezkušenost.

Takové chvíle minuly a znovu v něm vzplanul stravující plamen chlípnosti. Ze rtů mu vycházely verše a z mozku se mu hrnuly neartikulované vzlyky a nevyřčená sprostá slova. Bouřila se mu krev. Toulal se po tmavých, slizkých ulicích, nakukoval do tmavých postranních uliček a podloubí a pásl po nějakém zvuku. Skučel jako zvíře, jemuž unikla kořist. Toužil hřešit s nějakou jinou lidskou bytostí, přimět jinou lidskou bytost, aby s ním hřešila a s ním se kochala v hříchu. Cítil, jak ze tmy na něho neodvratně doráží nějaká temná bytost, bytost záhadná a chroptivá, až ho nadobro zaplavuje. Svým chroptěním mu zaplavila sluch jako chroptění množství spáčů; jeho pramínky pronikaly celou jeho bytost. Z bolesti nad tím pronikáním zatínal pěsti a cvakal zuby. Rozpřáhl na ulici paže, aby uchopil tu křehkou, unikající a dráždivou postavu; ze rtů mu vyřinul pláč, který tak dlouho škrtil v hrdle. Vyrazil z něho jako zoufalý kvil z pekla zatracenců a potuchl ve vzteklé škemrání o neřestné oddání, ohlas to chlípné čmáranice, kterou si přečetl na mokvavé zdi pisoáru.

Zabloudil do labyrintu nízkých a špinavých ulic. Ze zatuchlých postranních uliček se ozýval chraplavý řev a rvačka a blábolení opilců. Nebojácně kráčel dále vpřed, říkal si, že snad zabloudil do židovské čtvrti. Od domu k domu chodily přes ulici ženy a dívky v dlouhých pestrých šatech. Byly neuchvátané a navoněné. Roztřásl se a oči se mu zakalily. Před kalným zrakem mu proti mlžné obloze zasvitly žluté plynové plamínky, hořící jako na oltáři. Přede dveřmi a v osvětlených předsíních se kupily hloučky jako k nějakému obřadu. Octl se v jiném světě: procitl ze staletého spánku.

Uprostřed ulice zůstal stát, srdce mu v hrudi divoce bušilo. Mladice v dlouhých růžových šatech ho vzala za paži, aby zůstal stát, a pohlédla mu do tváře.

„Dobrý večer, Vilíku!"

Pokoj měla teplý a světlý. V mohutné lenošce vedle

postele seděla s roztaženýma nohama velikánská panna. Zkoušel ze sebe něco vypravit, aby vypadal nenuceně, díval se, jak si svléká šaty, a všiml si, jak hrdě, sebevědomě pohazuje navoněnou hlavou.

Jak tak mlčky uprostřed pokoje stál, přistoupila k němu a vesele a vážně ho objala. Oblými pažemi si ho pevně přitiskla, a když uviděl, jak k němu s vážným klidem zdvíhá obličej a ucítil, jak jí teple a klidně stoupají a klesají ňadra, najednou se div hystericky nerozplakal. V uspokojených očích se mu zaleskly slzy radosti i úlevy a rty se mu rozevřely, leč nepromluvily.

Cinkavou rukou mu prohrábla vlasy a řekla mu, že je rošťáček.

„Polib mě," řekla.

Rty se mu k polibku nerozevíraly. Chtěl být od ní pevně držen v náručí, být zvolna, zvolna, zvolna laskán. V její náruči cítil, že se najednou stává silný a nebojácný a sebejistý. Ale pořád neskláněl hlavu k polibku.

Náhlým posunkem mu shýbla hlavu a přitiskla své rty na jeho a v jejích upřímně zdvižených očích četl smysl jejích pohybů. Přemohlo ho to. Zavřel oči, tělem i duší se jí vzdal, z celého světa si uvědomoval jen temný tlak jejích hebce pootevřených rtů. Tlačily mu na mozek i na rty, jako by byly tlumočníky neurčité řeči; cítil mezi nimi neznámý a bojácný tlak, temnější než mdloba hříchu, hebčí než zvuk nebo vůně.

III

Do plného dne po klaunovsku křepce vpadl prosincový soumrak a ve třídě civěl Štěpán přes kalnou okenní tabulku a v břiše mu kručelo. Těšil se, že bude k večeři guláš, řípa, mrkev a šťouchané brambory a že si z jíškou zahuštěné, pořádně opepřené omáčky nabere tučné porce skopového. Jen se nadlábni, pobádalo ho břicho.

Bude chmurná, tajemná noc. Po setmění zasvítí místy žluté lampy, sprostá bordelová čtvrť. Bude bloumat po ulicích a rozechvěn strachem i radostí kroužit stále blíž, až se najednou octne za tmavým nárožím. Zrovna se z domu pohrnou na noc děvky, po spaní budou líně zívat a do rozcuchaných vlasů si zastrkovat vlásenky. Klidně kolem nich projde a počká, až ho vlastní vůle náhle ponoukne nebo mu hříšnou duši náhle zváví jejich hebká navoněná pleť. Jak tak na ten pokyn číhal, jeho smysly, ohlušené jen touhou, bystře vnímaly všechno, co zraňovalo nebo zahanbovalo: zrak, kroužek ležákové pěny na neprostřeném stole, fotografii dvou vojáků v pozoru či křiklavý divadelní plakát; sluch zase zpěvavý pozdrav:

„Nazdar, Bertíku, kam máš namířeno?"

„Jsi to ty, jelimánku?"

„Desítka. Čeká na tebe čiperná Nelly."

„Dobrý večer, choti! Nezajdeš si na chvilku?"

Rovnice na stránce v sešitě rozprostírala okatý a hvězdnatý paví chvost; po odstranění ok a hvězd ukazatelů se chvost zase zvolna skládal. Objevující se a mizející ukazatelé byly otvírající se a zavírající oči; otvírající se a zavírající oči byly rodící se a hasnoucí hvězdy. Nesmírný cyklus hvězdného života zanášel jeho umdlenou mysl až na její mez a zas do jejího středu a po cestě za mez a do středu ho provázela vzdálená hudba. Jaká hudba? Hudba se přiblížila a vzpomněl si na slova Shelleyova úryvku o měsíci bledém únavou, stoupajícím bez druha oblohou. Hvězdy se drolily a prostorem padal oblak jemného hvězdného prachu.

Mdlé světlo dopadalo slaběji na stránku, kde se další rovnice pomalu rozvinovala a do šíře rozprostírala chvost. To postupovala k zkušenosti jeho vlastní duše, hřích po hříchu se rozvinovala a šířila požár hořících hvězd a zase se svinovala, pomalu bledla a zhasínala světla i ohně. Zhasly: a chaos naplnila studená tma.

V duši mu zavládla studená, chladná lhostejnost. Už při prvním těžkém hříchu ucítil, jak mu vlna životní síly ubývá, a bál se, že se tou přemírou zmrzačí na těle nebo na duši. A zatím ho ta životní vlna vynesla z nitra ven, a jak opadala, vnesla ho zase zpátky; nezmrzačilo mu to tělo ani duši, zavládl mezi nimi chmurný mír. Chaos, v němž se jeho žár uhasil, bylo chladné, lhostejné sebepoznání. Zhřešil těžce ne jednou, ale mnohokrát a věděl, že už za první hřích mu hrozí věčné zatracení a každým dalším hříchem že vinu a trest ještě násobí. Dny, práce a myšlenky mu nepřinášely usmíření, neboť mu duši už neosvěžuje studnice posvěcující milosti. Nanejvýš může jakžtakž doufat, že almužnou žebrákovi, před jehož žehnáním prchá, získá špetku skutečné milosti. Po zbožnosti je dávno veta. Nač se modlit, když ví, že mu duše prahne po vlastní záhubě? Z jisté pýchy, z jistého ostychu neobětoval večer Bohu ani jedinou modlitbu, ačkoliv Bůh – jak věděl – může mu ve spánku, než poprosí o slitování, odejmout život a svrhnout jeho duši do pekla. Hříšná hrdopyšnost, lásky prostá úcta k Bohu ho přesvědčovala, že má tak těžký hřích, že ho ani vcelku ani zčásti neodpyká falešným holdem Vševidoucímu a Vševědoucímu.

„Tak co, Ennisi, máš přece hlavu, jako ji má rákoska! Opravdu mi nepovíš, co je iracionální veličina?"

Chybná odpověď v něm vznítila pohrdání k spolužákům. Druhých se nestyděl a nebál. Když šel v neděli ráno kolem kostelních dveří, chladně si změřil věřící, jak stojí s odkrytou hlavou po čtyřech před kostelem, duchem přítomni na mši, kterou nevidí ani neslyší. Svou tupou zbožností a páchnoucím olejem, jímž si namazali hlavu, ho odpuzovali od oltáře, u něhož se modlili. Hříšně se před jinými přetvařoval a o jejich nevinnosti, která se od něho dala tak lehko ošálit, měl své pochybnosti.

Na stěně ložnice měl viset malovaný diplom, svědčící o tom, že je kolejním prefektem bratrstva Blahoslavené Panny Marie. Když se v sobotu ráno bratrstvo shromáždilo v kapli k odříkávání hodinek, zaujímal místo na vypolštářovaném klekátku vpravo od oltáře a odtamtud řídil při responsoriích svůj chlapecký šik. Že si počíná pokrytecky, ho netrápilo. Chvílemi ho to sice nutkalo vstát z čestného místa, přede všemi vyznat svou nehodnost a z kaple odejít, ale při pohledu na jejich tváře toho nechal. Obrazná řeč prorockých žalmů konejšila jeho jalovou pýchu. Zaujaly ho Mariiny slávy – nard a myrha a kadidlo, symbolizující vzácné dary, jimiž Bůh obdařil její duši, bohatá roucha, symbolizující královský původ, její emblémy, pozdní vypučelá květina a pozdně rozkvetlý strom, symbolizující staletý, neustále vzrůstající kult mezi lidmi. Když pak měl ke konci pobožnosti číst čtení, četl je tlumeným hlasem a jeho hudbou si konejšil svědomí:

Quasi cedrus exaltata sum in Libanon et quasi cupressus in monte Sion. Quasi palma exaltata sum in Gades et quasi plantatio rosae in Jericho. Quasi oliva speciosa in campis et quasi platanus exaltata sum juxta aquam in plateis. Sicut cinnamo num et balsamum aromatizans odorem dedi et quasi myrrha electa dedi suavitatem odoris.

Hřích, který ho zakryl před božím zrakem, přivedl

ho blíž k útočišti hříšníků. Její oči jako by na něho pohlížely s vlídným soucitem; její svatost, podivná záře, probleskující po křehké pleti, nepokořuje hříšníka, který k ní přistupuje. Nutká-li ho odvrhnout hřích a kát se, jedinou pohnutkou je mu přání být jejím rytířem. Jestliže se jeho duše, vyčerpaná šílením tělesné žádostivosti, obrací k té, jež má za emblém jitřenku *jasnou a líbeznou, vyprávějící o nebi a vlévající mír,* šeptá její jméno rty, na nichž dosud lpějí mrzká a hanebná slova, ba i pach chlípného polibku.

Je to divné. Přemýšlel, čím to je, ale houstnoucí šero ve třídě mu zastřelo myšlenky. Zazvonilo. Učitel jim uložil úkol na příští hodinu a odešel. Heron si vedle Štěpána nezvučně zabroukal.

Můj skvělý přítel Bombados.

Ennis, který předtím odešel na dvůr, se vrátil se slovy:

„Sluha jde z koleje pro rektora."

Čahoun za Štěpánem si zamnul ruce a řekl:

„To je trefa. Zabijeme celou hodinu. Před půldruhou nepřijde. Potom ho můžeš, Dedale, vyzkoušet z katechismu."

Štěpán se opíral dozadu, čmáral do sešitu a poslouchal řeči kolem sebe, které občas přerušil Heron slovy:

„Držte hubu, jo. Nedělejte takový randál!"

I to bylo divné, že se suše kochá domýšlením strnulých církevních nauk a pronikáním až do temných zámlk, aby tak zaslechl a hlouběji procítil své zatracení. Ortel svatého Jakuba, podle něhož ten, kdo přestoupí jedno přikázání, proviní se proti všem, mu zprvu připadal jako nabubřelá fráze, dokud nezačal tápat ve tmě vlastního duševního stavu. Z neblahé setby neřesti vypučely ostatní smrtelné hříchy: samolibost a pohrdání jinými, chtivost peněz na koupi zakázaných požitků, závist k těm, jejichž neřestem se nevyrovnal, a zlovolné reptání proti zbožným, nenasytná žravost, žehravý vztek, s jakým dumal o svých tužbách, bahnisko tělesné i duševní lenosti, v němž všecek tonul.

Seděl v lavici se zrakem klidně upřeným na rektorovu drsnou, nevlídnou tvář a zaplétal se a zas vyplétal z podivných otázek, které se mu předkládaly. Jestliže někdo v mládí ukradne libru a z té libry nahromadí ohromné jmění, kolik musí vrátit, jenom tu ukradenou libru, nebo libru se složitým úrokem, který z ní narostl, nebo celé ohromné jmění? Jestliže laik při křtění naleje vodu, než pronese slova, je dítě pokřtěno? Je platný křest minerálkou? Jak to, že první blahoslavenství slibuje království nebeské chudým srdcem a druhé blahoslavenství slibuje také pokojným, že oni zemí vládnouti budou? Proč je svátost oltářní zřízena pod obojí způsobou chleba a vína, když je Ježíš Kristus tělem i krví, duší i božstvím přítomen v samotném chlebu a v samotném víně? Obsahuje částečka posvěceného chleba celé tělo a krev Ježíše Krista, nebo jenom část těla a krve? Jestliže se po posvěcení změní víno v ocet a hostie zplesniví, je Ježíš Kristus pod jejich způsobami jako Bůh stále přítomen?

„Už je tady! Už je tady!"

Žák hlídající u okna zahlédl rektora vycházet z budovy. Všechny katechismy se rozevřely a všechny hlavy se nad nimi mlčky sklonily. Vešel rektor a usedl na pódiu. Mírným kopnutím vybídl čahoun ze zadní lavice Štěpána, aby se na něco těžkého zeptal.

Rektor si nevyžádal katechismus ke zkoušení. Sepjal na pultě ruce a řekl:

„Na počest svatého Františka Xaverského, jehož svátek je v sobotu, začnou ve středu odpoledne exercicie. Exercicie potrvají od středy do pátku. V pátek se bude po růženci celé odpoledne zpovídat. Pokud mají někteří žáci zvláštní zpovědníky, snad by je neměli měnit. V sobotu dopoledne v devět hodin bude pro celou kolej mše a společné přijímání. V sobotu bude volno. Ale protože je volno v sobotu a v neděli, třeba si někteří žáci usmyslí, že je volno také v pondělí. Nepleťte si to. Ty, Lawlesi, si to asi spleteš."

„Já, prosím? Proč, prosím?"

Nad rektorovým strohým úsměvem se třída rozjařeně zavlnila. Strachem se Štěpánovi srdce svíralo a schlo, jako když vadne květ.

Rektor mluvil vážně:

„Všichni snad znáte životopis svatého Františka Xaverského, patrona vaší koleje. Pocházel ze starobylého a proslulého rodu, a jak si vzpomínáte, patřil mezi první následovníky svatého Ignáce. Poznali se v Paříži, kde byl František univerzitním profesorem filozofie. Mladý a skvělý šlechtic a literát se tělem a duší oddal myšlenkám našeho slavného zakladatele a víte, že byl svatým Ignácem na vlastní přání poslán kázat Indům. Nazývá se, jak víte, apoštol Indie. Chodil na Východě z jedné země do druhé, z Afriky do Indie, z Indie do Japonska a křtil lidi. Za jediný měsíc prý pokřtil deset tisíc modloslužebníků. Od tolikerého zvedání ruky mu prý ochrnula pravice. Chtěl pak jít dál do Číny a získat Bohu další duše, ale na ostrově Sancian umřel. Velký světec, svatý František Xaverský. Velký boží vojín!"

Rektor se odmlčel, potřásl sepjatýma rukama a pokračoval:

„Měl v sobě víru, která hory přenáší. Za jediný měsíc získal Bohu deset tisíc duší! Toť pravý dobyvatel, věrný heslu našeho řádu: *ad majorem Dei gloriam.* Světec, pamatujte, který má v nebi velikou moc: moc orodovat za nás v žalu, moc obdržet, zač prosíme, když je to pro blaho duše, především moc obdržet pro nás milost pokání, když hřešíme. Velký světec, svatý František Xaverský. Velký rybář duší!"

Přestal potřásat sepjatýma rukama, přiložil si je k čelu a bystře se rozhlédl vpravo i vlevo po posluchačích tmavýma přísnýma očima.

Jejich temným ohněm se v tom tichu soumrak roznítil do ryšava. Srdce Štěpánovi zprahlo jak pouštní květina, když z dálky ucítil samum.

Ve všech skutcích svých pamětliv buď na poslední věci své, a na věky nezhřešíš – slova vzatá, milí bratříčci v Kristu, z knihy *Eklesiastikus,* kapitola sedmá, verš čtyřicátý. Ve jménu Otce i Syna i Ducha Svatého. Amen.

V kapli seděl Štěpán v přední lavici. Páter Arnall seděl u stolku vlevo od oltáře. Přes ramena měl těžký zimník; bledou tvář měl přepadlou a hlas od nastuzení chraplavý. Postava někdejšího učitele, která se před ním tak divně vynořila, vyvolala Štěpánovi život v Clongowes: rozlehlé hřiště, kde se to hemžilo chlapci, čtverhranný příkop, hřbitůvek opodál lipového stromořadí, na němž ho, jak snil, pochovají, zář ohně na stěně nemocničního pokoje, kde stonal, zasmušilý obličej frátera Michaela. Při těch vzpomínkách se mu zas duše proměnila v duši dítěte.

„Na chvilku jsme se tady, milí bratříčci v Kristu, daleko od shonu světa shromáždili, abychom oslavili a uctili jednoho z největších světců, apoštola Indie, patrona naší koleje, svatého Františka Xaverského. Rok po roce mnohem déle, než si vy, milí žáčci, pamatujete, i než si já sám pamatuji, scházeli se žáci této koleje tady v kapli na exercicie před svátkem svatého patrona. Čas plynul a přinesl změny. Co změn za poslední léta si už ani vy nepamatujete? Kolik žáků, kteří před několika lety sedávali v předních lavicích, je možná v dálných krajích, v žhavých tropech, nebo se plně věnují povinnostem úředním nebo seminárním, nebo se plaví přes širé mořské hlubiny nebo snad byli všemohoucím Bohem předvoláni složit účty ze svého správcovství. A jak léta běží a přinášejí změny k dobrému i zlému, slaví památku velkého světce žáci jeho koleje a rok co rok konají výroční exercicie přede dny svatou matkou církví navěky vyhrazenými jménu a slávě jednoho z největších synů katolického Španělska.

Co znamená slovo *exercicie* a proč v něm kdekdo spatřuje nejvýš spasitelný způsob pro všechny, kdo chtějí před Bohem a v očích lidí žít opravdu křesťanským životem? Exercicie, milí hoši, znamenají, že se na čas odvrátíme od životních starostí, od všedních starostí, prozpytujeme svědomí, zamyslíme se nad tajemstvím svatého náboženství a lépe pochopíme, proč jsme tady na světě. Během těchto dnů vám hodlám předvést myšlenky o čtyřech posledních věcech. A ty jsou, jak z katechismu víte, smrt, soud, peklo a nebe. V těchto několika dnech se pokusím plně je pochopit a z jejich pochopení vytěžit trvalý prospěch pro duši. A pamatujte, milí hoši, že jsme byli posláni na svět za jedním jediným cílem: konat svatou boží vůli a spasit nesmrtelnou duši. Všechno ostatní je bezcenné. Jednoho je zapotřebí, spásy duše. Co platno člověku, kdyby celý svět získal a na své duši úhonu utrpěl? Věřte mi, milí hoši, nic vám na tomto ubohém světě takovou ztrátu nenahradí.

Snažně vás tedy, milí hoši, žádám, abyste na pár dní

zapudili z mysli všechny světské myšlenky, ať už se týkají studia nebo zábavy nebo ušlechtilé snahy, a zamysleli se nad tím, jak je to s vaší duší. Nemusím vám snad připomínat, že po dobu exercicií si mají všichni žáci vést klidně a nábožně a vyhýbat se hlučným, nepatřičným zábavám. Starší žáci na to ovšem dohlédnou, aby se tento zvyk neporušil, a že budou svým spolužákům příkladem, spoléhám zejména na prefekty a strážce mariánské družiny, a družiny svatých andělů.

Vynasnažme se tedy tyto exercicie na počest svatého Františka vykonat s celým srdcem a s celou myslí. Boží požehnání bude pak celý rok spočívat na vašem studiu. Především nechť pak po letech, až z koleje odejdete a octnete se v jiném prostředí, vzpomenete na mě s vděčností a radostí a poděkujete Bohu, že vám poskytl základ k zbožnému, poctivému, horlivému křesťanskému životu. Jestliže je tady tuto chvíli nějaký nešťastník, který nevýslovným neštěstím pozbyl posvátnou boží milost a upadl do těžkého hříchu, vroucně si žádám a prosím, aby se tyto exercicie staly v životě oné duše rozhodným obratem. Prosím Boha, aby skrze zásluhy svého horlivého služebníka Františka Xaverského přivedl tu duši k upřímnému pokání a letošní přijímání na svátek svatého Františka se proměnilo v trvalou úmluvu mezi ní a Bohem. Nechť jsou tyto exercicie památné pro spravedlivé i nespravedlivé, pro světce i hříšníka.

Pomozte mi, milí bratříčci v Kristu. Pomozte mi zbožnou pozorností, oddaností a usebraností. Zapuďte z mysli všechny světské myšlenky a myslete jen na posední věci, smrt, soud, peklo a nebe. Kdo na ně myslí, praví Kazatel, nezhřeší na věky. Kdo vzpomíná na poslední věci, jedná a myslí tak, že je má stále před očima. Žije řádným životem a umírá řádnou smrtí, protože jak věří a ví, v pozemském životě sice mnoho obětoval, ale stokrát a tisíckrát víc mu bude dáno v budoucím životě, v království bez konce – a to požehnání vám, milí hoši, jednomu každému z celého srdce přeji, ve jménu Otce, i Syna i Ducha Svatého. Amen."

Když pak se zamlklými druhy kráčel domů, bylo mu, jako by mu mysl obestírala hustá mlha. Se strnulou myslí čekal, až se zas rozptýlí a odhalí mu, co před ním zakryla. S nevalnou chutí pojedl, a když pak po večeři zůstaly na stole umaštěné talíře, vstal, šel k oknu, jazykem vytřel z úst zbytky jídla a olízl rty. Klesl tedy na úroveň přežvýkavce. Je to konec. Zamlženou myslí mu probleskl strach. Obličej přitiskl k okenní tabuli a civěl do zšeřelé ulice. V mdlém světle se tam šinuly nějaké postavy. A to je život. Písmena Dublina mu zalehla mysl a s hrubou nedůtklivostí se mezi sebou postrkovala. Duše mu bytněla a tuhla v hustou kolomaz a s tupým strachem se hroužila do chmurného, hrozivého šera, zatímco jeho tělo, zlhostejnělé a zneuctělé, tady stálo a ze zatmělých očí, bezradných, zmatených a lidských, vyhlíželo nějakého volského boha.

Příští den přinesl smrt a soud a ponenáhlu mu burcoval duši z tupého zoufalství. Kazatelův chraplavý hlas mu vdmychoval do mysli smrt a záblesk strachu přešel v duševní hrůzu. Trpí její muka. O končetiny zavadil smrtelný chlad a dere se k srdci, smrtelný závoj mu halí zrak, jasná mozková centra hasnou jedno po druhém jako lampy, na kůži vyráží smrtelný pot, odumírající údy jsou bez vlády, mluví těžce, z cesty, trhaně, srdce zmožené bije slaběji a slaběji, dech, ubohý dech, ubohý bezmocný lidský dech mu v hrdle štká a vzdychá a bublá a škytá. Není pomoci! Není pomoci! On, on sám, jeho tělo, jemuž podlehl, umírá. Do hrobu s ním.

Zatlučte mrtvolu do dřevěné rakve. Vyneste ji z domu na ramenou námezdníků. Odkliďte ji lidem z očí do dlouhé jámy v zemi, do hrobu, ať shnije, nakrmí houf hemžících se červů, ať ji sežerou dreptivé bachraté krysy.

A zatímco uslzení přátelé ještě stojí u lože, nad hříšníkovou duší se koná soud. V posledním okamžiku vědomí probíhá mu před duševním zrakem celý pozemský život, a než se naděje, tělo zemře a ustrašená duše stojí před soudnou stolicí. Bůh, který byl dlouho shovívavý, bude pak spravedlivý. Dlouho byl trpělivý, domlouval hříšné duši, poskytoval jí čas k pokání, pořád ji šetřil. Ale ten čas minul. Je čas hřešit a užívat, je čas odbývat Boha a výstrahy jeho svaté církve, protivit se jeho přikázáním, vodit bližní za nos, páchat jeden hřích za druhým a svou zkaženost skrývat před lidmi. Ale ten čas je pryč. Teď je na řadě Bůh: a ten se nedá vodit za nos ani šidit. Kdejaký hřích pak vyjde ze své skrýše, ten nejvzpurnější proti boží vůli i ten nejnedůstojnější naší ubohé zkažené přirozenosti, nejnepatrnější poklesek i nejmrzčejší hanebnost. Co platno potom, že člověk byl slavným císařem, slavným vojevůdcem, úžasným vynálezcem, nad jiné učeným učencem? Před soudnou stolicí boží jsou si všichni rovni. Bůh odmění dobré a potrestá zlé. Na soud nad lidskou duší stačí chvilka. Chvilku po tělesné smrti je duše zvážena. Ortel je vynesen a duše se odebere do příbytku blaženosti nebo do očistcového žaláře, nebo je s řevem svržena do pekla.

To není všechno. Ještě se musí před lidmi ospravedlnit boží spravedlnost: po soudu soukromém zbývá soud obecný. Přišel poslední den. Nastává poslední soud. Na zem padají hvězdy nebeské jako fíky střásané větrem.

Slunce, nesmírná pochodeň vesmíru, se proměnilo v žíněnou roušku. Měsíc je krvavý. Obzor je jako svinutý pergamen. Na obloze se objeví velebný a strašný archanděl Michael, vůdce vojska nebeského. Jednou nohou opřen o moře, druhou o zem, zatroubí na archandělskou troubu neúprosnou smrt času. Trojí andělské zatroubení zaplní celý vesmír. Čas je, čas byl, ale čas už nebude. Na poslední zatroubení se duše veškerého lidstva pohrnou do údolí Josafatu, bohatí i chudí, urození i prostí, moudří i hloupí, dobří i zlí. Duše kdejakého lidského tvora, jaký kdy žil, duše všech, kdo se teprv zrodí, všichni Evini synové a dcery, všichni se v ten svrchovaný den shromáždí. A hle, přichází svrchovaný soudce! Ne už pokorný Beránek Boží, ne už dobrotivý Ježíš Nazaretský, ne už Muž bolesti, ne už Dobrý Pastýř. Přichází nyní v oblacích, s velkou mocí a velebností, provázen devíti kůry andělskými, anděly i archanděly, knížectvími, mocnostmi a silami, trůny a panstvy, cherubíny a serafíny, Bůh Všemohoucí, Bůh Odvěký. Promluví a jeho hlas je slyšet i v nejzazších končinách prostoru, i v nejbezednější propasti. Nejvyšší Soudce, z jehož rozsudku nebude a nemůže být odvolání. Volá k svému boku spravedlivé, káže jim, ať vejdou do království, do věčné blaženosti, která je jim připravena. Nespravedlivé od sebe odvrhne a v uražené velebnosti křikne: *Odstupte ode mne, zlořečení, do ohně věčného, připraveného ďáblu a jeho andělům.* Ach, jaká muka pak nastanou ubohým hříšníkům! Přítel je rván od přítele, děti jsou rvány od rodičů, manželé od manželek. Nešťastný hříšník vztahuje náruč k těm, kdo mu tady v pozemském světě byli nejbližší, k těm, jejichž prosté zbožnosti se možná posmíval, k těm, kdo mu radili a zaváděli ho na správnou cestu, k vlídnému bratrovi,

316

k milující sestře, k matce a otci, kteří ho vroucně milovali. Jenže je pozdě: spravedliví jsou rváni od zkažených zatracených duší, jevících se teď zrakům všech v celé ohyzdnosti a zlobě. Ó vy pokrytci, ó vy obílené hroby, nosíci světu na odiv hladkou usměvavou tvář, zatímco jste v hloubi duše páchnoucí žumpa hříchu, co s vámi v ten strašný den bude?

A ten den přijde, má přijít, musí přijít: den smrti a den soudu. Souzeno je člověku umříti a po smrti ho čeká soud. Soud je jistý. Nejistý je čas a způsob. Buď po dlouhé nemoci nebo následkem nečekaného úrazu; Syn Boží přijde v hodinu, kdy se ho nenadějete. Každou chvíli buďte tedy připraveni, neboť každou chvíli můžete zemřít. Smrtí nám všechno končí. Smrt a soud, hříchem našich prarodičů na svět přivedené, jsou tmavými veřejemi, jimiž končí naše pozemské bytí, veřejemi zejícími do neznáma a do nespatřena, veřejemi jimiž projde každá duše sama, jen s pomocí svých dobrých skutků, bez přispění přítele nebo bratra nebo rodiče nebo pána, sama a roztřesená. Tu myšlenku mějme stále před sebou a nezhřešíme. Smrt, hrozba hříšníkovi, je požehnáním tomu, kdo kráčí po správné cestě, plní povinnosti svého postavení, ráno a večer se modlí, často přistupuje k svátostem a koná dobré a milosrdné skutky. Zbožného a věřícího katolíka, člověka spravedlivého smrt neděsí. Nevzkázal velký anglický spisovatel Addison, když byl na smrtelném loži, pro zpustlého earla Warwicka, aby mu ukázal, jak čelí smrti křesťan? On a jedině on, zbožný a věřící křesťan může v srdci říci:

Hrobe, kde je tvé vítězství?
Smrti, kde je tvůj osten?

317

Jemu platí každé slovo. Na jeho hřích, hnusný a tajný, míří všechen boží hněv. Hluboko mu kazatel zajel nožem do ochořelého svědomí a cítí, jak mu duše hnisá hříchem. Ano, pravdu má kazatel. Bůh se ozval. Jako šelma v doupěti uvelebila se mu duše ve svém kalu, ale andělská zatroubení ho vyhnala z temnoty hříchu na světlo. Andělem provolaný ortel mu rázem rozdrtil klamný klid. Do mysli mu zadul vítr posledního dne; hříchy, šperkozraké děvky obraznosti, prchly před vichřicí, hrůzou pištěly jako myši a choulily se mu pod hřívou.

Šel domů přes náměstí a do rozpáleného ucha mu zalehl lehký dívčí smích. Ten křehký bujný zvuk mu zkrušil srdce silněji než zatroubení, netroufal si zvednout zrak, odvrátil se a při chůzi civěl do šera hustých křovin. Ze zkroušeného srdce stoupla hanba a zaplavila mu celou bytost. Vytanula mu Eileenina podoba a před jejím zrakem mu znovu vykypěla ze srdce hanba. Kdyby tak věděla, čemu ji v duchu vystavoval a jak se po její nevinnosti zvířecky sápal a šlapal. To že je chlapecká láska? To že je kavalírství? To že je poezie? Mrzké podrobnosti jeho orgií mu čpěly do nosu. Začouzený svazek obrázků, který schovával v krbovém komíně a před jehož nestoudnou i nejapnou oplzlostí hodiny proležel a myšlením i skutkem hřešil; ohyzdné sny, hemžící se opičáckými podobami a děvkami se zářivým perlovým zrakem; sprosté dlouhé dopisy, které psal všecek rozkochán provinilým vyznáním a dny a noci tajně nosil, až je pod rouškou noci v polním cípu tajně pohodil do trávy nebo pod vyvrácené dveře nebo někam do skuliny v živém plotě, kde je pak třeba kolemjdoucí děvče najde a potají si je přečte. Šílené! Šílené! Je možné, že to spáchal? Hnusné vzpomínky mu zhoustly v mozku, až mu na čele vyrazil studený pot.

Když přešla muka hanby, snažil se pozdvihnout duši z té bídné bezmoci. Bůh a Blahoslavená Panna jsou od něho daleko: Bůh je příliš veliký a přísný a Blahoslavená Panna příliš čistá a svatá. Představil si však, jak stojí s Eileen v širém poli a pokorně a s pláčem se sklání a líbá jí ohbí rukávu.

V širém poli pod světlounkou oblohou po bledě zeleném moři nebe se šinul na západ mrak, stáli spolu, zbloudilé děti. Svým zblouděním hluboce urazili boží majestát, třebaže to bylo zbloudění dětí, ale neurazili jím tu, *jejíž krása není jako pozemská krása, na kterou je nebezpečné pohlédnout, ale jako jitřenka, která je jejím symbolem, jasná a libá.* Zrak, který na něho upírá, není uražený ani vyčítavý. Dlaně jim spojila, dlaň na dlaň, a promluvila k jejich srdci:

„Vezměte se za ruce, Štěpáne a Eileen. V nebi je teď krásný večer. Zbloudili jste, ale pořád jste mé děti. Jedno srdce miluje druhé. Vezměte se za ruce, milé děti, a budete spolu šťastné a vaše srdce se budou milovat."

Kapli zaplavuje tlumeně šarlatové světlo, prosakující staženými žaluziemi; škvírou mezi poslední žaluzií a okenním rámem jako kopí proráží trs bledého světla a oblévá bronzové reliéfy svícnů na oltáři zářícím jako porubaný pancíř andělů.

Déšť padá na kapli, na zahradu, na kolej. Pořád bude neslyšně pršet. Coul po coulu voda stoupne, zaplaví trávu a keře, zaplaví stromy a domy, zaplaví pomníky a horské vrcholy. Bez hlesu zadusí všechen život: ptáci, lidé, sloni, vepři, děti: bez hlesu budou mezi neladnými troskami světa plavat mrtvoly. Čtyřicet dní a čtyřicet nocí bude padat déšť, až vodstvo zakryje tvář země.

Možné to je. Proč by ne?

„*Pročež rozšířilo peklo duši svou a otevřelo ústa svá beze všeho konce* – slova vzatá, milí bratříčci v Kristu z *Izaiáše*, kapitola pátá, verš čtrnáctý. Ve jménu Otce i Syna i Ducha Svatého. Amen." Kazatel vyňal z kapsy u kleriky hodinky bez řetízku, chvíli mlčky hleděl na ciferník a mlčky si je položil před sebe na stolek.

Klidně se rozhovořil.

„Adam a Eva byli, milí chlapci, naši prarodiče, a jak si vzpomínáte, Bůh je stvořil, aby zas v nebi zaplnili stolice uprázdněné pádem Lucifera a jeho vzpurných andělů. Lucifer prý byl syn Jitřenky, skvělý a mocný anděl; a přece padl: padl a s ním padla třetina vojska nebeského: padl a se svými vzpurnými anděly byl svržen do pekla. Jaký byl jeho hřích, nevíme. Teologové soudí, že to byl hřích pýchy, hříšná myšlenka, kterou ve chvílce pojal: *non seviam: nebudu sloužit.* Ta chvilka byla jeho zkázou. Hříšnou chvilkovou myšlenkou urazil boží velebnost a Bůh ho navždy svrhl z nebe do pekla.

Bůh tedy stvořil Adama a Evu a uvedl je do Edenu v damašské rovině, do té líbezné zahrady zářící světlem a barvou, kypící bujným rostlinstvem. Úrodná půda jim dávala hojnost všeho: ochotně jim sloužili savci i ptáci; neznali zla, jaká naše tělo zdědilo, choroby, nouzi a smrt: velký a štědrý Bůh jim dopřál všeho možného. Jen jedinou podmínku jim Bůh uložil: poslušnost jeho slova. Nebudou jíst plodu ze zakázaného stromu.

Bohužel, milí chlapci, i oni padli. Ďábel, kdysi zářivý anděl, syn Jitřenky, nyní bídný satan, přišel za nimi v podobě hada, nejprohnanějšího ze zvířat pozemních. Záviděl jim. On, padlý velikán, nesnesl pomyšlení, že člověku, tvorovi z hlíny, se má dostat dědictví, o které se vlastním hříchem připravil. Přišel k ženě, křehčí nádobě, a jed své výmluvnosti jí vlil do ucha a slíbil jí –

ach, jaký to rouhavý slib! – že když ona a Adam pojedí zakázaného ovoce, budou jako bohové, jako sám Bůh. Eva podlehla slibům arcipokušitele. Pojedla jablko a dala také Adamovi, který neměl mravní odvahu odříci. Satanův jedovatý jazyk dokázal své. Padli.

Tu se v zahradě ozval hlas Boha, volajícího svého tvora k odpovídání: a před oběma provinilci se objevil s plamenným mečem v ruce Michael, kníže vojska nebeského, a vyhnal je na svět, na svět choroby a lopoty, ukrutenství a zklamání, námahy a dřiny, aby si v potu tváře vydělávali na chléb.

Ale jak byl i potom Bůh milosrdný! Ustrnul se nad chudáky našimi pokořenými prarodiči a slíbil jim, že v plnosti času jim sešle z nebe toho, který je vykoupí a učiní z nich dítky boží a dědice království nebeského: a On, Vykupitel padlého člověka, že bude jednorozený Syn boží, Druhá Osoba Nejsvětější Trojice, Věčné Slovo.

Přišel. Narodil se z čisté panny, Marie panenské matky. Narodil se v chudém chlévě v Judeji a třicet let žil jako skromný tesař, až nadešla hodina jeho poslání. A tehdy pln lásky k lidem vykročil a volal lidi, aby poslechli nové evangelium.

Vyslechli ho? Ano, vyslechli, ale neposlechli. Jali ho a svázali jako sprostého zločince, posmívali se mu jako bláznu, vybrali si ho místo obyčejného lupiče, zbičovali ho pěti tisíci ranami, korunovali trnovou korunou, židovskou luzou a římskou soldateskou ho hnali po ulicích, svlékli z roucha a pověsili na šibenici a bok mu protkli kopím a ze zraněného těla našeho Pána neustále proudila voda a krev.

A přece už tehdy, ve chvíli smrtelné úzkosti, se Milosrdný Vykupitel ustrnul nad lidstvem. Už tehdy, na hoře Kalvárii, založil svatou katolickou církev, kterou, jak slíbil, brány pekelné nepřemohou. Založil ji na odvěké skále a obdařil milostí, svátostmi a mešní obětí a slíbil, že když budou lidé poslušni slova církve, přece vejdou do věčného života, ale když po všem, co se pro ně vykonalo, setrvají ve své špatnosti, zbývají jim jen věčná muka: peklo."

Kazatel klesl hlasem. Odmlčel se, na chvilku sepjal dlaně a zas je rozevřel. Potom promluvil.

„Zkusme si na chvíli představit, pokud je to možné, jak vypadá onen příbytek zatracených, který spravedlnost uraženého Boha vytvořila za věčný trest hříšníků. Peklo je těsný, temný a začpělý žalář, příbytek démonů a ztracených duší, plný ohně a čoudu. Těsností tohoto žalářního domu Bůh schválně trestá ty, kdo se nedávali poutat jeho zákony. V pozemských žalářích se vězeň může aspoň trochu volně pohybovat, buď mezi čtyřmi stěnami své cely nebo na ponurém žalářním dvoře. V pekle je tomu jinak. Vzhledem k velkému počtu zatracenců jsou vězni tak namačkáni v strašlivém žaláři, jehož stěny jsou prý čtyři tisíce mil tlusté a zatracenci tak spoutáni a bezmocní, že jak blahoslavený světec, svatý Anselm, v knize o podobenstvích píše, ani zahryznutého červa si z okna nedokážou vymnout.

Leží v temnotě zevnitřní. Pamatujte totiž, že peklo nevydává světlo. Tak jako na boží příkaz ztratila babylonská pec žár, ale ne světlo, tak si pekelný oheň na boží příkaz zachovává prudký žár, ale hoří navěky ve tmě. Je to nekonečný nápor tmy, tmavých plamenů a tmavého kouře hořící síry, mezi nimiž se bez špetky vzduchu těla na sobě kupí. Ze všech ran, které postihly zemi faraonů, jen jediná, a to rána tmy, se nazývala hrozná. Jaké jméno tedy dostane tma pekla, která nepotrvá pouhé tři dni, ale celou věčnost?

Hrůzu tohoto těsného a tmavého žaláře ještě ztrpčuje strašlivý puch. Všechna špína světa, všechen rmut a kal světa prý tam jako do ohromné čpavé stoky odteče, až strašlivý požár posledního dne očistí svět. Nesnesitelným puchem naplňuje peklo také síra, která tam v úžasném množství hoří; sama těla zatracených vydávají morový smrad, takže by, jak praví svatý Bonaventura, jediné stačilo zamořit celý svět. I vzduch tohoto světa, ten čistý živel, hned k nedýchání zatuchne, když je dlouho zavřen. Povážte tedy, jak páchnoucí je vzduch pekla. Představte si páchnoucí mokvavou mrtvolu, rosolovitou shnilotinu, jak se v hrobě rozkládá a hnije. Představte si, jak tu mrtvolu zachvacují plameny, jak ji spaluje hořící síra a jak z ní stoupají husté dusivé výpary hnusného, odporného rozkladu. Představte si pak tento odporný, od smrdutých milionů a milionů nakupených v páchnoucí tmě ještě milionkrát a milionkrát znásobený puch, celou tu ohromnou hnijící houbu. Představte si to a budete mít jakési ponětí o strašlivém puchu pekla.

Ale ten puch, ač strašlivý, to nejsou ještě největší tělesná muka, jakým jsou zatracenci vystaveni. Muka ohněm jsou největší muka, jakým kdy tyran podrobil své bližní. Jen vložte na chvíli prst do plamene svíčky, a ucítíte, jak pálí oheň. Náš pozemský oheň však stvořil Bůh ve prospěch člověka, aby v něm udržoval jiskru života a prospíval mu v užitečných řemeslech, pekelný oheň je však jinačí, a Bůh jej stvořil, aby zmučil a potrestal nekajícné hříšníky. Náš pozemský oheň také rychleji či pomaleji spaluje, podle toho, jak je napadený předmět hořlavý, a tak lidský důmysl vynalézá chemické prostředky, kterými si jeho účinek zpomaluje nebo maří. Síra hořící v pekle je však látka, která má s nevýslovnou prudkostí hořet věčně. Dále pak pozemský oheň hoří a přitom ničí, a tak čím je prudší, tím kratčeji trvá: pekelný oheň má však tu vlastnost, že uchovává to, co pálí, a i když hoří neuvěřitelně prudce, hoří navždy.

Dále pak, ať je náš pozemský oheň sebeprudší a rozsáhlejší, je vždy omezený: ohňové jezero v pekle je však neomezené, bezbřehé a bezedné. Je psáno, že na otázku jednoho vojína sám ďábel přiznal, že kdyby se do hořícího pekelného oceánu celá hora hodila, rázem by shořela jako kus vosku. A tento strašlivý oheň nepostihne těla zatracenců jenom zvnějšku, každá odsouzená duše se stane sama sobě peklem tím, jak jí přímo v útrobách bude zuřit bezbřehý oheň. Ach, jak strašný je osud těchto ubožáků! V žilách jim vře a kypí krev, v lebce hárá mozek, v hrudi žhne a puká srdce, útroby jsou rozpálená kupa hořící dřeně, citlivé oči sálají jak roztavené koule.

Co jsem však řekl o síle a rázu a nekonečném rozsahu tohoto ohně, není ničím proti jeho mohutnosti, mohutnosti božským úradkem určené k potrestání duše i těla. Je to oheň, vycházející přímo z božího hněvu, činný ne vlastní působností, ale jako nástroj boží pomsty. Jako omývají křestní vody duši spolu s tělem, tak trýzní ducha spolu s tělem ohně věčného trestu. Trýzněn je kdejaký tělesný smysl a s ním kdejaká duševní mohutnost: oči neproniknutelnou čirou tmou, nos odpornými pachy, uši skřeky a vytím a proklínáním, chuť shnilotinou, slizem malomocenství, nevýslovně dusivým zápachem, hmat rozžhavenými bodci a hroty, surovými jazyky plamene. A skrz jednotlivá muka smyslů je nesmrtelná duše věčně trýzněna v samé podstatě sáhodlouhými žhavými ohni, které uražená velebnost Všemohoucího v propasti zapálí a dechem božího hněvu do neustálého, stále prudšího žáru rozdmychává.

Považte posléze, že se trýzeň tohoto pekelného žaláře zvyšuje společností samotných zatracenců. Špatná společnost na zemi je tak škodlivá, že rostliny takřka pudově uhýbají všemu, co je hubí nebo jim škodí. V pekle jsou všechny zákony obráceny naruby – na rodinu, vlast, přátele, příbuzné nikdo nemyslí. Odsouzenci na sebe řvou a skučí, a že jsou s nimi bytosti stejně trýzněné a vzteklé, ještě jejich trýzeň a vztek zvyšuje. Veta je po všem smyslu lidskosti. Řev trpících hříšníků zaléhá do nejzazších končin obrovské propasti. Zatracenci mají plná ústa rouhání proti Bohu a nenávisti k spolutrpitelům a kleteb duším spoluvinným v hříchu. Za dávných časů trestali otcovraha, toho, kdo vztáhl vražednou ruku na otce, tím, že ho svrhli do mořské hlubiny v pytli, do něhož dali kohouta, opici a hada. Zákonodárci, kteří ten zákon, nám dnes napohled ukrutný, zosnovali, chtěli zločince potrestat společností odporných a zavilých zvířat. Ale co je vztek těch němých zvířat proti zuřivému proklínání, jaké v pekle ze zprahlých rtů a bolavých hrdel chrlí zatracenci, když zjistí, že jejich společníky v neštěstí jsou ti, kdo je účinně nabádali k hříchu, kdo jim svými slovy zasívali do duše semínka špatného myšlení a špatného jednání, kdo je necudnými názory sváděli k hříchu, kdo je zrakem sváděli a vábili z cesty ctnosti. Sápají se na své spoluviníky a vyčítají jim a zlořečí. Ale není jim rady ani pomoci: na pokání je pozdě.

Nakonec pak považte, jak strašně mučí zatracence, pokušitele i pokoušené, společnost ďáblů. Tito ďábli budou zatracence týrat dvojím způsobem, svou přítomností a svými výčitkami. Jak jsou tito ďábli strašní, si ani představit nemůžeme. Jednou uviděla ďábla svatá Kateřina Sienská a napsala, že než by měla na tu strašidelnou obludu znova popatřit, raději by do smrti chodila po žhavém uhlí. Tito ďábli, kdysi krásní andělé, jsou teď tak ohyzdní a ošklivi, jako byli kdysi krásní. Ztraceným duším, které strhli do zkázy, se posmívají a pošklebují. Oni, ohavní démoni, se v pekle promění v hlas svědomí. Proč jsi zhřešil? Proč jsi propůjčil sluch navádění přátel? Proč ses odvrátil od svých zbožných úkonů a dobrých skutků? Proč jsi neuhnul příležitosti k hříchu? Proč jsi od toho špatného společníka neodešel? Proč jsi nezanechal onoho chlípného, onoho smilného návyku? Proč ses neřídil zpovědníkovými návody? Když jsi poprvé nebo podruhé nebo potřetí nebo počtvrté nebo posté padl, proč ses ze své špatnosti pokaždé nekál a neobrátil ses k Bohu, který čekal na tvé pokání, aby tě rozhřešil z hříchů? Čas pokání už minul. Čas je, čas byl, ale čas nebude. Byl čas potají hřešit, hovět zahálce a pýše, páchat bezpráví, podléhat nutkání nižší přirozenosti, žít jako polní zvěř, ba hůř než zvěř, vždyť jsou to pouhá hovádka a rozum nemají, aby se jím řídily: čas byl, ale čas už nebude. Tolikerými hlasy mluvil k tobě Bůh, ale ty jsi neslyšel. Nezdeptal jsi v srdci pýchu a hněv, nevrátil jsi uzmuté statky, neposlouchal jsi příkazů svaté církve a neplnil náboženské povinnosti, nezanechal jsi špatných společníků, nestřežil ses těchto nebezpečných pokušení. Tak zní řeč těchto ďábelských trapičů, slova výsměchu a výčitky, záští a hnusu. Ano, hnusu! Vždyť i oni, sami ďábli, když zhřešili, zhřešili hříchem, který se jedině srovnával s jejich andělskou povahou, vzpourou rozumu: a oni, i oni, ohyzdní ďábli, se s odporem a hnusem brání myslet na ony nevyslovitelné hříchy, jakými klesý člověk uráží a znečišťuje chrám Ducha Svatého, uráží a poskvrňuje sám sebe.

Ach, milí bratříčci v Kristu, kéž tu řeč nikdy neuslyšíme! Kéž ji, pravím vám, nikdy neuslyšíme! Vroucně se modlím k Bohu, aby se v poslední den strašného účtování ani jediná duše těch, kdo jsou dnes v této kapli, neocitla mezi nešťastníky, které Velký Soudce navždy od sebe vykáže, aby nikomu z nás do uší nedolehl děsný ortel zavržení: *Odejděte ode mne, zlořečení, do věčného ohně, připraveného ďáblu a jeho andělům.*"

Odcházel postranní lodí kaple, nohy se mu třásly a kůže na hlavě zachvívala, jako by se ho dotkly strašidelné prsty. Po schodech došel na chodbu, u jejích stěn visely zimníky a pláště jako popravení zlosyni, sťatí, malátní a bezvládní. Při každém kroku se bál, že je už po smrti, že mu duši vyrvali z tělesné schrány, že se střemhlav řítí prostorem.

Nohy se mu na podlaze neudržely, usedl tedy k svému stolu, namátkou otevřel knihu a sklonil se nad ni. Každé slovo platí na něho. Svatá pravda. Bůh je všemohoucí. Hned teď, jak tu sedí u stolu, Bůh ho může povolat, než bude mít čas si jeho povel uvědomit. Bůh ho povolal. Cože? Ano? Cože? Svaly se mu scvrkají, jak se k nim blíží dravé jazyky plamenů, vysychají, jak je ovívá zprahlý vzduch. Umřel. Ano. Je souzen. Ohnivá vlna mu šlehá tělem: první. Další vlna. Mozek mu řeřaví. Další. Mozek mu kypí a bublá v praskající lebeční schráně. Z lebky mu šlehají plameny jako okvětí a jako hlasy vřeští:

"Peklo! Peklo! Peklo! Peklo! Peklo!"

Nablízku se ozvaly hlasy:

"O pekle."

"Pěkně vám to vytmavil."

„Bodejť. Nahnal nám strachu."

„Však vy strach potřebujete: a hodně strachu, abyste se učili."

Chabě se opřel v lavici. Neumřel. Bůh ho ještě ušetřil. Dosud je v důvěrném školním prostředí. U okna stojí pan Tate a Vincent Heron, povídají, žertují, koukají z okna, jak tam mrholí, pokyvují hlavou.

„Kdyby se tak vyčasilo. S několika přáteli jsem se domluvil, že si vyjedeme na kole do Malahidu. Jenže na silnicích je bláta po kolena."

„Třeba se, prosím, vyčasí."

Hlasy, které tak dobře zná, ticho třídy, když hlasy umlknou a v tom tichu se ozývá slabé dobytčí přežvykování, jak ostatní hoši pokojně žvýkají svačinu, mu zkonejšilo bolavou duši.

Je ještě čas. Ó, Maria, útočiště hříšníků, oroduj za něj! Panno neposkvrněná, zachraň ho od jícnu smrti!

Hodina angličtiny začala výkladem z historie. Pod rouškou jmen jako němé přízraky táhly postavy králů, milenců, intrikánů a biskupů. Všichni umřeli: všichni byli souzeni. Co platno člověku, kdyby celý svět získal, a duši ztratil? Konečně pochopil: kolem něho se prostírá lidský život, planina míru, kde lidé jako mravenci družně lopotí a pod klidnými rovy odpočívají jejich nebožtíci. Spolužák se ho dotkl loktem a dotkl se jeho srdce: a když pak sám odpovídal učiteli na otázku, slyšel ve svém hlase plno pokojné zkroušenosti a kajícnosti.

Nemohouc už snést mučivý strach, duše se ponořila hlouběji do kajícného pokoje a přitom hlesla modlitbu. Ach, ano, ještě ho ušetří; bude se v srdci kát a dojde odpuštění; ti nahoře, ti v nebi pak uvidí, jak odčiní svou minulost, celý svůj život. Jen strpení.

„Celý Bože. Celý, celičký."

Ke dveřím přišel posel, že se v kapli zpovídá. Ze třídy odešli čtyři žáci; slyšel, jak po chodbě odcházejí další. Srdce mu ovanul tetelivý chlad, pouhý záchvěv, a přece jak mlčky poslouchal a trpěl, připadalo mu, že s uchem přitisknutým na srdce cítí, jak chabne a umdlévá, jak se mu komory zachvívají.

Není úniku. Musí se vyzpovídat, slovy povědět, co činil a myslel, hřích po hříchu. Jak? Jak?

„Otče, já..."

Jako chladný lesklý kord mu do křehkého masa zajela myšlenka: zpověď. Ale ne tady v kolejní kapli. Upřímně se ze všeho vyzpovídá, z kdejakého hříchu skutkem i myšlením: ale ne tady mezi spolužáky. Daleko odtud, někde v šeru vyšeptá svou hanbu. Ať mu Bůh, poníženě ho prosí, odpustí, že si netroufá vyzpovídat se v zdejší kapli: a z čiré duševní zkroušenosti se u chlapeckých srdcí kolem doprošoval odpuštění.

Čas plynul.

Už zas seděl v kapli v přední lavici. Venku už sláblo světlo, a jak zvolna dopadalo tmavočervenými žaluziemi, bylo to, jako by zapadalo slunce posledního dne a duše se shromáždily k soudu.

„*Zapuzen jsem od obličeje očí tvých*: slova, milí bratříčci v Kristu, z knihy *Žalmů*, kapitola třicátá, verš dvacátý třetí. Ve jménu Otce i Syna i Ducha Svatého. Amen."

Kazatel spustil klidným, přátelským hlasem. Tvářil se vlídně, zlehka sepjal prsty na obou rukou a spojením jejich koneček vytvořil křehkou klec.

„V úvaze o pekle jsme se dnes ráno pokusili o úpravu dějiště, jak tomu v knize duchovních cvičení říká náš svatý zakladatel. Snažili jsme se totiž představit si duševními smysly, obrazností, hmotnou podobu onoho strašlivého místa a tělesných muk, jaká snášejí ti, kdo jsou v pekle. Dnes večer budeme chvilku uvažovat o povaze duchovních muk pekla.

Hřích je, pamatujte, dvojnásobná ohavnost. Je to mrzká svolnost, s jakou naše zkažená přirozenost podléhá nižší přirozenosti, všemu sprostému a zvířeckému, a je to také odvracení od návodu vyšší přirozenosti, ode všeho čistého a svatého, od samotného Svatého Boha. Proto se smrtelný hřích v pekle trestá dvojím odlišným trestem, tělesným a duchovním.

Nuže, ze všech těchto duchovních muk jsou největší muka ztráty, a to vskutku tak veliká, že všechna ostatní utrpení převyšují. Svatý Tomáš, největší církevní učitel, andělský učitel, jak se nazývá, praví, že nejhorší zatracení záleží v tom, že je rozum člověka nadobro zbaven božského světla a jeho náklonnost zarytě odvrácena od boží dobroty. Bůh, to mějte na paměti, je bytost nesmírně dobrá, ztráta takové bytosti je tedy nesmírně bolestná. Co asi taková ztráta znamená, nemáme v tomto životě jasnou představu, ale zatracenci v pekle, a o to jsou jejich muka větší, plně chápou, oč přišli, a chápou, že o to přišli skrze své hříchy, a že o to přišli navždy. V samém okamžiku smrti se tělesná pouta zlomí a duše rázem vzlétne k Bohu. Duše tíhne k Bohu jako k těžišti svého života. Pamatujte, milí chlapečci, žijeme Bohem, náležíme Bohu: jsme Jeho, nezcizitelně Jeho. Božskou láskou miluje Bůh každou lidskou duši a každá lidská duše žije tou láskou. Jak jinak? Každé naše vydechnutí, každé naše pomyšlení, každé naše životní prodlení vyplývá z nevyčerpatelné boží dobroty. Jestliže bolí matku, když ji odloučí od dítěte, muže, když ho vypudí z domova a vlasti, přítele, když ho odtrhnou od přítele, ach, pomyslete, jak to trápí, jak to bolí nešťastnou duši, když je odtržena od nejvýš dobrého a milujícího Stvořitele, který tu duši z nicoty vzbudil k životu a při životě nesmírnou láskou chová a udržuje. Být tedy navždy odloučen od nejvyššího dobra, od Boha, a hrýzt se tím odloučením, vědět, že je nezměnitelné, toť největší trýzeň, jakou stvořená duše snese, *poena damni*, bolest ze ztráty.

Druhá bolest, která v pekle dolehne na duši zatracenců, je bolest svědomí. Jako se v mrtvolách rodí hnilobou červi, tak vzniká v duších zatracenců hnilobou hříchu neustálá výčitka, osten svědomí, červ, podle papeže Inocence Třetího, s trojitým ostnem. První osten, kterým tento ukrutný červ uštkne, bude vzpomínka na někdejší rozkoše. Ach, jaká to bude krutá vzpomínka! V jezeře sžíravého plamene si pyšný král vzpomene na nádheru svého dvora, moudrý, leč hříšný člověk na své knihovny a vědecké pomůcky, milovník uměleckých požitků na své mramory a obrazy a jiné umělecké poklady, labužník na velkolepé hostiny, na chutně upravená jídla, na vybraná vína, lakomec si vzpomene na haldy zlata, lupič na uzmutý majetek, zlostní a mstiví a neúprosní vrazi na krveprolití a násilnosti, v nichž si libovali, chlípníci a cizoložníci na nevýslovné a mrzké rozkoše, jimž se oddávali. Na to všechno vzpomenou a budou proklínat sebe i své hříchy. Jak ubohé se totiž budou jevit tyto rozkoše duši odsouzené navěky trpět v pekelném ohni! Jak budou zuřit a soptit nad tím, že nebeské blaho zaměnili za pozemskou škváru, za pár plíšků, za jalové pocty, za tělesné požitky, za lechtání nervů. Jak by nelitovali: toť další osten svědomí pozdní a marná lítost nad spáchanými hříchy. Božská spravedlnost si žádá, aby se rozum těchto nešťastníků stále obíral hříchy, jimiž se provinili, a jak svatý Augustin zdůrazňuje, Bůh jim propůjčí svou vlastní znalost hříchu, takže se jim bude jevit v celé ohyzdné ničemnosti, jako se jeví zraku samého Boha. Spatří své hříchy v celé hanebnosti a budou jich litovat, jenže bude pozdě, i zalkají nad propastnými příležitostmi. Toť poslední a nejhlubší a nejkrutější osten svědomí. Svědomí řekne: litovat jsi měl možnost i čas, a ty jsi nelitoval. Rodiče tě nábožně vychovali. Církev ti nabízela na pomoc svátosti a milost a odpustky. Měl jsi božího sluhu, aby ti kázal, aby tě zavolal zpátky, když jsi bloudil, aby ti odpustil bůhví kolikeré, bůhví jak ohavné hříchy, jen když se z nich vyzpovídáš a učiníš pokání. Kdepak. Ty nic. Kdybys teď celé peklo svými slzami zatopil, jestli ještě můžeš plakat, celým mořem lítosti nezískáš to, co bys byl za pozemského života získal jedinou slzou dokonalé lítosti. Žebroníš teď o chvilku pozemského života, v níž bys litoval: marně. Po tom čase je veta: navždy veta.

Takový je trojitý osten svědomí, had, který se v pekle prohryže do srdce nešťastníků, takže plni pekelného vzteku proklínají svou bláhovost a proklínají špatné společníky, že je strhli do zkázy, a proklínají ďábly, že jim v životě kladli nástrahy a teď se jim na věčnosti posmívají, ba zlořečí a klnou i Nejvyšší Bytosti, jejíž dobrotu a trpělivost pohrdlivě odbývali, ale jejíž spravedlivosti a moci neuniknou.

Další duchovní muka, jimž zatracenci podléhají, jsou muka rozloženosti. Člověk sice v pozemském životě dokáže mnoho zel, ale nedokáže je všechny naráz, poněvadž jedno zlo ruší a napravuje druhé, stejně jako jeden jed ruší druhý. Naproti tomu v pekle jedna muka druhá nenapravují, ale ještě je stupňují, a nadto, ježto jsou vnitřní schopnosti větší než vnější smysly, snesou větší utrpení. Náležitá trýzeň postihuje každý smysl a rovněž duchovní mohutnost: obraznost postihuje strašnými představami, vnímavost střídavě bažením a zuřením, mysl a rozum vnitřní temnotou, strašnější než temnota zevnější, jaká v tom hrozném žaláři vládne. Zloba, ač bezmocná, která tyto ďábelské duše jímá, je zlo bez hranic, neomezeného trvání, strašné zvrácenosti, jakou si ani představit nemůžeme, když si neuvědomíme, jak je obludná a jak se Bohu příčí.

Proti těmto mukám rozložitosti, leč s nimi trvající, jsou muka prudkosti. Peklo je středem zel, a jak víte, všechno je ve středu prudší než na samém okraji. Žádné protiléky ani příměsky pekelná muka nezmírňují ani neulehčují. Ba věci samy o sobě dobré se v pekle stanou zlé. Společnost, jinde pramen útěchy zarmouceným, bude tam neustále trýznit: věda, vytoužená jakožto hlavní vymoženost rozumu, propadne tam větší nenávisti než nevědomost: prudce budou nenávidět světlo, po němž dychtí kdejaký tvor, od pána stvoření až po nejskromnější lesní bylinu. Naše žaly v tomto životě jsou buď nedlouhé nebo nevelké, naše přirozenost je buď zvykem přemůže nebo pod jejich tíhou padne, a tak je ukončí. V pekle se však muka zvykem nepřekonají, jsou totiž strašně prudká a přitom se stále mění, každá trýzeň se takřka od druhé rozžhavuje a ta, která ji rozžhavila, se ještě prudčeji rozplameňuje. Přirozenost však těmto prudkým a rozmanitým trýzním neunikne tím, že jim podlehne, duše se totiž ve zlu udržuje a zachovává, aby tím víc trpěla. Bezmezný rozsah muk, neuvěřitelná prudkost utrpení, neustálá rozmanitost trýzně – toho si božská velebnost, uražená hříšníky, žádá, to nebeská svatost, opovržená a nahrazená chlípnými a zvrhlými rozkošemi zkaženého těla, vymáhá, to si krev nevinného Beránka Božího, prolitá na vykoupení hříšníků a podupaná nejneřestnějšími neřestníky, osobuje.

Poslední a vrcholná trýzeň trýzní tohoto strašného místa je věčnost pekla. Věčnost! Ach, jaké příšerné a ponuré slovo! Věčnost! Který lidský duch ji pochopí? Pamatujte, je to věčnost muk. Jako by už tak nebyly pekelné útrapy děsné, neberou konce, protože mají trvat navždycky. Jsou trvalé a přitom, jak víte, nesnesitelně prudké, k nevydržení táhlé. Už jen bodnutí hmyzu celou věčnost snášet by byla hrozná trýzeň. Jaká teprve je trýzeň snášet provždy rozmanitá pekelná muka! Po celou věčnost! Ne po jeden rok nebo věk, ale provždy. Zkuste si představit, co strašného to slovo znamená. Nejednou jste viděli na mořském břehu písek. Jaká má drobná zrníčka! A kolik těch drobných zrníček se vejde do hrstičky, jakou dítě při hře nabírá. Představte si takovou pískovou horu milion mil vysokou, tyčící se od země až do dálného prostoru a táhnoucí se milion mil do šířky: a představte si takovou obrovskou haldu nesčetných částeček písku, znásobených počtem listů v lese, vodních kapek v širém oceáně, ptačích peříček, rybích šupin, zvířecích chlupů, atomů v obrovském vzdušném prostoru: a představte si, že po každém milionu let přiletí k té hoře ptáček a v zobáčku odnese zrníčko písku. Kolik milionů a milionů staletí uplyne, než ten ptáček odklidí třeba jen čtverečnou stopu té hory, kolik eonů a eonů staletí, než je odklidí celou. A přece ani po té nesmírně dlouhé době nelze říci, že skončila pouhá chvilka věčnosti. Po všech těch bilionech a trilionech let věčnost teprve začne. A jestli se celá ta odnesená hora zase vztyčí a znovu přiletí pták a zrníčko po zrníčku ji znovu odnese, a když se vztyčí a klesne tolikrát, kolik je hvězd na nebi, atomů ve vzduchu, kapek vody v moři, listů na stromech, peříček na ptácích, šupin na rybách, chlupů na zvířatech, po všech těch nesčetných stoupáních a klesáních té nezměrně mohutné hory neskončila vlastně ani chvilka věčnosti; i tehdy, po takovém období, po časovém eonu, nad jehož představou nám jde hlava kolem, věčnost sotva začala.

Jednomu blaženému světci (byl tuším z našeho řádu) se dostalo kdysi vidění pekla. Zdálo se mu, že stojí uprostřed veliké dvorany, tmavé a zamlklé, jen velké hodiny v ní tikaly. Tikání se ozývalo neustále a znělo jako stále opakovaná slova: navždy, nikdy, navždy, nikdy. Navždy být v pekle, nikdy nebýt v nebi; navždy být odloučen od boží přítomnosti, nikdy se netěšit blaženému vidění; navždy být sžírán plameny, hlodán hmyzem, poháněn žhavými bodci, nikdy těm mukám neunikat; navždy být kárán svědomím, sžírán pamětí, v mysli zaplavován tmou a zoufalstvím, nikdy tomu neunikat; navždy klnout, zlořečit hnusným ďáblům, zlomyslně se kochajícím bídou svých obětí; nikdy nepatřit na třpytné roucho blažených; navždy úpět z ohnivé propasti k Bohu o chvilku, pouhou chvilku úlevy od těch hrozných muk, nikdy se ani chvilku netěšit božímu odpuštění; navždy být zatracen, nikdy spasen; navždy, nikdy. Ach, jak strašný trest! Věčnost nekonečného utrpení, nekonečné tělesné i duševní trýzně, bez jediného paprsku naděje, bez jediné chvíle úlevy, utrpení bezmezně silného, trápení neskonale rozmanitého, trýzně věčně udržující to, co věčně požírá, úzkosti věčně sžírající ducha a sužující tělo, věčnosti, jejíž každá chvíle je věčný žal. Takový strašný trest ukládá těm, kdo umírají v smrtelném hříchu, všemohoucí a spravedlivý Bůh.

Ano, spravedlivý Bůh! Lidé, napořád usuzující po lidsku, žasnou nad tím, že Bůh vyměřuje věčný a nekonečný trest v pekelném ohni za jediný těžký hřích. Usuzují tak proto, že zaslepeni hrubým tělesným klamem a temnem lidského rozumu nechápou ohyzdnou špatnost smrtelného hříchu. Usuzují tak, protože nechápou, že i lehký hřích je něco tak hnusného a ohyzdného, že kdyby všemohoucí Stvořitel mohl na světě skoncovat se vší zlobou a bídou, válkami, nemocemi, loupežemi, zločiny, úmrtími, vraždami, s tou podmínkou, že nepotrestá jediný lehký hřích, lež, zlostný pohled, chvilkovou schválnou lenost, on, všemohoucí Bůh, by to nemohl učinit, protože hřích, ať už myšlenkou či skutkem, je přestupek proti jeho zákonu a Bůh by nebyl Bůh, kdyby přestupníka nepotrestal.

Hřích, okamžik vzpurné rozumové pýchy, svrhl Lucifera a třetinu andělského šiku z jejich slávy. Hřích, okamžik bláhovosti a slabosti, vyhnal Adama a Evu z Edenu a přivedl na svět utrpení a smrt. Aby následky toho hříchu napravil, nastoupil na zem jednorozený Syn Boží, žil a trpěl a v bolestech umřel, tři hodiny pněl na kříži.

Ach, milí bratříčci v Kristu Ježíši, máme tedy dobrého Vykupitele urážet a dráždit k hněvu? Máme dupat po jeho zdrásaném a rozedraném těle? Máme plivat do tváře plné žalu a lásky? Máme se jako krutí Židé a suroví vojáci posmívat mírnému a shovívavému Spasiteli, který pro nás sám vyšlapal strašlivý lis bolesti? Každé hříšné slovo je úder do jeho něžného boku. Každý hříšný čin je trn probodávající mu hlavu. Každá necudná myšlenka, kterou se vědomě obíráme, je břitké kopí, vrážené do jeho svatého a milujícího srdce. Ne, ne. Žádný lidský tvor se nemůže dopustit něčeho, co tak hluboce uráží božskou Velebnost, co má za trest věčné utrpení, co znovu křižuje Syna Božího a co se mu rouhá.

Prosím Boha, aby má chabá slova utvrdila ve svatosti ty, kdo jsou ve stavu milosti, aby posílila kolísavé, aby vrátila do stavu milosti nešťastnou zbloudilou duši, pokud je tady mezi vámi. Modlím se k Bohu a vy se modlete se mnou, abychom litovali svých hříchů. Chci vás poprosit, abyste po mně, jak tu v této skromné kapli před Bohem klečíte, opakovali vzbuzení upřímné lítosti. Bůh je tam ve svatostánku, planoucí láskou k lidstvu, hotový utěšit zarmoucené. Aťsi máte hříchů nevímkolik a nevím jak hnusných, když se z nich budete kát, budou vám odpuštěny. Nechť vám v tom nezbraňuje světská hanba. Bůh je pořád milosrdný Pán, který si nežádá smrti hříšníka, ale aby se obrátil a žil.

Volá vás k sobě. Jste jeho. Stvořil vás z ničeho. Miloval vás, jak jen Bůh může milovat. Rozevírá po vás náruč, i když jste proti němu zhřešili. Pojď k němu, ubohý hříšníku, ubohý marnivý a zbloudilý hříšníku. Nyní je čas příhodný. Nyní je pravá chvíle."

Kněz vstal, otočil se k oltáři a v zhoustlém šeru poklekl na stupínek. Čekal, až všichni v kapli kleknou a sebemenší šum utichne. Zvedl pak hlavu a větu po větě vroucně opakoval vzbuzení upřímné lítosti. Štěpán, jazyk přilnutý na patro, sklonil hlavu a srdcem se modlil.

„Ó Bože!"
„Ó Bože!"
„Je mi upřímně líto"
„Je mi upřímně líto"
„že jsem tě urazil"
„že jsem tě urazil"
„a ošklivím si své hříchy"
„a ošklivím si své hříchy"

„nade všechno jiné zlo"

„nade všechno jiné zlo"

„protože se ti příčí, ó Bože"

„protože se ti příčí, ó Bože"

„který si zasloužíš"

„který si zasloužíš"

„všechnu mou lásku"

„všechnu mou lásku"

„a pevně si umiňuji"

„a pevně si umiňuji"

„s Tvou božskou milostí"

„s Tvou božskou milostí"

„že tě už nikdy neurazím"

„že tě už nikdy neurazím"

„a že se v životě polepším"

„a že se v životě polepším"

Po večeři odešel do svého pokoje, aby byl sám se svou duší; na každém kroku jeho duše sténala; na každém kroku, jak šlapala nahoru s ním při výstupu do končiny vazkého šera, sténala. Přede dveřmi na odpočívadle zůstal stát, potom uchopil porcelánovou kliku a rázem otevřel. Zchřadlý na duši ustrašeně čekal a v duchu se modlil, aby mu smrt nesáhla na čelo, až bude překračovat práh, aby nebyl vydán napospas ďáblům, pobývajícím ve tmě. Na prahu postál jako u vchodu do tmavé sluje. Jsou tam tváře: čekají a číhají.

„Samozřejmě jsme věděli, že i když to nakonec vyjde najevo, jen zdráhavě se přiměje k tomu, aby zdráhavě vyhledal duchovního plnomocníka, a tak jsme samozřejmě věděli…"

Šeptající obličeje čekají a číhají; šepotavé hlasy zaplavují tmavou škebli sluje. Na těle i na duši měl velký strach, vztyčil však srdnatě hlavu a rázně vkročil do pokoje. Práh, pokoj, stejný pokoj, stejné okno. Klidně si řekl, že ta slova, zdánlivě šeptající z šera, nemají smysl. Řekl si, že je zkrátka ve svém pokoji s dveřmi dokořán.

Zavřel dveře, vážně vykročil k posteli, poklekl vedle ní a dlaněmi si zakryl oči. Dlaně měl studené a vlhké a od chladu ho všechno bolelo. Zmatek, nelad a chlad na něho padl a zaplašil mu myšlenky. Proč tam klečí jako dítě, když se modlí před spaním. Být sám se svou duší, zpytovat svědomí, zblízka si prohlédnout své hříchy, vyvolat si jejich čas a způsob a okolnosti, plakat nad nimi. Nemůže plakat. Nemůže si je připomenout. Jenom duše a tělo ho bolí, celá bytost, paměť, vůle, rozum, tělesná schrána, otupělá a malátná.

Je to dílo ďáblů, že mu rozptylují myšlenky a zakalují vědomí, že ho přepadají u bran zbabělého a hříchu propadlého těla; s bázlivou prosbou k Bohu, aby mu odpustil slabost, vplížil se do postele, zavinul se do přikrývek a znovu si dlaněmi zakryl tvář. Zhřešil. Tak těžce zhřešil proti nebi a před Bohem, že není hoden nazývat se dítkem božím.

Je možné, že to všechno on, Štěpán Dedalus, spáchal? Svědomí vzdechem odpovědělo. Ano, spáchal, tajně, mrzce, znovu a znovu a v hříšné nekajícnosti zatvrzelý troufal si i před svatostánkem nosit škrabošku svatosti a zatím uvnitř mu hnisala duše hnilobou. Jak to, že ho Bůh neskolil? Malomocní společníci se kolem něho kupí, dýchají na něho, ze všech stran se k němu naklánějí. Snažil se na ně zapomenout modlením, všecek se schoulil a přivřel víčka; jenže duševní smysly přivřít nemohl a pevně zavřenýma očima viděl, kde všude zhřešil, a pevně zavřenýma ušima také slyšel. Vší vůlí toužil nevidět a neslyšet. Toužil tak, že se usilovnou touhou po celém těle roztřásl a duševní smysly se mu zavřely. Jen na chvíli se zavřely a zase rozevřely. Tu uviděl.

Pole tuhého chmýru z bodláků s trsy chomáčů kopřiv. V houští toho tuhého čpavého plevele se povalovaly rozbité plechovky a chuchvalce a kotouče tuhých výkalů. Z celého kaliště se vyrážejícím šedozeleným plevelem prodírala močálovitá světla. Z plechovek a ze ztuchlého, zkornatělého trusu se líně vinul odporný puch, mdlý a hnilobný jako to světlo.

Na poli byla nějaká stvoření: jedno, dvě, tři; nějaká stvoření chodila sem tam po poli. Kozlí stvoření s lidskými tvářemi, rohatá, bradatá, gumově šedá. Ze sveřepých očí jim blýskala zloba, jak chodili sem tam a za sebou vlekli dlouhý ohon. Škleb kruté zloby jim šedě ozařoval starý kostnatý obličej. Jeden si tiskl k žebrům potrhanou flanelovou vestu, druhý zas jednotvárně naříkal nad tím, že se mu v chomáčích plevele zachycuje bradka. Z bezslinných rtů jim vycházela slabá řeč, jak zvolna kroužili kolem dokola po poli, sem tam se proplétali býlím a mezi chrastícími plechovkami províjeli dlouhé ohony. Pomalými kruhy se šinuli, kroužili blíž a blíž, až by ho zcela obkroužili, ze rtů jim splývala tichá řeč, dlouhé svištivé ohony měli pokáleny ztuchlým lejnem, děsivé obličeje vystrkovali vzhůru.

Pomoc!

Nepříčetně odhodil přikrývky a odkryl si obličej a krk. To je jeho peklo. Bůh mu dopřál uvidět peklo, které ho čeká za hříchy: smradlavé, hovadské, zlovolné, peklo chlípných kozlích ďáblů. Jeho! Jeho!

Vyskočil z postele, hrdlem mu protékal čpavý puch, srážel se a bouřil v útrobách. Vzduch! Nebeský vzduch! Dovrávoral k oknu, nevolností sténal a omdléval. Nad umyvadlem ho přepadla křeč útrob; zuřivě sevřel studené čelo a v mrákotách se důkladně vyzvracel.

Když záchvat přešel, dopotácel se k oknu, vysunul je, usedl v koutě výklenku a loktem se opřel o římsu. Déšť se přehnal; a v kolísavých parách od jednoho světelného bodu k druhému se město ovíjelo lehkým smotkem nažloutlého oparu. Obloha byla klidná a polojasná, vzduch lahodný jako v houští promoklém lijáky: a v tom klidu a mihotání a pokojném pachu uzavřel se svým srdcem smlouvu.

Modlil se:

„Chtěl kdysi přijít na zem v nebeské slávě, jenže jsme zhřešili: mohl k nám potom zavítat jen se zastřenou velebností a ztlumenou září, neboť byl Bůh. Přišel tedy sám v slabosti, ne v síle, a místo sebe poslal tebe, zástupného tvora, s půvabem a leskem nám tvorům přiměřeným. Tvá tvář i podoba, milá matko, hovoří v nás o Věčném; ne jako světská krása, na niž je nebezpečné pohlédnout, ale jako jitřenka, která tě symbolizuje, jasná a líbezná, vydechující čistotu i hovořící o nebi a vlévající mír. Ó, zvěstovatelko dne! Ó, poutníkovo světlo! Veď nás stále, jako jsi nás vedla. Za tmavé noci, sirou pustinou přiveď k nám Pána Ježíše, přiveď nás domů.“

Oči měl zakalené pláčem, pokorně hleděl k nebi a plakal nad ztracenou nevinností.

Když se svečeřilo, odešel z domu, a jak ho ovanul vlhký tmavý vzduch a jak při zavírání za ním vrzly dveře, znovu ho zabolelo svědomí, ukonejšené modlitbou a pláčem. Vyzpovídej se! Vyzpovídej! Uchlácholit svědomí modlitbou a pláčem nestačí. Musí pokleknout před služebníkem Ducha Svatého a řádně a kajícně vypovědět skryté hříchy. Než uslyší domovní dveře při návratu vrznout o práh, než uvidí kuchyňský stůl prostřený k večeři, odbude si pokleknutí i zpověď. Je to docela snadné.

Svědomí ho už nebolelo a kráčel rázně po tmavých ulicích. Na chodníku v ulici je tolik kostek a v městě tolik ulic a na světě tolik měst. Věčnost je však bez konce. Je v smrtelném hříchu. Jedenkrát stačí na smrtelný hřích. Může k němu dojít ve chvilce. Jak to, že tak rychle? Stačí uvidět nebo pomyslet, že uvidí. Oči to vidí, aniž si přály vidět. A ve chvilce k tomu dojde. Had, nejúskočnější polní zvíře. Jistě to chápe, když po tom chvilku zatouží a svou touhu chvilku po chvilce hříšně prodlužuje. Cítí a chápe a touží. Hrozná věc! Kdo to tak zařídil, že zvířecká část těla chápe zvířecky a touží zvířecky? Je to on, nebo něco nelidského, ponoukaného nějakou nižší duší, než je ta jeho? Nevolnost mu jímala duši, když pomyslel, jak se ten líný hadí tvor živí křehkou dření jeho života a tuční slizem rozkoše. Proč je tomu tak? Proč?

Choulil se do stínu myšlenek a s bázní se kořil před Bohem, který stvořil všechny věci a všechny lidi. Šílenství. Koho by to napadlo? Schoulený ve tmě a všecek sklíčený, němě se modlil k andělu strážnému, aby mečem zapudil ďábla, který mu to našeptává.

Šepot dozněl a tu jasně poznal, že skrze tělo jeho duše zhřešila myšlením, slovem a skutkem. Vyzpovídat se! Ze všech hříchů se musí vyzpovídat. Jak vypoví knězi slovy, co spáchal? Musí, musí. Nebo jak mu to vysvětlí, a neumře přitom hanbou? Nebo jak se těch věcí mohl beze studu dopustit? Šílenec! Vyzpovídej se. Však bude zase volný, prostý hříchu. Snad to kněz pochopí. Ach božínku!

Dál a dál kráčel po setmělých ulicích, bál se na chvilku zastavit, aby nevypadal, že couvá před tím, co ho čeká, bál se dojít k tomu, po čem toužebně prahne. Jak krásná je asi duše v posvěcující milosti, když na ni Bůh s láskou pohlíží!

Na obrubnících seděly před košíky střapaté holky. Do čela jim padaly zplihlé vlasy. Jak tam v blátě sedí, nejsou na pohled krásné. Bůh však vidí jejich duše; a jestliže jsou jejich duše ve stavu milosti, jsou na pohled zářivé a Bůh je vidí a miluje.

Mrazivý dech zkroušenosti mu ovanul duši při pomyšlení, jak padl, při představě, že jsou ty duše Bohu milejší než jeho. Ovanul ho vítr a zalétl k myriádám a myriádám duší, hned více, hned méně osvícených boží přízní, k hvězdám hned jasnějším, hned matnějším, hned žířícím, hned zas hasnoucím. A blikající duše míjely, hned žířící, hned zas hasnoucí, a splývaly s vanoucím dechem. Jedna duše se ztratila: dušička: jeho. Blikla a zhasla, zapomenuta, ztracena. Konec: černá, chladná, prázdná pustina.

Za dlouhé časové prodlení, neosvětlené, necítěné, nežité, se mu jako s přílivem vracelo vědomí místa. Kolem něho vyvstávalo sprosté prostředí; hrubá řeč, rozsvícené plynové hořáky v krámech, pach ryb a lihovin a mokrých pilin, kolemjdoucí muži a ženy. S konvicí na petrolej v ruce chystala se přejít přes ulici nějaká žena. Shýbl se k ní a zeptal se, je-li poblíž nějaká kaple.

„Kaple, prosím? Ano, v Kostelní ulici.“

„V Kostelní?“

Přendala si konvici do druhé ruky a ukázala mu: jak vystrčila z vlňáku začpělou vyzáblou pravici, rozesmutnělý a uchlácholený jejím hlasem ještě víc se k ní sklonil.

„Děkuji.“

„Rádo se stalo.“

Na hlavním oltáři už zhasli svíce, ale v setmělé lodi se dosud vznášel pach kadidla. Postranními dveřmi vynášeli bradatí dělníci baldachýn, tichými pokyny a slovy je přitom řídil kostelník. Pár věřících se dosud modlilo před bočním oltářem nebo klečelo v lavicích u zpovědnic. Bázlivě přistoupil a poklekl v poslední lavici, povděčný za klid a ticho a vonné šero kostela. Prkýnko, na němž klečí, je úzké a vyšlapané a ti, kdo klečí vedle něho, jsou pokorní Ježíšovi následovníci. Ježíš se taky narodil v chudobě a pracoval v tesařské dílně, řezal a hobloval prkna a o království božím hovořil k rybářům a všem kázal, aby byli mírného a pokorného srdce.

Složil hlavu do dlaní a srdce vybídl k pokoře a poníženosti, aby byl jako ti, kdo klečí vedle něho, a jeho modlitba tak příjemná jako jejich. Modlil se vedle nich, ale nešlo mu to. Duši má zkalenou hříchem a za odpuštění si netroufá prosit s prostou důvěrou těch, které Ježíš tajemným božím způsobem nejprve k sobě povolal, tesaře, rybáře, chudé a prosté lidi skromného řemesla, kácející a otesávající dřevo stromů, trpělivě spravující sítě.

Vedlejší lodí kráčel nějaký vysoký člověk a kajícníci se pohnuli: v poslední chvíli zvedl rychle zrak a uviděl dlouhý šedý vous a hnědý kapucínský hábit. Kněz vstoupil do zpovědnice a zmizel. Dva kajícníci vstali a z obou stran vešli do zpovědnice. Dřevěná okenice se odsunula a ticho porušil šepot.

V žilách mu zašuměla krev, šuměla, jako když hříšné město vyburcují ze spánku, aby vyslechlo ortel. Na zem padají ohnivé jiskérky, zvolna se snáší prašný popel a usedá na lidské příbytky. Lidé znepokojeni žhavým vzduchem se vytrhnou ze spánku.

Okenice se zavřela, kajícník vyšel ze zpovědnice. Odsunula se zadní okenice. Na místo, kde předtím klečel první kajícník, klidně a ladně vešla nějaká žena. Znovu se ozval slabý šepot.

Může ještě z kostela odejít. Může vstát, postrčit jednu nohu před druhou, potichu vykročit a pak rychle běžet, běžet, běžet po tmavých ulicích. Může ještě té hanbě uniknout. Být to nějaký strašný zločin, ale zrovna tenhle hřích! Být to vražda! Všude na něho padají a dotírají ohnivé jiskérky, nestoudné myšlenky, nestoudná slova, nestoudné skutky. Stud ho nadobro zaplavoval, jako když se neustále sype žhavý popílek. Vypovědět to slovy! Duše, zalknutá a bezmocná, v něm uhyne.

Okenice se zasunula. Z druhé strany zpovědnice vyšel kajícník. Otevřela se bližší okenice. Nějaký kajícník vešel tam, odkud vyšel předešlý kajícník. Lehounkými obláčky zalehl ze zpovědnice tichý šepot. Byla to ta žena: hebké šepotavé obláčky, hebký šepotavý opar, šepotavý a pomíjivý.

Krytý dřevěným opěradlem potají se pokorně bil v prsa. Smíří se s druhými a s Bohem. Bude milovat svého bližního. Bude milovat Boha, který ho stvořil a který ho miluje. Poklekne a pomodlí se s ostatními a bude šťasten. Bůh shlédne na něho i na ně a bude je všechny milovat.

Být dobrý je snadné. Boží jařmo je sladké a lehké. Neměl hřešit. Měl zůstat dítětem, vždyť Bůh dítky miluje a nechává je k sobě přijít. Hřešit je strašné a smutné. K ubohým hříšníkům, kteří se opravdu kají, je však Bůh milosrdný. Svatá pravda! To je pravá dobrota.

Najednou se okenice odsunula. Vyšel kajícník. Teď je on na řadě. S leknutím vstal a slepě kráčel ke zpovědnici.

Konečně na to došlo. V zamlklém šeru poklekl a zvedl zrak k bílému kříži, který nad ním visel. Bůh vidí, že lituje. Poví všechny své hříchy. Bude to dlouhá, dlouhá zpověď. Kdekdo v kostele pak pozná, jaký byl hříšník. Jen ať to vědí. Je to pravda. Však Bůh slíbil, že mu odpustí, když bude litovat. A on lituje. Sepjal ruce a napřáhl je k bílému kříži, modlil se zastřenýma očima, modlil se celým rozechvělým tělem, jako ztracený komíhal hlavou, modlil se sténajícími rty.

„Lituji! Lituji! Ach, lituji!"

S cvaknutím se okenice odsunula a srdce mu v hrudi zabušilo. Odvrácená od něho, dlaní podepřená byla za mřížkou tvář starého kněze. Pokřižoval se a poprosil kněze, aby mu požehnal, neboť zhřešil. Potom sklopil hlavu a ustrašeně odříkal *Confiteor*. Při slovech *má největší vina* se bez dechu zarazil.

„Jak je to dávno, synáčku, co jsi byl naposledy u zpovědi?"

„Dávno, otče."

„Měsíc?"

„Déle, otče."

„Tři měsíce, synáčku?"

„Déle, otče."

„Šest měsíců?"

„Osm měsíců, otče."

Začal. Kněz se ho zeptal:

„A co si od té doby pamatuješ?"

Začal se vyznávat ze svých hříchů: zameškané mše, neodříkané modlitby, lži.

„Ještě něco, synáčku?"

Hříchy hněvu, závisti, nestřídmosti, marnivosti, neposlušnosti.

„Ještě něco, synáčku?"

Nic naplat. Zašeptal:

„Já... jsem se, otče, dopustil hříchu smilstva."

Kněz neodvrátil hlavu.

„Na sobě, synáčku?"

„A... s jinými."

„S ženami, synáčku?"

„Ano, otče."

„Byly vdané, synáčku?"

To neví. Jeden po druhém mu kanuly hříchy ze rtů, mrzkými kapkami mu kanuly z duše, zhnisané a mokvavé jako vřed, kalný proud neřesti. Vyhrnuly se poslední hříchy, mrzké, slizké. Dopověděl. Vyčerpán svěsil hlavu.

Kněz se odmlčel. Potom se ho zeptal:

„Kolik je ti let, synáčku?"

„Šestnáct, otče."

Kněz si několikrát přejel rukou po tváři. Podepřel si hlavu, naklonil se k mřížce, a oči stále odvrácené, pomalu hovořil. Hlas měl malátný a starý.

„Jsi ještě, synáčku, mladý, a snažně tě prosím, abys toho hříchu zanechal. Je to strašný hřích. Zabíjí tělo a zabíjí duši. Zaviňuje mnoho zločinů a neštěstí. Proboha ho, synáčku, zanechej. Je potupný a nemužný. Nevíš, kam tě ten mrzký zvyk zavede a kde tě zaskočí. Dokud se budeš, nešťastný synáčku, toho hříchu dopouštět, nebudeš mít před Bohem ani zbla ceny. Modli se o pomoc k naší matce Marii. Ona ti, synáčku, pomůže. Modli se k naší nejsvětější Paní, když ti ten hřích přijde na mysl. Jsem přesvědčen, že to uděláš, viď. Všech těch hříchů lituješ. O tom jsem přesvědčen. Slíbíš teď Bohu, že ho jeho svatou milostí už tím mrzkým hříchem nikdy neurazíš. Slavnostně to Bohu slíbíš, viď!"

„Ano, otče."

Jako libý déšť mu do rozechvělého zprahlého srdce kanul ten starý, umdlený hlas. Jak líbezný a smutný.

„Slib to, nešťastný synáčku. Ďábel tě svedl na scestí. Zapuď ho do pekla, až tě bude svádět, abys tak své tělo zneuctil – ten zloduch, který nenávidí Našeho Pána.

347

Slib Bohu, že toho mrzkého, mrzkého hříchu zanecháš."

Oslepen pláčem a světlem božího milosrdenství, sklopil hlavu a vyslechl vážná slova rozhřešení a uviděl, jak nad ním kněz na důkaz odpuštění zdvíhá ruku.

„Bůh ti žehnej! Modli se za mne."

Poklekl, že odříká, co dostal za pokání, modlil se v koutku tmavé boční lodi: a jako vůně ze srdce bílé růže, tak mu z očištěného srdce stoupala modlitba k nebi.

Na blátivých ulicích bylo veselo. Kráčel domů a cítil, jak jím neviditelná milost proniká a jak mu nadlehčuje údy. Přece jen to dokázal. Vyzpovídal se a Bůh mu odpustil. Už zase má duši sličnou a svatou, svatou a šťastnou.

Krásné by bylo umřít, kdyby si to Bůh přál. Krásné je žít v milosti životem pokoje, ctnosti a shovívavosti.

V kuchyni usedl u krbu, samým štěstím si ani mluvit netroufal. Doposud nevěděl, jak může být život pokojný a krásný. Čtverhranné zelené stínítko, přišpendlené na lampu, vrhalo něžný stín. Na kuchyňském stole byl talíř s klobásami a bílý pudink, na kredenci vajíčka. Budou k snídani po mši v kolejní kapli. Bílý pudink a vajíčka a klobásy a šálky čaje. Život je přece jen prostý a krásný! A celý život leží před ním.

V zasnění usnul. Ve snu vstal a zjistil, že je ráno. V bdělém snění šel klidným ránem do koleje.

Byli tam už všichni hoši, klečeli na svých místech. Poklekl mezi ně, šťastný a plachý. Na oltáři se kupily hromady voňavých květin: v ranním světle byly bledé plameny voskovic mezi bílými květinami jasné a klidné jako jeho duše.

Poklekl se spolužáky před oltářem a nad živým roubením rukou držel s nimi oltářní roucho. Ruce měl roztřesené a duše se mu třásla, když slyšel, jak kněz s ciboriem jde od komunikanta ke komunikantovi.

„Corpus Domini nostri."

Je to možné? Klečí tam bezhříšný a plachý: na jazyk přijme hostii a Bůh vstoupí do jeho očištěného těla.

„In vitam aeternam. Amen."

Jiný život! Život milosti a ctnosti a blaženosti. Je to pravda. Není to sen, z něhož procitne. Minulost je tatam.

„Corpus Domini nostri."

Ciborium došlo až k němu.

IV

Neděle byla zasvěcena tajemství Svaté Trojice, pondělí Duchu svatému, úterý andělům strážným, středa svatému Josefu, čtvrtek Nejsvětější svátosti oltářní, pátek trpícímu Ježíši, sobota Blahoslavené Panně Marii.

Každé ráno se znovu zasvěcoval před nějakým svatým obrazem nebo tajemstvím. Den začínal obětováním každého okamžiku myšlení a činu na úmysl nejvyššího velekněze a časnou mší. Sychravý ranní vzduch mu tříbil ráznou zbožnost: jak tak s hrstkou věřících klečel u postranního oltáře, a v obrázky proložené modlitební knize sledoval knězův šepot, často zvedl zrak k ornátem oděné postavě, v šeru stojící mezi dvěma svícemi, znázorňující starý a nový zákon, a představoval si, že klečí na mši v katakombách.

Den měl rozvržen na pobožnostní úseky. Modlitbami a střelnými modlitbičkami pro duše v očistci nezištně strádal stovky dnů a čtyřicetidenních postů a let; leč duchovní vítězství, jímž tak snadno získával fantastická staletí odpustků, mu neposkytovalo dostatečnou odměnu za horlivé modlení, protože nevěděl, kolik dočasného trestu zmírnil svým orodováním za trpící duše: a ze strachu, že v očistcovém ohni, lišícím se od pekelného jen tím, že netrvá věčně, jeho pokání vydá pouhou kapku vláhy, denně štval svou duši do větších kruhů dobrých skutků mimo přikázání.

Každá část dne, který si rozdělil podle povinností svého životního postavení, obíhala kolem svého středu životní energie. Život jako by se mu přiblížil k věčnosti: každá myšlenka, slovo a skutek, každá chvíle vědomí může ohnivě zazářit v nebi: a občas pociťoval ten okamžitý odraz tak silně, že mu bylo, jako by při pobožnosti mačkal klávesnici velké nebeské kontrolní pokladny a rázem viděl součet stoupat k nebi ne jako číslici, ale jako křehký sloup kadidla nebo jako útlou květinu.

I desátky, které stále odříkával – nosil totiž růženec volně v kapsách u kalhot, aby se mohl modlit cestou po ulicích – měnily se mu v neurčité nezemské květné věnce bez barvy a vůně, jakož i beze jména. Každý z tří denních růženců obětoval na to, aby mu duše zesílila ve třech teologických ctnostech, ve víře v Boha, který ho s·vořil, v naději v Syna, který ho vykoupil, a v lásce v Ducha Svatého, který ho posvětil, a tuto třikrát trojitou modlitbu obětoval Třem Osobám skrze Marii jménem jejího radostného, bolestného a slavného tajemství.

Každý ze sedmi týdnů se dále modlil, aby mu do duše sestupovalo sedmero darů Ducha Svatého a den co den z ní vyhánělo sedmero smrtelných hříchů, které ji dříve poskvrňovaly; za každý dar se modlil v určený den s důvěrou, že na něho sestoupí, třebaže mu bylo občas divné, jak to, že se svou povahou tak od sebe liší, že se má modlit za každý zvlášť. Byl však přesvědčen, že v dalším období duchovního vzestupu tato nesnáz odpadne, až jeho hříšnou duši z její hříšnosti pozvedne a osvítí Třetí Osoba Nejsvětější Trojice. Tím víc v to s třesením věřil, vzhledem k božskému šeru a mlčení, v němž přebývá neviděný Utěšitel, jehož znakem je holubice a vichřice, hřešit proti němu je neodpustitelný hřích, věčná, tajemná, záhadná Bytost, kterážto jako Bohu obětují kněží odění do šarlatu ohnivých jazyků jednou za rok mši.

Představy, jimiž se v nábožných knihách, které četl, nejasně rýsovaly Tři Osoby Trojice, Otec od věčnosti jako v zrcadle rozjímající své božské dokonalosti, a tím věčně plodící Věčného Syna a Ducha Svatého, od věčnosti vycházejícího z Otce i Syna – byly jeho mysli přijatelnější pro svou vznešenou nesrozumitelnost než ta prostá skutečnost, že Bůh miloval jeho duši od věčnosti, po věky, než se on sám narodil na svět, po věky, než existoval sám svět.

Na jevišti a na kazatelně slyšel už slavnostně jmenovat vášeň lásky a nenávisti, viděl je slavnostně pronášet v knihách a přemýšlel, proč už je nedokáže v duši chovat ani je s přesvědčením pronášet. Často do něho vjel krátký vztek, ale v trvalou vášeň nikdy nepřešel a zbavoval se ho lehko, jako když s úlevou ze sebe střese kůži nebo slupku. Cítil, jak do něho proniká lstivá, temná a reptavá bytost a vzněcuje v něm hříšnou žádost, ale i ta se mu vymkla a mysl měl zas jasnou a lhostejnou. Zdálo se, tohle že je jediná láska a tamto jediná nenávist, jakou bude v srdci chovat.

Nemohl však už nevěřit v skutečnost lásky, vždyť Bůh jeho duši od věčnosti miloval božskou láskou. Jak se mu duše obohacovala duchovním poznáním, znenáhla pochopil, že celý svět je jeden mohutný souměrný výraz boží moci a lásky. Život je božský dar a za každou chvíli a za jeho vnímání, i kdyby to byl jediný list, visící na větvi stromu, má duše Tvůrci blahořečit a děkovat. Svět s celou hmotností a složitostí byl už pro jeho duši pouhým teorématem božské moci a lásky a všeobecnosti. Duši propůjčený pocit božského smyslu vší přírody byl tak celistvý a nesporný, že skoro nechápal, nač má ještě žít. Patří to však k božskému záměru a o jeho smyslu si netroufal pochybovat on, který tak hluboce a tak mrzce zhřešil proti božskému úmyslu. Pokořená a sklíčená vědomím jediné, věčné, všudypřítomné dokonalé skutečnosti, znovu vzala na sebe jeho duše břímě pobožností, mší, modliteb, svátostí a umrtvování a při tom hloubání nad velkým tajemstvím lásky tehdy poprvé v sobě ucítil, jako by se mu v duši horce rodil nový život nebo duševní ctnost. Postoj vytržení v posvátném umění, vzepjaté a rozpřažené ruce, mdlobně rozevřené rty a oči, byly mu obrazem modlící se duše, ponížené a omdlévající před Stvořitelem.

Už dříve však byl vystříhán před nebezpečími duchovního vytržení a netroufal si upustit ani od nejdrobnějších a nejskromnějších pobožností, stálým umrtvováním se spíše snažil odčinit hříšnou minulost než dosáhnout svatosti nabité nebezpečím. Každý smysl byl podroben přísné kázni. Na umrtvování zrakového smyslu chodil po ulici se sklopenýma očima, neohlížel se vpravo ani vlevo a dozadu už teprve ne. Očima uhýbal pohledu do ženských očí. Někdy je také náhlým úsilím vůle zmátl, že je uprostřed nedokončené věty zvedl a sklapl knihu. Na umrtvení sluchu nehleděl si právě mutujícího hlasu, nezpíval, nehvízdal, neutíkal před hřmotem bolestně drásajícím nervy, jako broušení nože na brusu, vybírání popele lopatkou a klepání koberce. Horší bylo umrtvovat čich, pudově se neštítil pachů ať už vnějšího světa, třeba mrvy nebo dehtu, nebo svých tělesných pachů, s nimiž dělal zajímavá srovnání a pokusy. Nakonec zjistil, že jediný pach, jemuž se jeho čich brání, je pach shnilé rybiny, podobný pachu odstálé moči; vystavoval se tomuto nepříjemnému pachu, jak to jen šlo. Na umrtvování chuti jídal velmi střídmě, přesně dodržoval církevní posty a roztržitostí unikal chuti různých jídel. Nejhorlivější důmysl a vynalézavost však zaměřil na umrtvování hmatu. Nerozvaloval se na lůžku, sedal co nejnepohodlněji, trpělivě snášel svědění i bolest, neuhýbal od ohně, mimo evangelia zůstával celou mši klečet, neutíral si krk a obličej, aby mu je vítr štípal, a když se nemodlil růženec, měl ruce jako závodník pevně připaženy, a ne zastrčené do kapes nebo sepjaté za zády.

Spáchat smrtelný hřích ho nic nesvádělo. K svému překvapení však po období důkladné zbožnosti a střídmosti zjistil, jak snadno propadá dětinským a daremným pokleskům. Ani modlitbou a postem nepotlačil zlost nad tím, když matka kýchla nebo když ho někdo vytrhl z pobožnosti. Jenom ohromným úsilím vůle se ovládl, aby své podráždění nedal najevo. V paměti se mu vynořovaly výbuchy malicherné zlosti, jak je často pozoroval u svých učitelů, škubající ústa, sevřené rty, a vzdor vší navyklé pokoře propadal sklíčenosti. Vmísit svůj život do společného proudu jiných životů mu připadalo těžší než všeliké postění a modlení a náležitě jej vmísit nedokázal, z čehož mu nakonec vznikla v duši duchovní vyprahlost, spolu s rozbujelými pochybnostmi a vrtochy. Duše prožívala období opuštěnosti, v níž se i svátosti změnily v suché prameny. Zpověď mu byla odpadní stokou malicherných a neodpykaných křehkostí. Vlastní přijetí eucharistie mu už nepřinášelo úlevné chvíle panenského odevzdání, jaké mu kdysi přinášela duchovní přijímání na ukončení návštěvy Nejsvětější Svátosti. Na ty návštěvy si brával starou zapomenutou knihu s vybledlým tiskem a zašlými, ohmatanými listy, kterou napsal svatý Alfons Liguori. Vybledlý svět žhavé lásky a panenských odpovídek jako by před ním vyvstával při četbě stránek, v nichž se obrazy *Šalomounovy písně* splétaly s modlitbami komunikantů. Neslyšitelný hlas jako by mu laskal duši, vypočítával její jména a krásy, kázal jí vstát jako k svatbě a odejít, kázal jí, choti, pohlédnout z vrchu Amany a z hor pardových; a stejně neslyšitelným hlasem jako by duše odpovídala a jemu se oddávala: *Inter ubera mea commorabitur.*

Představa oddání ho nebezpečně vábila, jak mu do duše znovu doléhaly nutkavé hlasy těla, šeptem se ozývající při modlitbách i rozjímání. Nesmírný pocit síly mu vnukalo vědomí, že jediným svolením, chvilkovým pomyšlením může zmařit všechno, co vykonal. Jako by mu k bosým nohám zvolna přitékala povodeň a on jen čekal, až se mu první slabá, plachá, nehlasná vlnka dotkne horečné kůže. A tu téměř ve chvilce doteku, téměř na prahu hříšného souhlasu stál opodál povodně na suchém břehu, zachráněn náhlým úkonem vůle nebo střelnou modlitbičkou: v dálce viděl stříbrnou čáru povodně, jak mu zas stoupá k nohám, a znovu do něho vjel pocit síly a spokojenosti nad tím, že nepodlehl a nic nezmařil.

Často tak unikl povodni pokušení a tu se znepokojil nad tím, jestli mu snad milosti, o kterou nechtěl přijít, přece jen zvolna neubývá. Pevná jistota vlastní neporušitelnosti se zkalila a vystřídal ji neurčitý strach, že jeho duše přece jenom nevědomky padla. Jen stěží se pak dobíral dřívějšího vědomí stavu milosti tím, že se přece při každém pokušení modlil k Bohu, a ta milost, za kterou se modlil, mu byla udělena, protože Bůh mu ji udělit musí. Už sama hojnost a prudkost pokušení mu byla důkazem, že tvrz duše nepadla a ďábel že ji urputně zdolává.

Když se vyzpovídal ze svých pochyb a skrupulí, z roztěkanosti při modlitbě, z malicherného vzkypění v duši nebo schválného obojetnictví slovem i skutkem, zpovědník mu často kázal, než dostane rozhřešení, aby uvedl nějaký hřích z dřívějšího života. Pokořovalo ho a zahanbovalo, že se ho nikdy úplně nezbaví, ať žije nevímjak svatě a získá nevímjaké ctnosti a dokonalosti. Pořád bude mít v sobě neúmorný pocit viny: bude se zpovídat a kát a dostávat rozhřešení, zpovídat a znovu kát a znovu dostávat rozhřešení nadarmo. Snad nebyla dobrá ta první ukvapená zpověď, ke které ho dohnal strach z pekla? Snad zneklidněn hrozivým osudem nelitoval upřímně svého hříchu? Nejjistějším důkazem, že se dobře vyzpovídal a hříchu upřímně litoval, přece je, že se napravil.

„Vždyť jsem se napravil," řekl si.

Zády ke světlu stál ředitel v okenním výklenku, loktem se opíral o hnědou žaluzii, a jak se při řeči usmíval, rozhoupával a svinoval šňůru druhé žaluzie. Štěpán stál před ním a chvíli sledoval očima, jak se nad střechami zvolna šeří dlouhý letní den a jak zdlouhavě i ladně si vedou knězovy prsty. Obličej měl kněz zcela ve stínu, ale slábnoucí světlo mu zezadu vykreslovalo vrásčité spánky a švy na lebce. Také ušima sledoval Štěpán přízvuky a pomlky knězova hlasu, vážně i srdečně hovořícího o různých věcech, o skončených prázdninách, o zahraničních řádových kolejích, o přeložených učitelích. Nenuceně se ozýval vážný i srdečný hlas a v pomlkách jej Štěpán zdvořilými otázkami uznal za vhodné pobídnout. Věděl, že to povídání je pouhou předehrou, a v duchu čekal, co bude dál. Co si ho ředitel předvolal, úporně nad tím předvoláním hloubal; celou tu dlouhou neklidnou dobu, co seděl v kolejní hovorně a čekal na ředitele, těkal pohledem od jednoho střízlivého obrazu na stěnách k druhému a duchem těkal od jednoho dohadu k druhému, až mu byl smysl předvolání skoro jasný. A tu, když zatoužil, aby ředitel z nějaké nepředvídané příčiny nepřišel, zaslechl otočení kliky u dveří a zašustění kleriky.

Ředitel se rozhovořil o dominikánském a františkánském řádu a o přátelství mezi svatým Tomášem a svatým Bonaventurou. Kapucínský hábit je, jak myslí, drobet...

Štěpán oplatil knězi shovívavý úsměv, a nechtěje projevit své mínění, pochybovačně sešpulil rty.

„Myslím," zahovořil ředitel, „že se i mezi kapucíny mluví o tom, že ho odloží a přizpůsobí se ostatním františkánům."

„V klášteře ho snad budou nosit dál," řekl Štěpán.

„Jistěže," řekl ředitel. „Pro klášter se hodí, ale na ulici, jsem přesvědčen, by ho nosit neměli, ne?"

„Je jistě nepohodlný, tak se mi zdá."

„Bodejť, bodejť. Představ si, když jsem byl v Belgii, viděl jsem je za každého počasí jezdit na kole a ten krám měli vyhrnutý až po kolena. Bylo to opravdu směšné. V Belgii jim říkají *les jupes.*"

Zamumlal tu samohlásku až do nesrozumitelnosti.

„Jak jim říkají?"

„*Les jupes!*"

„Hehe!"

Štěpán se znovu usmál na oplátku za úsměv, který na knězově zastíněném obličeji neviděl, jenom jeho odraz nebo záblesk se mu mihl, jak mu jeho šetrný náznak zavadil o sluch. Klidně zíral před sebe na šeřící se oblohu a liboval si večerní chlad a nažloutlou záři, která zakryla slabý ruměnec planoucí na tváři.

Názvy částí ženského oděvu nebo měkkých jemných látek, z nichž se vyrábějí, mu vždycky navozovaly lehkou a hříšnou vůni. V chlapeckých letech si představoval, že koňské otěže jsou tenké hedvábné stuhy, a byl pohoršen, když v Stradbrooku sáhl na mastnou kůži postroje. Rovněž ho pohoršilo, když tetelivými prsty poprvé nahmatal křehké tkanivo ženské punčochy; z četby si zapamatoval jen ohlas nebo předzvěst vlastního stavu, a jen mezi měkce vyslovenými větami a jako růže hebkými látkami si nesměle představoval, že se pohybuje křehký život ženského těla a duše.

Z knězových úst však zněla ta fráze neupřímně, věděl totiž, že kněz o tom nemá mluvit lehkomyslně. Naschvál mu tu frázi řekl lehkomyslně a on cítil, jak ho ze stínu očima zpytuje. Co o lstivosti jezuitů četl nebo slyšel, klidně odmítal, odporovalo to jeho zkušenosti. Učitelé ho sice neváhali, ale v jeho očích to byli vždy inteligentní a vážní kněží, statní a smělí prefekti. Představoval si, jak se rázně umývají ve studené vodě a nosí čisté chladné prádlo. Za ta léta, co mezi nimi v Clongowes a v Belvederu žil, dostal jen dvakrát výprask, a třebaže mu nařezali neprávem, věděl, kolikrát trestu unikl. Za všechna ta léta neuslyšel od svých učitelů frivolní slovo: oni ho učili křesťanské nauce a vybízeli ho k dobrému životu, a když upadl do těžkého hříchu, oni ho zas přivedli k milosti. Svou přítomností ho zbavovali sebejistoty, už když byl prvňáček v Clongowes, a sebejistoty ho zbavovali i tehdy, když měl v Belvederu to pochybné postavení. To vědomí v něm stále zůstalo až do posledního roku školního života. Ani jednou nezareptal, nedal se vzpurnými kamarády odvrátit od klidné poslušnosti, a i když měl o některém učitelově výroku pochybnosti, nikdy o něm nepochyboval otevřeně. Poslední dobou mu některé jejich výroky k nemalému soucitu a lítosti zazněly trochu dětinsky, jako by opouštěl povědomý svět a naposled slyšel jeho řeč. Když se jednoho dne pod přístřeškem vedle kaple shlukli chlapci, zaslechl kněze, jak říká:

„Myslím, že lord Macaulay byl člověk, který se jakživ nedopustil smrtelného hříchu, totiž vědomě spáchaného smrtelného hříchu."

Někteří hoši se pak kněze zeptali, není-li Victor Hugo největší francouzský spisovatel. Kněz odpověděl, že co se postavil proti církvi, nepsal už tak dobře, jako když byl katolík.

„Ale mnozí přední francouzští kritikové soudí, že při vší nesporné velikosti nemá Victor Hugo tak čistý francouzský styl jako Louis Veuillot."

Plamínek, který kněz svou zmínkou na Štěpánově líci zažehl, už zase pohasl, klidně upíral zrak na bezbarvou oblohu. Neklidná pochybnost se mu však mihla hlavou. Rychle před ním přeběhly maskované vzpomínky: rozeznal výjevy i osoby, ale to hlavní, jak si byl vědom, na nich nerozeznal. Viděl, jak se v Clongowes prochází po hřišti, dívá se na hru a z kriketové čapky ujídá želé. Nějací jezuiti jdou spolu s dámami kolem cyklistické dráhy. V odlehlých slujích mysli mu ozvěnou zazněly jisté clongowské výrazy.

V tichu hovorny pásl po těchto vzdálených ozvěnách a tu postřehl, že s ním kněz mluví jiným hlasem.

„Vzkázal jsem pro tebe, Štěpáne, protože s tebou chci promluvit o důležité věci."

„Prosím."

„Ucítil jsi v sobě někdy povolání?"

Štěpán rozevřel rty, že odpoví ano, a pojednou to slovo nevyřkl. Kněz čekal na odpověď a pak řekl:

„Myslím, jestli jsi někdy v sobě, v duši, ucítil touhu vstoupit do řádu. Přemýšlej."

„Občas jsem na to myslel," řekl Štěpán.

Kněz pustil šňůru, sepjal ruce, vážně si o ně opřel bradu a zamyslel se.

„V takové koleji," řekl posléze, „je žák, možná dva nebo tři, které Bůh volá k nábožnému životu. Takový žák se od svých druhů liší zbožností, dobrým příkladem, jaký dává druhým. Oni si ho váží; třeba si ho spolusodálové vyberou za prefekta. Takový žák jsi byl, Štěpáne, ty, prefekt kongregace Blahoslavené Panny. Třeba jsi v naší koleji ten žák, kterého Bůh hodlá k sobě zavolat."

Nad silným tónem pýchy, který ještě zvyšoval vážnost knězova hlasu, se Štěpánovi v odpověď rozbušilo srdce.

„Zaslechnout takové volání, Štěpáne," řekl kněz, „je nejvyšší čest, jakou může člověku Všemohoucí Bůh prokázat. Ani král ani císař nemá tady na zemi moc božího kněze. Ani anděl, ani archanděl v nebi, ani světec, ba ani Blahoslavená Panna nemá moc božího kněze: moc klíčů, moc svazovat a zprošťovat hříchu, moc exorcismu, moc vymítat z božích tvorů zlé duchy, kteří je ovládají, moc a sílu, že Bůh sestoupí na oltář a vezme na sebe způsobu chleba a vína. Jaká to, Štěpáne, strašlivá moc!"

Znovu vzplanul Štěpánovi na líci plamínek, když v tomto hrdém oslovení zaslechl ohlas svých hrdých úvah. Kolikrát se viděl jako kněze klidně a pokorně vykonávajícího moc, kterou i andělé a svatí hluboce ctí! V hloubi duše rád o této tužbě dumal. Viděl sebe, mladého a málomluvného kněze, jak rázně vchází do zpovědnice, vystupuje po oltářních stupních, okuřuje, kleká, provádí neurčité kněžské úkony, které se mu líbí tím, že se podobají skutečnosti a přitom jsou jí vzdálené. V tom neurčitém životě, jaký při svém hloubání prožíval, osvojoval si hlas i gesto, odpozorované u různých kněží. Jako jeden poklekal šikmo, jako druhý malounko rozhoupával kadidelnici, jako třetí zas rozhrnoval ornát, když se po požehnání lidu vracel k oltáři. Především mu lahodilo, že v těch nejasných výjevech obraznosti zaujímá druhé místo. Bránil se hodnosti celebranta, nerad si představoval, že celá ta nádhera vyvrcholí jím a že mu rituál přidělí tak jasné a určité oficium. Toužil po menších posvátných úkonech, aby měl při slavné mši na sobě podjáhenskou tuniku, aby stál opodál oltáře, zapomenut věřícími, ramena zahalená humerálem, s patenou v jeho záhybech, když pak mešní oběť skončí, aby stál jako jáhen v brokátu o stupeň pod celebrantem, ruce sepjaty a tváří obrácen k lidu, zazpíval chorálně *Ite, missa est*. Jestliže si někdy představoval sebe jako celebranta, bylo to jako na mešních obrázcích v dětském misálku, v kostele bez věřících, jen s obětním andělem, jak mu u holého oltáře ministruje akolyta o nic chlapečtější než on. Jenom v neurčitých obětních nebo svátostných úkonech jako by se jeho duše vzpínala po skutečnosti: protože mu chyběl zavedený ritus, uchyloval se pokaždé k nečinnosti, buď že mlčením zakrýval hněv nebo pýchu, nebo jen snášel objetí, když sám toužil obejmout.

S uctivým mlčením poslouchal knězovu výzvu a za slovy ještě zřetelněji slyšel, jak ho něčí hlas pobádá, jen ať přistoupí blíž, a nabízí mu tajné vedení a tajnou moc. Pozná pak, jaký byl hřích Šimona Kouzelníka a co je neodpustitelný hřích proti Duchu Svatému. Pozná věci tajemné, skryté před jinými, počatými a zrozenými jako dítky hněvu. Pozná hřích, hříšné tužby, hříšné myšlenky a hříšné činy jiných, jak mu je budou do ucha šeptat ve zpovědnici v studně zešeřelém kostele rty žen a dívek: ale vkládáním rukou jeho duše při vysvěcení tajemně obrněna bez poskvrny zas přistoupí k bílému pokoji oltáře. Ani špetka hříchu mu neulpí na rukou, jimiž bude pozdvihovat a lámat hostii: ani špetka hříchu mu neulpí na rtech při modlitbě, takže nebude jíst a pít zatracení, protože nerozeznává tělo Páně. Bude mít tajnou vědomost a tajnou moc a jako nevinní bude bez hříchu: a bude knězem navěky podle zákona Melchisedechova.

„Zítra ráno obětuji mši," řekl ředitel, „aby ti Všemohoucí Bůh zjevil svou svatou vůli. A ty, Štěpáne, vykonej novénu svému svatému patronovi prvomučedníkovi, aby ti Bůh osvítil mysl. Musíš však být, Štěpáne, pevně přesvědčen, že máš povolání. Kdybys totiž později zjistil, že je nemáš, bylo by to strašné. Jednou knězem, navždy knězem, pamatuj. V katechismu stojí, že svátost kněžského svěcení možno přijmout jen jedenkrát, protože vtiskuje duši nesmazatelné duchovní znamení, které nelze vyhladit. Uvaž to předem, ne až potom. Stojíš, Štěpáne, před vážným rozhodnutím, na němž snad bude záležet spása tvé věčné duše. Ale budeme se modlit k Bohu společně."

Rozevřel mu těžké dveře dvorany a podal ruku, jako by už byli druhy v duchovním životě. Štěpán vyšel na široké odpočivadlo nad schody a pocítil laskání vlahého večerního vzduchu. K Findlaterovu kostelu kráčela do sebe zavěšená čtveřice mladíků, k rušnému nápěvu vůdcovy harmoniky kývali hlavou a rázně vykračovali. Jak to s prvními takty nečekané hudby bývá, rázem se vznesla nad jeho fantastickými duševními výtvory, bezbolestně a bezhlasně je rozmetala, jako když náhlá vlna rozmetá dětské věžičky z písku. S úsměvem nad tou odrhovačkou vzhlédl ke kněžovu obličeji, a když v něm uviděl neradostný odraz zhaslého dne, pomalu odsunul ruku, která si v tom společenství pohověla.

Když sestupoval se schodů, dojem, který smazal jeho chmurné sebezpytování, byl dojem neveselé masky, odrážející na prahu koleje zašlý den. A tu mu do vědomí vážně padl stín kolejního života. Čeká ho vážný, spořádaný a nevášnivý život, život bez hmotných starostí. Přemýšlel, jak prožije první noc v noviciátě a jak sklíčeně procitne první ráno v dormitáři. Vybavil se mu znepokojivý pach dlouhých clongoweských chodeb a znovu zaslechl tlumený bzukot rozsvícených plynových hořáků. Z celé bytosti mu najednou vyzařoval neklid. Horečně se mu zrychlil tep a hřmot nesmyslných slov mu mátl logické myšlení. Plíce se mu rozšiřovaly a zas smršťovaly, jako by vdechoval teplý, vlhký, nesnesitelný vzduch, a znovu ucítil teplý vlhký vzduch, tkvějící v clongoweské koupelně nad stojatou rašelinovou vodou.

Jistý pud, probuzený těmi vzpomínkami, silnější než výchova a zbožnost, ožil v něm pokaždé, když se k tomu životu přiblížil, pud zrádný a nepřátelský, a obrnil ho proti povolnosti. Chlad a pořádek tohoto života ho odpuzoval. Viděl se, jak v ranním chladu vstává a spolu s ostatními jde v řadě na ranní mši a modlitbami marně přemáhá mdlobné bolení břicha. Viděl se, jak sedí s kolejní pospolitostí u oběda. Kampak se poděla jeho zakořeněná plachost, kvůli níž nerad jedl a pil pod cizím krovem? Kam se poděla jeho duševní pýcha nad tím, že je mimo všechen řád?

Důstojný pán Štěpán Dedalus, T. J.

Před očima mu vyvstalo jeho jméno v tom novém životě a hned po něm představa neurčité tváře a barvy pleti. Barva potuchla a zřeřavěla do bledě cihlové červeně. Je to ta syrová žhavá červeň, jakou za zimního jitra vídá na vyholených kněžských podbradcích? Tvář je bez očí a zakyslá a zbožná, zrůzněná potlačovaným hněvem. Není to přízračná tvář jednoho jezuity, kterému někteří hoši říkají Kostroun a druzí Lišák Campbell?

Právě šel kolem jezuitského domu v Gardiner Street. Neurčitě dumal, které okno asi bude mít, jestli vstoupí do řádu. Potom zas dumal nad tím, jak neurčité je jeho dumání, jak daleko je duší od toho, co dosud pokládal za její svatyni, nad tím, jak křehkou moc budou mít nad ním léta pořádku a poslušnosti, až mu jednou určitým a neodvolatelným úkonem navždy, v čase i na věčnosti, skončí svoboda. Marně se mu v paměti ozýval hlas ředitele, připomínající hrdé nároky církve a tajemství i moc kněžského úřadu. Duší to neslyšel a nevítal a věděl, že se vyslechnuté kázání proměnilo v jalové povídání. Nikdy nebude pohupovat před svatostánkem kadidelnicí. Jeho osudem je vymykat se společenským i náboženským řádům. Moudrá knězova výzva ho nezasáhla do živého. Je mu souzeno učit se vlastní moudrosti stranou jiných nebo se sám učit moudrosti jiných a proplétat se léčkami světa.

Léčky světa jsou jeho hříchy. Padne. Ještě nepadl, ale co nevidět mlčky padne. Nepadnout je těžké, těžké: cítil tichý pád duše, který v jistou chvíli musí přijít, jak padá, padá, ještě však nepadla, doposud nepadla, ale co nevidět padne.

Přešel po mostě přes Tolku a chvilku upíral chladně oči na bledě modrou svatyni Blahoslavenné Panny, která tu hřadovala jako pták uprostřed chudých domků, shluklých v podobě šunky. Odbočil vlevo a šel uličkou mířící k jeho domu. Ze zelinářských zahrádek na pahorku nad řekou kysele k němu čpěla shnilá kapusta. Usmál se nad tím, že v jeho duši vyhraje tento nelad, nepořádek a zmatek otcovského domu a hnilobné rostlinstvo. Vyprskl smíchem při pomyšlení na samotářského čeledína v zelinářské zahrádce za domem, kterému přezdívají Muž s kloboukem. Za chvilku pak, podnícen prvním smíchem, vytrysk bezděky druhý nad tím, jak Muž s kloboukem pracuje, jak se rozhlédne po obloze na všecky čtyři strany a pak lítostivě zaboří rýč do země. Na verandě drcl do dveří bez kliky a holou předsíní prošel do kuchyně. U stolu seděl hlouček jeho bratří a sester. Byli už skoro po svačině a jen posledek druhého zředěného čaje zbýval na dně skleněných džbánků a zavařeninových lahviček, sloužících za šálky. Na stole se povalovaly pohozené kůrky a střídky pocukrovaného chleba, zahnědlé od rozlitého čaje. Na prkně byly loužičky čaje a zprostřed zpustošeného koláče trčel nůž s přeraženým držadlem ze slonoviny.

Oknem i otevřenými dveřmi proudil dovnitř klidný šedomodrý soumrak, a tak Štěpánovi zakrýval a mírnil doléhání výčitky. Co jim bylo odepřeno, jemu se štědře dostalo: ale klidný večerní soumrak mu na jejich tvářích neodhaloval ani trochu nevraživosti.

Usedl vedle nich ke stolu a zeptal se, kde je otec a matka. Někdo mu odpověděl:

„Šegelege hlegedagat dugumugu."

Už zase stěhování! Jeden žák, Fallon, se ho v Belvederu s hloupým smíchem ptával, proč se tak často stěhují. Opovržlivým zamračením se mu svraštilo čelo, jak zas slyšel hloupý tazatelův smích.

Zeptal se:

„Pročpak se zas stěhujeme, smím-li se zeptat."

Táž sestra odpověděla:

„Protgotožege nágas dogomágacígi vygyhodígi."

Z druhé strany krbu spustil nejmladší bratr *Tichá noc.* Jeden po druhém se k němu ostatní přidávali, až zpíval celý sbor. Zpívali tak celé hodiny, jednu jednohlasou píseň za druhou, jednu sborovou píseň za druhou, až na obzoru pohaslo bledé světlo, až vystoupily první tmavé mrákoty a nastala noc.

Chvíli čekal a poslouchal, potom se i on dal do zpěvu. S mukou v srdci poslouchal za jejich křehkými svěžími dětskými hlasy svrchní tón únavy. Ještě nevykročili na životní pouť, a už jsou z ní utrmáceni.

Slyšel, jak se ten kuchyňský sbor rozléhá a násobí nekonečnou ozvěnou sborů nekonečných dětských pokolení: ve všech těch ohlasech slyšel také ohlas opakovaného tónu únavy a bolesti. Všichni jako by byli unaveni životem, než do něho vstoupili. A vzpomněl si, že Newman zaslechl tento tón v kusých Vergilových verších, *jako hlas samé Přírody vyjadřujících onu bolest a únavu, přitom však i naději, kterou její děti v každé době zakoušejí.*

Nevydržel už déle čekat.

Ode dveří Byronova hostince k bráně clontarfského

kostelíku, od brány clontarfského kostelíku ke dveřím Byronova hostince a zas zpátky ke kostelíku a zas zpátky k hostinci chodil zprvu pomalu, pečlivě našlapoval mezi neladné dlaždice chodníku, potom zas vyrovnával krok s rytmem veršů. Byla to dobrá hodina, co tam otec s instruktorem Danem Crosbym odešel zjistit něco o univerzitě. Dobrou hodinu už chodil sem a tam a čekal: déle už čekat nevydrží.

Zničehonic vykročil k Býku a kráčel rázně, aby ho snad otec pronikavým hvízdnutím nezavolal zpátky; za chvilku minul zatáčku u policejních kasáren a byl v bezpečí.

Ano, matka té myšlence nepřeje, jak vyčetl z jejího lhostejného mlčení. Její nedůvěra ho dráždila víc než otcova pýcha a chladně myslel na své pozorování, jak víra skomírající mu v duši v jejích očích zraje a sílí. Vzmáhal se v něm odpor proti její zpronevěře a mrakem mu zastíral mysl: když zas jako ten mrak přešel, a duše mu zjasněla a zposlušněla, nejasně a nelítostně si uvědomil, že se jim život nehlučně štěpí ve dví.

Univerzita! Unikl tedy výzvě strážců, kteří ho v chlapeckých letech hlídali a opatrovali, aby jim byl podroben a sloužil jejich cílům. Pyšná samolibost ho unášela jako dlouhé povlovné vlny. Cíl, na jehož splnění se zrodil, leč který sám nepoznal, mu neviditelnou cestičkou dopřál uniknout: znovu mu teď kyne a další dobrodružství se před ním otevře. Zdálo se mu, že slyší tóny rozmarné hudby, jak stoupají o tón a zas o zmenšenou kvartu klesají, o tón stoupají a o zvětšenou terci klesají, jak na způsob trojklanných plamenů rozmarně, plamen po plameni z půlnočního lesa šlehají. Bylo to skřítkovské preludium, bezkonečné a beztvaré, a jak se rozvášňovalo a zrychlovalo, jak plameny vyšlehovaly mimo takt, jako by pod větvemi a travinami slyšel uhánět divé bytosti, cupitající po listí jako déšť. Cupitavým shonem se mu v mysli přehnaly jejich nohy, nohy zajíců a králíků, nohy jelenů a laní a antilop, až je nakonec už neslyšel a jenom na hrdou kadenci z Newmana si vzpomínal:

Jejichž nohy jsou jako nohy jelenů a pod nimi neskonalé paže."

Nádhera tohoto nejasného obrazu mu připomněla důstojnost úřadu, který zamítl. V chlapeckých letech dumal nad tím, co tolikrát pokládal za svůj osud, a když přišla chvíle a měl uposlechnout volání, poslušen scestného pudu se od volání odvrátil. Už to promeškal: kněžské svěcení už mu tělo nepomaže. Proč?

V Dollymounthu odbočil ze silnice k moři, a jak přecházel po tenkém dřevěném mostě, cítil, jak se most zachvívá dupotem těžkých bot. Hlouček křesťanských bratří se vracel z Býka a zrovna začal po dvou přecházet most. Brzy se celý most roztřásl a rozvrzal. Po dvou ho míjely nehezké tváře, od moře zbarvené žlutě, červeně nebo sinale, a jak zkoušel hledět na ně nenuceně a lhostejně, i jemu vhrkl do tváře ruměnec hanby a soucitu. Sám na sebe rozzloben odvracel obličej od jejich očí a hleděl stranou do mělké zvířené vody pod mostem, ale i tam viděl odraz jejich nehorázných cylindrů, skromných kalounových límců a plandavých klerik.

„Bratr Hickey."

„Bratr Quaid."

„Bratr MacArdle."

„Bratr Keogh."

Jejich zbožnost je asi jako jejich jména, jako jejich kleriky, a marně si říká, že jejich pokorná a zkroušená srdce možná vzdávají větší hold náboženství, než jaký kdy vzdával on, dar desateronásobně vítanější než jeho promyšlené klanění. Marně se nutil do šlechetnosti, marně si namlouval, že až jednou přijde k jejich bráně, zbaven pýchy, oděn v žebráckých cárech, zachovají se k němu šlechetně a budou ho milovat jako sami sebe. Je ostatně marné a trpké proti vlastní pevné jistotě si dokazovat, že přikázání lásky nám ukládá milovat bližního jako sebe samého ne stejnou hojností a silou lásky, ale stejnou láskou.

Vylovil ze svého pokladu větu a tiše si ji říkal:

„Den kropenatých, k moři unášených mraků."

Věta a den a scenerie souzvučely v akordu. Slova. Působí to jejich barvy? Odstín po odstínu se rozžhavil a ztlumil: zlato vycházejícího slunce, rudohněď a zeleň jablečných sadů, azur vln, šedě lemované rouno mraků. Jejich barvy to nepůsobí: působí to rozkolísanost i rovnováha samotné periody. Má to rytmické stoupání a klesání slov raději než jejich sepětí textu a barvy? Nebo protože je slabozraký stejně jako vnitřně plachý, zářivý smyslový svět, odrážený prizmatem pestrobarevného a vyšperkovaného jazyka, ho zdaleka tak netěší jako rozjímání vnitřního světa individuálních pocitů, jak se dokonale zrcadlí v jasné, vláčné próze?

Znovu přešel z třaslavého můstku na pevnou zem. V tu chvíli se mu zazdálo, že vzduch ochladl: zalétl pohledem stranou na vodu a uviděl, jak se příboj náhlým porovem zatemňuje a čeří. Slabé zabušení srdce, slabé sevření hrdla mu znovu připomněly, jak se jeho tělo štítí studeného podlidského mořského pachu: nezamířil však přes duny vlevo, pustil se rovnou vpřed po skalnatém hřbetě k říčnímu ústí.

Zastřené světlo slabě ozařovalo šedou vodní hladinu, kde se řeka vlévala do zátoky. V dálce vedle zvolna plynoucí Liffey štíhlé stožáry skvrnily oblohu a ještě dále se z oparu rýsovala rozplizlá osnova města. Jako výjev na vyrudlém goblénu, slabém jako lidská únava, věkověčným časem k němu prokmitala podoba sedmého města křesťanstva, o nic starší ani znavenější ani smířenější s porobou než v dobách útlaku.

Sklíčeně pozvedl zrak k plouživým, kropenatým, k moři unášeným mrakům. Putují pustinou oblohy, tlupa pochodujících kočovníků, vysoko nad Irskem putují na západ. Evropa, odkud přišly, leží tam za Irským mořem, Evropa cizojazyčná, úvalová, lesnatá a opevněná, s národy chráněnými valy, připravenými k boji. Slyšel v duchu zmatenou hudbu jakoby vzpomínek a jmen, která pamatoval, ale nedovedl si je ani na okamžik vybavit; hudba jako by se pak vzdalovala, vzdalovala: a z každé vzdalující se noty mlhavé hudby vždycky se ozval protáhlý volající tón jako hvězda prorážející šero mlčení. Zase! Zase! Zase! Hlas ze zásvětí volá.

„Hola, Stephanos!"

„Dedalus jde!"

„Au!... Přestaň, Dwyere, povídám, nebo ti dám přes hubu... Au!"

„Chlapík, Towsere! Zmáchej ho!"

„Pojď sem, Dedale! Bous Stephanoumenos! Bous Stephaneforos!

„Zmáchej ho! Ať si lokne, Towsere!"

„Pomoc! Pomoc... Au!"

Poznal je po řeči, ještě než rozeznal jejich tváře. Už při pohledu na tu změť nahoty ho v kosti zamrazilo. Těla mrtvolně bílá nebo zalitá sinale zlatým světlem nebo od slunce osmahlá svítila mořskou vlhkostí. Jejich odrazový kámen, spočívající na hrubých podpěrách a rozhoupaný jejich skoky, a kostrbaté kameny svažité hráze, po níž při svém dovádění lezli, svítily chladným, vlhkým leskem. Ručníky, jimiž se plácali, byly napité studenou mořskou vodou: a studenou slání jim mokvaly slepené vlasy.

Na jejich pokřik zůstal stát a ledabyle odrážel jejich škádlení. Vypadali tak nevýrazně: Shuley bez nedopjatého límce, Ennis bez šarlatového opasku s hadí přezkou a Connolly bez norfolské bundy se zašitými kapsami! Bolelo dívat se na ně a přímo řezavě bolelo vidět známky jinošství, jimiž byla jejich žalostná nahota ještě odpornější. Třeba se do houfu a hluku utíkají z tajné hrůzy v duši. On však stranou od nich a v mlčení si uvědomoval, jak ho děsí tajemství vlastního těla.

„Stephanos Dedalos! Bous Stephanoumenos! Bous Stephaneforos!"

Jejich škádlení mu nebylo ničím novým, teď však jeho mírně hrdé svrchovanosti lahodilo. Víc než jindy mu jeho podivné jméno znělo prorocky. Tak bezčasé mu připadalo šedé teplé ovzduší, tak uniká a neosobní jeho nálada, že mu všechna staletí splývala vjedno. Před chvilkou se z hávu zamlženého města vynořilo dávné město Dánů. Při vyslovení jména dávného vynálezce jako by zaslechl hukot temných vln a nad vlnami viděl letět a zvolna stoupat výš okřídlenou postavu. Co to znamená? Rozevírá se tu prapodivně středověká kniha proroctví a symbolů o jestřábím člověku, letícím přes moře k slunci, proroctví cíle, k jehož službě se zrodil a k němuž mlžným dětstvím a chlapectvím míří, symbol umělce, který z neživé hlíny v své dílně vytepává vznosnou, nehmotnou, nehynoucí bytost.

Srdce se mu roztřáslo, dech se mu zrychlil a údy mu ovanul divý vánek, jako by už letěl k slunci. Srdce se mu roztřáslo extatickým strachem a duše se rozlétla. Duše letěla povětřím do zásvětí, a jak věděl, tělo se rázem

370

očišťuje a zbavuje nejistoty a zjasňuje a splývá s duchovnem. Extází letu se mu rozzářil zrak a zrychlil dech a rozechvěly a rozzářily větrem ovívané údy.

„Raz! Dva!... Pozor!"

„Ach, Crippsi, já se topím!"

„Raz! Dva! Tři a dost!"

„Další! Další!"

„Raz!... Uf!"

„Stephaneforos!"

Hrdlo ho zabolelo touhou křiknout křikem vznášejícího se jestřába nebo orla, pronikavě křiknout větrům o své záchraně. Je to povel života jeho duši, ne tupý, hrubý hlas světa povinností a zoufalství, ne nelidský hlas, který ho volal k matné oltářní službě. Divý rozlet ho rázem osvobodil a vítězoslavný pokřik, rty potlačený, mu rozštěpil mozek.

„Stephaneforos!"

Co jiného než roušky střesené z mrtvého těla to teď jsou – strach, v němž ve dne v noci chodil, nejistota, která ho obkličovala, hanba, která ho uvnitř i zevně ponižovala – roušky, hrobový rubáš?

Duše vstala z hrobu chlapectví a odhodila rubáš. Ano! Ano! Ano! Pyšně bude tvořit ze svobody a moci své duše jako velký vynálezce, po němž má jméno, něco živého, nového a vznosného a krásného, nepostižného, nezdolného.

Nervózně vstal z balvanu, nemoha už uhasit plamen v krvi. Cítil, jak mu líce hoří a hrdlo tepe zpěvem. Chuť putovat má v nohou, dychtících dojít až na konec světa. Vpřed! Vpřed! jako by volalo srdce. Nad mořem zhoustne soumrak, na svět padne noc, před poutníkem zasvitne zoře a ukáže mu podivné luhy a kopce a tváře. Kam?

Pohlédl na sever k Howthu. Na mělké straně hráze

opadlo moře pod čáru chaluh a podél čáry břehu kvapem odtékal odliv. Mezi vlnkami už byl písečný ovál, celý teplý a suchý. Místy probleskovaly z plytkého odlivu teplé písečné ostrůvky: a poblíž ostrůvků a kolem dlouhého břehu a mezi mělkými pobřežními potůčky se brodily a potápěly lehce oděné postavy.

Za chvilku byl bos, punčochy složil do kapes a plátěné střevíce svázané tkaničkami si hodil přes rameno; z odpadu mezi balvany vylovil špičatou, od soli rozežranou hůl a pustil se po hrázi z kopce dolů.

Na břehu tekl dlouhý potůček: a jak se tak zvolna proti proudu brodil, žasl nad závějí chaluh. Zvolna se pohupovaly a vířily pod hladinou, celé smaragdové, černé, višňové a olivové. Voda v potůčku temněla nekonečnou návějí a zrcadlila táhnoucí oblaka. Oblaka nad ním táhla mlčky a mlčky pod ním uplývaly chaluhy; klidný byl šedý teplý vzduch: a v žilách mu zpíval nový bujný život.

Kam se podělo jeho chlapectví? Kam se poděla jeho duše váhající před svým osudem, v samotě rozjímající o hanbě svých ran, královna ve vybledlém rouše, s věnci vadnoucími na dotek, vládne ve svém domě bídy a úskoku. Kam se jen poděl?

Je sám. Je nevšímán, šťasten a blízký bujnému srdci života. Je sám a mlád, bujný a vzpurný, sám uprostřed pustiny divého vzduchu, brakického vodstva a mořské žatvy mušlí a chaluh, šedavého slunce a pestře, lehce oděných dětí a dívek a dětských a dívčích hlasů v povětří.

V potůčku stála před ním dívka: samotná a klidná zírala na moře. Vypadala jako kouzlem proměněná v podivnou a krásnou ptačí podobu. Dlouhá, štíhlá nahá lýtka měla útlá jako jeřáb, jenom místy jí zůstala na kůži smaragdová stopa chaluh. Stehna, plnější a se slonovinovým nádechem, měla nahá téměř k bokům, s volánky kalhotek jako bílé prachové peří. Břidlicově modrou sukni měla směle vykasanou až po pás a vzadu podchycenou. Hruď měla ptačí, hebkou a útlou, útlou a hebkou jako hruď tmavé holubice. Dlouhé světlé vlasy však měla dívčí: a dívčí a poznamenanou zázrakem pozemské krásy měla i tvář.

Byla samotinká a nehybná, upřeně zírala na moře; a když ucítila jeho přítomnost a jeho zbožňující pohled, otočila zrak k němu a klidně strpěla jeho pohled, bez hanby i chlípnosti. Dlouho, předlouho snášela jeho pohled a potom klidně od něho odvrátila zrak a sklopila ho k potůčku a nohou lehce čeřila vodu. Do ticha vpadl šum zvířené vody, tichý a slabý a šepotavý, slabý jak vyzvánění ve spánku; sem a tam, sem a tam, a plamínek se jí mihl na líci.

„Bože na nebi!" ozvala se pozemským jásotem Štěpánova duše.

Rázem se od ní odvrátil a zamířil napříč pobřežím. Líce mu planuly, tělo žhnulo, údy se chvěly. Kráčel dál a dál a dál až za písčiny, bujně prozpěvoval moři, hlasně pozdravoval advent života, který ho pozdravil.

Navždy mu vešla do duše její podoba a jediným slovem neporušil ticho extáze. Zrakem ho zavolala a na její zavolání mu duše poskočila. Žít, bloudit, padat, vítězit, znovu vytvářet život ze života. Zjevil se mu divý anděl, anděl smrtelné mladosti a krásy, vyslanec líbezných luhů života, a ve chvíli extáze před ním rozevřel brány omylu a slávy. Vpřed a vpřed a vpřed a vpřed!

Pojednou zůstal stát a v tom tichu naslouchal srdci. Kam až to zašel? Kolik je hodin?

Živá duše před ním nebyla a nic k němu povětřím nedoléhalo. Nastával příliv a den byl na sklonku. Otočil se k pevnině a rozběhl se ke břehu, a jak bez ohledu na ostrý štěrk utíkal do šikmého svahu, našel v kruhu chocholatých dun písčitou skrýši a tam ulehl, až mu večerní ticho a mlčení utišilo rozbouřenou krev.

Nad sebou cítil širou, lhostejnou nebeskou klenbu a pokojný chod nebeských těles; a pod sebou zemi, která ho zrodila, která ho přivinula k ňadrům.

V dřímotách zavřel oči. Víčka se mu chvěla, jako by cítila širý cyklický běh země i jejích strážců, chvěla se, jako by cítila podivné světlo jakéhosi nového světa. Duše mu únavou padala do nového světa, fantastického, šerého, neurčitého jakoby pod vodou, protínaného oblačnými podobami a bytostmi. Svět, záblesk, květ? Mihotavě a třepotavě, třepotavě a svítavě, rozbřesk, květ v rozpuku, znovu a znovu se rozprostíral, sytým karmínem rozkvítal a rozvíjel se a zas do bledě růžova bledl, list po listě, světelná vlna po světelné vlně hebkými ruměnci zaplavovala oblohu, jeden ruměnec sytější než druhý.

Když procitl, byl večer a písčina i zprahlá tráva jeho lože už nežhnuly. Pomalu vstal, a když si vzpomenul na úchvat spánku, vzdychl nad tím, jak byl rozkošný.

Vylezl na vršek písčiny a rozhlédl se. Nastal večer. Okraj nového měsíce roztínal bledou poušť obzoru jako okraj stříbrné obruče, uložené do šedého písku; s šepotem vlnek se rychle valil příboj k pevnině a posledních pár postav v dalekých kalužinách proměnil v ostrovany.

V

Až do dna dopil třetí šálek vodového čaje, potom chroupal rozházené kůrky topinek a civěl do tmavé tůňky čajníku. Žluté škvarky byly vybrány jako rašelinná jáma a louže pod nimi mu připomněla tmavou rašelinnou vodu v clongoweské koupelně. Krabice, kterou měl u lokte, byla napěchována zástavními lístky. Jednu po druhé bral modré a bílé stvrzenky do mastných prstů, počmárané, zapíščené a zmačkané, označené jménem zástavce třeba Daly nebo MacEvoy.

1 holínky

1 dámský plášť

3 kusy a prádlo

1 pánské spodky

Odstrčil je a zamyšleně civěl na víko krabice skvrnité od vší a nazdařbůh se zeptal:

„O kolik jdou hodiny napřed?"

Otlučený budík, položený na kuchyňském krbu, postavila matka rovně, až ukazoval na ciferníku tři čtvrtě na dvanáct, a zas ho položila na bok.

„O hodinu a dvacet pět minut," řekla. „Správně je teď deset hodin dvacet minut. Měl bys sebou hodit, abys nezmeškal přednášky."

„Udělejte mi místo na mytí," řekl Štěpán.

„Katey, udělej Štěpánovi místo na mytí."

„Boody, udělej Štěpánovi místo na mytí."

„Nemohu, jdu pro mořidlo. Udělej mu ho ty, Maggie."

Když nasadili do výlevky emailové umyvadlo a hodili k němu žínku, nechal matku, aby mu vydrbala krk, zajela mu do boltců a do přepážky u nozder.

„Je mi to ostuda," řekla, „univerzitán, a je tak špinavý, že ho musí matka umývat."

„Vždyť tě to těší," řekl Štěpán chladně.

Shora zalehlo pronikavé zahvízdnutí a matka mu hodila vlhkou osušku a řekla:

„Osuš se a propána pospěš."

Po druhém ostrém, zlostně protaženém hvízdnutí se pod schody octlo jedno děvče.

„Prosím, táto."

„Už je ten tvůj kurva bratr pryč?"

„Ano, táto."

„Jistě?"

„Ano, táto."

„Hm."

Děvče se vrátilo a posunkem mu naznačovalo, aby si pospíšil a potichu vyšel zadem. Štěpán se zasmál a řekl:

„Ten má divnou představu o rodech, když si myslí, že je kurva maskulinum."

„Hanbou by ses měl, Štěpáne, propadnout," řekla matka, „budeš ještě trpce litovat, žes tam kdy vkročil. Vím, jak ses tím změnil."

„Dobrý den vespolek," řekl s úsměvem Štěpán a na rozloučenou si políbil špičky prstů.

Ulička za terasou stála pod vodou, a jak po ní zvolna sestupoval a opatrně obcházel hromádky bláta, slyšel, jak za zdí v jeptiščím blázinci vříská šílená jeptiška:

„Ježíši! Ach, Ježíši! Ježíši!"

Zlostným trhnutím hlavy si ten zvuk vytřásl z uší, a jak tím tlejícím neřádem klopýtal dál, pospíchal, srdce uštknuté žalem hnusu a trpkosti. Otcův hvizd, matčin repot, skřek neznámé šílené, všechny ty hlasy ho urážely a pokořovaly jeho mladistvou hrdost. Zhnuseně vypudil jejich ohlas i ze srdce; jak kráčel alejí a cítil, jak se mokvajícími stromy kolem něho prodírá šedé jitřní světlo, a čichal zvláštní divokou vůni mokrého listí a kůry, duše mu vybředla z muk.

Namoklé stromy v aleji v něm jako vždycky vyvolaly vzpomínky na dívky a ženy ve hrách Gerharta Hauptmanna; a vzpomínka na jejich bledé žaly a pach linoucí se z mokrých větví v něm splývaly v pocit klidné radosti. Začala mu jarní procházka městem; předem věděl, že až půjde kolem bažin ve Fairview, bude myslet na klášterně stříbřitou prózu Newmanovu, a až se bude ubírat po North Strand Road a letmo obzírat výklady potravinářských krámů, vytane mu chmurný humor Guida Cavalcantiho a on se usměje; a až pak přijde na Talbot Place kolem Bairdova kamenictví, provane ho Ibsenův duch jako řízný vítr, duch bujné klukovské krásy, a až pak půjde za Liffey kolem ukoptěného krámu s námořnickými potřebami, zopakuje si Ben Jonsonovu píseň, začínající:

Znavenější jsem tam nelíhal

Jeho mysl, znavená pátráním po podstatě krásy uprostřed přízračných slov Aristotelových a Tomášových, se často utěšovala libými písněmi alžbětinců. Oděna hávem pochybovačného mnicha, stávala jeho duše pod okny té doby a poslouchala vážnou i posměšnou hudbu loutnistů nebo nevázaný smích poběhlic tak dlouho, až najednou bodl jeho mnišskou pýchu příliš obhroublý smích, časem zašlý výraz pro smilstvo a záletnictví, a vyhnal ho z jeho skrýše.

Nauka, nad níž měl celé dni hloubat a dál se jí připravovat o druhy své mladosti, byla hrstka skrovných citátů z Aristotelovy poetiky a psychologie a *Synopsis Philosophiae Scholasticae ad mentem divi Thomae.* Jeho myšlení bylo šero pochyb a nedůvěry v sebe, chvílemi ozařované záblesky intuice, záblesky tak jasně zářivými, že se pod ním v těch chvílích propadal svět, jako by shořel v ohni: jazyk mu potom ztěžkl a pohledům jiných čelil neodpovídajícími pohledy, připadalo mu totiž, že jako by ho pláštěm zahalil duch krásy a že aspoň ve snění poznal vznešenost. Když v něm však povolila tato krátká pýcha mlčení, byl rád, že se zas octl v pustinách všedních životů a bez obav a s lehkým srdcem kráčel uprostřed špíny a hluku a lenivosti města.

Poblíž reklamních tabulí u kanálu potkal souchotináře, kráčel jako loutka, v klobouku bez střechy, těsně upjatý do čokoládového pláště drobnými kroky sestupoval k němu po šikmém mostě a svinutý deštník držel od sebe jako kouzelný proutek. Bude jedenáct, řekl si a koukl na hodiny v mlékárně, kolik je. Hodiny v mlékárně ukazovaly za pět minut pět, ale když se otočil, někde poblíž hodiny, na něž neviděl, odbíjely přesně jedenáct. Zasmál se tomu, protože mu připomněly MacCanna: viděl ho, tlouštíka v lovecké kazajce a krátkých kalhotách, s plavou bradkou, jak stojí ve větru na Hopkinsově nároží a říká:

„Dedale, vy jste nespolečenský tvor, zavinutý do sebe. Já jsem demokrat: a budu pracovat a usilovat o společenskou svobodu a rovnost všech tříd a pohlaví ve spojených státech budoucí Evropy."

Jedenáct! I na tu přednášku je tedy pozdě. Který je vlastně den? Zastavil se u novinového stánku a přečetl si titulek na plakátě. Čtvrtek. Od deseti do jedenácti angličtina, od jedenácti do dvanácti francouzština; od dvanácti do jedné fyzika. Představil si hodinu angličtiny a i na tu dálku byl nesvůj a bezradný. Viděl, jak spolužáci pokorně sklánějí hlavu a do sešitů si zapisují předepsané body, slovní definice a základní definice a příklady, nebo data narození, smrti, hlavní díla a vedle sebe příznivé a nepříznivé kritiky. Sám hlavu nesklánět, těkal v myšlenkách jinde, a ať koukal po skrovné třídě nebo se oknem díval po zpustlých zeleninových zahradách, stále ho ovíval neutěšený hnilobný puch sklepení. Přímo před ním trčela z prvních lavic ještě jedna hlava nad skloněnými žáky jako hlava kněze beze vší pokory orodujícího u svatostánku za ponížené okolní věřící. Čím to, že kdykoli na Cranlyho pomyslil, neuměl si v duchu vybavit celou podobu jeho těla, ale jen podobu jeho hlavy a tváře. I teď ji proti šedému oparu viděl před sebou jako přízrak snu, tvář uťaté hlavy nebo posmrtnou masku, kterou nad čelem věnčí rovné tuhé vlasy jako železná koruna. Byla to kněžská hlava, kněžská svou sinalostí, širokými nozdrami, zamodralýma očima i skráněmi, kněžská dlouhými bezkrevnými a poloúsměvnými rty: naráz si Štěpán vzpomněl, jak Cranlymu celé dni i noci vyprávěl o zmatcích a nepokojích a tužbách své duše a přítel mu to oplácel jen pozorným mlčením, málem si řekl, že je to tvář provinilého kněze, poslouchajícího zpověď těch, které nemá moc rozhřešit, ale v paměti mu stále tkvěl pohled jeho tmavých ženských očí.

Tento obraz mu poskytl letmý pohled do podivné tmavé sluje hloubání, ale hned se od ní odvrátil s vědomím, že ještě není čas do ní vkročit. Ale z rulíku přítelovy netečnosti jako by se kolem něho šířily řídké zhoubné výpary; vpravo i vlevo těkal pohledem od jednoho náhodného slova k druhému a tupě žasl nad tím, jak se z nich potichu vytrácí vlastní význam, až ho kdejaký všední nápis na obchodě omračoval jako zaklínadlo a duše v něm stářím skomírala, jak odcházel uličkou mezi hromádkami mrtvého jazyka. Z mozku mu odtékalo vlastní jazykové povědomí a crčelo do samotných slov a ta se rozmanitými rytmy scházela a zas rozcházela:

Břečťan vřeští na zdi,
vřeští, třeští na zdi,
břečťan vřeští na zdi,
žlutý břečťan na zdi,
břečťan, břečťan na zdi.

Kdopak kdy takovou slátaninu slyšel? Panebože! Kdopak kdy slyšel, že břečťan vřeští na zdi? Žlutý břečťan: to ujde. Také žlutá slonovina. A co slonovinový břečťan?

V mozku mu to slovo zazářilo jasněji a světleji než nějaká slonovina, vyřezaná z žíhaných sloních klů. Slonovina. *Ivory, ivoire, avorio, ebur.* Jeden z prvních překladů, které se v latině naučil, zněl: *India mittit ebur,* vzpomněl si na chytrou severskou tvář rektora, který ho učil překládat Ovidiovy *Proměny* do dvorské angličtiny, a jak divně zněla zmínka o čunících, hrncích a plátech slaniny. Špetku vědomostí o zákonech latinského verše pochytil v potrhané knížce, napsané jedním portugalským knězem.

Contrahit orator, variant in carmine vates.

Krize, vítězství a rozpad v římských dějinách se podávaly otřelými slovy *in tanto discrimine* a on se pokoušel proniknout do společenského života města měst skrze slova *implere ollam denariorum,* což rektor zvučně překládal naplnit hrnce denáry. Stránky ohmataného Horáce ho na dotek nikdy nestudily, i když měl sám prsty studené: byly to stánky světské a před patnácti lety je obracely světské prsty Johna Duncana Inverarityho a jeho bratra Williama Malcolma Inverarityho. Ano, tak zněla urozená jména na zašlé předsádce a i tak slabému latiníkovi jako on voněla, jako by byla celá ta léta uložena v myrtě a levanduli a rozrazilu; bolelo ho, že bude vždycky plachým hostem na hostině světové kultury a mnišskou učenost, z jejíchž pojmů se snaží ukout estetickou filozofii století, v němž žije, nestaví výš než rafinované a podivínské hantýrky erbovní a sokolnické.

Šedá krychle Trinity vlevo, humpolácky zasazená do

zaostalého města jako matný drahokam do nehorázného prstenu, ho zase strhla k zemi; a jak tak kopal na všecky strany a shazoval z nohou pouta napraveného svědomí, narazil na prapodivnou sochu irského národního básníka.

Bez hněvu na ni pohlédl: ač tělesně i duševně olezlá neviděným hmyzem, od šoupavých nohou a záhybů pláště až po úslužnou hlavu, jako by si pokorně uvědomovala své ubožáctví. Byl to Firbolg ve vypůjčeném plášti Milésana. Vzpomněl si na svého přítele Davina, venkovského studenta. Dal mu tu přezdívku, ale mladý sedlák ji klidně snášel:

„Ale jdi, Štěpánku, mám tvrdou lebku, bodejť. Říkej mi, jak chceš."

Když zaslechl Štěpán poprvé z přítelových úst své zdrobnělé křestní jméno, mile ho to dojalo, mluvil totiž s jinými stejně upjatě jako oni s ním. Když sedával v Davinově bytě na Grantham Street, s obdivem hleděl na přítelovy pěkné boty, postavené v párech u zdi, a opakoval přítelovu prostému sluchu cizí verše a kadence, halící jeho tužby a zklamání, hrubá firbolgovská mysl posluchačova ho přitahovala a zas odpuzovala, přitahovala klidnou vrozenou zdvořilou pozorností, nebo zas nezvyklým obratem staré anglické řeči, či silnou zálibou v hrubé tělesné zdatnosti – Davin totiž sedával u nohou Gaela Michaela Cusacka – a znenadání ho zas odpuzovala hrubým chápáním nebo tupým cítěním nebo třeštěním hrůzy v očích, duševní hrůzy hladem hynoucí irské vesnice, v níž dosud noc co noc straší klekání.

Kromě památky siláckých činů svého atletického strýce Mata Davina ctil mladý sedlák truchlivé irské bájesloví. Na zpestření nudného kolejního života o něm spolužáci bájili, že je mladý fenián. Irsky ho naučila chůva a hrubou obraznost mu osvítila záblesky irských bájí. K bájím, z nichž jakživ nikdo nevytěžil jediný rys krásy, a k jejich nehorázným, cyklicky se rozvíjejícím příběhům měl stejný vztah jako k římskokatolickému náboženství, vztah tupého věrného otroka. Proti myšlení a cítění přicházejícímu z Anglie nebo přes anglickou kulturu byl nastražen jako voják na stráži: a ze světa ležícího mimo Anglii znal jen cizineckou legii, v níž, jak říkal, bude sloužit.

Štěpán spojoval tuto ctižádost s mladickým temperamentem a říkával mu krotká husa: v tom jméně byla i podrážděnost nad přítelovou řečí i jednáním, které se u hloubavého Štěpána střetávalo s tajnůstkářstvím irského života.

Jednou večer mladý venkovan, podnícený vášnivou a přepjatou řečí, jíž Štěpán unikal chladnému mlčení rozumové vzpoury, vyvolal před Štěpánem zvláštní vidění. Zvolna spolu kráčeli tmavými úzkými uličkami chudých Židů k Davinovu bytu.

„Loni na podzim, bylo už k zimě, se mi, Štěpánku, něco přihodilo, živé duši jsem to nepověděl a ty jsi první, komu to povídám. Pokud si vzpomínám, bylo to v říjnu nebo v listopadu. Bylo to v říjnu, protože to bylo předtím, než jsem sem přijel k zápisu."

Štěpán obrátil k přítelově tváři zrak, jeho důvěra mu polichotila a prostý projev mluvčího si ho získal.

„Celý den jsem byl pryč z domu až v Buttevantu – jestli víš, kde to je – na hurlingovém zápase Crokových hochů s Neohroženými Thurly a bůhví, byl to, Štěpánku, tuhý zápas. Div mého bratrance Fonsyho Davina nesvlékli do naha, jak se rval za Limerické, ale byl pořád v útoku a řval jak pominutý. Na ten den nezapomenu. Jeden crokeský hráč ho jednu chvíli vzal pálkou a bůhví, moc nechybělo a dostal ji do spánku. Bůhví, trefit ho, byl oddělaný."

„Jsem rád, že tomu ušel," zasmál se Štěpán, „ale to snad není ta divná věc, co se ti přihodila."

„No, snad tě to nezajímá, ale po zápasu se strhl takový rámus, že jsem zmeškal zpáteční vlak a nesehnal jsem nikoho, kdo by mě svezl, a ke všemu ještě se ten den v Castletownroche konalo velké shromáždění a odjely tam vozy z celého kraje. Nezbývalo mi než přenocovat nebo jít pěšky. Vykročil jsem tedy a šel a už se smrákalo, když jsem došel do Ballyhourských kopců, je to dobrých deset mil od Killmalocku a odtamtud vede dlouhá pustá silnice. U silnice není ani památka po nějakém křesťanském stavení nebo zvuku. Byla už skoro čirá tma. Několikrát jsem se cestou shýbl pod křoví a zapálil si dýmku, a nebýt silné rosy, byl bych se tam natáhl a spal. Nakonec jsem v zatáčce silnice zahlédl domek s osvětleným oknem. Šel jsem a zaklepal na dveře. Někdo se zeptal, kdo je, a já jsem odpověděl, že jsem byl na zápase v Buttevantu a jdu pěšky domů a prosil bych o sklenici vody. Za chvíli otevřela dveře mladá žena a přinesla mi velký džbán mléka. Byla zpola odstrojena, jako by při mém zaklepání šla zrovna na kutě, vlasy měla rozpuštěné; podle postavy a výrazu v očích jsem usoudil, že je asi těhotná. Chvíli se mnou ve dveřích hovořila a bylo mi to divné, protože měla nahá ňadra i záda. Zeptala se mě, jestli nejsem unaven a jestli tam nechci přenocovat. Je prý v domě sama, manžel odešel ráno vyprovodit sestru do Queenstownu. Při řeči na mě, Štěpánku, celý čas upírala oči a stála u mě tak blízko, že jsem ji slyšel dýchat. Když jsem jí pak nakonec džbán vrátil, popadla mě za ruku, že mě vtáhne přes práh, a řekla: *Pojď dál a přenocuj tady. Nemusíš se bát. Nikdo tu není, jenom my sami.* Nešel jsem, Štěpánku, dovnitř. Poděkoval jsem jí a celý v horečce jsem šel dál. V první zatáčce jsem se ohlédl a ona stála ve dveřích."

V paměti mu zněla poslední slova Davinova příběhu a zvlášť v ní vystupovala postava ženy toho příběhu, jak se v ní odrážely postavy jiných venkovských žen, které vídal při projíždění kolejních kočárů v Clane stát ve dveřích, tak typických pro svůj i jeho vlastní národ, netopýří duše, ve tmě a v ústraní a v samotě procitající k vědomí a hlasem a zrakem a gestem bezelstné ženy zvoucí cizince na lože.

Něčí ruka mu sáhla na paži a ozval se mladý hlas:

„Hej, mladý pane, pro vaši nejmilejší, pane! Dejte mi počinek. Kupte ten pěkný pukýtek. Ano, pane?"

Modré květiny, které mu podávala, i její mladé modré oči ztělesňovaly mu v tu chvíli obraz bezelstnosti; zaváhal, až mu obraz zmizel a viděl jen její roztrhané šaty a mokré rozcuchané vlasy a uličnický obličej.

„Kupte, mladý pane! Nezapomínejte na svou nejmilejší!"

„Nemám peníze," řekl Štěpán.

„Kupte ty hezounké, kupte, prosím. Jsou za peník."

„Slyšela jsi, co jsem řekl?" nahnul se k ní Štěpán. „Řekl jsem ti, že nemám peníze. Znovu ti to říkám."

„Však vy je jednou, mladý pane, budete mít, dá-li Bůh," ozvalo se po chvíli děvče.

„Možná," řekl Štěpán, „ale moc tomu nevěřím."

Honem od ní odešel, aby si ho ze samé důvěrnosti nedobírala a aby zmizel, než nabídne své zboží jinému, anglickému turistovi nebo studentovi Trojické koleje. Grafton Street, po níž kráčel, mu tu chvíli sklíčené chudoby ještě prodloužila. Na konci byla do vozovky vsazena pamětní deska Wolfu Tonovi, vzpomněl si, že tam byl s otcem, když ji zasazovali. S trpkostí vzpomínal na ten kýčařský hold. Přijeli tam bryčkou čtyři francouzští delegáti a jeden boubelatý usměvavý mladík měl do tyčky nasazený plakát s vytištěnými slovy: *Vive l'Irlande!*

Stromy na Stephen's Green však čpěly deštěm a namoklá hlína vydávala smrtelný pach, slabý kadidlový dým stoupající hlínou z mnoha srdcí. Duše chrabrého prodejného města, o němž mu starší vyprávěli, se časem scvrkla na slabý smrtelný pach stoupající z hlíny, a jakmile vkročí do ponuré koleje, to věděl, uvědomí si jinou hanbu, než byla hanba Bucka Egana a Burnchapela Whaleyho.

Zajít nahoru na franštinu už bylo pozdě. Prošel dvoranou a zamířil vlevo po chodbě k fyzikálnímu kabinetu. Na chodbě byla tma a ticho, ale ne nestřeženost. Proč má pocit, že tam není nestřeženost? Protože, jak slyšel, bývalo tam za doby Bucka Whaleyho tajné schodiště? Nebo je snad jezuitský dům exteritoriální a on se prochází mezi cizinci? Irsko Toneovo a Parnellovo jako by zapadlo do prázdna.

Otevřel dveře do kabinetu a zůstal stát v mrazivém šedém světle, prodírajícím se zaprášenými okny. Před mohutným krbem někdo dřepěl, podle toho, jak byl hubený a šedivý, poznal, že to rozdělává oheň studijní děkan. Štěpán zavřel potichu dveře a přistoupil ke krbu.

„Dobré jitro, pane děkane! Mohu vám pomoci?"

Kněz bystře vzhlédl a řekl:

„Chvilku, pane Dedale, hned uvidíte. Podpalovat je umění. Máme svobodná umění a máme užitečná umění. Tohle je užitečné umění."

„Zkusím se mu naučit."

„Ne moc uhlí," řekl děkan a pilně kutil na svém díle, „je jedno z těch tajemství."

Z bočních kapes kleriky vytáhl čtyři nedopalky svíček a obratně je nastrkal mezi uhlí a zmačkaný papír. Štěpán ho mlčky pozoroval. Jak tam vkleče na dlaždičkách rozdělával oheň a činil se s kousky papíru a nedopalky svíček, zvlášť nápadně připomínal pokorného jáhna, v chrámu chystajícího obětiště, Hospodinova levitu. Jako prosté plátěné roucho levity, tak halila vyrudlá obnošená klerika klečící postavu člověka, kterého by talár nebo zvonový efod jen dráždil a znepokojoval. I tělo mu zestárlo, jak poníženě sloužil Hospodinovi – jak udržoval na oltáři oheň, jak vyřizoval tajná poselství, jak posluhoval osobám světským, jak na příkaz rázně zasahoval – a přece se mu nedostalo ani špetky umělecké nebo prelátské krásy. Ba i duše mu v té službě zestárla a nevzrostla k světlu a ke kráse a nevydávala líbeznou vůni svatosti – umrtvená vůle už nereagovala na hnutí poslušnosti, tak jako nereagovalo na hnutí lásky nebo bojovnosti jeho zchřadlé, vyhublé a šlachovité tělo, porostlé stříbřitým chmýřím.

Děkan usedl na bobek a díval se, jak třísky chytají. Aby zaplašil mlčení, Štěpán řekl:

„Já bych podpálit neuměl."

„Copak nejste, pane Dedale, umělec?" řekl děkan, vzhlédl k němu a zamžikal bledýma očima. „Cílem umělce je tvorba krásného. Jiná otázka je, co je krásné."

Zvolna a suše si nad tím problémem zamnul ruce.

„Umíte na tu otázku odpovědět?" zeptal se.

„Akvinský praví," odpověděl Štěpán, „*pulchra sunt quae visa placent.*"

„Tenhle oheň tady," řekl děkan, „bude lahodit zraku. Bude proto krásný?"

„Pokud je vnímán zrakem, což zde, myslím, znamená rozumové chápání, bude krásný. Ale Akvinský taky říká: *Bonum est in quod tendit appetitus.* Pokud oheň vyhovuje živočišné touze po teple, je dobro. V pekle je však zlo."

„Správně," řekl děkan, „rozhodně jste uhodil hřebík na hlavičku."

Křepce vstal, šel ke dveřím a dokořán je rozevřel.

„Průvan prý v těchto věcech pomáhá."

Mírně napadavým, leč rázným krokem se pak vrátil ke krbu a Štěpán viděl, jak na něho z bledých nelaskavých očí hledí zamlklá jezuitská duše. I legendární prohnanost Tovaryšstva, prohnanost rafinovanější a tajnější než jeho pověstné knihy tajného rafinovaného vědění, mu neroznítila duši apoštolskou rázností. Jako by podle příkazu využíval světské úskoky a šalby k větší slávě boží a nijak se tím nekochal, ani si zas neprotivil, co je na nich zlé, pevným gestem poslušnosti zvrátil jejich směr; a při vší té mlčenlivé službě jako by svého mistra nemiloval vůbec a jen pramálo cíle, jimž slouží. *Similiter atque senis baculus,* byl, jak si zakladatel přál, jako hůl v starcově ruce, aby se o ni za soumraku nebo nepohody opíral, aby ji měl s kyticí ležet na zahradním sedátku, aby jí mohl pohrozit.

Děkan se vrátil ke krbu a hladil si bradu.

„Kdypak se smíme od vás těšit na něco o estetické otázce?"

„Ode mne?" řekl užasle Štěpán. „Když mám štěstí, zakopnu o myšlenku jednou za čtrnáct dní."

„Jsou to, pane Dedale, velmi hluboké otázky. Jako když člověk hledí z útesů Moheru do hlubiny. Mnozí do hlubiny sestoupí a už se nevynoří. Jenom zkušený potápěč sestoupí do hlubiny, probádá ji a vrátí se na hladinu."

„Jestli máte, prosím, na mysli spekulaci, jsem taky přesvědčen, že žádné volné myšlení není, protože všechno myšlení je nutně vázáno svými zákony."

„Aha!"

„Stačí mi, že zatím mohu pracovat ve světle několika Aristotelových nebo Tomášových myšlenek."

„Rozumím. Docela vám rozumím."

„Používám jich a řídím se jimi, dokud v jejich světle sám na něco nepřijdu. Bude-li lampa čadit nebo páchnout, pokusím se ji vycídit. Když nebude svítit, prodám ji a koupím si jinou."

„Epiktetus měl taky lampu," řekl děkan, „a po jeho smrti ji prodali za nehoráznou cenu. Při té lampě napsal své filozofické rozpravy. Znáte Epikteta?"

„Starý pán," řekl neomaleně Štěpán, „podle něhož je duše jako kbelík vody."

„Svým obhroublým způsobem nám vypravuje," pokračoval děkan, „že postavil před sochu jednoho boha železnou lampu a zloděj lampu ukradl. Co udělal filozof? Uvážil, že je v povaze zloděje krást, a místo železné lampy hned nazítří koupil lampu hliněnou."

Z děkanových nedopalků táhl pach rozpuštěného loje a v Štěpánově mysli splýval s řinkotem slov, kbelík a lampa a lampa a kbelík. I kněžův hlas drsně škvičel. Štěpán bezděky zaváhal, zaskočen divným tónem i obrazem i knězovým obličejem, který vypadal jako nerozžatá lampa nebo jako reflektor zavěšený v nesprávném ohnisku. Co za ním nebo v něm vězí? Tupá duševní netečnost nebo kalnost bouřkového mraku, nabitého cnápáním a kypícího božím zachmuřením.

„Já jsem, prosím, myslel jinou lampu," řekl Štěpán.

„Bodejť."

„V estetické rozpravě," řekl Štěpán, „je třeba vědět, zda se slov používá podle literární tradice nebo podle tradice tržiště. Vzpomínám si na jednu Newmanovu větu, říká v ní, že se Blahoslavená Panna zdržovala ve společnosti svatých. Na tržišti se toho slova užívá docela jinak. *Doufám, že vás nezdržuji.*"

„Ani trochu," řekl zdvořile děkan.

„To ne," usmál se Štěpán, „chci říci..."

„Ano, ano, rozumím, chápu, oč jde: *zdržovat.*"

Vystrčil dolní čelist a suše si odkašlal.

„Vraťme se k lampě," řekl, „dolévat ji je taky kumšt. Musíš vybrat čistý petrolej a při nalévání musíš hledět, aby ti nepřetekl, abys nenalil víc, než se do trychtýře vejde."

„Do jakého trychtýře?" zeptal se Štěpán.

„Do trychtýře, kterým se petrolej do lampy nalévá."

„Cože? Tomu se říká trychtýř? Není to nálevka?"

„Co je nálevka?"

„To. To je... trychtýř."

„V Irsku tomu říkají nálevka?" zeptal se děkan. „Jakživ jsem to slovo neslyšel."

„Nálevka se tomu říká v Lower Drumcondra," zasmál se Štěpán, „a tam se mluví ryzí angličtinou."

„Nálevka," řekl zamyšleně děkan, „moc zajímavé slovo, musím se na to slovo podívat. Bodejť, musím."

Jeho zdvořilé vyjadřování znělo trochu falešně a Štěpán se na anglického konvertitu díval stejně, jak se asi v podobenství díval starší bratr na marnotratníka. Skromný žák v hloučku halasných konverzí, chudý Angličan v Irsku, vkročil na jeviště jezuitských dějin ve chvíli, kdy už byla ta podivná hra úsměvů a útrap a závisti a rvaček a hanby dohrána – opozdilec, zaostalec. Z čeho vyšel? Třeba se narodil a vyrostl mezi strohými rozkolníky, kteří hledali spásu v samém Ježíši a zatracovali planou anglikánskou pompu. Zatoužil snad po slepé víře ve víru sektářství a v hantýrce jeho pohnutých rozkolů, vyznavačů šestera zásad, podivínů, semenných a hadích baptistů, predestinačních dogmatiků? Nalezl pojednou pravou církev tím, že jako klubko bavlny sledoval jemně utkaný logický důsledek vdechnutí nebo vkládání rukou nebo vycházení Ducha Svatého? Nebo se ho Kristus Pán dotkl a jako onomu učedníkovi, který seděl u dveří kaple s plechovou střechou, zíval a přepočítával církevní groše, mu kázal, ať jde s ním.

Děkan to slovo znovu opakoval.

„Nálevka! Inu, je to zajímavé!"

„Ještě zajímavější se mi však zdá, nač jste se mě před chvílí zeptal. Co je to krása, kterou umělec usiluje vyjádřit z kousků hlíny," řekl chladně Štěpán.

Tím slovíčkem jako by namířil rapírový hrot svého vnímání na zdvořilého a ostražitého protivníka. S palčivou sklíčeností si uvědomil, že ten, s nímž mluví, je Ben Jonsonův krajan. Napadlo ho:

„Jazyk, kterým mluvíme, je nejprve jeho a teprve potom můj. Jak jinak znějí slova *domov, Kristus, pivo, učitel* na jeho a na mých rtech! Nepronesu a nenapíšu ta slova bez duševního neklidu. Jeho jazyk, tak běžný a tak cizí, bude mi vždycky přejatou mluvou. Jeho slova jsem nevytvořil a nepřijal za svá. Můj hlas je drží v šachu. Má duše chřadne ve stínu jeho jazyka."

„A rozlišovat mezi krásným a vznešeným," dodal děkan, „rozlišovat mezi mravní krásou a hmotnou krásou. A zkoumat, jaká krása je vlastní rozmanitým uměním. Těmito několika zajímavými náměty bychom se mohli zabývat."

Sklíčen děkanovým pevným suchým tónem se naráz odmlčel a do toho mlčení zalehl ze schodiště dupot bot a zmatený pokřik.

„Při sledování těchto spekulací," řekl na závěr děkan, „vám však hrozí nebezpečí, že umřete hlady. Nejprve musíte dostudovat. To si stanovte jako první cíl. Potom znenáhla uvidíte, co dál. Myslím v každém smyslu, v životě i v myšlení. Zprvu vám to třeba půjde těžko. Podívejte se na pana Moonana. Dlouho mu trvalo, než se vyšinul. Ale vyšinul se."

„Třeba mi chybí jeho nadání," řekl Štěpán.

„To se neví," řekl bodře děkan. „Nevíme, co v nás vězí. Já bych rozhodně nezoufal. *Per aspera ad astra.*"

Rychle odešel od krbu a pustil se ke schodišti dohlédnout na prvňáky.

Opřen o krb slyšel ho Štěpán, jak břitce a nestranně pozdravuje jednotlivé studenty, a téměř viděl upřímné úsměvy hrubších studentů. Na málem zatrpklé srdce mu rosou padala lítost nad tímto věrným služebníkem rytířského Loyoly, nad nevlastním bratrem světských duchovních, světštějším v řeči, duševně neochvějnějším, kterého by nikdy nenazval duchovním otcem: zamyslel se nad tím, že tento člověk a jeho druhové si vysloužili pověst lidí světských nejen u kněží nesvětských, ale i u světských, protože v celých dějinách orodovali před božím tribunálem za duše ochablých, vlažných a opatrných.

Profesorův příchod ohlásil několikerý dupot těžkých bot těch studentů, kteří seděli v nejvyšší řadě šerého kabinetu pod šedými zapavoučenými okny. Začalo zjišťování přítomných a hlášení jmenovaných se ozývalo ve všech tónech, až došlo na Petera Byrna.

„Tady!"

Ozvalo se to hlubokým hlasem z horní řady a ostatní lavice na protest zakašlaly.

Profesor na chvíli přestal a pak vyvolal další jméno: „Cranly!"

Nikdo se neozval.

„Pan Cranly!" Štěpánovi přelétl po tváři úsměv, když si vzpomněl na přítelovo studium.

„Zeptejte se v Leopardstownu!" ozvalo se v lavici za ním.

Štěpán tam honem koukl, ale Moynihanův frňácký obličej, rýsující se proti šedému světlu, se ani nehnul. Byl nadiktován vzorec. Za šustění sešitů se Štěpán otočil a řekl:

„Dej mi, proboha, papír."

„To je ti tak špatně?" zašklebil se Moynihan.

Vytrhl ze sešitu list, podal mu ho a zašeptal:

„V případě potřeby to smí udělat laik nebo žena."

Vzorec, který na papír napsal, zavíjející se a zas rozvíjející profesorovy výpočty, přízračné symboly síly a rychlosti, Štěpána poutaly a vyčerpávaly. Doslechl se, že starý profesor je ateistický zednář. Ach, ten šedý, tupý den! Připadal mu jako předpeklí bezbolestného, trpělivého vědomí, jímž snad bloudí duše matematiků a jež od vrstvy k vrstvě stále řidšího a bledšího soumraku vrhá dlouhé křehké tkáně a až po krajní meze vesmíru vyzařuje stále mohutnější, vzdálenější a nehmatatelnější víry.

„Musíme tedy rozlišovat mezi eliptickým a elipsoidním. Někteří z vás, pánové, snad znáte díla W. S. Gilberta. V jedné své písni hovoří o podvodníkovi, odsouzeném hrát na kulečníku, který měl:

sukno natržené,
tágo pokřivené,
koule samá elipsa.

Chce říci, že mají koule tvar elipsoidu se základními osami, jak jsem o tom před chvílí mluvil."

Moynihan se naklonil až k Štěpánovu uchu a zašeptal: „Není nad elipsoidní koule! Za mnou, dámy, jsem od kavalerie!"

Hrubý spolužákův vtip prudce zavanul do Štěpánovy duševní klauzury a rozverně rozvířil zplihlé kleriky pověšené po zdích, až se bujným sabatem rozhoupaly a rozdováděly. Z rozvichřených klerik se vynořily řádové postavy, studijní prefekt, zavalitý růžolící pokladník s čepičkou šedin, prezident, drobný kněz s pápěřím vlasů, píšící nábožné verše, selský ouřezkovitý profesor národního hospodářství, vysoký mladý profesor mravouky, rozebírající na schodišti mravní případ se svou třídou jako žirafa okusující vysoké listí uprostřed stáda antilop, vážný, ustaraný prefekt kongregace, buclatý kulatohlavý profesor italštiny s šibalskýma očima. Šťouchali se a drcali, vrávorali a rejdili, při přeskakování si vyhrnovali kleriky, drželi se v pase, zalykali se hlubokým, falešným smíchem, plácali se po zádech, řehtali se své neomalenosti, častovali se přezdívkami, s nenadálou hrdostí se zas ohrazovali proti nějaké hrubosti a zase po dvou něco šuškali.

Profesor odešel k skleněným skříňkám na boční zdi, vytáhl ze zásuvky drátěný kotouč, sfoukl z něho prach, opatrně ho odnesl na stůl, podržel na něm prst a pokračoval v přednášce. Vysvětlil, že v nejnovějších kotoučích je drát ze sloučeniny zvané platinoid, kterou nedávno objevil F. W. Martino.

Iniciály a jméno objevitele zřetelně vyslovil. Moynihan zezadu zašeptal:

„Ať žije Farský Vikář Martino!"

„Zeptej se ho," zašeptal otráveně Štěpán, „jestli někoho nepotřebuje na elektrické křeslo. Ať si vezme mě."

Jakmile uviděl Moynihan, že se profesor sklání nad kotoučem, vstal v lavici, neslyšně luskl prsty pravé ruky a hlasem ubrečeného uličníka spustil:

„Prosím, pane učiteli. Tenhle žák řekl, pane učiteli, neslušné slovo."

„Platinoidu," řekl škrobeně profesor, „se dává přednost před platinou, protože má při změně teploty nižší koeficient odporu. Platinoidový drát se izoluje a hedvábný izolační obal se navíjí na ebonitové cívky právě tam, kde mám prst. Kdyby se navíjel jednotlivě, zavedl by se tím do cívek vedlejší proud. Cívky se nasycují horkým parafinovým voskem..."

Z lavice za Štěpánem se ozval ostrý ulsterský hlas:

„To nás budou zkoušet z užité přírodovědy?"

Profesor se začal vážně ohánět termíny čistá věda a užitá věda. Zavalitý student se zlatými brejlemi civěl užasle na tazatele. Zezadu zamručel Moynihan normálním hlasem:

„Ten MacAlister je na svou libru masa jako čert."

Štěpán pohlédl chladně na podlouhlou lebku pod sebou, zarostlou střapatými vlasy barvy provazu. Tazatelův hlas, přízvuk i duch ho urážel a tou urážkou se dal strhnout k nepřívětivému pomyšlení, že měl studentův otec raději poslat syna na studie do Belfastu, byl by aspoň ušetřil na cestovném.

Podlouhlá lebka pod ním se neotočila, aby čelila šípu té myšlenky, leč šíp se přece vrátil na tětivu: najednou uviděl studentovy syrovátkové oči.

„Není to moje myšlenka," řekl si rychle. „Pochází od toho směšného Ira v zadní lavici. Víš jistě, kdo zaprodal duši národa a zradil vyvoleného – tazatel, či posměváček? Jen trpělivost. Vzpomeň si na Epikteta. Snad patří k jeho povaze, že se tak táže, v takovou chvíli a takovým tónem, a slovo *věda* vyslovuje po ulstersku."

Jednotvárný profesorův hlas se pořád zvolna navíjel kolem kotoučů, o nichž mluvil, a přitom dvojnásobil, trojnásobil, čtyřnásobil uspávající energii podle toho, jak kotouče násobily ohmy odporu.

Ozvěnou na vzdálený zvonek se zezadu ozval Moynihan: „Zavíráme, pánové!"

Ve vstupní dvoraně bylo plno a hlučno. Na stole u dveří byly dvě zarámované fotografie a mezi nimi dlouhý svitek papíru s křivolakým cípem podpisů. Mezi studenty se míhal MacCann, o překot mluvil, odrážel námitky a jednoho po druhém vodil ke stolu. Ve vnitřní dvoraně hovořil studijní děkan s mladým profesorem, vážně si mnul bradu a pokyvoval hlavou.

Zaražen davem u dveří, zůstal Štěpán nerozhodně stát. Zpod široké převislé střechy měkkého klobouku ho Cranly pozoroval.

„Podepsal jsi?" zeptal se Štěpán.

Cranly sevřel dlouhá úzkoretá ústa, podumal a odpověděl:

„*Ego habeo.*"

„Nač je to?"

„*Quod?*"

„Nač je to?"

Cranly se s bledou tváří otočil k Štěpánovi a líbezně a trpce řekl:

„*Per pax universalis.*"

Štěpán ukázal prstem na carovu fotografii a řekl:

„Má obličej přihlouplého Krista."

V hlase měl takový hněv a pohrdání, že Cranly přestal klidně těkat očima po zdích dvorany.

„Zlobíš se?" zeptal se.

„Ne," odpověděl Štěpán.

„Máš špatnou náladu?"

„Ne."

„ Credo ut vos sanguinarius mendax estis, " řekl Cranly, *„quia facies vestra monstrat, ut vos in damno malo humore estis. "*

Cestou ke stolu řekl Moynihan tak, že to Štěpán zaslechl:

„MacCann je v prima kondici. Ochoten prolít poslední kapku. Za zbrusu nový svět. Žádná dráždidla a žádné hlasovací právo fuchtlím."

Štěpán se té zvláštní důvěrnosti usmál, a když Moynihan odešel, vyhledal pohledem Cranlyho.

„Snad mi povíš," řekl, „proč si tolik vyléváš duši do mého sluchu. Povíš?"

Cranlymu vyskočila na čele chmura. Civěl na stůl, nad nímž se Moynihan skláněl a zapisoval; potom neomaleně řekl:

„Posera!"

„ Quis est in malo humore, " řekl Štěpán, *„ego aut vos?"*

Cranly na tu výtku nereagoval. Mrzutě hloubal nad jeho soudem a se stejně neomalenou prudkostí řekl:

„Sakramentský pitomý posera, to je on."

Tak zněl jeho epitaf na všechna mrtvá přátelství a Štěpán přemýšlel, jestli jej stejným tónem pronese také nad jeho památkou. Těžká, hrubá věta mu doznívala v uších, jako když kámen zapadá do bahna. Jako tolik jiných ho Štěpán viděl zapadat a srdce mu sevřela tíseň. Na rozdíl od Davina neměl Cranlyho jazyk ani vybraná rčení alžbětinské angličtiny, ani zpitvořené obměny irských jazykových zvláštností. Jeho protahování bylo ohlasem dublinských nábřeží, jak je odráží zchátralý námořní přístav, její výraznost ohlasem dublinského posvátného řečnictví, jak je mdle odráží wicklowská kazatelna.

Zachmuřenost z Cranlyovy tváře zmizela, když k nim z druhého konce dvora vážně přikročil MacCann.

„Tady jste!" řekl bodře MacCann.

„Tady jsem!" řekl Štěpán.

„Pozdě jako vždy. To neumíš spojovat pokrokovost s dochvilností?"

„Ta věc je mimo pořad. Další program."

Usměvavé oči upíral na staniolovou tabulku mléčné čokolády, čouhající propagátorovi z náprsní kapsy. Shlukli se kolem nich posluchači, zvědaví na souboj duchaplníků. Obličejem se mezi ně vpeřil vychrtlý student olivové pleti a zplihlých černých vlasů, při každém obratu těkal z jednoho na druhého, jako by rozevřenými vlhkými ústy v letu chytal každou větu. Cranly vytáhl z kapsy šedý míček, bedlivě si jej prohlížel a otáčel.

„Další program?" řekl MacCann. „Chm."

Vyprskl smíchy, zařehtal se na celé kolo a dvakrát se zatahal za plavé vousky, visící mu z tupé brady.

„Dále je na programu podpis listiny."

„Dáte mi něco, když podepíšu?"

„Pokládal jsem tě za idealistu," řekl MacCann.

Cikánsky vypadající student se rozhlédl a nezřetelně na diváky zamečel:

„K čertu, to je mi divný názor. Mně připadá ten názor prodajný."

Hlas mu zanikl v tichu. Nikdo na jeho slova nedal. Olivovou tvář koňského výrazu obrátil k Štěpánovi a vybídl ho, ať zas mluví.

S plynulou rázností se pak MacCann rozhovořil o carově reskriptu, o Steadovi, o všeobecném odzbrojení, o arbitráži při mezinárodních sporech, o znamení času, o novém lidstvu a novém životním evangeliu, které přikáže společnosti co nejlevněji zajistit co největšímu počtu lidí co největší štěstí.

Cikánský student reagoval na závěr periody výkřikem: „Ať žije všeobecné bratrství!"

„Mluv dál, Temple," řekl obtloustlý brunátný student, který stál vedle něho. „Zatáhnu pak za tebe půlpintu."

„Já věřím ve všeobecné bratrství," řekl Temple a tmavýma oválnýma očima se rozhlédl kolem. „Marx je sakramentský trumpeta."

Aby ho umlčel, popadl ho Cranly pevně za paži, rozpačitě se usmál a opakoval:

„Pr, pr, prr!"

Temple si hleděl paži vyprostit, ale přitom, ústa potřísněna řídkou pěnou, mluvil dál:

„Socialismus založil Ir a Collins první v Evropě hlásal volnost svědomí. Před dvěma sty lety. Odsuzoval kněžoury, on, middlesexský filozof. Sláva Johnu Anthonymu Collinsovi!"

Z kraje hloučku se na to ozval tenký hlásek:

„Pip! Pip!"

Moynihan špitl Štěpánovi do ucha:

„A co nešťastná sestřička Johna Anthonyho:

O kalhotky přišla Lottie Collinsová:
kdopak jí své půjčí?"

Štěpán se zasmál a Moynihan, spokojen s výsledkem, znovu šeptl:

„Tak i onak shrábnem na Johna Anthonyho Collinse šest šilinků."

„Čekám, co mi odpovíš," řekl úsečně MacCann.

„Vůbec mě ta věc nezajímá," řekl malátně Štěpán. „Proč tolik vyvádíš?"

„Dobrá!" mlaskl MacCann. „Jsi snad reakcionář?"

„To mi chceš zaimponovat," zeptal se Štěpán, „když zašermuješ dřevěnou šavlí?"

„Samé metafory!" usadil ho MacCann. „Přistupme k faktům."

Štěpán zčervenal a odvrátil se od něho stranou. MacCann neustoupil a nevraživě řekl:

„Malí básníci jsou nad takové malicherné otázky, jako je otázka všeobecného míru, povznesení."

Cranly zdvihl hlavu a na usmířenou nastrčil oběma studentům míček:

„Pax super totum sanguinarium globum."

Při odstrkování kolemstojících trhl Štěpán zlostně ramenem k carovu obrazu a řekl:

„Nechte si svou ikonu. Když už máme mít Ježíše, pak pravého."

„Hrome, to se mu povedlo!" řekl kolemstojícím cikánský student, „pěkně mu odsekl. Mně se to odseknutí moc líbí."

Spolkl slinu, jako by polykal ten obrat, hmátl si na štítek tvídové čapky a směrem k Štěpánovi řekl:

„Promiň, prosím, jak jsi to myslel?"

Protože do něho okolní studenti strkali, řekl jim:

„Rád bych věděl, co tím slovem myslel."

Znovu se otočil k Štěpánovi a zašeptal:

„Věříš v Ježíše? Já věřím v člověka. Jestli ty věříš v člověka, ovšem nevím. Obdivuji se ti. Obdivuji se duši člověka, nezávislého na všech náboženstvích. Je to tvůj názor na Ježíšovu duši?"

„Jen dál, Temple," vrátil se obtloustlý brunátný student jako vždy ke své první myšlence, „pinta tě nemine."

„Pokládá mě za pitomce," vysvětloval Štěpánovi Temple, „protože věřím v duševní sílu."

Cranly se zavěsil do Štěpána a jeho ctitele a řekl:

Nos ad manum ballum jocabimus."

Ještě než ho odvedli, zahlédl Štěpán MacCannovu zardělou hrubou tvář.

„Na mém podpise nezáleží," řekl zdvořile. „Klidně si jděte svou cestou. Mne nechte jít mou."

„Dedale," sjel ho MacCann, „jsi, myslím, dobrý člověk, ale musíš se ještě přiučit důstojnosti altruismu a odpovědnosti lidského tvora."

Někdo se ozval:

„Intelektuálštinu raděj do našeho hnutí nezavlékat."

Štěpán poznal drsný tón MacAlisterova hlasu, ale po hlase se neotočil. Cranly se slavnostně prodíral shlukem studentů zavěšen do Štěpána a Temple jako celebrant cestou k oltáři provázený ministranty.

Temple se horlivě vyklonil přes Cranlyho prsa a řekl:

„Slyšel jsi, co říkal MacAlister! Ten mladík na tebe žárlí. Všiml sis toho? Oč, že si toho Cranly nevšiml? Já jsem si toho všiml hned."

Procházeli vnitřní dvoranou, kde studijní prefekt zrovna střásal studenta, s nímž předtím hovořil. Stál u paty schodiště, nohu vykročenou na nejnižší schod, obnošenou kleriku s ženskou pečlivostí vykasanou, pořád pokyvoval hlavou a říkal:

„Vůbec o tom, pane Hackette, nepochybujte! Správně! O tom nepochybujte!"

Uprostřed dvorany hovořil vážně prefekt kolejního bratrstva tichým reptavým hlasem s nějakým chovancem. Při řeči trochu krčil pihovaté čelo a mezi jednotlivými větami kousal do kostěné tužky.

„Doufám, že matrikulanti půjdou všichni. První ročník jistě. Taky druhý. Musíme si hledět nováčků."

Při procházení dveřmi se Temple znovu ke Cranlymu naklonil a šeptl:

„Víš, že je ženatý? Byl ženatý, ještě než ho obrátili na víru. Má někde ženu a děti. Čert ví, něco tak zvláštního jsem neslyšel. Co říkáš?"

Jeho šepot potuchl v poťouchlé zakokodání. Jakmile se octli za dveřmi, popadl ho Cranly surově za krk, zatřásl jím a řekl:

„Ty setsakramentský pitomče! Bible ať je mi v poslední hodince svědkem, že na celém setsakramentsky pitomém světě není pitomějšího blázna!"

Temple se v jeho sevření kroutil a poťouchle se chechtal, Cranly pak při každém zatřesení neomaleně opakoval:

„Ty setsakramentský hromský pitomče!"

Šli spolu po zaplevelené zahradě. Prezident, zahalený do těžkého volného pláště, šel po chodníku proti nim a četl si breviář. Než se na konci chodníku otočil, zůstal stát a zvedl k nim oči. Studenti pozdravili, Temple jako předtím hmátl po štítku. Mlčky kráčeli dál. Když docházeli k aleji, slyšeli pleskot hráčských rukou, vlhký ťukot míče a Davinův vzrušený pokřik po každém zásahu.

Trojice studentů se rozestavila kolem bedny, na níž Davin seděl a sledoval hru. Po chvíli se Temple přitočil k Štěpánovi a řekl:

„Odpusť, chtěl jsem se tě zeptat, byl Jean Jacques Rousseau upřímný člověk?"

Štěpán se zařehtal. Cranly zdvihl z trávy u nohou zlámanou dýhu sudu, prudce se otočil a příkře řekl:

„Temple, přisám Bůh, jestli ještě před někým o něčem ceknеš, zabiju tě *super spottum.*"

„Byl to, myslím, zrovna takový prchlivec jako ty," řekl Štěpán.

„Šlak aby ho, k čertu s ním!" utrhl se na něho Cranly. „Vůbec s ním nemluv. Než mluvit s Templem, to se dej rovnou do řeči se zatraceným nočníkem. Jdi domů, Temple. Proboha, jdi domů."

„Jsi mi, Cranly, nadobro fuk," ozval se Temple, uhnul před zdviženou dýhou a ukázal prstem na Štěpána. „V tomhle ústavu je to jediný člověk s vlastním rozumem."

„V ústavu! S vlastním!" křičel Cranly. „Jdi domů, k sakru, jsi beznadějně pitomý."

„Jsem člověk citový," řekl Temple. „To je správný výraz. A jsem na svou citovost hrdý."

Odbočil z aleje a poťouchle se usmíval. Cranly se za ním tupě, bezvýrazně díval.

„Jen se na něho podívej. Viděl jsi už takového vozemboucha?"

Ten výraz přivítal děsným smíchem student opřený o zeď, s čepicí staženou přes oči. Smích, nasazený ve vysoké tónině a vyrážený takovým hromotlukem, zněl jako sloní řičení. Student se všecek otřásal a řehotu ještě napomáhal tím, že si s chutí oběma rukama třel slabiny.

„Lynch je vzhůru," řekl Cranly.

Místo odpovědi se Lynch napřímil a vypjal prsa.

„Lynch vypíná prsa," řekl Štěpán, „tak on kritizuje život."

Lynch se zvučně praštil do prsou a řekl:

„Má někdo něco proti mému hrudníku?"

Cranly ho vzal za slovo a hned se popadli do křížku.

Když zápasem zčervenali, udýchaně se od sebe odtrhli. Štěpán se shýbl k Davinovi, ten zabrán do hry si jejich rozhovoru nevšímal.

„A co mé krotké house?" zeptal se Štěpán. „Taky podepsalo?"

Davin přikývl a řekl:

„A ty, Štěpánku?"

Štěpán zavrtěl hlavou.

„Jsi hrozný, Štěpánku," řekl Davin a vyndal z úst lulku, „pořád sám."

„Když jsi podepsal tu petici za všeobecný mír," řekl Štěpán, „snad spálíš ten sešitek, který jsem u tebe v pokoji viděl."

Davin neodpovídal a tu Štěpán odříkával:

„Pochodem vchod, fianna! Vpravo bok, fianna! Jeden po druhém, palte, fianna!"

„To je něco jiného," řekl Davin. „Jsem především irský vlastenec. To jste všichni. Ty jsi, Štěpánku, hrozný posměváček."

„Až zas s pálkami začneš povstání," řekl Štěpán, „a budeš shánět nezbytného udavače, pověz mi o tom. Pár jich v koleji najdu."

„Já ti nerozumím," řekl Davin. „Jednou tě slyším horlit proti anglické literatuře. Teď zas horlíš proti irským udavačům. Co tvoje jméno a tvé názory... Jsi ty vůbec Ir?"

„Pojď se mnou do heraldického úřadu a já ti ukážu náš rodokmen," řekl Štěpán.

„Tak se k nám přidej," řekl Davin. „Pročpak se nenaučíš irsky? Proč jsi po první hodině vystoupil z gaelštiny?"

„Jeden důvod znáš," řekl Štěpán.

Davin pohodil hlavou a dal se do smíchu.

„Ale jdi, kvůli té slečně a páteru Moranovi? To si, Štěpánku, jen domýšlíš. Oni spolu jen mluvili a smáli se."

Štěpán se odmlčel a přátelsky poplácal Davina po zádech.

„Vzpomínáš si, jak jsme se seznámili? To dopoledne, kdy jsme se seznámili, ptal ses mě na cestu k zápisu a na první slabiku jsi dal silný přízvuk. Vzpomínáš si? A jezuitům jsi říkal otče, vzpomínáš si? Ptám se sám sebe: *Je tak nevinný jako jeho řeč?*"

„Jsem prostý člověk," řekl Davin. „Ty to víš. Když jsi mi ten večer v Harcourt Street vyprávěl o svém životě, bůhví, Štěpánku, že jsem nevečeřel. Bylo mi nanic. Dlouho jsem tu noc neusnul. Proč jsi mi to vyprávěl?"

„Děkuji," řekl Štěpán. „Podle tebe jsem netvor."

„Ne," řekl Davin. „Ale škoda, žes mi to vyprávěl."

Pod klidnou hladinou Štěpánovy přívětivosti to zavřelo.

„Zplodil mě tento národ, tento kraj, tento život," řekl. „Budu se vyjadřovat tak, jak jsem."

„Přidej se k nám," opakoval Davin. „Srdcem jsi Ir, ale přemáhá tě pýcha."

„Moji předkové odhodili svůj jazyk a přijali jiný," řekl Štěpán. „Dali se podrobit hrstkou cizinců. Myslíš, že budu jejich dluhy platit svým životem a svou osobností?"

„Za naši svobodu," řekl Davin.

„Od Tonových dob až po Parnellovy jste kdejakého poctivce a spravedlivce, který vám obětoval život a mládí a lásku, zaprodali nepříteli nebo ho zanechali v nouzi nebo ho potupili a dali přednost jinému. A ty mě vyzýváš, abych se k vám přidal. K čertu s vámi."

„Umřeli za své ideály, Štěpánku," řekl Davin. „Náš den ještě přijde, to mi věř."

Štěpán sledoval svou myšlenku a chvíli mlčel.

„Především se duše rodí v těch chvílích, o nichž jsem ti vyprávěl. Zrození má zdlouhavé a tajemné, záhadnější než zrození těla. Když se v naší zemi zrodí lidská duše, rozhodí se přes ni sítě, aby nelítala. Hovoříš mi o národnosti, jazyku, náboženství. Pokusím se z těch sítí vymanit."

Davin vyklepal z dýmky popel.

„Na mě je to, Štěpánku, příliš hluboké. Člověk má především vlast. Irsko, Štěpánku. Básníkem a mystikem buď až potom."

„Víš, co je Irsko?" zeptal se Štěpán s chladnou neurvalostí. „Irsko je stará svině, která požírá svá selata."

Davin vstal z bedny, smutně kývl hlavou a šel za hráči. Rázem ho však smutek přešel a zuřivě se přel s Cranlym a oběma hráči, kteří set dohráli. Shodli se na čtyřhře, ale Cranly si vymohl, že se bude hrát jeho míčem. Několikrát jej odrazil o dlaň a pak jím prudce a rázně mrštil směrem ke kurtu; na jeho bouchnutí se ozvalo:

„Šlak aby tě."

Štěpán postál s Lynchem, než se rozehráli. Potom ho zatahal za rukáv, aby už šel. Lynch uposlechl a řekl:

„Tož pojďme, jak říká Cranly."

Štěpán se tomu úštěpku usmál.

Vrátili se zpátky zahradou a ze zahrady vešli do dvorany, kde rozklepaný vrátný připínal do rámu vyhlášku. Pod schody zůstali stát a Štěpán vytáhl z kapsy krabičku cigaret a nabídl společníkovi.

„Vím, že jsi chudý," řekl.

„K čertu s tvou sakra drzostí," odpověděl Lynch.

Štěpán se znovu usmál nad tímto dalším důkazem Lynchovy kulturnosti.

„Pro evropskou kulturu to byl velký den," řekl, „když ses rozhodl sakra klnout."

Zapálili si cigarety a zamířili vpravo. Za chvíli Štěpán spustil:

„Aristoteles soucit a strach nedefinoval. Já ano. Říkám..."

Lynch se zastavil a neomaleně řekl:

„Přestaň. Já tě neposlouchám. Je mi nanic. Včera jsem byl s Horanem a Gogginsem na sakra flámu."

Štěpán mluvil dál:

„Soucit je cit, který jímá ducha přede vším, co je v lidském utrpení vážné a trvalé, a spojuje ho s trpitelem. Hrůza je cit, který jímá ducha přede vším, co je v lidském utrpení vážné a trvalé, a spojuje ho se skrytou příčinou."

„Opakuj to," řekl Lynch.

Štěpán definici zvolna zopakoval.

„Před několika dny," hovořil dále, „nastoupila do londýnské drožky jedna dívka. Jela za matkou, s níž se léta neviděla. Na nároží roztříštila voj nákladního vozu hvězdicovité okno drožky. Dlouhá tenká střepina probodla dívce srdce. Byla na místě mrtva. Reportér to nazval tragická smrt. Tragická není. Podle mých definicí nemá s hrůzou ani soucitem nic společného.

Ve skutečnosti tragický pocit je tvář, hledící na dvě strany, k hrůze a soucitu, což jsou jeho fáze. Jak vidíš, užívám slova jímá. Chci tím říci, že je tragický pocit statický. Nebo spíš pocit dramatický. City, které probouzí nepravé umění, jsou kinetické, touha nebo hnus. Touha nás nutká něco mít, něčeho se zmocnit; hnus nás nutká od něčeho upustit, něčeho se vzdát. Jsou to umění kinetická. Umění, která je vzbuzují, pornografická nebo didaktická, jsou umění nepravá. Estetický cit (užívám běžného termínu) je tedy statický. Jímá mysl a povznáší ji nad touhu a hnus."

„Podle tebe umění nesmí vzbuzovat touhu," řekl Lynch. „Řekl jsem ti, že jsem se jednou v muzeu tužkou podepsal na zadnici Praxitelovy Venuše. Copak to nebyla touha?"

„Mluvím o normálních povahách," řekl Štěpán. „Taky jsi mi vypověděl, že jsi jako chlapec v roztomilé karmelitské škole jedl kousky suchých kravěnců."

Lynch se znovu rozřehtal a zase si rukama v kapsách mnul slabiny.

„Bodejť! Jedl! Jedl!" křičel.

Štěpán se po společníkovi otočil a příkře se na něho zahleděl. Lynch přemohl řehot a poníženě jeho pohled opětoval. Dlouhá, nízká, ploská lebka pod dlouhou špičatou čapkou vyvolala v Štěpánovi představu hada s kápí. Také oči měly hadí lesk a pohled. Ale i v tuto chvíli, při vší pokoře a nastraženosti, prosvítal v nich kousíček lidskosti, okénko uvadlé duše, bolavé a zatrpklé.

„Když na to přijde," doložil Štěpán zdvořile, „zvířata jsme všichni. Zvíře jsem i já."

„To jsi," řekl Lynch.

„Teď jsme však v duchovním světě," hovořil Štěpán. „Touha a hnus, probuzené nevhodnými estetickými prostředky, nejsou vlastně estetické city, nejen proto, že jsou kinetické povahy, ale i proto, že jsou pouze fyzické. Naše tělo uhýbá tomu, čeho se hrozí, a na podnět toho, po čem touží, reaguje čistě reflexním úkonem nervového systému. Víčko se nám zavře, ještě než si uvědomíme, že nám do oka chce vlétnout moucha."

„Vždycky ne," řekl kriticky Lynch.

„Zrovna tak," hovořil Štěpán, „odpovědělo tvé tělo

na podnět nahé sochy, ale byla to, jak říkám, pouhá reflexní činnost nervů. Umělcem vyjádřená krása nemůže v nás vyvolat cit kinetický nebo vzruch čistě fyzický. Probouzí, nebo by měla probouzet, navozuje, nebo by měla navozovat estetickou stazi, kterou vyvolává, prodlužuje a nakonec rozpouští takzvaný rytmus krás."

„Co to vlastně je?"

„Rytmus," řekl Štěpán, „je základní estetický vztah části k části v kterémkoli estetickém celku nebo vztah estetického celku k jeho části nebo kterékoli části k estetickému celku, jehož je částí."

„Jestli je tohle rytmus," řekl Lynch, „pověz mi, čemu říkáš krása, a pamatuj, prosím, že i když jsem kdysi jedl kravěnce, obdivuji se jen kráse."

Štěpán smekl čapku jako pozdrav. Potom se trochu začervenal a dotkl se Lynchova rukávu z tlustého tvídu.

„My máme pravdu a oni se mýlí," řekl. „Mluvit o těchto věcech a snažit se pochopit jejich povahu a po jejich pochopení zvolna a pokorně a bez ustání vyjadřovat, znovu razit z hrubé hlíny a z toho, co nám dává, ze zvuku a tvaru a barvy, žalářních to vrat naší duše, obraz pochopené krásy – to je umění."

Došli k mostu přes průplav, odbočili a šli dál stromovím. Syrově šedé světlo, zrcadlící se v nehybné vodě, a pach mokrých haluzí nad hlavou jako by brzdily Štěpánovo myšlení.

„Ale ty jsi na otázku neodpověděl," řekl Lynch. „Co je umění? Co je krása, kterou vyjadřuje?"

„Byla to první definice, kterou jsem ti, ty chrňouse, podal," řekl Štěpán, „když jsem si tu věc ujasňoval. Vzpomínáš si na ten večer? Cranly se rozzlobil a spustil o wicklowské slanině."

„Vzpomínám," řekl Lynch. „Vyprávěl nám o těch bagounských pašících."

„Umění," řekl Štěpán, „je lidská vnímavost smyslové nebo rozumové látky k estetickému účelu. Na pašíky pamatuješ a na tohle zapomínáš. Jste vy mi povedená dvojice, ty a Cranly."

Lynch se ušklíbl na syrově šedou oblohu a řekl:

„Když už mám poslouchat tvou estetickou filozofii, dej mi aspoň cigaretu. Já ti o to nestojím. Nestojím ani o ženské. K ďasu s tebou a k ďasu se vším. Chci vydělávat pět set ročně. Ty mi ten výdělek neseženeš."

Štěpán mu podal krabičku cigaret. Lynch si vzal poslední zbylou a prostě řekl:

„Mluv dál!"

„Akvinský říká," řekl Štěpán, „že krásné je to, nač rádi patříme."

Lynch přikývl.

„To si pamatuju," řekl, *„Pulchra sunt quae visa placent."*

„Slovem *visa* zahrnuje všeliké estetické vnímání, ať už zrakem, sluchem nebo jiným orgánem vnímání. Toto jinak neurčité slovo je dost jasné, takže vylučuje dobro a zlo, které rozněcuje touhu a hnus. Rozhodně znamená stasis a ne kinesis. A co pravda? Ta také vytváří stasis mysli. Na přeponu pravoúhlého trojúhelníku by ses jistě nepodepsal."

„To ne," řekl Lynch, „mně stačí přepona Praxitelovy Venuše."

„Tedy statická," řekl Štěpán, „Plato, myslím, řekl, že krása je záře pravdy. Smysl to asi nemá, ale pravda a krása jsou si příbuzné. Pravdu vnímá rozum, jemuž lahodí nejpřijatelnější vztahy smyslového. První krok k pravdě je pochopit podobu a rozsah samého rozumu, pochopit sám úkon chápání. Celá Aristotelova filozofická soustava se opírá o jeho knihu psychologie a ta se zas, myslím, opírá o jeho tvrzení, že táž vlastnost nemůže současně a v téže souvislosti náležet i nenáležet témuž subjektu. První krok ke kráse je pochopit podobu a rozsah obraznosti, porozumět samému úkonu estetického vnímání. Je to jasné?"

„Ale co je krása?" zeptal se netrpělivě Lynch. „Sem s další definicí. Něco, co se nám na pohled líbí. Víc toho ty a Akvinský nesvedete."

„Vezměme ženu," řekl Štěpán.

„Jen si ji vezměme!" zahořel Lynch.

„Řekové, Turci, Číňani, Koptové, Hotentoti," řekl Štěpán, „vesměs se obdivují jinému typu ženské krásy. Na pohled je to bludiště, z něhož není únik. Já však vidím dvojí východisko. Jedno je tato hypotéza: že každá fyzická vlastnost, které se muži u žen obdivují, má přímý vztah k rozmanitým ženským funkcím na rozmnožování rodu. Možná. Svět je, zdá se, ještě smutnější, než sis, Lynchi, myslel. Mně se to východisko nelíbí. Vede spíš k eugenice než k estetice. Vyvádí z bludiště do křiklavé posluchárny, kde ti MacCann, jednu ruku na *Původu druhů* a druhou na *Novém zákoně*, tvrdí, že se obdivuješ velkým Venušiným bokům, protože ti podle všeho porodí statné potomstvo, a velkým ňadrům zas proto, že poskytnou jejím a tvým dětem dobré mléko."

„Pak je tedy MacCann setsakramentský lhář," utrhl se Lynch.

„Zbývá ještě druhé východisko," zasmál se Štěpán.

„A to?" řekl Lynch.

„Tato hypotéza," začal Štěpán.

Nároží nemocnice sira Patricka Dunna objížděla dlouhá fůra, naložená starým železem, a hřmotem řinčícího a drnčícího železa přehlušila konec Štěpánovy věty. Lynch si zacpal uši, v jednom kuse klel, dokud fůra nepřejela, a potom se vztekle otočil. Otočil se i Štěpán a chvíli čekal, až jeho společník přestane nadávat.

„Tato hypotéza," opakoval Štěpán, „je druhé východisko: i když se totiž týž předmět nezdá všem krásný, všichni obdivovatelé krásného předmětu nacházejí jisté vztahy, které vyhovují a odpovídají samotným stadiím všeho estetického vnímání. Tyto vztahy vnímání, které ty vidíš skrze jednu podobu a já skrze jinou, jsou tedy nezbytné vlastnosti krásy. Teď se zas pro špetku moudrosti vrátíme k starému známému Tomáši."

Lynch se zasmál.

„Moc mě baví, jak toho bachratého mnicha v jednom kuse cituješ. To jsi tak poťouchlý?"

„MacAlister," odpověděl Štěpán, „by mou estetickou teorii nazval aplikací Akvinského. Co se této stránky estetické filozofie týče, Akvinský mi úplně stačí. Až pak přikročíme k jevu uměleckého početí, uměleckého těhotenství a uměleckého rození, vyžaduji novou terminologii a novou životní zkušenost."

„Bodejť," řekl Lynch. „Vždyť při všem svém intelektu byl Akvinský vlastně bachratý mnich. Ale o své nové osobní zkušenosti a nové terminologii mi povíš jindy. Honem dopověz první část."

„Kdoví?" usmál se Štěpán. „Třeba by mi Akvinský rozuměl líp než ty. Napsal hymnus na Zelený čtvrtek. Začíná slovy *Pange lingua gloriosi*. Je to prý největší skvost hymnáře. Je to složitý a konejšivý hymnus. Líbí se mi: žádný hymnus se však nevyrovná truchlivému a velebnému procesionálu *Vexilla Regis* od Venantia Fortunata."

Hlubokým hlasem spustil Lynch tlumeně a slavnostně:

„Impleta sunt quae concinit
David fideli carmine
Dicendo nationibus
Regnavit a ligno Deus."

„Je to nádherné!" řekl potěšeně. „Nádherná hudba!"
Zabočili do Lower Mount Street. Pár kroků za rohem je pozdravil a zastavil nějaký otylý mladík s hedvábnou šálou kolem krku. „Slyšeli jste, jak dopadly zkoušky?" zeptal se. „Griffin propadl. Halpin a O'Flynn prošli z občanského práva. Moonan byl pátý z indického práva, O'Shaughnessy byl čtrnáctý. Irští kolegové jim včera u Clarka vystrojili žranici. Všichni si dali karí."

Ze sinalého opuchlého obličeje mu hovořila shovívavá zloba, a jak vypočítával zdárné výsledky, napuchlá očka zmizela z dohledu a pisklavý hlásek z doslechu.

Na Štěpánovu otázku se mu zase zrak i sluch vynořily z úkrytu. „Ano, MacCullagh a já. On studuje čistou matematiku a já ústavní dějiny. Celkem je dvacet předmětů. Studuji taky botaniku. Jsem totiž členem zemědělského klubu."

Velebně od nich odstoupil a buclatou ruku ve vlněné rukavici si položil na prsa, z nichž vyrazil sípavý smích.

„Až si zas vyjdeš na vycházku," řekl suše Štěpán, „přines nám k dušenému řípu a cibuli."

Tlouštík se blahosklonně usmál a řekl:
„V zemědělském klubu jsme samí lepší lidé. Minulou sobotu jsme si vyšli, bylo nás celkem sedm, do Glenmalure."

„S ženskými, Donovane?" řekl Lynch.
Donovan si znovu položil ruku na prsa a řekl:
„Naším cílem je získat vědomosti."

A honem dodal:

„Píšeš prý nějaké úvahy o estetice."

Štěpán neurčitě mávl rukou, že ne.

„Hodně o tom psali Goethe a Lessing," řekl Donovan, „o klasické škole a romantické škole a podobně. Při četbě mě *Láokoón* silně zaujal. Je ovšem idealistický, německý, náramně hluboký."

Oba na to nic neřekli. Donovan se s nimi zdvořile rozloučil.

„Už musím jít," řekl mírně a blahovolně, „mám silné tušení, ba skoro přesvědčení, že má sestra dnes hodlá upéct rodině Donovanových lívance."

„Sbohem," hlesl za ním Štěpán. „Nezapomeň na řípu pro mne a pro kamaráda."

Lynch za ním hleděl, rty se mu pohrdlivě šklebily, až dostal ďábelskou masku:

„Když si tak pomyslím, že ten setsakramentský lívancový hovnivál dostane výnosné místo, a já musím kouřit laciné cigarety!"

Otočili se k Merrion Square a chvíli šli mlčky.

„Na závěr k tomu, co jsem říkal o kráse, musí tedy nejvhodnější vztahy smyslového odpovídat nutným fázím uměleckého chápání. Když je zjistíš, zjistíš hodnoty všeobecné krásy. Akvinský říká: *Ad pulcritudinem tria requiruntur, integritas, consonantia, claritas.* Což překládám: Ke kráse je třeba trojího, celistvosti, souladu a jasu. Odpovídají fázím uměleckého chápání? Sleduješ mě?"

„To se ví," řekl Lynch. „Jestli si myslíš, že mé chápání stojí za hovno, běž za Donovanem, ať tě poslouchá."

Štěpán ukázal na koš, který si řeznický učeň převrátil na hlavu.

„Podívej se na ten koš," řekl.

„Vidím ho," řekl Lynch.

„Máš-li ten koš vidět," řekl Štěpán, „musíš koš v duchu oddělit od ostatního viditelného vesmíru, který není koš. První fází vnímání je ohraničující čára kolem předmětu, který má být vnímán. Estetický obraz se nám podává buď v prostoru nebo v čase. Slyšitelné se podává v čase, viditelné se podává v prostoru. Ale ať časový nebo prostorový, obraz je jasně vnímán jako ohraničený a uzavřený na nezměrném pozadí prostoru nebo času, s nímž není totožný. Vnímáš jej jako jednotlivinu. Vidíš ji jako celek. Vnímáš její celistvost. To je *integritas.*"

„Trefa do černého!" zasmál se Lynch. „Mluv dál."

„Přecházíš pak od bodu k bodu," řekl Štěpán, „veden jejími formálními rysy; vnímáš ji jako vyrovnanou část proti části vymezené; vnímáš rytmus její struktury. Jinými slovy po syntéze bezprostředního vnímání následuje analýza chápání. Nejprve jsi ji vnímal jako *jednu* věc a teď ji vnímáš jako věc. Chápeš ji v její složitosti, mnohosti, dělitelnosti, odlučitelnosti, částečnosti, v harmoničnosti částí a jejich počtu. To je *consonantia.*"

„Zase trefa!" zavtipkoval Lynch. „Pověz mi teď, co je *claritas*, a vyhraješ doutník."

„Celkový význam toho slova," řekl Štěpán, „je dost nejasný. Akvinský používá termínu na pohled nepřesného. Dlouho mi vrtal hlavou. Člověk by řekl, že měl na mysli symbolismus nebo idealismus, vrchol krásy že je světlo z jiného světa, idea, jejíž podstata je jen stín, skutečnost, jejíž obsah je jen symbol. Napadlo mi, že *claritas* je možná tolik co umělecké objevení a znázornění božského záměru ve všem nebo silné zobecnění, které z estetického obrazu vytváří obraz univerzální, takže přezařuje své hranice. Ale to je literátština. Takhle to já chápu. Když si tento koš uvědomíš jako jednu věc a potom ji podrobíš analýze co do formy a pochopíš ji jako věc, uděláš jedinou logicky a esteticky přípustnou syntézu. Vidíš, že to je právě ta věc a žádná jiná. Vyzařování, o němž mluví, je scholastická *quidditas, covitost* věci. Tuto svrchovanou vlastnost umělec pocítí, jakmile v obraznosti počne estetický obraz. Mysl v tom tajemném okamžiku Shelley krásně přirovnal k hasnoucímu uhlíku. Chvíle, kdy nejvyšší vlastnost krásy, jasné vyzařování estetického obrazu, zářivě chápe mysl, dotčená jeho úplností a upoutaná jeho harmonií, je zářivá tichá staze estetické rozkoše, duchovní stav, podobný onomu srdečnímu stavu, který italský fyziolog Luigi Galvani s použitím obrazu skoro tak krásného jako onen Shelleyův nazval okouzlení srdce."

Štěpán se odmlčel, a třebaže jeho druh nic neříkal, měl přece pocit, že svými slovy vykouzlil napjaté ticho.

„Co jsem řekl," spustil znovu, „týká se krásy v širším smyslu, ve smyslu, jaký má v literární tradici. Na tržišti má jiný smysl. Když mluvíme o kráse v tom druhém smyslu toho slova, na náš soud působí především samo umění a jeho forma. Jeho obraz musí samozřejmě stát mezi myslí a smysly samého umělce a mezi myslí a smysly druhých. Když si to uvědomíš, uvidíš, že se umění nezbytně rozpadá na tři postupné formy. Tyto formy jsou: lyrická, v níž umělec podává svou představu v přímém vztahu k sobě; forma epická, v níž podává svou představu ve zprostředkovaném vztahu k sobě a k jiným; forma dramatická, v níž podává svou představu v přímém vztahu k jiným."

„To jsi mi říkal před několika dny," řekl Lynch, „a tak jsme tu slavnou rozpravu začali."

„Mám doma knihu," řekl Štěpán, „a do ní jsem si

zapsal otázky zábavnější než ty tvoje. Když jsem na ně hledal odpověď, našel jsem estetickou teorii, kterou se ti snažím vysvětlit. Tady jsou některé otázky, které jsem si položil: *Je pěkně vyrobená židle tragická, nebo komická? Je portrét Mony Lisy dobrý, když ho toužím vidět? Je poprsí sira Philipa Cramptona lyrické, epické, nebo dramatické? Může být výkal nebo dítě nebo veš uměleckým dílem? Jestli ne, proč?"*

„Ba věru, proč," zasmál se Lynch.

„*Když někdo vztekle seká do dřevěného špalku,*" pokračoval Štěpán, „*a vyseká tam podobu krávy, je ta podoba umělecké dílo? Jestli ne, proč?*"

„To je pěkné," zasmál se znovu Lynch. „Páchne to scholastikou."

„Lessing," řekl Štěpán, „neměl psát o sousoší. Protože je to umění podřadné, nepodává formy, o nichž jsem mluvil, zřetelně od sebe odlišné. I v literatuře, umění nejvyšším a nejduchovnějším, se často formy pletou. Lyrická forma je vlastně nejjednodušší slovní roucho chvilkového vzruchu, rytmický pokřik, jakým před staletími pobízeli toho, kdo zabíral veslem nebo vlekl do svahu kamení. Kdo ho vyráží, uvědomuje si spíš okamžik vzrušení než sebe, jenž vzrušení cítí. Nejjednodušší epická forma se zřejmě vynořuje z lyrické literatury, když se umělec zamyslí nad sebou jako středem epické události, a tato forma se vyvíjí dál, až je citové středisko stejně vzdáleno od umělce jako od druhých. Vyprávění už pak není čistě osobní. Umělcova osobnost přechází do vyprávění a jako živé moře oblévá kolem dokola osoby i děj. Tento postup snadno rozpoznáš v staroanglické baladě *Hrdina Turpin*, ta začíná v první osobě a končí v třetí. K dramatické formě se dospěje, když životnost, která kolem každé osoby víří a opadává, propůjčí každé osobě takovou životní sílu, že on či ona nabude vlastního neporušitelného estetického života. Umělcova osobnost, nejprve výkřik nebo kadence nebo nálada, potom plynulé a hravé vyprávění, se nakonec odhmotní, takřka odosobní. Estetický obraz v dramatické formě je život očištěný a znovu z lidské obraznosti odražený. Dovrší se tajemství estetického i hmotného stvoření, umělec jako Bůh stvoření zůstává ve svém díle za ním, vedle něho nebo nad ním, neviditelný, přepodstatněný, lhostejný, a stříhá si nehty."

„A snaží se je taky přepodstatnit," řekl Lynch.

Z vysokého zataženého nebe se drobně rozpršelo a oni zamířili přes vévodský trávník, aby došli do knihovny, než spustí liják.

„K čemu," zeptal se nerudně Lynch, „plácáš o kráse a obraznosti na tomhle mizerném, od Boha opuštěném ostrově? Není divu, že umělec, který má tuhle zemi na svědomí, se uchýlil do svého díla nebo za ně."

Pršelo stále silněji. Když se dostali průchodem vedle královské irské akademie, bylo v knihovním podloubí už mnoho studentů schovaných před deštěm. Cranly opřený o sloup se ořezanou sirkou šťoural v zubech a poslouchal kamarády. U vchodu postávaly dívky. Lynch pošeptal Štěpánovi:

„Je tady tvá milá."

Mlčky stanul Štěpán na schůdku pod hloučkem studentů, lhostejný k lijáku, a chvílemi k ní pohlédl. I ona stála mlčky mezi kamarádkami. „Nemá tu kněze, s nímž by koketovala," řekl si zatrpkle, když si vzpomněl, jak ji naposled viděl. Lynch má pravdu. Jakmile se jeho duch zprostí teorie a odvahy, upadne zase do lhostejného klidu.

Slyšel, co si studenti povídají. Mluvili o dvou známých, kteří složili závěrečnou zkoušku z medicíny, o možnostech nastoupit místo na oceánském parníku, o chudých a bohatých praxích.

„Samý žvást. Lepší je praxe na irském venkově."

„Hynes pobyl dvě léta v Liverpoolu a taky to říká. Podle něho příšerná díra. Samé babické případy."

„To myslíš, že je lepší mít praxi tady na venkově než v takovém bohatém městě? Znám kolegu..."

„Hynes je trdlo. Prošel jen tak, že dřel, pořád dřel."

„Na něho nedej. V obchodním velkoměstě se dá vydělat fůra peněz."

„Záleží na praxi."

„Ego credo ut vita pauperum est simpliciter atrox, simpliciter sanguinarius atrox, in Liverpolio."

Jejich hlas k němu doléhal jakoby z dáli, přerývaným tepem. Byla s kamarádkami na odchodu.

Prudký lehký liják se přehnal. V démantových drúzách utkvíval na křoví čtvercového nádvoří, kde zčernalá hlína vydechovala výpary. Ladné střevíčky jim švitořily, jak tam stály na schodech kolonády, klidně a vesele se bavily, koukaly po mracích, v důmyslných úhlech nastavovaly deštníky posledním kapkám a zas je sklápěly, koketně si přidržovaly sukně.

Co když ji posuzoval přísně? Co když je její život pouhý růženec hodin, její život prostý a podivný jako život ptáčete, veselý ráno, neposedný přes den, malátný při západu slunce? Její srdce prosté a rozmarné jako srdce ptáčete?

Procitl před svítáním. Ach, ta líbezná hudba! Duši měl celou orosenou. Údy mu ve spánku obestíraly bledé světelné vlny. Klidně ležel, s duší jakoby ponořenou do chladného vodstva, a vnímal slabou líbeznou hudbu. Zvolna mu duše procitala do tetelivého jitřního povědomí, do jitřní inspirace. Zaplavoval ho duch čistý jako nejčistší voda, líbezný jako rosa, jímavý jako hudba. Ale byl mu vdechován tak slabounce, tak nevášnivě, jako by naň dýchali serafíni. Duše mu zvolna procitala, bála se zcela procitnout. Bylo to ono jitřní bezvětří, hodina, kdy procitá šílenství, podivné rostliny se rozvíjejí do světla a tiše poletuje motýl.

Začarované srdce! I noc byla začarovaná. V snovém vidění zakusil extázi serafického života. Byla to pouhá chvilka začarování nebo dlouhé hodiny a léta a věky?

Chvilku inspirace jako by teď ze všech stran naráz odrážely hojné mlhavé okolnosti toho, co se stalo nebo mohlo stát. Chvilka zableskla jako světelný bod a teď oblaky nejasných okolností zmatená podoba hebce halila její řeřavost. Ach! V panenském lůně obraznosti slovo se stalo tělem. Serafín Gabriel přišel k panně do komůrky. V duchu mu zhoustla řeřavost, z ní pak vyšlehl bílý plamen, houstnoucí do růžového a zářivého světla. To růžové a zářivé světlo je její podivné rozmarné srdce, tak podivné, že je žádný nepoznal a nepozná, rozmarné už od počátku světa: a zvábeny tím zářivým růžovým jasem, padají z nebe serafínské kůry.

Žár vášnivý už v tobě zhas,
poplatný padlým serafům?
Pominul kouzelný ten čas.

Verše mu přešly z mysli na rty, a jak si je šeptal, cítil, jak jím proniká rytmické tempo villanely. Růžové světlo vyzařovalo paprsky rýmu; zhas, čas, vznítilas, zhas, jas. Ty paprsky spalují svět, stravují srdce lidí i andělů: paprsky růže, která je její rozmarné srdce.

V srdci mu požár vznítilas,
na něm svůj vyzkoušelas um.
Žár vášnivý už v tobě zhas.

A dál? Rytmus odumřel, ustal, znovu se rozhýbal a rozbušil. A dál? Dým, kadidlo stoupající z oltáře světa.

Nad plamen stoupá chvály jas
přes oceány k oblakům.
Pominul kouzelný ten čas.

Dým stoupá z celé země, z parnatých oceánů, dým její chvály. Země je jako komíhavá, dýmavá, houpavá kadidelnice, koule kadidla, elipsoidní koule. Naráz rytmus ustal; nářek srdce se přerušil. Znovu a znovu šeptaly rty první verše; pak zmateně a zadrhovaně překlopýtal přes polovinu veršů; pak zmlkl. Nářek srdce se přerušil.

Minula zastřená bezvětrná hodina a za tabulkami holých oken se šeřilo svítání. V dálce slabě zahlaholil zvon. Zacvrlikal pták: dva ptáci, tři. Zmlkl zvon i pták: a na východ i na západ se rozlilo matné bílé světlo, zastřelo svět, zastřelo mu růžové světlo v srdci.

Aby o všechno nepřišel, rázem se opřel o lokty a hledal papír a tužku. Na stole nebyly, byl tam jen polévkový talíř, z něhož večeřel rýži, a svícen s lojovými úponky v papírovém žlábku, ožehnutém posledním plamenem. Malátně natáhl paži k nohám postele a zatápal v kapsách pověšeného kabátu. Nahmatal tužku a potom krabičku cigaret. Zas ulehl, roztrhal krabičku, položil poslední cigaretu na okenní římsu a drobnými ladnými písmeny psal na drsný karton sloky villanelly.

Když je napsal, ulehl zas na zmuchlaný polštář

a znovu si je šeptal. Chuchvalce slepeného peří pod hlavou mu připomněly chuchvalce slepených žíní na pohovce v jejím salóně, na níž usměvavý nebo vážný sedává a říká si, proč sem přišel, nespokojený s ní i se sebou, zmatený z olejotisku Nejsvětějšího Srdce nad vyprázdněnou kredencí. Představil si ji, jak v přestávce hovoru se na něho obrací a žádá ho, aby jí zazpíval nějakou svou podivnou píseň. Představil si pak, jak sedí u starého klavíru, ze skvrnitých kláves lehce vyluzuje akordy a do hovoru, který se zase rozproudil, jí, opřené u krbu, zpívá lahodnou alžbětinskou píseň, smutnou a líbeznou rozchodnou, vítězný chorál agincourtský, radostný popěvek o Greensleeves. Dokud zpíval a ona poslouchala, nebo dělala, že poslouchá, měl klidné srdce, ale když ty roztodivné slabé písně dozněly a on znovu v pokoji zaslechl hlasy, vzpomněl si na svůj sarkasmus: domácnost, kde se mladíkům trochu moc brzy říká křestním jménem.

Chvílemi jako by se mu očima chtěla svěřit, ale čekal marně. Teď mu ve vzpomínce lehce přetančila jako ten večer na masopustním plese, bílé šaty podchycené, ve vlasech se jí komíhala bílá snítka. Lehce tančila v kole. Tančila k němu, a když se u něho octla, zrak měla poodvrácený a na líci lehký ruměnec. Když se řetěz rukou přerušil, její ruka na chvíli spočinula v jeho, hebké zboží.

„Jste tady nadobro cizí.“

„Ano. Měl ze mne být mnich.“

„Bojím se, že jste kacíř.“

„Moc se bojíte?“

Místo odpovědi mu řetězem rukou odtancovala. Tančila lehce a rozvážně, nikomu se nevěnovala. Bílá snítka se jí pohupovala do tance, a když byla ve stínu, líčko se jí ještě víc zruměnilo.

Mnich! V obraznosti se viděl jako znesvětitel klauzury, kacířský františkán, ochotný i neochotný sloužit, jako Gherardino da Borgo San Donnino spřádající křehkou pavučinu sofistiky a šeptající jí do ucha.

Ne, to není jeho podoba. Spíš je to podoba mladého kněze, s nímž ji naposledy viděl, holubičíma očima na něho zírala a ledabyle listovala v irské slovesnosti.

„Ano, ano, dámy jdou s námi. Vidím to každý den. Dámy jsou s námi. Nejlepší pomocnice, jaké náš jazyk má."

„A co církev, otče Morane?"

„Církev taky. I ona jde s námi. Práci se tam taky daří. O církev nemějte starost."

Pah! Dobře že z místnosti opovržlivě odešel. Dobře že ji na schodišti knihovny nepozdravil. Dobře že ji nechal, ať si koketuje se svým knězem, ať si zahrává s církví, kuchyňskou děvečkou křesťanstva.

Hrubý, surový vztek mu zaplašil z duše zbytek vytržení. Násilně rozbil její sličný obraz a kousky rozházel na všecky strany. Ze všech stran se mu v paměti vynořily zkomoleniny jejího obrazu: otrhaná květinářka s mokrými, rozcuchanými vlasy a s uličnickou tváří, která si říkala jeho nejmilejší a prosila ho o počinek, kuchyňská děvečka vedle v domě, která si za řinkotu talířů s jarmarečním protahováním vyzpěvovala první takty *U killarneyských jezer a skal*, dívka, která se vesele zařehtala, když se mu železná mříž v dlažbě u Cork Hillu zachytla o natrženou podešev, dívka, která ho upoutala svou zralou pusinkou, když vycházela z Jacobovy továrny na suchary a přes rameno na něho křikla:

„Líbí se vám na mně hladké vlasy a kudrnaté obočí?"

A přece měl dojem, že i když se tomu obrazu posmívá a spílá, svým vztekem se jí zároveň koří. Odešel ze třídy s pohrdáním ne dost upřímným pod dojmem, že snad za tmavýma očima, letmo zastíněnýma dlouhými řasami, tkví tajemství jejího národa. Trpce si říkal, jak bloumal ulicemi, že je ztělesněné ženství své vlasti, že je netopýří duše, která ve tmě, v tajnosti a v samotě procitá k vědomí, občas si bez lásky a hříchu zakoketuje s mírným milencem a hned zas od něho odejde a své nevinné poklesky přes mřížku pošeptá knězi. Zlost na ni si vybíjel sprostým spíláním jejímu galánovi, jehož jméno, hlas i podoba urážely jeho zhrzenou pýchu; chrapounskému knězi, který má v Dublině bratra policajta a v Moycullenu bratra pikolíka. Jemu odhaluje plachou nahotu duše, člověku vyškolenému konat naučený obřad, a ne jemu, knězi věčné obraznosti, který vezdejší chléb zkušenosti proměňuje v zářivé tělo nepomíjivého života.

Zářivý obraz eucharistie mu zas rázem sjednotil hořké a zoufalé myšlenky a ony nerušeně propukly děkovným hymnem.

Jak při proměňování hlas
náš nářek stoupá k nebesům.
Žár vášnivý už v tobě zhas?

V obětních rukách zvedalas
kalich kypící k okrajům.
Pominul kouzelný ten čas.

Počínaje první řádkou si ty verše nahlas odříkával, až mu hudba i rytmus zaplavily mysl a splynuly v tichou shovívavost; potom verše pečlivě opsal, aby je opsané lépe vnímal; nakonec ulehl na polštář.

Úplně se rozednilo. Nic nebylo slyšet: věděl však, že

život kolem něho hned procitne všedními zvuky, drsnými hlasy, ospalými modlitbami. Štítivě se od toho života otočil ke zdi, udělal si z přikrývky kápi a civěl na nehorázné nachové květy potrhané tapety. Chtěl zahřát svou hynoucí radost jejich nachovým žárem a představoval si, že má růžovou cestu z lůžka vzhůru k nebi posetou nachovými květy. Umdlený! Umdlený! I v něm žár vášnivý už zhas.

Rostoucí teplo a mdlobná únava mu zvolna sestupovala od zakuklené hlavy po páteři dolů. Cítil ji sestupovat a usmál se, jak na sebe vleže hleděl. Za chvíli usne.

Po deseti letech jí zas napsal verše. Před deseti lety jí kolem zakuklené hlavy poletoval teplý dech a cupitala po kluzké silnici. Byla to poslední tramvaj. Vyhublé hnědky to věděly a vyzváněním to jasné noci připomínaly. Průvodčí rozprávěl s řidičem, při zeleném světle lampičky oba pokyvovali hlavou. Stáli na tramvajových schůdcích, on na horním, ona na dolním. Mockrát za ním mezi řečí na horní schůdek vystoupila a zase sestoupila, párkrát tam vedle něho postála a neměla se k tomu sestoupit, a potom přece sestoupila. Aťsi! Aťsi!

Deset let od té dětinské moudrosti k jeho nynější bláhovosti. Co aby jí ty verše poslal? U snídaně si je nahlas přečtou při naťukávání skořápek. Věru bláhovost. Její bratři se dají do smíchu a silnými, tvrdými prsty si budou rvát list z ruky. Zdvořilý kněz, její strýc, uvelebený v křesle, podrží si list opodál před očima, s úsměvem si ho přečte a pochválí literární formu.

Ne, ne: je to bláhovost. I když jí je pošle, ona je jiným neukáže. Ne, ne: to nemůže. Měl dojem, že jí ukřivdil. Vědomí o její nevinnosti v něm málem vzbudilo soucit, o nevinnosti, kterou nechápal, dokud ji nepoznal skrze hřích, a kterou ani ona nechápala, dokud byla nevinná, nebo než její přirozenost postihlo to divné pokoření. Tenkrát procitla její duše k životu tak jako jeho, když poprvé zhřešil: něžný soucit mu zalil srdce, když vzpomněl na její křehkou bledost a na její oči, ponížené a zesmutnělé temnou hanbou ženství.

Kde byla, když v duši kolísal mezi extází a mdlobou? Je možné, že si tajemným způsobem duchovního života její duše uvědomovala jeho hold? Možná.

Žhavá touha mu znovu vznítila duši a vzplanula a rozšířila se po celém těle. Vědoma si jeho touhy procítá z libovonného spánku, pokušitelka z jeho villanelly. Její zrak, temný a na pohled zmalátnělý, se rozevírá jeho zraku. Její nahota se mu vzdává, zářivá, teplá, vonná a kypivá, jako světelný oblak ho obmyká, obmyká ho jako voda tekutým životem: a jako mlžný oblak nebo jako vodstvo omývající v prostoru plynné hlásky řeči, symboly tajemného živlu, mu zaplavuje mozek.

Žár vášnivý už v tobě zhas,
poplatný padlým serafům?
Pominul kouzelný ten čas.

V srdci mu požár vznítilas,
na něm svůj vyzkoušelas um.
Žár vášnivý už v tobě zhas?

Nad plamen stoupá chvály jas
přes oceány k oblakům.
Pominul kouzelný ten čas.

Jak při proměňování hlas
náš nářek stoupá k nebesům.
Žár vášnivý už v tobě zhas?

V obětních rukách zvedalas
kalich kypící k okrajům.
Pominul kouzelný ten čas.

Přec k rozkochání svádí nás
tvůj nový zrak i chlípný um.
Žár vášnivý už v tobě zhas?
Pominul kouzelný ten čas.

Co to bylo za ptáky? Stál na schodech knihovny a malátně opřen o jasan si je prohlížel. Oblétali vyčnělé křídlo jednoho domu v Molesworth Street. Ve vzduchu pozdního březnového večera bylo zřetelně vidět jejich let, jejich tmavá střemhlavá chvějivá tělíčka zřetelně proti zplihlému plátnu kouřově řídké modři.

Díval se na jejich let; pták za ptákem: tmavý záblesk, obrat, třepot křídel. Zkoušel je spočítat, než jejich střemhlavá chvějivá tělíčka minou: šest, deset, jedenáct: nevěděl, byl-li jich lichý nebo sudý počet. Dvanáct, třináct: dva přilétli shora z oblak, lítali nahoru a dolů, ale pořád dokola rovnými i křivými čarami a pořád zleva doprava oblétali vzdušný chrám.

Poslouchal, jak vřískají, jako pískot myší za pažením: pronikavý dvojitý tón. Noty však byly dlouhé, pronikavé a frčivé, jiné než hmyzí bzukot, klesaly o tercii nebo o kvartu a trylkovaly, jak roztínali zobákem vzduch. Jejich vřesk však byl pronikavý, jasný a hebký a snášel se jako vlákna hedvábného světla, odvíjená z bzučících cívek.

Nelidský lomoz mu konejšil sluch, v němž se neustále ozývaly matčiny vzlyky a výčitky, a tmavá, křehká, tetelivá tělíčka, kroužící a vířící a obletující chrám bledě modré oblohy, mu konejšila zrak, který dosud viděl obraz matčiny tváře.

Proč civí ze schodů verandy vzhůru, proč poslouchá jejich pronikavý dvojitý vřesk, proč pozoruje jejich let? Zda mu věští dobré, či zlé? Hlavou mu prolétla věta Cornelia Agrippy a zmateně se v něm míhaly rozplizlé Swedenborgovy myšlenky o obdobě mezi ptáky a intelektuálním děním, vzdušní tvorové že mají své vědomosti, znají svůj čas i roční dobu, protože na rozdíl od člověka jsou v řádu života a nemrzačili jej rozumem.

Po staletí zírali lidé vzhůru, jako on zírá na létající ptáky. Sloupořadí nad ním mu vzdáleně připomnělo antický chrám a jasanová hůl, o kterou se znaveně opíral, křivou augurskou hůl. V hloubi té zmalátnělosti tkvěl strach před neznámým, strach před symboly a předzvěstmi, před jestřábím člověkem stejného jména, který na proutěných křídlech ulétl ze zajetí, před Thothem, bohem spisovatelů, který psal rákosem na tabulku a na úzké ibisí hlavě měl srpek měsíce.

Při pomyšlení na tu božskou podobu se usmál, připomněla mu totiž bambulatého soudce v paruce, jak do spisu, který drží před sebou, vpisuje čárky, a věděl, že kdyby neznělo jako zaklení, vůbec by si na jméno boha nevzpomněl. Je to bláhovost, kvůli té bláhovosti chce snad navždy opustit dům modlitby a rozvahy, dům, do něhož se zrodil, a životní řád, z něhož vzešel?

S pronikavým skřekem se vrátili nad trčící nároží, chmurně poletovali v skomíravém povětří. Co je to za ptáky? Napadlo ho, že nejspíš vlaštovky, které se vrátily z jihu. I on tedy odejde, vždyť jsou to ptáci, kteří stále odcházejí a přicházejí, pod okapy lidských příbytků si stavějí přechodný domov a postavený zas vždy opouštějí.

Nakloňte líce, Oono a Aleele,
dívám se na ně jako vlaštovička
na hnízdo pod okapem, než odlétne
přes bouřný oceán.

Jako šum vodstva řinula se mu pamětí hebká, vláčná radost a v srdci cítil hebký mír mlčenlivých prostorů vybledlé zřidlé oblohy nad vodami, oceánského ticha, vlaštovek poletujících mořským šerem nad řinoucím se vodstvem.

Hebká, vláčná radost se řinula ze slov, v nichž dlouhé slabiky nehlučně do sebe narážely a odpadaly, vzpínaly se a lámaly a v němé zvonkohře a němém vyzvánění a tichounkém mdlobném nářku neustále potřásaly bílými zvonky; a měl pocit, že věštba, kterou hledal v kroužících, jako šipka letících ptácích a v bledém prostoru oblohy nad sebou, pokojně a svižně mu vylétla ze srdce jako pták z cimbuří.

Symbol odchodu nebo samoty? V sluchové paměti mu bzučely verše a zvolna se mu před zrakovou pamětí skládal výjev ve dvoraně při otevření národního divadla. Stál sám na boční galerii a omrzele hleděl na dublinskou smetánku v lóžích a na křiklavé kulisy a na lidské loutky, rámované křiklavým jevištním osvětlením. Za ním se potil hromotlucký strážník a každou chvíli se chystal zakročit. Od kolegů, roztroušených na galerii, se hrubými poryvy ozývalo syčení, pískání a pošklebování.

„Pamflet na Irsko!"

„Made in Germany."

„Rouhání!"

„My jsme svou víru nikdy nezaprodali!"

„To nespáchala žádná Irka!"

„O diletantské ateisty nestojíme."

„O nedomrlé buddhisty nestojíme."

Najednou to z oken nad ním syklo a hned věděl, že v čítárně rozsvítili. Zamířil do sloupové dvorany, teď už pokojně osvětlené, vyšel po schodech nahoru a prošel turniketem.

Cranly seděl u slovníků. Před sebou měl na dřevěném pultíku tlustou knihu, rozevřenou na titulní stránce. Hověl si v křesle, ucho po zpovědnicku nachýlené k nějakému medikovi, který mu z šachové novinové přílohy předčítal nějakou úlohu. Štěpán mu usedl po pravici, kněz, sedící na druhé straně stolu, zlostně sklapl výtisk *Tabletu* a vstal.

Cranly se za ním líbezně a lhostejně díval. Medik hovořil tlumeněji dál.

„Sedlák na e 4."

„Raděj pojďme, Dixone," varoval Štěpán. „Šel si stěžovat."

Dixon složil noviny a důstojně vstal se slovy:

„Naši spořádaně ustoupili."

„S děly a potahy," dodal Štěpán a ukázal prstem na titulní stránku Cranlyovy knihy, na které bylo vytištěno *Choroby skotu.*

Při procházení uličkou mezi stolky Štěpán řekl:

„Cranly, chtěl bych s tebou mluvit."

Cranly neodpověděl, ani se neohlédl. Odložil knihu na regál a vyšel ven, podražené boty mu dutě pleskaly o zemi. Na schodech zůstal stát, roztržitě pohlédl na Dixona a opakoval:

„Sedlák na sakramentské e 4."

„Třeba, jak je libo," řekl Dixon.

Měl klidný, nevýrazný hlas a uhlazený způsob a na prstě buclaté čisté ruky se mu chvílemi blýskl pečetní prsten.

Cestou přes dvoranu přišel za nimi nějaký člověk trpasličí postavy. Pod bání kloboučku se radostně usmívala neholená tvář a něco si broukal. Měl smutné opičí oči.

„Dobrý večer, pánové," ozvala se neholená opičí tvář.

„Na březen je teplo," řekl Cranly. „Nahoře mají otevřená okna."

Dixon se usmál a otočil prsten. Černavá, opičácky svraštělá tvář si olízla lidskou tvář a zavrněla:

„Na březen pěkně. Přímo báječně."

„Nahoře jsou dvě roztomilé slečny, kapitáne, a už se jim nechce čekat," řekl Dixon. Cranly se usmál a vlídně řekl:

„Kapitán má jedinou lásku: sira Waltera Scotta. Viďte, kapitáne."

„A co teď, kapitáne, čtete?" zeptal se Dixon. „*Nevěstu z Lammermooru?*"

„Mám milého Scotta rád," pronesl vláčnými rty. „Myslím, že píše báječně. Siru Walterovi Scottovi se žádný spisovatel nevyrovná."

Do taktu k své chvále tenkou scvrklou hnědou rukou zašermoval a tenkými hbitými víčky na smutných očích zamžikal.

Ještě smutnější připadala Štěpánovi jeho řeč. Vybraná výslovnost, hluboká a plačtivá, pokažená chybami: poslouchal ji a přemýšlel, je-li na tom něco pravdy, že je totiž ta řídká krev, obíhající v jeho scvrklé postavě, urozená a zrozená z krvesmilné lásky.

Stromy v parku mokvaly deštěm a v jednom kuse pršelo a pršelo na jezero šedě rozprostřené jako štít. Přilétlo tam hejno labutí a zelenkavým kalem potřísnilo vodu i břeh. Ponoukáni šedým deštivým světlem, mokrými tichými stromy, zvědavým štítovitým jezerem, labutěmi, se objali. Objali se bez radosti i vášně, paží objímal sestřinu šíji. Od ramen k pasu ji napříč halil šedý vlněný plášť: s povolným studem sklání plavou hlavu. On má rozpuštěné rudohnědé vlasy a něžné, ladné, silné pihovaté ruce. Tvář! Tvář není vidět. Bratrova tvář se sklání nad její plavé, deštěm vonící vlasy. Pihovatá, silná, ladná ruka je ruka Davinova.

Zlostně se zamračil nad svou myšlenkou a nad scvrklým trpaslíkem, který mu ji vnukl. V paměti se mu vynořily otcovy úštěpky nad bantryovskou čeládkou. Odháněl je a rozmrzele se zas zahloubal nad svou myšlenkou. Proč to nebyly Cranlyovy ruce? To ho v hloubi duše víc dojala Davinova prostota a nevinnost?

Odešel s Dixonem přes dvoranu, ať se Cranly s trpaslíkem sám obřadně rozloučí.

Pod sloupořadím stál Temple v hloučku studentů. Jeden zavolal:

„Dixone, pojď si poslechnout. Temple je v ráži.“

Temple na něho upřel cikánské oči.

„Jsi ty, O'Keeffe, pokrytec. A Dixon je smíšek. Čert ví, snad je to správný literární výraz.“ Šibalsky se zasmál, pohlédl na Štěpána a opakoval:

„Čert ví, to jméno se mi líbí. Smíšek.“

Tlustý student, stojící na schodech pod nimi, řekl:

„Ještě nám, Temple, vyprávěj o té milence. Chceme o tom něco vědět.“

„Na mou duši ji měl,“ řekl Temple. „A byl ženat. A všichni kněží chodili k němu na oběd. Hrome, snad si všichni lízli.“

„Řekněme, že jezdil na herce a šetřil klusáka,“ řekl Dixon.

„Pověz nám, Temple, kolik pint portského jsi vyzunkl?“

„V té větě je, O'Keeffe, celá tvá intelektuálština," s netajeným opovržením řekl Temple.

Šouravě obešel hlouček a promluvil na Štěpána:

„Jestlipak jsi věděl, že jsou Forsterové belgičtí králi?"

Cranly vyšel ze dveří vstupní dvorany, klobouk měl pošinutý na zátylku a důkladně se šťoural v zubech.

„Tady je ten rozumbrada," řekl Temple. „A ty to o Forsterových víš?"

S odpovědí si dal načas. Neforemným párátkem si Cranly vyšťoural ze zubu fíkové zrníčko a bedlivě si je prohlížel.

„Forsterovský rod," řekl Temple, „pochází od flanderského krále Baldwina Prvního, zvaného Forester. Forester a Forster je stejné jméno. Potomek Baldwina Prvního, kapitán Francis Forster, se usadil v Irsku a oženil se s dcerou posledního clanbrassilského náčelníka. Jsou ještě Blaze Forsterové. To je jiná větev."

„Od flanderského krále Baldheada," opakoval Cranly a znovu se důkladně porýpal v zubech.

„Kdepak jsi celou tu historii sebral?" zeptal se O'Keeffe.

„Znám i historii tvé rodiny," obrátil se Temple na Štěpána. „Víš, co říká o tvé rodině Giraldus Cambrensis?"

„On pochází taky od Baldwina?" zeptal se tmavooký vytáhlý souchotinář.

„Baldheada," opakoval Cranly a cucal si štěrbinu v zubech.

„*Pernobilis et pervetusta familia,*" řekl Štěpánovi Temple.

Tlustý student stojící na schodech pod nimi se upšoukl. Dixon se po něm otočil a vlídně řekl:

„To promluvil anděl?"

Cranly se po něm taky otočil a řekl ostře, leč bez hněvu:

„Gogginsi, ty jsi ale mamlas, takového jsem ještě neviděl."

„Zrovna jsem to měl na jazyku," odpověděl Goggins pevně. „Copak jsem tím někomu ublížil?"

„Doufám," řekl zdvořile Dixon, „že to nebylo nic takového, čemu se v přírodovědě říká *paulo post futurum*."

„Neříkal jsem, že je smíšek?" otočil se Temple vpravo i vlevo. „Copak jsem ho tak nepojmenoval?"

„Pojmenoval. Nejsme hluší," řekl vyčouhlý souchotinář.

Cranly se pořád mračil na tlustého studenta pod sebou. Znechuceně odfrkl a prudce ho shodil ze schodů.

„Jdi pryč odtud," řekl mu hrubě. „Jdi pryč, ty smraďochu. Jsi smraďoch."

Goggins se svezl na dlažbu a rázem se zas dobrácky vrátil na své místo.

Temple se ohlédl po Štěpánovi a zeptal se:

„Věříš v zákon dědičnosti?"

„Jsi opilý nebo co, že tak bláboliš?" otočil se po něm užasle Cranly.

„Nejhlubší věta, jaká kdy byla napsána," řekl Temple nadšeně, „je věta na konci zoologie: Rozmnožování je počátek smrti."

Sáhl Štěpánovi plaše na loket a vyhrkl:

„Cítíš, jak je to hluboké, vždyť jsi básník."

Cranly namířil dlouhým ukazovákem:

„Jen se na něho podívejte," řekl pohrdlivě druhým. „Jen se podívejte na naději Irska!"

Nad jeho slovy i posunkem propukli v smích. Temple se na něho směle obořil:

„Cranly, pořád se mi posmíváš. Já to vidím. Ale v ničem si s tebou nezadám. Víš, co si o tobě vzhledem k sobě myslím?"

„Člověče milá," řekl Cranly zdvořile, „vždyť ty vůbec myslet neumíš."

„Ale víš ty," hovořil dále Temple, „co si o tobě ve srovnání se mnou myslím?"

„Ven s tím, Temple," křikl ze schodů tlustý student. „Tak se vymáčkni!"

Temple se obrátil vpravo a vlevo a při řeči chabě zašermoval rukama.

„Jsem trdlo," řekl a zoufale kývl hlavou. „Jsem a vím, že jsem. A klidně to uznám."

Dixon mu zlehka poklepal na rameno a vlídně řekl:

„To je ti, Temple, ke cti."

„Ale on," a Temple ukázal na Cranlyho, „je stejné trdlo jako já. Jenže to neví. A v tom je, pokud vím, mezi námi jediný rozdíl."

Řehot přehlušil jeho slova. On se však otočil k Štěpánovi a řekl pojednou horlivě:

„Je to moc zajímavé slovo. Je středního rodu. Všiml sis?"

„Opravdu," řekl vyhýbavě Štěpán.

Pozoroval Cranlyho trpitelskou tvář ostrých rysů, rozzářenou úsměvem strojené trpělivosti. Neomalenost se z něho svezla, jako když se vychrstne špína na starou kamennou sochu, zvyklou na příkoří: pozoroval ho a uviděl, jak na pozdrav smeká klobouk, až je vidět černé vlasy trčící z čela jako železná koruna.

Vyšla ze sloupové síně knihovny a na Cranlyho pozdrav se přes Štěpána uklonila. I on? Nepozarděla se Cranlymu líc? Nebo to vyvolala Templova slova? Světlo pohaslo. Nebylo vidět.

Vysvětlí se tím přítelovo lhostejné mlčení, jeho neomalené poznámky, náhlé drsné výpady, jimiž tak často rozbíjí Štěpánovy zanícené, náladové zpovědi? Štěpán mu to rád promíjel, sám u sebe totiž zjišťoval stejnou neomalenost. Vzpomíná si, jak jednou večer, v lese poblíž Malahide slezl z vypůjčeného rozvrzaného kola a modlil se k Bohu. Vztáhl paže a u vytržení hovořil k šeré klenbě stromů, věděl, že stojí na posvátné půdě a v posvátnou hodinu. Když se pak v zatáčce šeré cesty objevili dva strážníci, přerušil modlitbu a silně zahvízdal popěvek z poslední pantomimy.

Roztřepeným koncem jasanové hole udeřil o patu sloupu. Copak ho Cranly neslyší? Počká. Hovor kolem něho na chvíli zmlkl: z horního okna znovu dolehl slabý hvizd. Jinak se nic neozývalo a vlaštovky, jejichž let předtím lhostejným zrakem sledoval, už usnuly.

Prošla šerem. Proto je ovzduší až na jediný slabý hvizd tak tiché! Proto umlklo okolní blábolení. Tma se snáší ze vzduchu.

Z oblohy se snáší tma

Jako zástup víl, pableskující světýlkem, se v něm zatetelila radost. Proč? Způsobil to její odchod zšeřelým vzduchem nebo ten verš s temnými samohláskami a s úvodním zvukem, sytým a loutnovým?

Pomalu kráčel k hlubším stínům na konci sloupořadí, zlehka tloukl holí o kamení, aby tak zatajil své snění před studenty, od nichž odešel: a v duchu se přenesl do doby Dowlandovy, Byrdovy a Nashovy.

Oči, které se rozevírají z temna touhy, oči, které tlumí rozbřesk východu. Co jiného je jejich mdlý půvab než poddajnost smilstva? A co jiného je jejich lesk než lesk špíny, zakrývající žumpu dvora uslintaného Stuartovce. V duchu okoušel jantarová vína, skomíravé kadence sladkých melodií, pyšnou pavanu: a v duchu viděl úlisné aristokratky v Covent Garden, jak si našpulenými rty z balkonu namlouvají, a příjičné ženštiny z krčem a novomanželky v novém a novém sevření s chutí se poddávající svým svůdcům.

Vyvolané představy ho nijak neblaží. Jsou tajné a dráždivé, ale její podoba k nim nepatří. Tak na ni myslet nemůže. A taky nemyslí. Copak si sám nedůvěřuje? Staré fráze, sladké ze země vyhrabanou sladkostí jako fíková zrnka, která si Cranly vyšťourá z blýskavých zubů.

Nebyla to žádná myšlenka ani představa, a přece o ní neurčitě věděl, že kráčí městem domů. Zprvu nejasně, potom ostřeji ucítil její tělo. Vědomý neklid mu kypěl v krvi. Ano, cítí její tělo; divou a mdlou vůni: vlahé údy, po nichž jeho hudba toužebně splývala, a skryté hebké prádlo, do něhož z jejího těla kane vůně a rosa.

Po zátylku mu lezla veš, obratně vsunul palec a ukazovák pod volný límec a chytil ji. Chvíli její tělíčko, křehké, leč tuhé jako zrnko rýže, drtil palcem a ukazovákem, potom je pustil na zem a říkal si, jestli zůstane naživu, nebo pojde. V hlavě se mu vynořila podivná věta z Cornelia a Lapide, stálo v ní, že vši, vylíhlé z lidského potu, Bůh šestý den s ostatními živočichy nestvořil. Ale ze svědění kůže na krku se všecek zjitřil a rozzuřil. V křečovitém zoufalství nad sebou, špatně oblečeným, špatně živeným, od vší pokousaným, přivřel víčka a v tom šeru viděl, jak se křehká jasná vší tělíčka snášejí z oblohy a při pádu se převracejí. Ano; a nebyla to tma, co se snášelo z oblohy. Byl to jas.

Z oblohy se snáší jas.

Ani Nashovy verše si správně nezapamatoval. Vyvolaly v něm samé falešné představy. Mysl mu plodí hmyz. Jeho myšlenky jsou vši zrozené z potu zahálky.

Rychle se sloupořadím vrátil k hloučku studentů. Jen ať si jde, čert aby ji vzal. Ať si namluví nějakého čistého atleta, který se každé ráno myje až po pás a na prsou má černé chlupy. Aťsi.

436

Ze zásoby v kapse vytáhl Cranly další sušený fík a pomalu a hlučně ho pojídal. Opřen zády seděl Temple na sloupové patce, čapku si stáhl do ospalých očí. Ze sloupořadí vyšel zavalitý mladík s koženou aktovkou pod paží. Kráčel k hloučku, podpatky a špičkou důkladného deštníku ťukal do dlaždic. Na pozdrav zdvihl deštník a všem řekl:

„Dobrý večer, pánové."

Znovu ťukl do dlaždic, uchichtl se a nervózně potřásl hlavou. Vysoký souchotinář, Dixon a O'Keeffe se bavili irsky a neodpověděli.

Pak se obrátil ke Cranlymu:

„Dobrý večer zvlášť tobě."

Namířil na něho deštníkem a znovu se uchichtl. Cranly pořád žvýkal fík a odpověděl mu mlasknutím.

„Dobrý? Ano. Je to dobrý večer."

Zavalitý mladík se na něho vážně zahleděl a pohrozil mu deštníkem.

„Jak vidím," řekl, „chystáš se říkat věci, které jsou všem jasné."

„Hm," odpověděl Cranly, vyndal zbytek rozžvýkaného fíku a hodil ho zavalitému studentovi na ústa, ať si ho dojí.

Zavalitý student ho nesnědl, ale shovívavý k tomu zvláštnímu rozmaru řekl vážně a přitom se ještě pochichtával a podtrhoval svá slova deštníkem:

„Chceš říci, že..."

Nedomluvil, rovnou ukázal na rozžvýkanou fíkovou dužinu a vyjekl:

„Míním tohle."

„Hm," ozval se Cranly jako dřív.

„Chceš tím říci," řekl zavalitý student, „*ipso facto* nebo třeba takřka?"

Dixon se od hloučku odvrátil a řekl:

„Vyhlížel tě Goggins, Glynne. Šel za tebou a Moynihanem do Adelphi. Co tam máš?" zeptal se a ťukl na aktovku, kterou měl Glynn pod paždí.

„Písemky," odpověděl Glynn. „Dávám jim každý měsíc písemky, abych se přesvědčil, co mají z mé výuky."

Ťukl si taky na aktovku a s úsměvem slabě zakašlal.

„Výuka!" utrhl se na něho Cranly. „To myslíš bosá dítka, která učíš ty, sakramentský opičáku. Pámbu s nimi!"

Ukousl zbylý fík a stopku zahodil.

„Nechávám dítka přijíti ke mně," řekl vlídně Glynn.

„Sakramentský opičáku," důrazně opakoval Cranly, „a taky rouhavý opičáku!"

Temple vstal, prodral se vedle Cranlyho a spustil na Glynna:

„Ta věta, kterou jsi zrovna řekl, je z *Nového zákona*, nechte maličkých přijíti ke mně."

„Jdi se vycpat, Temple," řekl O'Keeffe.

„Dobrá," hovořil Temple, stále obrácen ke Glynnovi, „jestli nechával Ježíš přicházet k sobě dítky, proč je církev nepokřtěné posílá šmahem do pekla? Proč?"

„Jsi ty, Temple, sám pokřtěn?" zeptal se souchotinářský student.

„Proč je tedy církev posílá do pekla, když Ježíš řekl, aby k němu všecky přišly?" řekl Temple a upřeně se zahleděl Glynnovi do očí.

Glynn zakašlal, a vší silou přemáhaje nervózní chichtot v hlase, řekl vlídně a při každém slovu šermoval deštníkem:

„Jestli je tomu podle tebe tak, ptám se tě důrazně, odkud je tedy tato takovitost."

„Protože je církev jako všichni staří hříšníci surová," řekl Temple.

„Jsi v té věci, Temple, zcela pravověrný," řekl mírně Dixon.

„Že přijdou nepokřtěné děti do pekla, to říká svatý Augustin, protože sám byl ukrutný hříšník," odpověděl Temple.

„Souhlasím s tebou," řekl Dixon, „ale měl jsem dojem, že pro takové případy je předpeklí."

„Nehádej se s ním, Dixone," okřikl ho Cranly. „Nemluv s ním a nekoukej na něho. Odveď si ho domů na šňůře jako mečící kozu."

„Předpeklí," zvolal Temple. „Pěkný výmysl. Jako peklo."

„Jenže bez jeho nepříjemnosti," řekl Dixon.

S úsměvem se obrátil na ostatní a řekl:

„Myslím, že tím tlumočím názor všech přítomných."

„To ano," řekl Glynn pevným hlasem. „V té věci je Irsko jednotné."

Špičkou deštníku udeřil do kamenné dlažby sloupořadí.

„Peklo," řekl Temple. „Ten výmysl šedivé satanovy choti bych ještě uznal. Peklo je římské a jako římské zdi je pevné a ohyzdné. Ale co je předpeklí?"

„Strč ho, Cranly, zpátky do kočárku," křikl O'Keeffe.

Cranly rázně vykročil k Templovi, zůstal stát, dupl a křikl jako na kuře:

„Kšá!"

Temple hbitě ucouvl.

„Víš, co je předpeklí?" křikl. „Víš, jak se tomu říká u nás v Roscommonu?"

„Kšá! Ďas aby tě!" křičel Cranly a zatleskal.

„Ani má řiť, ani můj loket!" ušklíbl se Temple. „To je podle mne předpeklí."

„Podej mi tu hůl," řekl Cranly.

Hrubě vytrhl jasanovou hůl Štěpánovi z ruky a skokem byl na schodech: jenže Temple zahlédl, jak se za ním žene, a prchal šerem jako divé zvíře, mrštně a svižně. Bylo slyšet, jak Cranlyovy křápy řachají po nádvoří, zvolna se pak zklamaně vracel a na každém kroku kopal do štěrku.

Měl zlostný krok a zlostným pohybem hodil hůl Štěpánovi do ruky. Štěpán věděl, že má zlost kvůli něčemu jinému, ale zatvářil se trpělivě, lehce mu sáhl na rameno a klidně řekl:

„Cranly, už jsem ti říkal, že s tebou chci mluvit. Pojď pryč."

Cranly si ho chvíli měřil a zeptal se:

„Hned?"

„Ano, hned," řekl Štěpán. „Tady se nedá mluvit. Pojď pryč."

Beze slova prošli nádvořím. Ze schodů verandy k nim dolehlo slabě zahvízdnuté ptačí šveholení ze *Siegfrieda*. Cranly se ohlédl: a Dixon, který hvízdl, na ně zavolal:

„Kampak, kamarádi? Co ta partie, Cranly?"

Hlaholně si v tom tichu smlouvali kulečníkovou partii v hotelu Adelphi. Štěpán šel sám dál do ticha v Kildare Street. Proti Mapleovu hotelu se zastavil a zas trpělivě čekal. Název hotelu, bezbarvé leštěné dřevo a bezbarvé ticho průčelí ho dráždily jako pohled zdvořilého pohrdání. Zlostně hodil okem po tlumeně osvětleném hotelovém salonu, kde si v klidu hoví irští patriciové. Myslí na armádní zakázky a na pozemkové komisionáře: na venkovských silnicích je sedláci zdraví: znají názvy některých francouzských jídel a drožkářům poroučejí příkrým chrapounským hlasem, který proniká i skrze jejich přesnou výslovnost.

Jak má zasáhnout jejich vědomí a jak zavadit svým stínem o obraznost jejich dcer, dřív než je zbouchnou jejich zemani, aby konečně přiváděly na svět pokolení ne tak mrzké, jako je jejich? A v zhoustlém šeru cítil, jak se myšlenky a city národa, k němuž patří, jako netopýři míhají přes tmavé polní cesty, pod stromy na březích potoků a poblíž tůňkových bažin. Nějaká žena čekala ve dveřích, když šel Davin tenkrát v noci kolem, podala mu hrnek a málem ho zvábila k sobě na lůžko. Davin má totiž mírné oči člověka, který neprozradí tajemství. Jeho však žádná žena očima nevábila.

Někdo ho pevně uchopil za paži a ozval se Cranly:

„Nuž, pojďme!"

Mlčky kráčeli k jihu. A tu Cranly řekl:

„Pitomý žvanil, ten Temple! Namoutě, jednou toho chlapa odkrouhnu."

Hlas však už neměl zlostný a Štěpán dumal, co asi říká tomu, že ho tam pod verandou pozdravila.

Zahnuli vlevo a jako dřív kráčeli dál. Když tak chvíli šli, Štěpán řekl:

„Dnes večer jsem se, Cranly, nepříjemně pohádal."

„S rodinou?" zeptal se Cranly.

„S matkou."

„O náboženství?"

„Ano," odpověděl Štěpán.

Po chvíli mlčení se Cranly zeptal:

„Kolik je tvé matce?"

„Stará není," řekl Štěpán. „Chce, abych splnil velikonoční povinnost."

„A splníš?"

„Nesplním," řekl Štěpán.

„A proč?" zeptal se Cranly.

„Nebudu sloužit," odpověděl Štěpán.

„Předtím to už někdo řekl," ozval se klidně Cranly.

„Já to říkám potom," vyhrkl Štěpán.

Cranly stiskl Štěpánovi paže a řekl:

„Ne tak zhurta, vašnosti, jsi ty ale sakramentsky prchlivý."

Nervózně se při tom zasmál, pohlédl Štěpánovi účastně a přátelsky do tváře a řekl:

„Víš ty, že jsi prchlivý?"

„Bodejť ne," řekl Štěpán taky s úsměvem.

Po nedávném odcizení jako by se zase sbližovali.

„Věříš v eucharistii?" zeptal se Cranly.

„Nevěřím," řekl Štěpán.

„To o ní pochybuješ?"

„Nevěřím v ni, ani o ní nepochybuji," odpověděl Štěpán.

„Pochybnosti mají mnozí i nábožní lidé, jenže je přemohou nebo odloží," řekl Cranly. „Máš o tom příliš silné pochybnosti?"

„Já je nechci přemáhat," odpověděl Štěpán.

Zrozpačitělý Cranly vytáhl z kapsy další fík, že se do něj pustí, a tu Štěpán řekl:

„Nepouštěj se do něj, prosím. Tato otázka se nedá probírat, když žvýkáš fík."

Cranly si u lampy, pod níž stáli, fík prohlédl. Oběma nozdrami jej očichal, kousek z něho ukousl, vyplivl a fík zahodil prudce do kanálu. Na pohozený fík se obořil:

„Odstupte ode mne, nešlechetníci, do věčného ohně."

Zavěsil se do Štěpána, vykročil a řekl:

„Nebojíš se, že ti budou tato slova řečena v den posledního soudu?"

„Co se mi místo toho nabízí?" zeptal se Štěpán. „Věčná blaženost ve společnosti studijních děkanů?"

„Pamatuj, že bude oslaven," řekl Cranly.

„Ano," řekl Štěpán zahořkle, „chytrý, čiperný, neochvějný a především šibal."

„Divná věc," řekl rozvážně Cranly, „jak máš duši přesycenou náboženstvím, v něž, jak říkáš, nevěříš. Věřil jsi v ně, když jsi chodil do školy? Oč, že jsi věřil."

„Věřil," odpověděl Štěpán.

„A byl jsi tehdy šťastnější?" zeptal se šetrně Cranly. „Šťastnější než třeba teď?"

„Často šťastný," řekl Štěpán, „a často nešťastný. Byl jsem tehdy jiný."

„Jak to? Co to znamená?"

„Znamená to," řekl Štěpán, „že jsem nebyl, čím jsem teď a čím jsem se musel stát."

„Ne tím, čím jsi teď a čím ses musel stát," opakoval Cranly. „Dovol, abych se tě otázal: Miluješ svou matku?"

Štěpán zavrtěl zvolna hlavou.

„Nevím, co tím myslíš," řekl prostě.

„To jsi nikdy nikoho nemiloval?" zeptal se Cranly.

„Myslíš ženy?"

„O tom nemluvím," řekl chladněji Cranly. „Ptám se, jestli jsi někdy k někomu nebo k něčemu pocítil lásku."

Štěpán kráčel vedle přítele, zrak chmurně upřený na chodník.

„Snažil jsem se milovat Boha," řekl posléze. „Nedokázal jsem to, jak se zdá. Je to těžké. V jednom kuse jsem se snažil spojovat svou vůli s vůlí boží. Ne že bych to vždy nedokázal. Snad bych to dokázal i teď..."

Cranly ho přerušil otázkou:

„Měla tvá matka šťastný život?"

„Copak já vím?" řekl Štěpán.

„Kolik měla dětí?"

„Devět nebo deset," odpověděl Štěpán. „Několik jich umřelo."

„Byl tvůj otec..." Cranly se na okamžik zarazil. „Nechci slídit po tvých rodinných záležitostech. Ale byl tvůj otec zámožný? Myslím, když jsi byl ještě malý."

„Ano," řekl Štěpán.

„Čím byl?" zeptal se po chvíli Cranly.

Štěpán sypal ze sebe otcovy tituly.

„Medik, veslař, tenor, ochotník, politický křikloun, drobný statkář, drobný podnikatel, pijan, kumpán, prášil, něčí tajemník, lihovarnický poskok, daňový výběrčí, bankrotář a nyní chvástal."

Cranly se dal do smíchu, sevřel pevněji Štěpánovu paži a řekl:

„Ten lihovarnický poskok se ti povedl."

„Chceš se ještě něco dovědět?" zeptal se Štěpán.

„Jsi teď zaopatřen?"

„Copak na to vypadám?" řekl drsně Štěpán.

„Narodil ses tedy," hovořil zamyšleně Cranly, „v lůně blahobytu."

Pronesl tu frázi výrazně a hlasitě, jak často pronášel technické výrazy, jako by dával posluchači na srozuměnou, že to neříká s přesvědčením.

„Tvá matka si asi zkusila hodně utrpení," řekl pak. „Chceš ji ušetřit ještě dalšího třeba za cenu... nebo nechceš?"

„Kdybych mohl," řekl Štěpán, „moc by mě to nestálo."

„Tak ji ušetř," řekl Cranly. „Udělej, oč tě žádá. Co tě to stojí? Ty v to nevěříš. Je to pouhá formalita: nic víc. A duši jí uklidníš."

Umlkl, a když Štěpán neodpovídal, i on mlčel. Potom, jako by prozrazoval, co se v něm děje, řekl:

„Jestli je tady na smradlavém hnojišti světa něco

nejistého, není to láska matčina. Matka tě přivádí na svět, nosí tě zprvu v svém těle. Copak víme o tom, jaké má při tom pocity? Ať jsou jakékoli, jsou jistě opravdové. Jistě. Co jsou naše myšlenky a tužby? Hra. Myšlenky! Vždyť i ten sakramentský mekavý Temple má myšlenky. Myšlenky má i MacCann. Každý osel, chodící po silnicích, si myslí, že má myšlenky."

Štěpán naslouchal nepronesené řeči za slovy se strojenou lhostejností a řekl:

„Pokud si vzpomínám, Pascal se nedal od své matky políbit, protože se bál dotknout žen."

„Pascal byl čuně," řekl Cranly.

„Stejně, myslím, smýšlel Aloysius Gonzaga," řekl Štěpán.

„Taky čuně," řekl Cranly.

„Církev ho nazývá svatým," namítl Štěpán.

„Mně je úplně fuk, jak ho někdo nazývá," řekl neomaleně a rázně Cranly. „U mne je čuně."

Štěpán zvážil v duchu slova a pak řekl:

„Jak se zdá, i Ježíš se na veřejnosti choval k matce pramálo uctivě, ale jezuitský teolog a španělský šlechtic Suarez ho omlouvá."

„Jestlipak tě někdy napadlo," zeptal se Cranly, „že Ježíš není ten, za koho se vydává?"

„Nejprve to napadlo samého Ježíše," odpověděl Štěpán.

„Chci říci," ozval se Cranly příkřeji, „jestli tě někdy napadlo, že byl sám vědomý pokrytec, že byl obílený hrob, jak nazýval tehdejší Židy. Anebo naplno řečeno, že byl darebák."

„To mě nikdy nenapadlo," odpověděl Štěpán. „Ale rád bych věděl, jestli mě chceš obrátit na víru, nebo sám sebe ve víře zvrátit."

Otočil se k přítelově tváři a uviděl na ní hrubý úsměv, vší silou nabývající hlubší význam.

Najednou se Cranly suchým, střízlivým hlasem zeptal:

„Pověz mi pravdu. Pohoršilo tě, co jsem řekl?"

„Trochu," řekl Štěpán.

„Pročpak tě to pohoršilo?" stejným hlasem dorážel Cranly, „vždyť jsi přesvědčen, že je naše náboženství falešné a Ježíš není syn Boží?"

„Tím si nejsem jist. Spíše je syn Boží než Mariin."

„A proto nechodíš k přijímání," zeptal se Cranly, „protože si tím taky nejsi jist, protože si myslíš, že je hostie přece tělo a krev syna Božího, a ne chlebová oplatka? A protože se bojíš, že tomu tak třeba přece jen je?"

„Ano," hlesl Štěpán, „myslím si to a taky se toho bojím."

„Chápu," řekl Cranly.

Štěpána zarazil jeho úsečný tón a hned zas navázal řeč:

„Všeličeho se bojím: psů, koní, pušek, moře, bouřek, strojů, venkovských cest v noci."

„Ale proč se bojíš kouska chleba?"

„Představuji si, že za vším tím, čeho se bojím, vězí nějaká zlovolná skutečnost."

„Bojíš se tedy," zeptal se Cranly, „že tě Bůh katolíků připraví o život a zatratí, když svatokrádežně přistoupíš k přijímání?"

„Bůh katolíků to může udělat třeba hned," řekl Štěpán. „Víc se však bojím chemického pochodu, jaký by mi v duši vznikl falešným holdem symbolu, za nímž se kupí dvacet století autority a úcty."

„Dopustil by ses v krajním případě takové svatokrádeže," zeptal se Cranly, „kdybys třeba žil v dobách trestního řádu?"

„Za minulost neodpovídám," odpověděl Štěpán. „Třeba ne."

„Nechceš se tedy," řekl Cranly, „stát protestantem?"

„Řekl jsem," řekl Štěpán, „že jsem pozbyl víry, ne že jsem pozbyl sebeúcty. Co by to bylo za osvobození, upustit od bláhovosti logické a srozumitelné a chopit se bláhovosti nelogické a nesrozumitelné?"

Přicházeli do vilové čtvrti Pembroku, a jak se zvolna ubírali stromořadími, konejšily je stromy a světla prosvítající z vil. Vůkolní dojem blahobytu a poklidu jako by je chlácholil v jejich nuzotě. Za vavřínovým živým plotem blikalo kuchyňské okno a při broušení nožů si prozpěvovala služka. Krátkými a přerývanými takty prozpěvovala *Rosie O'Gradyovou.*

Cranly zůstal stát, poslouchal a řekl:

„*Mulier cantat.* "

Kouzelným dotekem se dotkla večerního šera hebká krása latinského slova, dotekem slabším a naléhavějším než dotek hudby nebo ženské dlaně. Utišil se jejich duševní svár. Mlčky prošla v šeru postava ženy, jak se jeví v církevní liturgii: bíle oděná postava, chlapecky drobná a štíhlá, se spuštěným pásem. Její křehký a chlapecky vysoký hlas ze vzdáleného chóru zanotoval první ženská slova, prorážející chmuru a vřavu prvního pašijového zpěvu:

„*Et tu cum Jesu Galilaeo eras.* "

Všechna srdce se dojatě otočila po jejím hlase, zářícím jako mladá hvězda, ještě zářivějším, jak to proparoxytonon intonovala, a slábnoucím skomíravou kadencí.

Zpěv dozněl. Šli spolu dál, se zdůrazněným rytmem Cranly opakoval konec refrénu:

„To užijeme štěstí,
až se my vezmeme,
já miluji Rosii O'Grady
a Rosie O'Grady zase mne.

Tady máš pravou poezii," řekl. „Tady máš pravou lásku."

Úkosem pohlédl na Štěpána a divně se usmál:

„Tomu říkáš poezie? Víš, co ta slova znamenají?"

„Nejprve chci vidět Rosii," řekl Štěpán.

„Lehko ji najdeš," řekl Cranly.

Klobouk se mu svezl do čela. Pošoupl si ho zpátky; a ve stínu stromů uviděl Štěpán jeho bledý obličej, rámovaný tmou, a jeho velké tmavé oči. Ano. Má hezký obličej a pevné a tuhé tělo. Mluvil o lásce k matce. Zakouší tedy utrpení žen, jejich tělesnou i duševní slabost: pevnou a ráznou paží je ochrání a sám se před nimi pokoří.

Pryč odtud: je načase odejít. Něčí hlas mírně domlouval Štěpánovu tesknému srdci, kázal mu odejít a přesvědčoval ho, že jeho přátelství končí. Ano. Odejde. Nemůže s druhým zápolit. Zná svůj úkol.

„Asi odejdu pryč," řekl.

„Kam?" zeptal se Cranly.

„Kam budu moci," řekl Štěpán.

„Ano. Snad se ti tady těžko žije. Proto odcházíš?"

„Musím odejít," odpověděl Štěpán.

„Vždyť jestli sám nechceš odejít," hovořil Cranly, „nikdo tě nevyhání a nepokládá tě za kacíře a psance. Mnoho dobrých věřících smýšlí jako ty. Snad tě to nepřekvapuje? Církev není kamenné stavení, ba ani duchovenstvo a jejich dogmata. Je to celý dav těch, co se do ní vrodili. Nevím, co chceš v životě dělat. Snad to, co jsi mi řekl ten večer, kdy jsme stáli před stanicí v Harcourt Streetu?"

„Ano," řekl Štěpán a bezděky se nad tím usmál, jak se Cranlymu vybavují myšlenky ve spojitosti s místem. „Ten večer ses půl hodiny přel s Dohertym, kudy je ze Sallygapu nejblíž do Larrasu."

„Trdlo!" s chladným pohrdáním řekl Cranly. „Co ten ví, kudy se jde ze Sallygapu do Larrasu? A co kloudného vůbec ví? S tou svou slintavou kebulí."

Propukl v nevázaný řehot.

„Tak co?" řekl Štěpán. „Pamatuješ si ostatek?"

„Toho, co jsi říkal?" zeptal se Cranly. „Ano, pamatuji. Objevit životní nebo umělecký způsob, jak se duševně projevit s naprostou svobodou."

Štěpán smekl, že souhlasí.

„Svoboden!" opakoval po něm Cranly. „Spáchat takovou svatokrádež, na to už jsi dost svobodný. Dopustil by ses loupeže?"

„Spíš bych se dal na žebrotu," řekl Štěpán.

„A kdybys nic nedostal, dopustil by ses loupeže?"

„To mám říci," odpověděl Štěpán, „že je vlastnické právo dočasné a za jistých podmínek loupit že není zločin. V tom domnění to udělá každý. Nechci tedy, abys mi tak odpověděl. Zeptej se na to jezuitského teologa Juana Mariana de Talavera; ten ti taky vyloží, za jakých okolností smíš právem zabít krále, máš-li mu raději poslat jed v poháru nebo mu jej rozetřít na šaty nebo na sedelní luk. Raděj se mě zeptej, jestli se dám od jiných okrást, a když mě okradou, jestli na ně zavolám takzvané rameno spravedlnosti."

„A zavolal bys je?"

„Myslím," řekl Štěpán, „že by mě to mrzelo stejně jako se dát okrást."

„Rozumím."

Vytáhl sirku a zašťoural se v zubech. Potom ledabyle řekl:

„Pověz mi třeba, jestli bys zprznil pannu?"

„Promiň," řekl zdvořile Štěpán, „copak tu ctižádost nemá většina mladíků?"

„Co ty o tom soudíš?" zeptal se Cranly.

Jeho poslední věta, kysele začpělá a sklíčující jako čoud dřevěného uhlí, podráždila Štěpánovi mozek, zalehlý těmi výpary.

„Podívej se, Cranly," řekl. „Ptal ses mě, co bych udělal a co bych neudělal. Povím ti, co udělám, a co neudělám. Nebudu sloužit tomu, več už nevěřím, ať už si to říká domov, vlast nebo církev; a v životním nebo uměleckém způsobu se zkusím vyjadřovat co nejsvobodněji a nejúplněji a bránit se budu zbraněmi, které si sám zvolím: mlčením, vyhnanstvím a lstí."

Cranly ho uchopil za paži, otočil ho a rovnou vedl zpátky k Leeson Parku. Trochu poťouchle se zasmál a s náklonností staršího mu stiskl paži.

„Že lstí?" řekl. „A to máš být ty? Ty chudinko básníku!"

„Už jsem se ti vyzpovídal," řekl Štěpán, dojatý jeho dotekem, „jako z tolika jiných věcí, viď."

„Ano, synáčku," řekl pořád tak vesele Cranly.

„Vyzpovídal jsem se ti ze svých obav. Povím ti však, čeho se nebojím. Nebojím se být sám, dát se odstrkovat, všeho šmahem zanechat. A nebojím se omylu, i velkého omylu, životního omylu, omylu třeba na věčné časy."

Cranly už zase zvážněl, zvolnil krok a řekl:

„Sám, nadobro sám. Toho se nebojíš? Víš, co to slovo znamená? Nejen být odloučen od jiných, ale nemít jediného přítele."

„Já si to troufnu," řekl Štěpán.

„A nemít pranikoho," řekl Cranly, „kdo by ti byl víc než přítelem, ba víc než nejušlechtilejším a nejvěrnějším přítelem, jakého kdy člověk měl."

Jako by těmi slovy rozezněl v sobě hlubokou strunu. Mluvil o sobě, jaký je nebo jaký by chtěl být? Chvíli se mu Štěpán mlčky díval do obličeje. Byl v něm chladný smutek. Mluvil o sobě, o své samotě, ze které má strach.

„O kom to mluvíš?" zeptal se posléze Štěpán.

Cranly neodpověděl.

20. března. Dlouhý rozhovor s Cranlym o mé vzpouře. Počínal si povýšeně. Já povolně a mírně. Pustil se do mne kvůli lásce k matce. V duchu jsem si vybavoval jeho matku: nejde to. V nestřeženém okamžiku mi kdysi prozradil, že se narodil, když bylo otci jednašedesát. Vidím ho před sebou. Statný sedlák. Šaty z kropenaté látky. Široké tlapy. Nehleděný prošedivělý plnovous. Chodí asi na dostihy. Páteru Dwyerovi z Larrassu odvádí pravidelně, leč skoupě dávky. Po setmění se bavívá s děvčaty. Ale co jeho matka? Mladá, nebo stará? Mladá asi ne. Kdyby byla, jistě by tak Cranly nemluvil. Tedy stará. Nejspíš, a přezíraná. Odtud Cranlyho duševní zoufalství: dítě vyčerpaných beder.

21. března, ráno. Myslil jsem na to včera večer v posteli, ale příliš líný a neukázněný, abych to popsal. Ano, neukázněný. Vyčerpaná bedra jsou bedra Alžbětina a Zachariášova. Je to tedy předchůdce. Tak jako on: hlavně se živí slaninou a sušenými fíky. Kobylkami a strdím. Když jsem o něm přemýšlel, vždycky jsem viděl přísnou uťatou hlavu nebo posmrtnou masku jakoby načrtnutou na šedé zácloně nebo roušce Veroničině. V církvi se tomu říká stětí. Trochu zrozpačitěl nad svatým Janem v Latinské bráně. Co to vidím. Sťatý předchůdce páčí zámek.

21. března, noc. Neukázněný. Neukázněná duše a neukázněná obraznost. Nechť mrtví pochovávají mrtvé. Ano. A nechť si mrtví berou mrtvou.

22. března. Spolu s Lynchem sledoval tělnatou ošetřovatelku. Lynchův nápad. Mně je proti mysli. Dva vychrtlí hladoví oháři jdou za jalovicí.

23. března. Od toho večera jsem ji neviděl. Stůně? Třeba sedí u ohně, na zádech maminčin vlňák. Ale není rozladěná. Co šálek ovesné kaše? Nemáš chuť?

24. března. Začal rozhovorem s matkou. Téma: B.P.M. V nevýhodě svým pohlavím a mládím. Abych se z toho dostal, stavěl jsem proti sobě Ježíšův vztah k tatínkovi a Mariin vztah k synovi. Řekl, že náboženství není porodnice. Matka shovívavá. Jsem prý podivín, moc jsem toho přečetl. Není to pravda. Přečetl málo a pochopil ještě méně. Řekla potom, že se vrátím k víře, protože mám nepokojnou duši. Znamená to odejít z církve zadními vrátky hříchu a vrátit se světlíkem pokání. Kát se nemohu. To jsem jí pověděl a poprosil ji o sixpence. Dostal tři penny.

Odešel pak do koleje. Už zase se poškorpil s širokohlavým, šibalskookým maličkým Ghezzim. Tentokrát o Bruna Nolanského. Začal italštinou a skončil čínskou angličtinou. Bruno prý byl strašný kacíř. Já na to, že byl strašně upálen. On to s jistou lítostí uznal. Dal mi pak recept na takzvané *risotto alla bergamasca.* Když pronáší zavřené *o,* našpulí masité krevnaté rty, jako by tu samohlásku líbal. Líbá? A dokáže se kát? Ano, dokáže: a uroní dvě šibalské slzy, z každého oka jednu.

Jak jsem šel Štěpánovým, totiž mým parčíkem, vzpomněl jsem si, že jeho krajané, ne moji vynalezli podle Cranlyho slov naše náboženství. Jejich čtveřice od sedmadevadesátého pěšího pluku seděla u paty kříže a o suknici ukřižovaného házela kostku.

Zašel do knihovny. Zkoušel přečíst tři časopisy. Marně. Ona zatím nevychází. Jsem znepokojen? Nad čím? Že už nikdy nevyjde.

Blake napsal:

Jen jestli to William Bond přežije,
když těžce se nám rozstonal.

Běda, chudáku Williame!

Jednou jsem byl na diorámě v Rotundě. Na konci promítali obrázky hlaváčů. Byl mezi nimi nedávno zemřelý William Ewart Gladstone. Orchestr zahrál *Vilíku, moc nám chybíš.*

Chrapounský národ!

25. března, ráno. Neklidná noc samých snů. Chtěl bych je střást.

Dlouhá zahnutá galerie. Od země se tyčí sloupy tmavých par. Zaplněna podobami bájných králů, vytesaných z kamene. Ruce mají unaveně složeny na kolenou a oči zatmělé, protože lidské chyby před nimi neustále stoupají jako tmavé páry.

Jako z jeskyně vystupují divné postavy. Nemají výšku lidí. Jako by nestáli každý zvlášť. Mají světélkující tvář s tmavějšími pruhy. Civějí na mne, jako by se mě na něco ptali. Nemluví.

30. března. Dnes večer byl ve vestibulu knihovny Cranly a předkládal Dixonovi a jeho bratrovi hádanku. Matka upustila dítě do Nilu. Pořád to omílání matky. Krokodýl popadne dítě. Matka je po něm chce. Krokodýl, že dobrá, když mu poví, co s dítětem udělá, jestli je sežere, nebo ne.

Tato mentalita, jak by řekl Lepidus, se věru působením vašeho slunce rodí z vašeho bahna.

A co moje? Copak ta ne? Tak šup s ní do nilského bahna!

1. dubna. S poslední větou nesouhlasím.

2. dubna. Viděl ji, jak u Johnstona, Mooneyho O'Briena popíjí čaj a pojídá koláče. Rysím zrakem ji cestou kolem zahlédl Lynch. Podle něho tam Cranlyho pozval bratr. Přinesl jí Cranly toho krokodýla? On ji teď oslňuje. No, přišel jsem mu na jeho spády. Jak by ne. Klidně oslňuje za pytlem wicklowských otrub.

3. dubna. Potkal Davina v trafice naproti Findlaterovu kostelu. Na sobě měl černý svetr a v ruce pálku. Zeptal se mě, jestli opravdu odcházím, a proč. Já mu na to, že do Tary je nejblíž přes Holyhead. Vtom přišel otec. Představování. Otec zdvořilý a pozorný. Zeptal se Davina, může-li mu nabídnout něco k snědku. Davin že ne, zrovna jde na schůzi. Když jsme kus ušli, řekl mi o něm otec, že má dobré, poctivé oči. Proč prý nevstoupím do veslařského klubu. Já, že to ještě uvážím. Taky mi pověděl, jak přivedl Pennyfeathera do hrobu. Mám prý studovat právo. Jsem na to jak stvořený. Už zase bahno, už zase krokodýli.

5. dubna. Divé jaro. Tryskem letící oblaka. Ach, živote! Tmavý proud zvířené bahenní bystřiny, do níž jabloně roztrousily křehké květy. V listí dívčí oči. Dívky plaché a dovádivé. Vesměs plavé nebo kaštanové, ani jediná černá. Líp se červenají. Hurá!

6. dubna. Jistě si pamatuje minulost. Podle Lynche si ji pamatují všechny. Vzpomíná si tedy na své dětství – a na mé, jestli jsem byl někdy dítě. Minulost je pohlcována přítomností a přítomnost žije jen tím, že rodí budoucnost. Jestli má Lynch pravdu, na sochách by měly být ženy zcela zahalené, jednou rukou by si žena měla lítostivě přidržovat zadek.

6. dubna, později. Michael Robartes vzpomíná na zapomenutou krásu, a když ji má v náruči, obmyká do náruče půvab dávno ze světa zmizelý. To ne. Vůbec ne. Toužím sevřít do náruče půvab, který ještě nepřišel na svět.

10. dubna. Slabounce za tíživé noci v tichu města ze snů přešlého do bezesného spánku jako znavený milenec nedbající laskání, zní dupot kopyt na silnici. Už ne tak slabounce, jak se blíží k mostu; a jakmile minou zatmělá okna, jako šípem naráz rozetne ticho poplašný ryk. Z dálky se už ozývají kopyta problekskující za tíživé noci jako drahokam, přes spící pole uhánějí za jakým cílem – za jakým srdcem? – jakou přinášejí zvěst?

11. dubna. Přečetl, co jsem napsal včera večer. Mdlá slova pro mdlé city. Líbila by se jí? Snad. Tak by se mi měla taky líbit.

13. dubna. Mám už dlouho v hlavě ten trychtýř. Vyhledal jsem si ho a zjistil, že je správný! Ďas aby vzal děkana i jeho nálevku. Přišel sem naučit nás svůj jazyk, nebo se mu u nás naučit? Ďas aby ho vzal tak či onak.

14. dubna. Zrovna se ze západního Irska vrátil John Alphonsus Mulrennan. Zapište si to, evropské i asijské noviny. Vyprávěl mi, že se tam v horské chatrči setkal s jedním starcem. Stařec měl rudé oči a lulku. Stařec mluvil irsky. Mulrennan mluvil irsky. Stařec i Mulrennan pak mluvili anglicky. Mulrennan mu vyprávěl o vesmíru a hvězdách. Stařec seděl, poslouchal, pokuřoval, odplivoval. Nakonec řekl:

„Na samém konci světa jsou asi hrozně podivná stvoření."

Mám z něho strach. Mám strach z jeho rudých očí s rohovými obroučkami. Celou noc až do svítání se s ním musím na smrt rvát, tisknout mu šlachovitý chřtán, až... Až co? Až se mi vzdá? Ne. Neublížím mu.

15. dubna. Zčistajasna jsem ji potkal na Grafton Street. Dav nás svedl dohromady. Oba jsme zůstali stát. Zeptala se mě, jestli píšu básně. O kom? zeptal jsem se. Ještě víc ji to přivedlo do rozpaků a mně to bylo líto a hanba. Hned jsem ten kohoutek otočil a zapojil duchovně hrdinskou ledničku, kterou vynalezl a ve všech zemích si dal patentovat Dante Alighieri. O překot jsem mlel o sobě a o svých záměrech. V nejlepším jsem naneštěstí náhle revolucionářsky máchl rukou. Asi jsem vypadal, jako když rozhazuji přehršli hrachu. Lidé si nás všimli. Vzápětí mi podala ruku a ještě na odchodu podotkla, že jak doufá, dokážu, co jsem řekl.

Je to od ní hezké, bodejť!

Ano, dnes se mi líbila. Trochu nebo hodně? Nevím. Líbila se mi. Je to pro mne nový pocit. Pak tedy všechno ostatní, co jsem myslel, že myslím, a všechno, co jsem cítil, že cítím, všechno dřívější je vlastně... Ach, přestaň, kamaráde. Vyspi se z toho!

16. dubna. Pryč! Pryč!

Kouzlo paží a hlasů: bílých paží cest, jejich slib těsných objetí, a černých paží vysokých korábů, tyčících se proti měsíci, jejich zkazky o dalekých zemích. Napřahují se ke mně a říkají: Jsme samy – pojď. A s nimi hovoří hlasy: Jsme tvoji rodní. Hemží se to jimi, jak mě, svého rodného, na odchodu volají a jak mávají křídly jásavého a děsivého mládí.

26. dubna. Matka mi vyspravuje nové obnošené šaty. Modlí se prý, abych opodál domova a přátel sám v životě poznal, co je srdce a co cítí. Amen. Staniž se. Buď zdráv, živote! Pomilionté jdu prožít skutečnost a v duševní kovárně ukout nestvořené svědomí svého národa.

27. dubna. Milý otče, milý vynálezce, nyní i vždycky mi stůj po boku.

Dublin, 1904
Terst, 1914

OBSAH

James Joyce
Dubliňané
Portrét umělce v jinošských letech

Přeložili Zdeněk Urbánek (Dubliňané)
a Aloys Skoumal (Portrét umělce v jinošských letech)
Odpovědná redaktorka Eva Horáčková
Obálka a grafická úprava Milan Jaroš
Sazba FPS repro, spol. s r. o., Praha
Tisk Centa, s. r. o., Vídeňská 113, Brno
První vydání v nakladatelství Levné Knihy KMa
Praha 2000

www.levneknihy.cz